7 II
N
7/5

MW01127587

REHENES DEL PASADO

CHARLOTTE VALE ALLEN

REHENES DEL PASADO

Javier Vergara Editor s.a.
Buenos Aires / Madrid / Quito
México / Santiago de Chile
Bogotá / Caracas / Montevideo

Título original
DREAMING IN COLOR

Edición original
Doubleday

Traducción
Aníbal Leal

Diseño de tapa
Verónica López

© 1996 Javier Vergara Editor S.A.
        Paseo Colón 221 - 6° - Buenos Aires - Argentina

ISBN 950-15-1616-4

Impreso en la Argentina / Printed in Argentine
Depositado de acuerdo a la Ley 11.723

A DINA WATSON,
QUE SIEMPRE LOGRA
HACERME SONREIR

1

Se quedó en el mismo lugar incluso después que oyó el fuerte golpe en la puerta de calle. A veces, él regresaba. De modo que esperó hasta que pudo oír que el coche se alejaba velozmente por la calle. Después, se apoyó en la puerta de la alacena y pasó una mirada sobre el desastre. Esta vez no había llorado ni intentado razonar con él ni defenderse. Pero eso no había cambiado nada.

Le dolía la cara. Lo mismo que las caderas y la parte posterior de los muslos, donde él le había asestado algunos puntapiés. Miró la salsa de los spaghetti que manchaba la pared, las piezas de vajilla rota, la silla caída de costado junto al fregadero. Spaghetti distribuidos por todo el suelo y algunos aplastados contra el linóleo.

El corazón le latía locamente. Le golpeaba con excesiva rapidez en el pecho. Tenía que respirar por la boca y por eso le ardían los labios. La sangre le bajaba por el mentón y le manchaba el regazo. Esta vez, gracias a Dios, Penny había dormido durante todo el episodio. La última vez ella había entrado corriendo y Joe la había abofeteado, arrojándola al corredor. Ya era bastante espantoso que se lo hiciera a ella; pero no podía permitir que también golpeara a Penny. Y si esta vez se hubiera despertado, habría vuelto a golpearla. Pero la próxima vez ella podría entrar corriendo y Joe la lastimaría. No podía permitir que sucediese eso. Una cosa era que la golpease a ella. Ya estaba acostumbrada a eso. Pero Penny tenía sólo seis años; no había hecho nada malo y merecía algo mejor.

Entró trastabillando en el cuarto de baño, abrió el grifo del agua fría y se lavó la cara. Pensó: basta ya. El corazón continuó latiéndole velozmente. Si no salía de esa casa con Penny, él acabaría matándolas a las dos.

Corrió al dormitorio, retiró del armario la vieja maleta y comenzó a meter en ella su ropa. Después, moviéndose de prisa, recogió el bolso y fue a la habitación de Penny. No perdería tiempo pensando en el asunto; se marcharían, y enseguida, antes de que él regresara.

—Querida, despierta —dijo en voz baja, tocando el hombro de la niña dormida—. Levántate y vístete.

—¿A dónde vamos? —murmuró Penny, abriendo los ojos.

—Nos marchamos. Vístete cuanto antes.

—¿A dónde vamos? —preguntó de nuevo sentándose sobre el borde de la cama y observando a su madre, que vaciaba los cajones y metía la ropa en el bolso.

—Lejos —contestó Bobby, pasándose la lengua sobre el labio lastimado y sintiendo el ardor—. Ahora, vístete. Tenemos prisa.

—¿Nos escapamos? —quiso saber Penny, mientras se quitaba el camisón.

—Así es —dijo Bobby, ahora mirando el armario.

—Muy bien —dijo Penny, y extendió la mano hacia sus vaqueros—. Odio este lugar. ¿A dónde vamos?

—No lo sé —dijo Bobby—. Date prisa. Y no olvides al señor Oso.

—¿Y qué me dices del señor Conejo y de todos mis libros y juguetes?

—Escucha —Bobby se arrodilló frente a la niña, y comenzó a manipular los botones de la camisa de Penny—. No podemos llevarnos todo, sólo al señor Oso. Ahora debemos salir cuanto antes, no sea que papá regrese. ¿De acuerdo? —se puso de pie y entregó un jersey a la niña; después levantó la almohada y el cubrecama. Con los brazos cargados, atravesó la casa y por la puerta del fondo se acercó al coche. Después de depositar la ropa de cama en el asiento posterior, abrió el maletero y metió el bolso antes de correr de nuevo al interior de la casa en busca de su maleta y los abrigos de ambas, y las botas y la mochila de Penny.

Después de recoger su bolso y las llaves, realizó una rápida inspección de la casa. Un sobre con todos los documentos importantes. Lo retiró del cajón del escritorio que estaba en la sala de estar. ¿Qué más? ¡Piensa! No necesitaba nada más y la urgencia le martilleaba en los oídos. ¡Vete, vete, vete! Abrió el congelador del refrigerador y retiró el envoltorio que estaba bajo la pila de pizzas congeladas. Sus ahorros secretos. Monedas de diferentes valores que ella había ahorrado durante meses interminables, cambiándolas en billetes hasta que había llegado a sumar casi trescientos dólares. Era todo lo que tenía en el mundo.

Penny estaba de pie en la puerta de la cocina, el pulgar en la boca, observándolo todo.

—Vamos, querida —Bobby alzó a la niña y se abrió paso entre los restos de vajilla y los spaghetti aplastados—. Ahora nos vamos.

Instaló a Penny en la improvisada cama del asiento trasero, se acomodó en el asiento del conductor y puso en marcha el coche. El viejo Honda estaba desintegrándose. Las válvulas estaban casi agotadas y perdía aceite. Bobby rezó: "solamente llévanos lejos de aquí, lejos de él". Saboreó la sangre de sus labios; salió dando marcha atrás y finalmente enfiló hacia la calle. Le temblaban las rodillas, tenía las manos húmedas sobre el volante y conducía automáticamente. No sabía adónde iban. Sólo que deseaba alejarse todo lo posible de él.

—¿Y la escuela? —preguntó Penny y su voz sobresaltó a Bobby.

—Irás a una escuela nueva, cuando lleguemos al lugar que buscamos —le dijo Bobby—. Acuéstate ahora y duerme.

—Pero, ¿a dónde vamos?

—No lo sé —dijo Bobby con voz fatigada; le dolían las piernas y a causa de los golpes la cara le latía casi al mismo ritmo que el corazón—. A algún lugar bonito, lejos de aquí.

—Papá es un hombre malo, muy malo —dijo Penny, el mentón apoyado en el respaldo del asiento delantero—. Lamentará que nos hayamos ido.

—Sí —suspiró Bobby, que tenía un ojo casi cerrado a causa de la inflamación—. Lo lamentará mucho —dijo, imaginando su rabia cuando regresara a casa y descubriera que se habían marchado. Probablemente destrozaría la casa entera. Después, buscaría sus armas, subiría a su coche y saldría a buscarlas. Primero iría a la casa de Lor y despertaría a todo el mundo exigiendo ver a su esposa y su hija. Eso era lo que había hecho la última vez. Había provocado tal escándalo que Lor terminó llamando a la policía. Detuvieron de nuevo a Joe por desorden. Y después que la policía se lo llevó, Lor le había dicho: "Lo siento mucho, querida, pero tendrás que irte". Ella no había tenido alternativa; había llevado a Penny de regreso a la casa. Y él se comportó bien durante dos semanas, después que la policía lo dejó en libertad. Y más tarde, todo comenzó nuevamente.

—Acuéstate y duerme —dijo a Penny—. Nos espera un largo viaje —estaban en la autopista 17 y viajaban hacia el este. Ella siempre había querido ver el océano. Si el coche aguantaba, salvaría toda la distancia que la separaba del Atlántico; encontrarían alguna localidad a orillas del mar donde pudieran empezar de nuevo. Un lugar pequeño y limpio, aunque sólo tuviese un par de habitaciones. Conseguiría empleo y matricularía a Penny en una escuela nueva—. No me falles —murmuró con las manos tensas sobre el volante y haciendo un esfuerzo por ver en la oscuridad.

Penny estaba acostada, abrazada al señor Oso y comenzó a cantar para dormirse. Bobby escuchó la vocecita que cantaba *Señor vendedor de arenas*. Penny alcanzó a pronunciar dos estrofas antes de que la voz se debilitara y al fin cesara. Bobby bajó el volumen de la radio y concentró la atención en la carretera.

Al principio, insistió en vigilar el espejo retrovisor, esperando que él llegase persiguiéndolas en el Firebird. No fue así y después de un rato dejó de mirar. Llegó hasta Elmira, donde tuvo que detenerse. La cabeza le dolía tanto que apenas podía ver y ese dolor constante irradiaba hacia los extremos de sus muslos. Entró en una gasolinera y ordenó que llenasen el depósito del coche; después, se acercó al lugar en que aparcaban los camiones de larga distancia. Echó hacia atrás el asiento todo lo que pudo, se envolvió con el abrigo y cerró los ojos. Durmió unos pocos minutos y se despertó bruscamente; el corazón le martilleaba mientras exploraba el lugar. Nadie se acercó. Finalmente, se sumergió en una especie de duermevela.

La lluvia que tamborileaba sobre el techo del coche la despertó poco después de las seis de la mañana. Penny ya estaba despierta y miraba por la ventanilla, el señor Oso al brazo.

—¿Tienes apetito, querida? —preguntó Bobby.

—¿Dónde estamos?

—En las afueras de Elmira —le dijo Bobby—. Desayunaremos y después continuaremos viaje.

—Tengo que ir al lavabo.

—Está bien —Bobby contuvo la respiración y accionó la llave del encendido. El coche arrancó. Aliviada, respiró hondo y condujo hasta el frente de la gasolinera. Después, ella y Penny corrieron bajo la lluvia, siguiendo las flechas que señalaban el lavabo de señoras. Un par de mujeres que salían la miraron y Bobby bajó la mirada. Una ojeada al espejo le demostró que tenía muy mal aspecto: el ojo derecho inflamado y morado, casi totalmente cerrado; los labios hinchados, la nariz deformada. Por mucho maquillaje que aplicara no podría disimular su mal aspecto.

Después que ella y Penny utilizaron el retrete y se lavaron de prisa, pasaron al restaurante, donde Bobby bebió un poco de café mientras Penny devoraba los huevos revueltos con tostadas. El señor Oso también tenía que comer. Penny compartía con él cada pedazo y después de cada porción de huevo le decía que era un chico bueno. Bobby seguía mirando en dirección a la puerta, esperando ver a Joe armado con su escopeta. Imaginaba a la gente zambulléndose bajo las mesas para protegerse, mientras Joe disparaba ambos cañones, y después cambiaba de armas y empezaba a utilizar sus revólveres. Ruido de cristales rotos, gritos, su propio cuerpo brincando mientras las balas la atravesaban. Se preguntó si todo eso era miedo. ¿O en efecto el café era demasiado amargo?

Penny quería un postre, pero Bobby no podía soportar la idea de permanecer allí un minuto más. Pidió un trozo de pastel para llevar y otro café. Cinco minutos después estaban de nuevo en camino. La lluvia las obligó a avanzar lentamente. No era fácil ver con ese aguacero y menos aún con un ojo casi cerrado. Avanzaron a unos setenta kilómetros por hora, mientras los demás coches adelantaban provocando cortinas de agua que bañaban el Honda. Los brazos le dolían a causa de la fuerza con que apretaba el volante. En el asiento trasero, Penny comía su pastel, mientras le decía al señor Oso que no le daría nada porque no había comido todo su desayuno.

Después de Binghamton la lluvia amainó y Bobby avanzó a bastante velocidad hasta el cruce con la Interestatal 84. Se detuvieron para que Penny pudiese comer un bocadillo de queso y Bobby tomó tres aspirinas con otra taza de café. Después, consultaron el mapa tratando de decidir a dónde irían. Bobby llegó a la conclusión de que le convenía tomar la 84 hasta la 684, y después cortar por carreteras secundarias para entrar en Connecticut. Había oído hablar de Stanford, pero no sabía nada de las restantes localidades. De modo que se detendrían en Stanford y allí comprarían el periódico local, para comprobar cuáles eran las posibilidades de trabajo. Si tenían suerte, tal vez consiguiera empleo inmediatamente y en ese caso no necesitaría gastar dinero en un motel. Alquilaría una habitación y llevaría a Penny a la escuela. Las cosas funcionarían bien. Así tenía que ser.

Llegaron a Stanford bien entrada la tarde. Bobby encontró un hotel barato sobre la Nacional y compró un diario. Mientras Penny se sentaba frente al televisor y devoraba una hamburguesa con papas fritas comprada en un local de McDonald's, Bobby marcaba los anuncios publicados en el *Advocate* de Stanford. A primera hora de la mañana comenzaría a llamar. Si alguien le preguntaba, diría que había sufrido un accidente de tránsito.

Penny miró el programa *Calle Sésamo*, un viejo episodio de *Yo quiero a Lucy* y una repetición de *Días felices*. Después, Bobby la metió en la bañera y se sentó en el retrete mientras Penny fabricaba pompas de jabón y cantaba la canción principal de *Días felices*. Bobby se arrodilló al lado de la bañera y lavó los cabellos de Penny, y después se sentó con su niña envuelta en toallas y le secó el pelo.

—Tienes los ojos grandes y morados —dijo Penny, acercando la punta de un minúsculo dedo a la piel dolorida de su madre.

—Ya lo sé.

—¿Te duele? —la carita de Penny esbozó una mueca de simpatía.

—Un poco.

—Pobre mami —dijo Penny—. Papá es malo. ¿Nos encontrará?

—No —dijo Bobby con voz enérgica, sintiendo que la garganta comenzaba a cerrársele—. Nunca volveremos a verlo. Mañana encontraré trabajo y después buscaremos un lugar dónde vivir. Nos quedaremos aquí.

—¿Aquí mismo?

—En este pueblo.

—¿Tienen escuela?

—Seguramente.

—¿Dónde viviremos?

—Encontraremos un sitio.

—¿Dónde?

—Quizá junto al mar —dijo Bobby—. ¿Te gustaría ver el océano?

—Sí —dijo Penny—. Podríamos ir a nadar.

—En verano.

—¿Has traído mi libro de cuentos?

—¡Caramba! Lo olvidé. Mañana te compraré otro. ¿De acuerdo?

—Me gusta *ese* libro de cuentos. No *deseo* otro.

—Conseguiremos otro ejemplar del mismo libro, Pen. Por favor, no te quejes.

—¿Qué leeré antes de dormir?

—No lo sé —dijo Bobby con expresión fatigada, mientras pasaba el camisón de Penny sobre la cabeza de la niña—. ¿Qué te parece si te permito en cambio ver una película más por televisión?

—Está bien —Penny corrió hacia el televisor y comenzó a recorrer los canales hasta que encontró un programa que le interesó.

Bobby verificó de nuevo la puerta, asegurándose de que estuviese cerrada con llave y con la cadena echada. Después, probó la ventana, y satisfecha se sentó en un sillón junto al escritorio y encendió un cigarrillo. Penny esbozó un gesto con la cara y batió el aire en una actitud dramática, pero no se quejó, como solía hacer. Cuando terminó el espectáculo, anunció:

—Ahora, voy a dormir.

—Así se habla —dijo Bobby y arropó a su hija—. Ahora, me daré una ducha. No tardaré mucho.

—Deja abierta la puerta —dijo Penny, mientras Bobby apagaba la luz.

Bobby la besó y después pasó al cuarto de baño, dejando abierta la puerta. Penny tenía miedo de la oscuridad. La luz del cuarto de baño tendría que mantenerse encendida la noche entera.

Tenía grandes moretones en las caderas y en los muslos, y uno sobre el pecho. Se demoró bajo la ducha caliente, con la cortina abierta, los ojos fijos en la puerta mientras se enjabonaba. Imaginó a Joe irrumpiendo en la habitación y el corazón comenzó a latirle aceleradamente. Tenía que repetirse a cada momento que él no sabía dónde estaban; ellas jamás volverían a verlo. Bobby se repetía constantemente que nunca más lo verían; él no podría encontrarlas.

En la cama, con Penny profundamente dormida, Bobby yacía de costado, de cara a la puerta. Cuando ella encontrase empleo y tuviesen un lugar donde vivir, llamaría a su tía, para informarle que estaban bien. La tía Helen jamás diría a Joe dónde estaba Bobby. Y él sabía muy bien que no le convenía acercarse demasiado a la mujer. Helen estaba dispuesta a llamar a la policía nada más que al verlo merodeando por la calle con su automóvil.

Bobby cerró los ojos, pero no pudo relajarse. El cuerpo todavía le temblaba con el movimiento del coche en el camino. Y el más leve sonido que llegaba del aparcamiento hacía que se le pusieran tensos todos los músculos del cuerpo. Era casi peor ver a Joe de lejos que hacerle frente en la misma habitación.

Se volvió y sus caderas lastimadas protestaron; se sentía demasiado vulnerable de espaldas a la puerta y volvió a modificar su postura. Estaba completamente despierta. Abandonó la cama, fue a sentarse frente al escritorio y fumó otro cigarrillo mientras miraba dormir a Penny. Finalmente, se acostó de nuevo y clavó los ojos en el techo. Finalmente, agotada, se durmió.

Sólo cuando ya estaban en el local de McDonald's, la mañana siguiente, mientras Penny tomaba su desayuno y la propia Bobby bebía su café, comprendió que la mayoría de los anuncios de empleo que ella había marcado de nada le serviría. ¿Quién se ocuparía de Penny después de la escuela? No conocía a nadie en la región, lo cual hacía que un empleo de dedicación plena sería imposible. ¿En qué había estado pensando? Tendría que encontrar algún tipo de trabajo que le proporcionase habitación. Los anuncios de personal doméstico ofrecían media docena de posibilidades. Después de recomendar a Penny que no se moviera, se acercó al teléfono público del restaurante y comenzó a llamar, sin apartar los ojos de Penny y vigilando la puerta cada pocos segundos.

Tres personas la escucharon hasta que Bobby mencionó a Penny. Un niño estaba fuera de la cuestión. Fin del llamado. Dos dijeron que aceptaban verla. En el último lugar la atendió un contestador automático y Penny ni se molestó en dejar un mensaje. Se sentó de nuevo y revisó todos y cada uno de los anuncios que pedían personal, en todas las categorías, incluso en el de trabajos de oficina para los cuales carecía de calificaciones. La tía

Helen le había insistido constantemente que aprendiese a escribir a máquina, pero Bobby nunca lo había hecho. Hubiera debido prestar atención a las recomendaciones de su tía.

Había un anuncio que pedía una enfermera práctica con residencia en la casa. Penny carecía de entrenamiento, pero había cuidado al abuelo hasta su muerte, y se había ocupado de su higiene y de las medicinas. Sabía cuidar a las personas enfermas. Y lo peor que podía suceder era que la rechazaran.

—Quédate aquí, querida. Tengo que hacer un llamado más.

Pen asintió, ocupada en alimentar al señor Oso con los últimos pedazos de un bollo.

La mujer que contestó dijo:

—Puedo atenderla esta tarde a las cuatro. Le diré la dirección.

Bobby anotó la dirección y después pidió aclaración.

—¿Usted no vive en esta zona? —preguntó la mujer.

—No, señora. Somos nuevas en el estado.

—Comprendo. Muy bien —le dio todas las instrucciones pertinentes.

Bobby anotó y después dijo:

—Estaré allí a las cuatro. Muchas gracias.

La mujer cortó la comunicación sin molestarse en decir adiós y Bobby regresó al lado de Penny, sin alentar demasiadas esperanzas con respecto a esa entrevista. La mujer le había parecido de naturaleza impaciente y hasta cierto punto altanera. Dios mío, estaba asustada. El dinero podía durarle a lo sumo unos días. Tenía que conseguir algo. No podía regresar adonde estaba Joe. Esta vez él la mataría. Y tampoco podía volver a casa de la tía Helen. Sobre todo después de las dificultades que Joe había provocado en el curso de los años.

—Te profeso muchísimo afecto —había dicho su tía—. Pero no puedo permitir que ese hombre venga aquí y me amenace con sus armas. Bobby, tienes que alejarte y llegar tan lejos que él no pueda encontrarte.

Los vecinos habían llamado a la policía para que detuviesen a Joe la última vez y, después que se lo llevaron, habían dicho que ella y Penny debían ir a un albergue. Bobby nunca había sabido que había lugares así, con personas que se interesaban, y se preguntaba por qué nadie le había hablado nunca de eso.

La había sorprendido ver a tantas mujeres con sus hijos, muchas de ellas cubiertas de cardenales como ella. Era un lugar secreto y uno no podía dar a nadie el número telefónico o decir dónde se alojaban, no fuese que los maridos descubriesen el sitio y llegasen para provocar dificultades. Precisamente estando en ese refugio había tenido por primera vez la idea de la fuga. Había regresado al hogar y a Joe después de cinco días, porque no tenía otro lugar adónde ir; pero en el fondo de su mente rondaba la idea. Y fue entonces cuando empezó a ahorrar, a guardar el dinero de los vueltos, a ocultarlos en una jarra bajo la escalera. A decir verdad, nunca había planeado nada en especial. Todo estaba guardado en su mente, en un lugar que ella denonimaba *El día que*. Y pasaron meses antes de que llegase ese día, y ella y Pen subieran al Honda y se alejaran. Ese *Día* había llegado.

Ojalá que una de estas personas nos acepte, rogó en silencio, pasando la mano sobre los cabellos de Penny. De veras, necesitamos un milagro.

En el primer lugar, la mujer entreabrió la puerta, miró a Bobby y a Penny y dijo:

—Lo siento, ya hemos tomado a una persona —retrocedió un paso y cerró la puerta.

La mujer de la segunda cita las invitó a pasar y habló con falso afecto a Penny, que rehusó decir una palabra y se sentó con los brazos cruzados sobre el pecho. Le explicó a Bobby lo que implicaba el trabajo: cocinar y limpiar para una familia de cinco personas; les mostraron un cuartito que estaba junto a la cocina y que era el lugar donde vivirían. Finalmente, la mujer dijo:

—Esta tarde tengo que entrevistar a tres mujeres más. Le diré algo.

Bobby le dio el número del motel y volvió con Penny al coche. No se sentía en absoluto optimista acerca de sus posibilidades. La mujer ni una sola vez la había mirado a la cara.

Era demasiado temprano para ir a la casa en que necesitaban una enfermera, pero Bobby decidió acercarse de todos modos, no fuese que tuviesen dificultades con las instrucciones. Encontró la casa con bastante facilidad y se quedó sentada en el coche, cerca de la esquina, para esperar hasta que se hicieran las cuatro. Era una hermosa casa. El césped del fondo llegaba hasta el borde del agua.

—Tengo que ir al cuarto de baño —anunció Penny.

—Querida, tendrás que esperar.

—¡*No puedo!* —insistió Penny—. Tengo que ir *ahora*.

—Maldita sea. Está bien. Vamos —ella y Penny bajaron del coche y caminaron por el sendero en dirección a la puerta principal. Bobby se sentía deprimida y asustada, y hasta cierto punto dominada por una extraña actitud de desafío. Nadie le daría empleo cuando vieran su aspecto. ¿A quién quería engañar? Ella y Pen pasarían otra noche en el motel y después utilizarían sus últimos dólares para regresar a casa. Y quizá durante una semana o dos Joe se mostrase muy afectuoso y contrito. Pero en un mes, o seis semanas, quizá dos meses, le rompería algunos huesos y después la mataría. Lo único que ella podía hacer era rogar a la tía Helen que se llevase a Pen. Joe no estaba demasiado interesado en Pen y por eso mismo no le interesaba matarla. No le importaría que Pen fuese a vivir con la tía Helen.

La mujer que atendió la puerta miró fijamente la cara de Bobby y dijo:

—¿Qué *demonios* le ha sucedido?

—Señora, tuve un accidente en la carretera. Sé que llego demasiado pronto a nuestra cita, pero Penny necesita ir cuanto antes al baño.

La mujer miró largamente a Penny, y después suspiró y dijo:

—Entre. El cuarto de baño está al fondo del corredor, a la derecha. ¿Puede ir sola o usted tiene que llevarla?

—La llevaré, si no hay inconveniente.

—¿Desearía un poco de café? —preguntó la mujer, frunciendo levemente el ceño al mirar la cara de Bobby.

—Eso sería muy bueno. Muchísimas gracias.

—Magnífico. Aquí está la sala —dijo la mujer—. Traeré el café.

Era la casa más bonita que Bobby había visto jamás. Incluso el cuarto de baño era hermoso, con empapelado adornado con flores y accesorios amarillos, y cortinas de un amarillo intenso en la ventana.

—¿Quién es esa señora? —preguntó Penny, mientras Bobby la ayudaba a bajarse los vaqueros.

—¡Maldición! —murmuró Bobby—. Olvidé preguntarle su nombre. Ni siquiera le dije el mío. Creerá que soy una retardada mental.

—¿Vinimos de visita?

—Ojalá ella nos dé empleo y nos permita vivir aquí.

—Me encantaría vivir aquí —dijo Penny—. Es *bonito*.

—Cruza los dedos, querida. Ya es hora de que tengamos un poco de suerte.

2

Después de abrir la puerta, la reacción inicial de Eva fue de desaliento. Por teléfono la mujer le había parecido enérgica y capaz. Era una impresión originada en su voz grave y en el carácter franco de sus respuestas. En realidad, la voz grave pertenecía a una mujer minúscula que no medía más que un metro cincuenta, que tenía la cara golpeada, el pelo teñido y muy mal ondulado, y venía acompañada de una niña. Eva no podía imaginar que esta mujer de tan reducida estatura podría atender a la tía Alma. Pero la compadeció y la niña tenía que ir al cuarto de baño, de modo que las invitó a pasar.

La cara lastimada e inflamada de la mujer le recordó a Deborah. Eva había rechazado los recuerdos de su vieja amiga, de la isla y la plantación en la montaña. Ahora le desagradaba pensar en todo eso; su mente rememoraba el pasado como una máquina que pasaba una película a toda velocidad. Y Eva cerraba los ojos a las imágenes, porque deseaba que el pasado permaneciera a distancia segura.

Depositó sobre una bandeja el café, la crema, el azúcar y dos tazas, y llevó todo a la sala, donde la mujer y su hijita estaban sentadas, una al lado de la otra, sobre el sofá, esperando.

—No le dije mi nombre —observó enseguida Bobby—. Yo soy Bobby y ella es Penny.

Eva pensó que esa mujer era un manojo de nervios. Las manos le temblaron cuando aceptó la taza de café y el ojo sano estaba agrandado y miraba fijamente a su interlocutora.

—Yo soy Eva Rule. Sírvase usted misma la crema y el azúcar —volviéndose a la niña le dijo—: ¿Desearías un poco de zumo?

Penny asintió con un movimiento de cabeza.

—Contesta que sí, por favor —la apremió Bobby.

—Sí, por favor —repitió Penny.

—Tenemos manzana, naranja y arándano —dijo Eva—. ¿Qué prefieres?

—Manzana.

—Di por favor —insistió Bobby, desconcertada ante la buena apariencia y las prendas de buena calidad de Eva Rule, y ante su alternancia de impaciencia y bondad.

—Una vez ya ha sido suficiente —dijo secamente Eva, en camino hacia la cocina. La visión de esa cara golpeada era dolorosa; la irritaba. Meneó la cabeza mientras servía el zumo. Sabía lo que era ver a una persona golpeada. Y de nuevo apareció en su pantalla mental la imagen de Deborah y eso acentuó su irritación. *No* deseaba pensar en eso.

—¿Qué clase de experiencia tiene? —preguntó a Bobby después de entregar el zumo a la niña.

—Cuidé de mi abuelo hasta que él falleció —dijo Bobby—. Quince meses. Y sé de todo. No temo el trabajo duro o a las personas enfermas.

Eva se sentó con su café y preguntó:

—¿Hace cuánto tiempo fue eso? ¿Y qué edad tiene usted?

—El abuelo murió hace ocho años. Yo tengo veintisiete. Y Penny seis. Está en primer grado.

—Sé leer —anunció Penny—. ¿Usted tiene libros?

Desconcertada, Eva se echó a reír y dijo:

—Muchos.

—¿Puedo verlos?

—Calla, Pen —Bobby apoyó una mano sobre el brazo de la niña—. Bebe tu zumo.

—¿Cuándo tuvo ese "accidente"? —preguntó Eva.

—Anoche —intervino Penny—. Papá se portó mal. Estamos escapando.

Bobby bajó los ojos, deprimida. Tenía que haber sabido que nadie creería esa historia de un accidente con el coche. Cualquier tonto podía ver que la habían golpeado. Se sintió agobiada por la vergüenza.

Eva asintió.

—¿De dónde vienen?

—De Jamestown, en Nueva York.

—¿Por qué han venido aquí? —preguntó Eva, impulsada por la curiosidad.

—Siempre quise ver el océano —dijo Bobby, demasiado nerviosa para beber el café—. Este lugar es realmente hermoso, exactamente como yo lo imaginé.

—¿Qué experiencia de trabajo anterior tiene? —preguntó Eva.

—Tenía un trabajo de medio día en el Burger King, hace un año y medio, después que Pen comenzó a asistir a la escuela. ¿Quién necesita cuidados? —Bobby miró alrededor como si esperase ver a la inválida.

—Mi tía Alma. Sufrió un ataque el año pasado. Regresé de la ciudad para acompañarla.

—¿La ciudad?

—Nueva York.

—¡Oh! —Bobby intentó sonreír y de nuevo se le abrió el labio, y apareció una gota de sangre. Rebuscó inmediatamente en su bolso hasta encontrar una toallita, mientras decía:

—Disculpe —al tiempo que se limpiaba el labio.

—¿Por qué no fue a un albergue o algo parecido? —preguntó Eva, compadeciéndola por lo que le había pasado y un tanto irritada por la actitud humilde de la mujer.

—No habría servido de nada —dijo Bobby—. Hemos ido una vez y en definitiva nos vimos obligadas a regresar a casa. Jamás volveremos a Jamestown —dijo decidida—. No importa lo que suceda, no regresaremos —en actitud protectora pasó el brazo sobre el hombro de la niña.

—¿Dónde están los libros? —preguntó Penny.

Eva miró a la niña. Era delicada y muy bonita, con largos cabellos castaños que formaban una cola de caballo; una nariz atrevida y ojos azules inmensos, con gruesas pestañas.

—Arriba —dijo Eva—. Vamos. Te los mostraré.

—Por favor, no se moleste —protestó Bobby.

—No es molestia —Eva extendió la mano y la niña inmediatamente abandonó el sofá y la aceptó—. Enseguida vuelvo —dijo Eva a Bobby—. Póngase cómoda.

—No necesita...

—Ella puede mirar los libros mientras nosotras hablamos —dijo Eva con voz firme—. Beba su café.

Intimidada por la actitud autoritaria de la mujer, Bobby bebió un sorbo del brebaje de intenso sabor. Deseaba tan intensamente el empleo que casi sentía deseos de llorar. Le gustaría saber qué podía hacer para convencer a esta mujer de que era capaz de atender a la tía anciana y enferma. No podía dejar de pensar que habría tenido más posibilidades de no haber mostrado a su interlocutora su rostro tan cruelmente golpeado.

Mientras subían la escalera, Penny dijo:

—Me agrada este lugar. ¿Qué es eso?

—Un ascensor para la silla, y así mi tía puede pasar de una planta a otra. ¿Por qué te gusta este lugar? —Eva se sentía muy atraída por el estilo directo y franco de la niña. Al margen de otras cosas que podía ser, Bobby sin duda era buena madre. Era evidente que la curiosidad natural de Penny había sido fomentada.

—Es agradable. Y me agradan los colores. Son muy hermosos —dijo Penny, mirando a lo largo del corredor—. ¿Qué hay allí?

—Dormitorios. Entraremos aquí —dijo Eva y llevó a la niña a la salita que estaba al frente de la casa—. Todos estos son libros para niños —dijo a Penny, indicando los tres estantes inferiores de la biblioteca.

—¿A quién pertenece este cuarto?

—Es una sala —explicó Eva.

—¿Usted tiene una hijita? ¿Dónde está?

—Mi hija ya ha crecido y ahora está en el colegio —dijo Eva—. Bien, ahora bajaré a hablar con tu madre. ¿De acuerdo?

—De acuerdo.

Cuando Eva llegó a la puerta, Penny ya estaba de rodillas y extraía un libro del estante.

Bobby miró con expresión ansiosa cuando Eva retornó a la habitación y de nuevo intentó sonreír.

—Es muy amable de su parte permitirle que vea sus libros. Es una buena niña y los tratará con mucho cuidado.

—¿Qué actitud tiene frente a los ancianos? —preguntó Eva, deseando que Bobby dejara de disculparse por todo lo que sucedía. Era un esfuerzo por congraciarse que a lo sumo irritaba a Eva. Prefería a la gente que poseía un grado saludable de confianza en sí misma. A su propio modo, ella a menudo era tan intolerante como su tía y no dudaba de que había adquirido sus actitudes como resultado de los años pasados al cuidado de Alma. Mucho tiempo atrás había pensado que era inevitable que las convicciones de Alma se hubiesen infiltrado en su subconsciente. Hasta que sufrió el ataque, Alma había sido una mujer enérgica. Y aunque quizás había perdido alguna de sus cualidades físicas, felizmente su espíritu se mantenía intacto.

—Me siento bien con ellos. ¿Su tía es realmente anciana?

—Tiene sesenta y siete años.

—No es tan anciana. Mi abuelo tenía setenta y cuatro.

—No —convino Eva—, no es muy anciana. Vea, a decir verdad, no creo que usted sea capaz de desempeñar esta tarea...

—Por favor, déme una oportunidad —se apresuró a decir Bobby—. Puedo trabajar mucho y no me importa limpiar la suciedad o atender a los enfermos. Tengo un estómago fuerte.

—Estoy segura de que es así —dijo Eva, molesta ante el pelo desordenado y mal ondulado de Bobby. Se preguntó cómo alguien podía considerarlo atractivo. Después, se reprendió ella misma porque se mostraba tan poco caritativa, tan severa. Esa joven era pobre. Sus ropas eran baratas; su bolso de cuero estaba abriéndose en las costuras. Pero la niña estaba bien vestida y tenía sus ropas limpias.

—La decisión definitiva corresponde a la tía Alma —dijo—. El último año han pasado por aquí varias enfermeras. Mi tía no es fácil.

—Estoy acostumbrada a eso —dijo Bobby—. Hay que hacer mucho esfuerzo para desconcertarme. Por favor, señora Rule, por lo menos permítame conocer a su tía. Si ella no me acepta, ahí termina el asunto. Pero tengo que trabajar y necesitamos encontrar un lugar para vivir. No puedo volver —estaba rogando y por eso mismo se despreciaba. Pero, ¿qué alternativa le quedaba? Si volvía, Joe la mataría y quizá también mataría a Penny. No podía permitir eso. Mendigar no la mataría.

Eva pensó: "la tía Alma probablemente se comerá viva a esta criaturita y después escupirá los huesos". Pero nunca se sabe. Alma era completamente imprevisible.

—Espere un minuto aquí, mientras hablo con mi tía.

—Por supuesto —dijo Bobby—. De acuerdo.

Eva regresó a la planta alta. Se asomó a la salita y vio a la niña tendida en el suelo boca abajo, pasando lentamente las páginas de un libro con grandes dibujos. Satisfecha, Eva pasó a la habitación principal, que estaba al fondo del corredor, llamó y abrió la puerta.

Alma estaba en su silla de ruedas, junto a la ventana, mirando hacia el mar. Eva fue a detenerse al lado de su tía y apoyó una mano sobre el hombro saliente de la anciana. Alma había perdido por lo menos diez kilos después del ataque. Sus formas llenas habían desaparecido y ahora se manifestaba la estructura ósea y angular.

—Hoy el mar está agitado —dijo, mirando hacia afuera—. Allí abajo hay una persona que pide trabajo.

—Otra perrita prepotente —rezongó Alma, con voz un poco tartajosa.

—Todo lo contrario —dijo Eva, mirando los rasgos deformados de su tía, el lado izquierdo de su cara siempre caído a causa del ataque—. Probablemente al verte se asustará mucho —sonrió a su tía.

—Eso tampoco me sirve —dijo Alma.

—Necesitamos que venga alguien —dijo Eva con expresión razonable—. No puedo arreglármelas yo sola. Hemos analizado esto hasta el cansancio. Y ya hay pocas candidatas. Han pasado casi dos semanas desde que Freda se marchó. Por mucho afecto que te tenga, están quedándome muchas cosas sin hacer.

—Lo sé —Alma levantó la mano derecha y Eva se la apretó—. Lo sé —repitió, dando un pellizco a la mano de Eva y después soltándola—. Está bien. Tráela. Terminemos de una vez.

—Me recuerda a Deborah —dijo Eva y casi enseguida lamentó haber hablado.

—¿Es inglesa?

—No, no. A decir verdad, no tiene nada que ver con ella. Olvida lo que dije. Iré a buscarla. Tal vez tú seas la persona que pueda negarse. Yo no tengo corazón para hacerlo.

—Dios mío —Alma clavó los ojos astutos en la cara de su sobrina—. ¿Qué es esto, un caso de beneficencia?

—En cierto modo. Tú misma lo verás.

Eva bajó hasta la mitad de la escalera y llamó a Bobby. La joven se puso de pie, apretó el bolso contra su cuerpo y subió de prisa los peldaños. Eva la condujo por el corredor y casi le pareció que percibía la actitud de Bobby.

—Aquí es —dijo y dio un paso a un lado para permitir que la joven entrara en la habitación—. Tía Alma, esta es Bobby.

—¡Santo Dios! —murmuró Alma y se le agrandaron los ojos al ver la cara de Bobby—. Bien, adelante —dijo después de un momento—. Será mejor que se siente.

Bobby fue a sentarse sobre el borde del sillón, junto a la ventana. Eva se instaló sobre el borde de la cama, interesada en ver lo que sucedería.

—¿Cómo ha llegado a ese estado? —preguntó derechamente Alma, mirando a Bobby de la cabeza a los pies.

—El marido —dijo Eva, deseosa de evitar que la mujer se sintiese todavía más avergonzada. Su tía era y siempre había sido una mujer demasiado franca.

—Una mujer que se deja golpear es una condenada estúpida —declaró Alma—. No puedo tener aquí a una persona que está peor que yo.

—Lo he abandonado —dijo de pronto Bobby—. Y mi cara estará mejor en pocos días. Por lo demás, estoy perfectamente. No hay nada malo en mí.

—¿Qué sabe hacer? —preguntó Alma—. No me parece que sea capaz de levantar cosas muy pesadas.

—Puedo cocinar y puedo limpiar...

—No la necesitamos para eso —la interrumpió Alma—. Tenemos una encargada de la limpieza que viene dos veces por semana. Y a Eva le agrada cocinar. Por la razón que fuere, le parece terapéutico. Yo siempre detesté la cocina.

—Cuidé de mi abuelo hasta su muerte.

—¿De qué murió? —quiso saber Alma.

—Cáncer de estómago —dijo Bobby—. Yo lo limpiaba y alimentaba y administré sus medicinas hasta el día de su muerte. Tampoco había nadie que me ayudase, excepto el médico que venía una vez por mes. De veras, soy fuerte. Puedo ayudarla en lo que sea necesario.

Alma se disponía a disparar un comentario relacionado con sus dudas ante esa afirmación cuando Penny apareció en el umbral, con un libro en la mano. Con una sonrisa dijo:

—Hola —y se acercó directamente a Alma—. ¿Por qué su cara sube y baja?

—¡Penny!

Mortificada, Bobby se acercó para retener a la niña, pero Alma movió una mano para impedírselo.

—¿Quién eres tú? —preguntó Alma a la niña.

—Mi nombre es Penny Salton y tengo seis años. ¿Usted es abuela? ¿Esta es *mi* abuela? —preguntó a su madre—. No tengo abuela —dijo a Alma—. Buddy Atkins tiene dos, y también Amy, pero yo no tengo ni una.

—Penny, ya está bien —dijo Bobby.

—¡Déjela en paz! —dijo Alma—. ¿Qué tienes allí? —preguntó a Penny.

—Es un libro de esa señora —señaló a Eva y después mostró el libro a Alma—. Se llama *Donde termina el camino*. Es un cuento interesante. ¿Quiere que se lo lea?

—¿Sabes leer?

—Sí... ¿Quiere escuchar?

Alma se echó a reír.

—Ven aquí —dijo indicando con un gesto a la niña que se aproximara—. Veamos un poco quién eres.

Penny continuó enfrascada en el libro, mientras Alma estudiaba su cara y después preguntó:

—¿Quiere que lo lea ahora?

—Quizá después. Ahora estoy hablando con tu madre. ¿Puedes quedarte aquí y guardar mucho silencio?

Penny cerró con fuerza la boca y asintió.

Alma dijo a Bobby:

—He criado a Eva desde que tenía la edad de esta niña. Me agradan los niños. Y esta pequeña es inteligente.

—Sí, señora —dijo cortésmente Bobby.

—Francamente, no creo que tenga la fuerza necesaria para ayudarme a ocupar y desocupar este sillón, o a entrar y salir de la cama, o de la bañera. Sucede también que creo que una mujer que permite que la golpeen más de una vez no tiene mucha dignidad.

Bobby no quería sentirse insultada por lo que después de todo era sólo la verdad y dijo:

—Nadie volverá a tocarme, o a castigar a Penny, no importa lo que suceda. Si es necesario, me ocuparé de llevarla donde sea cargándola al hombro. No es usted tan corpulenta. Mi abuelo tenía el doble de estatura y peso que usted. Déme una oportunidad —rogó—. Digamos, una prueba de dos semanas. Si el asunto no funciona, allí terminará nuestra relación.

Alma examinó varios instantes a Bobby y después se volvió hacia Penny.

—¿Quieres vivir aquí? —preguntó a la niña.

—Oh, sí. Usted tiene muchos libros hermosos. ¿Hay televisor?

—¿Ves mucha televisión?

—No mucha —dijo Penny—. Mi madre no me lo permite.

—Tu madre tiene razón —dijo Alma—. Leer es mejor para tu cerebro.

—Me gusta leer. Y puedo leer toda clase de cosas.

—Está bien —dijo Alma, los ojos todavía fijos en la niña—. Dos semanas. ¿Cuándo puede empezar?

Bobby necesitó unos pocos segundos para comprender que Alma le estaba hablando. Tuvo que tragar saliva antes de decir:

—¿Mañana?

—Muy bien. Eva, llévala abajo y arregla los detalles.

Bobby agradeció a la formidable mujer y después fue a tomar la mano de Penny. Penny se llevó las manos a la espalda y dijo:

—Quiero quedarme aquí, de visita. ¿Puedo? —preguntó a Alma.

—La visita será mañana —le dijo Alma.

—Está bien —Penny se inclinó hacia adelante y miró la cara de Alma, y preguntó:

—¿Usted está sonriéndome?

Alma volvió a emitir una risa que era como un graznido.

—¿Eh?

—¡Penny, vamos! —Bobby la tomó del brazo—. Muchísimas gracias —dijo y caminó detrás de Eva—. Le prometo que no lamentará su decisión.

—Más vale que no —dijo Alma, que ya estaba haciendo activar su silla de ruedas motorizada para enfrentar la ventana.

—Tendrá casa, comida y un sueldo semanal —le explicó Eva, de regreso en la sala—. Abajo hay un apartamento independiente. Puede estacionar su coche al fondo del sendero, cerca de la cochera. Cuando venga por la mañana, le explicaré la rutina de la tía Alma.

—¿Sabe algo de las escuelas del distrito? —preguntó Bobby—. Tendré que anotar a Penny.

—Mañana nos ocuparemos de todo. Venga a las nueve.

—Mamá, ¿viviremos aquí? —preguntó Penny.

—Al menos por un tiempo —dijo Bobby—. Deja aquí ese libro, Pen.

—Puede llevárselo —dijo Eva.

—¿Está segura?

—Completamente segura —respondió Eva, siempre impaciente con la gente que discutía sus intenciones explícitas—. Solamente deseo que lo cuides bien —dijo a Penny.

—Oh, lo haré —prometió solemnemente Penny.

—Magnífico. ¿Puede encontrar el camino hasta la puerta? —preguntó Eva a Bobby.

—Sí, señora. Gracias.

—Muy bien. Nos veremos por la mañana —Eva se dirigió a la puerta de salida, mientras Bobby enfundaba de prisa a Penny en su abrigo—. Espero que usted no esté prometiendo más de lo que puede cumplir.

—No, señora —dijo Bobby, mirando a Eva directamente en los ojos—. No lo creo. Trabajaré duro por usted y me ocuparé de su tía. Y Penny no será una molestia.

—A mi tía le encantan los niños —dijo Eva—. Fue directora de una escuela de niñas durante treinta años. —Penny era la única razón por la cual Alma estaba dispuesta a soportar una prueba de dos semanas; pero Eva sabía que sería cruel decirlo.

—Estaremos aquí exactamente a las nueve —prometió Bobby y caminó de prisa con Penny hasta el lugar en que había dejado el Honda.

Eva permaneció en el umbral de la puerta mientras Bobby y Penny se alejaban. Se dijo que la cosa sería un desastre. Sencillamente, no podía imaginar a esa minúscula mujer soportando el peso de la tía Alma o su lengua afilada.

—Veremos —se dijo, cerrando la puerta—. Veremos.

Bobby apretó a Penny el cinturón de seguridad y después apoyó las manos sobre el volante, y finalmente descansó la cabeza sobre los brazos. Se le ofrecía una oportunidad. Esas dos mujeres permitirían que ella y Penny viviesen en la casa. Sí, era sólo una prueba de dos semanas, pero Bobby sabía que podía realizar el trabajo y dejarlas conformes.

—Mamá, ¿qué pasa?

Bobby se volvió para mirar a su hija.

—Nada, querida. Sólo que me siento realmente feliz.

—No pareces feliz —en la cara de Penny se dibujó un gesto de duda.

Bobby había pedido un milagro y este había sido concedido. Sentía deseos de llorar.

—De veras, Pen, soy feliz —sintió que le temblaba todo el cuerpo y pensó que era el exceso de café y la falta de alimento —Pen, ¿tienes apetito?

—Sí.

—Yo también —dijo Bobby, conteniendo las lágrimas incipientes—. Vamos a comer —miró la casa blanca con sus persianas pintadas de negro y más lejos el mar. Al día siguiente comenzarían. Con la esperanza de que el Honda no les fallase ahora, metió la llave de encendido. El motor arrancó enseguida. Palmeó el volante y puso en velocidad el automóvil. Joe jamás las encontraría allí.

El se sintió más que sorprendido cuando regresó a la casa y la encontró vacía, y la cocina todavía sucia. Después de mirar en los dormitorios, se quedó de pie en el umbral de la cocina, observando las huellas de los zapatos en los spaghetti que regaban el suelo, sintiendo el pulso que le latía en las sienes. Esa perra estúpida había escapado de nuevo. Tendría que ir a buscarla, arrastrarla de regreso a casa. Casi sentía sus propios dedos tomándole los cabellos, obligándole a inclinar la cabeza a un lado. Esa condenada perra no hacía nada bien. Imaginó el crujido de sus huesos cuando él la golpeaba con los puños. Ese sonido le provocaba un momento de expansión que le ensanchaba el pecho y hacía que se le agrandasen los músculos de los brazos.

—¡Miren qué porquería! —murmuró y descargó un puntapié sobre un trozo de porcelana de un plato roto—. Mala puta.

Pensó en la posibilidad de beber una cerveza, miró la suciedad del piso y cambió de idea. Estaba cansado. Al demonio con eso. Se volvió y entró en el dormitorio, se quitó las ropas y se acostó. Al día siguiente, después del trabajo, iría a ese maldito lugar de Lor y traería de vuelta a casa a la perra y a la niña. Ya estaba harto de que ella escapase tan pronto se le ofreciera la oportunidad. Quizás era hora de enseñarle una lección definitiva. Pero primero la obligaría a limpiar la maldita cocina, rodilla en tierra, lamiendo el suelo con la lengua y le descargaría en el culo un par de puntapiés, mientras ella estaba inclinada.

Quizás habría encontrado un nuevo amante. Eso le parecía bastante probable. Siempre andaba enredada con tipos, como aquella vez que se había pegado a esa basura, el gerente del Burger King. La perra, la muy tonta creía que él no sabía en qué andaba ella. Si la pescaba con otro tipo, los mataría a los dos, le metería en el culo la escopeta de dos cañones a ese tipo y lo enviaría al infierno. A ella le rompería todos los huesos del cuerpo antes de obligarla a comer varios plomos del 38. Al cerrar los ojos, pudo ver una explosión de sangre, radiante, en cámara lenta. Nada más imaginar eso lo excitó. Si la perra hubiese estado allí en ese momento, la habría obligada a ponerse en cuatro patas y se la habría montado.

Pensó: "al día siguiente —porque ahora el sueño le paralizaba el cuerpo—. Al día siguiente a las cinco en punto subiría al coche e iría al local de Lor, sacaría a la perra de allí y la llevaría de los pelos de vuelta a casa. Le daría una buena tunda, le enseñaría de una vez para siempre quién mandaba en esa casa y a obedecer en el acto cuando él impartía una orden".

3

Eva recordaba a Montaverde. No deseaba pensar en eso, ni en cosa parecida; pero en ese momento los recuerdos tenían más fuerza que ella. Eran casi las dos de la mañana y había despertado de otra de esa serie de extraños sueños en blanco y negro que tenía últimamente. Eran escenas originadas, como ella bien lo sabía, en la ansiedad, y habían empezado pocos meses antes, después que Melissa había sufrido ese accidente sin importancia con el coche. Un faro roto y un guardabarros aplastado; nadie había salido herido y sin embargo el incidente inició la serie de sueños. El descanso interrumpido y la carga adicional —la necesidad de dedicarse completamente a su tía después de la partida de la última enfermera y también de mantener el ritmo de trabajo con el último libro— todo eso estaba fatigándola. Quizás esa era la razón por la cual carecía de la energía necesaria para rechazar esas escenas del pasado.

Todo retornaba muy vívidamente: el sillón desvencijado en la amplia galería, donde ella se sentaba con tanta frecuencia y contemplaba los arbustos desordenados y frondosos que tenía enfrente; y más lejos, la ladera de la montaña que descendía hacia el mar. Durante una gran parte de su estancia en la isla, el aire había estado cargado de humedad y no obstante era frío a causa de la altura. En la cocina que estaba a la derecha, más allá de la barandilla, de nuevo alcanzaba a oír a Deborah que golpeaba los recipientes sobre los mostradores revestidos de mosaicos y murmuraba irritada consigo misma; alcanzaba a sentir el aire denso que la oprimía, mientras los ruidos subrepticios en el matorral le aceleraban los latidos del corazón. Veía las altas hierbas doblegadas por el viento y sentía de nuevo la abrumadora confusión y la impotencia que la habían agobiado casi desde el momento en que ella y Melissa habían llegado a la isla.

Deborah. Pasó a ocupar el centro de la mente de Eva y esta sintió de nuevo el dolor que había conseguido acallar durante tanto tiempo. Recordaba con perfecta claridad el primer encuentro. Ella había estado pasando un semestre de su último año universitario en Londres, viviendo en un cuarto de una residencia grande y antigua de West Kensington. Un viernes por la tarde, aproximadamente tres semanas después de instalarse allí, había bajado a la planta baja para usar el teléfono, pero tuvo que esperar porque la joven más hermosa que había visto jamás estaba hablando. Eva se había sentado sobre los peldaños, evitando lanzar una exclamación cuando la muchacha se volvía y le dirigía una sonrisa brillante, y un minuto o dos después indicaba con un gesto que había terminado de hablar.

Deborah. Alta y delgada, pero con una aureola de fuerza; los ojos castaños separados y enormes, sobre los pómulos muy acentuados, los labios llenos y los dientes muy blancos y perfectos, los hoyuelos en las mejillas; la piel del color del café con crema; los cabellos negros espesos y rizados, muy cortos. Irradiaba salud y energía, y una extraordinaria confianza en ella misma.

La conversación telefónica había durado cuatro o cinco minutos. Después, la joven colgó el auricular y con una sonrisa deslumbrante dijo:

—Disculpe. El hablaba y hablaba y no quería cortar nunca.

—Oh, está bien —había dicho Eva, deslumbrada por la voz grave y suave, y el encantador acento inglés.

—¿Es usted norteamericana?

—Así es.

—¿De qué región de Estados Unidos? —preguntó interesada Deborah.

—De Connecticut.

—Mi padre era norteamericano —le dijo Deborah—. De Virginia. Estaba en la marina y Montaverde era uno de sus puertos de estada. A decir verdad, nunca lo conocí —observó reflexivamente, apoyada en la baranda.

—Lástima —dijo Eva, que supuso que el hombre había fallecido.

—Ya tenía una familia en Estados Unidos —dijo Deborah—. Pero evidentemente sentía mucho afecto por mi madre. Y durante años envió dinero para pagar mi manutención. Hasta que mamá y yo vinimos aquí —guardó silencio un momento y después sonrió apenas y dijo:

—Caramba, estoy aquí charlando con usted y ni siquiera nos conocemos. Soy Deborah —dijo, extendiendo la mano.

Eva se presentó, incapaz de contener su curiosidad, y preguntó:

—¿Es usted modelo?

—Modelo, cantante, actriz y qué sé yo cuántas cosas más —Deborah había consultado su reloj y de pronto dijo—: Debo marcharme de prisa. Tengo una actuación en el West End en cuarenta minutos.

—Ocupo la habitación cinco —le había dicho Eva—. Podemos vernos alguna vez.

—Encantada. Lamento haber tardado tanto hablando por teléfono —Deborah comenzó a subir la escalera y de pronto se volvió—. ¿Qué le parece si más tarde bebemos una copa en la taberna que está en esta misma calle?

—Magnífico. Tengo una clase esta tarde, pero seguramente a las cinco habré regresado.

—También yo. Perfecto. Entonces, vendré a buscarla.

Y ese había sido el comienzo.

Recordar era como arrancar las puntadas de una incisión reciente. Eva no podía soportarlo. Apartó las mantas y pasó al cuarto de baño, encendió la luz y permaneció de pie, protegiéndose los ojos con una mano y parpadeó de prisa. ¿Por qué ahora volvía esto a ella? El hecho mismo de ver a esa mujer menuda y castigada, y saber que viviría allí, en la casa, había desbloqueado su memoria. Tomó una taza colgada de la pared, abrió el grifo del agua fría, bebió el líquido y después se volvió hacia el espejo.

Tenía un aspecto deplorable; las sombras bajo los ojos se ahondaban a medida que pasaban los días. Todas las noches se preparaba para dormir, y ansiaba sumergirse en siete u ocho horas de sueño tranquilo. En cambio, se veía soñando en blanco y negro, como una película de cine negro de fines de los años cuarenta: todas sombras torcidas y súbitas y desconcertantes manchas de luz enceguecedora. Y ahora, Deborah. Era demasiado.

Con un suspiro de fatiga, apagó la luz y bajó a la cocina. En la oscuridad puso un poco de agua a calentar. Mientras esperaba se sentó, la cabeza apoyada en una mano, frente a la mesa; y sin poder evitarlo, examinó las imágenes mentales de su vieja amiga.

La perspectiva de tener de nuevo un niño en la casa indujo a Alma a pensar en Randy Wheeler. Sus ojos se clavaron en un punto indefinido de la oscuridad y vio a los dos sentados en el porche de la vieja casa de Greenwich, sosteniéndose las manos y balanceándose suavemente. Corría el año 1948, ella tenía veinticuatro años y estaba discutiendo con Randy sus planes para el futuro. El había regresado a Yale poco después de abandonar el ejército y por fin se graduaría en pocas semanas. Ya tenía varias propuestas de trabajo; una en Hartford, dos en la ciudad. Apenas él tuviese empleo, los dos se fugarían y se casarían. Y ella ya no se sentiría inmoral y culpable. Podrían compartir la misma cama por el resto de sus vidas. Terminarían esas escenas de amor furtivo en lugares oscuros, no habría más habitaciones sórdidas, ni secretos. Ella nunca se había sentido más feliz. Los años de ansiedad terminaron y habían concluido con la guerra. El había regresado intacto a casa; ese era el ruego que ella había formulado. Y ella tenía su trabajo en la docencia. Pronto él comenzaría a trabajar también. El aire mismo estaba cargado de promesas, perfumado por la fragancia de las lilas. Tenía las manos grandes y bien formadas, los dedos largos entrelazados con los dedos de Alma.

En su recuerdo el columpio se movía suavemente adelante y atrás. Ella estaba sentada en un porche a oscuras, la cabeza sobre el hombro de Randy, respirando su perfume y la dulzura de las lilas. La música en la radio salía por la ventana de la sala, donde sus padres y su hermana conversaban tranquilamente, mientras ella tarareaba con voz suave. Era joven y sana, y se sentía increíblemente afortunada. El futuro esperaba, su invitación estaba en la brisa, en las venas. Alzó una mano y la acercó a la cara de Randy, y las yemas de sus dedos recorrieron el ángulo fuerte del mentón, el plano suave de la mejilla, la comisura de la boca grande.

—Te amo —murmuró, deseosa de recordar exactamente cada detalle de ese momento tranquilo.

—Siempre te amaré —le había dicho ella—, siempre.

Meneó bruscamente la cabeza, rechazando el recuerdo. ¿Para qué molestarse reviviendo esa historia antigua? Carecía de sentido, era contraproducente. Sin embargo, durante el último año ella se había enfrascado en una revisión de su propia vida que ocupaba una cantidad considerable de horas durante la noche. El ataque la había obligado a reevaluar, a mirar hacia atrás, tratando de definir momentos clave, tratando de descubrir la coyuntura en la que podría haber seguido otro camino, con la posibilidad de llegar a un presente distinto.

Era ridículo. El ataque había sido su destino. Nada de lo que ella hubiera hecho antes habría impedido que se desencadenara. Y sin embargo, en una suerte de actitud arbitraria, ella no podía abstenerse de formular conjeturas respecto de las posibilidades. No tenía sentido recordar que estaba satisfecha con el curso que su vida había seguido, porque en cierto sentido eso sencillamente no era cierto. Sí, había realizado una carrera exitosa. Y en efecto, su estilo de vida cuando aún era soltera le había aportado placer. Pero a causa de Randy Wheeler había adoptado decisiones que la habían llevado en una dirección que nunca había contemplado. Si alrededor de los veinticuatro años le hubiesen preguntado acerca de sus expectativas, se habría apresurado a contestar que contemplaba un futuro como esposa y madre. Tener una carrera a la cual se había consagrado durante cuarenta y cinco años no era todo lo que preveía.

Ella y su hermana menor Cora habían crecido en un hogar feliz. El padre era un escocés trasplantado que había llegado a Estados Unidos en su juventud, contratado para enseñar inglés en una escuela privada para varones de Greenwich. La madre había sido la secretaria de la escuela. Se habían conocido poco después de que él llegara y se habían casado seis meses más tarde. Y habían sido padres poco más de un año después, en 1924, al nacer Alma. La madre continuó trabajando hasta que quedó embarazada de nuevo, cuando Alma tenía tres años. Más tarde, dejó la escuela para cuidar de las niñas, mientras el padre pasaba allí a encabezar el departamento de inglés y en definitiva a desempeñar el papel de director.

Era un hogar atestado de libros, colmado de música y risas, y eso incluso durante los años de la Depresión. El padre era un hombre animoso, que parecía perpetuamente sorprendido por su buena suerte al verse acompañado por un trío de mujeres. Sin previo aviso, de pronto rompía a cantar y alzaba a una de sus hijas o a las dos y comenzaba a bailar por toda la habitación. La madre era una mujer inteligente y dotada de imaginación, cuyo pensamiento se adelantaba a su tiempo. Alentaba a sus hijas a ser independientes y a confiar en sus propias fuerzas, y a mantenerse firmes sobre sus pies. Nunca nadie concibió la más mínima duda acerca de que las dos niñas irían a la universidad y adquirirían conocimientos provechosos.

—Nunca se sabe —les decía a menudo la madre— cuándo tendrán que mantenerse solas. Con una educación buena y sólida, siempre podrán salir a trabajar.

Alma era la más intelectual de las dos hermanas e invariablemente se la veía escondida en un rincón con un libro en las manos. Cora tenía una naturaleza romántica y se mostraba propensa a pasar ociosa largas horas frente a la ventana, canturreando por lo bajo y soñando con el marido maravilloso que un día tendría. Se desempeñaba bastante bien en sus estudios, pero no tanto como Alma, que si bien alimentaba sus propios sueños románticos, tenía un carácter demasiado pragmático para depositar toda su confianza en una nebulosa fantasía acerca del futuro. Deseaba ser como su padre, alto y fuerte, a quien se parecía mucho. Un hombre de principios pero justo, consagrado a su deber pero de mente abierta, generoso pero no tonto, alegre pero no frívolo.

Ella y su hermana se habían llevado bien en la adolescencia, pero cuando Alma cumplió los trece años comenzó a mostrarse irritada primero y después despectiva ante lo que percibía como fallas graves en el carácter de Cora. Cora tendía a la pereza, tanto física como mentalmente, y consagraba lo que, a juicio de Alma, era una proporción desmesurada de tiempo a estudiar su propia imagen en el espejo. Cora era vanidosa y Alma no tenía tiempo para las niñas vanidosas y tontas. Cora era menuda, como la madre, y tenía los rasgos regulares y la piel lechosa de la madre. Cora se enorgullecía de cosas ridículas, por ejemplo sus pies minúsculos y sus finas muñecas. Alma la habría considerado completamente insoportable de no haber sido por la risa contagiosa y la naturaleza atrevida de Cora. Cora era buena compañía, siempre estaba dispuesta a actuar en el impulso del momento, siempre estaba dispuesta a entregarse al ansia de un instante. Había innumerables ocasiones en que el desagrado de Alma se veía anulado porque de pronto Cora, en mitad de una discusión, exclamaba:

—¡Ya sé! ¡Tomemos el tren a la ciudad y vayamos al teatro!

O: —Dejemos todo esto y vayamos al parque de diversiones.

Podían estar a un paso de arrancarse mutuamente los cabellos, cuando de pronto Cora sonreía y decía:

—Vamos a preparar algo en la cocina. Deseo comer bollos con manteca de cacahuete.

Alma jamás podía oponerse a la impetuosidad de su hermana. Y la mayoría de las ocasiones placenteras que habían tenido mientras crecían habían sido gracias a la inspiración súbita de Cora.

Pero continuaron distanciándose durante los años de los estudios secundarios de Alma. Los tres años que las separaban eran casi infranqueables por la época en que Cora cursaba el primer año y Alma el cuarto. Las inquietudes de Cora eran esencialmente sociales. Se preocupaba en voz alta por sus amoríos con este muchacho o con aquel, mientras Alma estudiaba los folletos universitarios y se esforzaba por mantener sus calificaciones en el nivel más alto posible. Cuando Alma nunca tenía nada que ni remotamente se pareciese a un amorío con cualquiera de los varones a quienes había conocido antes de marchar a la universidad, le pareció que el comportamiento de Cora era propio de una cabeza hueca y femenino en el peor sentido de la palabra. Y el desprecio de Alma por las astucias femeninas era ilimitado. Le desagradaban las mujeres afectadas, que se mostraban tímidas, que se comportaban como seres impotentes; y Cora estaba convirtiéndose en una de ellas. Por la época en que Alma comenzó a estudiar en la universidad, las hermanas ya no tenían nada en común; se habían convertido en extrañas cortésmente interesadas que mantenían una actitud civilizada una hacia la otra, por respeto a los padres.

Hacia los veintidós años, Alma había obtenido su diploma de Bachiller en Artes, completado su formación como docente y conseguido un puesto de profesora de inglés en una escuela privada para niñas de Stanford. Los padres estaban orgullosos de ella. Ella se sentía orgullosa de sí misma. Cora le prodigaba sus amables felicitaciones, pero en el fondo estaba celosa, porque Alma, que jamás había demostrado el más mínimo interés por los varones, estaba comprometida con Randy Wheeler, a quien había conocido por intermedio de amigos comunes durante su último año en Barnard.

Desde el momento mismo en que lo conoció, Alma se enamoró

perdidamente de Randy Wheeler. Lo que la atrajo no fue tanto su apariencia personal, aunque ese fue el factor inicial. Lo que la sedujo totalmente fue la combinación de su voz profunda, de barítono, con las cosas maravillosamente inteligentes que decía. Era un joven bien educado y encantador sin esfuerzo; era apuesto y atento, y según afirmó también él se enamoró a primera vista. Se veían siempre que él podía tener unas pocas horas libres para llegar con su coche desde Yale.

Entretanto, estaba la carrera de Alma. Ella misma advirtió sorprendida que no sólo le encantaba enseñar, sino que también profesaba afecto a los alumnos. Sentía una intensa afinidad por los adolescentes sometidos a su supervisión. Los veía como individuos y cada uno le interesaba personalmente y eso valía también para los más difíciles. Como su madre, era inteligente y poseía imaginación, y podía interesar a sus alumnos en el aprendizaje. No tenía reparos en apartarse del comportamiento formal en el aula y alentaba las niñas a abrir su mente a las ideas nuevas. Mantenía el control, pero con mano suave. Era capaz de consagrar lo mejor de sí misma sin vacilar, sin temor, casi del mismo modo con que se entregaba a Randy Wheeler. Su recompensa llegó bajo la forma de ensayos bien redactados y del descubrimiento ocasional de una joven dotada de capacidad especial. En definitiva, su propio trabajo fue su salvación.

Cora, que superaba a su madre por la apariencia pero no por el temperamento, llegó a la conclusión de que la universidad le exigía demasiado y abandonó después de su primer año, para seguir un curso de secretariado. Más tarde, fue a trabajar con una compañía de seguros de Greenwich, donde conoció a Willard Chaney y se enamoró de él total y desesperadamente. En su fuero íntimo, Alma dudaba de que eso durase, pues estaba convencida de que Cora se sentía atraída por Willard sólo porque estaba envidiosa de su hermana mayor. Pero más tarde Alma se vio obligada a reconocer que el afecto de Cora por ese hombre era sincero. Cora le preparaba platos especiales, le tejía jerseys un tanto deformes y calcetines; lo cuidaba cuando tenía un resfriado y en general lo trataba con tierna deferencia. Cora confesó a Alma que le agradaba la sensación que tenía cuando estaba con Willard de que ella era pequeña y necesitaba protección. Esa confidencia revolvió el estómago de Alma, pero se limitó a sonreír y continuó escuchando el parloteo de Cora. Su hermana era feliz. Alma jamás podía reprocharle eso.

Se casaron en 1946, después de un compromiso que duró dos años y en 1948, poco después que Randy Wheeler se alejó para siempre de la vida de Alma, Cora dio a luz a Eva, su única hija.

Desde el nacimiento, Alma se consagró a su sobrina. Eva reunió de nuevo a las hermanas, al darles una referencia compartida. En ese momento, después de haber perdido la fe en los hombres y de jurar en secreto que jamás volvería a ser vulnerable frente a uno de ellos como lo había sido con Randy Wheeler, Alma llegó a la conclusión de que su relación con Eva era lo que más se aproximaba a la maternidad. También le brindaba una válvula de escape para todos los instintos afectuosos que se habían visto frustrados cuando Randy se apartó de su vida.

Corresponde señalar como un mérito de Cora que nunca se ufanó del derrumbe del romance de Alma. Alma había previsto una reacción de ese carácter; y se había preparado para afrontarla. Pero después de enterarse de la ruptura del compromiso, Cora se había limitado a decir: "Lo siento mucho" y ofrecido a su hermana un abrazo tan afectuoso y consolador que Alma estuvo peligrosamente cerca de comportarse como una mujer tonta, derrumbándose y sollozando en los brazos de su hermana menor. Felizmente, consiguió controlarse. Y Cora nunca más mencionó el tema. En cambio, compartió el afecto de su hija, insistiendo en que Alma sabía de niños mucho más que lo que ella jamás llegaría a saber. Y eso, como Alma lo comprendió en una ojeada retrospectiva, era un gesto bondadoso inducido por un espíritu magnánimo. Cora había sido una mujer realmente generosa.

La devoción de Alma por su sobrina fue algo muy positivo, en vista de la evolución de las cosas. En muchos aspectos facilitó bastante la situación cuando las circunstancias la obligaron a asumir el papel de madre de Eva, un papel que a ella le agradaba representar en las ocasiones en que Cora confiaba la niña a su cuidado, con el fin de que ella y Willard pudieran tomarse unas breves vacaciones.

En la oscuridad, Alma suspiró, recordando a la pobre Cora y a la niñita que Eva había sido en otro tiempo. Se tranquilizaba al pensar en esa niña confiada y en la mujer de treinta años, fuerte y eficaz, que era la propia Alma; y así cerró los ojos, recordando a Eva que construía un fuerte con viejas cajas y algunas toallas, en el jardín del fondo.

A Bobby le pareció que oía un ruido en el aparcamiento. Bajó de la cama y atravesó la habitación en puntas de pie para mirar entre las cortinas. Nada. Una docena de coches aparcados bajo las luces anaranjadas que iluminaban el sector. Un gato blanco con manchas negras atravesó de prisa el lugar, en busca del cubo de la basura que estaba al fondo. Bobby cerró de nuevo las cortinas y miró hacia el lugar en que Penny dormía. Nadie lastimaría a su hija. *Nadie, nunca, jamás.*

Abrió el bolso y extrajo un Marlboro, lo encendió y se sentó en el sillón que estaba junto al escritorio. Al día siguiente por la mañana la vida de ambas comenzaría de nuevo. Aspiró el humo del cigarrillo e inhaló profundamente. Sólo unas pocas horas más y ella y Pen se mudarían a esa hermosa casa antigua. Oh, sabía que no la habrían aceptado de no haber sido por Pen. Todos amaban a la niña. Desde que era muy pequeña, la gente se detenía para hablarle y decía que era una niña hermosa, y que era muy inteligente.

¿Qué era eso? Dejó caer el cigarrillo en el cenicero y se acercó a la ventana para mirar por una rendija entre las cortinas. El gato caminaba airosamente alrededor del cubo de la basura. Una sombra cruzó hacia la izquierda. Los ojos de Bobby se movieron en esa dirección. Allí había alguien. Contuvo la respiración, esperando, explorando el estacionamiento. De pronto, una figura emergió de entre los coches y el corazón de Bobby pegó un brinco en el pecho. Era Joe. Con su escopeta.

Frenética, atravesó corriendo la habitación, alzó en brazos a Penny y la llevó al cuarto de baño y echó llave a la puerta, en el momento en que con un fuerte estampido Joe disparaba la escopeta y la puerta de la habitación del motel volaba en pedazos. Con Penny apretada contra el pecho, se acurrucó en el rincón, bajo la ducha, mientras Joe comenzaba a gritar:

—¡Maldita sea, perra, sal de ahí!

Ahora morirían. Se movió el tirador. Después, la puerta se estremeció bajo los golpes del hombre. Bobby apretó contra el pecho la cabeza de Penny. No tenía dónde ir. Otro puntapié a la puerta. Después, el chasquido peculiar de la escopeta, mientras él la abría y volvía a cargar. Por favor, Dios mío, no permitas que muramos de este modo. Por favor, Dios mío. Un trueno infernal y la puerta volaba en astillas. Por favor, que alguien nos ayude; no permitan que suceda esto. Joe apareció en el umbral, sonriendo, parecía que sus dientes resplandecían en la oscuridad.

—¿Cuándo aprenderás? —preguntó sonriendo con una mueca, mientras su mano la sujetaba por los pelos y le aplicaba un tremendo empujón que la envió al suelo, la mitad del cuerpo bajo la ducha, la otra mitad sobre el mosaico; Penny se retorcía temerosa bajo el peso de su madre.

Por favor, Dios mío, por favor, Dios mío, por favor...

Impulsada por el terror, ella comenzó a salir de las densas capas del sueño, rechazando los tentáculos sinuosos del agotamiento y al fin despertó —como un nadador que emerge— a la soledad de la madrugada en la triste habitación del motel, jadeando, el corazón golpeándole dolorosamente las costillas.

Una rápida mirada la convenció de que Pen estaba bien y dormía profundamente, con el señor Oso protegido por su brazo. Después, Bobby pasó las piernas sobre el costado de la cama e inclinó hacia adelante la cabeza, hasta que esta descansó sobre las rodillas. Concentró el esfuerzo en calmar su respiración, aminorando el ritmo, cada vez más, hasta que controló el pánico. Después de varios minutos, buscó su reloj, depositado sobre la mesa de noche, y lo inclinó hasta que pudo ver la hora. Eran casi las cinco. Tenía húmedos los pelos sobre la frente y detrás, en la nuca. El sudor le bajaba por el costado y se detenía en los pliegues del vientre. Volvió el reloj a la mesita de noche y se puso de pie, manteniendo el camisón apartado del cuerpo. Aturdida, caminó hasta el escritorio, abrió el bolso en busca de un cigarrillo y se sentó en el sillón, sintiendo que el tapizado le refrescaba la cara posterior de las piernas.

Sosteniendo el cigarrillo aún sin encender, pensó en las dos mujeres de la hermosa casa. La más joven no deseaba emplearla. Bobby pensó: no simpatiza conmigo. Sin embargo, se había mostrado amable, le había ofrecido café y había llevado a Pen a ver sus libros. Conseguiré que simpatice, se prometió, y levantó una mano para recoger los cabellos húmedos pegados al cuello. No lamentarán nunca haberme ofrecido una oportunidad.

Alma ya estaba despierta cuando Eva entró con la bandeja del desayuno.

—Te has despertado temprano —dijo Eva con una sonrisa, mientras depositaba la bandeja sobre el escritorio y se acercaba para ayudar a sentarse a su tía.

—Una mala noche —dijo Alma—. Y por lo que parece, será otro día pésimo.

—De acuerdo con el pronóstico, tiene que aclarar hacia el mediodía —Eva puso la bandeja sobre el regazo de su tía, retiró de ella su propia taza de café y se sentó en el sillón, junto a la ventana.

—¿Cómo te sientes?

—Igual que otro día cualquiera, impedida, irritada, enferma de hastío.

—No puedo evitar la idea de que cometemos un error al emplear a esta mujer.

Alma vertió crema en su café y después depositó con cuidado la cucharita.

—La niña me agrada —dijo—. La niña es especial.

—Estoy de acuerdo en que es muy inteligente.

—Nos obligará a prestar atención —dijo Alma, sosteniendo con fuerza la taza antes de llevársela a los labios—. Eso nos vendrá bien.

—No sé nada de eso. Y no creo que me falten cosas para hacer.

—No puedes sentirte feliz si tu agenda no está repleta.

Eva rió mientras Alma levantaba una loncha de jamón, la llevaba al lado derecho de la boca y la mordía con entusiasmo.

—¿Sueñas en color o en blanco y negro?

—¿Qué?

—Ya me has oído.

—Por supuesto, en color —Alma le dirigió una mirada dura—. ¿Esto es una especie de estúpido test psicológico?

—No. Hablo en serio. Ultimamente estuve soñando en blanco y negro. Creo que eso debe de significar algo.

—Quizá signifique que eres mentalmente perezosa para agregar los colores.

—Tal vez —admitió Eva con una sonrisa—. No importa lo que signifique; es extraño.

—Quizá sientes la ausencia de Mellie.

—No, sinceramente no. Necesitamos separarnos un poco. Es bueno para las dos. Ella se ha independizado mucho desde que el año pasado comenzó a estudiar en la universidad. Ya no discutimos como solíamos hacer antes. Ahora, cuando vuelve a casa, cada una puede apreciar a la otra.

—Muy bien —concedió Alma—. Por mi parte, yo la echo de menos —levantó una tostada triangular y la mordió—. Echo de menos a todos los niños.

—Ya lo sé —dijo sencillamente Eva—. Por eso has aceptado conceder una prueba de dos semanas a esa enana: a causa de la niña.

—Y es probablemente la razón por la cual en principio has permitido tú la entrada de la mujer —replicó Alma—. Toda esa charla acerca de que Mellie se ha independizado no me engaña. Te hace falta una niña en la casa y sientes esa ausencia tanto como yo.

—No, sinceramente no —dijo Eva, sosteniendo la taza con las dos manos, los ojos fijos en la profundidad del líquido—. Oh, reconozco que la primera semana de su primer año en la universidad me costó creer que mi niñita se había ido para siempre. Ha sido bastante duro. Pero no echo de menos la necesidad de criticarla o las discusiones o su costumbre de dormir hasta la una de la tarde. Creo que lo que en realidad me falta es su situación de dependencia. Y ya hace varios años que ella no es dependiente.

—Siempre me ha parecido una pena que no tuvieses más hijos.

—Probablemente los habríamos tenido —dijo Eva, como hacía siempre cuando mantenían esa conversación.

—Debiste casarte de nuevo.

—¿Y tú? —preguntó Eva—. No puedes decir que no se te ofrecieron posibilidades.

—Hace mucho que el matrimonio dejó de interesarme. Enamorarse exige mucho a una persona. La inversión emocional es demasiado grande.

—Sabes que estoy de acuerdo contigo. Entonces, ¿por qué insistes en que debí casarme de nuevo?

—Porque así es —dijo implacablemente Alma—. En tu caso ha sido beneficioso.

—También lo habría sido en el tuyo. Pero decidiste que no lo intentarías.

—Nos hemos alejado mucho del tema. Pensé que estábamos comentando el caso de la niña.

—Así es —dijo Eva con una sonrisa, luego se puso de pie y agregó—: Iré a prepararles la habitación. Regresaré dentro de un momento a retirar la bandeja.

—¿Eva?

—¿Qué?

—Esa joven está muy asustada. No intentes dificultarle las cosas.

Sorprendida, Eva se detuvo en el umbral de la puerta.

—Te agradó, ¿verdad?

—Admiro su coraje —dijo Alma—. Se necesita verdadera fibra para presentarse aquí de ese modo.

—O verdadera estupidez —dijo Eva.

—No lo creo. Creo que es una mujercita valiente.

—Esa actitud en ti me parece inverosímil —declaró Eva—. Siempre has manifestado el más absoluto desprecio por las mujeres débiles. No puedes soportar a los estúpidos, a los que son demasiado lentos para entender las alusiones que les arrojas en el curso de la conversación, a los que se ven en dificultades y después repiten el error.

—¡Oye! —dijo Alma—. Quien ofrece cargarme al hombro tiene fibra.

Emitió uno de esos graznidos que usaba como risa y agitó la tostada en el aire.

—Esa frase también a mí me pareció buena. Volveré enseguida —dijo Eva sonriente.

Obedeciendo a un impulso, Eva se detuvo en la sala y retiró del estante varios de los viejos libros favoritos de Mellie. Los llevó a la planta baja, para mostrarlos a la niña. Mientras bajaba la escalera, trató de pensar en los modos corteses de sugerir a Bobby que debía hacer algo para mejorar ese lamentable montón de pelos teñidos y mal ondulados.

Alma comió lentamente, sonriendo para sí misma entre bocados de tostadas y huevos, mientras recordaba el modo en que la niña le había ofrecido leer. "Oh, sí —pensó con satisfacción—. Es una niña con enormes posibilidades." Y no importaba lo que Eva pensara; la madre tenía fibra. En todo caso, serían dos semanas interesantes.

4

Bobby había supuesto que, en el mejor de los casos, le asignarían una habitación pequeña, la que debería compartir con Penny. Pero Eva la llevó a la planta baja y le mostró un apartamento independiente, con una sala, un dormitorio espacioso provisto de dos camas, un cuarto de baño y una cocina. Incluso había un pequeño televisor a color en la sala.

—Es de veras hermoso —dijo en voz baja Bobby, dirigiendo una sonrisa tímida a Eva.

—Deje sus maletas por el momento, porque quiero mostrarle el resto de la casa —observó Eva.

—Esta es *mi* cama —declaró Penny, depositando su mochila y al señor Oso en la cama que estaba más cerca de la pared.

—Muy bien, querida —dijo Bobby—. Ahora, ven conmigo.

Eva condujo a Bobby y a Penny de regreso a la planta primera, donde le mostró el lavadero, la cocina espaciosa y soleada y el cuarto de baño contiguo. Después de una rápida recorrida por la planta segunda, formada por cuatro dormitorios y la salita del frente de la casa, Eva dijo:

—Bebamos un poco de café y resolvamos el asunto del papeleo. Después las llevaré a la escuela.

—¿Puedo visitar a la abuela? —preguntó Penny, deteniéndose al final de la escalera.

Bobby se disponía a contestar con una negativa, pero Eva se le adelantó y dijo:

—Llama primero. Después puedes entrar.

—Muy bien —Penny se alejó por el corredor para llamar a la puerta de Alma.

Bobby deseaba decir que confiaba en que Penny no molestaría demasiado, pero decidió guardar silencio. Esas mujeres se apresurarían a informarle si Penny se convertía en un fastidio.

En la cocina, Bobby se sentó frente a la mesa blanca redonda, mientras Eva servía café para las dos.

—Necesitaré su número de la Seguridad Social —dijo Eva, mientras se ponía las gafas para leer y abría una carpeta antes de sentarse frente a Bobby.

Bobby dijo el número, observó a Eva cuando lo anotaba y entretanto llegó a la conclusión de que se trataba de una mujer que no perdía tiempo en charlas ociosas. Bobby nunca había conocido a una persona como ella o como la tía. Siempre había creído que la gente acomodada no le decía a uno las cosas en la cara. Había imaginado que eran más sutiles, que tenían modos menos directos de hacerse entender. Era evidente que estaba equivocada. En todo caso, las dos mujeres de esta casa decían exactamente lo que pensaban. Como el modo en que ambas habían querido saber desde el primer momento qué le había pasado a Bobby. En cambio, Lor o la tía Helen habrían fingido que no veían nada, esperando que ella hablase.

—Más tarde, tendrá que volver a registrar su coche —decía Eva— y transferir el seguro. ¿Tiene seguro de salud?

—No, señora.

Eva la miró un momento por encima de sus gafas.

—Debería tenerlo —dijo—. Los niños a veces se enferman.

—No podríamos pagar la prima —dijo Bobby.

—Si las cosas salen bien y usted se queda, arreglaremos que usted tenga alguna cobertura. En ocasiones anteriores, hemos compartido el coste con las enfermeras.

—Sí, señora.

—Llámeme Eva —dijo la mujer, con cierta impaciencia.

—Está bien.

—Y llame por su nombre a Alma. A ninguna de nosotras le agradan demasiado los formalismos.

—Está bien —dijo Bobby, no muy segura de saber lo que esa mujer quería decir.

—Tendrá que llevar la cuenta de sus ingresos, por los impuestos. Si se queda, le presentaré a mi contador, y él le dirá el modo de pagar los impuestos estimados cada tres meses, como contribuyente autónoma.

—Está bien —asintió Bobby.

—Bueno —dijo Eva, cerrando la carpeta—. Ahora bien, Alma suele despertarse a eso de las siete y media, y yo le llevo el desayuno. A las ocho, usted tendrá que ayudarla a pasar de la cama al cuarto de baño. Ella prefiere arreglarse sola, pero necesita que le ayuden a entrar y salir de la bañera y no puede vestirse sin auxilio.

—Muy bien.

—Una vez vestida, le gusta bajar. En esta época del año, pasa la mañana en la sala, leyendo y escuchando música. Como yo trabajo más o menos desde las nueve hasta las dos o dos y media, usted será la responsable de preparar la comida para las dos. Por lo demás, yo me encargo de toda la cocina. Después de comer, Alma duerme su siesta. A las cuatro, se levanta y baja de nuevo hasta la hora de la cena. Algunas noches ve un poco de televisión. Se prepara para ir a la cama entre las diez y las once. Y ese es más o menos su día. En los intervalos, usted puede atender sus propios asuntos, aunque prefiero que nos informe de antemano si piensa salir de la casa.

"Qué recitado tan sombrío", pensó Eva. No se mencionaba a los amigos, dado que Alma se había distanciado de todo el mundo durante el último año, y, fuera de Charlie, Eva no veía mucho a sus propios amigos desde que su tía había sufrido el ataque. No disponía de tiempo.

—Me parece muy bien.

—Usted y Penny cenarán con nosotros por la noche. Usted ayudará a Alma a cortar la comida, y cosas por el estilo.

Bobby sonrió.

—De todos modos, eso lo hago también para Pen.

—Como resultado del ataque, todo el costado izquierdo de Alma está muy debilitado —continuó Eva, como si Bobby no hubiese hablado—. Eso afecta su equilibrio, y por supuesto su capacidad para desplazarse. Que es el punto en que usted interviene. Se desplaza bastante bien en la silla de ruedas, pero fuera de eso necesita ayuda para pasar de un lugar a otro. Tenemos una furgoneta equipada con una rampa y tratamos de llevarla a pasear al menos una vez por semana, de modo que tome aire puro. El fisioterapeuta viene los jueves, y ella ve a su médico en Greenwich lunes por medio. Los sábados por la tarde pasa una hora en la piscina de la Asociación. Eso le ayuda a mantener un poco el tono de sus músculos. Le agrada nadar, y además espera que llegue el momento de hacerlo. Hasta que tuvo el ataque, mi tía era una mujer muy activa. Jugaba golf y tenis, y viajaba mucho. De todos modos, generalmente la llevo a la piscina, pero hay muchas ocasiones en que no estoy libre. En ese caso, usted tendrá que acompañarla.

—Sí, se... Sí.

—Bien. Usted se acostumbrará con bastante rapidez a la rutina. Ahora, si no tiene preguntas que formular, iremos con Penny a la escuela.

—¿Cómo irá y volverá ella todos los días?

—Con el autobús escolar —dijo Eva—. La recogerá y la dejará al final del sendero.

—¿Necesita llevar comida?

—Usted puede preparársela o comprar vales para la comida que sirven en la cafetería de la escuela. Mi hija detestaba la comida de la escuela. A Penny probablemente le suceda lo mismo.

—Sí, la detesta. ¿Cuántos años tiene su hija? —preguntó Bobby.

—Veinte.

—¿Y está estudiando?

—Asiste a la Universidad de New Hampshire.

—¡Oh! Qué bueno.

—¿Usted ha sido maestra o algo por el estilo? —se atrevió a preguntar Bobby un momento después.

Al oír esto, Eva se echó a reír. La cara le cambió por completo. Ya no se la veía austera y práctica, sino cordial y muy bonita. Bobby sonrió a su vez.

—Soy escritora —explicó Eva—. Y siempre estoy corrigiendo el lenguaje de la gente. Ya se acostumbrará a eso.

—¿Qué escribe? —preguntó Bobby con sincero interés.

—Novelas —contestó Eva con voz neutra, dejando a un lado sus gafas y la carpeta y echando una ojeada al reloj.

—¿Por qué no busca a Penny mientras yo me pongo el abrigo?

Todo fue tan fácil que Bobby casi no podía creerlo. En quince minutos Penny recibió la autorización para incorporarse al primer grado. La directora aseguró a Bobby que el chófer del autobús que hacía ese recorrido sería notificado de que haría una escala más; y Penny sería dejada al final del sendero a las tres y cuarto de la tarde.

Con los vales para la comida en la mano, Penny saludó a todos y se alejó con una de las secretarias, para conocer a su nueva maestra y a sus compañeros.

Se completaron algunos formularios, y eso fue todo. Bobby regresó al coche con Eva, que hizo algunos rodeos para regresar a la casa, con el fin de mostrarle el centro comercial y el supermercado más próximos, la oficina de correos y el banco.

—Usted probablemente querrá abrir una cuenta —dijo a Bobby—. Yo siempre le pagaré con un cheque.

—Supongo que sí —coincidió Bobby, mientras se preguntaba qué haría con su correspondencia. No era que recibiese muchas cartas. Quizá debía comunicar a la tía Helen la dirección de la oficina de correos, y ella le enviaría lo que fuese importante. Después la llamaría y le preguntaría si le parecía bien. Desvió los ojos hacia Eva y admiró su elegante chaqueta de *tweed*. Esa mujer y su tía tenían dinero. Una hermosa casa, una furgoneta especial, y ese coche tan lujoso que seguramente era importado. Joe sabría inmediatamente qué clase de coche era. El siempre había tenido afición a los automóviles. Al pensar en él, Bobby paseó la mirada por la calle poblada de vehículos, temiendo ver el Firebird cruzando las calles y a Joe buscando a su esposa y a su hija.

Tratando de rechazar el súbito temor, volvió su atención a Eva. La mujer tenía un hermoso perfil, con el mentón redondeado y una nariz en punta, los ojos verde grisáceos muy grandes, el pelo negro y largo recogido en la nuca con una cinta negra. Tenía una alianza matrimonial en la mano izquierda y un anillo con un gran diamante en la derecha.

—¿Divorciada? —preguntó Bobby, sorprendida ante su propia audacia.

—Viuda —contestó Eva, mirando brevemente a Bobby.

—Oh, lo siento.

—Ya ha pasado mucho tiempo —dijo Eva encogiéndose apenas de hombros—. Mi esposo salió en viaje de negocios, hace dieciséis años, y sufrió un ataque cardíaco en la habitación del hotel.

—Seguramente era muy joven.

—Tenía treinta años.

—Es terrible —dijo Bobby en una actitud de simpatía inmediata—. Sin duda, usted se impresionó terriblemente.

—Fue terrible —confirmó Eva—. Melissa tenía cuatro años. Continuó preguntando por él durante meses. Con el tiempo, pareció que lo olvidaba. Pero cuando cumplió doce años, me pidió una fotografía de su padre. Y desde entonces la lleva consigo.

—Seguramente fue difícil para ella, que era tan pequeña, perder así al padre.

—¿Y qué me dice de usted? —preguntó Eva—. ¿Cómo ha sido la vida de Penny con un padre a quien le agrada usar los puños?

—Joe nunca se interesó mucho por Pen —dijo serenamente Bobby—. Vea, en primer lugar nunca quiso tenerla. Y hemos huido porque él empezó a golpearla también a ella. Mientras Penny no se cruzaba en su camino, todo estaba bien. Pero últimamente, estos meses, si él empezaba a castigarme y ella se acercaba, la quitaba de en medio a bofetadas. Yo no podía permitirle eso.

—No —dijo Eva—. No podía. ¿El tiene idea del lugar adonde fueron?

—¡No! Ni siquiera quiero volver a verlo —se apresuró a decir Bobby, alarmada.

—¿De veras? —Eva enarcó el ceño, como si no creyese lo que Bobby estaba diciéndole.

—Así es —dijo Bobby, pronunciando con cuidado las palabras—. No quiero volver a verlo jamás.

—Hoy prepararé la comida —dijo Eva—; después iré con usted a buscar a la tía Alma y le mostraré cómo funciona el ascensor.

Era obligación de Bobby pasar a Alma de la silla de ruedas al ascensor. No era difícil. La mujer era alta y huesuda, pero no demasiado pesada. Como el ascensor estaba sobre el costado derecho de la escalera, se trataba sencillamente de que Bobby se acercara al lado izquierdo de Alma, es decir el más débil, pasara el brazo inerte de la mujer sobre sus propios hombros y pasando un brazo alrededor de la cintura de Alma la llevara hasta el ascensor con su silla. Podía percibir la ayuda de Alma, oler el perfume de la mujer, y, en el momento en que Alma quedó depositada, sana y salva, en el artefacto, Bobby experimentó un doloroso acceso de simpatía por ella. Tenía que ser terrible perder de ese modo el control sobre su persona, dejar de ser una mujer fuerte para convertirse en alguien que necesitaba ayuda casi en todo lo que hacía.

Eva le mostró el modo de plegar la silla de ruedas, después bajar con ella la escalera y volver a abrirla en la planta baja. Cuando llegó el ascensor con su lento movimiento, se repitió la secuencia, ahora a la inversa. A partir de ese momento, Alma insistió en desplazarse sola por el corredor en dirección a la cocina, donde estaba puesta la mesa para la comida.

Se trataba de algo sencillo: sopa y bocadillos, pero Bobby se sintió avergonzada ante la necesidad de comer con esas mujeres. Estaba convencida de que criticarían sus modales en la mesa, del mismo modo que les había parecido defectuoso su modo de hablar. Mordisqueaba apenas el jamón ahumado y el queso suizo, y le parecía difícil tragar. Tenía la boca todavía muy lastimada, y ese hecho, combinado con su incomodidad, determinaba que manifestase todavía más timidez. Ninguna de las mujeres pareció prestarle atención. Alma comenzó a preguntar a Eva acerca de cierto individuo llamado Charlie, y Eva dijo que saldrían el sábado por la noche. Charlie tenía entradas para una función en el teatro Long Wharf, de New Haven.

Bobby fingió que estaba atareada con su alimento, pues no deseaba demostrar que estaba oyendo. Pero no pudo dejar de oír y se preguntó si Charlie era el amante de Eva. La posibilidad de que Eva tuviese un amante confería una dimensión distinta a la mujer, y Bobby de nuevo la estudió disimuladamente, como había hecho antes en el coche. "Los hombres probablemente la creían atractiva", pensó Bobby. Aunque le agradara corregir la gramática de todo el mundo. Era delgada, pero tenía el cuerpo bien formado, con una cintura pequeña y un busto bastante grande.

Cada pocos minutos Bobby volvía los ojos hacia la puerta del fondo, imaginando que Joe aparecía con una escopeta bajo un brazo y un revólver en la mano, la cara dibujando una mueca. Sentía un nudo en el estómago. No importaba que no existiera modo de que él pudiera saber dónde estaban su mujer y su hija; ella no podía dejar de suponer que aparecería derribando la puerta.

Eva recogió la impresión de que Bobby trataba de ocultarse detrás de sus rizos. La vio comer minúsculos bocados de alimento, vio cómo sus ojos insistían en volverse hacia la puerta y comprendió que tenía miedo. Deborah había demostrado ira y desafío; sus grandes ojos castaños estaban cargados de rebeldía; en general, mantenía el cuerpo erguido. Nunca se encogía ni se acobardaba. Sin embargo, al parecer toleraba el castigo físico. Ahora como entonces Eva se preguntaba si había en el comportamiento de Deborah un aspecto cultural que ella no había atinado a percibir o comprender. Después de todo, a pesar de su educación en la escuela pública británica, Deborah y su madre habían nacido en las Indias Occidentales, y Eva conocía muy poco de las costumbres sociales que prevalecían en esa región. Durante su estancia en Montaverde, le había parecido que aquella era una sociedad dominada por los varones. Era también otra época, un tiempo en que el castigo físico a la esposa no era algo comentado en las mesas redondas de la televisión o en la tapa de *Newsweek*.

Eva había ido a la isla sabiendo muy poco de la relación de Deborah con Ian. Había visto a ese hombre sólo dos veces. Una poco después de su apresurado matrimonio con Deborah, cuando Melissa era una recién nacida; y de nuevo poco antes de que ella y Kent salieran de Inglaterra, cuando Mellie tenía seis meses. Las dos veces Eva se había sentido incómoda, en parte porque Ian parecía una pareja tan inverosímil para Deborah. Por otra parte, él tenía casi quince años más que Deborah y parecía un hombre de costumbres perfectamente definidas; en cambio, Deborah siempre se había mostrado espontánea, era un espíritu libre. El hecho de que él fuese blanco no incomodaba en absoluto a Eva. Deborah había salido con muchos hombres blancos, y Eva no creía en ninguna de las formas de discriminación racial. No, lo que le molestaba en él era su tendencia a los silencios prolongados, durante los cuales no aportaba casi nada a la conversación, y sus miradas de reojo, penetrantes y en cierto modo críticas. Sus rasgos alargados parecían haberse cristalizado en un gesto perpetuo de burla.

Por esa época, Eva se decía que ella misma mostraba una actitud demasiado crítica; pero no podía evitar la sensación de que en Ian había algo que parecía artificial. Por el bien de Deborah, deseaba simpatizar con Ian. Pero sus trajes impecables, su corbata aristocrática, su coche deportivo, sus amaneramientos y el hecho de que constantemente se refiriese a sí mismo como "uno", todo eso le parecía pretencioso. Uno decía, uno hacía, uno pensaba, uno prefería. Eso irritaba a Eva, y después del segundo encuentro con Deborah y Ian en la nueva casa de ambos en Newington Green, cuando ella y Ken habían regresado a su piso ya casi vacío, la niña durmiendo en su cesta, mientras ellos cerraban las últimas cajas, sintió la necesidad de preguntar a Ken qué opinaba.

—Es un asno pomposo —había dicho Ken—. No imagino qué le ve Deb.

—Tampoco yo —reconoció Eva—. Tiene que ser algo más que el embarazo. ¿Pero qué?

—No lo sé. Quizás el dinero —dijo él—. Quizás es una forma de seguridad.

—Por lo que puedo entender, han comprado la casa con los ahorros que ella aportó.

—Bien —dijo Ken, con una sonrisa—, quizá se trate de amor. Uno nunca sabe qué es lo que une a dos personas.

Ella pensó entonces lo mismo que pensaba ahora: muy propio de Ken. El era la prueba viviente de la convicción secreta de Eva de acuerdo con la cual los hombres eran mucho más románticos que las mujeres. Y, casi enseguida, al desagrado de recordar a Deborah se agregó el sufrimiento de echar de menos a Ken. Ya no era algo agudo, pero de todos modos sufría al evocar su dulzura y su humor. Era una renovación del mismo pesar que la había inducido finalmente, más de seis meses después del hecho, a escribir a Deborah, que estaba en la isla, y mencionarle la muerte de Ken.

Deborah había contestado inmediatamente, y en una demostración de simpatía había sugerido que un cambio de escena podía ser positivo. ¿Por qué no traía a Melissa y pasaban un mes en la isla? Melissa podría jugar con Derek, el hijito de Deborah, y Eva podía ayudar cuidando a los niños, mientras Deborah y Ian supervisaban la construcción de su nuevo hogar. "Ian está tan interesado como yo en que vengas", había escrito Deborah, "y la isla es hermosa. Había olvidado qué hermosa es. Como te dije hace mucho tiempo, yo tenía sólo ocho años cuando mamá me llevó a Inglaterra, de modo que apenas la recordaba después de tanto tiempo. Cuando mi tío Alfredo falleció y yo heredé el terreno, el año pasado, Ian consideró que era el momento perfecto para regresar. Estaba cansado de ejercer el derecho y deseaba empezar de nuevo. De modo que aquí estamos, y yo deseo verte. No he visto a Melissa desde que era muy pequeña, y tú jamás conociste a Derek. Ha pasado demasiado tiempo, cerca de cinco años. Por favor, ven, querida. Te echo de menos."

La invitación había parecido providencial. Eva se había sentido paralizada emotivamente por la muerte de Ken. Necesitaba hacer una pausa. Una isla en el Caribe parecía un intervalo idílico. Mellie tendría un compañero de juegos y espacios abiertos para moverse, y Eva finalmente vería de nuevo a Deborah. Sin detenerse a pensarlo mucho, había contestado diciendo que le encantaría viajar ocho semanas después, cuando el grupo escolar de Melissa interrumpiera sus actividades por el resto del verano.

Siguió un intercambio de cartas, mientras las dos mujeres elaboraban los detalles, y Eva en efecto se entusiasmó por algo por primera vez desde la muerte de Ken. Sólo cuando el avión hubo aterrizado y ella vio a Ian de pie al lado de Deborah, mirándolas, a ella y a Mellie, que caminaban por la pista, recordó su antigua antipatía hacia ese hombre. Y entonces ya era demasiado tarde.

—Bien, dígame —preguntó Alma a Bobby cuando Eva retornó a la conversación—, ¿qué hace ese marido suyo?

—¿Se refiere a Joe? —preguntó estúpidamente Bobby.

—Si ese es su nombre.

—Es soldador. Trabaja en un taller metalúrgico y gana bien —¿por qué lo decía como si se sintiera orgullosa de él? Era lo que siempre había hecho. No deseaba que la gente supiera que ella era desgraciada.

—¿Y cómo llegó a casarse con ese soldador? —preguntó Alma, mientras acercaba a la boca una cucharada de la sopa de crema de setas.

—Lo conocí cuando yo estaba en el colegio secundario —dijo Bobby—. Yo y mi amiga Lor solíamos ir a la pizzería. Joe entró una noche con sus amigos y me invitó a salir. Comenzamos a salir juntos. Después que mi abuelo falleció, nos casamos.

—¿Y él se mostró violento desde el comienzo? —preguntó Alma, volviéndose lentamente para clavar los ojos en los de Bobby.

—¿Quiere decir si comenzó a castigarme enseguida? No —Bobby pensó un momento y sintió que el último bocado se le pegaba a la garganta—. Eso comenzó después del nacimiento de Pen.

—¿Por qué se quedó en la casa? —preguntó Alma—. Nunca he entendido esa actitud en las mujeres como usted.

—¿Las mujeres como yo? —Bobby se erizó al oír eso. ¿Qué sabían esas dos de las mujeres como ella?— Todo es distinto —dijo con voz suave—. Incluso las mujeres golpeadas son diferentes unas de otras —se le llenaron de lágrimas los ojos y permaneció sentada en silencio, jurando que prefería morir antes que derramar una lágrima en presencia de esas mujeres.

—No se ofenda —dijo Alma, en un tono más amable—. Sencillamente intento entender.

Bobby la miró. Era difícil interpretar la expresión de la mujer, a causa de la deformación de un costado de la cara.

—Esa vez —dijo con voz pausada Bobby— traté de quejarme a la madre de Joe, pensando que quizás ella podía llamarlo al orden y obligarlo a cesar en esa actitud. Me dijo que era lo que yo merecía, que los hombres tenían derecho de golpear a sus esposas, que el matrimonio funcionaba así, que no veía nada que...

—Nada que... —dijo Eva.

—Nada malo en eso —Bobby bajó los ojos, sintiéndose una chiflada. Esas dos probablemente creían que ella era una mujer de la calle. Quizá de eso se trataba. ¿Cómo podía explicarles lo que era Joe, cuando ni ella misma lo entendía?

—Esa mujer era una estúpida —rezongó Alma, mirando hostilmente su propio plato.

—¿Usted lo amaba? —preguntó de pronto Eva.

Bobby la miró sorprendida.

—No lo sé —se apresuró a decir—. Creía que sí. Era realmente apuesto, y cuando nos conocimos yo tenía sólo dieciocho años. Supongo que era una estúpida.

Si siempre la interrogaban de ese modo, ella no sabía si alcanzaría a durar las dos semanas. Se sentía desnuda y fea.

—Dieciocho años es ser muy joven —dijo Eva, y dirigió a Bobby una sonrisa bastante amable—. Nadie podría criticarla.

—¿Qué me dice de su madre? —preguntó Alma—. ¿Dónde estaba?

—Nunca conocí a mi madre —dijo Bobby, casi en un murmullo—. Se marchó cuando yo era una niña de brazos. Tenía diecisiete años y no estaba casada. Nadie volvió a verla. Me dejó con mi abuelo y la tía Helen, y jamás regresó. Vea, mi abuela había fallecido mucho antes, de modo que estaban sólo el abuelo y la tía Helen, y a decir verdad ellos no deseaban tener la responsabilidad de una niña. Dijeron algo acerca de darme en adopción, según me contó mi tía. Pero no lo hicieron. Me conservaron con ellos.

La voz de Bobby se debilitó y ella se quedó mirando fijamente su plato, con la esperanza de que no le formulasen más preguntas. No le agradaba el aspecto que tenía su propio relato.

—Dejemos descansar a Bobby —dijo Eva a su tía—. Estamos molestándola —y, dirigiéndose a Bobby, agregó—: Tendrá que perdonarnos. Tenemos la costumbre de disecarlo todo, de analizar las cosas hasta el cansancio.

—No comprendo eso —reconoció Bobby.

—Se acostumbrará —dijo confiadamente Eva—. No es algo personal.

Bobby se preguntó cómo podía no ser algo personal cuando se referían a ella misma. Seguramente ese era el modo que conversaban los ricos. Sin duda eso estaba muy lejos de la gente que se refugiaba con Lor, o de las visitas a la tía Helen, con el televisor siempre encendido. Permaneció sentada, las manos plegadas sobre el regazo, y esperó que terminase la comida.

A las tres y diez Bobby estaba esperando al extremo del sendero. Y, cuando Pen bajó del autobús escolar amarillo, Bobby abrió los brazos, aliviada al verla. Con Penny ella sabía quién era.

—Mi maestra es la señora Corey, y me gusta mucho, muchísimo —dijo Penny, mientras caminaban de regreso a la casa—. Estuvimos escribiendo y escuchamos un cuento. Es una buena escuela. ¿Puedo ir a ver a la abuela?

—Un momento —dijo Bobby, deteniéndola frente a la puerta principal—. Mira, Pen, Alma en realidad no es tu abuela.

—Puede ser mi abuela, si yo quiero.

—Tal vez no le agrade que tú la trates así. Llámala tía Alma, y no la molestes. A los ancianos les agrada la tranquilidad.

—Ella me ha dicho que podía leerle esta tarde. *Lo ha dicho.*

—De acuerdo —dijo Bobby, manteniéndose erguida—. Pero querida, aquí somos empleadas a sueldo. Tienes que recordarlo. No te comportes como si fuese tu casa.

—Pero ahora vivimos aquí —dijo Penny, frunciendo el entrecejo.

—Vivimos aquí, pero no es nuestra casa. ¿Entiendes?

—Entiendo —Penny parecía poco convencida cuando entraron en el vestíbulo—. Ahora subiré —dijo a su madre y se arrodilló en el suelo para abrir su mochila en busca del libro *Donde termina el camino.*

—Quítate la chaqueta y las botas —le dijo suavemente Bobby—. No quiero que ensucies la alfombra.

Penny obedeció y después subió de prisa la escalera. Bobby se quedó en el vestíbulo principal, viendo cómo su hija subía la escalera, y se estremeció al oír que Penny llamaba a la puerta de Alma y decía:

—Abuela, he vuelto de la escuela.

Contestó la voz ronca de Alma.

—Estaba esperándote. Ah, has traído el libro. Muy bien.

Bobby exhaló lentamente el aire y descendió a la planta baja para ordenar las cosas de su hija antes de la cena. No sabía *cómo* interpretar a esa gente y no podía comenzar a imaginar lo que pensaban de ella. Pero, mientras disecaran y analizaran a otra persona, suponía que podría sobrevivir a la prueba. Y Pen ya estaba adaptándose y había convertido en abuela a ese viejo pájaro de garras afiladas.

5

—¿Dónde estás? —preguntó la tía Helen.

—En Connecticut —le dijo Bobby—. Conseguí empleo en un lugar... en un lugar muy hermoso.

—Joe vino a buscarte.

—Imaginé que probablemente lo haría. ¿Qué le has dicho?

—Que saliera de mi casa, y que no le diría nada aunque supiera. No me ha creído, pero le dije que llamaría a la policía y se fue. ¿Tú y Pen estáis bien?

—Estaremos muy bien. Oye, ¿tienes inconveniente en que comunique tu dirección a la oficina de correos, para que te envíen mi correspondencia? De ese modo, si hay algo importante, puedes enviármelo.

—Está bien —dijo Helen—. Buscaré un lápiz.

Bobby le dijo la dirección y después agregó:

—Ocúltala en un lugar seguro.

—No te preocupes. Y envíame tus noticias de tanto en tanto.

—Así lo haré. Y gracias, tía Helen.

—Ya era hora de que te alejases de ese hombre. Uno de estos días terminará matando a alguien.

—Sí —dijo Bobby—, ya lo sé.

Después de la cena, Eva trabajó un par de horas en su oficina, instalada sobre la cochera, para compensar parte del tiempo que había perdido instruyendo a Bobby acerca de los detalles de la rutina doméstica.

A las once, archivó su capítulo y apagó el ordenador. Anotó algunos puntos que deseaba recordar el día siguiente y después apagó las luces, cerró todo y atravesó la cochera en sombras en dirección a la cocina.

Descargó la máquina lavaplatos, preparó la mesa para el desayuno del día siguiente, preparó la bandeja de la tía Alma y finalmente llenó la cafetera y puso en hora el reloj. Verificó automáticamente las puertas y las ventanas de la planta baja antes de subir la escalera. Al ver que todavía había luz en la habitación de su tía, llamó con suaves golpes y abrió la puerta. Alma apoyó la mano sobre la página que había estado leyendo y miró a su sobrina.

—¿Qué te parece? —preguntó Eva, cruzando la habitación para sentarse en un costado de la cama—. ¿Funcionará?

—Tiene miedo de su propia sombra, pero no mintió al hablar de su fuerza física. Parece que no tiene ningún problema con mi anciano esqueleto. Y es agradable ser de nuevo abuela. Simpatizo con esa niña. ¿A ti qué te parece?

—Me recuerda a Deborah —dijo Eva, la mirada perdida un momento en el vacío—. No se parecen en absoluto, pero no puedo evitar la comparación.

—Lo que te fascina es la psicología —dijo astutamente Alma—. Siempre ha sido así.

—Hacía años que no pensaba en ella, hasta que apareció Bobby. ¿Imaginas que su verdadero nombre es Roberta? Bobby es tan... No sé, es tan *rural*.

Alma se echó a reír.

Eva también sonrió.

—Bien, así están las cosas. Bobby es un nombre común entre los habitantes de los Apalaches o del pantano de Okefenokee.

—Eres perversa y elitista —la acusó Alma.

—Ambas cosas —dijo Eva—. Y me agradaría hacer algo con su pelo. Sí, es difícil decir cuál es el verdadero aspecto de esta mujer, en vista del estado de su cara, pero sospecho que en realidad es bastante bonita. Y se la vería infinitamente mejor con un corte decente de pelo.

—Su pelo nada tiene que ver con sus cualidades —insistió Alma.

—Es casi una barrera de clase autoimpuesta: las mujeres se definen por su pelo —dijo Eva, pensando en voz alta.

—Vete a dormir —dijo Alma— y déjame descansar.

Eva se inclinó para besar la mejilla de su tía, después se puso de pie y preguntó:

—¿Deseas algo antes de que me retire?

—Nada. Te veré por la mañana.

Penny soñó que subía al autobús escolar y que todos los niños estaban vestidos de payaso, con redondas narices rojas y grandes bocas rojas y pequeñas lágrimas negras pintadas sobre las mejillas blancas. El chófer del autobús decía:

—Sube rápido, y siéntate. Sabes que no puedo arrancar este autobús hasta que estés sentada —Penny miraba en todas direcciones pero no podía encontrar un lugar dónde sentarse. Se volvía a decirlo al chófer, pero, cuando intentaba hablar, no lograba pronunciar una sola palabra.

—Tendrás que bajar —decía el chófer.

Pero ¿cómo llegaría a la escuela? Penny formulaba la pregunta sin hablar.

—Si no encuentras asiento, no puedes viajar en este autobús.

Penny miraba nuevamente las hileras de niños vestidos de payaso, todos riendo y tocando cornetas de cartón. Al fondo mismo había un lugar vacío, y ella caminaba hacia allí, sonriendo a los pequeños payasos mientras avanzaba por el corredor. Quizás era un día especial en la escuela, y ella debía tener también un disfraz de payaso. ¿Cómo era posible que su madre no supiese nada?

Ocupaba el asiento, apretando al señor Oso contra el pecho, y el autobús arrancaba otra vez; Penny estaba enfadada con su madre.

—¡Silencio los niños! —gritaba el chófer por encima del hombro.

Los niños se miraban unos a otros, riendo. Penny sostenía al señor Oso y sonreía cortésmente, los ojos fijos en el frente del autobús. Deseaba tener un traje de payaso y una nariz roja y una boca grande pintada, un vestido de motas negras, con mangas abullonadas y un cuello blanco de encaje. Le parecía que todo respondía al hecho de que era una escuela nueva. Y nadie se lo había dicho a su madre. Ahora sería la única en toda la escuela que llevara esos vaqueros viejos y jersey. Pero quizá, se decía, experimentando una súbita oleada de esperanza, quizá también los maestros usaran las ropas de todos los días. En ese caso, todo estaría bien.

Bobby despertó en la oscuridad, sin saber dónde estaba. El corazón le latía con fuerza, y extendió la mano a ciegas, buscando el interruptor de la luz sobre la mesita de noche. Lo encontró. Miró alrededor. Penny había echado a un lado las mantas. Bobby respiró varias veces, bajó de la cama y extendió las mantas sobre el cuerpo de su hija. Después fue al cuarto de baño, se refrescó la cara con agua fría y se llevó las manos a la nuca, temblando. Cerró el grifo, enderezó el cuerpo y sintió tensos y doloridos los músculos del cuello y los hombros.

Sentada en la cocina y fumando un cigarrillo, la cabeza descansando sobre una mano, trató de recordar cuándo había conseguido dormir la noche entera. Hacía de eso tanto tiempo que no alcanzaba a recordarlo. Le pareció que había sido probablemente poco antes de que el abuelo enfermase. De eso hacía mucho, muchísimo tiempo.

Eva miró el teléfono que estaba sobre la mesa de noche y se dijo que había pasado otro día y Melissa no llamaba. El hecho no era desusado. Durante las primeras semanas de su primer año en la universidad, Melissa había telefoneado noche por medio. Pero después, cuando ya se había instalado, había dejado pasar semanas antes de llamar a su casa. Eva deseaba recibir noticias suyas con más frecuencia, pero aceptaba la realidad de que la vida de su hija ya no estaba unida a la de ella. Ella misma se había mostrado igualmente descuidada en los llamados al hogar durante sus años de universidad. Ahora se preguntaba si Alma, en el fondo, no se había preocupado por ella exactamente como Eva no podía dejar de preocuparse por Melissa. Ser joven significaba concentrarse en uno mismo. Quizás Alma siempre lo había comprendido así, pues había consagrado la mayor parte de su vida a tratar con los jóvenes.

Eva había deseado pasar a Sarah Lawrence, en Bronxville, pero Alma la había convencido de que fuera a Bennington. "Será muy conveniente para ti —había insistido su tía—. Necesitas salir y moverte por tu propia cuenta. Arreglarte sola, acostumbrarte a vivir en forma independiente." Había hablado como si esperara que Eva permaneciese soltera toda la vida, exactamente como había sido el caso de Alma. Y ella había discutido, pero la falta de vocación matrimonial de su tía había sido un tema engorroso, al que Alma generalmente desechaba por entender que era indigno de una verdadera discusión.

—He adoptado mi decisión hace muchos años —decía su tía cuando Eva abordaba el tema— y aún no lo lamento.

En esas ocasiones mostraba una expresión especial, que inducía a Eva a abstenerse de insistir en el asunto. Y, después de haber pasado toda su vida (excepto los seis primeros años) al cuidado de su tía, había aprendido a identificar las señales de advertencia. Alma analizaba a los hombres sólo en abstracto, nunca en concreto. Trabajaba con ellos, mantenía relaciones sociales, y Eva sospechaba que incluso se acostaba con algunos; pero nunca hablaba de ellos. Cuando Eva comenzó a salir con amigos, alrededor de los trece años, consideró que era sensato seguir el ejemplo de su tía y reservarse los detalles.

Eva podía recordar imprecisamente una conversación que había mantenido con su madre el día que le había preguntado por qué la tía Alma no tenía marido. Su madre había suspirado y comentado:

—Mi hermana tuvo un amor muy desgraciado. El joven se casó con otra, y ahora Alma cree que todos los hombres a quienes conoce son responsables de eso.

El asunto no le había parecido muy lógico a una niña de cinco años, pero la breve conversación continuaba siendo uno de sus recuerdos y, a medida que su edad aumentaba, la explicación le parecía cada vez más viable. Un hombre terrible había destrozado el corazón de su tía, y después ella siempre se había mostrado escéptica y un tanto desmoralizada en relación con los hombres. Pero su tía no parecía especialmente preocupada por su propia vida, y Eva había llegado a la conclusión de que, si bien ella aspiraba a casarse y tener hijos, no era inevitable que todas las mujeres sintiesen lo mismo. Fuese una actitud intencional o involuntaria, Alma había enseñado a su sobrina que algunas mujeres sencillamente preferían vivir solas. Y Eva no veía nada malo en el asunto.

Cuando conoció a Ken Rule, Eva supo que ella misma sería una de las mujeres que se casaban. El estaba destinado a ser su pareja, y ella se sentía muy cómoda con el conocimiento de que su propia vida sería distinta de la que había llevado su tía.

Se habían conocido durante el semestre que ella pasó en Londres, en una taberna de Chelsea donde ella había ido con Deborah cierta noche a beber una copa. El estaba sentado con algunos amigos en la mesa contigua, y después de escuchar su acento, se había vuelto con una sonrisa y dicho:

—Hola, yo vengo de Washington, ¿y usted?

Ella simpatizó inmediatamente con Ken. Le recordaba a su abuelo, que había fallecido cuando ella tenía catorce años. Ken Rule era un hombre alto, de hablar suave, con gruesas cejas como el abuelo y un carácter maravillosamente franco. Eva le explicó que venía de Connecticut y se presentó y presentó a Deborah, quien sonrió a Ken, mientras propinaba a la rodilla de Eva un pellizco significativo bajo la mesa.

Ken vestía esa noche un chaleco de tela escocesa, y Eva había dicho:

—Ese chaleco es idéntico al que usaba mi abuelo.

Moviendo su silla de modo de acercarse a la mesa de las dos jóvenes, él dijo:

—En realidad, este *es* el chaleco de su abuelo.

Ella había reído complacida, y los dos empezaron a hablar y a intercambiar información, hasta que la empleada del mostrador indicó que era hora de marcharse.

Mientras Deborah estaba en el cuarto de baño, Ken le dijo:

—Déme su número y dígame que saldrá conmigo la noche del sábado.

Insistió en acompañar a las muchachas en taxi hasta la casa, dijo a Eva que deseaba que llegase cuanto antes el sábado y a Deborah que le complacía haberla conocido; después se alejó, silbando, en dirección al taxi que lo esperaba. Mientras subían la escalera en dirección a sus habitaciones, Deborah dijo:

—Espero ser la dama de honor, querida. Pero, por favor, no me pidas que lleve prendas rosadas.

Ella y Ken hicieron el amor en la habitación de Eva después de esa primera cita. Más tarde, se veían dos o tres veces por semana. Para disponer del tiempo necesario, Ken trabajaba más horas en la oficina, en un esfuerzo por mantenerse al día con sus tareas. Tenía el diploma de ingeniero civil, pero le habían ofrecido empleo apenas salió de la universidad y comenzado a desempeñar una carrera internacional. Cuando se conocieron, él llevaba en Londres un año y medio. No hablaba mucho de su trabajo.

—Te aburriría mortalmente —dijo al principio a Eva—. Pero es un buen punto de partida. En las altas cumbres habrá lugar para un tipo como yo.

Ella tenía verdadera confianza en él. Hacia el fin de su semestre había consentido casarse con Ken, de modo que él la acompañó en el avión de regreso, para conocer a Alma. Dispusieron de sólo dos días antes de que él tuviese que volar de nuevo a Londres. El último semestre de Eva en Bennington pasó envuelto en una suerte de bruma. Eva se las arregló para terminar su trabajo, pero lo único que deseaba era regresar a Londres para estar con Ken y con Deborah.

Si Alma sentía cierta aprensión, en todo caso nunca lo manifestó y siempre se mostró satisfecha con la elección de Eva. Llegó a Londres una semana antes de la celebración, hizo compras con Deborah y Eva, prepararon un sencillo vestido de boda y ella pagó los gastos pertinentes.

Casi un año después de casarse, Eva supo que estaba embarazada. Ken lloró cuando ella se lo dijo.

—Siempre quise ser el padre de alguien —dijo.

—Por Dios, tienes sólo veintiséis años —dijo riendo Eva—. ¿Cuánto tiempo es siempre para ti?

—Tú sabes lo que quiero decir —había insistido Ken.

En efecto, ella lo sabía, porque siempre había deseado ser la madre de alguien. Había crecido sin padre y había deseado tener uno. Los padres de Ken se habían divorciado cuando él tenía once años, y él también había deseado un padre. Al tener ese niño, los dos estaban satisfaciendo una necesidad profunda de corregir lo que ellos consideraban errores históricos.

Alma pareció desconcertada cuando Eva le telefoneó para transmitirle la noticia. Desconcertada y quizás un poco inquieta. Declaró que se sentía muy satisfecha y dijo que quizás encontrase el modo de estar en Londres cuando naciera el niño. Pero estaba en curso el año escolar y ella no podía alejarse.

Deborah estaba de gira con la compañía, pero abrigaba la esperanza de regresar a tiempo para el nacimiento.

—Y —había anunciado— es posible que te comunique mis propias noticias, que también serán fabulosas —se negó a dar detalles y prometió hablarle al regreso.

En definitiva, el niño llegó tres semanas antes. Ken asistió al parto, de pie a un costado de la partera, sosteniendo la mano de Eva en el momento en que Melissa abandonaba el cuerpo materno. Y lo primero que dijo después de ver a la niña fue:

—Tenemos que hacerlo de nuevo.

—Dame un minuto o dos —jadeó Eva, y todos se echaron a reír.

Melissa tenía seis semanas cuando Deborah regresó a la ciudad, embarazada y seguida por Ian. Y desde entonces, las cosas nunca fueron iguales entre Eva y Deborah. Aunque Eva siempre se mostraba accesible, y proponía salidas, ya no había conversaciones largas y desordenadas en la comida o la cena. Sólo charlas ocasionales por teléfono, y finalmente esa última visita a la casa de Newington Green. Las cartas de Deborah durante los años que siguieron eran reconfortantes; constituían la prueba de la permanente amistad entre las dos jóvenes, y Eva decidió concentrar la atención en su amiga, desechando los sentimientos contradictorios acerca del hombre a quien Deborah había elegido como marido.

Cuando Ken fue trasladado nuevamente de Londres a su país, Alma aportó el adelanto para el apartamento de Manhattan, donde Eva había continuado viviendo hasta un año después del ataque que había sufrido Alma. Por extraño que pareciera, después del ataque Alma llegó a mostrarse bastante locuaz con respecto a los primeros tiempos de su vida y pasó varias tardes en su habitación del hospital hablando a Eva de Randy Wheeler. Hablaba sin amargura pero con voz pausada, enunciando cuidadosamente y recitando los hechos del episodio; Eva escuchaba atentamente, y sospechaba con acierto que la única razón por la cual Alma revelaba en ese momento su historia era que creía que estaba a un paso de la muerte. Eva estaba segura de que Alma viviría y que posiblemente, en alguna fecha futura, lamentaría esa confesión. Pero, mientras duró el episodio, Eva asimiló los detalles de los años jóvenes de la vida de su tía, tan ansiosa de oír la versión como Alma de relatarla.

Alma nunca volvió después a mencionar esas conversaciones en el hospital ni al joven con quien algún día había pensado casarse, y Eva supuso que el silencio permanente era el único indicio que su tía daría del pesar que ella sentía. Lo cual era típico de Alma. Nunca había sido una persona de llorar sobre la leche derramada. Sencillamente continuaba su marcha y prescindía de todo lo que le desagradaba.

Eva creía que precisamente esa capacidad para avanzar era lo que convertía a su tía en una docente espléndida y una progenitora maravillosa, aunque a veces excéntrica. Alma esperaba que Eva aprendiese de sus errores y nunca volvía sobre los incidentes anteriores para destacar sus observaciones. A veces Eva se preguntaba cómo se habría moldeado su carácter si hubiese crecido con sus padres naturales, pero, en vista del hecho de que apenas podía recordar a Cora y a Willard Chaney, generalmente se trataba de un ejercicio breve. En realidad, Alma era su madre, y lo había sido durante los últimos treinta y siete años. Y Eva le profesaba profundo afecto, quizá más que el sentimiento que hubiese consagrado a su madre real, que, por lo que Eva podía recordar, era una mujer un tanto insegura y propensa a representar el papel de dama indefensa. Era indudable que su carrera literaria era consecuencia directa del aliento y el apoyo que le había brindado Alma durante mucho tiempo. Alma siempre había sido su aliada más enérgica y su crítica más severa y desde los once años había exhortado a Eva a volcar sus pensamientos en el papel.

—Tienes el don, Eva —le repetía constantemente su tía—. No temas usarlo.

Y era lo que ella había hecho. Había utilizado las cosas que veía y conocía y pensado en ellas, y las había plasmado en relatos que su tía después arreglaba y criticaba. Y finalmente, un año después de la muerte de Ken, había publicado su primer libro. Desde entonces, había escrito cinco obras más y atribuía su éxito a la influencia enérgica y favorable de su tía. Ahora deseaba encontrar el modo de devolver a Alma parte del placer que se había esfumado con el ataque; deseaba reembolsar un poco de lo que Alma le había dado.

—Le he preparado el desayuno —dijo Eva—. Esta tarde, mientras Alma duerme la siesta, tal vez usted desee visitar el supermercado y comprar algunos alimentos.

—Muy bien, gracias —dijo Bobby y ordenó a Penny que se sentase frente a la mesa—. ¿Puedo ayudarla en algo?

—Ya está todo hecho —dijo Eva—. Generalmente bebo el café arriba, con mi tía. Sírvase usted misma.

Bobby preparó un plato con tocino, huevos y tostadas para Penny, sirvió un poco de zumo de naranja de la jarra que estaba sobre la encimera y se sentó con una taza de café mientras Penny comía. Cuando la niña terminó, Bobby le puso el abrigo y las botas, vistió su propio abrigo y caminó con ella hasta el extremo del sendero a esperar el autobús escolar.

—¿Tienes tus vales para la comida? —le preguntó Bobby.

—Sí —los ojos de Penny estaban en el camino y se iluminaron cuando vio aparecer el autobús.

—Está bien. A partir de mañana te preparé la comida. Compórtate y nos veremos esta tarde —se inclinó para besar a Penny en la mejilla, y se enderezó mientras la niña trepaba al vehículo amarillo. Bobby lo vio alejarse, se volvió y caminó de prisa hacia la casa. Había nieve en el ambiente. Probablemente comenzaría a nevar muy pronto y ese sería el auténtico comienzo del invierno.

Lavó los platos, los depositó en el secador y se quedó de pie junto a la ventana para terminar su café mientras esperaba que llegase Eva. La emocionó ver el agua en el límite del jardín. Donde terminaba la hierba había una caída, como un pequeño acantilado que llegaba hasta los tres o cuatro metros de arena salpicada de piedras; y después, el mar se extendía hasta el infinito. Podía oír las olas rompiendo sobre la costa incluso desde el interior de la casa. El sonido hacía que ella se sintiese limpia y fuerte.

—Ya puede subir —dijo Eva, que entraba con la bandeja del desayuno de su tía.

—Muy bien.

Bobby se acercó al fregadero para lavar la taza, pero Eva dijo:

—Déjelo así —por la razón que fuere, el deseo de Bobby de ayudar la irritaba esta mañana. Habló de mal modo a la mujer y después se sintió mal. Pero no pudo encontrar espacio en su propia mente para formular una disculpa. Lo único que deseaba era llegar a su ordenador y comenzar a trabajar.

Impresionada por la brusquedad de Eva, Bobby dejó la taza sobre la encimera y caminó hacia la escalera. No sabía a qué atenerse con Eva, ya que le desconcertaba la alternación entre su cordialidad en ciertos momentos y su frialdad después.

Alma se limitó a gruñir como respuesta al "Buenos días" de Bobby.

Bobby esperó, preparada para interpretar las sugerencias de la mujer mayor; y vio cómo Alma trataba de sentarse sobre el costado de la cama. Tenía que levantar el inútil brazo izquierdo y después la pierna del mismo lado; el lado derecho de su cuerpo debía realizar todo el trabajo.

En una reacción instintiva, Bobby se acercó para ayudarla a ocupar la silla de ruedas. Cuando estuvo en el cuarto de baño, y fuera de la silla, Alma dijo:

—Puede llevarse la silla. Déjela al costado de la puerta. La llamaré cuando la necesite.

Bobby retrocedió para esperar y se volvió para mirar la habitación. Había un hogar en la pared de la izquierda. Al frente una ancha ventana y frente a esta el sillón que Bobby había ocupado durante la entrevista. A la derecha de la ventana estaba la cama. Era una hermosa habitación, con una alfombra celeste y cortinas blancas en la ventana; un cubrecama azul bordado en la cama de estilo antiguo y el papel floreado sobre un fondo azul oscuro. Había libros apilados sobre la mesa de noche y formando una hilera sobre la repisa de la chimenea. Vio un banco largo y estrecho al pie de la cama, cubierto con trabajos de costura.

Alma la llamó y Bobby se apresuró a atravesar la habitación.

—Abra el grifo del agua, no demasiado caliente —ordenó Alma, aferrando una de las diferentes barandas de acero inoxidable fijadas a las paredes del cuarto—. Ahora —dijo cuando Bobby hubo cumplido la orden—, ayúdeme a abandonar este condenado artefacto.

Imaginando que desvestía a Penny, Bobby despojó de su camisón a Alma, evitando mirarla. La bañera se había llenado con mucha rapidez, de modo que ahora cerró los grifos; después, se inclinó para sostener el peso de Alma mientras la ayudaba a entrar en el agua.

—Me baño sola —le dijo Alma—, pero no me molesta tener compañía. Siéntese allí —indicó un taburete esmaltado blanco que estaba en el rincón.

Bobby se sentó. Mientras Alma se atareaba con el jabón, Bobby la examinó. Su cuerpo no estaba tan mal como Bobby había temido. Era delgada, pero no estaba reducida a la piel y los huesos, y tenía una forma mejor que lo que Bobby había creído que podía ser el caso de una persona de su edad. Tenía la espalda ancha, pero se angostaba al llegar a la cintura; tenía pechos pequeños que no caían demasiado flojos y el vientre un tanto prominente. El cuello largo y bien formado, un rasgo que Bobby siempre había admirado en una mujer; y brazos y piernas realmente largos. Bobby llegó a la conclusión de que en otros tiempos seguramente había sido una mujer muy hermosa. La mitad de su cara todavía lo era. La otra mitad parecía agradable y absurda al mismo tiempo.

—Le jabonaré la espalda, si lo desea —propuso Bobby, pues se sentía torpe sentada allí, sin hacer nada.

En respuesta, Alma le entregó el jabón y después se aferró al pasamanos de la pared, sobre la bañera.

Bobby se dijo que era exactamente como lavar a Pen, mientras enjabonaba un lienzo y aspiraba la fragancia del jabón. Pasó el lienzo hacia arriba y hacia abajo y hacia los costados, y entretanto canturreaba con voz muy tenue.

—Sabe hacerlo bien —dijo Alma, la cabeza inclinada hacia adelante, adormecida por los movimientos tan agradables.

—¿Puede sentir de este lado? —preguntó Bobby, enjabonándole el lado izquierdo.

—Algo —murmuró Alma.

—¿Y el pelo? ¿Cuándo se lo lava?

—Eso, querida, es una producción digna de Cecil B. DeMille. Lo hacemos acercando la silla de ruedas al lavabo dos veces por semana. Felizmente, hoy no es uno de esos días.

—Pero podría hacerlo aquí mismo, en la bañera —dijo Bobby—. Aquí tiene uno de esos artefactos móviles de ducha. Sería fácil. Muy fácil —insistió—. La inclinaríamos hacia atrás y lo haríamos en un abrir y cerrar de ojos.

—Me parece que usted no entiende qué engorroso puede ser.

—De ningún modo —negó Bobby—. Ya lo verá. Lo intentaremos cuando llegue el momento.

—Probablemente usted terminará ahogándome.

Bobby sonrió y extendió la mano hacia una de las grandes toallas colgadas del toallero.

—No la ahogaré —dijo, ayudando a Alma a salir de la bañera—. Necesito el empleo.

No fue difícil desplazar a la mujer de un lugar a otro. Bobby se dijo que en cierto modo era como manejar a un niño muy grande. Por supuesto, era un niño que podía decir cosas malignas y dolorosas.

Envuelta en la toalla, Alma se sentó sobre el borde de la cama y dijo a Bobby lo que deseaba usar y en qué cajones del armario encontraría las cosas. Unas bragas, unas medias hasta la rodilla, una falda y una blusa, y un jersey. Todo muy sencillo. Bobby había creído que le desagradaría manipular a una mujer desnuda; pero no fue así. Sintió una extraña forma de intimidad al vestir a su nueva empleadora, al subirle las medias por las piernas, al acomodar las bragas en las estrechas caderas. En general, fue todo bastante satisfactorio; sintió que controlaba la situación y que lo hacía de un modo competente.

Una vez vestida e instalada en su silla de ruedas, Alma abrió el cajón de la mesita de noche y extrajo su colonia. Se la aplicó ella misma y Bobby respiró el aroma agradable. Mientras Alma volvía el frasco al cajón, Bobby tuvo la sensación de que ahora y para siempre asociaría la fragancia florida con esa mujer.

—¿Qué le parece si le cepillo el pelo? —preguntó Bobby, extendiendo la mano hacia el cepillo que estaba sobre el armario.

—Me encantaría —dijo Alma y Bobby tuvo la certeza de que la mujer le sonreía.

De modo que Bobby buscó todas las horquillas, alisó con los dedos los largos cabellos y después cepilló la sedosa masa gris, gratificada por el suave suspiro de satisfacción de Alma. El sol brillaba cálido y de tanto en tanto Bobby desviaba los ojos hacia la ventana, buscando la visión del mar. A decir verdad, se sentía feliz. Le agradaba la crepitación de los cabellos de Alma que se deslizaban bajo su mano mientras le pasaba el cepillo, le agradaba la fragancia de su colonia y la mancha de cálida luz del sol que las cubría. El tiempo parecía disolverse. Se habría sentido satisfecha si se viera obligada a permanecer allí para siempre, buscando los puntos de luz de sol que bailoteaban sobre el agua, allí afuera, más allá de la ventana, mientras ella trabajaba con sus manos.

Finalmente, reunió los cabellos sobre la cabeza de Alma y con mucho cuidado los aseguró mediante horquillas.

—¡Ya está! —dijo, y dio un paso al costado para sonreír a la mujer—. Todo arreglado.

Alma la miró un momento prolongado y después dijo:

—Qué buena personita es usted.

Bobby sintió que en la cara se le dibujaba una sonrisa tonta, como si se la hubiesen pegado a la cara con cola y estuviese a punto de desprenderse. Temió echarse a llorar, pero consiguió articular un sencillo:

—Gracias —y se apresuró a devolver el cepillo al armario. Se aclaró la voz y dijo—: Creo que ahora es el momento de bajar —y esperó que Alma dirigiese la silla de ruedas hacia la puerta.

Alma vio que el cumplido la había conmovido y sintió el pecho inundado de tristeza. Era muy evidente que Bobby estaba más acostumbrada al insulto que al elogio. Se dijo que eso era muy triste. Tres mujeres desilusionadas bajo un mismo techo. Pero estaba olvidando a Penny, ese duende encantador. Realmente era hermoso tener de nuevo una niña en la casa. Sobre todo, había echado de menos a los niños.

Dos días después, barrió toda la suciedad del suelo de la cocina y la envió directamente al cubo de la basura que estaba en el fondo. La porquería pegada a la pared podía quedar allí. El ni siquiera la tocaría. De todos modos, le serviría como recordatorio. Abrió una lata de cerveza y clavó la vista en la pared. Imaginaba que su mujer se había largado con la niña a uno de esos albergues y volvería arrastrándose apenas la gente de allí la echase, exactamente como había sucedido la última vez.

Jamás se podía confiar uno en una mujer viva. Todas traicionaban apenas uno les daba la espalda. Bobby no era diferente. Un modo de lograr que prestasen atención era darles unos cuantos azotes, para mostrarles quién mandaba. Aplastó la lata de cerveza con una mano y la arrojó al cubo. En el refrigerador no había ni una maldita cosa para comer. ¡Mierda!

Iría a lo de Garvey, bebería un par de cervezas y pediría una hamburguesa. Después volvería a visitar ese sitio de Lor, para asegurarse de que, en definitiva, la zorra de su mujer y la niña no estaban ahí.

Sonó el teléfono. Descolgó el auricular, seguro de que era Bobby, que le pediría por favor que le permitiese volver a casa. Pero era ese tipo del Burger King, que quería saber si Bobby pensaba presentarse a trabajar. "Se fue", dijo al tipo y cortó la comunicación. "¡Cabrón!" miró el teléfono. Quizás era el modo de hacerse el listo, llamar por teléfono para decir que no había aparecido, cuando en realidad estaba acostado con ella. Ya lo verificaría, y enfundó el revólver 38 bajo el cinturón. Esperaría que llegase la hora del cierre y atraparía a ese sinvergüenza en el aparcamiento; le metería el 38 bajo la nariz y ya vería lo que salía de su boca.

6

La mañana del jueves, mientras Bobby caminaba de regreso a la casa, después de dejar a Penny en el autobús escolar, un polvoriento Buick negro entró por el sendero y paró detrás del Honda. Una negra de edad madura descendió y permaneció un momento mirando a Bobby.

—¿Usted es la nueva enfermera? —preguntó dubitativa la mujer, mientras se acercaba.

—Sí.

—Parece que usted ha sufrido un accidente.

—Sí, sí. Me llamo Bobby —insegura de la forma del protocolo, extendió la mano a su interlocutora.

—Yo soy Ruby —dijo la mujer, con expresión desconcertada, dando un rápido apretón a la mano de Bobby.

Entraron juntas en la casa y Bobby permaneció un momento en el vestíbulo, agradeciendo el calor del lugar. Había salido sólo con un jersey. Ruby se atareó colgando su abrigo y Bobby fue a la cocina. Aún disponía de unos minutos antes de subir y deseaba arreglar su apartamento. Se apresuró a poner en el fregadero la vajilla del desayuno y después tendió las camas. Se dijo que más tarde lavaría la vajilla y fue a la cocina para beber otra media taza de café antes de comenzar el día con Alma.

Ruby apareció protegida por un delantal y sosteniendo en una mano un cubo lleno de elementos de limpieza y en la otra un estropajo y una escoba.

—¿Cuándo ha llegado? —preguntó.

—Comencé el martes por la mañana —respondió Bobby, de pie junto a la encimera con su café.

—¿Qué le parece la casa?

—Muy agradable —dijo Bobby—. Son gente muy buena.

—Ahá —Bobby comenzó con la vajilla, poniéndola en el lavaplatos.

—¿Hace mucho que trabaja aquí? —preguntó Bobby.

—Nueve años.

—Ciertamente, es un tiempo muy largo.

—El último año he visto llegar e irse a muchas enfermeras —dijo Ruby, mientras cerraba la puerta del lavaplatos.

—¿De veras?

—Por lo menos seis o siete.

—Espero quedarme —dijo Bobby, mientras Eva entraba con la bandeja del desayuno de Alma.

Eva saludó a Ruby, hizo un gesto a Bobby y después comenzó a decir a Ruby que era hora de limpiar el refrigerador. Bobby dejó su taza vacía en el fregadero y fue hacia la escalera.

Mientras ayudaba a Alma a pasar de la cama a la silla de ruedas, dijo:

—Estaba pensando que quizás usted desee que la lleve a tomar un poco de aire. Ya sabe, en su propia silla de ruedas.

—Creo que no —dijo secamente Alma.

—¿Por qué no? —preguntó Bobby.

—Prefiero que no me muestren a los vecinos. Ahora, déjeme —Alma cerró la puerta del cuarto de baño. Mordiéndose el labio inferior, Bobby se retiró al dormitorio y esperó. Se dijo que ahora había cometido un error; se acercó a mirar los títulos de los libros depositados sobre la repisa de la chimenea. Pensó que era mejor tener cuidado. Era muy fácil fastidiar a esta gente. A juzgar por su aspecto esta mañana, ya se las había ingeniado para molestar a Eva. Pero no sabía qué era exactamente lo que había hecho. Ahora que había abierto una cuenta corriente y dejado en la oficina de correos la nueva dirección, y comprado algunos alimentos, no deseaba que le dijesen que era necesario marcharse. De modo que mantendría cerrada la boca y callaría sus ideas.

Mientras Alma estaba en la bañera, Bobby se sentó sobre el taburete esmaltado, las manos unidas sobre el regazo, sin saber muy bien si debía proponerle de nuevo que le lavase la espalda. Pero Alma la miró y dijo:

—Hoy es el día en que me lavan el pelo.

—Muy bien —dijo Bobby y se quitó los zapatos y las medias, y después se enrolló las perneras del pantalón.

—¿Qué demonios está haciendo?

—Voy a sentarme al costado de la bañera, mientras usted se apoya en mis piernas.

—Se empapará. ¿Para qué sirve eso?

68

—No, señora. Ya lo verá, todo saldrá bien. Así lavaba el pelo de mi abuelo. Sólo me mojaré los pies. Y será mucho más cómodo para usted que echar la cabeza hacia atrás sentada en esa silla.

Bobby retiró todas las horquillas, extendió la mano hacia el duchador, dejó correr el agua y después, con Alma sosteniéndose de la barra, invitó a la mujer a recostarse.

—De veras... es fácil —dijo Bobby, mojando bien los largos cabellos antes de aplicar el champú. Lo hizo con suavidad y cuidado, masajeando el jabón en el cuero cabelludo de la mujer antes de aclararlo por completo—. Ya ve —dijo—, solamente han hecho falta un par de minutos —enderezó de nuevo el cuerpo de Alma y después con una toalla envolvió la cabeza de la mujer, plegando debajo los costados de modo que quedase bien segura— ¿Tiene un secador por ahí?

—Bajo el lavabo —dijo Alma, asombrada por el trabajo tan sencillo que Bobby acababa de realizar y preguntándose por qué ninguna de las otras enfermeras había pensado en esa posibilidad. Se dijo que quizá no deseaban mojarse los pies y tuvo que sonreír ante la metáfora. Esa joven tenía una notable cantidad de recursos—. Creo que me agradará tenerla cerca —dijo, mientras Bobby la ayudaba a salir de la bañera.

Se vio recompensada por una sonrisa tímida.

—Es lo que deseo —dijo Bobby—. Me agrada atenderla.

—Bien, ¿y qué? —preguntó Alma.

—Me gusta cuidar a la gente —dijo Bobby, envolviendo a la mujer en una toalla de baño—. Ahora, la sentaremos aquí, sobre el taburete, y le secaremos los cabellos —dijo, mientras enchufaba el secador—. ¿Se siente bien ahí?

—Estoy muy bien.

—Magnífico.

Con un cepillo en una mano y el secador en la otra, Bobby comenzó a trabajar. Alma miró los pies desnudos de la joven. Eran pequeños y estaban bien formados, con los arcos altos. Alma se preguntó si la joven tendría dificultades para conseguir calzado. Dudaba de que Bobby usara los números utilizados por las mujeres adultas. También tenía las manos pequeñas. En general, mostraba las proporciones de algunas de las niñas de doce años a quienes Alma solía advertir que no debían correr por los patios de la escuela. Al recordar a las niñas, sintió una punzada de dolor. Echaba de menos la animación de las jovencitas, su energía incansable y su impaciencia apenas contenida. Echaba de menos a las niñas pequeñas de las clases del jardín de infantes, con sus uniformes siempre en desorden y los juguetes bajo el brazo y las medias siempre arrugadas alrededor de los tobillos delicados. No echaba de menos la interferencia de los padres o el chismorreo de los docentes, o las campañas anuales para solicitar fondos a los alumnos. Pero las jóvenes bailoteaban constantemente en su espíritu y sus risas, su charla, eran un eco placentero. A veces, había una niña que la conmovía especialmente; algo en su comportamiento o en su apariencia le recordaba a Randy y pensaba que los dos hubieran podido tener una hija igual. Nunca había imaginado que viviría la vida entera como una mujer soltera, madre de nadie. Durante años había esperado que apareciese alguien destinado a reemplazar a Randy, destinado a convertirla en esposa y madre. Pero en las distintas ocasiones en que se le había ofrecido la oportunidad, y todo lo que se le solicitaba era que contestase con la afirmativa, en cambio se había negado. Había perdido algo de enorme magnitud, una capacidad fundamental en su ser se había clausurado definitivamente y ya no podía arriesgarse al compromiso. Se había entregado a unos pocos hombres muy seleccionados en una actitud de abandono provisional, experimentando una gran satisfacción sexual en esos encuentros; pero su cerebro —¿o era su corazón?— no estaba dispuesto a dejarse sujetar. Podían tocar su cuerpo —Dios sabía que eso no la inquietaba mucho— pero no podían tocar ese lugar lastimado que existía en su corazón.

Quizás, inconscientemente, había adoptado la decisión de vivir sola su vida el día que había retirado sus ahorros para realizar el pago inicial de esa casa. Su madre se había sentido muy desalentada al conocer los planes de Alma y se había acercado a su cama para hablar y preguntarle:

—¿Por qué haces esto?

—Para tener mi propio hogar —había dicho Alma, como si eso hubiera sido muy evidente.

—Pero si te casas...

—No me casaré —había declarado Alma, sorprendiéndose ella misma y sorprendiendo a su madre. Hasta ese momento aún creía que habría por ahí algún hombre que podía ser su pareja, su compañero y amante por el resto de su vida. Pero estaba adoptando una posición que no había esperado adoptar, y por extraño que pareciera, el hecho le aportaba una sombría satisfacción. Estaba tomando una decisión que en medida considerable determinaría el curso de su futuro y se regodeaba en su capacidad para tomar decisiones y actuar.

—No todos los hombres son como Randy —había dicho su madre, que parecía entristecida—. Era un hombre de voluntad débil y mentalidad absurda. Sé que te destrozó el corazón, pero...

Alma la interrumpió, despreciando la imagen de su propia persona como un ser débil y destrozado.

—Ciertamente, no me rompió el corazón —insistió, negando el dolor monstruoso que anidaba permanentemente en sus huesos—. Mira, yo no soy Cora —dijo, decidida a demostrar al mundo entero que en el fondo no era un ser romántico ni dependiente, como su hermana.

—No hay nada criticable en Cora —dijo su madre, frunciendo el entrecejo.

—No dije que lo hubiese. Me limito a señalar que no soy como ella.

—Sé cómo eres —aseguró Margaret Ogilvie a su hija mayor—. Querida, tu orgullo será un día la causa de tu destrucción.

Alma se había reído de eso, y en un exceso de afecto a su madre, una mujer de cuerpo menudo y espíritu práctico, la abrazó y dijo:

—Mi orgullo será mi salvación. Es lo que me hace fuerte. Es lo que conseguirá que me abra paso en el mundo.

—Tu inteligencia te aportará ese resultado —discrepó la madre—. Tu orgullo sencillamente te extraviará. Tú, más que la mayoría que las mujeres, más incluso que tu hermana, deberías tener esposo y familia. Puedes ser una mujer fuerte —dijo su madre, astutamente pero con bondad—, pero tienes el alma de un ser más frágil. Te conozco, Alma, y sé cuando haces algo sólo para demostrar que puedes, no porque te depare una satisfacción duradera. Pero puedo ver que no obtendré nada discutiendo contigo. Es evidente que estás decidida y que nada cambiará tu actitud, de modo que te doy esto y termino de una vez —metió la mano en el bolsillo y entregó el cheque a Alma—. Tu padre y yo hemos discutido este asunto y hemos coincidido en que, como estás decidida a seguir adelante, te ayudaremos a empezar, del mismo modo que ayudamos a Cora y a Willard con su primera casa.

En ese momento, Alma había deseado abandonar el plan, llamar por teléfono a la inmobiliaria y decir que en definitiva no deseaba comprar la casa. Pero la pérdida de imagen habría sido más de lo que ella podía soportar. De modo que, casi ahogándose, había aceptado el dinero de los padres, murmurando una palabra de agradecimiento. Así, continuó avanzando por el camino que ella misma había elegido. Tendría su propio hogar y lo pagaría con sus ingresos. Solamente deseaba que esos logros pudiesen compensar el anhelo secreto y terrrible que a veces sentía de ser parte de una pareja, de pertenecer a alguien. Más que otra cosa, temía entregarse de nuevo, con el corazón y la mente, de un modo tan absoluto como había hecho con Randy Wheeler. Había aprendido que, incluso la gente a la cual uno creía conocer mejor, podía cometer sorprendentes actos de traición.

—¿Qué educación recibió? —preguntó Alma mientras Bobby recogía las ropas.

—Tuve que abandonar en el último año del colegio secundario, para atender a mi abuelo —contestó Bobby, quitando cuidadosamente una blusa de su percha.

—¿Se desempeñaba bien en el colegio?

—Creo que más o menos en un nivel medio —Bobby depositó las ropas sobre la cama y se arrodilló frente a Alma con las prendas interiores en la mano—. Nunca fui muy inteligente, como Pen. Pen es muy... capaz.

—Sí, en efecto —coincidió Alma—. Es una niña excepcionalmente inteligente.

—Y siente... mucho afecto por usted.

—Es mutuo —dijo Alma.

Mientras Bobby le cepillaba los cabellos —algo que ninguna de las otras enfermeras jamás había hecho con el mismo cuidado— Alma miró por la ventana y vio las nubes que se acumulaban en el horizonte. Seguramente nevaría de un momento a otro y ella pasaría el segundo invierno tratando de evitar la depresión, tratando de creer que verse impedida era preferible a la muerte.

Por la tarde llegó el fisioterapeuta. Alma lo presentó a Bobby diciendo que era Dennis Forster.

—Dennis viene para someterme a una hora de exquisita tortura —agregó, pero Bobby comprendió que simpatizaba con el terapeuta y él también con la anciana. Era alto, con los cabellos rojos y los ojos castaños, y vestía de blanco como un médico. Bobby se dijo que tenía una sonrisa agradable.

—Apuesto a que Alma no le habló de los ejercicios que debe hacer —dijo a Bobby, pero con la sonrisa dirigida a Alma.

—Son inútiles —declaró Alma—. No se puede revivir lo que está muerto.

—Quédese y mire —dijo Dennis a Bobby—. Le mostraré cómo es la recuperación.

Bobby permaneció de pie, muy cerca, y observó obediente mientras Dennis actuaba sobre el cuerpo de la mujer mayor, exhortando a Alma a realizar esfuerzos con su paralizado costado izquierdo. Durante cuarenta minutos realizaron ejercicios que evidentemente frustraron e irritaron a Alma, que lidiaba con miembros que ya no parecían pertenecer a su cuerpo; entretanto, la propia Alma se quejaba ruidosamente de lo inútil de los procedimientos.

Dennis hablaba con suavidad, demostraba buen humor y exhibía una notable paciencia. No permitía que Alma abandonase el intento, a pesar de que ella a menudo amenazaba con eso.

—Puede hacerlo —dijo repetidas veces—. Se está comportando muy bien —y finalmente, cuando Alma estaba sin aliento, la cara un poco enrojecida, el terapeuta miró a Bobby y dijo—: Vea si puede conseguir que trabaje por lo menos veinte minutos diarios. La situación será muy diferente.

—Haré todo lo posible —prometió Bobby; se retiró cuando Dennis le dijo que dedicaría el resto del tiempo al masaje. Después, Alma dormiría su siesta.

Ruby estaba usando la aspiradora en el dormitorio de Eva cuando Bobby bajó. Se sirvió un poco del café que había quedado y se sentó frente a la mesa, con el anotador y el bolígrafo que estaban junto al teléfono, para anotar los ejercicios.

—¿Tiene inconveniente en que beba un poco de ese café? —preguntó Dennis desde la puerta, unos minutos más tarde.

—Le traeré una taza —dijo Bobby—. ¿Generalmente bebe un café antes de retirarse?

—Sólo si ya está preparado. Lo beberé negro —dijo, instalándose en una silla—. ¿De modo que usted viene de otra localidad?

—De Jamestown, Nueva York —dijo Bobby, posó la taza frente al terapeuta y volvió a ocupar su asiento. Se preguntó si se esperaba de ellos que se reunieran y charlasen así e imaginó a Eva viniendo de la cochera y queriendo saber qué creían que estaban haciendo y por qué se instalaban en su cocina.

—No conozco el lugar —dijo Dennis.

—Es en un extremo del estado, cerca del lago Erie, más de cien kilómetros al oeste de Buffalo.

—¿Le molesta si le pregunto qué le pasó a su ojo?

Ella clavó los ojos en la mesa.

—Prefiero no decirlo.

—Muy bien —dijo él—. Entonces, ¿qué la trae a este lugar perdido de la mano de Dios?

—Me agrada el mar —dijo Bobby, sintiéndose desconcertada y mirando de reojo las manos del terapeuta. Eran grandes y muy limpias, el dorso cubierto de pecas. No usaba anillos.

—Es una razón tan buena como cualquier otra —dijo él y después bebió un gran trago de café antes de consultar la hora—. Será mejor que me marche. Tengo otro cliente en Norwalk —se puso de pie, llevó su taza al fregadero, después se acercó al refrigerador, apartó un imán y finalmente tomó el cheque que Eva le había dejado. Mientras lo metía en su bolsillo dijo—: Trate de que ella haga esos ejercicios. La ayudarán.

—Haré todo lo posible.

—Muy bien. La veré la semana próxima —pasó por el vestíbulo para retirar su abrigo y salió de la casa.

Después que la puerta se hubo cerrado, Bobby respiró hondo y llevó su café abajo, con el propósito de lavar la vajilla del desayuno. Pero Ruby ya lo había hecho. La alfombra mostraba las huellas de la aspiradora; todas las superficies habían sido desempolvadas y los estantes estaban completamente limpios. Bobby miró alrededor, asombrada. Nadie jamás había limpiado por ella. No sabía muy bien cómo reaccionar.

Ruby pareció sorprendida cuando Bobby le agradeció, y después de guardar los artículos de limpieza en la alacena, dijo:

—Está bien que me lo agradezca, pero es mi trabajo. No necesita decirme nada.

—Bien, de todos modos se lo agradezco —dijo Bobby, mientras se ponía la chaqueta—. Voy a esperar el autobús escolar —explicó, mientras Ruby se quitaba el delantal.

—¿Tiene un hijo?

—Una niña, Penny.

Ruby sonrió, mostrando los dientes blancos y brillantes.

—Apuesto a que la señorita Alma se siente complacida por eso. Le encantan los niños.

—Penny se siente muy atraída por ella.

—Por supuesto. Nos veremos el lunes —dijo Ruby, mientras retiraba su cheque de la puerta del refrigerador, exactamente como había hecho Dennis.

—Hasta luego —dijo Bobby, preguntándose, mientras salía de la casa, si su propio cheque aparecería fijado a la puerta del refrigerador con un imán.

Eva miró fijamente la pantalla del ordenador, pero sólo veía el panorama de Crescent Bay extendiéndose en la luz vespertina. Arriba, el sol era un orificio enceguecedor en el cielo blanco. Se vio ella misma sentada cerca del borde del agua, en el extremo de la bahía, la arena pulverulenta deslizándose a través de los dedos mientras los niños chapoteaban en los charcos. A la izquierda, tres barcas varadas en la playa, y a la derecha, a unos treinta y cinco metros de distancia, Deborah conversando con un grupo de siete u ocho isleños de Montaverde. Algunos de ellos, según entendía ella, eran parientes —primos y tíos— y algunos habían sido empleados para trabajar en la casa.

Deborah, las piernas largas firmemente plantadas en el suelo, los brazos cruzados sobre el pecho, la cara dura de cólera, mientras escuchaba a uno de los hombres mayores. La construcción llevaba un retraso de semanas e incluso de meses y Deborah estaba furiosa. El mar agitado y la lluvia eran la causa de parte del retraso, pero los hábitos laborales caprichosos sin duda eran los responsables del resto. Hasta ahora, sólo se habían llenado los cimientos: varios rectángulos de hormigón que serían los locales de servicio y depósito en planta baja. Sobre la colina, un poco más arriba, se había limpiado un sector para recoger y retener el agua de lluvia, una zona oscura rodeada por matorrales densos.

Eva y Mellie llevaban cuatro días en la isla. Y todos los días, cuando el tiempo lo permitía, atravesaban en barca las aguas infestadas de barracudas para llegar a la bahía. Y día tras día la cólera de Deborah se acentuaba cuando descendía a la playa —Eva había comprobado sorprendida que Deborah no sabía nadar— y descubría que nada se había realizado en su ausencia. Y todas las noches, cuando regresaban a la plantación, Deborah abordaba a su marido y le preguntaba por qué rehusaba asumir la responsabilidad de supervisar la construcción.

Su acento inglés había adquirido un tono más propio de las Indias Occidentales. Con ese tono, la joven enfrentaba a Ian:

—Hombre, *sabes* que esta gente no respeta a las mujeres. Y también es *tu* maldita casa. *¿Por qué* no mueves tu blanco y escuálido culo y te haces cargo?

Invariablemente, Ian manipulaba su encendedor de plata y lo movía en sus manos, como si esperase que Deborah terminase de hablar. Eva todavía no podía determinar si él sonreía para sí mismo o si ese gesto de burla era su expresión normal. En cualquier caso, su silencio avivaba la cólera de Deborah. Después de veinte o treinta minutos de protestas inútiles, ella entraba en la cocina para preparar la cena.

Al principio, Eva había ofrecido ayudar en la cocina, pero Deborah le había respondido con una sonrisa dolorida y las palabras:

—No, gracias, querida. Cuida a los niños.

De modo que Eva ya no le proponía nada. Se sentía culpable sentada allí, ociosa, mientras su amiga trabajaba, pero había llegado a la conclusión de que era inútil continuar ofreciéndose cuando sabía que Deborah la rechazaría. De modo que vigilaba a los niños, observando fascinada sus complicados juegos.

Jugaban en la amplia habitación de la planta baja, la que en otra época había sido la sala de estar, o en la zona cubierta de hierba que estaba más lejos y que se encontraba parcialmente encerrada por la casa en forma de L. Sólo en su tercer día de estancia en la isla, cuando Eva comentó la peculiaridad de esa zona de césped, Deborah explicó que había sido una piscina que, por razones desconocidas, los dueños habían rellenado.

—Supongo que habrán temido que alguno de sus hijos sufriera un accidente —dijo Deborah, mirando dubitativa la extensión de verde.

Toda la casa era extraña. Cuatro dormitorios estaban situados, uno al lado del otro, en la base de la L, y el piso alto consistía en dos enormes habitaciones definidas únicamente por los peldaños que las separaban. La puerta del frente se abría sobre la mitad de la planta alta y hacia la izquierda, después de salvar dos anchos peldaños, era lo que inicialmente había sido el comedor, pero que Ian y Deborah usaban como sala de estar. Frente a la sala, dominando la falda de la montaña, estaba la galería. A la derecha de la puerta principal, dos plantas más abajo, la ex sala de estar desierta. Y al fondo de esta la puerta que llevaba a los dormitorios.

Construida a fines de los años cuarenta, la casa recordaba a Eva el perfil de un motel. Levantada con bloques de hormigón, con las paredes interiores enlucidas y encaladas, el lugar era frío y desprovisto de carácter. Pertenecía a los amigos de uno de los tíos de Deborah, que habían decidido residir en Europa durante un lapso indeterminado. Los muebles de los propietarios sin duda estaban en depósito, lo que explicaba el vacío implacable de las habitaciones. Los dormitorios tenían solamente camas y nada más.

Los niños se turnaban montando un triciclo sobre los suelos de madera de la habitación inferior poblada de ecos. Aparte de varias sillas de madera y un banco en la sala de estar, había sólo una mesa desvencijada sobre la cual descansaban el teléfono y muchos papeles. Y en la galería estaban el sillón desfondado donde Eva se sentaba a menudo y un sofá para dos personas igualmente deteriorado. Se reunían todas las noches en la galería para tomar la cena preparada por Deborah. Ella generalmente se sentaba sobre la baranda, con un plato apoyado en un muslo, mirando soñadora a lo lejos, con una pierna afirmada sobre el piso para mantener el equilibrio.

Los pensamientos de Eva retornaron a la playa y ahora ella recordó que casi todos los días observaba a los niños que corrían en círculo, entrando y saliendo del agua. La energía ilimitada que desplegaban en ese tremendo calor la asombraba. Desde la mañana temprano hasta las ocho de la noche brincaban o saltaban jugando juegos incomprensibles. Derek y Mellie eran felices juntos y por eso Eva se sentía tremendamente agradecida, pues desde el momento de su llegada había visto que Ian y Deborah no eran felices. La tensión entre ellos era constante e implacable. Eva hacía todo lo posible fingiendo que todo era normal; pero la atmósfera de la casa la alarmaba. Pasaba la mayor parte de su tiempo con los niños, tratando de comportarse normalmente, pero sintiéndose una mentirosa, que dejaba pasar los días pero pensaba casi constantemente en la partida.

Después de lavarse y acostarse, los niños cerraban instantáneamente los ojos y se sumergían en el sueño como minúsculos buceadores. Moviéndose apenas, los cuerpos morenos contrapuestos a las sábanas blancas, los miembros regordetes permanecían inmóviles el resto de la noche.

Y precisamente de noche sucedía todo. Las tensiones del día parecían alcanzar el punto crítico al anochecer. Sentada en la galería, Deborah de nuevo atacaba a Ian y exigía saber por qué permitía que todo el trabajo recayese sobre ella.

—Tienes que venir conmigo a la construcción —insistía—, y no desaparecer horas enteras en tu coche, sin que nadie sepa adónde vas.

El se encogía de hombros y jugaba con su encendedor Dunhill y la miraba con una mueca.

—¡Eres un individuo completamente inútil! —renegaba Deborah, fumando furiosamente su cigarrillo.

Eva se sentaba en silencio, ignorada por los dos, tratando, sin conseguirlo, de encontrar el modo de mediar. Sentía que Deborah deseaba tenerla allí, quizá como testigo, o posiblemente con la idea de que ella le prestase apoyo. Por lo que se refería a Ian, Eva bien podía haber sido invisible. De modo que de tanto en tanto sonreía a Deborah, para darle a entender que la apoyaba, y finalmente, como no se reconocía su presencia ni siquiera con un gesto mínimo, se disculpaba diciendo:

—Creo que iré a acostarme.

En ese momento tanto Deborah como Ian replicaban, aunque fuese tardíamente, y se daban por enterados de la presencia de Eva.

—Que duermas bien, querida —decía Deborah, pero en su rostro se dibujaba una expresión que era casi de alivio porque Eva se retiraba. E Ian se aclaraba la voz, suspendía unos pocos instantes sus maniobras con el encendedor y le mostraba su burla-mueca-sonrisa mientras decía:

—Hum, sí. Buenas noches, Eva.

—Los veré por la mañana —decía Eva y escapaba en dirección a su dormitorio, sintiendo que era una auténtica traidora, porque deseaba muy intensamente apoderarse de Mellie y salir enseguida de la isla. Se sentaba en su cama y se decía que todo estaba bien. Deborah e Ian sencillamente tenían un matrimonio que era distinto. No todos los matrimonios eran como el que habían tenido ella y Ken. Algunas personas prosperaban en la discordia. Quizá Deborah e Ian eran felices de un modo negativo. Eva no sabía qué pensar. Agotada tanto por los juegos del día con los niños como por sus esfuerzos para descifrar exactamente qué sucedía entre Deborah e Ian, se metía en la cama, prometiéndose que al día siguiente encontraría el modo de hablar con Deborah y aclarar las cosas.

Leía un rato y después, tranquilizada y distraída, apagaba la luz y se disponía a dormir. La oscuridad de pronto se veía interrumpida por la luz en la cocina, a poca distancia, y que llegaba por las ventanas abiertas; por allí llegaban también los acentos ásperos y bajos de la discordia. O escuchaba los sonidos de las quejas y los movimientos que llegaban por las ventanas del fondo del dormitorio principal y entraban en su propio cuarto. Eva yacía sobre el duro colchón, con los ojos fuertemente cerrados, deseando poder callarlos todos. Pero no podía.

En la quinta mañana Deborah apareció con un cardenal bajo un ojo y así se confirmó por lo menos una de las sospechas de Eva. Pero Deborah se comportó de acuerdo con su estilo habitual e irritado, y Eva no tuvo oportunidad para conversar. Y después, las pocas veces en que se presentó la posibilidad de una charla personal, Ian aparecía como si se orientase con un radar, para anular la oportunidad. En estas ocasiones, advirtió Eva, Deborah en realidad parecía aliviada, como si temiera afrontar lo que decidiera decirle. Y en consecuencia, la confusión de Eva se acentuaba y también su ambivalencia.

Los días siguientes Deborah apareció con marcas rojas en las pantorrillas, o con señales de los dedos de Ian en los brazos. Deborah se abstuvo de hacer comentarios. Eva deseaba hablar, ayudar, pero no tenía idea del modo de resolver la situación. Deseaba no haber ido nunca a ese lugar, pero por lealtad a su amiga sentía que debía permanecer allí. Alentaba la idea arbitraria de que mientras ella estuviese en ese lugar nada terrible podía suceder. Aunque, incluso mientras pensaba así, sabía que era absurdo. No controlaba lo que podía suceder en esa casa parecida a un motel. Y en repetidas ocasiones se preguntaba por qué, dadas las circunstancias accidentadas de su matrimonio, Deborah la había invitado. Parecía que nada tenía lógica.

—¿Qué está haciendo?

Eva se sobresaltó, y el corazón le latió violentamente, como golpeándole las costillas. Volvió los ojos y vio a Penny de pie en la puerta, sosteniendo a su oso por un brazo.

—¡Trabajando! —ladró Eva, irritada, y mirando un instante a la niña antes de volverse hacia la pantalla.

—¿Y qué hace?

—¡Escribo! —dijo Eva, tratando de dominarse mientras observaba la oración inacabada en la pantalla. Se sentía culpable, como si la hubiesen atrapado en una actividad ilícita, y escribió varias palabras, y después miró por encima del hombro y vio que Penny había entrado en la habitación.

—Ahora estoy trabajando —dijo severamente—. No debes estar aquí. ¿Y tu madre?

—Está con la abuela. Nosotros estamos explorando —dijo Penny, el oso ahora apretado contra el pecho—. ¿Está enfadada conmigo? Parece enfadada.

—Nadie puede venir aquí mientras yo trabajo —explicó con firmeza Eva, preguntándose por qué la niña no se retiraba.

—Está bien —Penny retrocedió insegura un paso o dos.

—¡Maldición! —dijo Eva por lo bajo. ¿Por qué se mostraba tan hostil?

—Ven aquí —dijo, girando en su sillón.

—¿Me castigará? —preguntó Penny, sin moverse del sitio.

—No, no haré tal cosa —Eva extendió la mano—. Ven.

Penny cruzó de mala gana la habitación y se detuvo al lado de Eva.

Ella sintió el deseo súbito, casi irrefrenable, de abrazar a la niña. Parecía tan asustada. Eva se sentía como un monstruo.

—Este es mi ordenador —explicó.

—Lo sé —murmuró Penny—. Tenemos algunos en la escuela.

—Bien, este es mío, y lo uso para trabajar. Y cuando estoy trabajando no puedo hablar con nadie, porque me concentro tratando de pensar. Y si trato de hablar me distraigo y olvido lo que estoy haciendo. ¿Comprendes?

Penny asintió. Eva rodeó con el brazo la cintura de la niña.

—Cuando no estoy trabajando, me agrada conversar con la gente —dijo, admiró las largas pestañas que enmarcaban los ojos azules de Penny. Realmente, ella era una niña hermosa—. ¿Entiendes?

—Sí. ¿Le dirá a mi mamá que me porté mal?

—No. No hablaremos de eso. Pero tienes que prometerme que no volverás por aquí. ¿De acuerdo?

—De acuerdo.

—Magnífico. Ahora vete y volveremos a encontrarnos dentro de un rato.

Eva vio sorprendida y desalentada cómo Penny apoyaba la cabeza sobre su hombro y decía:

—Lo siento.

Eva obedeció a su impulso y abrazó a la niña.

—Yo también lo siento —dijo—. No debí hablarte así.

—¿Somos amigas otra vez?

—Sí, somos amigas —dijo Eva con voz espesa, desconcertada ante la sensibilidad de la niña.

—Muy bien —dijo Penny, y se apartó y se alejó hacia la puerta, caminando en puntas de pie—. Adiós.

—¡Dios mío! —murmuró Eva, tan conmovida por el breve incidente que comprendió que no podría continuar trabajando. Archivó el fragmento de capítulo y después permaneció sentada, mirando la pantalla vacía. Sintió deseos de hablar allí mismo con Mellie, de escuchar su voz. Pero por supuesto, tendría que esperar que Mellie llamase. En cambio, descolgó el teléfono para llamar a Charlie.

—¿Estarás en tu casa esta noche? —preguntó cuando él contestó el llamado.

—Estaré. ¿Por qué? ¿Qué sucede?

—¿Tienes inconveniente en que te visite después de la cena?

—De ningún modo —dijo Charlie con una sonrisa en la voz—. Magnífico. ¿A qué hora vendrás? ¿Alrededor de las ocho?

—Quizás antes. Necesito salir de aquí un rato.

—Sabes que siempre me alegra verte —dijo él.

—Gracias —dijo Eva y cortó la comunicación.

Todavía tensa, Eva se acercó al viejo sillón que estaba en el rincón y se sentó, los ojos fijos en la puerta. En ocasiones como esta echaba tan terriblemente de menos su vida en Nueva York que era casi un ansia física. Pensó: "Gracias a Dios que está Charlie. Sin él, no sabría qué habría hecho". Cuando aceptó regresar a esa casa, nunca había soñado que tendría que afrontar tantos problemas. En lugar de acostumbrarse más a resolver las circunstancias del ataque sufrido por su tía y la consiguiente incapacidad, con el paso de los meses sentía que casi cotidianamente perdía una proporción mayor de su equilibrio emocional. ¿Cómo podía haber hablado de ese modo a la niña? Su actitud era censurable. Durante la cena tendría que hacer un esfuerzo con el fin de compensar su brusquedad con Penny y el modo en que había ignorado a Bobby durante la mañana.

Respiró hondo, se puso de pie y enfiló hacia la cocina. Si cocinaba mejorarían sus posibilidades de situar las cosas en cierta perspectiva. Al margen de que la lectura de libros de cocina era la única actividad que le aportaba cierto grado de paz.

7

Su madre estaba lavando ropa en la bañera y Penny no deseaba ver televisión. Con el señor Oso bajo el brazo, pasó a la sala y esperó que Alma suspendiese la lectura y le prestase atención.

Cuando Alma apartó los ojos del libro, Penny se acercó, se apoyó en las rodillas de la mujer y preguntó:

—Abuela, ¿puedo sentarme en tus rodillas?

—Sí, sube —dijo Alma y percibió que algo inquietaba a la niña; ofreció su mano sana para ayudar a Penny a instalarse sobre sus rodillas. Penny apoyó inmediatamente la cabeza en el pecho de Alma y se metió el pulgar en la boca—. ¿Qué sucede? —preguntó Alma, intensamente conmovida por el contacto con la niña.

—Nada —murmuró Penny, sin apartar el pulgar de la boca.

—¿Estás un poco triste?

—Sí.

—¿Ha sucedido algo que te molestó?

Penny, que retiró el pulgar de la boca, se apartó un poco y miró a Alma.

—No debo decirlo —murmuró.

—Pues dímelo —propuso Alma— y será nuestro secreto.

Penny pensó un momento en la propuesta y miró hacia la puerta. Después, hablando en voz muy baja, dijo:

—La tía Eva me riñó porque ella estaba trabajando y yo no sabía que no podía entrar en su cuarto.

—Ah, comprendo —dijo Alma.

—Me gritó como grita mi papá y me asusté.

—No fue en serio. Estoy segura de que la has asustado. Eva quiere mucho a los niños.

—A mi papá los niños no le agradan —dijo Penny, los ojos fijos en los de Alma.

—Es un tonto.

—Y *yo* no le agrado —confió Penny.

—Entonces, es un hombre *muy* tonto —declaró Alma—. Una persona con un poco de inteligencia tiene que simpatizar contigo. Eres una buena niña, una niña estupenda.

—¿Sí? —Penny comenzó a sonreír.

—Ciertamente —le aseguró Alma—. Inteligente y encantadora. Una de las mejores.

—¿De veras? —Ahora Penny sonreía de oreja a oreja.

—Sin duda —dijo Alma—. Y no tienes que preocuparte por ese pequeño roce con Eva. Te aseguro que no fue su intención enfadarse contigo.

—Es lo que ella me dijo. Mi mamá siempre ha dicho que papá no tenía la intención de enfadarse, pero yo sé que se enfadaba *en serio*. Siempre era malo y lastimaba a todo el mundo —de nuevo miró hacia la puerta, temerosa de que la sorprendiesen parloteando.

—Bien, Eva realmente no lo hizo en serio. Sé muy bien que simpatiza mucho contigo.

—A mí también me agrada ella —dijo Penny, cuya confianza comenzaba a restablecerse.

—Bien, de modo que olvidaremos lo que sucedió, ¿verdad?

—Bueno.

—Pero quiero que sepas que cuando algo te moleste, no importa qué hora sea, incluso en mitad de la noche, puedes venir y hablar conmigo. ¿Entendido?

—Entendido —Penny se acomodó de nuevo con la cabeza apoyada en el pecho de Alma y calló un momento. Después enderezó el cuerpo, utilizando las dos manos, y alzando el brazo izquierdo paralizado de Alma, lo pasó sobre los hombros—. Ya está —dijo, cuando completó la maniobra—. Así está mejor, ¿verdad, abuela?

Incapaz de hablar, Alma se limitó a asentir con la cabeza.

—Por favor, no se ofenda, pero, ¿permitirá que le arregle una cita con mi peluquero? —Eva sencillamente no pudo contenerse cuando Bobby vino a ofrecerse para poner la mesa.

Bobby se llevó una mano al pelo.

—Está demasiado largo, ¿verdad?

—Está demasiado largo, y a quien le ha hecho esa permanente habría que prohibirle que siga trabajando. Usted se verá mucho más atractiva cuando recupere el color y la condición natural de su pelo.

Bobby sintió que se le enrojecía la cara.

—Joe lo quería rubio —dijo con los ojos bajos.

Estaba tan visiblemente angustiada, que Eva extendió una mano para tocar el hombro de Bobby y la mujer se encogió, conteniendo audiblemente la respiración.

—Disculpe —dijo Eva, retirando de prisa la mano.

—Está bien —murmuró Bobby y el corazón le latió aceleradamente. Durante un segundo pensó que Eva se proponía golpearla.

—Pensé que usted podría ir el sábado por la tarde, mientras yo estoy en la piscina con Alma —Eva continuó hablando, como si nada hubiese sucedido—. Mi peluquero es muy bueno. Le hará un corte que le sentará bien.

—No sé —vaciló Bobby—. No me queda mucho dinero.

—Será un regalo —se apresuró a decir Eva con una sonrisa seductora—. ¿La he molestado? Si es así, discúlpeme. Sé que tiendo a mostrarme dura con la gente. No significa nada, excepto que estoy pensando en otra cosa.

La mujer estaba disculpándose y Bobby no sabía cómo reaccionar frente a eso. Nadie la había tratado jamás como lo hacían las mujeres de esa casa: ásperas en determinado momento, con simpatía un instante después. Por eso siempre se sentía un poco angustiada.

—Está bien —dijo.

—Perfectamente —replicó Eva y su sonrisa se amplió un poco—. Mañana concertaré la cita. Se acercó a la cocina y Bobby permaneció de pie un momento, y después llevó la vajilla y los cubiertos al comedor.

Mientras preparaba la mesa, se preguntó si para el sábado ya habría podido disimular los cardenales cubriéndolos con maquillaje. Detestaba que la gente le preguntase qué había sucedido. Mientras disponía los saleros, escuchó la charla de Penny con Alma en la sala de estar. Bobby se quedó de pie junto a la puerta y formuló mentalmente el deseo de que Penny no irritase a la anciana. Pero Alma se reía de algo que Penny había dicho. De modo que por ahí las cosas estaban bien. Regresó a la cocina para preguntar si Eva deseaba que hiciera algo más.

—Nada, gracias. Saldré después de cenar. Si no tiene inconveniente en cargar el lavaplatos, se lo agradeceré.

—Por supuesto, lo haré —dijo Bobby.

—A propósito, puede usar el lavarropas y el secador. Sé cómo los niños ensucian la ropa.

—Muchas gracias. Estaba preguntándome precisamente eso.

—Cuando Mellie venga a casa, para el día de Acción de Gracias, traerá una carga completa de ropa sucia —dijo Eva, esbozando un gesto—. Su excusa es que nunca tiene monedas para las máquinas de la escuela. Creo que sencillamente es haragana. Me estremezco al pensar lo que sucederá cuando viva sola.

—Probablemente se corregirá —dijo Bobby—. La gente cambia cuando vive sola.

Eva la miró.

—¿Y usted cambió?

—Yo nunca estuve sola. Pasé de cuidar a mi abuela a casarme con Joe. ¿Y usted?

—Pasé en Londres un semestre de mi último año de estudios. Y después de diplomarme regresé y vivimos allí otro año y medio.

—¿Allí conoció a su esposo?

—Así es. Mellie nació en Londres. Volvimos cuando ella tenía seis meses.

—Entonces, ¿su esposo era inglés?

—No, norteamericano —dijo Eva, mientras con un tenedor comprobaba si las patatas estaban cocidas—. Ken era de Washington. Si quiere llamar a la gente, la cena está lista.

Eva estaba tan inquieta que apenas podía comer. Mordisqueaba su alimento y miraba a Bobby que cortaba la carne de Alma y después la de Penny. Lo hacía con movimientos rápidos, sin complicaciones, y después comía ella misma, y con una mano se apartaba los cabellos de la cara. Penny se movía inquieta en su asiento, pasando de un costado al otro, como acompañando una música que nadie más podía escuchar. Eva había olvidado esa característica de los niños pequeños: el hecho de que estaban moviéndose constantemente. Era como si tuviesen en su interior unos motores que funcionaban a toda velocidad hasta que alcanzaban los nueve o diez años; y en ese momento, el motor se ajustaba a un ritmo más razonable.

—¿Qué te ha parecido la escuela? —preguntó Eva a la niña.

—Es una escuela muy buena —dijo Penny con expresión seria—. La señora Corey es una buena persona. Hoy me permitió leer el cuento. En voz alta —agregó, y después miró a Alma, que con un gesto indicó su aprobación—. Dijo que lo hice muy bien —con el tenedor apuntó a un trozo de zanahoria, erró el tiro y probó de nuevo.

—¿Tienes nuevos amigos? —preguntó Eva.

—Así es.

—Tendrás que invitar a jugar a tus nuevos amigos —dijo Eva.

—Pen, primero traga lo que tienes en la boca —Bobby hizo callar a Penny cuando comenzó a hablar con la boca llena.

Con movimientos exagerados, Penny terminó de masticar, tragó y dijo:

—Emma Whitton dijo que su mamá te llamará —miró a Bobby— y preguntará si puedo ir a jugar a su casa este fin de semana. Anoté el número de teléfono y se lo pasé esta mañana.

Eva se echó a reír al escuchar el relato de la niña.

Bobby sonrió también detrás de la mano.

Alma acarició un momento el brazo de la niña y después recuperó su propio tenedor. Bobby adivinó que ahora *en efecto* sonreía.

—Fue muy inteligente de tu parte anotar el número de teléfono —dijo Eva.

—Todavía no había tenido tiempo de enseñárselo —explicó Bobby.

—Ya lo aprendí —dijo orgullosamente Penny—. Y también aprendí la dirección. La abuela me la enseñó.

—Así es —confirmó Alma.

—Sí —dijo Penny—. Y me enseñó el modo de usar el nueve-uno-uno.

—No había pensado en eso —dijo Bobby, que tuvo la sensación de que había cometido una falta.

Eva miró con respeto a su tía. Jamás había pensado en la posibilidad de enseñar a la niña el número para los casos urgentes, pero sin duda era una actitud razonable. Mordió un trozo de patata, mientras pensaba en el libro en el que estaba trabajando ahora. Las dos semanas sin enfermera la habían retrasado y ahora estaba dedicándole más tiempo con el fin de ponerse al día. En parte por eso se había mostrado tan malhumorada los últimos días. Con un poco de suerte el encuentro con Charlie la calmaría y le permitiría recuperar el control. No veía el momento de que concluyese la cena para poder salir.

Charlie se acercó descalzo a la puerta, los cabellos todavía mojados a causa de la ducha reciente. Dijo:

—Hola —dijo y besó a Eva, y después extendió las manos para recibir el abrigo de la mujer—. Se te ve un poco nerviosa —dijo, mientras se apartaba del armario y la tomaba de la mano—. ¿Una copa?

—Hum. Algo fuerte, pero que no me paralice —dijo Eva, aspirando el olor de la colonia de Charlie. A él le agradaba el perfume de Obsesión. También a Eva. En la Navidad precedente le había comprado toda la línea masculina de ese perfume.

—Jack Daniels —dijo, mientras reía francamente.

—Perfecto. Puro.

—Las cosas deben andar mal —dijo Charlie mientras caminaba hacia la cocina.

—En realidad, tenemos una enfermera nueva —dijo Eva, siguiéndolo—. Bien, a decir verdad no es enfermera, pero Alma parece más feliz con ella que con cualquiera de las otras. Y tiene una niña.

—¿Y cómo funcionan las cosas?

—Aparte del hecho de que esta tarde me comporté muy mal con la pobre pequeña, a la perfección —se apoyó en el marco de la puerta, mientras él preparaba las bebidas—. La pequeña entró en mi oficina mientras yo soñaba despierta. Y le grité —meneó la cabeza, en gesto de rechazo—. Creyó que yo la golpearía. La madre es una esposa maltratada que está huyendo de su marido.

Con el entrecejo fruncido y las bebidas en las manos, Charlie dijo:

—Vamos a la sala. ¿Una esposa golpeada?

—Tiene la cara negra y azul —dijo Eva, sentándose al lado de Charlie en el sofá y aceptando el vaso que él le entregaba—. Mide apenas un metro cincuenta y seguramente no pesa más de cuarenta y cinco kilos. Intenté tocarla en la cocina, esta noche, y literalmente se encogió.

Charlie la miró con una expresión que no manifestaba sorpresa.

—Veo muchos casos por el estilo —dijo.

—¿De veras? —Eva se volvió el cuerpo para mirar a Charlie—. Nunca me lo has dicho —durante los casi diez meses que habían estado viéndose, habían abordado una amplia gama de temas de conversación y entre ellos el trabajo de Charlie. La conversación entre ellos era en realidad uno de los aspectos más atractivos de la relación que los unía. Habían llegado a eso casi sin esfuerzo, después del ataque sufrido por Alma. El había sido el médico de Alma durante años y esta había mencionado a cada uno la persona del otro, de modo que cuando en definitiva se conocieron tuvieron la sensación de que la relación entre ellos era muy antigua. Cuando Alma volvió a casa desde el hospital, el médico invitó a salir a Eva y esta aceptó sin vacilar. Desde el principio mantuvieron un vínculo muy tranquilo. Fuera de Ken, Charlie era el único hombre en quien Eva siempre había depositado total confianza. No jugaba juegos extraños y decía exactamente lo que pensaba. También reconocía el sentimiento de culpa que aún sentía por haberse alejado de su esposa. Y ella lo admiraba mucho por esta sinceridad.

—No se trata de algo que yo comente —dijo Charlie—. La mayoría me habla de que tropieza con una puerta, o que por accidente la puerta del coche les lastima las manos. Yo las curo y trato de explicarles que estoy dispuesto a escuchar si desean hablarme. Rara vez lo hacen. ¿Y cómo se arregla con Alma esta mujercita?

—Sin duda, es fuerte como un caballo, aunque uno no lo creería al verla.

—No simpatizas con ella —insinuó Charlie.

Eva vaciló, bebió un sorbo del whisky y dijo:

—No me inspira antipatía. Sucede únicamente que me molesta.

—¿Por qué? ¿Porque ha sido golpeada?

—En parte. Y en parte porque es a tal extremo... una persona de la clase baja. ¡Dios mío! ¡Cómo es posible que yo diga una cosa tan terrible! Pero el pelo, y las ropas, y el modo de hablar... Alma dice que soy cruel y elitista. Quizá tiene razón. Debería ser capaz de aceptar a Bobby tal como es, ¿verdad? Pero deseo cambiarla, transformarla. El sábado le regalaré un corte de pelo. Y esta noche, durante la cena, estaba pensando en la posibilidad de regalarle ropas que le sienten bien —emitió una risa áspera y dijo—: Si insisto en esta actitud, no querrás volver a verme.

—Si insistes en esa actitud —dijo él sensatamente—, quizá llegues a saber por qué te molesta tanto.

Eva lo observó varios segundos y se dijo que él le agradaba mucho, y también su cara. No aparentaba sus cincuenta años. Tenía unas pocas arrugas y apenas unos cabellos grises. Sus ojos castaños eran excepcionalmente límpidos.

—¿Por qué no aparentas tu edad? —preguntó Eva con una sonrisa.

—Oh, la aparento —dijo Charlie con desenvoltura, apoyando el brazo sobre el respaldo del sofá—. Y ya que estamos, ¿qué apariencia tiene un hombre de cincuenta años? Y para el caso, ¿qué apariencia tiene otro de cuarenta y tres años?

—Con cuarenta y tres años una persona es como yo —dijo ella, siempre sonriendo—. ¿Te parece que soy elitista y cruel?

—Quizás un poco. Pero hay cosas peores en el mundo. En definitiva, has aceptado a la mujer y le has dado el empleo.

—Es cierto.

—¿Y tiene una hija?

—Eso también es cierto.

—De modo que te inclinas más bien del lado de los ángeles. Eso es perdonable.

—¿Lo crees? —preguntó Eva, inclinando la cabeza a un costado.

—En efecto.

—Vine con la esperanza de que desearas hacer el amor.

El sonrió.

—Creo que puedo complacerte. ¿Pensaste en determinada hora?

—¿Puede ser ahora mismo?

—¿No quieres terminar primero tu bebida?

—Podríamos llevarlas al dormitorio —dijo Eva.

—Podríamos.

—Muy bien —Eva se puso de pie y comenzó a caminar hacia el dormitorio.

El permaneció sentado unos segundos, contemplando el movimiento de las caderas de Eva, y después se puso de pie para seguirla. Ella estaba quitándose el jersey cuando él llegó a la puerta. Después de dejar su vaso de bebida, Charlie se desvistió y se instaló en un extremo de la cama, gozando del espectáculo de Eva al desvestirse. Cuando ella llegó a su ropa interior, Charlie se puso de pie y se le acercó por detrás, y deslizó las manos sobre la espalda de la mujer, inclinándose para besarle el hombro.

—Eso es bueno —dijo ella, mientras se desataba la cinta que le sujetaba los cabellos.

El desabrochó el sostén, deslizó las manos y las cerró sobre los pechos de Eva.

—Eso es muy bueno —dijo ella, la voz más tenue mientras se inclinaba hacia él.

—*Tú* eres muy buena —dijo Charlie al costado del cuello de Eva—, aunque no lo creas.

Ella inclinó la cabeza sobre el hombro de Charlie y apoyó las manos sobre las caderas de su amigo, paladeando su tibieza. Fuera de Ken, ella jamás había gozado tanto haciendo el amor como le sucedía con Charlie Willis. Se preguntó de nuevo si eso tenía algo que ver con su condición de médico, o si era sencillamente porque se trataba de uno de los pocos hombres que en verdad simpatizaban con las mujeres. Cualquiera fuese la causa, ella pronto se había aficionado al modo de hacer el amor de Charlie.

—*Tú* eres bueno —dijo ella, moviéndose bajo el abrazo de Charlie—. O quizá sucede únicamente que te atraen las mujeres elitistas y crueles.

—Es posible. Dios sabe que Bets reunía esas condiciones.

—Me alegro de no haberla conocido nunca.

—A veces yo deseo no haberla conocido —dijo Charlie, mientras atraía a Eva hacia la cama—. De todos modos, tuvo tres niños muy satisfactorios —con movimientos hábiles la acostó sobre la espalda y le quitó las bragas, que dejó caer al piso.

—He estado pensando horas enteras en esto —dijo Eva, mientras él se inclinaba para abrazarla.

—Yo pienso en esto constantemente —dijo riendo Charlie—. Pero tiendes a interferir con mi práctica médica.

—Magnífico —murmuró Eva, sosteniendo con fuerza a Charlie.

—¿Realmente has estado pensando horas enteras en esto? —preguntó él, las manos deslizándose entre los muslos de Eva.

Como respuesta, ella acercó su boca a la de Charlie y abrió las piernas.

El ya era muy eficaz para leer los signos que ella emitía y comprendió que esta era una de las veces en que Eva no deseaba ni esperaba un juego previo prolongado. Ya estaba elevando el cuerpo, adaptándolo al de su compañero. La conexión se estableció con una fluidez tan suave que durante un momento él perdió la sensación de su propia autonomía, desconcertado por la capacidad de los dos para unirse tan perfectamente. Sin ropas, Eva era una mujer completamente distinta, absolutamente desinhibida y muy consciente del modo en que funcionaba su cuerpo. Cuando él le preguntó acerca de esa actitud al principio de la relación entre los dos, ella había contestado con extraña sinceridad:

—He estado viuda muchísimo tiempo. Debía aprender a satisfacerme sola o enloquecer.

Y él la amó al oír estas palabras. Nunca había conocido a nadie tan sincero.

Con la cabeza de Charlie apoyada sobre su pecho, mientras él dormitaba, el cerebro de Eva retornó a la isla y recordó que estaba sentada con los niños en los peldaños de la sala, leyéndoles un libro de cuentos. Mellie estaba sentada a un lado y Derek al otro; ambos escuchaban atentamente. Detrás, en la galería, Deborah e Ian discutían en voz baja pero con fiereza. Afuera, una lluvia torrencial enturbiaba la visión. La puerta abierta al fondo de la habitación golpeaba contra la pared con cada ráfaga de viento. De pronto, Eva oyó el sonido de los cuerpos que se movían, el golpe de un mueble derribado. Con miedo, se obligó a continuar leyendo, tratando de mantener controlada la voz. Temía que los niños se asustaran. El sonido inequívoco de una mano que golpeaba un cuerpo. Un grito ahogado... ¿de cólera o desesperación? Ruido de pasos a la carrera. Una bocanada de aire cuando la puerta principal se abrió bruscamente. Unos pocos segundos de silencio. El rugido del motor de un coche al arrancar, los neumáticos escupiendo grava mientras el coche entraba en marcha atrás en el sendero y después se lanzaba hacia la ladera de la montaña. Otro silencio breve y después los pies desnudos de Deborah que atravesaba la sala, y se detenía a cerrar la puerta. Ahora, bajaba los peldaños de la sala y continuaba atravesando la habitación donde Eva estaba sentada con los niños; y salía por la puerta, para entrar en la habitación principal. La puerta del dormitorio se cerró silenciosamente. Eva respiró hondo y continuó leyendo.

Sin previo aviso, Derek comenzó a sollozar. Frotándose los ojos con las manitas regordetas, el cuerpo pequeño y sólido curvándose hacia adelante, emitía sollozos entrecortados. Eva se acercó para pasarle un brazo sobre los hombros, pero el niño la esquivó. Se puso de pie, atravesó corriendo la habitación vacía y salió por la puerta por donde había desaparecido su madre. Al encontrarla cerrada con llave, la golpeó con los puños, llamando a su madre. Eva y Mellie miraron mientras Derek, dominado por una pasión enfurecida y tormentosa, golpeaba y castigaba la puerta. Después de un minuto prolongado, se abrió la puerta y el niño se arrojó sobre las piernas de Deborah, rodeándolas con los brazos y enterrando la cara entre los muslos de la madre. Deborah dijo algo en voz baja y después se cerró la puerta.

Con la boca reseca, Eva tragó mientras Mellie la miraba, la cara dominada por la confusión, y preguntaba:

—Mami, ¿qué le pasa a Derek?

Eva atrajo a su regazo a Mellie y dijo con cierta torpeza:

—Está nervioso —y lentamente acunó a Melissa mientras pensaba qué podía hacer para mejorar la situación. Tenía muchos deseos de ayudar, pero además de que Ian aparecía siempre que ella se proponía hablar con Deborah, también temía convertirse en otra de sus víctimas. Y debía considerar la situación de los niños. Sobre todo, quería protegerlos. Si salía en defensa de Deborah, podía provocar un escándalo. La idea de que los niños fuesen testigos de una trifulca la contenía, lo mismo que la comprensión de que en realidad no sabía lo que estaba sucediendo allí. Nadie le hablaba, y aunque ansiaba decir o hacer algo en defensa de su amiga, en un plano más profundo intuía que la actitud más sensata era contenerse mientras protegía activamente a los niños lo mejor posible en vista de lo que estaba sucediendo. En ella se combinaban el miedo y la confusión que la mantenían constantemente en ascuas, el sentimiento de culpa porque no hacía nada concreto, y simultáneamente, la preocupación por los niños.

¡Dios santo! Eso era intolerable. Volvió con su pensamiento al presente, con un movimiento suave se apartó de Charlie, se sentó y extendió la mano hacia su vaso.

—¿Qué sucede? —preguntó sagazmente Charlie, tan hábil para interpretar los estados de ánimo de Eva como a hacer el amor.

—Estoy reviviendo un episodio de mi historia —dijo Eva, que deseaba haber pedido hielo con su bebida. Ahora le habría agradado tener algo frío para aplicarlo a la frente. Bebió un trago del Jack Daniels, hizo un buche y después tragó. Una mirada a la radio-reloj le informó que eran las diez menos diez—. Es temprano —dijo.

—Pareces sorprendida. ¿Creías que era mucho más tarde?

—Ahá —dejó su vaso sobre la mesa y se volvió hacia él—. ¿Sientes a veces que nuestra relación te provoca un conflicto?

—¿Por qué? ¿Porque soy el médico de tu tía? No. Ahora, si yo fuese tu médico la situación podría ser muy distinta. Te referías a eso, ¿verdad?

—Sí —retiró el vaso de la mano de Charlie y se inclinó sobre él para posarlo sobre la mesa—. Charlie, ¿sueñas en colores?

—¿Tú no?

—Ultimamente, no. ¿Eso significa algo?

—No tengo los conocimientos necesarios para responder a esa pregunta —dijo Charlie, la mano sobre la cintura de Eva—. Dudo que ese sea un motivo legítimo de preocupación. Si no soñaras en absoluto, eso significaría algo, aunque no puedo decir qué. Pero sé que la privación de los sueños es una forma de tortura psicológica —con la mano cubrió un pecho de Eva en tanto que con el pulgar la acariciaba apenas, mientras los dedos ejercían una leve presión.

—Pensé que eso era privación del sueño.

—Existe también la privación de los sueños. Aunque no puedo concebir cómo se llega a eso. Imagino que son una y la misma cosa. En fin, ¿estás reviviendo antiguos episodios?

—En efecto —renuente ahora a abordar el tema y consciente de que él no la presionaría, Eva deslizó los dedos arriba y abajo sobre el pecho de Charlie y después aplicó su mano a la cara del hombre, se acercó y lo besó—. Hueles muy bien —dijo, acercando su cara al cuello de su compañero.

—*Tú* hueles maravillosamente —dijo él.

—Es tu propio olor —sonriendo, ella se sentó sobre las rodillas de Charlie.

—En ese caso, ambos olemos muy bien —dijo Charlie con ecuanimidad, las manos en los muslos de Eva.

—Creo que debería pensar en el regreso a casa —dijo Eva, apoyando la espalda sobre las rodillas levantadas de Charlie.

—No me agrada que pienses en regresar a tu casa. Ahora que tienes otra enfermera, quizá de tanto en tanto puedas pasar aquí la noche. Ha transcurrido un par de meses desde la última vez.

—Quizá. Me agrada dormir contigo. Eres un durmiente muy cuidadoso.

—Tú no, querida —sonrió el médico—. Te desparramas por toda la cama.

—Cuando era pequeña, Alma solía decir que yo era como un molino de viento —dijo Eva riendo.

—Sin duda se sentiría muy contenta de saber que no has cambiado.

—Podrías llegar la noche del sábado con un cartel que diga que tú y yo somos amantes.

—A tu tía probablemente eso le encantaría —dijo—. Alma no es tonta.

—En nuestra familia no hay tontos —dijo Eva—. Jefe, es hora de volver a casa —lo besó de nuevo, bajó de la cama y comenzó a recoger sus ropas.

Cuando ella se apartaba, él le tomó la mano y dijo:

—Eva, sabes que te amo. Si quieres hablar de esa historia antigua, siempre estoy dispuesto a escuchar.

—Lo sé, Charlie. Gracias. Ya llegaré a eso, pero ahora estoy tratando de aclararlo —le dio un beso de despedida—. Y sabes que yo también te amo. Te veré el sábado.

Lo saludó con un gesto antes de alejarse. El respondió del mismo modo, y después entró y cerró la puerta. Ella suspiró hondo y enfiló hasta el cruce de caminos, y formuló el deseo de que él viviese un poco más cerca que Old Riverside. Pero ella pensaba así siempre que se separaba de Charlie para viajar hasta Stamford. Una de esas noches tendría que dormir de nuevo con él, gozar de una noche entera al lado de Charlie. Pero, por el momento, se sentía mucho mejor.

8

El sábado a las diez de la mañana una furgoneta adornada con paneles de imitación madera entró por el sendero e hizo sonar la bocina.

—¡Ahora tengo que irme! —dijo Penny, apartándose de su madre antes de que ella le abotonase el abrigo.

—Un momento —dijo Bobby—. Quiero terminar con estos botones. Te esperarán.

Unos instantes después, sonó el timbre de la puerta de calle, y cuando Bobby abrió vio una niñita de largas trenzas rubias y gafas, protegida por un abrigo verde acolchado.

—Hola, Emma. Enseguida vengo —dijo Penny, toda sonrisa.

—Necesito el número de teléfono del lugar donde estarás.

Emma Whitton lo recitó en el acto.

—¿Tu mamá está en el coche? —preguntó Bobby a la niña mientras memorizaba el número.

—Ahá —Emma tomó de la mano a Penny y las dos echaron a correr hacia la furgoneta. La madre de Emma abrió la puerta y gritó:

—La traeré de regreso a las cinco. ¿De acuerdo?

—De acuerdo —dijo Bobby con un gesto.

Las niñas treparon al asiento trasero. La señora Whitton se puso al volante, ajustó de nuevo el cinturón de seguridad y condujo el vehículo hacia la calle. Bobby cerró la puerta del frente y se preguntó por qué la madre de Emma no se había acercado para presentarse, y después llegó a la conclusión de que la gente del lugar probablemente no se molestaba con esa clase de cosas, mientras los niños se conocieran.

En ese momento Eva descendió la escalera y dijo:

—No se preocupe. La niña estará bien. Y la semana próxima a usted le corresponderá recoger a Emma y traerla aquí a pasar el día. Tiene cita dentro de media hora —dijo, consultando su reloj pulsera—. ¿Está segura de que sabe cómo llegar allí?

—Sí, señora... Eva.

—Bien. Lo único que necesita es tener dos dólares para dar propina a la empleada que le aplicará el champú.

—Está bien —Bobby se miró los pies.

—No se inquiete —dijo Eva—. Bruce es el mejor peluquero de la zona. Le hará un trabajo maravilloso.

Bobby asintió, los ojos siempre clavados en sus propios pies.

—¿Hay otra cosa? —preguntó Eva.

—Solamente deseo saber cuándo me pagará.

—Oh, por supuesto. ¿Olvidé decírselo? Generalmente pago a las enfermeras los lunes, a menos que usted necesite dinero ahora mismo.

—No, está bien. Sólo quería saberlo. El lunes está muy bien. ¿Cómo se arreglan los domingos? —preguntó Bobby, pensando que Eva tenía un aspecto diferente esa mañana; se la veía más cordial y serena. Realmente era una hermosa mujer, sobre todo cuando sonreía. Y vestía mejor que todas las personas que Bobby había conocido en el curso de su vida. Hoy se había puesto unos pantalones azul marino y una blusa a rayas azules y blancas, con un jersey de lana, blanco y de mangas cortas. La cinta que le sujetaba los cabellos tenía rayas rojas, blancas y azules. Se la veía muy bien, pensó Bobby, y se sintió un tanto sórdida con sus viejos vaqueros Lee y el jersey verde que ya había perdido su forma.

—Los domingos yo me ocupo de mi tía —explicó Eva—. Después de todo, usted necesita tener un día libre.

—Eso no me preocupa —dijo Bobby.

—¿Quiere decir que estaría dispuesta a trabajar también los domingos?

—Sí, si eso ayuda.

Eva pensaba de prisa. Si Bobby estaba dispuesta a trabajar siete días por semana, ella terminaría su trabajo de acuerdo con lo que había programado. Las otras enfermeras se habían atenido rigurosamente a la norma, y habían exigido los sábados por la tarde y los domingos libres.

—Eso podría ser muy útil —dijo Eva—. Hablaremos del asunto esta tarde. Por supuesto, se la compensaría.

—Eso no me importa —dijo Bobby, mirando hacia la sala de estar, donde Alma se encontraba ocupando su silla de ruedas y leyendo el *Times* de Nueva York.

Por segunda vez, Eva apoyó una mano sobre el hombro de Bobby. Esta se estremeció algo, pero ahora Eva completó el gesto y dijo en voz baja:

—De veras ella le agrada, ¿verdad?

Bobby asintió con la cabeza.

—Me alegro mucho —dijo fervorosamente Eva, y después retiró la mano del hombro tan estrecho de Bobby y dijo—: Más vale que salga ahora, o llegará tarde. Y los sábados el salón es un zoológico. Arreglaremos los detalles cuando Alma y yo regresemos.

La recepcionista entregó un delantal a Bobby y le indicó dónde podía cambiarse. En un cuarto muy pequeño, Bobby observó las ropas que la gente había dejado colgada, y agregó su propio abrigo y su jersey en el perchero ya muy exigido.

Cuando volvió a salir, la recepcionista indicó el fondo del salón y dijo:

—Vaya allí, Peggy se encargará del lavado.

Tímidamente, convencida de que todos miraban los cardenales que ella había tratado de disimular con maquillaje, se dirigió a un sector que tenía lavabos a los dos costados.

La muchacha utilizó un champú que olía a manzanas y lavó minuciosamente los cabellos de Bobby. Después aplicó una crema con fragancia de menta, aclaró todo, envolvió una toalla alrededor de la cabeza de Bobby y con una sonrisa le dijo que ahora podía sentarse.

—Ese es el sillón de Bruce —dijo la joven, señalando—. Ahí puede sentarse. El fue al salón próximo para traer café. Volverá enseguida.

Bobby se sentó en el sillón y trató de desviar los ojos de su propia imagen reflejada en la colección de espejos. Podía oler el humo de tabaco y se moría de ganas de encender uno, pero no se atrevía, no fuese que hubiese un lugar especial para fumar, o algo por el estilo. Miró hacia el frente del salón y vio a un hombre de aspecto sorprendente, con largos cabellos negros recogidos en una cola de caballo, y pantalones de cuero negro adornados con cadenas de plata, que se acercaba de prisa con un recipiente de café en una mano y un cigarrillo encendido en la otra. Cerró con un golpe de cadera la puerta principal y se acercó a grandes zancadas, con sus botas de vaquero tachonadas de plata, y la expresión que cambió varias veces al ver a Bobby. Retiró la tapa del recipiente de café y dijo:

—De modo que usted es Bobby. Eva dijo que usted me necesitaba desesperadamente y por lo que veo, querida, no mintió —bebió un sorbo del café humeante, sin desviar los ojos de la cara de Bobby; después, dejó sobre la mesa la taza y el cigarrillo, y se puso detrás de la joven, de modo que ella tuvo que mirar la imagen del peluquero en el espejo.

—Querida —dijo, sosteniendo el pelo de Bobby con las dos manos, la expresión de desaliento muy exagerada—, ¿quién le *hizo* esto?

—Me lo hicieron en mi pueblo —dijo ella con voz tenue.

—Preciosa, es un desastre.

—Supongo que sí —consintió Bobby, en un tono desvalido.

Con los dedos separó los cabellos, miró las raíces y después miró la imagen de Bobby reflejada en el espejo y dijo:

—Cabellos castaños con matices rojos, ¿es así?

—En efecto.

—Bien, queridísima, pienso lo siguiente —dijo, recogiendo con una mano los extremos de los cabellos y clavando sus ojos en los ojos de Bobby a través del espejo—. Creo que primero eliminaremos toda esta tintura de los extremos y aplicaremos un poco de color por aquí —apoyó el costado de su mano sobre el mentón de Bobby—. Un poco de forma, que acompañará lo que quede de la permanente. Después, volveremos al color castaño medio. La tintura quitará gran parte de la sequedad. Por lo tanto —dijo, extendiendo la mano hacia la taza de café y bebiendo otro trago—, ¿qué le parece? ¿Estamos de acuerdo en esto?

—Yo...

—Por supuesto —continuó Bruce— sosteniendo ahora la taza con las dos manos, mientras estudiaba la cara de Bobby en el espejo—, podríamos alisar los cabellos y prepararlos antes de aplicar la tintura, y eliminar completamente esa permanente atroz —liberando una mano, consultó el enorme reloj que tenía en la muñeca y que tenía unas alas de aeroplano en lugar de agujas—. Hagamos eso, ¿qué le parece, querida? —dijo con gesto decidido—. Una clienta canceló su cita, de modo que disponemos de tiempo. Y Dios sabe que usted necesita que yo la ayude —dejó de nuevo la taza de café y eligió un peine enorme de dientes largos y comenzó a pasarlo por los cabellos de Bobby—. Una persona tan menuda como usted no debería llevar el pelo largo. Su cara es demasiado estrecha —imprimió de pronto un movimiento giratorio al sillón y se inclinó para mirar de cerca a Bobby—. Querida —dijo con tristeza—, ese maquillaje sólo consigue empeorar las cosas. En su lugar, yo diría: "¡A la mierda!" y permitiría que me viesen tal como soy.

Bobby no sabía cómo reaccionar. Le pareció que él se mostraba amable, pero no estaba segura. Esbozó una sonrisa y él le sonrió con aire conspirativo, y después hizo girar otra vez el sillón y buscó las tijeras, mientras decía:

—¡Querida, la convertiremos en una persona muy atractiva!

El corte llevó más de cuarenta minutos. Después, la solución destinada a alisar los cabellos necesitaba actuar durante media hora, seguía luego un aclarado y después veinte minutos más de acondicionador. Después Peggy lavó de nuevo los cabellos con el fragante champú de manzanas, antes de conducirla al fondo del salón, donde Bruce, su ropa protegida por un delantal verde claro, le tiñó el pelo. Ella sintió frío cada vez que la mezcla tocaba su cuero cabelludo. Cuando tuvo toda la cabeza cubierta con una sustancia oscura, espesa y pegajosa, aplicó una especie de fieltro de algodón que le cubría la cara, de una oreja a la otra. Puso en marcha un reloj, se quitó los guantes de goma y dijo:

—Querida, volveré en treinta y cinco minutos —y fue a su sillón, que estaba en el centro del salón, para cortar el pelo de otra mujer.

Bobby esperó leyendo un número atrasado de *People*; el cuero cabelludo le escocía, y sentía como si algunas gotas de tintura estuvieran corriéndole por los costados de la cara. El nivel de ruido en el lugar era elevado; por el funcionamiento de los aparatos secadores y porque todos hablaban, la puerta del frente se abría y se cerraba, las mujeres iban y venían. Entre un champú y otro, Peggy se armaba de un escobillón muy ancho y paseaba entre los sillones, barriendo los pelos cortados. El escozor del cuero cabelludo se hacía ya casi insoportable, pero Bobby rechazó la tentación de hundir los dedos en la sustancia pegajosa y espesa, y de rascarse con fuerza la cabeza. Leyó un artículo acerca de Madonna y después otro acerca de una pareja que había escrito un libro muy vendido sobre las dietas más convenientes. Finalmente, al ver un cenicero sobre el aparador, encendió un cigarrillo e inhaló profundamente, y se dijo que eso le costaría muchísimo dinero a Eva y se preguntó por qué estaba dispuesta a hacerlo. Tal vez era sencillamente que odiaba el pelo de Bobby. A ella misma tampoco le agradaba mucho. Pero Joe le había dicho que lo quería rubio y rizado, como las mujeres de la televisión, y ella había obedecido porque sabía que si discutía él se enfadaba y la golpeaba.

Aquella vez, la tintura la había quemado terriblemente. Después, el efecto de la loción fijadora se sumó al de la tintura. Había tenido que sentarse bajo un secador de pelo, con docenas de minúsculos rulos que separaban el pelo del cuero cabelludo; y sentía como si toda la cabeza le quemase. Y cuando la mujer finalmente había retirado los ruleros y aclarado el pelo, el alivio había sido enorme. Hasta que Bobby se miró al espejo. Parecía una de esas muñequitas que ella misma tenía en su infancia, esas criaturas de carita pequeña con el pelo más largo que el cuerpo. En lugar de los pequeños rizos que había imaginado, le habían hecho un rizado completo. Pero a Joe le pareció maravilloso. Estaba tan excitado que le metió la mano bajo la falda, le bajó las bragas en la cocina, la obligó a sentarse sobre la mesa —ella sabía que no le convenía protestar— y lo hizo allí mismo, cuando todos podían haberse asomado y visto lo que pasaba. Aferrándola de las caderas, la penetró y estuvo trabajando durante lo que a ella le pareció una eternidad, hasta que finalmente llegó al goce. Después, se apartó de ella, le palmeó el trasero desnudo, se echó a reír y fue al local de Garvey, para beber una cerveza con los muchachos.

El reloj marcó la hora y Bobby se sobresaltó.

Bruce se acercó y utilizó una pinza para verificar el estado de las raíces.

—Muy bien, querida —dijo, y llamó a Penny y le ordenó que lavase de nuevo los cabellos de Bobby. Más champú de manzana y más aclarado con crema de menta. Una toalla limpia alrededor del cuello y otra sobre los cabellos y de regreso al sillón de Bruce, donde él retiró la toalla de los cabellos y le mostró su propia imagen en el espejo.

—¡Maravilloso! —declaró—. Sabía que sería así.

Con un cepillo redondo y un secador de aire caliente, Bruce comenzó a secar el pelo de Bobby, lentamente, separando unos mechones de otros y llegando hasta el fondo mismo. Bobby no atinaba a reconocer su propia persona. Tenía los cabellos relucientes y lisos, y se notaba apenas un ligerísimo atisbo de la ondulación permanente anterior. Cuando Bruce terminó, giró otra vez el sillón, para poder hablar cara a cara con Bobby.

—Querida —dijo—, *jamás* permita que le hagan de nuevo lo mismo. Usted debe usar siempre *este* tipo de corte y de peinado. Tiene una carita realmente adorable y una boca por la cual yo *mataría*. Lo juro por Dios. Vuelva a verme dentro de seis semanas, para mantener el corte. ¿De acuerdo? —le pellizcó suavemente el mentón, besó el aire frente a la nariz de Bobby y dijo—: Y por favor, use sombra marrón. Le quedará divina.

—Muy bien. Y muchísimas gracias —dijo Bobby.

Aunque Eva no había dicho nada al respecto, dio a Bruce una propina de cinco dólares. El metió el dinero en uno de las docenas de bolsillos de su traje y dijo:

—¡No lo olvide! Seis semanas. Transmita mi afecto a la querida Eva.

Bobby dio dos dólares a Peggy y fue al vestuario, dejó allí el delantal húmedo y manchado, se puso el jersey y el abrigo, y abandonó el salón, sorprendida de la frescura del aire después del olor de amoníaco que había estado respirando durante horas. Sentía la cabeza ligera. Le pareció que el viento se deslizaba entre los mechones de cabellos. Además, se sentía completamente renovada, y como deseaba demostrar su aprecio a Eva, compró en el mercado un ramillete de grandes crisantemos amarillos para ella.

Alma dormía la siesta cuando Bobby llegó a la casa y era evidente que Eva estaba en su oficina. Bobby dejó las flores en la cocina y fue a su apartamento para admirar su propia imagen en el espejo del cuarto de baño. Bruce estaba en lo cierto con respecto al maquillaje. El único efecto que producía era atraer la atención sobre los golpes y las lastimaduras. Se lavó la cara, aliviada al comprobar que la inflamación del ojo había disminuido. Lo que perduraba era una mancha amarillo verdosa que rodeaba toda el área y alcanzaba incluso el párpado. Felizmente, todo eso se curaba de prisa. Unos días más y ella retornaría a la normalidad.

Recogió la ropa y la llevó a la planta alta, y comenzó a lavar la primera carga de prendas blancas; después bajó para prepararse un poco de café y fumó un cigarrillo mientras lo bebía. Miró alrededor y sintió deseos de haber traído algunas fotografías antes de emprender la fuga. Salvo los libros de Pen y del señor Oso, ese lugar carecía de toques personales. En el camino de regreso a la casa había visto un anuncio de un mercado de pulgas que funcionaba en el aparcamiento todos los domingos. Quizás iría con Pen al día siguiente, mientras Alma dormía, y vería si era posible comprar algunas cosas.

Mientras bebía su café y gozaba del Marlboro, pensó en todas las formas en las que Joe la había lastimado y se preguntó por qué había necesitado tanto tiempo para escapar de él. Bobby nunca había hecho el amor hasta que comenzó a salir con Joe; y mientras todo había sido un juego en el coche de Joe, a ella le había parecido bien e incluso había creído que era excitante. Pero debía haber comprendido después de la primera vez que lo hicieron en serio que él era una persona que la lastimaría. Apenas contrajeron matrimonio, él suspendió el uso de los preservativos. Solía decir: "Es como tomar una ducha con las medias puestas", y la obligaba a recoger tanto las piernas que a ella le dolía. A Joe le gustaba hacerlo de ese modo, con las rodillas de Bobby que casi le tocaban los hombros, de modo que ese acto representaba para ella nada más que dolor y vergüenza. Y no era suficiente que ella le permitiese proceder así. Joe se quejaba de que ella parecía un trozo de madera. Por lo tanto, Bobby tenía que fingir que le agradaba y jadear lo mismo que él, aunque constantemente sentía que era como si estuviesen castigándola por dentro. Siempre le asombraba el hecho de que no sangrara, en vista de lo que él hacía. Y de todos modos, siempre aparecía con cardenales en la cara interior de los muslos y esas lastimaduras nunca podían llegar a curarse. El se le echaba encima todos los días, excepto cuando ella tenía la regla. En ese caso, la obligaba a utilizar la boca, al tiempo que murmuraba: "Vamos, perra, hazlo".

A veces, después que él la castigaba —porque había olvidado plancharle la camisa, o quemaba el tocino, o disponía de tiempo sólo para calentar una pizza congelada, pues volvía tarde del trabajo— la arrastraba al dormitorio, sin preocuparse por Penny que estaba en la casa, y la obligaba a apoyarse sobre las manos y las rodillas y la montaba hasta que ella se desmayaba. Bobby soportaba eso en silencio, evitando hacer ruido, porque sus quejas sólo agravaban las cosas; la sangre le manaba de la nariz y la boca y manchaba el piso, y el dolor le recorría el cuerpo; hasta que él terminaba y le asestaba un puntapié antes de cerrarse el pantalón y salir de la casa, cerrando la puerta con un fuerte golpe. Ella siempre estaba aterrorizada ante la perspectiva de que Penny viese algo; la asustaba la idea de que Penny entrase de pronto y viese lo que él hacía, y ella fuera obligada a mirar. Nunca había sucedido, pero un par de veces habían estado cerca de eso. Penny se había aproximado a la puerta para llamarla y Bobby se había visto obligada a controlar la voz, y a responder:

—Querida, ve a jugar. Mami estará contigo en un momento.

En su mente, ella rogaba que Penny escuchara y se alejase. No quería que su hija creciera formándose imágenes terribles en la cabeza. Pero Pen había visto cómo Joe la golpeaba; lo había oído gritar y maldecir. Probablemente ya tenía muchas imágenes terribles en la cabeza. El hecho era que la niña todavía tenía pocos años. Quizá lo olvidase. Eso era todo lo que Bobby deseaba..., que Penny olvidase.

Cuando fue a la cocina para buscar la segunda carga de ropa destinada a la máquina, Eva estaba de pie y contemplaba las flores.

—¿De dónde han salido? —preguntó.

—Son para usted —contestó Bobby.

—Déjeme *mirarla* —exclamó Eva, y sus labios dibujaron una amplia sonrisa—. ¡Tiene un aspecto *maravilloso*! ¿No le dije que Bruce era muy bueno? —describió un círculo alrededor de Bobby y dijo—: Ahora tiene mucho mejor aspecto. Se la ve *tan* bonita. ¿Se siente bien?

Bobby retribuyó la sonrisa.

—Las flores son una muestra de mi agradecimiento.

—No era necesario que me las trajese —dijo Eva.

—Quise hacerlo.

—Bien, ha sido muy amable. Las pondré en agua antes de comenzar a preparar la cena —se volvió para abrir la alacena en busca de un jarrón y Bobby fue a meter la ropa blanca en el secador, antes de iniciar el lavado de las prendas de color.

Se abrió la puerta de calle y Penny entró en la cocina con un puñado de dibujos.

—Querida, vuelve para limpiarte los pies —le dijo Bobby.

Penny la miró con la boca abierta.

—Mamá —dijo—, se te ve tan *diferente*.

—¿Te agrada? —preguntó Bobby, inclinándose para desabotonar la chaqueta de Penny.

—¿No te parece que está muy bien? —preguntó Eva.

—Sí —coincidió Penny—, estás muy bien, mamá —después, recordó el puñado de dibujos y dijo—: Espera a ver. Jugamos Nintendo y Emma ganó una gran casa de muñecas y muchísimas Barbies, y comimos bocadillos de pavo y galletas de chocolate, y además hicimos dibujos y...

—Cálmate —sonrió Bobby—. Ante todo, descarga esas cosas.

—Tía Eva —dijo Penny—, ¡mira lo que dibujé!

—Ven, muéstramelo —dijo Eva.

Penny fue a poner sus dibujos sobre la encimera y Eva admiró cada uno de ellos.

—Son muy buenos. ¿Crees que podría poner uno en el refrigerador? —preguntó.

—¡Por supuesto! Elige el que más te guste.

Eva seleccionó el dibujo de una inmensa flor amarilla con hojas verdes puntiagudas y en el marco de una pequeña ceremonia lo aseguró con varios imanes a la puerta del refrigerador. Bobby la observó y tuvo la sensación de que estaba sucediendo algo especial. Comenzaba a manifestarse en esa casa un sentimiento de familia. Vio el modo en que Eva separaba los cabellos sobre la cabeza de Penny y la desenvoltura con que Penny preguntaba si podía servirse un trozo del pimiento verde que Eva estaba cortando; y también sintió el comienzo de la intimidad. Y entonces comprendió que era oportuno llenar de comida el refrigerador de la planta baja y comprar unas cajas de los cereales favoritos de Penny, porque las dos continuarían viviendo allí.

—Subiré a mostrar mis dibujos a la abuela —anunció Penny, y corrió con un pedazo de pimiento verde en una mano y los dibujos en la otra, gritando mientras se alejaba—. Abuela, mira lo que dibujé para ti.

—*¿En qué puedo servirlo?* —*preguntó el cretino acercándose al mostrador.*

—*Quiero hablar con usted. Afuera* —*dijo Joe.*

—*Usted es el marido de Bobby Salt, ¿verdad?*

—*Así es. Y quiero hablar con usted* —*dijo Joe.*

—*¿No puede esperar? En este momento estamos muy atareados* —*dijo el cretino mirando la fila de personas que esperaban ser atendidas.*

—*Esto llevará solamente un minuto* —*dijo Joe. Esperó un segundo para asegurarse de que el cretino entendía y después abrió la puerta que comunicaba con el aparcamiento. Tocó el 38 que llevaba a la cintura y después encendió un cigarrillo, preparado para actuar.*

La puerta de servicio se abrió y el cretino apareció sosteniendo en la mano un bate de béisbol. El tipo se acercó.

—*¿Qué quiere? Estoy atareado. Tengo que atender la tienda.*

—*¿Dónde está mi esposa?* —*preguntó Joe, arrojando su cigarrillo en dirección al cubo de la basura.*

—*¿Cómo puedo saberlo?* —*dijo el cretino, el bate balanceándose en su mano—. Es su esposa.*

—*No se haga el astuto conmigo. Sé en qué andan ustedes dos* —*Joe movió las manos.*

—Mantenga las manos donde pueda verlas —dijo el cretino, aferrando con más fuerza el bate.

—¡Eh! —sonrió Joe, y mostró las dos manos—. No se excite. Sólo estoy preguntándole si vio a Bobby.

—No sé dónde está su esposa, pero si es inteligente, probablemente a mil kilómetros de aquí. Y si eso es todo, vuelvo adentro. No venga más por aquí. La gente como usted me revuelve el estómago.

—Cuide su lengua —dijo Joe, deseando haber planeado mejor el asunto.

El cretino se limitó a dirigirle otra mirada y pasó de nuevo por la puerta de servicio, cerrándola tras él con un fuerte golpe. Furioso, Joe corrió hacia el Firebird y arrancó con un chirrido de los neumáticos. Estaba tan enfurecido que deseaba incendiar el local.

Pensó: "¡Maldición!" y descargó el puño sobre el volante.

Inmediatamente recordó ese domingo de Pascua, mucho tiempo atrás. Tenía tres años y estaba entusiasmado porque después de la iglesia habría una cena especial con los abuelos. El está preparado para ir y espera sentado, y de pronto sus tripas empiezan a emitir ese gorgoteo, y antes de que él pueda evitarlo se ha ensuciado en los pantalones. Es un desastre maloliente y él corre a su madre que está en la cocina, llorando, porque las tripas todavía gorgotean y la suciedad le quema.

—No importa —dice el viejo riendo.

—¿Qué significa que no importa? ¡Hijo de puta! —grita su madre como loca.

Allí mismo, en la cocina, arranca las ropas a Joe y le frota la cara con toda esa porquería.

—¡Jesús, Ruth! ¡No hagas eso al niño! —implora el viejo.

—¡Maldita sea, cállate! —grita ella. Da un empujón a Joe y le grita—: ¡Sal de mi vista, inmundo!

Joe se siente enfermo y llora; tiene tres años, la culpa no es suya.

—No debías hacer eso —continúa el viejo, más serenamente.

¡Maldición! ¿Por qué tiene que pensar ahora en eso? Odiaba el recuerdo. Le provocaba el ansia de salir con un AK-47 o una Uzi y empezar a disparar contra todo lo que viera, le creaba el deseo de quemar, de destrozar todo, de romper huesos, de aplastar lo que se le presentara.

Le temblaban las manos y el coche avanzaba por el centro del maldito camino. Se dijo que tenía que controlarse. Bajó el cristal, permitió que una bocanada de aire frío barriese de su nariz el olor de la mierda, y disipara la sensación que estaba ahogándolo.

9

Bobby soñaba que ella y Alma caminaban sobre el prado del fondo, en dirección al mar. El aire estaba tibio y perfumado por el césped recién cortado, y el cielo mostraba un azul muy puro. Alma se había puesto un hermoso vestido de seda blanca, con una falda que se elevaba apenas a causa de la brisa. Su pelo, como plata pura a los rayos del sol, estaba reunido sobre su cabeza en un círculo perfectamente simétrico. Bobby no se cansaba de contemplar la belleza de esa mujer. Se la veía alta y majestuosa, con un perfil refinado y enérgico, y una bonita boca por la cual Bruce sin duda estaba dispuesto a matar. Caminaba como Bobby imaginaba que debía caminar una bailarina, sosteniéndose en una postura muy orgullosa, los hombros echados hacia atrás y las piernas dando pasos largos y desenvueltos. Había un banco a un costado del prado, y ella y Alma se sentaban y contemplaban el agua. El día estaba tan claro que podían ver hasta Long Island. Y los veleros se desplazaban entre las olas, blancos sobre el fondo verdeazul del agua.

Bobby desviaba los ojos y veía que ella y Alma se tomaban de las manos; y se sentía como una niña, su mano rodeada por la mano mucho más grande de Alma. Alma llevaba un anillo en el dedo medio, y Bobby se preguntaba cómo nunca lo había visto antes. Era magnífico, anticuado, con un gran diamante rodeado por un círculo de otros diamantes más pequeños. El sol iluminaba las facetas del diamante grande, creando pequeños arcoiris para los ojos de Bobby. Ella inhalaba, saboreando la sal en el aire y oliendo las algas que la marea había dejado en la estrecha playa.

—Yo solía nadar aquí —decía Alma—. Hace años, cuando vine a vivir a esta casa, me levantaba muy temprano en la mañana y nadaba media hora. El agua estaba tan fría que mis pulmones se encogían y durante el primer minuto o cosa así yo siempre pensaba que nadie había hecho jamás nada más tonto que nadar en esta agua. Pero después me acostumbré y nadaba un buen trecho, hasta que los brazos y las piernas me dolían. Después entraba y me duchaba, y sentía que el calor me reactivaba la circulación. Eso fue hace muchísimo tiempo, cuando era joven.

—Usted todavía es joven —decía Bobby, sin la intención de halagar a Alma.

Alma se volvía para mirarla en los ojos, y Bobby se impresionaba al ver una contracción en la mejilla de la mujer.

—Ya está sucediendo —decía Alma, con tristeza y enfado—. No me diga que no puede verlo.

—Conseguiremos que eso se detenga —decía Bobby, incapaz de desviar los ojos del músculo que parecía contraerse y aflojarse en la mejilla de la mujer.

—Barbara, siéntese y goce del día —decía Alma, mirando de nuevo el agua.

—Usted nunca antes me llamó Barbara —decía Bobby; hacía tanto calor ahora que había comenzado a sudar.

—Después de todo es su nombre —los hombros de Alma se elevaban y caían en un leve encogimiento.

—Mi madre me llamaba Barbara —decía Bobby, apretando con más fuerza la mano de la mujer mayor.

—Lo sé.

—Ella no me quería. Pero, en realidad, no importaba. El abuelo y la tía Helen fueron muy buenos conmigo —aferrando con fuerza la mano que encerraba entre las suyas, Bobby decía—: Le prometo que la cuidaré bien.

—Es hora de traer el sillón —decía Alma, y sus palabras llegaban extrañamente deformadas, y la mujer movía la cabeza para mostrar sus rasgos cruelmente deformados.

Bobby comenzaba a llorar mientras con la mano intentaba levantar la cara de Alma, devolverle la belleza perdida.

—¡Deja en paz a la vieja perra! —decía Joe, que estaba de pie, de espaldas al sol, de modo que ella no podía verle la cara—. ¡Bobby, apártate de mi camino! —ordenaba, levantando el cañón de la escopeta.

—¡NO! —gritaba Bobby, y se ponía delante de Alma.

—Muy bien —decía él—, si eso es lo que quieres... —y apretaba el gatillo.

Charlie apagó el motor y apoyó una mano sobre la nuca de Eva.

—¿Quieres beber un trago? —preguntó.

—Preferiría un poco de café.

—¿Café y Courvoisier?

—De acuerdo —dijo Eva, y descendió del automóvil.

Mientras ella accionaba la máquina de preparar café, él sirvió sendas porciones de Courvoisier en dos copas panzudas y después fue a la salita para poner un poco de música. Miró el anaquel con los discos compactos y eligió el de los principales éxitos de Ray Charles. Pocos momentos después, los acordes de *Georgia en mi pensamiento* surgieron de los altavoces.

—Oh, eso me encanta —dijo Eva desde la cocina.

—Magnífico —dijo él, y cruzó la habitación para abrazarla por detrás, sosteniéndole la cintura con un brazo y apartando el pelo para besarle la nuca—. Deseo que seas feliz. ¿Quieres que bailemos mientras esperas el café?

Ella se volvió y se instaló entre los brazos de Charlie; él la condujo amablemente de un extremo al otro de la cocina.

—¿Cómo es posible que seas tan bueno en todo lo que haces? —preguntó ella, rodeando el cuello de Charlie.

—Práctica —dijo él, sonriendo—. Muchísima práctica.

—¿Cuándo? Estuviste casado veinte años con Bets.

—Después dispuse de cinco años para perfeccionar mis cualidades.

—Imagino que tenías a todas las mujeres que deseabas.

—Algunas —dijo él, acariciando con los labios la oreja de Eva—. Unas pocas. ¿Y tú? ¿Llegaron a golpear a tu puerta?

—Los hombres carecen de concepto acerca de la realidad femenina —sonrió Eva—. Tú no sabes cómo son las cosas. Si eres una viuda joven, los hombres a quienes conoces creen que necesitas desesperadamente el sexo. Parece lógico que así sea. Después de todo, acabas de perder a un esposo joven y viril que seguramente te satisfacía en todas las oportunidades posibles. Por lo tanto, creen que les corresponde aliviar parte de la lamentable tensión sexual que padecen las jóvenes viudas. El hecho de que sean absolutamente poco atractivos en muchos aspectos no influye sobre la libido de estos hombres. Poseen el equipo necesario; por consiguiente, tienen que ser capaces de afrontar la tarea. Creen que las mujeres están determinadas por sus genitales, exactamente como les sucede a ellos.

—¿Quieres decir que no es así?

Ella pellizcó la nuca de Charlie y rió por lo bajo.

—No, no es ese el caso. Nos guiamos por el cerebro. El sentido común y los sentimientos primero, los genitales en último término.

—Tus recientes heroínas no hablan así —dijo Charlie, en el momento mismo en que comenzó a escucharse *Quita las cadenas de mi corazón*.

—Mis recientes heroínas *no* reflejan mis valores personales. No pueden. No está permitido por el género. Mi tarea en estos tiempos es entregar a las jóvenes de ojos asombrados a los brazos de su verdadero amor y verificar que se besen —¡nada de lenguas!— en el último capítulo.

—Ignoro cómo lo haces.

—Charlie, necesitamos el dinero. El seguro de Alma no cubre la enfermera de jornada completa o el fisioterapeuta o los medicamentos. La compañía de seguros insiste en que ella ya no necesita esas cosas. Y yo no estoy de acuerdo con eso.

—No, tampoco yo.

—Bien. De modo que por el momento estoy escribiendo literatura para mujeres bajo tres seudónimos diferentes. Algún día volveré al verdadero trabajo.

—Es una vergüenza —dijo él muy convencido—. Me gustaba el trabajo verdadero.

—El café está listo —dijo Eva, y se apartó para retirar dos tazas del gabinete.

—Disculpa —dijo Charlie en voz baja, mientras Eva servía el café.

—Caramba, no tienes por qué sentirlo, Charlie. Nadie me puso un revólver en la cabeza. Fue una oferta que, por así decirlo, no pude rechazar. Tengo suerte porque puedo producir esas malditas novelas. No es fácil escribir de acuerdo con una fórmula y producir un libro cada tres meses. Me siento como una maldita máquina, pero el dinero es necesario. Paga los gastos especiales.

—Seguramente Alma tiene ahorros.

—En efecto —dijo Eva, mientras llevaba su taza a la salita—. Pero ¿por qué tiene que usar los ahorros de su vida cuando yo puedo asumir la responsabilidad? Además, se lo debo.

—Estoy seguro de que ella no ve las cosas del mismo modo.

—Es posible. Pero yo sí las veo de ese modo. De modo que hablemos de religión o de política.

—Has excluido el sexo.

Ella se echó a reír.

—Pensé que ya habíamos tocado ese tema en la cocina.

—¡Oh, es verdad! —se dio una palmada sobre el costado de la cabeza—. La imposición de los genitales. ¡Qué tonto soy! —sonrió y se inclinó para besarla—. Quédate esta noche conmigo.

—No puedo.

—Por supuesto que puedes —consultó su reloj—. Son casi las once. Llama a tu casa y di que regresarás por la mañana.

—No sé... —dijo ella, vacilando.

El llevó el teléfono a la mesa de café y lo posó sobre el regazo de Eva.

—Llama a tu casa, Eva.

—Si lo hago, ella tendrá la certeza de que tú y yo mantenemos una relación.

—Ella ya lo sabe —dijo Charlie—. Probablemente lo imaginó después de nuestra primera cita.

—No me acosté contigo en la primera cita.

—No, pero lo pensaste.

—También tú —replicó Eva.

—Tienes mucha razón, amiga. Ahora llama a tu casa —la besó de nuevo y se sentó a esperar.

Sintiéndose una adolescente culpable, Eva marcó y oyó la señal de llamada. Al segundo timbrazo Bobby atendió.

—Hola, soy yo. Espero no haberla despertado —dijo Eva, aliviada.

—Oh, no —dijo Bobby en voz baja—. Estaba sentada aquí, leyendo.

—Muy bien. Quería decirle que no volveré a casa esta noche.

—Muy bien.

—¿Tiene inconveniente en cerrar las puertas?

—No, ningún inconveniente. ¿Desea otra cosa?

—No, gracias. La veré por la mañana.

—Muy bien, hasta mañana.

Eva cortó la comunicación; ahora estaba casi sin aliento.

—Bien, no ha sido tan grave, ¿verdad? —dijo Charlie.

—Sin comentarios —devolvió el teléfono a la mesa de café y bebió primero un trago de café y después uno de licor. Ray cantaba *No me conoces*. Se quitó los zapatos y después hizo descansar sus piernas sobre las rodillas de Charlie—. Bien —suspiró—. Ahora Bobby sabe lo mismo que la tía Alma.

—Pondrán tras de ti a la policía sexual —se burló Charlie.

Ella se rió y le apretó la mano, enlazando sus dedos con los de él.

—¿A dónde van tus hijos el día de Acción de Gracias?

—A casa de Bets. ¿Por qué?

—¿Quieres venir a mi casa?

—Por supuesto. Me encantaría.

—Muy bien.

—Pues bien —dijo él—, ¿quieres que bailemos otra pieza?

Ella negó con la cabeza.

—Me siento demasiado cómoda.

—Puedo conectar los altavoces en el dormitorio.

—Eso estaría muy bien.

—Hagámoslo —dijo Charlie, retirando de sus rodillas las piernas de

Eva. Se acercó al equipo de música, accionó una llave y después esperó, mientras ella se acercaba con una bebida en cada mano.

Charlie soñó que estaba en una convención que se desarrollaba en un hotel enorme. Los médicos ocupaban los corredores, colmaban los ascensores que subían y bajaban. Hastiado, se quitaba el distintivo de la solapa y lo dejaba caer en el bolsillo. Extraía de su bolsillo la llave de una habitación y caminaba hacia la hilera de ascensores, pensando que prepararía su maleta y tomaría un avión para regresar a casa. No sólo detestaba las convenciones; además, odiaba los hoteles. Siempre había ventanas que uno no podía abrir y calefacción o aire acondicionado que hacían que la habitación estuviese demasiado cálida o demasiado fría, y nunca era posible cambiar la situación. Le desagradaban el agua servida en recipientes de papel, el champú presentado en pequeños saquitos de plástico, las tiras de papel en diagonal sobre los asientos del inodoro, los muebles de hotel, y sobre todo las camas.

Bajaba en el piso cuarenta e iba hacia su habitación decidido a llamar a la agencia para marcharse en el primer vuelo de regreso a Nueva York. Tenía estacionado el coche en uno de los depósitos de la guardia. Si el tránsito lo permitía, podía llegar a su casa en treinta y cinco o cuarenta minutos. Llamaría a Eva, y quizás ella podría venir.

Introducía la llave en la cerradura y movía el tirador sólo para descubrir que la cadena echada le impedía abrir la puerta.

—¿Qué demonios...? —murmuraba.

—Un momento —llegaba desde adentro la voz de Bets, y la puerta se cerraba un instante.

El sonido de su voz provocaba en Charlie un enfermizo sentimiento de culpa. Oía que alguien retiraba la cadena y después decía:

—Está bien, entra.

El abría la puerta y la veía desnuda sentada en el borde de la mesa, junto a la ventana. La visión le oprimía el estómago como un puño. ¿Por qué ella no renunciaba a la lucha y seguía haciendo su vida? ¿Por qué necesitaba representar esas escenas lamentables para obligarlo a volver? Detestaba verla renunciando a su dignidad.

—¿Qué haces aquí? —preguntaba él con voz neutra.

—Charlie, sé cómo odias estas cosas —decía, las manos sobre las rodillas, que estaban apenas entreabiertas, los pies balanceándose suavemente—. Por eso he venido para llevarte a casa.

El cerraba la puerta, se volvía y la miraba.

—Ven aquí —decía ella, abriendo los brazos—. Tenemos el tiempo justo antes de que salga nuestro avión.

El mantenía la distancia, tratando de encontrar el modo de que ella se marchase. Ella procedía así sólo para aumentar el sentimiento de culpa de Charlie.

—Bets —decía él—, creía que habíamos resuelto esto hace mucho tiempo.

Ella se echaba hacia atrás y lo miraba con expresión calculadora.

—Nunca se resolverá —decía, y abría un poco más los muslos.

—No hagas esto —rogaba Charlie—. Solamente consigues que las cosas sean más difíciles.

—Tenemos quince minutos antes de que me metas en la maleta —decía ella.

—Mira, esto es ridículo —decía Charlie—. Tengo que atender pacientes.

Era cierto. Miraba por encima del hombro y veía a media docena de personas sentadas en sillas de respaldo recto, leyendo viejos ejemplares de *National Geographic.*

—De todos modos, tengo que regresar a casa —decía ella, y descendía de la mesa. Comenzaba a vestirse, y él sentía que se le aliviaba la tensión del pecho. Detestaba el modo en que ella insistía en aferrarse a algo que había muerto mucho tiempo atrás—. Me espera un taxi —decía Bets, y salía, dejando abierta la puerta.

—¿Soy la siguiente? —preguntaba una mujer anciana, dejando a un costado su revista y poniéndose de pie.

A Charlie se le cerraba la garganta y asentía; la mujer avanzaba dificultosamente. El cerraba los ojos y cuando los abría estaba de pie en un corredor desierto, tratando de recordar dónde lo esperaría Eva. Comenzaba a caminar y sentía que necesitaba muchísimo ver a Eva. "Por favor, espérame", era su ruego.

Al mirar la esfera luminosa del reloj que estaba sobre la mesa de noche, Alma vio que eran casi las doce. Dobló su brazo derecho, deslizó la mano bajo la cabeza y contempló la oscuridad. La ausencia de Eva en la casa creaba una sensación extraña. Era una de las pocas veces que ella pasaba una noche entera con Charlie. Eso a Alma no le importaba. Después de todo, Eva era una mujer adulta, no una adolescente ingenua. Lo que le molestaba era el modo en que la vida de Eva parecía reflejar la de la propia Alma. La condición de testigo de la evolución de otra mujer le provocaba ahora un dolor intenso. Determinaba que sintiera con lamentable conciencia todo lo que había sido en otro tiempo y nunca podría volver a ser. Se necesitaba una fuerza considerable para evitar la envidia y la amargura cuando se afrontaba el espectáculo de las carnes todavía firmes de la otra mujer, la multiplicidad de posibilidades que aún existían para ella. Por supuesto, lo que hacía soportable todo eso era el amor. Pero, incluso así, no era fácil mirarse en ese espejo vacío, sabiendo que no era necesario que las cosas se hubiesen desarrollado de ese modo.

Y de nuevo se vio repasando esa noche que tan bien recordaba, cuarenta y tres años atrás, la noche que ahora escudriñaba como buscando los detalles que quizá se le habían escapado.

Estaban sentados en la mecedora, conversando en voz baja, de modo que no los oyeran los padres de Alma o Cora, que se encontraban en la sala, a pocos metros de distancia. Y de pronto, Randy había dicho:

—Vayamos a dar un paseo. Tengo que decirte algo —y con un sentimiento de temor, ella lo había seguido cuando comenzó a alejarse del porche.

En la oscuridad de la fresca noche estival caminaron a lo largo de la calle, la música de la radio cada vez más lejana, para desaparecer al fin cuando ya se habían alejado bastante de la casa. Ella sintió una especie de punzada fría en el corazón, una aprensión que era tan palpable que casi podía verla y saborearla. Era extraño, pero hasta ese momento ella nunca había advertido que el miedo podía tener un sabor metálico en la lengua, o que podía envolver al individuo como si hubiese sido una segunda piel muy concreta.

Randy estaba hablando, pero ella no escuchaba las palabras una a una sino que más bien asimilaba el sentido general de su significado.

—Algo que yo no había pensado que podría suceder... Tienes que creer que jamás he querido lastimarte... sencillamente *ha sucedido*... —las palabras de Randy flotaban en el aire, entre ellos, como cristales congelados, y todo lo que ella alcanzaba a entender era que se la había tomado por una estúpida. Y eso le dolía. Nunca había experimentado un dolor tan intenso... ni siquiera cuando en su infancia había caído por la escalera que descendía del desván y se había fracturado el brazo. Eso había sido un dolor localizado. Había podido considerarlo objetivamente, incluso con cierto respeto. A la edad de cinco años jamás había pensado que el interior de su cuerpo podía quebrarse, que dentro de su propia carne había innumerables huesos frágiles. Había creído que ella misma era un ser de una sola pieza. Pero el radio astillado demostraba gráficamente que estaba formada por muchas partes y que cualquiera de ellas podía sufrir algún daño.

A los veinticuatro años ya no era una niña. Pero se sintió tan chocada y desalentada por esta nueva forma de dolor como le había sucedido con aquella vieja fractura. Nadie le había advertido jamás de nada tan perverso como el daño que estaba sufriendo internamente a consecuencia de lo que Randy tenía que decirle.

Había otra mujer, y él la había dejado embarazada. No tenía más alternativa que casarse con ella. Había estado haciendo el amor a las dos. Alma había tenido la sensatez de adoptar precauciones; la otra mujer no lo había hecho. En ese sentido, ¿Alma era la mejor o la más sensata de las dos? Quizá. Pero del hecho de ser mejor y más sensata no extraía la menor satisfacción. Sencillamente se sentía tonta. Y al dolor se unía una rabia cada vez más intensa porque comprendía que se la había utilizado y que ahora se la desechaba.

—Tienes que creerme... Cuánto lo lamento... Juro ante Dios que yo nunca... Tú eres la mujer a quien amo realmente...

Las lágrimas, las disculpas y las explicaciones de Randy no la impresionaron; apenas las oyó. Enseguida se dedicó activamente a arrancar de su fuero íntimo las raíces de ese afecto considerable por un joven sin valor.

Sin decir palabra, se volvió y corrió, dejándolo solo en la calle oscura con su caudal al parecer ilimitado de palabras. Corrió, sintiendo el impacto que le descalabraba la columna vertebral, que le golpeaba los dientes. Apretó las mandíbulas y corrió sin descanso.

Su padre le había dirigido una mirada e intuyó qué pasaba. Siempre la asombraba que la persona a quien ella creía con menores probabilidades de percibir un cambio en la hija supiera instantáneamente que algo había trastornado el universo de Alma. Sin decir una palabra que pudiera turbar a Cora, embarazada poco antes, o a su madre, que en ese momento jugaba una partida de rummy, su padre dejó a un lado el periódico, se puso de pie, encontró a Alma al pie de la escalera y la condujo a la cocina.

—Creo que una copa te vendrá bien —dijo, con la voz de un médico que redacta una receta, y retiró de la alacena una botella de whisky y dos vasos. Sirvió una medida en cada vaso, entregó uno a Alma y dijo—: Bebe eso. Te ayudará.

Alma obedeció como una autómata y se estremeció cuando el whisky pasó por su garganta.

—¿Deseas hablar de eso? —preguntó él, las cejas espesas unidas en un gesto de inquietud.

—No puedo —consiguió decir Alma, rogando que él no insistiera. Si ella tenía que hablar, quedaría destrozada y quizá nunca podía recuperarse.

—Comprendo —había dicho su padre, y sus ojos cargados de simpatía parecían perforar la decisión de Alma.

Permanecieron en silencio unos momentos; después su padre dijo:

—Sé que en este momento crees que has perdido algo importante, pero, si te tomas el tiempo necesario para pensarlo, verás que en realidad has ganado algo.

—¿Qué? —preguntó ella, con voz ronca, incapaz de ver ninguna posibilidad de beneficio. Lo único que atinaba a ver eran las pérdidas. Ella había estado llevando en la mente las imágenes de sus propios hijos y de pronto estas estaban destruidas. Se sentía como la protagonista de un duelo, como si unos niños reales hubiesen fallecido.

—Has ganado una nueva percepción —dijo su padre—. Piénsalo, Alma —le aconsejó—. Todas las experiencias pueden aportarte una lección.

—Oh, sí —dijo ella, con amargura, realizando un tremendo esfuerzo de voluntad para mantener erguida la espalda, el mentón alto. Su cuerpo deseaba derrumbarse.

—A todos a veces se nos ha destrozado el corazón, de un modo o de otro. Es parte de la experiencia humana. Sé que no quieres escuchar nada de esto —dijo su padre, demostrando nuevamente una extraña lucidez—, pero creo que con el tiempo verás la verdad de lo que te digo.

Hubo otro breve silencio mientras los dos se miraban. Ella se había sentido tentada de echarse a los brazos de su padre, de permitirle que la reconfortase, pero no pudo hacerlo. Se negaba a mostrar ningún signo de debilidad. Sintiendo el estómago afectado por el whisky, dijo:

—Gracias, papá. Estoy muy cansada. Creo que iré a acostarme.

—Por supuesto —dijo él. Y, como hacía todas las noches, la besó en la frente; después se ocupó de volver el licor a la alacena y de lavar los vasos en el fregadero.

Ella caminó hacia la puerta y se dijo que debía volver y buscar el abrazo de su padre y recibir el consuelo que él representaba, que siempre le había dado y estaba dispuesto a ofrecerle. "Acércate a él y permítele que te rodee con los brazos", pero continuó caminando. Sus piernas se movían, llevándola al corredor, la escalera, el descanso, su habitación. Sin molestarse en encender la luz, se sentó en la cama, sintiendo que la médula se le secaba en los huesos, que se convertía en polvo. Se sentía completamente vacía, y la brisa emitía un débil gemido al penetrar en el interior polvoriento de sus huesos.

En efecto, aprendió algo esa noche, pero no fue lo que su padre habría deseado. Descubrió horrorizada que, pese a su desprecio, era perfectamente capaz de comportarse como una mujer tonta. Era el papel que había representado con Randy Wheeler. Jamás volvería a repetir eso. Incluso si encontraba otra persona con quien casarse, nunca revelaría por completo su intimidad. Siempre mantendría a salvo una parte de su ser.

10

Ruby llegó la mañana del lunes cuando el autobús escolar ya se alejaba.

—Su cabello ha quedado realmente bonito —dijo a Bobby, con una sonrisa, mientras entraban en la casa—. De veras bonito.

Bobby le agradeció y fue a tender las camas, mientras Ruby recogía los elementos de limpieza y se dirigía a la oficina de Eva.

En camino hacia la planta alta, para ir a ver a Alma, Bobby se detuvo en la cocina y miró el refrigerador. Había un cheque, pero era para Ruby, y Bobby se abstuvo escrupulosamente de mirar el monto. En ese mismo instante entró Eva con la bandeja de Alma e instantáneamente interpretó mal lo que Bobby había estado haciendo; dijo con voz helada:

—Se le paga a Ruby más o menos la misma suma diaria que a usted.

—Oh, no —dijo Bobby, bastante impresionada por la acusación apenas disimulada de que había estado curioseando—. No estaba mirando eso.

—Ciertamente *pareció* que eso era lo que hacía.

—No, señora —dijo Bobby—. Solamente estaba mirando si había un cheque para mí.

Eva pensó: "¡Demonios!" Después depositó la bandeja sobre la mesada. *¿Por qué* siempre se mostraba cruel con esta mujer?

—Lo siento —dijo, volviéndose para ver que Bobby se mordía el labio inferior, visiblemente conmovida. Eva deseaba tomarla por los hombros y gritarle: "¡Contesta cuando te atacan! ¡No aceptes que la gente te hable así!" En cambio, dijo:

—Le entregaré su cheque antes de salir con mi tía para la visita al médico.

—Muy bien —dijo Bobby—. Eso estará perfecto. Y ahora iré a verla.

—Lo siento —dijo de nuevo Eva—. Llevará un tiempo hasta que nos acostumbremos a convivir.

—Sí, señora —dijo Bobby, y salió de prisa de la habitación.

—¿Qué le pasa? —preguntó Alma al verla.

—Nada. Estoy muy bien —dijo Bobby, mientras acercaba la silla de ruedas a la cama—. ¿Pasó bien la noche?

—A su juicio, ¿qué es una buena noche? —preguntó Alma, con voz hosca.

—La noche en que uno duerme sin necesidad de despertarse tres o cuatro veces.

—¿A usted le sucede eso?

—Así es.

—¿Por qué?

—Tengo pesadillas —dijo Bobby, mientras acomodaba a Alma en la silla.

—¿Todas las noches?

—Sí... Pero estoy acostumbrada. ¿Usted duerme de un tirón todas las noches?

—Generalmente —dijo Alma—. Aunque duermo casi dos horas menos por noche que lo que solía hacer.

—A mi abuelo le sucedía lo mismo. Cuantos más años tenía, menos dormía. Y entonces se enfermó. A partir de ese momento despertaba cada dos horas. La esperaré aquí —dijo, y dejó a Alma sola en el cuarto de baño.

Respondiendo a un impulso, se atareó alisando la ropa de cama mientras esperaba, plegando el cubrecamas y golpeando las almohadas. Alma la llamó, y Bobby comenzó a llenar de agua la bañera, antes de ayudarla a despojarse de su camisón.

—Deberíamos hacer esos ejercicios —dijo.

—Al demonio con los ejercicios —dijo Alma—. Son inútiles.

—Pero el señor Dennis dijo que eran útiles.

—Dennis tiene buenas intenciones pero mala información.

—Bien, creo que de todos modos habría que hacerlos. No la perjudicarán.

—En ese caso, practíquelos usted —dijo Alma—. Yo miraré.

Bobby meneó la cabeza y sonrió, mientras introducía a Alma en el agua caliente.

—Realmente es usted obstinada.

—Eso es cierto.

—Hoy corresponde lavarle el pelo, ¿verdad?

—Imagino que sí.

114

—Muy bien —dijo Bobby, y se quitó los zapatos y las medias antes de recogerse las perneras del pantalón. Como comprendió que Alma la observaba, preguntó:

—¿Qué pasa?

—El corte de los cabellos cambia mucho su aspecto. Realmente se la ve muy bonita.

—Oh, no —dijo desconcertada Bobby—. En realidad soy... vulgar.

—Cuando alguien le hace un cumplido —dijo severamente Alma—, acéptelo y agradézcalo. No lo retuerza como si fuese un trozo de masa.

—Está bien. Gracias. ¿Quiere que le jabone la espalda?

—Sí, por favor.

Alma le entregó el jabón y Bobby se arrodilló al costado de la bañera para enjabonar el lienzo.

—Anoche soñé con usted —le dijo.

—¿De veras? ¿Y qué soñó?

—Estábamos sentadas en el jardín del fondo, y usted me llamaba por mi verdadero nombre.

—¿Sí? ¿Y cuál es su verdadero nombre?

—Barbara.

—Un nombre infinitamente más adecuado que Bobby.

—¿Qué quiere decir eso? —preguntó Bobby.

—Quiere decir sencillamente que le sienta más. Tiene más dignidad.

—No tengo ninguna dignidad —dijo Bobby meneando la cabeza.

—Es claro que sí.

—Si tuviese dignidad, no habría estado tanto tiempo con Joe.

—Quizá no. Pero eso es autoestima, no dignidad. Y tengo que reconocer que usted falla un poco en ese aspecto. Pero eso no me sorprende.

—Quizá me la arrancaron a golpes.

—Es posible.

—Sí, ha sido eso.

—Usted creía que siempre estaba equivocada.

—Así es. Yo siempre intentaba hacer bien las cosas, porque no quería que él se enfadase. Me llevó mucho tiempo darme cuenta que nada le venía bien. Yo siempre estaría en falta, no importa lo que hiciera.

—¿Por qué se sintió atraída en principio por este hombre? —preguntó Alma.

—No lo sé. A decir verdad... es buen mozo. Y, además, era mayor que yo. Me pareció que yo era especial porque me había elegido.

—Las mujeres siempre creen eso —dijo Alma, con cierto disgusto—. *Nosotras* conseguimos ser especiales. Nadie más lo hace en nuestro lugar.

—Supongo que así es —Bobby retorció el lienzo y lo colgó del toallero; después se sentó al costado de la bañera, con los pies en el agua—. Hora de lavarse el cabello —dijo, y dobló las rodillas para sostener el peso de la anciana—. En verdad, tiene un cabello hermoso —dijo, regulando la temperatura del agua de la ducha.

—Gracias.

Hubo una pausa y después las dos mujeres se echaron a reír.

—Usted me paga demasiado —dijo Bobby, examinando el cheque.

—No —dijo Eva—. Usted trabajó del martes al domingo. Es una semana completa. Y, si en verdad no tiene inconvenientes en trabajar los domingos, le pagaré trescientos por toda la semana.

—De verdad que no me opongo —dijo Bobby, plegando cuidadosamente el cheque y guardándolo en su bolsillo. Era la suma más elevada que le habían pagado en el curso de su vida.

—Será necesario que reserve un poco para pagar sus impuestos a fines del año.

—Sí, señora.

—Por favor —dijo Eva, con impaciencia—. Llámeme Eva.

—Muy bien.

—Mi tía está citada para las diez y media. Regresaremos a más tardar a las doce y media, según el tráfico que haya en la autopista. Si tiene diligencias que hacer, puede aprovechar el tiempo mientras dura nuestra ausencia.

—Pensaba ir al banco.

—Lo que le parezca —dijo Eva, como si los planes de Bobby no le interesaran. Retiró del congelador una pierna de cordero y la puso en una asadera para descongelarla.

—¿Necesita algo del supermercado? —preguntó Bobby, mientras trataba de descubrir qué había hecho que provocaba el desagrado de esa mujer.

—No, gracias.

—Muy bien. ¿Desea que baje a Alma ahora mismo?

—Puede hacerlo. Gracias —respondió Eva, verificando la hora.

—¿Hice algo malo? —preguntó Bobby, y el pulso en su garganta de pronto comenzó a latir.

Desprevenida, Eva la miró y dijo:

—No. ¿Por qué?

—Pensé que había hecho algo malo, puesto que usted se enojó.

Descontenta consigo misma porque no había podido disimular su irritación, Eva dijo:

—No. Le pido disculpas si le di esa impresión. No debe tomar las cosas tan a pecho. —Eva pensó que decir eso era estúpido. Por supuesto, ella debía tomarlo como cosa personal—. Lo que quiero decir es que... —¿qué quería decir?

—La convivencia de las personas es difícil —dijo Bobby, tratando de allanar la situación—. Las personas se irritan unas a otras. Si hago algo mal, tiene que decírmelo.

—No está haciendo nada mal —dijo Eva, totalmente desprevenida para esa confrontación—. Como dije antes, a veces pierdo los estribos.

—Sé que usted trabaja mucho —dijo Bobby—. Todas esas horas que pasa en su oficina. Pero el hecho es que su tía me agrada realmente y parece que nos llevamos bien. Desearía estar en buenas relaciones también con usted.

—Yo solía administrar mi propia casa —explicó Eva—. El último año ha sido un cambio importante para Alma y para mí. Y hay ocasiones en que es difícil soportar la situación.

—Comprendo eso.

—A veces, por mucho afecto que sienta por mi tía, la situación me irrita.

—Y la deprime —dijo Bobby.

—Así es.

—También a ella.

—Sí, en efecto —coincidió Eva.

—Según veo el asunto, mi tarea es facilitar la vida de las dos. Y me complace intentarlo. Como dije, siento verdadero afecto por su tía.

—Sí —dijo Eva—. Así lo entiendo.

—De modo que, si usted no simpatiza conmigo —continuó Bobby—, me siento mal. Porque usted me agrada. Fue muy buena conmigo y con Pen, nos aceptó y me dio este empleo. Lo que quiero decir es que sería mejor que usted hablase francamente y dijera lo que le molesta, porque yo así podría corregirme. Me inquieta que usted se enfade y yo no sepa por qué.

—Usted no cometió ningún error —dijo Eva—. Y, si ese fuera el caso, yo se lo diría. Sé que a veces me muestro brusca y distante. No le dé importancia. A decir verdad, no tiene nada que ver con usted.

—Muy bien —dijo Bobby, y se dijo que terminaban exactamente donde habían empezado, sin que nada se resolviese ni se aclarase—. Intentaré hacer lo que usted dice. Y ahora es mejor que vaya a ver a su tía.

—Gracias.

Bobby salió; le temblaban las manos y le latía el corazón. Nunca había hablado así a nadie. Pero tenía que hacerlo. No podía soportar la idea de que Eva la criticase, de que no simpatizara con ella. En otra ocasión habría guardado silencio, como hacía cuando Joe comenzaba a atacarla.

Pero esta vez sencillamente no podía. Era demasiado importante. Necesitaba permanecer en esa casa y por lo tanto tenía que aclarar bien cuál era su situación.

Eva apoyó la mano en la encimera y sintió como si acabase de correr una carrera y la hubiera perdido. No había esperado que Bobby se mostrase tan sincera, y por eso la respetaba. Pero al parecer no había manera de que Eva pudiera explicar que su frialdad tenía que ver con Deborah, con cosas que habían sucedido hacía casi quince años; hechos que no siempre guardaban alguna relación con lo que sucedía en esta casa.

—¿Practica los ejercicios? —preguntó Charlie.

—Son pura pérdida de tiempo —dijo derechamente Alma.

—No son una pérdida de tiempo —insistió Charlie—. Usted posee cierta movilidad en la pierna izquierda. Si trabajara en eso, podría fortalecer los músculos y llegaría el momento en que podría caminar con la ayuda de un bastón.

—Gracias, no me interesa caminar con la ayuda de un bastón.

—Tiene una actitud muy negativa —dijo Charlie, sonriendo—. Por lo demás, ¿cómo se siente?

—Estoy viva. Imagino que eso significa algo.

—Significa mucho —dijo Charlie—. La cosa habría podido ser mucho peor.

—Usted tiene un gran talento para decir lo que es obvio —afirmó Alma, en tono acusador.

La sonrisa del médico se ensanchó, y él dijo:

—He sabido que tiene una enfermera nueva. ¿Cómo se desempeña? —preguntó el médico, con una ancha sonrisa.

—Es mucho más eficaz que las otras —dijo Alma—. Imagino que Eva le habrá dicho que esta mujer tiene una hija.

—En efecto.

—La niña es preciosa —dijo Alma, suavizando el tono—. Realmente hermosa. Tratando de parecer indiferente y fracasando en el intento, dijo:

—Por Dios, me llama abuela.

—Y a usted le encanta —dijo Charlie.

—Hágame un favor.

—¿Qué?

—Trate de que Eva abandone esa basura que ahora escribe y regrese al trabajo serio.

—Alma, yo no puedo decirle lo que tiene que hacer.

—Usted tiene influencia —dijo la mujer—. Usela.

—No puedo hacer eso.

—¿Por qué no?

—Porque no me corresponde. Porque no quiero hacer o decir nada que modifique la situación. Esa decisión corresponde a Eva. Se diría que eso satisface alguna de sus necesidades.

—La necesidad de representar el papel de mártir. Tengo dinero más que suficiente para pagar todo.

—Ella cree que ha contraído una obligación.

—Es una tontería —dijo acaloradamente Alma.

—Dígaselo a Eva.

—No me escucha.

—Realmente no puedo hacer nada —dijo Charlie—. Quizás usted deba aceptar el gesto y convivir con él. De modo que, querida señora, si no hay nada más, me marcho. La veré en dos semanas. ¡Y practique esos ejercicios!

—Adelante, vaya a ver a sus pacientes —dijo ella, disgustada.

—Alma, usted sabía que yo nunca aceptaría esa misión —dijo Charlie afectuosamente, con una mano sobre el hombro de su paciente—. Pero yo reconozco su mérito al intentarlo.

—Todos los hombres son unos inútiles —dijo Alma, avanzando el mentón.

El se echó a reír y la besó en la mejilla.

—Le diré a Eva que la ayude a vestirse —dijo, y salió.

—Inútiles —murmuró Alma, tomando su blusa y tratando inútilmente de ponérsela.

Después del banco, Bobby pasó por la librería del centro comercial para comprar a Pen un ejemplar nuevo de su libro de cuentos favoritos. Examinó la muestra de obras llegadas poco antes y vio varias que le habría agradado leer. Pero no se atrevía a gastar su dinero en ese lujo; si las cosas no salían bien, era posible que necesitase hasta el último de los centavos. Tal vez se asociaría a la biblioteca local. En Jamestown la visitaba cada quincena y estaba acostumbrada a tener libros para leer.

Después de la librería, miró las ropas en la sección infantil. Había un vestido azul que le encantaría a Pen, pero era demasiado caro. Se preguntó cómo era posible que la gente gastase noventa y cinco dólares en un vestido para un niño que sólo podría usarlo unas pocas veces, porque después crecía y la prenda ya no le venía bien. Pero sin duda era bonito, con una blusa bien cortada, falda y mangas abullonadas. Imaginaba a Pen con ese vestido, las medias blancas y los zapatos bien lustrados. De mala gana, se apartó del exhibidor de los vestidos y echó una ojeada a las prendas para los días de cada día.

Eligió un par de prendas de trabajo, algunas piezas de ropa interior para Pen y llevó los artículos al mostrador, donde esperó que alguna de las vendedoras la atendiese. Abrió su nueva chequera y extendió un cheque.

—Necesito la licencia de conducir y una tarjeta de crédito —dijo la vendedora.

Bobby le entregó la licencia del estado de Nueva York.

—No tengo tarjeta de crédito —dijo.

—No puedo aceptar una licencia de otro estado —dijo la mujer, mirando el documento de Bobby con gesto fruncido.

—Pero es válida...

—Lo siento —dijo con firmeza la mujer, y devolvió la licencia.

Sintiendo de pronto como si todos los que estaban en la tienda la miraran, Bobby contó de prisa el dinero que tenía en la billetera. No le alcanzaba.

—Puede llamar al banco. Le dirán que tengo suficiente dinero en la cuenta —dijo, con el rostro rojo por la vergüenza.

—Si tuviéramos que hacer eso cada vez que alguien quiere entregar un cheque, nos pasaríamos el día hablando por teléfono —dijo irritada la vendedora—. ¿Quiere estas cosas o no?

—Por supuesto, las quiero —dijo suavemente Bobby, mientras creía escuchar un eco de la voz de Joe que le gritaba que era una estúpida, que era incapaz de hacer bien ni siquiera las cosas más sencillas. Se defendió: *Pero eso no es cierto*. Podía hacer bien toda clase de cosas y esta era una entre tantas.

—Iré al banco y cobraré el cheque —dijo a la mujer, que se encogió de hombros y se apartó para recibir una prenda que otra mujer deseaba comprar—. ¿Guardará estas cosas hasta que yo regrese?

—Aquí estarán —dijo la vendedora. Después, sonriendo alegremente a la otra clienta, agregó—: No creo que hoy haya gran demanda de este tipo de ropa.

—Volveré —dijo Bobby, humillada. Y salió de prisa de la tienda.

Había una fila de clientes en el banco, y tuvo que esperar diez minutos hasta llegar a uno de los contadores. A cada momento se decía que el asunto no tenía importancia, que conseguiría el dinero, regresaría a la tienda, pagaría las cosas de Pen y ahí terminaría todo. Pero continuaba oyendo la voz de Joe que le decía que era una estúpida, y tuvo que reprimir el deseo de olvidar el asunto y regresar a su casa. Detestaba la idea de enfrentar de nuevo a esa vendedora impertinente, pero lo haría. Y, hasta que las cosas se arreglasen de un modo o de otro, llevaría consigo dinero contante y sonante suficiente para pagar lo que deseara. Una vez que tuviese la certeza de que conservaba el puesto, conseguiría una licencia de Connecticut y entonces obtendría cheques bien impresos, y no la chequera provisoria que ahora usaba, y nadie la humillaría cuando ella deseara comprar algo. Se dijo: *No soy una estúpida.* Solamente deseaba no sentirse tan molesta a causa del incidente.

Cuando regresó a la tienda, estaba preparada para enfrentar a esa cruel vendedora, pero otra mujer, mucho más amistosa, encontró la ropa interior y las prendas de trabajo, aceptó con una sonrisa el dinero de Bobby y le dijo:

—Gracias. Vuelva pronto por aquí.

Era casi mediodía cuando regresó a la casa. La puerta del garaje estaba abierta y la furgoneta no había regresado. Después de bajar con sus compras, decidió aprovechar el tiempo y preparar la comida. Eva había dicho al principio que de eso debía encargarse Bobby, pero hasta ahora cuando Bobby se acercaba a la cocina encontraba que Eva siempre se le adelantaba. Era la primera vez que Bobby podía ocuparse personalmente. Sabía que Ruby no comía allí, de modo que tenía que preparar comida sólo para tres personas. Cuando oyó que entraba la furgoneta por el sendero, ya tenía una cazuela con sopa de verduras calentándose y una bandeja de bocadillos de ensalada de atún.

Bobby mantuvo abierta la puerta mientras Eva empujaba la silla de ruedas sobre la rampa.

—Yo me ocuparé, si lo desea —dijo Bobby.

—¿Ha preparado la comida? —dijo Eva, al ver la mesa tendida y la fuente de bocadillos.

"Dios mío —pensó Bobby—. Ahora se ofenderá."

—Usted dijo que era una de mis obligaciones —observó tranquilamente.

—Así es, lo dije. Lo había olvidado —contestó Eva, impresionada. Ninguna de las enfermeras anteriores había manifestado ni siquiera una pequeña parte de la conciencia de Bobby. Al ver que Eva preparaba las comidas, después de decir que formaban parte de la obligación de las enfermeras, suponían que se trataba de un cambio de planes y se lavaban las manos. Y por costumbre Eva continuaba encargándose del asunto—. Gracias, Bobby —dijo, con una sonrisa complacida.

—De nada —aliviada, Bobby ayudó a Alma a quitarse el abrigo—. ¿Cómo fue la visita al médico? —preguntó.

—Una pérdida de tiempo, como siempre —rezongó Alma.

—Quiere que ella haga sus ejercicios —intervino Eva.

—Los haremos esta tarde —prometió Bobby.

—¡Nadie hará tal cosa! —ladró Alma.

—Los haremos después del almuerzo —insistió Bobby—. Los tengo anotados.

—Charlie y yo creemos que deberías dejar de escribir esa basura y regresar al trabajo serio —dijo Alma a su sobrina.

Eva emitió una risa de incredulidad.

—Seguramente no ha dicho nada parecido.

—¡Ciertamente lo dijo!

—Estás engañándome —dijo Eva, mientras llevaba los abrigos al armario del vestíbulo—. Lo que probablemente dijo era que no hablaría del asunto contigo.

—Cree que estás desperdiciando tu tiempo y tu inteligencia —dijo Alma, mientras dirigía la silla hacia la mesa.

Desconcertada, Bobby escuchaba este diálogo, tratando de hallarle un sentido.

—Has estado entrometiéndote —dijo Eva, mientras traía platos de la alacena.

—He hecho lo que pude —afirmó Alma.

Riendo de nuevo, Eva comenzó a servir sopa en los platos.

—Déjanos en paz. Yo hago lo que deseo hacer —dijo.

—Detestas ese trabajo, y lo que haces está cambiando tu carácter —dijo Alma—. Desde que has comenzado a escribir esos libros, muestras una dureza que no te sienta.

—Eso *no* es cierto —arguyó Eva, pero tuvo que preguntarse si su tía no había dado exactamente en el blanco—. Además, tú no estabas tan cerca que puedas saber cómo era yo cuando trabajaba en otra clase de libros.

—Te vi con frecuencia suficiente para saber que eras feliz. Ahora eres feliz únicamente cuando compartes unas horas en la cama con Charlie.

—¡Dios mío! —Eva miró para ver cuál era la reacción de Bobby al oír estas palabras. Bobby mantuvo los ojos bajos y jugueteó con su cuchara—. ¿Por qué no lo publicas a toda página en el *Advocate*? —preguntó, sonrojada.

—Charlie —dijo Alma a Bobby— es mi médico, y el *innamorato* de Eva.

—¿Qué significa eso? —preguntó Bobby, que no sabía muy bien si deseaba intervenir en esa discusión, o en lo que fuese.

—Mantenemos relaciones sociales —dijo Eva.

—¡Oh! —dijo Bobby, con una sonrisa, y se arriesgó a mirar a Eva, que aún estaba completamente ruborizada—. Qué agradable.

Eva miró a la mujer más joven y vio únicamente sinceridad, incluso aprobación.

—Sí, es agradable —dijo Eva, y después no tuvo más remedio que sonreír. La animosidad amorfa que sentía hacia Bobby se desactivó un momento y ahora pudo verla como una amiga—. Es muy agradable —afirmó, los ojos fijos en Bobby, que sonrió y extendió la mano hacia la fuente, mientras preguntaba—: ¿Quieren un bocadillo?

—Sí, gracias —dijo Eva, y en ese mismo instante tomó la decisión de que Bobby se quedaría en la casa—. Estos tienen buen aspecto.

—Es la receta de mi tía Helen —dijo Bobby, que en ese momento percibió que había sobrevenido un cambio—. Usa una cucharada de vinagre con la mayonesa. Espero que a usted le agrade.

—Seguramente —dijo Eva.

Alma sintió que la atmósfera había cambiado y decidió apartarse un momento del tema de los trabajos literarios de Eva y servirse un bocadillo. Sabía muy bien que Eva tenía sentimientos antagónicos hacia Bobby y deseaba saber por qué. Nunca había visto a Eva comportarse como lo hacía con esa amable criatura; el único indicio que la propia Eva había ofrecido hasta ese momento era la referencia al hecho de que Bobby le recordaba a la persona de Deborah. Una referencia oblicua en el mejor de los casos, en vista del hecho de que Eva no había explicado a Alma los detalles más delicados de lo que había sucedido ese verano en la isla. Eva se había mostrado tan inquieta cuando regresó que Alma prefirió dejarla en paz y pensó que abordaría el tema a su debido tiempo. Pero fuera de revelar los elementos anecdóticos del asunto, Eva nunca había vuelto a hablar del tema. Alma pensaba que esa actitud era extraña; ahora miraba primero a Bobby y después a su sobrina; las dos mantenían los ojos fijos en sus respectivos platos. Por primera vez en años, Alma se preguntó qué sería lo que Eva no le había revelado.

11

Ahora Eva recordaba Montaverde de un modo casi compulsivo. Se había creado un esquema. Todas las noches ella tenía monstruosos sueños monocromáticos y al despertar se sentía débil y temerosa. Entonces permanecía inmóvil un momento, repasando las semanas que había vivido en la isla.

Esta noche recordaba sobre todo una tarde en la que el calor era tan intenso que los niños se habían dormido en la galería, acostados sobre una colchoneta. Eva se paseaba de un extremo al otro de la sala, esperando el regreso de Deborah y Ian. Estaban en la ciudad, hablando con algunos funcionarios del gobierno acerca de ciertos permisos relacionados con la casa que intentaban construir. Durante las dos semanas en que Eva había estado allí, el trabajo en la construcción no había progresado prácticamente nada.

Deseaba apoderarse de Mellie y viajar en el primer vuelo. Después de esas dos semanas largas en la isla, Nueva York ejercía una atracción completamente distinta. Y Eva pensaba anhelosa —y ahora a cada momento— en ir con Mellie a pasar unas pocas semanas en compañía de Alma, en la serenidad de Connecticut. Se paseó, esperando, la camisa húmeda de sudor y pegada a la espalda. Ansiaba desesperadamente salir de allí, huir de lo que sucedía en esa casa. Deborah parecía haberse convertido en una persona completamente desconocida, alguien que no se asemejaba en absoluto a la mujer que había sido su amiga más íntima en Inglaterra. Esta Deborah era inabordable y mantenía un sombrío silencio, se encontraba en un estado de cólera permanente; principalmente a causa de la falta de progresos en la casa, un hecho que imputaba a Ian, aunque

125

en su acusación hubiese cierto grado de arbitrariedad. Sólo por momentos —cuando se detenía para apoyar afectuosamente la mano sobre la cabeza de su hijito y cuando parecía recordar durante unos instantes a la persona de Eva y en sus labios se dibujaba una sonrisa deslumbrante— habría podido decirse que esa era la Deborah de siempre. Sin embargo, Eva estaba convencida de que debía existir algo que ella pudiese decir o hacer personalmente para ayudar a resolver la situación. Todos los días confiaba en que Deborah le brindaría la oportunidad de mantener un diálogo. Era inconcebible que Deborah no sintiera tanto como Eva la necesidad de hablar. Tenía que ansiar la ayuda de Eva. Si no era así, ¿por qué la había invitado a venir? Sin embargo, no aportaba el menor atisbo de que le interesara analizar sus propios problemas. Deborah la miraba distraída cada vez que ella se le acercaba ofreciendo su ayuda y le decía:

—No, querida. Pero gracias por ofrecerte.

El resultado era que Eva se sentía agobiada por todas las cosas que ansiaba decir y no podía manifestar. También sentía que era la peor hipócrita del mundo, porque deseaba intensamente alejarse con su hija, apartarse de la explosiva animosidad que separaba a su ex mejor amiga del odioso marido de su ex mejor amiga.

Afectada por tantos sentimientos contradictorios, echaba de menos a Kent. El había fallecido ocho meses antes, y el impacto en cierto modo ahora era aún más intenso que cuando había recibido el llamado telefónico de la policía de Minneapolis para informarle que, a juzgar por todas las pruebas, él había muerto serenamente mientras dormía. Después de la desaparición de su esposo, ella había tratado de compensar la pérdida volcándose al trabajo, escribiendo en todos los momentos libres. La consolaba en cierto grado el hecho de que su libro se hubiese vendido poco antes de la muerte de Kent. El se había sentido tan complacido por la noticia de la venta como le había sucedido con el nacimiento de Melissa, y un poco por juego había realizado pronósticos absurdos:

—Llegarás a ser famosa. Te convertirás en un nombre prestigioso —había augurado.

—En efecto. Y probablemente venderé doce ejemplares del libro —había dicho riendo Eva.

—Catorce —la corrigió Kent—. No, hablemos en serio. Esto es magnífico, Evie, de veras magnífico. Estoy orgulloso de ti.

Durante las semanas que siguieron a ese terrible llamado telefónico, cuando ella se sentaba frente a la máquina de escribir podía concentrar la atención rigurosamente en los hechos de la narración. El dolor que el resto del tiempo la incapacitaba desaparecía cuando concentraba la atención en los personajes que estaba creando. La escritura y su responsabilidad hacia Melissa le impedían sucumbir a la parálisis emocional absoluta. La invitación de Deborah, con la posibilidad de visitar la isla, le había aportado un motivo de expectativa. Había previsto que gozaría de seis semanas de aire puro y sol y que habría un feliz reencuentro con una persona que, como también había conocido a Kent, se complacería con ella en la rememoración afectuosa y alegre de aquel pasado feliz en Londres. En cambio, casi desde el principio se había encontrado en el centro mismo de un huracán y se había visto obligada a fingir diligente que no sucedía nada fuera de lo común. Pero el desordenado viaje desde el aeropuerto debería haber sido la primera advertencia, pues Ian las había llevado rodando a los tumbos por la traicionera pista de montaña, a una velocidad terrorífica. En mitad del ascenso de la montaña, el grito ronco de miedo de Deborah había hecho que Ian aplicase los frenos, deteniéndose con los neumáticos delanteros sobre el borde mismo de un precipicio. Y allí habían sostenido la primera discusión

—Si no puedes conducir bien, apártate y déjame el volante. Maldito canalla, nos matarás a todos —decía Deborah, cortante, con los dientes apretados, mientras detrás, Eva, fatigada por el vuelo y el calor y temblando un poco a causa del modo absurdo de conducir de Ian, estaba sentada con los dos niños, esforzándose todo lo posible para evitar las náuseas y ofreciéndoles sonrisas temblorosas con el propósito de tranquilizarlos.

En ese momento se preguntó con toda inocencia dónde había caído; entonces percibió claramente que la actitud más sensata que podía adoptar era pasar allí la noche, formular una excusa por la mañana e irse con Melissa a un lugar de descanso en otra isla. Pero la idea de proceder así le pareció tan cobarde, implicaba un juicio tan precipitado que la rechazó. Había realizado un viaje muy largo para ver a su antigua amiga y no podía rehacer su equipaje y partir después de una sola noche. Deborah creería que estaba loca.

Habían pasado dos semanas y tenía miedo. Por primera vez alimentaba dudas acerca de su capacidad para criar sola a Melissa. Ella había dependido de Kent. El había sido su mejor amigo, su compañero permanente. La obligaba a sonreír cuando ella deseaba asesinar a alguien. Había sido su caja de resonancia, y a modo de prueba ella le presentaba sus ideas, porque Kent le advertía de un modo inequívoco cuando ella equivocaba el camino. Habían convivido seis años y medio. Parecía un período insignificante. E, inmediatamente después de la muerte de Kent, ella descubría que a veces se detenía a consultar su reloj y se preguntaba cuándo volvería a casa. Entonces se repetía el episodio de su muerte y sentía que se sumergía en el absurdo, como si la vida con él no hubiese sido nada más que un sueño.

Atrapada en esa casa vacía, lo echaba de menos un poco más con cada hora que pasaba, sobre todo porque Deborah y Ian reñían constantemente, y ahora sin disimulo. Había breves períodos parecidos a una tregua durante la cena, cuando los tres adultos se sentaban a comer en la galería y mantenían algo semejante a una conversación civilizada.

Apenas dos noches antes, Ian había manifestado mucho interés en el libro que Eva estaba por publicar y había querido saber cuál era el tema; manifestó el deseo de que ella le explicara el funcionamiento de la industria editorial. Y a pesar de su antipatía por ese hombre, nada más que movida por el deseo de promover la paz, Eva había detallado sus limitados tratos con el editor y después le había explicado el argumento de la novela.

—Cabría suponer que todo funcionará muy bien —dijo criteriosamente Ian.

—Sí —convino Deborah—. Puede suponerse que así será.

Eva pensó que quizá la situación justificaba cierta esperanza y se tranquilizó un poco a medida que la velada llegaba a su fin.

La tregua terminó cuando Ian cambió de tema.

—Uno imagina que la visita de mañana al lugar será otro esfuerzo inútil. Ha sido una idea bastante tonta contratar a tu tío para que supervise la construcción —dijo Ian repentinamente, dirigiéndose a Deborah.

—Por lo menos *él* está dispuesto a trabajar un poco. Por lo menos, *él* no se dedica a pasear por la ciudad, tratando de impresionar a esos asquerosos *nativos* —respondió ella, lívida y en actitud de defensa.

Ian saltó del sofá, cruzó de un salto la galería y abofeteó a su esposa, haciéndola caer de la baranda donde ella habitualmente se sentaba. Después se retiró.

—¡Canalla! —gritó Deborah a la espalda de su esposo.

—¡Perra perversa! —rugió Ian, sin molestarse siquiera en volver la cara.

Abrumada y asustada, Eva se acercó para dar una mano a su amiga.

—¡Déjame, querida! —Deborah rechazó la mano de Eva, se puso de pie y sin decir una palabra más caminó hacia el dormitorio principal.

Sin saber qué hacer, Eva se sentó y esperó, confiando en que Deborah volvería a conversar. No lo hizo. Finalmente, después de esperar en la galería cerca de una hora, Eva atravesó los cuartos vacíos en dirección a su propio dormitorio.

Las luchas eran épicas y constantes y a menudo se prolongaban hasta bien entrada la noche. Era necesario distraer constantemente al desconcertado Derek, para evitar que corriese hacia su madre en mitad de una de esas sesiones. Las pocas veces en que Eva no podía retenerlo, el niño se abrazaba sollozando a las piernas de su madre, y tanto Deborah como Ian se volvían hacia el niño y le decían que se fuese.

—Ahora, márchate y deja tranquilos a mamá y a papá —empujaban al niño, y ahí mismo, sin perder un minuto, continuaban la discusión.

Felizmente Derek y Mellie se llevaban bien y se turnaban en los roles. Una hora Mellie decía a Derek lo que debía hacer, y a la siguiente él se dedicaba a inventar normas complejas y desconcertantes relacionadas con un juego nuevo. Jugaban con inventiva y energía sorprendentes, mientras alrededor de ellos todo se descontrolaba cada vez más.

La víspera, Eva había visto a Ian de pie en el sendero, con un arma de fuego. Evidentemente la llevaba oculta en el coche. Por la razón que fuese, la había querido examinarla, y al pasar frente a las ventanas Eva la vio en su mano. A partir de ese momento se sintió cada vez más ansiosa de marcharse. Había estado pensando en la posibilidad de hablar del arma a Deborah, pero esta parecía muy inquieta, y Ian, con ese maldito radar que tenía, siempre estaba cerca de su esposa, de modo que gran parte del tiempo no se le ofrecía a Eva la oportunidad de mantener una conversación a solas.

Deseaba llorar. Afuera las ramas de las palmeras se movían en el aire denso. Eva se sentaba en el sillón de la galería y miraba a los niños. Tenían los cabellos húmedos, pegados a la cara. Dormían despatarrados, como muñecas abandonadas. Ella echaba hacia atrás la cabeza y se preguntaba si Deborah sabría del arma. El miedo, como el calor, parecían impregnarla. No podía imaginar cómo lograría sobrevivir un día más allí, autocompadeciéndose, deseando con todo su corazón que viniese Kent para hacerse cargo de la situación.

Odiaba esto y no podía soportarlo un minuto más. Respondiendo al impulso, Eva se sentó en la cama, rechazando activamente todo lo que la cubría. Un minuto o dos después se puso de pie y caminó descalza hasta la cocina.

La puerta del apartamento de Bobby estaba entreabierta. Eva alcanzó a ver un débil resplandor y olió el humo del cigarrillo. De acuerdo con el reloj depositado sobre la cocina, eran las tres y veinte. Abrió el refrigerador en busca del zumo de naranja y miró de nuevo en dirección a la puerta del apartamento. Bobby estaba despierta y fumaba un cigarrillo. ¿También ella tenía sueños y recuerdos que molestaban su descanso, que la obligaban a levantarse a horas extrañas buscando la fuga? Se sirvió un poco de zumo, después volvió los ojos hacia el vacío y bebió, preguntándose por qué todo había terminado así.

Penny se sentó en la cama y se frotó los ojos con los puños; después miró y vio que su mamá estaba acurrucada bajo las mantas y dormía. Bajó de la cama y en puntas de pie fue a mirar los números del reloj digital. Siempre en puntas de pie, salió de la habitación.

Llamó muy suavemente a la puerta de la abuela; esta contestó inmediatamente que pasara.

Penny se acercó hasta el costado de la cama y murmuró:

—Me has dicho que podía venir a verte cuando quisiera.

—Es cierto, dije eso.

—¿Puedo acostarme contigo?

—Sí.

—¿Puedo meterme bajo las mantas? —preguntó, mientras trepaba a la cama.

Como respuesta, Alma levantó las mantas y Penny se acurrucó a su lado.

—Tuve un sueño feo —dijo Penny.

—¿De veras?

—Sí —Penny se acurrucó más.

—¿Quieres contármelo?

—Sí.

—Está bien —dijo Alma.

—Soñé que yo y mamá viajábamos de noche en el coche y que íbamos muy rápido. Estaba lloviendo fuerte, y yo comía un bocadillo de manteca de cacahuete y mermelada y trataba de mirar por los cristales, a través de la lluvia. Mi mamá tenía los cabellos arreglados, pero se los recogía atrás, como la tía Eva, con una gran cinta azul, y decía que íbamos a ver a la tía Helen. De pronto el sol brillaba y los árboles eran hermosos y verdes. De modo que dije: "Voy a nadar", y abría la puerta del fondo de la cocina y comenzaba a correr sobre la hierba. Tenía los pies mojados, pero afuera hacía calor y tú estabas allí, abuela, haciéndome señas desde el agua. La tía Eva estaba sentada frente a una mesa, en la hierba, con su ordenador, y decía: "Ahora no puedo hablarte. Estoy trabajando". Me detenía a mirar y a tocar una de las teclas. La tía Eva saltaba y empezaba a gritar; yo quería tocar de nuevo las teclas y hacer bien las cosas, pero la tía Eva no me lo permitía y mamá llegaba corriendo desde la casa. Todos estaban enojados conmigo y yo me encontraba en un gran problema; volvía a correr de nuevo hacia la playa, donde tú estabas.

Penny se apretó un poco más contra el cuerpo de Alma.

—Me decías: "Ven, nos ocultaremos en el agua". De modo que me subía a tu regazo y tú te metías en el agua con la silla de ruedas. Flotaba en el agua, como si hubiese sido una barca, y tú me sonreías y decías: "Ven, ¿verdad que es divertido?"; contestaba: "Es claro que sí", y cuando miraba hacia atrás la tía Eva estaba cavando el jardín con una gran pala y mamá la ayudaba a enterrar su ordenador en un agujero.

Alma sonrió apreciativamente. Después de un momento, dijo:

—Continúa, querida.

—¿Es divertido? —preguntó Penny.

—No puedo decírtelo —dijo Alma—. Discúlpame por interrumpirte. Adelante, Penny. Cuéntame el resto.

—Muy bien. De modo que estábamos sobre el agua, y yo te contaba que la tía Eva se había enfadado conmigo —dijo Penny—; tú decías: "A la tía Eva le agrada enojarse", y te reías.

De nuevo Alma sonrió.

—Eso es maravilloso —dijo.

—¿Sí?

—De veras —dijo Alma—. Lamento interrumpirte a cada momento.

—Está bien, abuela.

—¿Y después qué sucedió? —insistió Alma.

—Vimos un gran barco blanco, y Emma Whitton estaba parada en él con una bandera amarilla y nos hacía señas. Decía que iría a jugar con Emma, pero después me sentía mal y decía que, si tú te entristecías, yo no me iba. Pero tú insistías en que fuese y jugara con Emma, que me esperarías. De modo que Emma y yo jugábamos con el Nintendo y su mamá nos preparaba comida y bebíamos refresco de cerezas.

—Entonces —continuó Penny, con un temblor en la voz—, de pronto se hacía tarde, y yo iba a buscarte para decirte que ya volvía a casa, pero tú te habías ido y yo estaba asustada, abuela. Pensaba que te habías ido. Miraba por todas partes, pero no podía *encontrarte*.

—Penny, no tengo intención de irme y dejarte —dijo Alma, buscando la mano de la niña.

—¿Lo prometes? ¿Con la mano en el corazón?

—Con la mano en el corazón —dijo Alma.

—Fue un sueño muy malo —observó Penny, con expresión sincera.

—Sí, tienes razón. Pero espero que ya no estés asustada.

—No, no estoy asustada. Abuela, ¿a veces tienes sueños feos?

—A veces.

—Sí. También le sucede a mi mamá —se enderezó bruscamente y preguntó, inquieta—: ¿Qué hora es?

Alma se volvió para mirar el reloj luminoso puesto al lado de la cama.

—Casi las siete.

—Oh, será mejor que vuelva. No quiero que mi mamá se preocupe.

—No, no debes dejar que pase eso —dijo Alma.

Penny se inclinó y dio a Alma un beso en la mejilla; después saltó de la cama, corrió hacia la puerta, se detuvo y volvió.

—Abuela, yo te quiero —dijo.

—La abuela también te ama —Alma sonrió en la oscuridad.

—Te veré después de clase —prometió Penny y corrió hacia la puerta.

—¿Qué clase de libros le gusta leer? —preguntó Alma, sentada junto a la biblioteca de la sala.

—No sé —dijo Bobby—. Me agradan los buenos relatos.

Alma se volvió hacia uno de los estantes y extrajo un libro.

—Pruebe este —dijo, entregándolo a Bobby—. Me interesará saber qué piensa de la obra.

Bobby miró la tapa, la contratapa y de nuevo la portada. De pronto comprendió y se ruborizó intensamente.

—Evangeline Chaney —dijo—. ¿No es uno de los libros de Eva?

—En efecto. Uno de los que escribió antes de empezar a producir esta basura —Alma extrajo del estante dos libros en rústica con tapas escandalosas.

—¿También eso lo escribió ella?

—Escribió tres. El tercero se publicará más o menos dentro de un mes; ahora está trabajando en el cuarto. Es lo que hace todos los días en la oficina.

Alma esbozó una mueca y se volvió para depositar de nuevo en el estante los dos libros en rústica.

—Quizá deba leerlos —dijo Bobby.

—Como quiera —Alma le pasó los dos libros y Bobby examinó las cubiertas.

—¿Usa diferentes nombres? —preguntó Bobby.

—Algo podemos agradecer a Dios —dijo Alma—. Destruiría su reputación si firmara esa basura con su propio nombre.

—Entonces era de eso que discutían ayer.

—En efecto.

—Si ella quiere hacerlo, ¿qué importa?

—Importa —dijo Alma, con una exagerada manifestación de paciencia—, porque sus motivos para hacerlo son, por lo menos, discutibles.

—¡Oh!

—¿Por qué dice "oh" como si supiera a qué me refiero?

—Bien, en cierto modo lo sé.

—¿Y qué es exactamente lo que cree saber?

—Mucha gente lee estos libros —dijo Bobby—. De modo que probablemente se gana bastante dinero. Quizá no mucha gente lee la otra clase de literatura. De modo que ella lo hace por el dinero.

—Parece que usted ha percibido los matices de la situación —replicó Alma, de mala gana.

—Los leeré a todos —dijo Bobby, muy excitada. Eva probablemente era bastante famosa, y Bobby se sentía impresionada de ver que en el estante había otros libros de Evangeline Chaney. —Siempre me agradó leer —dijo con entusiasmo—. Leí toda la obra de Dickens cuando iba a la escuela. Me agradó sobre todo *Grandes ilusiones*, especialmente la señorita Havisham. Casi podía *verla* con su viejo y deshilachado vestido de boda y las telarañas.

—¿Qué más le agradó? —preguntó interesada Alma.

—Es difícil recordar todo —dijo Bobby, sentada en el diván, con los libros sobre las rodillas—. ¡Oh! Me agradaron los cuentos de esa mujer... ¿Cómo se llama? Eran una especie de libros de terror. Y hubo uno que me pareció muy real... como para asustarse, pero en definitiva se refería a un niño pequeño. Creo que se llamaba *Demonios*.

—Shirley Jackson.

—¡Eso mismo! Me agradaban realmente sus libros. Leí ese y después volví a la biblioteca y retiré todos los títulos de esa autora. Me agrada hacer eso con un buen escritor: leo todos sus libros.

—Sí, yo también —coincidió Alma—. Bobby, me complace mucho saber que le agrada leer. Es la señal de una mente curiosa.

—¿De veras? —dijo Bobby, halagada—. No lo sabía. Simplemente me gusta leer porque de ese modo no tengo que pensar en las cosas —recordó la llegada de Joe, la vez que ella estaba sentada en la cama, leyendo. El había bebido demasiada cerveza, se acercó y le arrancó de la mano el libro; con él le golpeó el costado de la cabeza y después destrozó el ejemplar, aunque ella intentó explicarle que pertenecía a la biblioteca. Le arrancó las tapas, destrozó las páginas y arrojó al suelo todos los restos. Cuando terminó, se abrió la bragueta y orinó sobre los trozos de papel. Ella tuvo que decir al bibliotecario que había perdido el libro y pagar a la biblioteca dieciséis dólares y noventa y cinco centavos para reemplazarlo.

Volvió al presente, sobresaltada por la mano de Alma que tocaba la suya.

—Sea lo que fuere —dijo Alma—, ahora ha terminado.

—Las cosas nunca terminan en la cabeza de uno —dijo Bobby.

—Es cierto —coincidió Alma—. Pero no pueden repetirse.

—Es lo que yo solía decirme siempre que Joe me ponía la mano encima. Pensaba: "Ahora ha terminado. No volverá a suceder". Pero siempre se repetía.

—Pero usted ahora cambió las cosas. Ha tomado una decisión y dejó atrás todo eso. Ya no necesita regresar.

—No —dijo en voz baja Bobby—. No quiero volver nunca.

—Entonces no volverá —dijo Alma, y mostró a Bobby una de sus sonrisas torcidas y tristes.

Dominada por un súbito sentimiento de gratitud y de afecto, Bobby se inclinó y besó la mejilla de la mujer. Después, asustada de su propia audacia, se recostó de nuevo sobre el respaldo de la otomana.

—Usted consigue que yo me sienta... realmente bien conmigo misma —dijo.

—Y usted me agotó con esos malditos ejercicios —dijo Alma, tratando de disimular su placer—. Lléveme arriba, para dormir la siesta.

—Sí, señora —dijo Bobby, y puso a un lado los libros para obedecer la orden. Mientras Alma dormía su siesta, ella comenzaría a leer los libros de Eva. Tenía mucha curiosidad por descubrir qué clase de escritora era Eva, y quizá también qué clase de mujer.

No podía creerlo, pero en efecto Bobby se había marchado. Eso en cierto modo lo asustaba, pero él no podía saber por qué. Tenía esa sensación de vacío en el pecho, y cuando atravesaba la casa desierta sentía lo mismo que cuando era un niño y la vieja lo castigaba sin una maldita razón.

La casa era un montón de mierda. El estaba sentado en la sala, con una cerveza, mirando la pantalla vacía del televisor, la mitad de su ser ansiosa por ir tras Bobby y matarla, la otra mitad ofendida y dolida porque ella lo había abandonado de ese modo.

Según él veía las cosas, Bobby no era persona de desaparecer sin informar de su paradero a la tía. Bobby le tenía mucho afecto a esa perra vieja y canosa. Seguramente se comunicaba con ella. El necesitaba convencer a Helen de que le dijese dónde estaba Bobby; y después iría a buscarla.

La casa tenía un jodido aspecto muy deprimente. El no soportaba estar allí. Las sábanas habían comenzado a oler, de modo que él dormía en el sofá. De ningún modo estaba dispuesto a realizar la mierda de trabajos de mujer, como lavar sábanas y toallas. Esa no era su tarea. El se atenía a lo suyo. Iba todos los días de su vida a la condenada fábrica y trabajaba las ocho horas. Tenía derecho a volver a casa y recibir una comida caliente decente, y tener sábanas limpias en la cama. Ahora, tendría que llevar sus ropas de trabajo al lavadero y ocuparse de su propia ropa sucia, como uno de esos patéticos derrotados. Metiendo monedas de veinticinco centavos en las condenadas máquinas, deseaba destrozar el local, aplastar las caras de las mujeres que esperaban en esas condenadas sillas de plástico, aguardando que su ropa se secara. Detestaba eso. Metería una carga de su propia ropa en uno de los lavaderos y después saldría a dar un paseo hasta que fuese el momento de regresar. De ningún modo iba él a sentarse allí con esas perras que le sonreían, como si supieran que lo habían abandonado.

Ella probablemente había escapado con uno de esos cretinos. La idea lo enloquecía. Si la veía con otro tipo, los mataría a los dos, atravesaría esas malditas cabezas con sus balas. Pero primero tenía que encontrarla. Tenía que inventar algo para arrancarle la información a Helen. Pensó que si era necesario mataría a esa perra vieja.

Tenía que calcular bien todos los aspectos, trazar un plan. Apenas ella viese su coche en la carretera, llamaría a la policía para que lo detuviesen. De modo que Joe necesitaba pensar la situación con mucho cuidado; quizás entrar en la casa cuando ella estuviese trabajando. Sí, pensó, y ahora comenzaba a sentirse mucho mejor.

Imaginar lo que le haría cuando encontrase a Bobby lo ayudaba a sentirse mejor. Bebió el último resto de cerveza, aplastó la lata con una mano, arrojó el envase a un rincón de la habitación y decidió ir a comer al local de Garvey; quizá también jugaría un poco al billar.

12

Bobby se absorbió de tal modo en el libro de Eva que no pudo dejarlo y permaneció levantada hasta después de medianoche, acurrucada en un rincón del sofá, leyendo.

Después, acostada en su cama, se maravilló ante el hecho de que estaba viviendo en la misma casa con la mujer que había escrito ese libro. Era sencillamente sorprendente. Y Bobby ahora recogía una imagen completamente nueva de la personalidad de Eva. Porque nadie que tuviese el corazón tan frío podía inventar personajes tan maravillosos e infundirles sentimientos tan auténticos. No veía el momento de terminar el libro para decirle a Eva cuánto le había gustado. Y arriba, en la sala de estar, había otras cinco novelas, y también dos ediciones en rústica.

Se sentía muy impresionada y en cierto modo excitada. Eva era especial, y ella, Bobby, en realidad la conocía y la veía todos los días. Y ahora que había leído algo escrito por Eva, las actividades de la autora en la oficina que estaba encima de la cochera le parecían muy importantes. Comprendió que en adelante vería a Eva de un modo completamente distinto.

Se durmió muy pronto y soñó que ella y Eva estaban sentadas en la sala, charlando como amigas. Bobby preguntaba a Eva cómo descubría las ideas para sus libros, y Eva le explicaba que recogía muchas de sus ideas de la lectura de los periódicos.

—Tendría que empezar a leer los diarios —decía Bobby, un poco avergonzada por reconocer que nunca había sido una persona interesada en las noticias. A veces veía televisión si Joe llegaba tarde a casa y ella le conservaba caliente la cena. Pero, en general, escuchaba el noticioso en la radio del coche, cuando iba al trabajo y al regreso, o cuando llevaba a Pen al dentista, o en ocasiones parecidas.

—Es importante saber lo que sucede en el mundo —le decía Eva, y Bobby tenía que coincidir con esa opinión—. Después de todo, incluso indirectamente estas cosas nos afectan.

—Lo sé —decía Bobby, y recordaba que después de jubilarse su abuelo solía leer tres periódicos todos los días. Nunca recordaba que debía lavarse las manos, de modo que siempre había manchas negras dejadas por sus dedos alrededor de las llaves de luz y en el reborde de la cocina.

—Así encuentro muchas de mis ideas —continuaba Eva, y Bobby sentía que su situación era muy privilegiada porque podía mantener esa conversación—. A veces uno llega al punto en que sabe que es necesario hacer algo, por ejemplo cuando usted decidió tomar de la mano a Pen y escapar. Llega el día en que comprendemos que tenemos recursos de los cuales nada sabíamos, y actuamos. No es el resultado de un plan consciente. Sencillamente sucede. El momento es oportuno. Y yo extraigo ideas para los libros aplicando exactamente el mismo método.

—En efecto —coincidía enérgicamente Bobby—. Es exactamente así —sonreía, Eva le retribuía la sonrisa y Bobby se sentía maravillosamente bien, porque se entendían y podían conversar.

—Durante un instante no la reconocí —dijo Dennis, cuando llegó el jueves.

—Fui al peluquero —dijo Bobby, satisfecha porque él había advertido el cambio.

—Se la ve muy bien —dijo Dennis.

Sonrojada, Bobby pasó a otro tema.

—Estuvimos haciendo los ejercicios —le dijo—. Pero sólo unos quince minutos por día. No quiere hacer más que eso.

—Escuche —dijo él—. Eso significa quince minutos más que lo que cualquiera de las restantes enfermeras consiguió —con una sonrisa francamente aprobadora, agregó—: Bobby, eso está bien.

Ella dejó a Dennis en compañía de Alma, fue a la planta baja y oyó el ruido de la aspiradora, manejada por Ruby en el dormitorio de Eva. Al recordar lo que él había dicho la semana precedente, preparó un recipiente de café y después, corriendo el riesgo de enredarse en problemas, subió y llamó a la puerta de la oficina.

—¿Qué? —preguntó Eva desde adentro.

—Me preguntaba si quería un poco de café. Acabo de prepararlo —dijo Bobby a través de la puerta, temerosa de interrumpir.

—¡Entre! —dijo Eva.

—No quiero interrumpir. Pero le traeré una taza, si lo desea —dijo Bobby, abriendo apenas la puerta.

—Me encantaría. Gracias —Eva miró por sobre el hombro, los ojos un tanto vacíos.

—Vuelvo enseguida —aliviada, corrió a la cocina, buscó la taza que Eva usaba más a menudo, y sirvió el café; crema, sin azúcar, como a ella le agradaba.

En puntas de pie, Bobby llevó el café al escritorio y depositó el jarro.

—Gracias —murmuró Eva, y Bobby se alejó discretamente, sintiéndose bien, como si en efecto estuviera contribuyendo a la obra que Eva escribía.

Durante el resto de la hora en que Dennis estuvo arriba con Alma, Bobby se sumergió en el libro de Eva.

—Esos quince minutos diarios están cambiando la situación —dijo Dennis, entrando en la cocina y yendo directamente al armario para retirar una taza—. Continúe insistiendo.

Bobby marcó con un pedazo de papel la página del libro y bebió un trago de su café ahora frío, mientras él se sentaba enfrente.

—Bien —dijo él—, ¿cómo están sus cosas?

—Oh... realmente bien. Mi hija Pen está encantada con la escuela. Ya tiene muchos amigos nuevos. Y yo empiezo a orientarme en este lugar. ¿Usted vive en la ciudad?

—Sí. Tengo un apartamento en Glenbrook.

—¿Usted nació por estos lados? —preguntó Bobby, mientras formulaba en su fuero íntimo el deseo de que él no la creyese excesivamente entrometida.

—Vengo de Mamaroneck —dijo Dennis—. Es al final de la autopista, en Nueva York.

—¡Oh!

—Su ojo ya está casi normal —observó Dennis.

—Ajá —en un gesto automático Bobby se llevó una mano a la cara y después la volvió al regazo—. Me curo rápido —dijo, y después se preguntó si ese comentario sugería que la castigaban a intervalos regulares.

—Eso es bueno —dijo Dennis.

—Sí —coincidió Bobby, que ya no sabía qué decir.

—En fin, ¿usted está divorciada, o separada, o algo así? —preguntó él.

—Creo que separada. ¿Y usted?

El se echó a reír y le mostró los dientes.

—Nunca me he casado —dijo—. Imagino que dispongo de mucho tiempo. Solamente tengo ventinueve años.

—Pues se diría que apenas tiene veintidós o veintitrés.

—Me pasó lo mismo toda la vida. Hasta hace un año o dos, todavía me obligaban a presentar documentos en los bares locales. Una verdadera molestia. ¿A usted también?

—¿Que me pidan documentos? Hace muchísimo que no entro en un bar —Joe no la llevaba a esos lugares desde hacía varios años.

—¿No estará bromeando? —dijo Dennis—. ¿Y qué hace en su tiempo libre?

—No sé —dijo Bobby, desconcertada ante la pregunta—. En general, me ocupo de Pen.

—Y lee —dijo él, señalando el libro.

—Me encanta leer.

El miró un momento la sobrecubierta del libro.

—Tal vez quiera salir a beber una copa una de estas noches —dijo después.

—Oh, no sé —dijo Bobby, nerviosa a causa de la idea—. Trabajo todas las noches.

—Vamos —dijo él incitándola—. Alma le concederá un par de horas cualquiera de estas noches. Venga conmigo. Iremos a bailar. ¿Le agrada bailar?

Eso era otra cosa que ella no había hecho desde el nacimiento de Pen.

—Sí —dijo—. Antes me encantaba bailar.

—Muy bien —dijo él—. Le diré una cosa. Pregúntele a Alma y vea qué noche le conviene; yo llamo mañana. Podemos fijar un día.

—No sé —dijo de nuevo Bobby, sonrojada.

—Incluso le pagaré la cena —dijo él, como para que el ofrecimiento fuese más atractivo.

—Preguntaré —dijo ella, y después se mordió el labio inferior.

—Bien. La llamaré mañana y arreglaremos —terminó su café y se puso de pie para llevar la tasa al fregadero—. Ahora tengo que ir a Norwalk. Gracias por el café.

—De nada —dijo ella, y siguió a Dennis hasta el vestíbulo; allí le abrió la puerta y lo vio ascender a un viejo escarabajo Volkswagen que se alejó enseguida. Le temblaban las manos cuando cerró la puerta.

Cuando Pen volvió de la escuela, Bobby la llevó a la planta baja para darle zumo de manzana y algunas galletas. Luego Pen se sentaría a ver el programa *Días felices*.

—¿Qué dirías si salgo un par de horas una de estas noches con un amigo? —le preguntó Bobby.

Era una situación tan inaudita que Penny clavó los ojos azules en su madre.

—¿A dónde irías?

—Será sólo un rato.

—¿Qué amigo? —quiso saber Penny.

—Un amigo nuevo, Dennis. Viene una vez por semana para aplicar fisioterapia a Alma. Ejercicios —aclaró.

—¿Es bueno?

—Sí. ¿Tendrías inconveniente, Pen?

—¿Emma puede venir a jugar el sábado?

—Por supuesto. Eso sería muy bueno.

—Está bien —dijo Penny, como si hubiese llegado a la conclusión de que lo justo era lo justo—. ¿Cuándo será?

—Todavía no lo sé. Tengo que preguntar primero a Alma. Tal vez el lunes o el martes.

—Muy bien —repitió Penny—. Y ahora, ¿puedo ver televisión?

—Primero un beso —dijo Bobby, y sintió que el sentimiento de amor la ahogaba cuando los brazos de Penny se cerraron alrededor de su cuello y su cuerpecito vibró con toda la energía que ella puso en el beso—. Te quiero mucho, Pen.

—Y yo a ti, mamá —dijo Penny, que ya se desprendía para concentrar la atención en el televisor.

Bobby se sentó un momento y miró a su hija, siempre asombrada por el hecho de la autonomía de Pen. Pen era otra persona, un individuo por derecho propio. Tenía pensamientos, ideas, sentimientos, todo lo que contribuía a la creación de un individuo. Yo la hice, pensó Bobby. La hice y la amo más que a nada en el mundo, pero somos diferentes. Penny crecerá y cesará de ser una niña, pero Bobby será siempre la madre. El concepto la desconcertó. La realidad de Penny la había asustado desde el momento en que, al quinto mes de embarazo, sintió los movimientos interiores que demostraban que un pequeño ser vivía y crecía en su vientre. Penny era lo único que ella había hecho absolutamente bien en su vida. Joe podía decir que ella era estúpida y lenta, que era más tonta que el estiércol y que nunca haría nada bien; pero se equivocaba. Y jamás comprendería eso. Era algo que nadie podía arrebatarle: ella había hecho a Penny. A juicio de Bobby, se trataba de una hazaña increíble. Sin Penny, ella probablemente habría continuado con Joe hasta su muerte. Penny era su vida.

—Bien, bien, bien. Caramba, esto es interesante —dijo Alma, y dirigió una mirada penetrante a Bobby.

Bobby se encogió, unió las manos sobre el regazo, miró la alfombra y se dijo que hubiera sido mejor rechazar en el acto la invitación de Dennis.

De todos modos, no tenía muchos deseos de ir a un bar. Hacía tantos años que no bailaba que probablemente no recordaría cómo se hacía.

Al percibir la reacción de Bobby, Alma se sintió al mismo tiempo irritada y dolorida por ella. Le molestaba que una joven bonita evidentemente no creyese tener derecho a una vida social. Tenía que recordar constantemente que eso no era culpa de Bobby, pero de todos modos le molestaba la falta casi total de autoestima de Bobby. Le habría agradado que la joven irguiese la cabeza y declarase su intención de tomarse unas horas libres. Por supuesto, eso era imposible. Y muy triste.

—¿Sabe lo que usted necesita? —preguntó Alma, que de pronto comprendió lo que faltaba.

—¿Qué?

—Necesita enfadarse.

—¿Cómo dice?

—¿Qué le *pasa*? —exclamó Alma—. ¿No está furiosa por haber sido tratada así por el hombre con quien se casó?

Bobby meneó la cabeza, sintiéndose en falta.

—Pues bien, debería ser así —afirmó Alma—. Debería estar realmente ofendida.

—Sólo siento miedo —dijo Bobby, con una vocecita—. Cuando la gente se enfada siempre me asusta.

—Yo no estoy enfadada con usted —aclaró Alma—, de modo que ya está bien de asustarse. Estoy tratando de decirle algo por su propio bien. Tiene que enojarse. Tiene que examinar su vida, ver lo que le hicieron y lo que le quitaron, y encolerizarse profundamente. Quiero que lo piense, Barbara —dijo, con su voz más firme de directora de escuela—. Quiero que piense mucho en eso, porque usted no podrá ser lo que debe ser hasta que decida enfadarse, y hasta que comprenda que tiene *derecho* a la ira. Cuando haya descubierto un objetivo para su cólera, podrá llegar a definir su personalidad. ¿Me comprende?

—Creo que sí —dijo Bobby, enfrentando la mirada de Alma—. Pero no sé si podré enojarme sólo porque alguien me dice que esa debería ser mi reacción.

—Estoy proponiendo que usted lo piense —insistió Alma—. Usted tiene una buena cabeza. ¡Usela! Y, por supuesto, puede tomarse un poco de tiempo para usted misma. Cuando lo desee. Sólo infórmeme o hable con Eva, de modo que tengamos la certeza de que hay alguien en casa para cuidar a Penny.

—Mientras usted esté segura, no habrá problema —dijo Bobby.

—He cuidado a los niños toda mi vida adulta —dijo indignada Alma—. Creo que puedo ocuparme de una niña pequeña.

—Sí, señora —dijo Bobby con una sonrisa—. Gracias.

—Escuche, querida —dijo Alma, con voz más tranquila—. Usted tiene ciertos derechos. No tema reclamarlos. Dennis es un joven muy decente. Salga unas horas y páselo bien. Usted merece un poco de diversión. ¡Y deje de decirme *señora*! —casi gritó Alma—. ¡*Detesto* esa palabra!

—Muy bien —la sonrisa de Bobby se ensanchó.

Cuando Dennis llamó, la tarde siguiente, Bobby apenas podía hablar.

—¿Qué noche le conviene? —preguntó el joven.

Ella consideró la posibilidad de decirle que olvidase todo el asunto, pero recordó lo que Alma le había dicho.

—¿El lunes?

—Magnífico. ¿Paso a buscarla a las siete?

—No puedo salir tan temprano —dijo Bobby, casi dominada por el pánico—. Tengo que acostar a Pen.

—Muy bien. ¿Qué le parece a las ocho?

—Muy bien —convino ella, sintiéndose débil a causa del miedo. Todo eso era un error.

—Magnífico. Hasta entonces —dijo Dennis, y colgó.

Eva observaba, con una semisonrisa, desde el fondo de la cocina.

Bobby se sentía tan asustada y tan estúpida que no sabía qué hacer.

—¿Está segura de que procedí bien? —preguntó a Eva.

—Por supuesto —dijo Eva—. Dejaremos abierta la puerta de la cocina. Si hay un problema, Alma y yo vendremos enseguida.

—Hasta ahora nunca salí ni la dejé sola —confesó Bobby.

—No sea tonta —la reprendió amablemente Eva—. Ustedes se separan todos los días cuando Penny va a la escuela.

—No es lo mismo.

—¿Qué se pondrá? —dijo Eva, cambiando de tema.

—No lo sé —replicó Bobby, que cada vez más deseaba haber rechazado la invitación.

—Tengo algunas cosas que le vendrían bien —dijo Eva—. Venga conmigo. Se las mostraré.

Desconcertada, Bobby acompañó a Eva hasta el dormitorio.

—No se ofende, ¿verdad? —preguntó Eva, mientras retiraba una pila de ropas de un sillón puesto al lado de la ventana.

—Oh, no —dijo Bobby, asombrada viendo que Eva deseaba ofrecerle lo que parecía una colección de jerseys y blusas en perfecto estado.

—Las blusas quizá sean un poco grandes, pero creo que usted podrá usar los jerseys. Es realmente una lástima que el resto de mis prendas sean demasiado grandes para usted.

—Esto es maravilloso —dijo Bobby, aceptando las ropas.

Eva pensó que Bobby parecía una niña en una fiesta y que se la veía aturdida y desconcertada.

—Tome lo que desee. Entregaremos lo que quede a una sociedad de beneficencia.

—Gracias —dijo Bobby, mientras se llevaba las ropas.

—¿Bobby?

—¿Qué?

Bobby se detuvo al final de la escalera y se volvió.

—Diviértase. No se preocupe por nada.

Bobby asintió y continuó caminando hacia la escalera. Ni en un millón de años habría podido explicar el temor que sentía ante esa cita.

13

De acuerdo con lo convenido, la señora Whitton dejó a Emma en la puerta de calle a las diez de la mañana del sábado. La niña sostenía en las manos una caja grande, y Bobby inmediatamente la alivió de su peso.

—Volveré a buscarla a las cinco —dijo a Bobby la madre de Emma.

—Lamento realmente la incomodidad —dijo Bobby—. Estoy trabajando; de lo contrario yo misma llevaría a Emma a su casa.

—No es nada —dijo la señora Whitton. Y dirigiéndose a Emma agregó:

—Sé buena, querida —después la besó y caminó hacia su camioneta.

Bobby llevó a la niña de anteojos hasta el lugar en que Penny esperaba.

—¡Hola! —canturreó Penny, acercándose a la carrera—. Mamá dice que podemos ver los dibujos animados.

Bobby depositó la caja de Emma sobre la mesa de café, mientras ayudaba a la niña a quitarse el abrigo.

—Traje cosas —anunció Emma, y las dos niñas inmediatamente comenzaron a retirar elementos de la caja: un par de muñecas Barbie con varias mudas de ropa, un juego de crayones y un bloque de papel para dibujar, algunos juegos y una caja de joyas de fantasía.

—¿Dónde está tu cuarto? —preguntó Emma, mirando alrededor.

—Allá —señaló Penny—. ¿Vamos a ver los dibujos?

—Sí, de acuerdo.

Las dos niñas se instalaron frente al televisor; Bobby colgó el abrigo de Emma y después volvió a decir:

—Pen, estaré arriba, si me necesitas.

Con la atención concentrada en el dibujo animado, Penny murmuró:

—Bueno.

Bobby dejó abierta la puerta de la cocina, para escuchar si las niñas hacían demasiado ruido. Eva ya estaba trabajando en su oficina, y Alma estaba en la sala, repasando una sección tras otra del *Times*. Bobby retiró su libro de la mesa de la cocina y fue a reunirse con Alma en la sala de estar.

Trató de regresar al relato, pero se sentía tan inquieta ante la perspectiva de salir con Dennis que no podía concentrarse y deseaba ocupar las manos en algo. Quizá la vez siguiente que saliera recogería un molde y un poco de lana y comenzaría un jersey para Pen. Hacía muchos años que no tejía, desde la época en que había cuidado al abuelo; en aquellos tiempos solía pasar horas sentada al costado del lecho.

¿Por qué había aceptado salir con Dennis? Después de media hora en compañía de Bobby, él se sentiría aburrido. Pensaría que ella era estúpida. Después se hundiría en un silencio reflexivo, mientras contemplaba su vaso de cerveza, y ella estaría sufriendo, esperando la explosión que llegaría apenas subieran al coche. El la atacaría con insultos, arrojándole a la cara palabras ofensivas y amenazas, hasta que ella se encogiese en su asiento, consciente de que él continuaría sus protestas hasta el momento en que llegara a casa, donde empezaría su cólera con los puños.

De poco le servía decirse que no estaba tratando con Joe. En cierto modo, Joe había llegado a ser parte de cada hombre; ella continuaría viéndolo de distintos modos hasta el fin de su vida. Si existía una cosa que Joe le había enseñado, era que la cólera y la violencia anidaban bajo la superficie de la mayoría de la gente... no sólo de los hombres. Eva era un ejemplo apropiado; en efecto, se mostraba siempre tan amable y de pronto adoptaba actitudes perversas.

—¿Qué le preocupa? —preguntó Alma, sorprendiéndola.

—Nada —dijo Bobby, con expresión culpable, preguntándose por un momento si había estado pensando en voz alta. A veces, en su hogar, hacía eso precisamente: se dedicaba a las tareas domésticas y mientras tanto pensaba en sus problemas, tratando de entender por qué su vida había adoptado esa forma.

—¿Qué sucede? —preguntó de nuevo Alma, con expresión más amable—. Tiene en la mirada la misma expresión que le vi el día en que llegó a esta casa.

—¿Era así? —Bobby se preguntó cuál podría ser esa expresión. No sabía que era tan fácil leer sus expresiones. ¿Era una de las razones por las cuales Joe siempre se había irritado tanto con ella? ¿O se trataba de que Alma era una persona que tenía el don especial de adivinar las expresiones en la cara de la gente?

—Sólo estaba pensando —dijo Bobby—. Si tuviese el número de Dennis, lo llamaría para decirle que cambié de idea acerca del lunes por la noche.

—¿Por qué?

—No debí aceptar que saliéramos juntos.

—¿Por qué no? —insistió Alma; la sección comercial del diario permaneció abierta sobre su regazo.

—No lo sé. Quizás él cree que soy más interesante de lo que soy en realidad. No sé. Siento que es un error.

—Y, si es así, ¿cuál es el problema? —preguntó Alma, desconcertada por el razonamiento de Bobby—. ¿A usted no se le permite cometer errores?

Con voz casi inaudible, Bobby replicó:

—No —clavó la mirada en la cubierta del libro de Eva, se humedeció los labios y dijo—: Por eso siempre tuve dificultades con Joe. Porque nunca pude hacer bien las cosas, hacer las cosas como él lo deseaba.

—Comprendo. ¿Y usted cree que Dennis descubrirá sus defectos?

—Eso mismo.

—¿Es posible que usted descubra los defectos de Dennis? —preguntó astutamente Alma.

Bobby se inquietó ante la pregunta.

—¿Es eso? —preguntó Alma.

—Nunca lo pensé —reconoció Bobby—. Estoy acostumbrada a que me digan que soy muy estúpida.

—Usted *no* es estúpida —dijo Alma—. Tenemos que quitarle la costumbre de pensar así. Eso es lo más importante. Y después tiene que descubrir por sí misma que todos los hombres son diferentes. Por mucho que me esfuerce, no puedo imaginar que Dennis se parezca a su esposo. Pero, si existiera una remota posibilidad de que Dennis tuviera alguna característica que a usted le desagradara, sencillamente puede rechazar futuras invitaciones. Usted aceptó solamente pasar una velada con él, no el resto de su vida.

—Es cierto.

—Bobby, tenga en cuenta que se le ofrecen alternativas. Usted es una persona libre, tiene derecho a negarse, si así lo prefiere.

—Usted puede decir eso —afirmó Bobby, con un leve atisbo de irritación en su pecho—, pero nunca tuvo a su lado a una persona que la dominase y le dijera que no tiene alternativas.

—No, no he tenido una persona así —convino Alma—. Pero eso no modifica el hecho de que, al margen de que lo acepte o no, usted *en efecto* tiene alternativas. No está obligada a obedecer por la sencilla razón de que eso es lo que se espera de usted. Creo que escapó de una situación de abuso que había llegado a ser insoportable y quería que las cosas cambiasen. A usted le corresponde promover esos cambios y debe comenzar mejorando su actitud. Dennis puede ser sólo el primero de una serie de hombres que la consideren atractiva. Aprenda de la experiencia. Si él sugiere algo que le desagrada, dígalo. De acuerdo con mi experiencia, la mayoría de los hombres respetarán esa actitud.

—Creo que quizá me sentiría más feliz si no tuviese que realizar esa experiencia.

—Por supuesto, usted tiene que decidir cuál será su actitud. Pero, como ya consintió en pasar unas pocas horas con ese hombre, adelante... vea lo que puede aprender, en el supuesto de que la experiencia le aporte ciertos elementos.

—Está bien —dijo Bobby, tan dubitativa como antes y deseosa de abandonar el tema.

—¿Cómo le va con el libro de Eva? —preguntó Alma, como si hubiese leído la mente de Bobby.

—Oh, me encanta —dijo Bobby, entusiasmada.

—Sí —afirmó satisfecha Alma—. Es buena, ¿verdad?

—Maravillosa —declaró Bobby.

—La necesidad de escribir esa basura está destruyéndola —dijo Alma, mientras volvía los ojos hacia las ventanas—. Es un ejemplo que expresa bien lo que estuvimos comentando... cómo una persona puede elegir equivocadamente. ¡Qué desperdicio espantoso! —permaneció un rato en silencio y finalmente volvió al periódico.

Bobby abrió el libro y trató de leer, pero aún no estaba en condiciones de concentrarse. Dudaba de que pudiera leer otra línea hasta que la cita con Dennis hubiese quedado atrás.

Alma miró fijamente el periódico, y en cierto sentido podía simpatizar con el nerviosismo de Bobby. Durante más de un año después de su ruptura con Randy Wheeler, se las había arreglado para que el trabajo fuese el foco de su vida. Se preocupaba especialmente de revisar los ensayos y las redacciones de las niñas, y dedicaba horas a repasar el currículo, revisando las listas de lecturas recomendadas, de modo que incluyesen libros que según creía podían ser interesantes para las diferentes clases. Siempre que la escuela necesitaba que alguien acompañase a un grupo en una excursión o una persona que representase el papel de acompañante en un baile, Alma se presentaba voluntaria. Estaba dispuesta a hacer absolutamente cualquier cosa, mientras no tuviese que permanecer sola en su hogar, por las noches o los fines de semana, cuando la tentación de autocompadecerse era abrumadora. En muy poco tiempo, se convirtió en una actitud mecánica pedir la ayuda de Alma si aparecía alguna situación que exigía supervisión.

Estaba representando la función de acompañante en un baile de los años superiores cuando conoció a Joel Whittaker, profesor de educación física en la escuela de varones donde se realizaba el baile. Después de ser presentados, él la invitó a beber una copa de ponche. Ella rechazó la invitación, pensando que él se alejaría. Pero no fue así. Permaneció a su lado y un rato después le preguntó si quería bailar. Alma se volvió para observarlo detenidamente, preguntándose si era demasiado obtuso para interpretar las señales que ella le ofrecía o si las había interpretado bien y decidido que de todos modos haría el intento.

Era un hombre bastante atractivo, robusto, y tenía una sonrisa de aspecto inocente. Ella contestó:

—No, gracias.

—Está bien. —dijo él, pero, en lugar de alejarse, continuó de pie allí, sonriéndole—. Tiene la estatura adecuada —dijo él con expresión aprobadora, como si se hubiese tratado de un concurso y ella hubiese vencido.

—Es lo que *yo* creo —dijo Alma, deseando que él se marchara. ¿No adivinaba que Alma sentía deseos de estar sola?

—No son muchas las mujeres con las que puedo conversar mirándolas en los ojos. Puede ser un problema.

—¿Por qué? —preguntó Alma, sin mucho interés.

—En primer lugar, por el dolor de cintura —dijo él, con expresión absolutamente seria.

Alma se echó a reír y su propia reacción la sorprendió. Había creído que jamás volvería a encontrar algo que le pareciera divertido. La capacidad de Whittaker para provocar su risa había sido el factor que la indujo a aceptar su invitación para ir a cenar el fin de semana siguiente.

Apenas aceptó, quiso retractarse, pero no podía hallar ningún modo legítimo de dar ese paso. De modo que pasó los días intermedios irritada consigo misma porque había aceptado e irritada con él porque alteraba su precioso equilibrio.

Durante la cena que compartieron, ella trató constantemente de encontrarle defectos, pero no lo consiguió. Era un hombre amable e ingenioso e incluso más atractivo que lo que ella había creído al principio. Descubrió que estaba estudiando sus manos grandes y anchas, observando el modo en que él usaba sus utensilios y cómo cerraba los dedos alrededor de la copa de agua o de vino. Tenía cierta gracia que ella no había esperado encontrar en una persona que dedicara sus años de universidad a jugar al fútbol. Joel era una personalidad completamente inesperada, y Alma simpatizó con ese hombre. No bajó la guardia ni un instante, pero lo pasó mucho mejor de lo que había imaginado. Había aceptado volver a verlo. Y de ese modo otro hombre se incorporó a su vida. Los padres de Alma se sintieron evidentemente aliviados. Cora comenzó a formular preguntas personales, en tono ofensivo, aunque Alma no se molestó en contestarlas. En la adolescencia, su hermana había dedicado horas a comentar entre risitas con sus amigas las características de los varones que conocía. Incluso cuando estuvo comprometida con Randy, Alma nunca sintió la tentación de comentar el caso con su hermana. No podía soportar las risitas entre dientes.

Sabía que, a juicio de su familia, ella finalmente estaba recomponiendo la trama de su vida. Casi alcanzaba a oír los suspiros de alivio, pues imaginaban que en un futuro no muy distante ella anunciaría su compromiso con ese nuevo joven que a juicio de todos era tan agradable y tan apropiado. En opinión de Alma, su familia era conmovedoramente transparente. Pero no tenía la intención de enredarse emocionalmente con Joel Whittaker.

De todos modos, se implicó sexualmente con él. Fueron al apartamentito de Joel después de la tercera cita, un viernes por la noche, y ante los ojos asombrados del hombre ella se desnudó y se metió en la cama, muy complacida y aliviada por ese encuentro. Por desgracia, Joel supuso que el hecho de que le diera acceso a su cuerpo implicaba cierta profundidad de sentimientos. Ella trató de aclararle la situación, sin aparecer como una mujer fría y calculadora, pero fue difícil. El era en esencia un hombre sencillo, que creía que el sexo se equiparaba con el amor, y como ella le había permitido ese acceso sexual, era simplemente lógico que le entregase su corazón. En el momento de la pasión más intensa, Joel afirmó que la amaba, y Alma pensó que él tenía una actitud muy tierna, pero de todos modos no podía conseguir que entendiese que en realidad aquello sólo era gratitud.

—Disfrutemos del presente —le dijo Alma muchas veces.

Pero ese concepto era una violación de todo lo que le habían enseñado a él acerca de las mujeres. Creía que el sexo sin la unión conyugal en esencia deshonraba a una mujer. Nada de lo que ella dijera lo convencería de que prefería ser una mujer deshonrada antes que comprometerse en una relación que, como ella misma sabía, no tenía futuro. Joel deseaba casarse con ella. Alma deseaba continuar haciendo el amor con él. Joel sencillamente no podía comprender la actitud de Alma, y algo comenzó a cambiar en sus ojos cuando la miraba. Consiguieron permanecer unidos siete meses antes de que ella comprendiese que debía acabar con esa relación. La expresión en los ojos de Joel comenzó a endurecerse. Empezaba a pensar cosas desagradables acerca de ella. Alma pensó que era una lástima. Si él se hubiera sentido satisfecho con las cosas tal como estaban, Alma habría aceptado continuar la relación quizá durante años. Le agradaba tener un compañero, le agradaba el modo en que él hacía el amor.

A Alma le agradaban los hombres en general. Simplemente no quería representar el papel que la mayoría de los hombres ansiaban asignar a las mujeres. No deseaba —por lo menos entonces— ser propiedad de nadie.

Y así, una noche, en el curso de una cena, ella lo dejó en libertad. En ese momento ella tuvo la sensación de que había extraído del agua un pez grande y luchador que se había debatido con tremenda fuerza mientras ella trataba de desprenderle el anzuelo. Tuvo que soltarlo porque a Alma no le interesaban los trofeos y, desde el punto de vista puramente práctico, la carne del pescado se descompondría mucho antes de que ella pudiese consumirla totalmente.

Joel Whittaker era un hombre inteligente y amable. Alma intentó explicarle que merecía una persona que apreciara esas cualidades. Joel insistió en que ella era precisamente esa persona, y sin duda se sintió inquieto ante la serena y discreta declaración de Alma en sentido contrario. De todos modos, aceptó el rechazo con elegancia, de frente y sin retroceder. La llevó a su casa y dijo que si ella cambiaba de idea él estaría esperándola. Unos seis meses después se casó con otra mujer. Alma no se sorprendió en lo más mínimo.

Pero, en una visión retrospectiva, comprendió que se había mostrado poco amable. Y lamentó la actitud bastante fría con que había formulado su posición. Varios meses después de terminada la relación, experimentó el deseo de haber resuelto las cosas de otra manera. Decidió que en el futuro elegiría con más criterio y trataría con más suavidad a los hombres. Su intención no era provocar sufrimiento. Simplemente deseaba evitarse ella misma el dolor. La relación con Joel estableció una pauta de la cual después jamás se desvió. Se relacionó con hombres un poco mayores que tenían cierto aire experimentado, incluso un poco fatigado. Los encontraba invariablemente inmunes a las ilusiones, y casi siempre se mostraban agradecidos.

La verdadera ironía del caso —y desde entonces siempre había saboreado las ironías de la vida— era el hecho de que su esfuerzo por consagrarse al trabajo demostró ser una de las bases de su éxito posterior. El director de la escuela prestó atención a la buena voluntad de Alma, siempre disponible para las más variadas tareas. Esa actitud se interpretó, y la conclusión no siempre era errada, como consagración al trabajo. A pesar de su juventud relativa y su falta de antigüedad, la consideraron la candidata ideal para reemplazar a la directora del Departamento de Inglés, que estaba a punto de retirarse. Y dos años después, a los veintiocho, Alma se convirtió en la directora de departamento más joven en la larga historia del colegio. Y dos años más tarde, después de revisar completamente el currículo y reorganizar el departamento, la directora que ya se retiraba designó sucesora a Alma; la junta escolar estuvo de acuerdo. Alma aceptó el cargo, pero sólo con la condición de que se le permitiera continuar al frente del curso superior de inglés. Como en realidad estaba ofreciendo realizar dos tareas, la junta aceptó de buena gana.

Con el tiempo, a medida que aumentaron las necesidades de carácter administrativo, Alma se vio obligada a reconocer que ya no podía enseñar y vigilar los detalles de la administración del colegio, además de desempeñarse como madre de una adolescente. De modo que a los treinta y ocho años renunció a la enseñanza. Al abandonar sus clases, comprobó que disponía de más energía y más tiempo para Eva, que a los catorce años estaba explorando activamente los límites de la situación que Alma le había creado. Eva atravesaba una fase de enconado menosprecio por los adultos. Exigía más libertad y el derecho de determinar sus propios horarios. Las paredes de su dormitorio estaban cubiertas por carteles de estrellas pop y gallardetes universitarios; la tapa de su cómoda estaba ocupada por un surtido de cosméticos y colonias; parecía dispuesta a probar todos los productos destinados al cuidado de los cabellos que se vendían en todos los rincones del mercado. Alma estaba muy atareada, tanto en la escuela como en el hogar.

Pero, de vez en cuando, si un profesor caía enfermo o por cualquier otra razón no podía ir al colegio determinado día, Alma permitía que su secretaria se hiciera cargo mientras la directora, en el fondo complacida, se hacía cargo de la clase. En cierto modo, Randy Wheeler era la persona responsable de su éxito.

El resto del fin de semana Bobby meditó acerca de las observaciones de Alma, tratando de encontrar en ellas cierto consuelo. No lo logró. Al margen de sus supuestos derechos y libertades, temía la llegada de la noche del lunes. La parte de su ser que había aceptado la salida era una Bobby más joven, de la época anterior a Joe. La otra Bobby había estado colmada de optimismo y vislumbraba un futuro feliz. Había creído, lo mismo que sus amigas, que el futuro encerraba solamente cosas buenas. Ocho años después era una mujer completamente distinta, que creía que el futuro le pertenecía totalmente a Penny. Había huido de Joe más por el bien de Penny que por ella misma. El futuro que a ella podía restarle, cualquiera fuese, estaba centrado en Penny. Por su parte, ella sólo deseaba que le permitiesen vivir en paz, sin un hombre que impartiese órdenes a gritos. Nunca había pensado en otro hombre, a pesar de que Joe siempre estaba acusándola de verse a escondidas con otros individuos.

Cuando Joe formulaba estas acusaciones, ella se preguntaba si él sufría alguna perturbación mental. ¿Cómo podía cree que otro hombre se interesaría por una mujer maltratada de la cabeza a los pies la mitad del tiempo y mortalmente asustada la otra mitad? Bobby había pensado que algo funcionaba mal en la cabeza de Joe. Tenía que ser así. A menudo las cosas que él decía y hacía carecían de sentido. Como el modo en que hablaba de su propia madre. La odiaba. Pero siempre tenían que pasar la Navidad con ella, y Joe gastaba bastante dinero comprándole regalos que al parecer nunca agradaban a la señora. Sucedía lo mismo todos los años; Joe se presentaba como un orgulloso jefe de familia, el hombre laborioso y responsable que ganaba el sustento de todos, pero la madre lo miraba como si fuera un individuo especialmente ruin.

Intercambiaban regalos, después cenaban y entonces Bobby ayudaba a Ruth a limpiar la cocina, mientras Joe fingía que jugaba con Pen en la sala. Finalmente recogían sus cosas y volvían a casa. Apenas franqueaban la puerta, Joe empezaba a proclamar que su madre era una auténtica canalla. La única vez que Bobby preguntó —le pareció que lo había hecho de manera muy razonable— por qué se molestaban en visitarla si él la odiaba tanto, Joe comenzó a gritar:

—Es mi jodida madre, ¿verdad? —como si eso lo explicase todo, y después había descargado sobre Bobby un revés tan fuerte que le fracturó la nariz. Había pasado lo que restaba de la Navidad en la sala de primeros auxilios del hospital, mientras la tía Helen cuidaba a Pen y Joe desaparecía. No volvió a la casa hasta bien entrada la mañana siguiente.

Antes de conocer a Joe había creído en muchas cosas. Ahora no estaba segura de nada. Sólo sabía que siempre se sentía nerviosa cuando se encontraba sola con un hombre, fuera quien fuese, incluso el bondadoso señor Grainger, gerente del Burger King de Jamestown. No entendía a los hombres, no comprendía sus deseos. Y poco importaba cuánta gente le dijese que Joe era una excepción, ella no atinaba a creerlo. Entonces ¿por qué había aceptado salir con Dennis Forster? Estaba preparándose para volver a recibir lo mismo que había provocado su huida.

Apenas durmió la noche del domingo. Cada vez que comenzaba a sumergirse en el sueño, la asaltaban esas terribles pesadillas y hacía un gran esfuerzo para despertarse. Tres veces se levantó y fue a la cocina; se le aceleraban los latidos del corazón y le temblaban las manos; fumó un cigarrillo y trató de rechazar los sueños. No eran sueños sino, más bien, la evocación de escenas de tortura, variaciones nocturnas de los horrores que había sufrido en la vida real con Joe. Se sentó frente a la mesa de la cocina y pensó que, si a los diecinueve años alguien le hubiese dicho lo que le sucedería en los años siguientes, allí mismo habría huido para salvar su vida. La sorprendía advertir cuánto sufrimiento podía soportar el cuerpo humano y a pesar de todo continuar viviendo, incluso cuando en medio del dolor ella estaba convencida de que esa vez él había conseguido destruirla. Había afrontado docenas de veces la perspectiva de su propia muerte, y en gran medida la preocupación por el bienestar de Penny y su decisión de proteger a la niña era lo que había asegurado su propia subsistencia. Jamás volvería a permitir que Penny se viese amenazada.

El lunes no encontró un cheque para ella en la puerta del refrigerador. Durante el día continuó asomándose para mirar, pero no encontró nada. Sus dos semanas habían concluido, y cuando Penny regresó de la escuela Bobby estaba convencida de que Alma y Eva la despedirían. En cierto modo, por las razones que fuese, había fracasado. Estaban insatisfechas con ella. Se sentía tan inquieta por la perspectiva de verse obligada a abandonar la casa que había estado al borde de las lágrimas durante la cena y cortado mecánicamente los alimentos de Penny y Alma; después había cortado cuidadosamente mirar a cualquiera de las dos mujeres.

Dennis llegó a las ocho menos cinco. Con un sabor amargo en la boca, Bobby dijo:

—Estoy lista para salir. No puedo regresar demasiado tarde. Pen no está acostumbrada a quedarse sola.

—Muy bien —dijo Dennis, caminando con ella hacia el Escarabajo, y abriendo la portezuela para Bobby—. Yo también empiezo a trabajar bastante temprano.

Temblando, Bobby se ajustó el cinturón de seguridad y esperó que él se instalase detrás del volante.

—¿Tiene apetito? —preguntó, con una sonrisa, mientras introducía la llave en el encendido.

—Un poco —a Bobby le castañeteaban los dientes y no lograba entrar en calor.

—Magnífico. ¿Le agrada la comida india?

—Jamás la probé.

—¿Quiere intentarlo? —preguntó Dennis, mientras retrocedía por el sendero.

—¿Cómo es?

—Un poco condimentada, pero agradable.

—Muy bien —dijo ella, manteniendo la mirada fija en el camino y deseando haber traído los guantes. Adivinaba que él estaba mirándola.

—No se preocupe —dijo Dennis—. Soy un conductor cuidadoso.

Ella lo miró.

—Creo que soy una pasajera nerviosa. Es fácil adivinarlo, ¿verdad?

El se echó a reír y dijo:

—Caramba, no. Todos ocupan ese asiento e insisten en manotear un pedal de freno imaginario. Estoy acostumbrado.

—¿Está bromeando, verdad?

—En efecto. ¿Su marido es mal conductor?

—Terrible —dijo Bobby, sintiéndose infiel a su esposo, pero aliviada porque ahora tenía la oportunidad de hablar del tema—. Joe conduce demasiado rápido y muy cerca del vehículo que marcha adelante. Siempre está tocando la bocina e insultando a los otros conductores.

—¿Ah sí? Conozco el estilo —dijo Dennis—. ¿Tiene un coche muy veloz?

Bobby sonrió, sorprendida.

—Un Firebird.

—Naturalmente. Suele ser esa marca o un Trans Am. —Sonrió y dijo—: Usted ya ve que yo no intento alcanzar grandes velocidades. Me encanta este automóvil —palmeó el volante—. Sólo lamento que Volkswagen haya interrumpido la fabricación del Escarabajo. En mi opinión, es el mejor automóvil de todos los tiempos.

—Leí en una revista que todavía lo fabrican en México —dijo Bobby; ya no le castañeteaban los dientes.

—En efecto —dijo él, con expresión aprobadora—. Me encantaría tener uno completamente nuevo. Bien, ¿cómo están las cosas? ¿Cree que continuará en la misma casa?

—No lo sé. Así lo espero.

—No creo que tenga motivos para preocuparse —dijo Dennis, al advertir la tensión en la voz de Bobby—. Alma le tiene simpatía. Y seguramente más que a cualquiera de las otras mujeres. A decir verdad, no sé *cómo* Alma las soporta.

—¿Le parece? —dijo cortésmente Bobby.

—No bromeo. Esa mujer Shirley era un caso perdido, no podía hacer nada bien. Era una *enfermera diplomada* y tenía la peor actitud que he visto jamás. En serio. Todo le parecía excesivamente complicado. Llevaba abajo a Alma y después se sentaba en el apartamento hasta que llegaba la hora de almorzar. Después del almuerzo subía con Alma a la planta alta y se retiraba de nuevo hasta que era la hora en que Alma se levantaba. Si Alma afirmaba que no quería hacer los ejercicios, Shirley aceptaba la situación. Alma soportó una semana así, hasta que la despidió. Por lo que oí decir, usted le dedica mucho tiempo, y es la primera persona que consigue que ella haga sus ejercicios.

—Me agrada —dijo Bobby—. Conversamos mucho.

—Magnífico —dijo Dennis, con una sonrisa—. Es lo que ella necesita. Y creo que usted también.

—¿Qué quiere decir? —preguntó cautelosamente Bobby.

—Tengo la impresión de que usted ha pasado momentos difíciles.

Ella miró al frente, tratando de pensar lo que diría.

—No necesita hablar del asunto —dijo Dennis— si no lo desea.

—No lo deseo —afirmó nerviosamente Bobby.

—Por supuesto. Comprendo. ¡Oh, magnífico! —exclamó—. Un lugar para estacionar frente al restaurante —acercó el coche al bordillo y después apagó el motor—. ¿Le agrada la comida mexicana?

—Pensé que pediríamos comida india —dijo ella, inclinando la cabeza para observar el restaurante que estaba enfrente.

—Así es. Pero imagino que, si le agrada la comida mexicana, aceptará la comida india.

—No sé —dijo—. Solamente conozco los tacos.

—Bien, probaremos. ¿De acuerdo?

Bobby se atareó aflojando el cinturón de seguridad y después extendió la mano hacia el picaporte, pero él ya había rodeado el automóvil y le abría la puerta. No estaba acostumbrada a que le dispensaran ese trato y evitó cuidadosamente la mano que él extendía para ayudarla a bajar del coche.

Era un bonito restaurante con las paredes sonrosadas y gris pálido, manteles blancos y auténticas servilletas de lienzo. Les asignaron una mesa junto a la ventana, y Bobby se sentó con la chaqueta puesta, porque aún sentía frío.

—¿Qué le parece si pido para los dos? —propuso Dennis—. Prometo no pedir nada raro —sonrió, y ella asintió. Pidió dos lassis al camarero y explicó—: Son bebidas a base de yogur. Ya verá que le parecen deliciosas. ¿No quiere quitarse la chaqueta?

—Tengo un poco de frío —dijo Bobby.

—¿Tiene fotografías de su hijita? —preguntó Dennis, sorprendiendo por completo a Bobby.

—Sí, las tengo —dijo Bobby. —¿Desea verlas?

—¿Por qué se sorprende tanto? Supongo que todo el mundo lleva consigo fotografías de sus hijos. Para mostrarlas a los amigos.

—¿Por esa razón? Yo las llevo para poder ver a Pen cuando no estoy con ella.

—Veamos —pidió Dennis.

Bobby abrió la cartera, sacó las dos fotografías de color que llevaba consigo constantemente y se las entregó a Dennis.

—¿Le agradan los niños? —preguntó.

—Algunos —contestó Dennis—. Es realmente bonita, ¿verdad? —dijo Dennis sonriendo—. Se le parece un poco.

—Creo que tiene mi mentón y mi frente.

El la miró, enarcando las cejas.

—¿Por qué esos rasgos de la cara? —preguntó—. Generalmente la gente dice que los hijos tienen los mismos ojos o la misma nariz. El mentón y la frente vienen después.

Ella se encogió de hombros, esperando que él le devolviese las fotos.

El se las entregó.

—Quizás un fin de semana podríamos ir los tres al zoológico, o a algún lugar así.

—¿Por qué?

—Porque quiero arrojarlas a los leones —bromeó él—. No sea tan suspicaz. Soy inofensivo. Pregúnteselo a quien quiera. Le daré el número de teléfono de mis padres; puede preguntar a mi madre o a mi hermana. Tal vez no sea buena idea consultar a mi hermano. Tenemos importantes diferencias de opinión en casi todo. ¿Tiene hermanos o hermanas?

Bobby meneó la cabeza.

—No, que yo sepa.

—¿Quiere decir que quizá no lo sabe? —apoyó el mentón en la mano, y pareció interesado.

—Puede ser —dijo Bobby—. Mi madre me tuvo cuando ella había cumplido diecisiete años y después huyó. Por lo que sé, volvió a casarse y es posible que haya tenido muchos otros hijos.

—¿Quién la crió? —preguntó Dennis, mientras el camarero le traía los lassis.

—Mi abuelo y mi tía Helen.

—¿Y su abuela?

—Falleció cuando mi madre y mi tía eran... muy jóvenes.

—Oh, lo siento mucho. Pruebe el lassi —insistió Dennis.

Bobby sorbió el líquido y le agradó comprobar que la bebida era dulce y fresca.

—Es muy agradable —dijo a Dennis.

—Sabía que le agradaría —dijo él, con expresión complacida.

Bobby pensó que Dennis parecía muy amable, muy natural. Bebió otro sorbo de la bebida a base de yogur y se preguntó cómo reaccionaba cuando algo lo encolerizaba. No tenía el aire del hombre dispuesto a usar los puños, pero nunca se sabía. De todos modos, Bobby comenzaba a aflojarse un poco; finalmente dejó de temblar. Después de todo, quizá la velada no resultara tan desagradable.

14

Eva fue a la planta baja a ver cómo estaba Penny y sorprendida comprobó que la niña estaba sentada en la cama y leía uno de los viejos libros de Mellie.

—¿No deberías estar durmiendo? —preguntó Eva, bastante divertida, sentándose sobre el borde de la cama.

—Ajá —contestó Penny, y sus ojos continuaron fijos en el libro, como si no pudiera apartarlos del texto.

—Son casi las ocho y media —dijo Eva—. Creo que ya has leído bastante esta noche.

—Es un cuento muy bueno —dijo por fin Penny, apartando la mirada del libro.

—Eres una niña sorprendente. ¿De veras estás leyendo esto? —dijo Eva, con una sonrisa.

—Sí. ¿Quieres que te lea algo?

—No, te creo —Eva retiró suavemente el libro de las manos de la niña y preguntó—: ¿Tienes una punta?

—Sí. —Penny extendió la mano y tomó un trozo de papel que estaba sobre la mesa de noche—. Mi mamá dice que uno nunca debe doblar las esquinas de las páginas de un libro, o escribirlo... únicamente se puede escribir el nombre, para demostrar que es nuestro.

—Tiene mucha razón —dijo Eva, que marcó la página donde Penny estaba leyendo y apartó el libro—. Y ahora acuéstate bien... yo te abrigaré.

Penny obedeció y después extendió los brazos; un gesto que Eva percibió como mecánico, pero que de todos modos la conmovió, como una especie de sutil puñalada en el pecho. Se inclinó para besar la suave mejilla de la niña y recordó los centenares de veces que se había despedido así de Mellie, inhalando la pureza incomparable de la piel de la niña pequeña.

—Que duermas bien —murmuró, momentáneamente enredada en la trampa del tiempo, de tal modo que su propia hija y esa niña durante algunos instantes se convertían en una sola persona.

Penny se volvió de costado, deslizó las manos bajo la mejilla y cerró los ojos; después los abrió de nuevo.

—Mi mamá me deja la luz del cuarto de baño encendida.

—Muy bien —dijo Eva, y regresó a la sala, todavía sintiendo la suave calidez de la mejilla de Penny bajo sus labios; y esa sutil punzada que poco a poco se convertía en una especie de dolor lejano. Echó otro leño al fuego y se quedó unos momentos observando las llamas y pensando.

—¿Estaba durmiendo? —preguntó Alma.

—No —contestó Eva, los ojos todavía fijos en el fuego—. Estaba sentada y leía. La he convencido de que era hora de dormir.

Alma rió por lo bajo.

—Tiene una inteligencia maravillosa.

—¿Tenías niñas así en la escuela?

—Quizás unas pocas a lo largo de los años. En mi infancia yo era como ella. Me refiero a la relación con los libros —aclaró Alma.

—¿De veras? —con una mano sobre el reborde de la chimenea, Eva miró a su tía.

—Solía leer bajo las mantas con una linterna. Mi madre siempre me decía que perdería la vista. Es evidente que no ha sido así.

De pronto, Eva se vio montando un triciclo en el cual iba y venía por el sendero de la casa en que vivían, antes de la muerte de sus padres. Podía evocar perfectamente el momento, incluso la sensación de los pedales bajo los pies y la superficie irregular del sendero pavimentado. Unos pocos segundos y después eso desaparecía, reemplazado por el recuerdo igualmente nítido de la propia Eva a los seis años, cuando la habían dejado para que pasara dos semanas con la tía Alma, mientras sus padres pasaban unas vacaciones esquiando en el Oeste. En su infancia ella adoraba esas visitas a su tía; entendía que ella era una mujer exótica y elegante. A diferencia de la madre, que se inquietaba y protestaba si ella se ensuciaba o desordenaba algo en la sala, la tía Alma decía: "Se supone que los niños se ensucian", y permitía que Eva jugara donde se le antojase. Después se entendía que Eva debía devolver las cosas a sus respectivos lugares y que haría todo lo posible para evitar que se rompiese algo; pero también se entendía que la tía Alma no la castigaría por los accidentes que pudiera haber. El único aspecto no tan grato de las visitas era la comida. La tía no servía comidas regulares como hacía la madre de Eva. A veces cenaban bocadillos o extrañas combinaciones de cosas que agradaban a la tía: espárragos frescos y bollos tostados con jalea, tomates abiertos y cuencos de copos de trigo con pasas de uva. A Eva finalmente esas combinaciones peculiares terminaron por gustarle. Las cenas tan extrañas simplemente acentuaban la atracción que su tía tenía.

El avión en el que viajaban sus padres cayó a tierra; jamás regresaron a casa, y ella sencillamente continuó viviendo con la tía.

—Pareces un poco abstraída —dijo Alma.

—¿De veras? —de nuevo Eva la miró—. Mañana concluyen las dos semanas de Bobby. ¿Piensas retenerla?

—Estoy segura de que me lo preguntas por pura formalidad —dijo Alma—. Por supuesto, la retendré. Ya veo en ella muchas cosas que han mejorado.

Eva se echó a reír.

—Tú eres la persona que debería mostrar que está mejorando.

—Soy lo que soy, y cada día más. Pero esa joven tiene posibilidades.

—¿De qué? —preguntó Eva, que finalmente decidió sentarse en el sofá.

—Entre otras cosas, de llegar a ser ella misma.

—Es decir, alguien que no permitirá que la golpeen.

—Ese es un aspecto —dijo Alma—. Un aspecto muy importante. Le han lavado el cerebro, la han programado de modo que creyese que es una persona inútil y estúpida; todo eso se lo inculcaron. Y es una situación que me irrita.

—De modo que supervisarás su emancipación —dijo Eva, con cierta causticidad.

—Quizás haga precisamente eso —dijo Alma, con un gesto obstinado—. Te muestras perversa. Quizás es hora de que vayas a visitar a Charlie.

Eva cedió con una sonrisa.

—Quizá tienes razón. En realidad, mañana por la noche cenaremos juntos —volvió a mirar el fuego y preguntó—: ¿Qué clase de posibilidades le ves?

—Puramente personales —replicó Alma—. Gran parte de la alegría que deriva de la enseñanza es ver cómo florecen las mentes jóvenes. Bobby tiene una mente joven. Hay grandes áreas de esa mente que todavía no han sido aprovechadas. Y —agregó, como si el tema careciese de importancia— simpatizo cada vez más con ella.

—Nunca imaginé que duraría siquiera una semana —dijo Eva—. Pero, en efecto, tiene el talento de hacerse indispensable. Aunque su buena voluntad me irrita mucho.

—Te irrita porque eres una viciosa del control.

161

—¿Una *qué*?

—Necesitas controlar —insistió Alma—. Yo solía ser así. Y me agradaba. Ahora no se me ofrecen las mismas posibilidades; las circunstancias me han convertido en una persona dependiente. Pero tú, Eva, detestas conceder ni siquiera un centímetro, si no te ves obligada a ello.

—¿Qué tiene de malo mi actitud? —preguntó Eva, en actitud defensiva.

—No dije que en eso hubiera nada de malo. Me limito a señalar un hecho destacado.

—Bien, sucede que no coincido contigo. Por Dios, todos estamos sometidos a fuerzas externas. Yo sencillamente intento controlar lo que está a mi alcance.

—Muy bien —dijo con indulgencia Alma—. Nadie te critica.

—Pues ciertamente pareció que lo rechazabas. ¡Dios mío, decir que soy una viciosa del control! ¿Dónde descubriste esa frase?

—En la escasa televisión que veo y en los pocos diarios que leo —dijo alegremente Alma.

Penny apareció caminando descalza y quejándose.

—No tengo sueño —se acercó directamente a Alma, se apoyó en el brazo de la silla de ruedas y preguntó—: ¿Qué estás haciendo?

—Estamos conversando —dijo Alma, y alzó la mano derecha para acariciar el pelo de la niña—. Señorita, hace rato que ha pasado la hora de ir a dormir.

—Lo sé, pero no tengo sueño. ¿Cuándo volverá mi mamá?

—En una hora o cosa así —replicó Alma.

—Te diré lo que haremos —intervino Eva—. Te prepararé un poco de chocolate caliente. Y después de beberlo volverás a la cama. ¿De acuerdo?

—De acuerdo —Penny aceptó la mano que Eva le ofrecía y salió con ella, aunque cuando ya estaba casi en la puerta se volvió para saludar con la mano a su abuela.

Eva la alzó y la depositó sobre la encimera.

—Siéntate aquí, mientras preparo el chocolate.

—Muy bien. ¿Lo harás con agua o con leche? —respondió Penny tranquilamente.

—Con leche.

—Bien. Con leche es mejor —miró a Eva, que ponía leche en un hervidor, y después preguntó—: ¿Cuándo volverá a casa tu hija?

—Más o menos en una semana, para el día de Acción de Gracias.

—¿Harás una fiesta?

—Sí —dijo Eva, después de reír francamente.

—¿Mi mamá y yo podemos venir?

—Sí.

—¡Oh, muy bueno! —dijo Penny—. Me encanta el pavo relleno.

Eva agregó el chocolate caliente a la leche tibia y entregó el vaso a Penny.

—Bebe esto, y después derecho a la cama.

—¿Tú no tomarás nada?

—No. No me agradan mucho las cosas dulces.

Penny pareció escandalizada.

—¿No te gusta el *caramelo*?

—No mucho, no.

—¿Y el chocolate?

—No.

—¡Caramba! —Penny estaba impresionada—. ¿Ni siquiera las figuras de caramelo?

—Especialmente no me agradan las figuras de caramelo.

—A la abuela sí —dijo Penny—. Le di algunas de las que yo tenía, y le gustaron muchísimo.

Penny se rió de oreja a oreja y después bebió un poco más del chocolate caliente.

—Me gusta mucho, no está demasiado caliente. No me gusta cuando me lo sirven muy caliente.

—Termina de beber eso, Penny —dijo Eva—. Tienes que volver a la cama. Tu madre se enfadará si vuelve a casa y te encuentra levantada.

Penny pensó en lo que decía Eva; finalmente apuró el vaso y lo posó sobre la encimera.

—Está bien —anunció, extendiendo los brazos para que Eva la alzara—. Ya está.

Eva la alzó y sintió otra sacudida de la memoria, esta vez más sutil, mientras las piernas de Penny le rodeaban la cintura y la niña le echaba los brazos al cuello. Durante unos segundos Eva contempló la posibilidad de dejar a la niña en el suelo, de modo que bajara sola la escalera. Después se entregó al placer de sentir el peso de Penny y los brazos y las piernas de la niña y la llevó de regreso a la cama.

Cuando retornó a la sala, sintiendo todavía la presión del cuerpo de Penny, miró a su tía que, con los ojos cerrados, estaba escuchando un fragmento de un concierto para piano de Mozart que llegaba desde los altavoces del estéreo.

Al día siguiente de la fecha prevista para el regreso de sus padres, la tía Alma estaba sentada con ella en la sala, y, con las palabras más sencillas que pudo encontrar, le había explicado que el avión en que viajaban los padres de Eva y muchas otras personas había caído a tierra, lo cual significaba que no volverían a casa, no volverían nunca, y que en adelante Eva viviría allí.

Recordó el cuidado y la consideración que su tía había demostrado ese día, la paciencia con que había respondido a todas las preguntas de Eva. Estuvieron sentadas juntas un buen rato, y después, creyendo sin duda que Eva había entendido, Alma se había apartado para realizar una serie de llamadas telefónicas indispensables, según veía Eva la situación, en vista de que sus padres no volverían para asistir a su cumpleaños.

Para Eva, la muerte de sus padres había sido un episodio demasiado abstracto. No había podido entender el significado cabal del hecho y por eso había creído que las palabras de su tía significaban sencillamente que ella debía quedarse allí más tiempo que lo que se había contemplado al principio. E incluso aunque había asistido al funeral, sentada entre la tía y el abuelo, cada uno sosteniéndole una mano, se había aferrado a la idea de que pronto podría regresar a su hogar. Entretanto la habían matriculado en uno de los cursos de la escuela de la tía Alma y había tenido que vestir diariamente un uniforme. No volvió a ver a ninguno de sus antiguos amigos; añoraba su antigua casa. También comenzó a echar de menos el modo de hacer las cosas de su madre, que no era en absoluto el modo en que las hacía Alma. Las extrañas comidas comenzaron a molestarla. Y también la posibilidad de perder las cintas para el cabello y de entrar en la casa, después de estar en la playa, con arena en los zapatos y tierra bajo las uñas.

Y así, una noche, más o menos cinco o seis semanas después de que le dijeran que viviría definitivamente con la tía Alma, abandonó la cama y bajó a la sala, donde su tía estaba sentada frente al escritorio.

—Por favor, tía Alma, ahora quiero volver a casa. ¿Sí? —dijo.

Su tía la miró y comenzó a decir algo, se interrumpió, de nuevo empezó a hablar, escondió la cabeza en las manos y se echó a llorar. Eva se sintió muy mal en ese momento, porque amaba a su tía y no deseaba provocarle dolor, pero realmente necesitaba volver a su casa. Rodeó el escritorio y palmeó la espalda de su tía, lo mismo que los adultos la palmeaban cuando ella estaba nerviosa; esperó que cesara el llanto de su tía. Entonces Alma la sentó sobre sus rodillas y le explicó del modo más gráfico por qué no podía regresar a su casa. Y entonces Eva lloró, aunque aún no podía comprender claramente qué era la muerte; pero al fin se había convencido de que viviría siempre con la tía.

Otra vez había visto llorar a su tía, y eso había sido un episodio muchísimo más lamentable. A los catorce años Eva se había acostumbrado al modo neutro y objetivo de Alma de afrontar la mayoría de las situaciones; ahora pasaba por una etapa en la que estaba decidida a provocarle lo que ella creía que era una serie de reacciones más sinceras. Había llegado a considerar que el autocontrol de Alma era una pose, una actitud que disimulaba sus verdaderos sentimientos. En realidad, sospechaba en esa etapa de su historia personal del comportamiento de la mayoría de los adultos, y la misma actitud tenían sus amigas. Le molestaba especialmente la necesidad de asistir a una escuela en la que su tía era la directora, sin hablar del retorno cotidiano a la casa en que veía muy poca diferencia entre la directora de la escuela y su propia tutora. Por una parte, Eva dependía de la actitud consecuente de Alma; por otra parte esa consecuencia le parecía sospechosa. De modo que se había dedicado a decir y hacer cosas que pudieran llevar a Alma a perder los estribos.

Estaban en medio de una discusión bastante acalorada acerca del derecho de Eva a salir con amigos por la noche, cuando sonó el teléfono. Irritada, pero en el fondo complacida con ese enfrentamiento de voluntades, Eva se hundió en el sillón junto al hogar, los brazos cruzados sobre el pecho, esperando que su tía atendiese el teléfono.

Pero, cuando pocos minutos después ella regresó a la sala, parecía tan angustiada que olvidó por completo la discusión. Alma se acercó al hogar y permaneció de pie, una mano sobre el reborde, mirando el fuego, toda su actitud tan alterada que Eva se asustó enseguida.

—¿Qué pasa? —preguntó.

—Tu abuelo falleció —dijo la tía, y después, sin emitir el menor sonido, se echó a llorar.

Al principio, Eva no pudo asimilar la situación. Estaba tan desconcertada al ver así a Alma —pese a que eso era lo que ella había intentado provocar— y se sentía tan culpable por haberse comportado mal que no sabía qué hacer. Con otra persona, la respuesta automática de Eva habría sido intentar un abrazo. Pero esta era su tía, y aquí no se aplicaban las normas usuales de comportamiento. No se trataba de que Alma no fuese afectuosa; lo era. Eva siempre había recibido besos, abrazos de su tía y gestos de aprobación. Pero ahora Eva se sentía insegura. Llevaban varias semanas disputando. ¿Qué sucedería si intentaba abrazarla y la tía la apartaba, porque Eva había sido últimamente tan mala? Pero, si no hacía lo que todo su instinto le decía que era lo propio, sabía que después se arrepentiría. De modo que, intimidada por esta imagen de la humanidad esencial de su tía —en el fondo siempre había conocido su existencia—, Eva se puso de pie y la abrazó. Después se conmovió tanto que Alma acabó consolando a su sobrina, y de ese modo se restableció el equilibrio de la relación entre ambas. Allí terminó la breve rebelión de Eva. Después le pareció inútil continuar en esa actitud, pues desde el principio sabía que estaba provocando a su tía sólo con el propósito de demostrar que podía hacerlo.

Si Alma había llorado a causa del ataque sufrido, lo había hecho a solas. Lo único que había demostrado a Eva era su cólera y en el curso de los meses esa irritación se había atenuado bastante. Hasta el momento en que Bobby y Penny se incorporaron a la casa, Alma había adoptado una actitud de desinterés frente a casi todo. Aún se mantenía al tanto de las noticias mundiales y había dedicado gran parte del verano a ver a los Yankees por televisión y a protestar por sus derrotas. Se mostraba dura con las enfermeras, se apresuraba a criticar y había conseguido evitar que sus amigos viniesen a visitarla. Insistía en que no deseaba que nadie la viese como si ella hubiera sido una gárgola. Se refugiaba en ella misma y sólo a veces revelaba su antigua personalidad. Quizás esa Alma había desaparecido definitivamente y jamás volvería. La idea inquietaba a Eva.

Pero Alma reaccionaba frente a Penny, y también ante Bobby. En consecuencia, al margen de las reacciones antagónicas de la propia Eva ante Bobby, parecía que la atmósfera de la casa mejoraba cotidianamente.

Se preguntó de pronto si la casa le parecería a Penny tan enorme como le había parecido a ella cuando era niña; sintió una punzada de dolor, al recordar que Alma le leía en la cama todas las noches historias maravillosas e interminables. Cuando Eva tenía pesadillas se acostaba con su tía. Y, cuando estaba enferma, Alma siempre le permitía dormir en la cama grande. Su tía jamás la había abandonado para salir de vacaciones y en cambio siempre la había llevado consigo. Alma no comenzó a viajar sino después de la boda de Eva. Siempre se mantenía cerca, por si Eva la necesitaba. Era una hazaña increíble, realizada en beneficio de una hija ajena. Ahora Eva sabía —oía cuando Penny golpeaba por la mañana a la puerta de Alma— que su tía de nuevo estaba representando un papel especial en beneficio de otro niño. Y, al margen de sus propios sentimientos contradictorios con respecto a la madre de Penny, Eva se alegraba de la situación.

Pidieron *paratha,* láminas de pan caliente y crujiente; *raita,* una ensalada de pepinos con yogur; *biryani*, que era arroz con verdura y pasas, y pollo con una salsa suave. A Bobby le encantó la comida y comió una enormidad.

—Sabía que le agradaría —dijo Dennis cuando ella, con un suspiro, dejó el cuchillo y el tenedor y se recostó en el respaldo del asiento.

—Es la mejor comida que he tenido jamás —Bobby sonrió al joven, para demostrarle que no se trataba sencillamente de una cortesía.

—Ahora estoy seguro de que le agradará la comida mexicana.

—Probablemente —dijo Bobby—. ¿Le molesta que fume?

—No. Adelante.

Bobby extrajo de su bolso un Marlboro y lo encendió.

—¿Por qué me invitó? —preguntó después, dominada por la curiosidad.

—¿Por qué no?

—De veras, ¿por qué?

—No lo sé —dijo Dennis, que pareció incómodo, como si ella lo hubiese arrinconado—. Me pareció una buena idea.

—¿Sí? —preguntó ella—. ¿Fue por eso?

El pensó un momento y después dijo:

—Bien, estoy un poco impresionado por sus progresos con Alma y deseaba saber qué clase de persona es usted. Y ahora que se le curó la cara y fue al peluquero, tiene un aspecto de veras muy bueno. Tiene ojos grandes.

—Sí, Pen tiene ojos grandes —dijo Bobby, y su énfasis sugería que, comparada con la niña, los ojos de Eva eran muchos más pequeños.

—Lo mismo puede decirse de los suyos.

—A mí no me parecen tan grandes —dijo Bobby, incómoda ante los cumplidos del joven.

—Usted y su hija tienen ojos grandes, profundos y azules —insistió Dennis—. Pero creo que en definitiva mi principal motivo fue la curiosidad.

—¿Acerca de qué?

—Acerca de lo que era usted y de cómo llegó a trabajar para Alma. Quise saber qué clase de historia personal hay detrás de todo esto.

—¡Oh! —Bobby miró alrededor. Nadie les prestaba la más mínima atención—. Tomé del brazo a Pen y hui —dijo Bobby, que advirtió enseguida las pulsaciones en su propio cuello. Por la razón que fuese, quizá para asustar a Dennis, o tal vez para comprobar la profundidad de su interés, le habló de Joe—. Joe, mi marido, es un hombre realmente malo.

—Ya me lo imaginaba.

—Hace unas semanas golpeó muy fuerte a Pen. Yo no podía permitir eso.

—No —dijo tranquilamente Dennis.

—Yo no importaba —explicó Bobby—. Pero Pen sí —comenzaba a sentir un nudo en la garganta. Tosió para aclarar la voz y después aspiró el humo del cigarrillo—. No hay nada que interese saber con respecto a mi persona. Yo no era nada más que un ama de casa, que trabajaba medio día en el Burger King. En realidad, no soy nadie.

—Por supuesto, es alguien —dijo Dennis, en una suerte de eco inconsciente de Alma, y ella tuvo que sonreír un poco.

—No —dijo—. No soy nadie. Prefiero que me dejen sola. Es todo lo que deseo.

—Seguramente se ha casado muy joven.

—A los diecinueve años.

—Era demasiado joven.

—Sí —suspiró Bobby—. Pero ahora tengo la impresión de que ha sido hace un siglo.

—Seguramente.

—No soy muy buena para esto —dijo Bobby, con aire de disculpa.

—¿Para qué? ¿Para comer, para hablar?

—Para hablar con los hombres —puntualizó Bobby—. Me inquieta un poco.

El camarero se acercó para retirar los platos, y Dennis preguntó a Bobby si deseaba beber café. Ella respondió afirmativamente, y Dennis pidió dos tazas.

—Y sin embargo estamos hablando. ¿Cuál es su verdadero nombre?, ¿Roberta? —dijo Dennis, cuando el camarero se alejó

—Barbara.

—Barbara —repitió él—. Le sienta mejor que Bobby.

—Eso es lo que dijo Alma. No veo cuál es la diferencia. Soy la misma persona, no importa cómo me llame.

—Vea, en eso se equivoca. En cierto modo, un nombre la *define*. Por ejemplo, yo soy Dennis. Ese nombre prepara al observador, que espera ver los cabellos rojos de un irlandés, la piel blanca y las pecas anaranjadas —sonrió a Bobby—. Bobby tenía mucho pelo rubio en desorden, un ojo negro y un labio lastimado. Barbara tiene un hermoso cabello castaño y dos grandes ojos azules.

—¿Usted es católico?

El se echó a reír y negó con la cabeza.

—Protestante. ¿Y usted?

—Mi abuelo solía llevarnos a la iglesia episcopal. Pero después de su muerte no soy nada. Creo que tampoco lo era entonces, pero me agradaba ir allí. Era un lugar pacífico. Me complacía la atmósfera de la iglesia. Era... un lugar que me parecía más bien grandioso. Y me agradaba la música, los himnos. Se me inflamaba un poco el corazón cuando cantaban *Jerusalén*.

—Eso está bien —dijo Dennis—. A mí también me agradan los villancicos.

—Sí —dijo ella—. Lo mismo digo.

—Su jersey es hermoso —afirmó Dennis—. Había pensado decírselo antes.

Ella se miró la prenda de cachemira azul, que era más suave que todo lo que había vestido en el curso de su vida, y dijo:

—Eva me lo regaló. Me regaló muchas cosas.

—Magnífico.

—Es una mujer realmente... complicada. En cierto momento creo que no me soporta. Nada más de verme ya parece irritada. Y al minuto siguiente me regala un montón de prendas caras que están como nuevas —de nuevo se preguntó si Eva pensaría despedirla. Deseaba con todo el corazón que no sucediera algo así. Más que nunca, más que nada, ansiaba continuar viviendo en la casa. La idea de alejarse, de buscar otro empleo le provocaba un poco de náuseas.

—Sé a que se refiere. Es una mujer complicada —coincidió Dennis—. Pero creo que es así porque la mayor parte del tiempo su mente está en otra cosa... Supongo que en su trabajo.

—Estoy leyendo uno de sus libros. Es una escritora *maravillosa*.

—¿Sí?

—Maravillosa —repitió ella—. Quizá los escritores son así.

—Quizá. Bien, ¿qué me dice? ¿Desea visitar el zoológico u otro lugar por el estilo este fin de semana? Podríamos llevar a Penny a la ciudad para ver algún espectáculo.

—No sé —dijo Bobby, que de nuevo se sentía nerviosa—. Trabajo los siete días de la semana.

—Alma le concederá el tiempo libre. ¿No quiere visitar Nueva York?

—Nunca lo pensé. No sé. Quizá.

—¿Por qué aceptó salir conmigo esta noche? —preguntó Dennis.

Ella se encogió de hombros, consciente de que no podía decir la verdad, que era que había temido negarse. El era hombre. Cuando un hombre decía que había que hacer algo, una lo hacía. Es lo que la asustaba más que otra cosa: la conciencia impotente de que no podía negarse.

—No sé —contestó Bobby, pensando que debía parecer tan estúpida como Joe había dicho siempre que ella era—. Usted me pareció muy simpático —al menos eso era cierto—. A usted le agrada divertirse. Quiero decir que lo complace la alegría.

—Eso es cierto. ¿A usted no?

—No sé lo que me gusta —dijo Bobby—. Tendré que averiguarlo.

—Quizá yo pueda ayudarla en eso.

—No sé —dijo quejosamente Bobby—. Tendré que ver.

—No tome decisiones apresuradas —se burló Dennis.

—Ya le dije que no soy buena en estas cosas.

—No tiene necesidad de ser buena en nada —dijo él en actitud razonable—. Uno se acostumbra a la gente, pasa tiempo con ella. Es lo que se denomina la actividad social.

—Nunca hice nada parecido.

—Eso veo. Quizás es hora de que comience.

—Veremos.

—Por supuesto —dijo Dennis—. Veremos qué sucede.

Ella bajó rápidamente del coche antes de que él tuviese la posibilidad de acercarse a la puerta del lado de Bobby.

—Eh, un momento —dijo Dennis, apresurándose a alcanzarla cuando ella casi estaba corriendo hacia la puerta.

—¿Qué?

Ella temía que Dennis intentara hacer algo, tocarla o besarla, o lo que fuese. Y ese era uno de sus principales motivos de temor: que alguien quisiera imponerle posturas dolorosas a su cuerpo, para alcanzar su propio goce.

—Solamente deseaba darle las buenas noches —dijo él, manteniéndose a distancia.

—Oh. Sí. Gracias por la cena, Dennis —consiguió esbozar una rápida sonrisa—. Fue realmente buena.

—No hay nada que agradecer. La veré el jueves.

—Sí, muy bien —dijo ella, desesperada por alcanzar la seguridad de la casa.

Parecía que él deseaba decirle algo más, pero no habló.

—Pues bien, buenas noches —dijo después de un momento, y volvió a su coche.

Con la puerta abierta a sus espaldas, ella saludó con la mano mientras Dennis se alejaba por el sendero. La bocina emitió un breve rezongo, y un instante después él había desaparecido. Bobby estaba exhausta, y eran sólo las diez y veinte.

Alma y Eva la miraron cuando Bobby entró en la sala.

—¿Se divirtió? —preguntó Eva.

—Mucho —respondió Bobby; Eva pensó que como lo habría dicho una niña bien educada—. No hubo problemas con Pen, ¿verdad?

—En absoluto —dijo Alma.

—Bien. Iré a verla, y después vendré para llevarla a la planta alta.

—No hay prisa —le dijo Alma—. No pienso ir a ninguna parte.

Penny se había destapado. Bobby la cubrió, después fue a sentarse unos minutos en la sala del apartamento y repasó la velada. No había sido tan terrible, ni mucho menos, como ella había temido. Y la comida había sido fabulosa. Pero lo que no comprendía era por qué ese hombre tenía tanto interés en pasar un rato con ella. ¿No veía que no podía ofrecerle nada? ¿O los hombres veían únicamente lo que deseaban ver y no lo que había en realidad? Las mujeres no eran así. Las mujeres veían las cosas mucho más como eran realmente. Pero gran parte del tiempo tenían que fingir que no advertían nada, porque los hombres afirmaban que las mujeres no tenían la menor idea de lo que en realidad sucedía.

Nunca más seré así, se dijo Bobby, y se puso de pie con un suspiro. Era hora de ayudar a acostarse a Alma. Quizá, pensó mientras subía la escalera, Alma conocía la verdad y la decía sin rodeos porque nunca se había casado, nunca había tenido que guardar sus pensamientos en un lugar secreto de su mente, para evitar que un hombre se enfadase. Mientras atravesaba la cocina, de pronto Bobby se sintió colmada de admiración por Alma, impresionada por el hecho de que esa mujer había preferido vivir sola para ser capaz de decir la verdad de las cosas. Le parecía que era una actitud increíblemente inteligente y valerosa.

15

Bobby estaba tan preocupada por lo que pudiera significar la falta de pago —el hecho de que Eva no le hubiera entregado el cheque— que ni siquiera pudo contemplar la posibilidad de acostarse. Además, repasaba constantemente los episodios de su cena con Dennis, pues temía haber sido mala compañía; probablemente no le había agradecido como era debido. Le avergonzaba pensar que era tan ignorante, que sabía tan poco cómo había que tratar a la gente. Bien, era probable que ahora él se alejase y quizá más valía que así fuese. Para apartar su mente de todo el asunto decidió sentarse y terminar de leer el libro de Eva. Era tan bueno que ella no deseaba que terminase; pero al mismo tiempo se moría de ganas de conocer el desenlace. De modo que continuó leyendo, a pesar de que estaba tan fatigada que las palabras se le confundían ante los ojos.

Cuando llegó al final de la última página suspiró, enormemente satisfecha. Se quedó quieta un rato en el sofá, sin ganas de separarse del libro y de los personajes que tanto le habían atraído. Se preguntó cómo era posible que Eva supiese todo lo que sabía, y si había escrito acerca de personas a las cuales había conocido en la realidad, o si sencillamente lo había imaginado todo.

Cuando al fin dejó el libro, Bobby se dijo que seguramente era maravilloso escribir, usar las palabras para crear personajes tan fascinantes, para presentarlos diciendo y haciendo esas cosas. A veces los libros eran mucho mejores que la vida, conferían más lógica a las cosas. Examinó las dos novelas en rústica, tentada de comenzar inmediatamente la lectura de una de ellas. Pero ya era más de la una y realmente estaba muy fatigada.

Le diría a la tía Helen que estaba viviendo en una casa con una escritora famosa. Su tía se sentiría impresionada, aunque Eva de ningún modo se comportaba como Bobby había imaginado siempre que lo haría la gente famosa. No era especialmente esplendorosa, no manejaba un coche grande y costoso, ni usaba muchas joyas. Tenía ropa buena y siempre se la veía pulcramente arreglada; pero si uno la veía, por ejemplo, en un supermercado, jamás pensaría que era una autora famosa.

Se dijo que era una situación de veras increíble y en ese momento ya empezaba a quedarse dormida. Evangeline Chaney y Eva Rule. En cierto modo eran personas diferentes. Y aunque ella simpatizaba realmente con la autora, temía los cambios que la vida cotidiana de la mujer pudiera aportar a su propia existencia.

Dennis permaneció acostado en la oscuridad, las manos unidas detrás de la cabeza, preguntándose qué quería demostrar. La invitación a Bobby había sido un impulso momentáneo, inducido sobre todo por la curiosidad. Nunca había encontrado una mujer como esa; ciertamente, nunca había conocido una mujer que había sido golpeada y algo en Bobby provocaba su simpatía, además de movilizar el instinto sorprendente y bastante primario que lo inducía a adoptar una actitud protectora. Lo cual hasta cierto punto era no sólo presuntuoso sino quizás incluso arrogante. Después de todo, no sabía nada de ella. Por lo tanto, ¿cómo podía protegerla? Probablemente ella no deseaba que un tonto desmañado se dedicara a cuidar de su persona.

Aunque tal vez ella no supiera lo que deseaba o necesitaba. Parecía que todo la asustaba; para ella la pregunta más sencilla era una suerte de mina a punto de explotar, que la llevaba a inquietarse visiblemente con respecto a lo que era seguro o inseguro decir. En cierto modo eso acentuaba su atracción. Era bonita y en realidad ni sospechaba que lo era; lo cual la hacía aún más atractiva. Era la única mujer bonita que él había conocido en su vida que en su fuero íntimo no sabía que era hermosa, ni se dedicaba a aprovechar la situación. Eso le parecía fascinante a Dennis.

Además, estaban los progresos que realizaba con Alma. Un logro de veras importante. Por esa casa había pasado una colección de mujeres de todas las formas y todos los colores, y la única que había servido de algo a Alma era la que uno menos hubiese creído que tenía posibilidades. Lo cual demostraba el gigantesco error que era juzgar a la gente rigurosamente según las apariencias.

Al evocar la escena, él se preguntó si no la había presionado demasiado. Pero al reconsiderar el caso, llegó a la conclusión de que se había mostrado razonable. Si uno no formulaba preguntas, no podía obtener respuestas. Sin respuestas no podía abrigar la esperanza de llegar a conocer al otro. El eje de la cuestión era que deseaba conocer a Bobby y en ese deseo no había nada que fuese lógico. Podía analizarlo todo lo que se le antojara; por mucho que analizara no lograría modificar el hecho simple de que se sentía atraído por esa mujer y de que no podía formular una razón única y concreta para explicarlo. Cada vez que conseguía arrancarle una sonrisa, sentía que había logrado algo muy definido y concreto.

Quizás era una suerte de desafío, pero Dennis no tendía a ver a la gente en esos términos. No le interesaban las conquistas. Por supuesto, quizás a los diecisiete o dieciocho años había atravesado una fase en la cual, como todos los hombres, había intentado anotarse puntos. Pero esa práctica no le había deparado especial felicidad en aquel momento y la había superado con bastante rapidez. Las conversaciones de los vestuarios de hombres siempre le habían molestado mucho y habían originado en él la necesidad intensa de defender a las muchachas de quienes se hablaba. Por supuesto, había callado. Nunca había sentido la necesidad de provocar un escándalo. Lo cierto era que esas situaciones le irritaban y durante un tiempo se había preguntado si quizás algo funcionaba mal en su propia persona, porque se sentía tan alejado de lo que hacía el resto de los hombres. Estaban todos esos tipos que se vanagloriaban de sus hazañas y que le hacían sentir vergüenza ajena y vergüenza de sí mismo nada más que por el hecho de oírlos. Había sido un gran alivio abandonar el colegio secundario y concurrir a la universidad, donde no se sentía obligado a tratar con tipos con quienes en esencia no simpatizaba, pero a los cuales no podía rechazar porque los había conocido la mayor parte de su vida.

Las luces de un coche que pasaba se reflejaron en el techo de la habitación y Dennis se preguntó si debía dejar pasar el asunto, si era mejor alejarse de Bobby. La mujer tenía un montón de problemas y ciertamente él no deseaba agravarlos. Pero no podía dejar de lado la idea de que quizás estuviera a su alcance ayudarla. Lo deseaba realmente. Simpatizaba con ella. Le agradaba el hecho de que ella no fuera una mujer demasiado veterana; lo complacía su voz grave y el modo en que hablaba de su hijita. Le agradaba su comentario, cuando había dicho que llevaba consigo las fotografías de su hija para contemplarlas cuando no estaba con ella. Eso lo había conmovido. En general, ella lo conmovía. En definitiva, decidió seguir adelante e invitarla otra vez. Lo peor que podía suceder era que le respondiese con una negativa.

Eva estaba sentada junto a la ventana de su dormitorio, en la oscuridad, mirando hacia las aguas del estrecho y pensando en aquella noche en Montaverde, después de haber visto a Ian con la pistola.

La cena en la galería con Deborah e Ian había sido un episodio especialmente tenso. Ian había estado bebiendo desde la mitad de la tarde y en la comida había consumido la mayor parte de una botella de vino. Aunque no formulaba el menor comentario, era evidente que Deborah se sentía molesta en vista del consumo de alcohol de su esposo. Eva deseaba decir algo que aliviase la atmósfera, pero no imaginaba nada apropiado. Sin saber qué hacer, elogió la cazuela que Deborah había preparado.

—Gracias, querida —dijo Deborah desde su lugar en la baranda; habló sin mirar a su amiga.

Como inspirado por el cumplido de Eva, como si ahora hubiese recordado sus buenos modales, Ian dijo:

—Sí, en realidad es muy sabrosa.

Deborah no respondió a Ian y el silencio los envolvió de nuevo.

—Esta noche yo lavaré la vajilla —dijo finalmente Eva, decidida a pasar unos minutos a solas con Deborah.

—Es muy amable de tu parte, querida —dijo Deborah. Y después, en lugar de acompañarla a la cocina, como Eva había esperado que hiciera, Deborah anunció—: Si no tienen inconveniente, ahora me acostaré.

Eva había sentido deseos de gritar y de afirmar que *en efecto* tenía inconvenientes, que las dos necesitaban hablar; que ella requería alguna explicación en vista de lo que estaba sucediendo, que necesitaba un indicio acerca del modo de afrontar la situación.

—Muy bien —repitió Ian, y se alejó en pos de su esposa, en dirección al dormitorio principal, dejando a Eva la tarea de recoger la mesa.

Frustrada, sola y derrotada, lavó los platos y después fue a ver a los niños. Mellie y Derek estaban dormidos, uno al lado del otro, sobre sus camas del tercer dormitorio. Eva permaneció un rato mirándolos y finalmente salió en puntas de pie. En su propio cuarto leyó media hora y después apagó la luz y permaneció acostada, escuchando los movimientos y los sonidos extraños en los matorrales. Los cuatro dormitorios tenían ventanas con persianas horizontales adelante y atrás, para asegurar buena ventilación, y como se encontraban a tanta altura sobre la ladera de la montaña, por la noche siempre había cierta brisa. Las ramas de las palmeras crujían, los animales y los lagartos corrían de un lado al otro e Ian pasó tambaleándose borracho frente a la ventana de Eva, murmurando por lo bajo y sobresaltándola de tal modo que ella en el acto despertó del todo. Siguiendo el sonido de los pasos irregulares, Eva supuso que se dirigía al extremo del sendero, que volvía y regresaba. Pero esta vez se detuvo para mirar por la ventana sin cortinas de Eva. Ella entrecerró los ojos y permaneció inmóvil, sintiendo el temor como una mano que le apretase el cuello. Unos instantes más y los pasos vacilantes del hombre indicaron que estaba alejándose. Eva abrió los ojos y respiró hondo, y de pronto comenzó a sudar a pesar de la brisa.

Más o menos un minuto después la luz se encendió en la cocina y Eva pudo ver a Ian que entraba trastabillando y llegaba al centro del cuarto, y después se detenía y miraba alrededor. Era como en una película. Ella se sentó para mirar, desbordando antipatía y miedo ante ese hombre odiosamente pretencioso con quien Deborah se había casado. La imagen que él tenía de sí mismo como un colono aristocrático la llevaba tan arraigada que los nativos de Montaverde le profesaban una antipatía a primera vista. Eva había visto cómo entrecerraban los ojos cuando Ian les hablaba y había observado también los cuerpos que se tensaban, como preparándose para el ataque. Ian no tenía idea de la reacción que él mismo provocaba. Les hablaba diciéndole "viejo amigo" y "mi buen hombre", pero los nativos lo despreciaban. Ahora Eva sabía que esa era una de las razones principales por las cuales la construcción de la casa se desarrollaba tan lentamente. Nadie quería trabajar para Ian. Era insoportablemente arrogante. Estaban dispuestos a trabajar para Deborah —después de todo, ella era una nativa de Montaverde— pero la interferencia de Ian los irritaba y por eso inventaban problemas que provocaban demoras. Y el sentimiento de ofensa de Deborah se acentuaba diariamente, de un modo visible y ubicuo, como una suerte de filtración lenta y regular de un gas que podía llegar a ser mortal.

Eva no sabía qué estaba haciendo Ian en la cocina, pero supuso que había ido a prepararse otra bebida. Pocos minutos después la luz se apagó y aproximadamente un minuto más tarde ella oyó cerrarse la puerta del dormitorio principal. Exhalando el aire de los pulmones, Eva se recostó y trató de dormir.

A la mañana siguiente Deborah estaba tan enfadada que Eva no se atrevió a hablarle. Sirvió el desayuno a los niños y después trató de mantenerlos apartados de los adultos, mientras se decidía si irían o no al sitio de la construcción. Deborah se había sentado sobre la baranda y sorbía una taza de té, esperando que Ian abandonase la cama; entretanto, lo insultaba por lo bajo. Con la taza de té en una mano y el cigarrillo en la otra, frunció el entrecejo mirando la ladera de la montaña.

—Maldito canalla, maldito inútil. Bebe la mitad de la noche y después duerme la mitad del día. No me extraña que se rían de nosotros. Estamos despilfarrando todo nuestro dinero —murmuró Deborah.

—¿Por qué has regresado? —se atrevió a preguntar Eva, mientras los niños estaban absortos en un juego inventado por Derek.

Deborah se encogió de hombros, después desvió la mirada, vio que Derek hacía algo que ella no aprobaba y atravesó volando la habitación para aferrarlo del brazo.

—¡Juega bien, o te pasarás el día solo, encerrado en tu habitación! —dijo Deborah a su marido.

Horrorizada, Eva se aproximó y en un gesto mecánico sujetó la mano de la asustada Melissa.

—Está bien. No tuvo mala intención —en realidad, Eva no sabía qué había hecho Derek para irritar a su madre, pero no le agradó que Deborah lo amenazara con encerrarlo.

Deborah la miró fríamente un momento, como si tuviese la intención de decir a Eva que se ocupase de sus propios asuntos, después se volvió bruscamente y caminó hacia el dormitorio principal.

—¡Sal de esa condenada cama! Tienes cosas que hacer. *¡Levántate!* —volvió a gritar a Ian.

Cuando se convenció de que Ian estaba despierto, regresó atravesando las habitaciones vacías y sus pies desnudos, fuertes y bien formados, sacudieron las tablas del suelo, mientras se aproximaba a la cocina para preparar una taza de té destinada a su marido.

—¿Iremos hoy a ver la construcción? —preguntó Eva.

Deborah se detuvo y la miró con una expresión infinitamente triste y al mismo tiempo desencajada.

—Lo siento, querida. Esto es un verdadero desastre —una pausa, un suspiro y después—: Sí, creo que iremos.

—Prepararé comida para los niños —dijo Eva, sabiendo que Deborah jamás comía en mitad del día; por su parte, Eva había perdido el apetito e Ian se presentaba todos los días con un gran pepino que comía en rodajas mientras estaban en la bahía. Los trabajadores nativos atrapaban peces y los cocían en cubos de agua hirviendo sobre fuegos de ramas. De modo que Eva siempre preparaba bocadillos y llevaba frutas para los niños.

Deborah estaba mirándola.

—Lo siento —dijo de nuevo—. Sé que nada de todo esto es lo que tú esperabas encontrar cuando aceptaste visitarnos.

Esa era la ocasión que ella había estado esperando y Eva sintió deseos de formular docenas de preguntas a su amiga. Por qué se había casado con Ian, por qué había aceptado vender su hermosa casa en Londres para regresar a un lugar del cual se había alejado en la niñez; por qué aceptaba afrontar obstáculos inverosímiles para construir una casa que, en definitiva, les costaría todo lo que tenían. Deseaba preguntarle acerca de su proyecto de vida. Qué pasaba si a Ian se le había concedido sólo una visa de turista que le prohibía trabajar en la isla; también quería saber por qué ella no se separaba de ese hombre, tomaba a su hijo y reanudaba su vida en otro lugar. ¿Sabía que su marido tenía una pistola oculta en el coche? Y sobre todo, deseaba saber por qué Deborah la había invitado. ¿Estaba esperando algo que Eva no atinaba a concederle? Ansiaba decirle: "Dime lo que quieres y yo te ayudaré. Por favor, dime lo que deseas". Necesitaba formular tantas preguntas que casi no podía hablar. Impotente, se limitó a mostrar a su amiga una sonrisa de simpatía y durante unos segundos Deborah apoyó una mano sobre el brazo de Eva. Entonces, Ian salió del dormitorio caminando a tropezones y quejándose por lo bajo; y Deborah se alejó, mascullando contra ese hombre, mientras irrumpía en la cocina para servirle el té.

Fue una de las pocas ocasiones, durante su permanencia en la isla, en la que Deborah manifestó cierta simpatía o demostró que reconocía la presencia de Eva. A partir de ese momento, la irritación de Deborah aumentó y llegó a incluir también a Eva y a Mellie. Comenzó a parecer como si Deborah deseara que ellas se marchasen, como si lo deseara tan intensamente como la propia Eva. Pero no podía marcharse. Estaba convencida de que eso equivalía a fallarle a Deborah, a abandonarla. Eran amigas. Las amigas se comprendían y se ayudaban mutuamente. Sin embargo, Deborah no deseaba la ayuda de Eva. ¿O sí? En definitiva, Eva se sentía como una niña, incapaz de adoptar actitudes decididas en ningún sentido.

Al observar el modo en que la luz de la luna salpicaba las aguas relativamente serenas del estrecho, los pensamientos de Eva retornaron al presente y ella se preguntó si había algo que podía haber hecho para modificar el curso de los acontecimientos en la isla. No lo creía. Pero eso no aliviaba la arraigada sensación de que en cierto modo le había fallado a su amiga. Seguramente había algo que ella hubiera podido hacer. El problema era que incluso ahora, varios años después del episodio, ella sencillamente no atinaba a determinar qué era.

Bostezó, y después se puso de pie y fue a la cocina a prepararse una taza de té.

El martes por la mañana llovió muy intensamente. Bobby le calzó a Penny las botas de goma y una gabardina, comprobó que llevaba su comida y después, con un paraguas que las protegía a ambas del aguacero, fue al extremo del sendero a esperar el autobús escolar.

Cuando regresó, Eva estaba sentada frente a la mesa de la cocina con su chequera.

—Venga a sentarse un minuto —dijo, sin levantar la vista, y Bobby se sintió aterrorizada porque había llegado el momento en que Eva le pagaría y al mismo tiempo le diría que debía marcharse. Su aprensión se acentuó todavía más por el conjunto de los rasgos de Eva, por su actitud tan profesional.

Con la boca reseca, el estómago dolorido, Bobby se sentó y esperó mientras Eva terminaba de redactar un cheque, lo arrancaba de la chequera y lo empujaba hacia ella sobre la mesa.

—Las dos semanas concluyen hoy. Alma se siente muy complacida con usted —dijo—, de modo que deseamos que continúe aquí.

El alivio de Bobby fue tan inmenso que la aturdió. Se le llenaron los ojos de lágrimas y parpadeó de prisa.

—Gracias —dijo, y miró el cheque sobre la mesa.

Eva vio que los ojos de Bobby cambiaban y que adquirían un aspecto líquido antes de que ella bajase los ojos, y se preguntó qué estaría pensando esa minúscula mujer. Había algo infantil en Bobby, algo vulnerable y tan indefenso que llegaba a ser irritante. Se manifestaba en la curva levemente contraída de sus hombros estrechos y en su costumbre de esconder la cabeza, bajando los ojos cuando afrontaba una situación en la cual no se sentía segura.

—En poco tiempo más deberá ir al Registro de Automotores para anotar su automóvil y conseguir una licencia de conductor de Connecticut. Y tendrá que avisar también a su compañía de seguros.

—Sí —dijo Bobby—. Lo haré esta semana.

—A fines de la próxima semana es el día de Acción de Gracias —dijo Eva—. Mi hija volverá del colegio y pasará aquí unos días. Con usted y Penny, seremos seis a cenar ese día.

—No queremos molestar... —comenzó Bobby, que nunca atinaba a prever las cosas que Eva podía decir o hacer. De pronto, añoró a su amiga Lor, y su estilo simple y directo; recordó que debía telefonearle cuanto antes, para informarle que ella y Pen estaban bien. Lor seguramente se inquietaba.

—Tonterías —la interrumpió Eva—. Usted cenará con nosotros. Usted y Penny son parte de la casa.

—Eso sería realmente... bueno —dijo Bobby, pensando en el maravilloso vestido de fiesta que había visto en la tienda de ropa infantil. Lástima que costase tanto dinero; pero quizás ella pudiera encontrar algo que no fuese tan caro—. Si lo desea, puedo ayudarle a cocinar.

—Probablemente aceptaré su ofrecimiento —dijo Eva, y después, respondiendo a un capricho que se inspiraba parcialmente en la curiosidad y en parte en la generosidad, agregó—: Si lo desea, podemos invitar también a Dennis.

—Eso debe decidirlo usted —afirmó Bobby, que se preguntó si Eva y Alma creerían que Bobby y ese hombre habían iniciado un romance después de compartir una comida—. Usted lo conoce mejor que yo —confiaba en que no estaría mostrándose grosera, pero realmente no tenía idea del modo de resolver esa situación.

—Le preguntaré el jueves y veré cuáles son sus planes. Por supuesto, salvo que usted prefiera que no le hable.

—Apenas lo conozco —dijo Bobby, sin saber muy bien lo que ella misma sentía ante la posibilidad de que Dennis compartiese con ellos el día de Acción de Gracias. Le parecía un hombre bastante simpático. Pero Eva y Alma lo conocían mucho mejor que ella misma. ¿No sería que Eva intentaba acercarla a ese hombre?

—¿Le parece que volverá a salir con él? —preguntó Eva, que pensó que a Bobby le haría muchísimo bien compartir un rato con una persona tan franca y gentil como Dennis.

—No lo sé —dijo Bobby. Por lo que ella sabía, después de la noche anterior quizá Dennis ya no quisiera molestarse más con ella. Y Bobby no estaba muy segura de que esa perspectiva la aliviase o la entristeciera.

—Pero usted lo pasó bien, ¿verdad? —insistió Eva, a pesar de la evidente incomodidad de Bobby.

—Fue agradable —dijo Bobby, deseosa de que Eva abandonase el tema—. Pero por el momento no deseo comprometerme con nadie —volvió los ojos hacia el reloj al costado de la cocina y dijo—: Creo que será mejor que ahora suba.

—Por supuesto, tengo curiosidad. No se inquiete —dijo Eva sonriendo.

—No estoy inquieta —mintió Bobby, levantándose de la mesa—. Sucede sencillamente que no soy buena... en esta clase de cosas —ella misma se preguntó: ¿qué clase de cosas? ¿Ser amiga de otra mujer o mantener una relación social, como decía Dennis, con un hombre?

—No olvide su cheque —dijo Eva, que ahora deseaba no haber mencionado a Dennis. Era evidente que la cita no había sido un gran acontecimiento.

—Gracias —Bobby recogió el cheque, lo plegó y lo guardó en el bolsillo; comenzó a retirarse, pero se volvió, deseosa de mantener una buena relación—. Sé trabajar muy bien las masas. Podría hacer algunos pasteles.

—Eso sería magnífico —dijo Eva, sonriendo otra vez—. Mis masas siempre se pegan a la mesa y al rodillo. Generalmente termino comprando pasteles en alguna tienda.

—Muy bien. En ese caso, yo me encargo —dijo Bobby, tratando de esbozar una sonrisa, pero sin lograrlo—. Ah... quería decirle que me agradó realmente su libro.

—¿Cuál? —preguntó Eva en un tono neutro.

—*La casa de verano* —dijo Bobby—. Me agradó muchísimo.

Eva no pareció complacida ni desagradada.

—Me alegro —dijo, tamborileando con la estilográfica sobre la chequera.

—Sí —dijo Bobby—. Es realmente bueno —respiró hondo, esperando para ver si Eva decía algo más y después llegó a la conclusión de que quizás a Eva no le importaba si a Bobby —que después de todo era un ser anónimo— le agradaba o le desagradaba su libro. Se volvió y continuó su camino.

Irritada por su incapacidad para responder debidamente al elogio de su trabajo por Bobby, Eva fue a su oficina. Se sentó frente al escritorio, miró fijamente el ordenador, fatigada de antemano ante la perspectiva de pergeñar otro capítulo. Estaba comenzando a despreciar ese tipo de novelas en serie y deseaba no haberse comprometido nunca a producirlas. Entre esa labor y sus rememoraciones obsesivas de los hechos que habían sucedido en la isla, comenzaba a sentirse angustiada. Quizás Alma tenía razón; quizás estaba traicionando sus propios dones al aceptar ese dinero fácil; y cuando en el futuro intentara escribir algo más significativo, quizá comprobase que su capacidad había desaparecido. La idea de verse condenada a pasar el resto de su vida profesional escribiendo literatura con arreglo a una fórmula la abrumaba. Estaba componiendo obras rigurosamente por dinero y las razones que ella misma se había formulado al principio ya no parecían válidas.

Respiró hondo y encendió la máquina.

—Realmente, ¿cómo fue eso? —preguntó Alma mientras Bobby le cepillaba los cabellos.

—Estaba tan nerviosa que ni podía hablar —reconoció Bobby, para quien hablar con esa mujer era cada día más fácil. Ciertamente, Alma tenía una actitud crítica, pero al parecer no juzgaba todo lo que veía, como era el caso de Eva.

—Imagino que eso es natural —dijo Alma, volviendo los ojos hacia la lluvia que caía frente a la ventana—. Espero que no se sienta desalentada.

—¿Qué le parece si la peino con trenzas? —propuso Bobby.

—Haga lo que le parezca —dijo Alma—. No creo que nadie vea lo que usted hace, ni le importe.

—No sea así. Por supuesto, les importa. Yo la veo y me interesa. Y creo que usted se verá... realmente bonita —dijo, separando en tres partes la capa superior del pelo de Alma y comenzando después a trenzar los mechones.

Adormecida por los movimientos, Alma miró el jardín empapado, la hierba doblada por la lluvia.

—A veces —dijo Alma—, es necesario correr el riesgo, Bobby, aunque fracase.

—¿Qué riesgo? ¿Y por qué?

—Necesitamos afrontar las cosas que nos intimidan —dijo Alma, que se preguntó cómo podía decir eso a Bobby cuando ella misma no lograba seguir su propia recomendación. Su realidad actual la confundía y alarmaba, pero en lugar de afrontarla derechamente se limitaba a mirarla con irritación, desde lejos. De todos modos, era la verdad—. Cuando afontamos las cosas temibles, les arrebatamos su capacidad de intimidarnos.

Bobby imaginó a Joe atravesando el prado empapado de lluvia con una escopeta bajo el brazo y pensó que Alma seguramente no hablaba en serio. Esa mujer sencillamente no tenía idea de lo que podía suceder. Incorporó otro mechón de pelo a la trenza y pensó en las cosas que la asustaban; y llegó a la conclusión de que, no importaba lo que otros dijeran, ella tenía motivos sobrados para temer. Mientras Joe viviese, ella seguiría asustada; quizá no tanto como cuando vivía en la misma casa con él, pero de todos modos temerosa.

—Cuando se ha estado asustada mucho tiempo —dijo—, eso no desaparece de pronto.

—No —coincidió reflexivamente Alma—, no desaparece —el miedo era una cosa terrible e insidiosa, el denominador común de todos los seres humanos—. De todos modos —dijo—, debería conceder una oportunidad a Dennis.

Bobby se preguntó: "¿Para qué?" ¿Para que descubriese una manera nueva y distinta de lastimarla?

—¿Por qué? —preguntó, mientras comenzaba a trabajar con otro mechón de cabellos.

—Para demostrarse usted misma que hay algunos hombres dignos de su confianza.

—Quizá —dijo cautelosamente Bobby—. Veremos —se dijo que seguramente todo eso era mera charla. Dennis probablemente ni siquiera volviera a invitarla.

16

La noche del martes, después de acostar a Alma, Bobby preguntó si podía usar el teléfono.

—Es una conferencia, pero la pagaré cuando llegue la factura.

—No sea tonta. Adelante, use el teléfono.

Bobby agradeció, dio las buenas noches y fue a la planta baja para usar la extensión que había en su apartamento.

—Comenzaba a preocuparme mucho por ti, de modo que finalmente la otra noche llamé a tu tía y ella me informó que habías conseguido allí un trabajo y que vives en la misma casa —dijo Lor.

—Así es —dijo Bobby, tranquilizada por el sonido de la voz de su antigua amiga—. Es un empleo realmente bueno y aquí tenemos incluso nuestro propio apartamento. ¿Cómo están tus cosas y los niños?

—Oh, ya sabes, lo mismo de siempre. Aquí jamás cambia nada. Pero ya que estamos, ¿dónde es exactamente? Tu tía se mostró muy misteriosa y no quiso decirme nada, excepto que las dos están perfectamente.

—Es mejor que no sepas dónde estoy, por si aparece Joe y comienza a provocar problemas. Pero te daré el número de teléfono, para el caso de que desees llamarme.

—Mejor eso que nada —dijo Lor—. Espera un segundo, mientras encuentro papel y lápiz. Muy bien, dímelo.

Bobby le dio el número y Lor lo anotó.

—Ocúltalo en alguna parte. ¿De acuerdo, Lor?

—Escucha, querida. Yo no acepto imposiciones de nadie, ni siquiera de mi ex. Incluso si Joe me pone en la cara una de sus malditas armas, le daré una buena tunda y tú sabes que lo haré. Pero me alegro de que al fin te hayas separado de ese hombre. Hubieras debido irte con Penny hace muchísimo tiempo.

—Ya lo sé. Bien, ahora te dejo. No quiero aumentar demasiado la cuenta.

—Me alegro de que hayas llamado. Como te dije, comenzaba a preocuparme. Habla de tanto en tanto, ¿quieres?

—Lo haré —dijo Bobby—. Ten cuidado, Lor.

—Tú también, querida.

Sintiéndose mejor ahora que había hablado con su tía y con Lor, Bobby se acurrucó en el sofá con el primero de los libros de edición rústica de Eva. Después de leer treinta páginas el asunto ya no le interesaba y no podía imaginar cómo era que la mujer que había escrito *La casa de verano* podría haber creado esta obra. Era tediosa y un poco tonta, y Bobby comprendía ahora por qué Alma deseaba tanto que Eva dejara de escribir esos libros.

Con los dos libros de edición rústica, subió a la planta alta y fue a la sala; devolvió los libros al estante, eligió una novela de Evangeline Chaney y bajó de prisa.

Encendió un Marlboro, puso un cenicero sobre la mesa de café y abrió el libro. Fueron suficientes dos párrafos para que concentrase la atención. Esto ya estaba mejor. Acomodándose en el sofá, el cigarrillo olvidado en el cenicero, continuó leyendo.

Los dos días siguientes Bobby pudo cambiar la matriculación del coche, conseguir una nueva licencia, y gracias al agente de seguros de Eva, obtener la cobertura adecuada para el Honda. También lo llevó a un taller, donde en poco tiempo le instalaron un silenciador nuevo y cambiaron las pastillas de los frenos delanteros. En la gasolinera procedieron al cambio de aceite y al engrase en menos de una hora, mientras Bobby estaba sentada en la oficina y esperaba. El coche ahora iba mucho mejor y complacida consigo misma Bobby regresó a la casa de la avenida Soundview para ayudar a Alma a bajar después de su siesta. Sabía que era absurdo sentirse tan bien después de haber realizado tareas tan mundanas; pero por primera vez ella comenzaba a sentir que había un cambio en su vida y la de Pen.

Joe jamás le había permitido hacer nada y la había acusado de ser demasiado tonta para resolver problemas relacionados con la casa y los coches. Se había negado siempre a subir a un coche con ella al volante, pues afirmaba que era la peor conductora del mundo y decía que realmente ignoraba cómo le habían otorgado la licencia. La verdad era que ella conducía mucho mejor que Joe, se mostraba más prudente y más considerada con la demás gente en la calle. Joe conducía siempre el Firebird como si estuviese yendo a la guerra; y como si las calles fuesen un campo de batalla. Se reía de ellas porque siempre se abrochaban los cinturones de seguridad en el asiento trasero.

—¿Creen que eso les salvará el culo si nos damos un tortazo? Probablemente será la causa de que se maten —se burlaba, y después mencionaba las estadísticas que según decía había leído en una revista acerca de las consecuencias que conllevaban los cinturones de seguridad, los cuales costaban más vidas que las que salvaban. Ella pensaba en otra cosa mientras fingía escuchar, convencida de que la única razón por la cual ella y Pen aún conservaban la vida después de innumerables situaciones de riesgo era que usaban los cinturones. El pisaba constantemente el pedal de freno para evitar el choque con un coche que se había detenido de pronto; o aceleraba para esquivar los vehículos que se desplazaban con demasiada lentitud para su gusto.

—¡Estúpido de mierda! —gritaba, mostrando a la gente su erguido dedo medio mientras adelantaba a toda velocidad.

Cada día que pasaba lejos de Joe, le parecía que podía verlo más claramente y también comprendía que ella *en efecto* había sido estúpida. Había tolerado los numerosos insultos de Joe porque él la había convencido de que sin su presencia jamás podría arreglarse. Bobby era capaz de arreglarse sola. Y eso constituía una asombrosa revelación; lo mismo que el hecho de que ahora, a distancia segura, podía reconocer —aunque sólo fuera para sí misma— cuánto lo odiaba. Los dos habían jugado una suerte de juego y en muchos aspectos ella tenía la culpa por haber fomentado ese comportamiento terrible. En lugar de plantarse firme y afirmar que no aceptaba nada más, ella había intentado imaginar qué había hecho mal, porque no quería repetir sus errores. Comenzaba a comprender la verdad y era que ella había representado su papel de víctima en el matrimonio. El la había asustado para que aceptara ese lugar. Y ella aún estaba asustada y por buenas razones. Hubiera podido abandonarlo, pero Joe no la dejaba ir. No era la primera vez; Bobby deseó la muerte de ese hombre.

Cuando pensaba en su salida con Dennis y comparaba a Dennis con Joe, aquel se destacaba como un auténtico caballero. El no la presionaba cuando Bobby decía que no quería hablar de algo y no había intentado que ella se sintiera como una estúpida porque nunca había probado la comida india y no comprendía cómo era el menú. Parecía que le agradaba iniciarla en algo nuevo y decía que ansiaba llevarla a conocer otras cosas.

Quizás Alma tenía razón. Probablemente debía ofrecer una oportunidad a Dennis. En todo caso, eso le permitiría conocerse mejor a ella misma. Si la invitaba otra vez, aceptaría. No podía pasar el resto de su vida temerosa de todos los hombres a causa de Joe. Y al pensar en esto, finalmente comprendió lo que Alma había querido decir cuando aludió a la necesidad de enfrentar las cosas que nos asustaban. En realidad, no era la persona de Dennis el motivo de su miedo; eran sus propias experiencias anteriores. Eso la asombraba. Pensaba a ratos en el asunto y se maravillaba de la sabiduría de Alma. Sentía que había vuelto a la escuela, y que estudiaba una asignatura nueva y fascinante: su propia vida.

La tarde del jueves Dennis llegó a la puerta de calle, sonrió y le ofreció una rosa amarilla de tallo largo.

—Esto es para usted —dijo.

Bobby aceptó tímidamente la rosa. Jamás nadie le había ofrecido flores.

—Es hermosa. Gracias —dijo con una sonrisa.

—Supuse que tal vez usted creería que era un poco ridículo, pero de todos modos decidí traerla —dijo, mientras colgaba su abrigo.

—No es ridículo —dijo ella con voz suave, aspirando el aroma de la flor y sintiendo deseos de llorar. Era la cosa más hermosa que alguien había hecho por ella en el curso de su vida.

—Bien, ¿cómo están las cosas? —preguntó Dennis, frotándose las manos para calentarlas y siempre sonriendo a Bobby.

—Continuaré trabajando aquí —dijo ella, y se dijo que hablaba como una niña, pero se sentía tan contenta que necesitaba compartirlo.

—Imaginé que así sería. Magnífico —miró hacia la escalera y después dijo—: Hablaremos cuando termine. ¿De acuerdo?

—Por supuesto. Prepararé un poco de café.

—Excelente. ¿Logró que hiciera los ejercicios?

—Sí. Se queja constantemente, pero los hace.

—Bien, bien —aprobó Dennis y se alejó, subiendo los peldaños de dos en dos.

Ella encontró un vaso alto en el armario del apartamento y se sentó frente a la mesa de la cocina para admirar la rosa y fumar un cigarrillo antes de ir a preparar el café. Disponía de mucho tiempo, de modo que sirvió una taza para Eva y la llevó a la oficina sobre la cochera. Llamó suavemente y cuando Eva contestó:

—Adelante —ella acercó la taza al escritorio.

—Un poco de café —dijo Bobby, preparada para retirarse.

—Es usted muy amable —dijo Eva—. Me vendrá bien una taza —se apartó de la pantalla y preguntó—: ¿Dennis está con mi tía?

—Así es.

—¿Desea invitarlo a la cena del día de Acción de Gracias o quiere que lo haga yo?

—No quiero interrumpir su trabajo —dijo Bobby—. Creo que puedo encargarme.

Eva la examinó, en actitud apreciativa.

—Ha cambiado de idea, ¿verdad? —dijo con una media sonrisa.

—No tengo inconveniente en preguntarle, si usted lo desea —dijo ambiguamente Bobby, temerosa de confiar en esa mujer tanto como confiaba en la tía. A semejanza de Joe, Eva era capaz de conseguir que Bobby se sintiese tonta; pero lo lograba de modo diferente.

—Bien, si está segura de que no tiene inconveniente —dijo Eva, volviéndose hacia la pantalla—. Comuníqueme su respuesta.

—¿Usted escribe acerca de personas reales? —preguntó Bobby obedeciendo a un impulso—. Quiero decir, como los personajes de *La casa de verano*. Me parecieron tan reales. Pensé que quizás usted escribiera acerca de personas a quienes conoce.

Eva pareció complacida por la pregunta.

—Son personas completamente inventadas —dijo—. Pero me alegro de que le hayan parecido tan reales. Hago todo lo posible para conseguir que mis personajes tengan vida.

—Oh, la tienen —le aseguró Bobby—. Lamenté mucho que la obra terminase.

—Ese fue mi primer libro —dijo Eva, que sintió un dolor en su estómago, al pensar en todo lo que había escrito desde de la muerte de Ken—. Creo que otras obras son mejores, pero algunas personas, entre ellas mi tía, no coinciden con esta opinión.

—Las leeré todas. Acabo de comenzar *Amigos de la familia* —dijo Bobby y caminó hacia la puerta—. Usted es una escritora realmente buena.

—Gracias —dijo Eva, y después se sentó y oyó los pasos de la mujercita que se alejaba—. ¡Maldición! —exclamó, mirando con ojos neutros la pantalla. Ahora, evidentemente no estaba de humor para trabajar. ¿Por qué no abandonaba todo eso y volvía a escribir lo que ella quería realmente? Nada se lo impedía. Absolutamente nada.

—Salgamos el domingo por la tarde —dijo Dennis—. Las llevaré a usted y a Penny al Centro Marítimo de Norwalk.

—Tendré que preguntar a Alma —replicó Bobby, gratificada pero un poco nerviosa ante esta segunda invitación.

—Ya le he preguntado —dijo Dennis—. Dijo que no tenía inconveniente.

—¿De veras?

—Sí, señora, lo dijo. Entonces, ¿vamos?

—Muy bien. Supongo que no habrá ningún problema.

—Magnífico —dijo Dennis, y bebió el resto de su café—. Tengo que irme.

—Su cliente en Norwalk —dijo ella con una sonrisa.

—Exacto. Vendré a buscarlas a eso de la una y media. De ese modo usted podrá hacer tiempo para ayudar a Alma a acostarse para dormir su siesta.

—Muy bien —dijo Bobby, impresionada por la consideración que demostraba Dennis. Lo acompañó hasta el vestíbulo principal y esperó mientras él se ponía el abrigo. —¡Oh! —dijo, recordando ahora—. Me pidieron le preguntase si quiere venir a cenar el día de Acción de Gracias.

Dennis hizo una pausa, la mano sobre el tirador, y miró a Bobby.

—Fue idea de Eva —agregó Bobby, para aclarar las cosas.

—Realmente es muy amable de su parte —dijo él—. Ojalá pudiera, pero prometí a mi familia que pasaría el día con ellos.

—Muy bien —dijo Bobby, decepcionada pero al mismo tiempo aliviada. Ya tendría suficiente trabajo atendiendo a la hija de Eva y a su amigo Charlie—. Yo le prometí preguntar.

—Agradézcale en mi nombre —dijo Dennis—. Me habría agradado. Lástima. —Mantuvo abierta la puerta y dijo—: La veré el domingo —y después caminó de prisa hacia su coche. Hizo sonar la bocina antes de alejarse.

—¿Quién es Dennis y adónde vamos? —quiso saber Penny.

—Ya te lo dije. Es el fisioterapeuta de Alma —dijo Bobby—. Viene todas las semanas para enseñarle sus ejercicios. Es un buen hombre.

—¿Piensas casarte con él?

Bobby se echó a reír y dio un tirón a la cola de caballo de Pen.

—No seas tonta. Ya estoy casada con tu papá.

—Creí que eso ya había terminado.

—Sí, pero legalmente continuamos casados.

—¿*Deseas* casarte con Dennis?

—Es un amigo y nada más. Nos llevará al Centro Marítimo.

—¿Qué es eso?

—Creo que es un lugar donde hay peces y cosas por el estilo.

—¿Peces grandes?

—Quizá.

—Quiero ver una *ballena* —dijo Penny—. Una ballena muy grande.

—Quizá veas una. ¿Necesitas ir al cuarto de baño?

—Ya he ido.

—¿Estás segura?

—Sí.

—¿Completamente segura?

—Sí.

Bobby admiró el trato que Dennis dispensó a Penny. No intentó seducirla y no le habló con aire de superioridad.

—Hola. Soy Dennis. ¿Te interesaría ver muchos peces? —dijo, tomándola de la mano.

—Sí —Penny lo miró, evaluándolo—. ¿Tienen ballenas?

—Lo dudo —dijo Dennis—. Pero hay tiburones y peces voladores, y muchas otras especies. Y podemos ver una película en una pantalla muy grande.

—¿Sí? ¿Qué clase de película?

—Una que parece que te transportan en el aire en un avión que se llama planeador y que no tiene motor, pero flota en el aire.

—¿Llega muy alto?

—Bastante alto —dijo Dennis—. ¿Te parece que te gustará?

—Sí.

Dennis se apartó para permitir que Bobby ajustase el cinturón de seguridad de Pen en el asiento trasero del escarabajo. No se mostró impaciente, ni se burló de Bobby porque a veces equivocaba los movimientos. Solamente cooperaba con lo que ella quería hacer. Y cuando llegaron al Centro Marítimo, se mostró dispuesto a mirar lo que Penny deseaba ver y a contestar a sus preguntas como si en efecto le agradase charlar con una niña pequeña.

Bobby lo observaba, fascinada. El simpatizaba con Penny, no se impacientaba con ella y le hablaba con el mismo tono que empleaba con todos. Al cabo de media hora Penny no soltaba su mano y los dos recorrían el lugar. Bobby advirtió esto y se conmovió. Joe nunca había tocado a Penny, salvo en un acceso de cólera, y siempre se había referido a ella como "tu hija".

En el teatro Imax, se sentaron con Penny entre los dos, pero Penny se quejó porque no podía ver, de modo que Dennis la puso sobre sus rodillas. Pareció que él se sentía perfectamente cómodo con la situación y Bobby apenas prestó atención a la película, tan absorta estaba observando la relación entre Penny y ese hombre. Algo tan común y corriente, pero Penny nunca había podido sentarse sobre las rodillas de un padre. Bobby había gozado de ese privilegio. Su abuelo la acunaba antes de dormir; le revolvía el pelo y le hacía cosquillas detrás de las orejas, y la llamaba "querida". El abuelo y la tía la habían amado; ella había tenido una niñez feliz. Pero todo lo que Penny había recibido era rechazos, y en definitiva ofensas como cuando Joe decía: "Sal de mi vista", cada vez que Pen se le acercaba.

¿Quién era ese hombre alto y musculoso de cabellos color de zanahoria y cálidos ojos castaños, y por qué se mostraba tan amable con ellas? Quizás era sencillamente una persona buena, alguien que simpatizaba con los niños pequeños y las mujeres que no eran muy inteligentes. Ella podía ver ahora cuánto simpatizaba él con Pen. Pero a decir verdad Bobby no podía comprender por qué perdía su tiempo con la madre.

—Usted está muy callada —observó Dennis, cuando salían del teatro, con Pen de la mano del hombre y brincando al costado—. ¿Le ha gustado la película?

—Ha estado muy buena —dijo Bobby, que recordaba sólo una sensación extraña en el estómago cuando el planeador descendía sobre un río y después se elevaba otra vez.

—A mí me gustó muchísimo —dijo Penny, extendiendo el brazo libre como el ala de un avión, encogiendo el cuerpo y fingiendo que ella misma era un planeador—. Me gustaría volar.

—Cuando yo era niño —le dijo Dennis— soñaba siempre que volaba. Volaba sobre mi escuela y los niños miraban hacia arriba y señalaban. Volaba sobre las copas de los árboles y los techos de las casas, y me elevaba en el aire.

—¿Sí? —Penny estaba absorta—. Yo nunca he soñado eso. Usted tiene mucha suerte.

—A veces todavía sueño que vuelo —dijo él—, pero no tanto como antes. ¿Qué les parece si compramos unos helados? —preguntó Dennis, mirando a Bobby—. Aún tenemos tiempo.

—Pen, ¿quieres un poco de helado?

—¡Sí! De chocolate, quiero un helado de chocolate.

—Es su favorito —dijo Bobby, con una sonrisa un tanto temerosa.

—Yo prefiero la vainilla —dijo Dennis—. ¿Y usted, Bobby?

—A mamá le encanta el helado de café y almendras —dijo Penny—. Es lo que pide siempre.

—¿Es verdad? —preguntó Dennis, sonriendo a Bobby.

Ella pudo retribuir la sonrisa, pero su cara mantenía un gesto duro.

Cuando las dejó en la casa, Penny insistió en darle un gran abrazo de despedida y preguntó: —¿Vendrás a verme de nuevo?

—Me encantaría —dijo Dennis, abrazándola con fuerza antes de dejarla en el suelo—. Quizá la semana próxima. Tu mamá y yo conversaremos durante la semana y veremos qué puede arreglarse.

—Muy bien —dijo Penny, que ya corría hacia la puerta—. Adiós, Dennis.

Bobby le agradeció y permaneció de pie, insegura, mientras decía:

—Agradezco el paseo. Ha sido... realmente hermoso.

—Ella es una niña preciosa —dijo Dennis, los ojos fijos en Penny, que estaba entrando por la puerta del fondo—. Bien —dijo, volviéndose hacia Bobby—. ¿Quiere que salgamos a comer una de estas noches? Pensé que esta vez podríamos probar la comida mexicana.

—Está bien —dijo Bobby—. Creo que será agradable.

El alargó una mano y ella lo miró fijamente un momento antes de comprender que él le proponía un apretón de manos como despedida. Insegura, extendió la mano y él se inclinó hacia ella y la besó en la mejilla. Creyó que el corazón le subía a la boca y se sintió tan asustada que apenas pudo respirar.

—Calma —dijo Dennis, soltándola—. Le hablaré en un día o dos.

—Está bien —consiguió decir Bobby, y el corazón le latía con tal rapidez que le costaba hablar. Había sentido lisa y tibia la mano de Dennis; sus labios apenas le habían rozado la mejilla y sin embargo ella sentía que le habían quemado. Se dijo que la actitud de él era simplemente amistosa, pero eso no calmó su corazón ni aminoró el pánico que la indujo a mirar en derredor, temerosa de ver a Joe acechando entre los arbustos.

Dennis se alejó después de hacer sonar la bocina y ella se quedó un momento en el sendero, tratando de recobrar el aliento y diciéndose que todo estaba bien, que ella y Pen estaban a salvo, que no sucedería nada malo. Cobró conciencia del frío, advirtió el olor de la nieve en el aire, y se volvió y corrió hacia la puerta del fondo. No hubiera debido aceptar una nueva salida con él. Estaba buscándose problemas. Joe lo descubriría; de un modo o de otro se enteraría, y entonces vendría a buscarla y la mataría.

Permaneció de pie, del lado interior de la puerta de la cocina, la cara ardiéndole a causa del calor y del beso de Dennis; y deseó borrar todos los recuerdos de su memoria, como si esta fuese una pizarra. Aquí se le ofrecía una oportunidad y ella la necesitaba. Pero cada vez que avanzaba un paso, el pasado la envolvía como una manta negra, recordándole lo que podía suceder cuando se bajaba la guardia.

Lo carcomía la necesidad de saber a dónde había ido Bobby. Por las noches se acercaba a la casa de Lor y a la casa de la tía Helen, esperando descubrir a Bobby. Cierta vez vio salir a Lor y la siguió, pero ella sólo iba al supermercado. Joe esperó en un lugar desde donde podía vigilar el coche de la mujer, por si la visita al mercado era un ardid, pero veinte minutos después ella salió con un par de bolsas llenas de alimentos, los depositó en el maletero de su Chevette, y volvió a su casa. La siguió.

Ella entró por el sendero, penetró en la casa con las bolsas, cerró la puerta y ahí terminó todo. Joe renunció a la vigilancia y se dirigió a inspeccionar la casa de esa perra de Helen.

El Ford Escort de ella estaba en el sendero. Había luces en la sala. Joe aparcó más o menos a una calle de distancia y se acercó andando. No había nadie alrededor. Se inclinó y se deslizó por el costado de la casa, revisando las ventanas. En la sala funcionaba el televisor. Pero la habitación estaba vacía. Sin despegarse de la pared, rodeó la casa y echó una ojeada a través de una ventana de la cocina. La mujer estaba cocinando, de pie frente al horno, removiendo quién sabe qué porquería en una olla. Joe estudió la habitación, buscando un indicio, no sabía qué, pero no vio nada. Sin embargo, sabía que en la casa debía haber algo que le diría dónde estaba Bobby. Y él tenía que descubrirlo.

Volvió sobre sus pasos cautelosamente, llegó a la calle y enfiló hacia el Firebird. Tenía que pensar bien en el asunto, encontrar el modo de revisar la casa. Ya dentro del coche, con el motor funcionando y la calefacción a pleno, trató de elaborar un plan.

Helen salía todos los días en dirección a su trabajo. Joe imaginó que salía de la casa entre las ocho y cuarto y las ocho y media. Eso no servía. El entraba a las ocho. La hora de la comida no le daba tiempo suficiente para llegar allí, revisar la casa y regresar. Ella volvía a las cinco y media, a lo sumo a los seis. Y él abandonaba la fábrica a las cuatro y media. Tampoco servía.

Cuando al fin el coche se calentó, decidió alejarse. Comenzaba a nevar. Detestaba la nieve, detestaba salir por la mañana y encontrar el Firebird cubierto de hielo y mierda, y la calle bloqueada por montones de nieve dejados por las barredoras. Cuando enfiló hacia su casa se preguntó si Bobby habría llamado a su maldita suegra. Lo dudaba. Bobby no podía soportar a esa vieja perra. Nadie la soportaba. En los doce años que habían pasado desde la muerte de su padre, ella había cesado de fingir y había revelado su verdadero carácter. Ya no le importaba nada de nadie. En el supuesto de que él le preguntase dónde estaba Bobby, se le reiría en la cara. Y él no estaba dispuesto a concederle esa satisfacción.

Tenía hambre. Con tantas idas y vueltas, no había comido nada desde el mediodía. Aunque no deseaba ir a lo de Garvey. Estaba harto de esas malditas hamburguesas y de las patatas fritas medio crudas.

Entró por el sendero de su casa, retiró la llave del encendido y permaneció sentado, mirando la construcción. Todo estaba oscuro. La nieve ya cubría el sendero y los peldaños del frente. Tendría que levantarse temprano en la mañana para palear la condenada nieve. Sentía deseos de incendiar toda la jodida casa.

Dedicaría unas pocas semanas más a vigilar la casa de Helen y si no sucedía nada daría parte de enfermo. Una vez decidido, cerró el coche, y después anduvo hacia la puerta del fondo. Helen sabía dónde estaba Bobby, y de un modo o de otro él le arrancaría el dato. Cerró la puerta con un fuerte golpe y permaneció mirando el fregadero repleto de platos sucios. Abrió el refrigerador. No quedaba cerveza. Nada que comer. Tendría que ir al maldito mercado, o visitar de nuevo el local de Garvey. La idea de pasearse por los corredores del maldito supermercado con un carrito lo irritó profundamente. Era la tarea propia de una mujer, no la suya. Cuando la encontrase, ya la arreglaría de una vez para siempre.

17

Bobby soñó que ella y Dennis caminaban en medio de una nevada, dejando la huella de sus pasos. Al mirar hacia atrás, por encima del hombro, ella advertía que habían recorrido un largo trecho. La huella formaba una curva en el camino y de pronto desaparecía. Gruesos copos colgaban de sus pestañas y le cubrían la ropa. No había color; todo tenía el mismo tono, un blanco deslumbrante. De tanto en tanto un montón de nieve caía de la rama de un árbol y tocaba el suelo en silencio.

Ella sostenía la mano de Dennis. Le agradaba. Buscaba indicios de ansiedad en ella misma, pero no los encontraba. Todo estaba bien. Miraba el perfil de Dennis, que tenía una dulzura casi aniñada. No había nada que temer en esa frente despejada y curva, en la nariz pequeña y bien formada, en el mentón cuadrado. Dennis se volvía para sonreír a Bobby y ella percibía más claramente su dulzura, esa cara que aportaba el único color del paisaje: ojos castaños, boca rosada.

—¿Por qué te temía tanto? —le preguntaba Bobby, asombrada de su propia tranquilidad.

El reía y los copos de nieve le adornaban las cejas.

—Todos tienen miedo, pero de cosas diferentes. ¿No te parece que esto es hermoso? —decía.

Su mano enguantada se elevaba e indicaba el paisaje nevado que se desplegaba ante ellos. Un humo blanco brotaba de las chimeneas de las casas a cada lado del camino.

—Es maravilloso —decía Bobby, sintiendo que su mano enguantada estaba cálida bajo la protección de la mano de Dennis.

—Nuestros inviernos son agradables —decía él satisfecho—. Por eso vivo aquí.

—Muy bien —decía Bobby, sintiéndose mejor que nunca; sintiéndose joven, sana y libre. No veía el momento de llegar a la casa para decir a Pen que se sentía muy feliz. En adelante, todo funcionaría bien. Tenía nuevos y maravillosos amigos, y ya no existía el miedo. Había gente que la apreciaba, que le enseñaba cosas importantes acerca de ella misma.

—¿Alguien te ha dicho que tienes una voz excelente? —preguntaba Dennis—. Es extraño. Por teléfono se diría que eres muy alta —volvía a reírse—. Pero aquí estás y eres realmente diminuta.

—Es lo que solía decir mi abuelo.

—Lo sé. El me lo dijo.

—¿De veras? —Bobby parpadeaba para apartar la nieve de los ojos y miraba a Dennis. Supo que él le decía la verdad. Había hablado con el abuelo y eso hacía que ella se sintiese aún más feliz. Miraba al frente, en dirección al camino. Se acercaba algo oscuro. Parecía crecer y ocupar todo el horizonte a medida que se aproximaba. La mano de Dennis se cerraba sobre la de Bobby.

—Tendremos que correr —decía Dennis, apremiándola para que se desviase hacia un costado del camino, donde la nieve era profunda y espesa.

Ella entrecerraba los ojos, tratando de ver, y el miedo se extendía instantáneamente como una llamarada en su pecho. Era Joe, en el Firebird, y recorría el camino a tremenda velocidad. Dennis tiraba de la mano de Bobby, pero la pesantez la clavaba en el lugar.

—Es inútil —decía ella, la garganta agarrotada por la desesperación—. Debía saber que jamás me soltaría. Vete —y separaba su mano de la de Dennis.

—¡Vamos! —insistía Dennis, tratando de retenerla.

Ella lo empujaba y con una expresión incrédula él caía en un zanja. El coche ya se acercaba a Bobby y estaba tan cerca que ella podía ver la cara de Joe a través del cristal. Bobby echaba a andar para salir al encuentro del auto, pensando que más valía terminar de una vez. Estoy cansada de temerte. Se detenía en medio del camino y esperaba, deseosa de cerrar los ojos, pero manteniéndolos abiertos para comprobar lo que él hacía.

El coche seguía acercándose. Ella se preparaba para el choque, con los ojos cerrados y los dientes apretados. No sucedía nada. Cuando abría los ojos, el coche había desaparecido y Joe estaba de pie, desnudo, en la nieve, el rifle bajo el brazo.

—¡Mira lo que me has hecho hacer! —gritaba—. ¡La culpa es toda tuya!

—Yo no te obligué a hacer nada —decía Bobby, la voz apagada por la nieve, las lágrimas cálidas en las mejillas frías—. Si estás muriéndote, la culpa es tuya, no mía.

—¡Tienes que venir aquí, para ayudarme! —decía él, levantando el rifle.

—No, de ningún modo —decía Bobby, y le volvía la espalda. Dennis había desaparecido. Bien, pensaba Bobby, y echaba a correr, siguiendo la huella de los pasos que remontaba el camino. Continúa, se decía. El no podía llegar lejos sin zapatos ni ropas. Bobby ponía un pie enfundado en la bota delante del otro, tratando de mantenerse en la huella. Detrás, Joe gritaba, pero ella continuaba corriendo, y después de dar unos pasos más, la voz de Joe se perdía en el viento. Todo estaba bien. El no podría perseguirla. Se decía que debía continuar huyendo. El ya había comenzado a congelarse.

Una punzada en el costado, el aire frío llenándole los pulmones, los pies enfundados en las botas cada vez más pesados, y la transpiración bañándole el torso bajo la pesada chaqueta, corría hacia adelante, los ojos fijos en la huella que ella y Dennis habían dibujado en la nieve. Unos pocos metros más y ella estaría a salvo.

La tarde del lunes, cuando Dennis llamó, Bobby sonrió al oír la voz.

—¿Qué tal el viernes por la noche? —preguntó Dennis—. Podríamos probar la comida mexicana y quizás ir al cine.

—Preguntaré, pero creo que no habrá inconveniente —dijo Bobby, que no atinaba a encontrar un motivo para negarse—. Ayer lo pasamos muy bien. Gracias.

—De nada. Penny es una niña muy simpática.

—Ella también ha simpatizado con usted —dijo Bobby. Era cierto. Penny había pasado una hora hablando a su "abuela" de Dennis y de la excursión al Centro Marítimo.

—Hablo entre dos visitas —dijo Dennis—, de modo que debo darme prisa. Pero la veré el miércoles.

—¿El miércoles?

—El jueves es el día de Acción de Gracias —le recordó Dennis—, de modo que esta semana veré a Alma el miércoles.

—¡Ah! Muy bien.

—Después nos hablamos —dijo Dennis, y cortó la comunicación.

Bobby dejó el auricular y paseó la mirada por la cocina, y oyó los movimientos de Ruby que pasaba la aspiradora en la sala. Sintió deseos de ver a Lor, de hablarle acerca de lo que estaba sucediendo. Ella y Lor lo comentaban todo desde la época en que ambas estaban en sexto grado. Lor era la única de las amigas de Bobby que no se había dejado intimidar por Joe. Durante años había dicho a Bobby que huyera con Pen. Ahora lo había hecho, y en general a medida que pasaban los días se sentía cada vez mejor. Pero esta relación con Dennis la inquietaba. Y si bien podía hablar con Alma, esta no la conocía tanto como Lor, ni conocía como ella las cosas que Joe le había hecho.

Ni siquiera Lor lo sabía todo. Había cosas que ella dudaba que pudiera decirlas jamás a nadie, cosas que deseaba olvidar, y que regresaban en la oscuridad como pesadillas que probablemente la perturbarían dos o tres veces por noche el resto de su vida.

Se sirvió un poco de café y se preguntó si convendría que llevase una taza a Eva, que estaba en su oficina. Mejor no. Eva se había mostrado un tanto rezongona durante la comida y había contestado de mal modo a Alma cuando esta le señaló que en esos días estaba perdiendo un tiempo precioso. Había dejado intacta la mayor parte de su comida, y regresado a su oficina en un estado de evidente nerviosismo.

Bobby llegó a la conclusión de que más valía dejarla en paz. Clavó los ojos en el teléfono colgado de la pared. Lor seguramente ahora estaba trabajando y un llamado telefónico podía acarrearle problemas. Pero el jefe de Helen, en la tienda, nunca la censuraba porque recibiera llamados personales. Respondiendo a un impulso, descolgó el receptor y marcó de memoria el número de la oficina de su tía. Sonrió cuando Helen apareció en la línea.

—Soy yo, tía Helen. Solamente deseaba saludarte y ver cómo están las cosas.

—Las cosas están muy bien. ¿Y tú?

—Realmente bien —contestó Bobby, y después hizo una pausa—. ¿Hay noticias de Joe?

—Estoy casi segura de que pasó frente a la casa una o dos veces —dijo Helen—. Lo adivino por el modo de chillar de sus neumáticos cuando se aleja. Por estos lados nadie conduce de ese modo.

—¿Pero no te molestó, o hizo algo por el estilo?

—En absoluto.

—Magnífico —Bobby respiró aliviada.

—¿Cómo está mi Pen? —preguntó con calidez la tía Helen.

—Está muy bien. Le encanta su nueva escuela y tiene muchos amigos nuevos. Pero sé que te echa de menos.

—Yo también; a las dos. Pero es mejor que no te muevas de allí. Bobby, has hecho lo que correspondía. Sé que probablemente les parecerá difícil, pero será para bien de ambas y tú lo sabes.

—Sí, lo sé.

—Uno de estos días vendrán a visitarme y estaremos juntas.

—Sí —dijo Bobby con voz suave—. Uno de estos días.

—Caramba. Me llaman por otra línea. Querida, tengo que cortar.

—Está bien. ¡Ah! Y que tengas un feliz día de Acción de Gracias. ¿Piensas ir a algún lado?

—Ajá. A la fiesta anual del jefe. Llámame pronto —dijo Helen—. Un beso, querida.

Un momento después Bobby cortó, recuperó su café de la encimera y fue a sentarse frente a la mesa con su libro.

Eva permaneció sentada, con los dedos apoyados en el teclado, los ojos que no veían fijos en la pantalla, donde aparecía una oración trunca. Llevaba allí, esperando que la completaran, casi una semana. Pero Eva no atinaba a terminarla. Lentamente retiró las manos del teclado y las posó sobre el regazo.

¿Por qué continuaba con eso? ¿Qué intentaba demostrar? Ya había demostrado que podía escribir sujetándose a una especificación y además le habían pagado buenos dólares por sus esfuerzos. El contrato había sido cumplido y ahora ella estaba trabajando en un libro opcional. Si el editor lo aceptaba, firmaría un nuevo contrato, lo cual significaba otro libro, y después otro, y así sucesivamente. Pero, ¿qué sentido tenía eso? A decir verdad, no necesitaban el dinero. Alma contaba con los ahorros de una vida entera y la renta de una inversión, además de su pensión. Los gastos universitarios de Melissa estaban cubiertos y aún sobraba dinero, gracias al seguro dejado por Ken. Eva tenía sus propios ahorros y el dinero aportado por la venta de su apartamento de Nueva York. Tenía que reconocer que las razones que había formulado al principio para dedicarse a escribir esos libros nunca habían sido valederas. El ataque sufrido por su tía la había asustado y el temor de perder a Alma la había inducido a vender el apartamento y mudarse a esa casa en un esfuerzo por compensar a su tía el hecho de que la hubiera cuidado hasta llevarla sana y salva a la edad adulta. Aceptar la composición de novelas sobre la base de una receta había sido un gesto noble; pero ahora veía que era innecesario. No se trataba de algo que Alma deseara o necesitara y tampoco lo había aprobado.

Eva se apartó del escritorio, cruzó la habitación, se dejó caer en el viejo sillón y se volvió para mirar por la ventana. En el aire flotaban algunos copos de nieve. No podía continuar con esa tarea. Estaba convirtiéndola en un monstruo maligno, que gruñía a Alma cada vez que su tía abordaba el tema, que se lanzaba a la polémica para defender algo en lo que ya no creía. La verdad era que si Alma no hubiera comenzado a formular objeciones, Eva probablemente habría interrumpido ese tipo de trabajo por propia iniciativa después del segundo libro.

Dejó caer hacia atrás la cabeza, en un gesto de fatiga, y pensó en Deborah como la había conocido al principio, en Londres. Joven y tan hermosa que la gente la miraba atónita en la calle; delgada y elegante, esa Deborah que aparecía detrás de un micrófono en los clubes, y cantaba con su voz grave y ronca, que representaba papeles de reparto en los espectáculos del West End y aparecía en las fotografías a todo color de las revistas para mujeres, presentando trajes de fiesta de lentejuelas y minúsculos trajes de baño que dejaban ver su cuerpo perfecto y envidiablemente alargado. "Querida, la primera mujer negra en una revista de modas británica." Aún podía oír la voz jubilosa de su amiga.

¿Qué había sucedido? ¿Por qué había terminado de ese modo? Volvió los ojos hacia el escritorio, hacia la pantalla del ordenador, donde el cursor parpadeaba como una pulsación, esperándola. Se sentía tentada de cruzar la habitación y borrar todos los archivos, de eliminar todas y cada una de las palabras de los nueve capítulos que hasta ese momento había escrito. Pero, pensó, sintiéndose que se le aceleraban los latidos del corazón, no podía detenerse y borrarlo todo. ¿Acaso eso estaba a su alcance?

Melissa llamó esa noche después de la cena. Bobby estaba abajo, acostando a Penny, y Eva y Alma acababan de pasar a la sala. Al oír la voz de su hija, Eva sintió que se animaba y una sonrisa modificó automáticamente la forma de su boca.

—Hola, mamá. ¿Cómo está todo?

—Muy bien. ¿Cómo estás tú, Mel?

—A decir verdad, muerta de fatiga. Estuve levantada todas las noches hasta las dos o las tres, trabajando en la biblioteca con la monografía para la cátedra de filosofía. Debo entregarla el miércoles por la mañana.

—¿Casi la has terminado? —preguntó Eva, sabiendo muy bien que Melissa dejaba todo para el último momento. Durante el primer año de estudio de la joven, Eva le había aconsejado en repetidas ocasiones que trabajase un poco todos los días, porque de ese modo sus monografías estarían terminadas a tiempo. Pero Melissa no podía actuar de ese modo, del mismo modo que no podía encontrar tiempo para lavar su ropa sucia y nunca recordaba actualizar su chequera. Hacia el segundo semestre de Melissa, Eva había cesado en sus intentos de reformarla y ahora abrigaba la esperanza de que el tiempo y la experiencia lograrían que su hija descubriese un modo menos caótico de hacer las cosas.

—Esta noche estaré despierta para trabajar con el ordenador —dijo Melissa—. Quería decirles que no llegaré a casa hasta la mañana del jueves. Tengo mucho que hacer. Y sólo podré quedarme hasta el sábado. El lunes próximo debo presentar otra monografía acerca de un tema de economía.

—Está bien. Comprendo —dijo Eva, deprimida, pero no totalmente asombrada por la noticia.

—Tengo que darme prisa —dijo Mellie con voz que sonaba fatigada—. Te veré el jueves, ¿de acuerdo?

—De acuerdo. ¿Dispones de tiempo para saludar a la tía Alma?

—A decir verdad, no. Envíale mi afecto. ¿De acuerdo?

—Muy bien. Mel, te envío mi amor.

—Y yo a ti, mamá. Te veré el jueves.

—No puede venir hasta la mañana del jueves y debe regresar el sábado. Te envía su amor.

—Lástima —dijo Alma, percibiendo la decepción en la cara de su sobrina—. Ya casi nunca la vemos.

Eva suspiró y se frotó la frente. Cuando Melissa se diplomó en el colegio secundario, Eva comprendió inmediatamente que la vida en común se estaba terminando. Y aunque desde hacía años se preparaba para la separación, había sido difícil aceptar la realidad. No se trataba de que no la satisficiera el tiempo que ahora podía utilizar en su propia persona y tampoco que Melissa no tuviese derecho a hacer su vida; pero era difícil suspender la actitud maternal, eliminar esa suerte de conciencia suplementaria que provenía del hecho de ser constantemente uno de los progenitores. Incluso con su hija a unos quinientos kilómetros de distancia, Eva continuaba siendo madre y lo sería siempre. Una parte de su cerebro estaba orientada siempre hacia Melissa. Podían pasar días sin que pensara conscientemente en ella, pero Melissa estaba siempre en su cabeza y las etapas de su vida se desplegaban incesantemente en una suerte de arco mental. Y había momentos en que Eva se perdía en el tiempo y sentía los brazos de la niña que se cerraban alrededor de su cuello, del mismo modo que Penny le había cerrado las piernas alrededor de la cintura. Sentía una extraña impresión cada vez que afrontaba la realidad de Melissa, la realidad de la mujer en la que se había convertido su hija. Melissa representaba veinte años de la vida de Eva y eso casi parecía imposible. Pero por supuesto, así era. El tiempo era un concepto tan extraño, una dimensión en muchos sentidos tan elástica. Impulsaba hacia adelante el cuerpo de uno, cambiándolo y deformándolo, mientras se depositaba en el cerebro como sucesivas capas de gasa.

—Iré a beber una copa —anunció Eva—. ¿Deseas algo?

—¿Piensas casarte con Charlie? —preguntó de pronto Alma.

—¿Por qué crees que él quiere casarse conmigo? —dijo Eva, desconcertada.

—Los hombres son criaturas propensas al matrimonio —dijo sagazmente Alma.

Eva tuvo que reír.

—¿Por qué demonios dices eso?

—Por experiencia personal —dijo airosamente Alma—. La mayoría de los hombres que yo conocí deseaban casarse. Creen que la vida es más fácil si alguien se ocupa de lavarles la ropa.

—Eso es absurdo —dijo riendo Eva—. Charlie ciertamente no necesita que yo o nadie le lave la ropa.

—Un eufemismo —dijo pacientemente Alma—. Cocinar, limpiar, mantenimiento general. Ya sabes lo que quiero decir.

Eva reflexionó en el asunto.

—Quizá tienes razón —admitió—. Pero desde la muerte de Ken el problema para mí ha sido siempre este: ¿para qué necesito un hombre? Y la respuesta ha sido siempre la misma: como entretenimiento. Y no necesito casarme para eso. Y por lo que se refiere a Charlie, creo que opina lo mismo.

—De modo que se entretienen uno al otro —dijo Alma—. ¿No querrías hacerlo a lo largo del día entero?

—Jamás haría otra cosa —arguyó Eva—. Pero, por otro lado, me agradan las cosas como están ahora.

—Creo que te desagrada intensamente el modo como están las cosas. Estás harta, y eso es muy evidente. Detesto mostrarme discutidora, pero a riesgo de irritarte de nuevo, lo diré otra vez: Eva, necesitas volver al trabajo que te importa —se preparó para una discusión, pero advirtió sorprendida que Eva se acomodaba en el sofá y de nuevo se frotaba la frente.

—¿Puedo traer algo a alguien? —preguntó Bobby desde la puerta.

Las dos, un poco irritadas por la interrupción, dijeron que no y agradecieron secamente.

—Si me necesitan, estaré con la lavadora —dijo, y se apresuró a salir, advirtiendo que el momento no era oportuno.

Cuando Bobby desapareció, Alma preguntó:

—¿Qué estabas por decirme? —y clavó los ojos en Eva.

—Nada —respondió Eva, que se preguntaba si deseaba casarse con Charlie. No lo sabía. Ciertamente, la idea no carecía de atractivo.

—Sí, estabas por decirme algo. ¿Negarás que te sientes infeliz con el estado actual de cosas?

—No —dijo tranquilamente Eva—. Pero tampoco deseo discutir el tema. Por favor, deja que resuelva esto a mi propio modo. Necesito pensar detenidamente en las cosas.

Sintiendo un pequeño grado de satisfacción por haber conseguido que Eva llegase a ese punto, Alma prefirió dejar las cosas ahí y guardó silencio.

Eva permaneció sentada, frotándose la frente, y pensando que Melissa había heredado su obstinación. Ninguna de las dos podía aceptar que estaba en un error sin antes luchar bastante. Pero en este caso, era ridículo. Ya llevaba varios días sin escribir una frase en el último original y era improbable que hiciera algo en el futuro próximo. Pero por la razón que fuere no podía soportar la pérdida de identidad que el reconocimiento de la derrota significaba para ella en este momento. Suspiró de nuevo y se puso de pie para servirse una copa. Quizás al día siguiente abordaría el tema con su representante. Volvió al sofá con su vaso de Glenliver puro y se preguntó de nuevo si deseaba casarse con Charlie. Cuando levantó la mirada, vio que su tía le sonreía.

—¿Qué?

—Oh, nada —dijo Alma, y se sumergió con el periódico formulando una apuesta mental en relación con el tiempo que Eva necesitaría para aceptar todo lo que Alma veía tan claramente. Se dijo que no mucho. No, de ningún modo necesitaría mucho tiempo.

18

La tarde del martes, mientras Alma dormía su siesta, Bobby fue a la tienda de ropas para niños del centro comercial, y después de pensarlo mucho eligió un vestido azul y una blusa de mangas largas con ribetes rojos y azules bordados en el cuello y los puños.

La vendedora impertinente que había rehusado aceptar su cheque la última vez estaba en el mostrador cuando Bobby, que de pronto se sintió muy nerviosa, se acercó a pagar lo que había comprado para Penny. Temía otra escena con la mujer, pero estaba decidida a pagar con cheque y a usar como identificación su nueva licencia de Connecticut.

—¿Cómo pagará esto? —preguntó la mujer.

—Con cheque —contestó Bobby, sintiendo un nudo en la garganta.

—Muy bien. Necesito su licencia de conductor y una tarjeta de crédito.

—No tengo tarjeta de crédito —dijo Bobby, sintiendo un peso en el estómago.

—Todo el mundo tiene una tarjeta de crédito —dijo la mujer, mirándola, los ojos apenas entrecerrados.

—En mi familia no —dijo Bobby, preparada para luchar, pero de todos modos irritada por tener que hacerlo—. No compramos lo que no podemos pagar.

La sorprendió que la mujer asintiese y dijera:

—Me parece una actitud muy razonable.

—Tengo una licencia de Connecticut —le dijo Bobby.

—Muy bien. Excelente. ¿Quiere que se lo envuelva con papel de regalo?

—No, gracias.

Temblándole un poco la mano, Bobby rellenó el cheque, lo arrancó de la chequera y lo entregó junto con su licencia a la mujer, de la que copió el número al dorso del cheque.

—De modo que ha decidido quedarse a vivir en la región, ¿eh? —dijo, devolviendo la licencia.

Su tono era cordial; incluso sonrió.

—Nos gusta este lugar.

—Bien. Vuelva por aquí. Habrá unas rebajas después del día de Acción de Gracias.

—Muy bien —dijo Bobby, sintiendo que había aprobado otro examen decisivo—. Muchas gracias.

Tranquilizada con su propia eficacia, Bobby pasó al mostrador contiguo y se compró unos pantalones negros.

En la zapatería compró unas zapatillas nuevas para Penny; parecidas a las que ella misma había usado en el colegio secundario. En la sección de artesanías adquirió un molde y algunas madejas de lana azul para tejer un jersey para Penny. Finalmente, en el supermercado adquirió los ingredientes para varios pasteles.

Penny se entusiasmó mucho con sus nuevas prendas e insistió en probárselas todas, y después corrió a mostrarlas a Alma.

—Tengo ropa nueva para la fiesta —dijo, describiendo un círculo con su nuevo calzado.

—Se te ve muy bien —dijo Alma.

—¿Seguro?

—Sí, me pareces atractiva y bonita.

—¿Sabes una cosa, abuela? Se me aflojó un diente —se llevó los dedos a la boca y se quitó uno de los dientes delanteros—. Mira.

—Espléndido —dijo Alma—. Pronto te visitará el hada de los dientes. ¿Qué te parece?

—Muy bueno. Es lo mismo que me dijo mamá.

—¿Por qué no te quitas la ropa nueva? —dijo Alma—, y después vienes y lees un poco para mí.

—Está bien. Tengo un libro nuevo. Se llama *El pequeño Estuardo*. Lo traeré. ¿Te parece bien?

—Sí —dijo Alma.

Las zapatillas eran tan deslizantes que Penny tuvo que aferrarse con fuerza al pasamanos al bajar la escalera.

—Voy a cambiarme —dijo a Bobby—. Tengo que leerle a la abuela.

—Cálmate, Pen —le dijo Bobby—. Ella te esperará.

Después que Penny subiera, Bobby sacó los materiales para hacer punto y se sentó a leer, deseosa de comprender bien las instrucciones antes de empezar el tejido.

—Tengo dificutades —dijo Eva a su representante Beverly Bloom—. No sé si podré terminar este libro.

—Pues no lo termine —dijo Beverly—. Abandónelo y haga otra cosa. La tercera obra está en producción. Ya cumplió el contrato. De modo que si está fatigada del asunto, déjelo.

—Oyéndola, uno diría que todo es muy sencillo —Eva había supuesto que Beverly discutiría su decisión y se había preparado para la polémica.

—Es sencillo, Eva. No escriba el libro si no quiere hacerlo. Abandónelo y póngase a trabajar en una de sus obras. Déme un boceto y seis capítulos y comenzaremos a ofrecerlo.

—No tengo una sola idea clara.

—Ya aparecerá algo —dijo Beverly muy convencida—. Siempre lo consigue.

—¿Y si nadie quiere el libro?

—Vea, usted se comporta como si este fuera el fin del mundo. Le aseguro que no es así. Usted tiene buenos antecedentes. Prepare algo que yo pueda mostrar y después comenzaremos a ofrecerlo.

—Tendré que pensar en ello.

—Muy bien. Infórmeme cuando haya decidido algo.

Terminada la comunicación, Eva se levantó del escritorio y se acercó a la ventana. Aún no había comenzado a nevar. Era como si el invierno estuviese conteniendo el aliento, preparándose para movilizar todos sus recursos. El agua del mar estaba agitada y gris, y el cielo muy nublado. Lo único que Eva tenía que hacer era borrar los archivos y comenzar a trabajar; de ese modo quedaría en libertad de iniciar la obra que le interesaba. Excepto que no había nada que quisiera escribir en ese momento. Habían pasado casi dos años desde que completara la última novela de Evangeline Chaney y un año desde su publicación. Incluso si empezaba a trabajar al día siguiente y conseguía terminar la obra en seis meses, necesitaría un año más antes de publicar algo. Quizás a esa altura de las cosas la gente la habría olvidado. O tal vez todos estarían preparados para leer un libro nuevo. Era inútil formular conjeturas. Se acercó al escritorio y marcó el número del consultorio de Charlie.

Felizmente, estaba en una pausa entre dos pacientes y la atendió inmediatamente.

—¿Tienes planes para esta noche? —preguntó Eva.

—Nada importante —dijo él, con voz que indicaba cierto regocijo—. Imagino que puedo prever que me visitarás.

—¿Alrededor de las ocho?

—Excelente —dijo él—. Prepararé algo fuerte pero que no te paralice.

—Hasta luego —dijo ella riéndose.

—Hasta luego, querida.

Eva colgó el auricular y contempló la pantalla del ordenador, sintiendo que se aceleraban los latidos de su corazón. Lo único que tenía que hacer era pulsar un par de teclas y todo el material desaparecería. Entonces, ¿por qué no lo hacía? Archivó el capítulo sin terminar y después bajó a la cocina para preparar un plato de comida; necesitaba concentrarse en una tarea relativamente trivial como era la cocina. Quizá de ese modo podría atenuar un poco la desagradable ansiedad que la consumía.

Eva observó cómo Bobby cortaba primero la carne de Penny y después la de Alma, con sus manos pequeñas que trabajaban con rapidez y eficacia. Bobby casi no se asemejaba ya a la criatura que había aparecido en la puerta de calle pocas semanas antes. Tenía la cara totalmente curada y los cabellos ahora brillaban saludables. Había perdido una parte considerable de la mirada inquieta que mostraba al principio. Comía, y entre bocados hablaba suavemente con su voz grave, y decía a Pen que se sentara bien y que dejase de jugar con sus guisantes. Después tomó la servilleta de su propio regazo y con una sonrisa limpió el mentón de Alma. Alma le dio las gracias y después comió otro bocado de su plato.

Eva se preguntó cuál era el secreto de esa mujer. En esa escena doméstica rutinaria había algo original, y Eva observaba la comunicación entre su tía, la niña y Bobby, y trataba de descubrir cuál era el eje.

Sólo después que Penny fue a acostarse y las tres estaban en la sala —Eva haciendo tiempo hasta el momento de salir para ir a reunirse con Charlie, Alma enfrascada en un libro y Bobby con su jersey— comenzó a entender. Se oían los compases del concierto para violín de Mendelssohn. Eva agregó leños al fuego y después miró a Bobby, cuyas manos pequeñas estaban atareadas haciendo punto, la cabeza inclinada sobre la labor; y comprendió de pronto que Bobby era un tipo de mujer que la propia Eva no había visto desde su niñez. Las madres de sus amigas habían sido como Bobby —mujeres que criaban, mujeres domésticas, para las cuales las obligaciones del hogar y la familia representaban una satisfacción total. A Bobby en realidad le agradaba preparar tazas de café para la gente y hacer la colada; le agradaba cuidar a otros, atender a Alma y a Penny. Todo eso le deparaba un placer visible; no creía que fuese trabajo. Por eso, fue la conclusión de Eva, aceptaba con tanto placer y tanta sorpresa el cheque semanal. Hacía cosas que le agradaban y además le pagaban por hacerlas.

Durante un momento, Eva sintió envidia. Ella ejecutaba un trabajo que detestaba y se sentía culpable cuando se lo pagaban. Antes de la literatura escrita con arreglo a una fórmula, solía abordar su labor cotidiana con cierta expectativa y ansiaba el momento de reunirse con sus personajes. Había sido como una suerte de festejo permanente con los amigos más apreciados. Pero lo que había estado haciendo los últimos nueve meses, poco más o menos, era como la peor fiesta del mundo, con la presencia de estúpidos y frívolos, con quienes se veía obligada a sostener una charla intrascendente mientras las piernas le dolían porque había estado demasiado tiempo de pie, usando zapatos de tacón.

Al regresar al sofá, miró a su tía. Alma estaba completamente absorta en la más reciente novela de P. D. James. Le encantaban los argumentos complejos y los personajes pulcramente dibujados. Los libros que tenían, como a ella le agradaba decir, mucha carne sobre los huesos. Y le encantaba la música intensamente lírica, con contrapuntos complejamente entretejidos. Alma amaba las novelas de Evangeline Chaney. Las defendía como si hubiesen sido estudiantes no sólo mimosos sino muy inteligentes, a quienes profesaba un afecto especial. Había leído la primera obra en rústica, y la había arrojado a través de la habitación y mirado a Eva como si esta hubiese perpetrado un delito.

—Has cometido un error —le había dicho—. Has rebajado tu talento. Por favor, Eva, no hagas esto por mí pues consigues que me sienta muy desgraciada.

—Saldré un par de horas —anunció finalmente Eva, después de consultar su reloj.

Bobby y Alma la miraron. Eva se sintió culpable y transparente, y después se enojó. Qué embrollo.

—No regresaré tarde —dijo al besar la mejilla de su tía.

Alma la miró en los ojos e interpretó su estado de ánimo como sólo ella podía hacerlo.

—Tómate todo el tiempo que necesites. Aquí estaremos —dijo con aire de conocedora.

Eva fue a buscar su abrigo y subió al Volvo con la sensación de que estaba huyendo de una manada de lobos. Alma era la única que lograba que se sintiese tan culpable con sólo una mirada. Era el talento propio de una madre. Bien, después de todo ella había sido la madre de Eva.

Cora Ogilvie se había casado con Willard Chaney y habían tenido una hija, Evangeline. Pero la madre de Evangeline era Alma. Y Alma podía atisbar en su interior como si Eva hubiera sido de cristal. Eva no podía ocultarse con éxito a los ojos de su tía. Podían discutir; podían cruzarse palabras, pero Alma tenía el radar propio de un progenitor y ese talento no había sido afectado en absoluto por el ataque. Podía mirar en los ojos a Eva y señalar con exactitud qué estaba mal, o qué necesitaba cierta rectificación. Hasta el ataque, cuando Eva había vuelto para vivir con su tía, había olvidado la capacidad de Alma para penetrar en su mente. Pero durante el último año había tenido ocasión de conocer regularmente las percepciones de Alma. Y era como vivir con las personificaciones de la conciencia de uno mismo, era como sentir de muchos modos que uno volvía a ser un niño. Podía escapar de todo eso a lo sumo durante breves lapsos: cuando estaba en la compañía de Charlie.

El vino a abrir la puerta, vestido con su viejo chandal de gimnasia, con calcetines pero sin zapatos, y sostuvo el mentón de Eva para darle un beso.

—Tengo una hermosa botella de Heaven Hill, que te suavizará en dos tragos.

Colgó el abrigo de Eva, y después la tomó de la mano y la llevó a la sala. Había dos vasos con hielo sobre la mesa de café, junto a la botella de *bourbon* y un plato de nueces. Sirvió una porción en cada vaso, entregó uno a Eva y después volvió a sentarse, apoyando los pies en la mesa de café.

—Pues bien, háblame del asunto —propuso, extendiendo el brazo sobre los hombros de Eva.

—Charlie, ¿alguna vez has pensado en la posibilidad de volver a casarte?

—¿Estás declarándote?

—No, no es eso. Es sólo una pregunta. ¿Qué me dices?

—De tanto en tanto, ahora que ha pasado lo peor de mi sentimiento de culpa. ¿Por qué?

—¿Y qué piensas al respecto? —preguntó Eva—. Es decir, ¿por qué podrías desearlo?

—Oh, supongo que, sobre todo, por la posibilidad de tener compañía.

—¿No porque necesites que te atiendan?

—Me atiendo muy bien solo. Soy un adulto. Puedo manejar los artefactos domésticos sin leer los manuales. ¿Por qué?

—Sólo me lo preguntaba —dijo Eva—. Alma y yo estuvimos discutiendo el tema. Ella cree que los hombres desean casarse con el fin de que los atiendan.

—Imagino que eso depende de tu interpretación.

—Sí, lo supongo —dijo Eva, y bebió un trago de *bourbon*. Sintió el fuego en el estómago y después un calor que irradiaba hacia el resto del cuerpo—. No creo que pueda terminar esta última obra. La verdad es que no deseo escribirla.

—Entonces, abandónala —dijo Charlie, en una especie de eco del consejo de Beverly.

—Me temo que eso es lo que haré. ¿Y si descubro que no puedo continuar escribiendo?

—Querida, dudo de que suceda tal cosa.

—Durante un año, antes de comenzar a escribir este material, me faltó completamente la inspiración. Tal vez ya no queda nada.

—Tendrás que comprobarlo en la práctica.

—No es tan fácil.

—Por supuesto, es fácil —dijo Charlie—. Concibes una idea, te sientas y empiezas a escribir. Te garantizo que encontrarás algo.

—¿Tú lo garantizas? —se volvió para mirarlo. —¿Tú lo *garantizas*? Ahora Eva sonreía.

—Sucede que no creo que el pozo se haya secado —dijo Charlie—. Si todo el resto falla, ¿por qué no revives un poco el pasado? ¿Por qué no escribes acerca de todo eso?

Ella lo miró, sobresaltada. ¿Quizá su obsesión con Deborah era simplemente el preludio para escribir acerca de su amiga? ¿Se atrevería a novelar un suceso de su pasado? Nunca había incursionado en su propia vida buscando material. No lo había necesitado. Las ideas le habían llegado sencillamente, como los regalos de un pariente lejano y benévolo. Pero tal vez escribir acerca de Deborah era algo que ella debía hacer; quizá por eso necesitaba pensar constantemente en ella. ¿Podría? ¿Debía? Por Dios, era una idea atractiva. Se le ofrecería la oportunidad, en el marco de una novela, de analizar por qué ella misma actuaba de determinado modo, de enumerar los muchos temores que le habían impedido actuar. Había respondido a buenos motivos: le parecían válidos todavía ahora. Ella había tratado de proteger a los niños y lo había logrado conservando la posición de observadora más que la de participante. No era lo que ella había imaginado que haría en una situación hipotética, pero la realidad tenía un modo de moderar los actos que uno ejecutaba. Ahora, y entonces todavía más, se sentía con la sobrada capacidad para afrontar de frente toda suerte de situaciones; pero había comprobado la verdad del antiguo proverbio de acuerdo con el cual uno nunca sabía cómo se comportaría, hasta que se presentaba la situación.

—¿Qué? —Charlie le dirigió una sonrisa al mismo tiempo benévola y sugestiva.

—Estoy pensando en lo que has dicho —de hecho, su mente de pronto comenzó a entretejer líneas narrativas, explorando las posibilidades del entrelazamiento del hecho con la ficción. El resultado le pareció tan apropiado que no imaginaba por qué no lo había pensado antes. Era tan *evidente*. A pesar de que se trataba de una de las experiencias más horrorosas de su vida, lo que había sucedido en la isla era material de primera clase, si ella decidía considerarlo de ese modo. Y si se proponía escribir al respecto, la permanente rememoración tendría un propósito. Ya no sería una forma de autocomplacencia muy dolorosa, sino una investigación seria. Podía inspeccionar legítimamente todos los detalles de su estancia en la isla, sin sentirse culpable ni extrañamente jaqueada, como le sucedía ahora. Sus viajes regulares y densos al pasado se verían completamente justificados, y también podría documentar todo lo que había sido tan maravilloso y original en su amiga. Se sintió abrumada por una sensación de justicia y tuvo que preguntarse por qué no había atinado a ver todo eso por propia iniciativa.

Miró a Charlie y comprendió lentamente que lo que ella añoraba más en el matrimonio era el intercambio de ideas, la libertad de trocar pensamientos con el compañero. Charlie le aportaba eso. Después de Ken, era el único hombre a quien ella había visto complacido con la práctica del pensamiento.

—Podría hacerlo —dijo Eva, siempre mirando a Charlie, sintiendo que los engranajes de la creación comenzaban a girar—. Charlie, tú podrías ser un auténtico genio.

El la miró sonriendo.

—Tonterías —dijo—. Eso no fue nada.

—No, en serio. Creo que quizás has encontrado la solución.

—Se trata de complacerte, preciosa.

Ella cruzó las piernas sobre los muslos de Charlie y le sonrió, mientras acercaba el vaso a los labios.

—Bien —dijo Charlie—, ¿te estás declarando, o qué?

—Lo siento, no lo he hecho.

—Qué lástima. Durante un minuto me entusiasmé. No tendría inconveniente en verte todos los días.

—¿Quieres decir que lo *querrías*?

—Quizá. ¿Y tú lo desearías?

—No sé. No lo creo. Sería imposible. Habría que pensar en Alma y resolver un millón de detalles. Olvidemos el tema. No tengo la menor intención de comenzar nada.

—Bien —dijo Charlie—, pensemos en ello.

—Charlie, y *tú* ¿estás declarándote?

—Estoy proponiendo que pensemos en ello.

Eva se inclinó y lo besó, y después se apartó de nuevo.

—Ahora me siento mucho mejor. Los últimos tiempos he sido un desastre.

—Estás muy bien, Eva. Solamente necesitas reorganizar tus prioridades, ordenar tu vida. Ha sido un año muy duro.

—Ha sido horrendo —dijo Eva—. A veces odio mi propia eficacia. De veras. De tanto en tanto tengo el concepto arbitrario de que, si no fuese eficaz, alguien se haría cargo en mi lugar.

—Eso no sucede nunca.

—Lo sé. Ojalá ella jamás hubiera pasado por esto. Alma lo controlaba todo. Era exactamente lo que yo deseaba hacer cuando llegara a su edad. Me encantaba su propia vida. Y ahora se limita a sobrevivir un día tras otro. Aunque debo reconocer que Bobby está cambiando las cosas. Y también Penny. Esta noche las miré a las tres, durante la cena. Sobre todo a Bobby, y comprendí que en efecto a Bobby la hace *feliz* cuidar a Alma.

—Algunas personas adoptan esa actitud con absoluta naturalidad —dijo Charlie—. Es un talento especial. Entiendo que esa mujer no te parece tan irritante como antes.

—No tanto —dijo Eva—. Te diré una cosa. De tanto en tanto, cuando la observo en compañía de Alma, me parece que es más la hija de Alma que yo. Se la ve menos inhibida, menos contenida con ella que yo en muchos aspectos.

—Has tenido suerte —dijo Charlie—. Al fin has descubierto la persona apropiada para cuidar de tu tía.

—Es más que eso, Charlie —dijo Eva, pasando la yema del dedo sobre el borde de su vaso—. Las tres parecen... haberse adoptado mutuamente, haber creado una unidad.

—¿Te sientes excluida?

—No, en absoluto. Creo que sobre todo me siento aliviada. Y eso me provoca un sentimiento de culpabilidad. Después de todo, soy responsable de Alma.

—Creo que quizá —dijo él con cautela— tienes que dejar de pensar en esos términos. Alma detesta suponer que ella es una responsabilidad. Seguramente tú lo sabes.

—Lo sé —dijo Eva—. Lo sé.

—Bien, preciosa —sonrió descaradamente— con respecto a esa proposición que tú me hacías...

Bobby se puso de pie y cambió el disco; puso el de María Callas, el mismo que Alma había dicho que quería escuchar. Arias de Puccini. De vuelta en el sillón, recogió su tejido y lo dejó sobre el regazo al oír la voz de la cantante.

—Maravilloso, ¿verdad? —dijo Alma, que estaba observándola.

Bobby asintió.

—Tiene una voz realmente melancólica.

—Desbordante de sentimiento —dijo Alma—. Un don increíble.

—Lo que escribe Eva se parece a esto —dijo Bobby.

—Es cierto —dijo Alma, profundamente gratificada—. No esconde nada. Tiene una capacidad profunda para la verdad. Su trabajo es una literatura profundamente sentida. Por eso los libros son tan buenos. Y por eso las cosas que escribió últimamente son tan malas. En ellas no hay profundidad. Y por supuesto, nadie pretende que la haya. Pero eso ya se termina. De un momento a otro Eva nos dirá que empezó algo nuevo, algo propio.

—¿Cómo lo sabe?

—Lo adivino. Cuando uno pasa doce años viviendo con alguien, llega a conocerlo mejor que nadie.

—No sé si eso es cierto —dijo Bobby—. Sin duda, conozco a Pen. Pero viví ocho años con Joe y no lo comprendo. Lo único que sé es cómo se comporta cuando está encolerizado con algo, cuando busca el modo de lastimarme. Sonríe, como si eso lo complaciera.

Volvió los ojos hacia el vacío, deseando descargarse definitivamente de todo, expresar en alta voz cada una de las cosas que él le había hecho.

—Ese hombre es un psicópata. Es imposible conocer a una persona así.

—¿Qué significa eso?

—Significa que padece un desorden mental.

—¿Quiere decir que está loco?

—Bien, ¿qué le parece? —dijo Alma con un gesto impaciente—. Usted es la persona que vivió con él. Sobre la base de su experiencia con ese hombre, ¿diría que está en su sano juicio?

—No —contestó Bobby con voz tenue.

—Pues ya lo ve —dijo Alma.

—¿Usted nunca tiene miedo? —le preguntó Bobby.

—Antes no —reconoció Alma con cierta amargura—. Hasta que el cuerpo me traicionó. Ahora es lo único que temo; que vuelva a traicionarme, que me remita a un estado físico vegetativo, en el que mi mente esté atrapada en un cuerpo que no quiere funcionar. Preferiría morir.

—Eso no sucederá.

—¿Y dónde consiguió su diploma médico? —preguntó Alma.

Bobby se echó a reír, apartó el tejido y cruzó la habitación para besar a la mujer en la mejilla. Después, poniéndose en cuclillas frente a la anciana, apoyó una mano sobre la de Alma.

—Eso no sucederá. Usted se pondrá bien.

Alma meneó la cabeza, desconcertada por la bondad instintiva de esa joven.

—Vaya a sentarse —ordenó—, y escuche la música.

—Usted continuará practicando sus ejercicios y se sentirá cada vez más fuerte y recuperará la salud. Ya lo verá.

—Continúe con su tejido y escuche la música —le dijo Alma, deseando tener la misma fe que Bobby.

—Ya lo verá —repitió Bobby, y regresó a su sillón.

Alma cerró los ojos y escuchó el sollozo contenido en la voz de María Callas, cuando se elevó a los registros más altos. El dolor traspasaba la música. Un sufrimiento exquisito. El miedo tangible, trasmutado en belleza.

19

Como de costumbre, Eva se durmió poco después de apagar la luz. Y menos de dos horas más tarde despertó otra vez, pues había tenido un sueño que, de una forma u otra, revivía con excesiva frecuencia. En ese sueño, el teléfono llamaba y Eva levantaba el auricular y oía la voz quebrada de Melissa, que rogaba a su madre que viniese. Alarmada, Eva preguntaba: "¿Dónde estas?" pero entonces se interrumpía la comunicación y Eva, frenética, sabía que alguien se había llevado a su hija, la había lastimado. En el sueño, Eva enloquecía de dolor y miedo. No sabía dónde estaba Melissa. No tenía modo de encontrarla. El miedo era como una bolsa de plástico atado a la cabeza, una bolsa que la asfixiaba. Tenía que sacudirse para deshacerse de los ingratos detalles del sueño; necesitaba realizar un gran esfuerzo para despertar.

Colmada de ansiedad, se sentó en la cama y volvió a decirse que no podía proteger a Melissa. En su condición de madre había hecho todo lo posible para inculcarle la conciencia de los peligros que acechaban por doquier a las mujeres y los niños pequeños. Ahora solamente podía apartarse y elevar una oración silenciosa por el bienestar permanente de Melissa.

Con el corazón que le latía más tranquilamente, la respiración acompasada, apoyó la cabeza en la almohada y comenzó a recordar.

Aunque sintiendo intensamente los efectos de la borrachera, Ian había dejado a las mujeres y los niños en la playa antes de partir con destino desconocido en el coche. Eva, Deborah y los niños, con el tío de Deborah al timón, iban en la lancha hacia la construcción, en Crescent Bay. El tío, un hombre robusto y tranquilo de poco más de cincuenta años, concentraba su atención en el manejo de la embarcación en el mar agitado. Eva estaba sentada en el medio, los niños a cada lado, mirando a Deborah, que se sentaba enfrente. Deborah contemplaba el agua con cierto temor y Eva sabía que temía que se volcase la embarcación. No sólo porque jamás había aprendido a nadar, sino porque el agua la aterrorizaba.

Era un día bastante plomizo, el cielo brumoso a causa de las nubes bajas. El sol penetraba aquí y allá enviando sus rayos oblicuos que parecían haces de luz de una serie de faros. Mientras rodeaba una punta rocosa antes de entrar en la bahía, la embarcación se agitó a causa de las corrientes contrarias y Eva rodeó con los brazos a los niños, sus pies calzados con zapatillas apoyados en una de las cuadernas de la lancha. Deborah continuó mirando las aguas inquietas con la boca entreabierta.

Cuando estuvieron en la parte de sotavento de la bahía, el agua se calmó y pudieron acercarse con más rapidez a la costa. El tío de Deborah ofreció su mano grande para ayudar a desembarcar a Eva y los niños. Eva alzó a Derek y el hombre perdió gran parte de su acostumbrada e imperturbable reserva; en sus labios se dibujó una hermosa sonrisa mientras recibía en brazos al niño y con un movimiento desenvuelto lo dejó en la arena. Mantuvo la sonrisa al repetir los movimientos y alzar a Melissa y dejarla también en la playa. La mano que sujetó a Eva era fuerte y cálida y extrañamente suave, y ella le dirigió una sonrisa, para agradecerle mientras la acercaba a la playa. El hombre asintió y su mirada se cruzó con la de Eva un segundo o dos. Ella tuvo la impresión de que él estaba triste y dolido. Desconcertada, Eva llevó a los niños a la arena seca y los ayudó a quitarse los chalecos salvavidas.

Deborah, demasiado pálida, vio cómo su tío varaba la lancha y después comenzó a hablarle en voz baja y urgente. Eva concentró la atención en los niños y comenzó a preguntarse cómo podía entretenerlos. Hacía demasiado frío para nadar. Las nubes se amontonaban, los rayos de luz se alejaban sobre la bahía e iluminaban retazos del mar agitado.

Mellie se quejó del frío y Eva sacó de su bolso de lona un jersey para su hija.

—¿Tienes frío, Derek? —preguntó al varón, pero él estaba observando a su madre, el cuerpo sólido vuelto hacia Deborah. Eva también tenía el jersey de Derek y extendió la mano para ponérselo, pero él se desprendió y fue corriendo sobre la arena en pos de su madre y del tío, que enfilaban hacia el fondo de la bahía, donde un pequeño grupo de trabajadores se había sentado bajo los árboles achaparrados.

Eva se volvió para mirar en dirección de la casa. No veía que el trabajo hubiese adelantado. El lugar tenía exactamente el mismo aspecto que dos semanas y media antes. Una serie de bloques de hormigón bajo un toldo de lona a un costado de los cimientos; una colección de palas y azadas aseguraba el lienzo. Eva se sentó en la arena y Melissa se instaló entre sus piernas, las manos sobre las rodillas de Eva.

—¿Cuándo volvemos a casa? —preguntó.

—¿A Nueva York? —preguntó Eva, que sospechaba que Mellie también sentía el peso ominoso de cada nuevo día en esa isla—. Pronto. Faltan pocos días.

—Este lugar ya no me gusta —dijo Melissa, sus manitas extrañamente frías sobre las rodillas desnudas de Eva.

—Pronto —prometió Eva, decidida a hablar con Deborah, a preguntarle derechamente si ella podía hacer algo. Si Deborah contestaba negativamente, Eva volvería a su casa con Melissa.

Deborah regresaba, su cara era la imagen misma del desagrado. Su tío terminó de hablar al grupo de trabajadores, que comenzaron a ponerse de pie; después, él se volvió y con la cabeza gacha fue en pos de Deborah. Derek corrió al lado de Deborah, tratando de aferrar la mano de su madre, pero ella se movía con excesiva rapidez. Derek lo intentó varias veces y su brazo regordete se extendía hacia Deborah, pero esta pareció no prestarle atención.

—*Mataré* a ese condenado —estalló Deborah, en quien la cólera y la frustración sin duda habían llegado a su máximo nivel.

—¿Qué sucede? —preguntó Eva, cerrando mecánicamente los brazos alrededor de Melissa.

—No les pagó —dijo Deborah, la boca deformada por el disgusto—. Maldito sea, no les *pagó*. Ahora regresaremos —golpeó la mano de Derek y dijo—: Ahora, por favor, deja en paz a mami —y en ese momento vio que se acercaba su tío.

—Tienes que saber algo —dijo Eva hablando de prisa y aprovechando el momento. Deborah la miró y su expresión revelaba absoluta impaciencia; entonces, Eva agregó en voz baja—: Ian tiene un arma.

Deborah rió con una risa burlona que parecía un ladrido.

—Hace mucho que tiene ese maldito artefacto. Junto a su precioso encendedor Dunhill, es su juguete favorito —desvió los ojos y miró al tío que se acercaba, y dijo—: Querida, Ian es un *niño*. Un condenado niño que muy probablemente se bebió los salarios de los obreros. *Juro* que lo *mataré*.

Con un sentimiento de desagrado, sintiéndose empequeñecida, Eva extendió la mano hacia uno de los chalecos salvavidas que estaban sobre la arena y comenzó a meter en él los brazos de Melissa.

—Ven aquí, Derek, y déjame ponerte el chaleco —dirigiéndose al niño.

—¡No! —gritó Derek, con un sentimiento de frustración tan intenso como el de su madre, y corrió por la playa en dirección a la construcción. Deborah corrió tras él, lo tomó del brazo y le descargó en las nalgas una sonora palmada. El niño comenzó a chillar inmediatamente. Deborah no le hizo caso y lo arrastró del brazo en dirección a la orilla.

—Cállate —advirtió—. Compórtate.

Después de ponerse su propio chaleco, Eva se incorporó y en ese momento sintió una profunda simpatía por Derek. A medida que pasaban los días el niño se descontrolaba cada vez más y parecía que su comportamiento se deterioraba en proporción directa con el descontento de su madre.

El tío puso la lancha a flote, y después ayudó a las mujeres y los niños a pasar a bordo. Estuvieron balanceándose cerca de la orilla, mientras él trataba de poner en marcha el motor. Tuvo que realizar varios intentos antes de que el *Evinrude* comenzara a funcionar. Deborah estaba sentada sola, frente a Eva y los niños, los ojos clavados en la construcción. Eva la observaba y ahora deseaba no haber mencionado esa maldita arma. Hubiera debido decir algo acerca de las riñas, pero no había querido hablar del asunto en presencia de los niños. Según estaban las cosas, ya se los veía bastante trastornados.

Habían rodeado las rocas traicioneras y estaban quizás a unos treinta metros de la orilla cuando Derek, de pronto, se puso de pie, sin duda con el propósito de acercarse a su madre. El bote se balanceó peligrosamente y el niño cayó por la borda. Melissa gritó. Deborah medio se incorporó, aterrorizada, y de su garganta brotó un grito.

El tío cortó el motor, ordenó a Deborah que se sentara y se zambulló desde la popa de la embarcación. La boca abierta, preparada para arrojarse también si era necesario, Eva retuvo a Melissa, conteniendo la respiración. Dos brazadas, tres, y el tío alcanzó a Derek, se volvió y comenzó a remolcarlo de regreso a la barca. Bajo la superficie Eva alcanzó a ver los cuerpos alargados de las barracudas. Pocos segundos después el tío tenía un brazo sobre la regala y con la otra mano levantaba a Derek sosteniéndolo del chaleco salvavidas. Deborah parecía congelada. Eva soltó a Melissa y se preguntó por qué demonios Deborah no ayudaba, y con un esfuerzo terminó de subir al niño que ahora sollozaba. Después, ofreció la mano al tío, miró brevemente por encima del hombro y ordenó a Melissa que se mantuviese quieta.

La lancha casi volcó cuando el tío subió a bordo. Murmurando su agradecimiento a Eva, le apretó el hombro mientras pasaba a su lado para ir a ponerse de nuevo al timón.

—Sujeta a tu hijo, Deborah —dijo irritado, y después guió la barca hacia la orilla.

Deborah sostuvo entre las rodillas a Derek, la espalda del niño apretada contra el pecho de la madre. Derek continuó sollozando hasta que tocaron la arena. Después, bruscamente, su llanto cesó. Se apartó de su madre, empujó a un costado a Melissa y llegó a su tío para que este lo trasladase a tierra firme. Pareció que de pronto tenía una meta muy definida; cuando Eva volvió los ojos vio a Ian apoyado en su coche, el encendedor Dunhill girando, girando en sus manos, en la cara el perpetuo gesto de burla.

Deborah desembarcó y caminó sobre la arena, los puños apretados contra el cuerpo.

Eva sentó a Melissa en la playa, le dijo que no se moviese de allí y después regresó para ayudar al tío a varar la barca en la arena. Trabajaron en silencio.

—Esto está muy mal. Muchacha, busque a su hija y márchese a casa —dijo el tío en voz baja.

—Trato de ayudar, pero no sé qué hacer. Se diría que ella no quiere hablar conmigo —murmuró Eva, cuyo único deseo era ayudar.

—Tome a su hija —dijo de nuevo el hombre— y *vuelva a casa*. No espere —después, volvió los ojos grandes y líquidos para mirar en dirección al coche, donde Deborah, sosteniendo de la mano a Derek, hablaba con Ian, la parte superior del cuerpo inclinada hacia él, las palabras inaudibles, pero el tono letal. Derek de pronto se volvió y saludó, todo sonrisas.

—Pero ella es mi *amiga* —murmuró Eva—. No puedo irme y dejarla en esta situación.

El tío la miró un momento muy largo y después esbozó un gesto lento con la cabeza.

—Ella no es la muchacha que usted conoció en Inglaterra. Ella no es la muchacha que todos conocían —mirando a Melissa, ofreció a la niña una sonrisa deslumbrante, tan parecida a las sonrisas que solía exhibir antaño la propia Deborah, que los ojos de Eva de pronto se llenaron de lágrimas.

Melissa retribuyó la sonrisa, se apoyó en la rodilla del hombre y lo miró con un gesto de adoración. Con una risa sonora, él la alzó en el aire y sonrió cuando Melissa chilló complacida. La sostuvo y después la depositó suavemente; inmediatamente se volvió hacia Eva.

—Señora Eva, vuelva a casa con su hija —aconsejó con una actitud de simpatía y después comenzó a alejarse.

Eva se arrodilló sobre la arena húmeda para quitar a Melissa el chaleco salvavidas, mientras el tío caminaba decidido por la playa. La voz de Deborah era cada vez más aguda. Ian continuaba apoyado en el coche, su expresión inconmovible, el encendedor girando y girando entre sus dedos.

Eva soportaría la situación dos o tres días más y después seguiría el consejo del tío de Deborah.

El miércoles, después de la comida, Eva encomendó la cocina a Bobby.

—No tiene sentido que usted trabaje abajo, cuando todo lo que necesita está aquí —extrajo la tabla y el rodillo, señaló el lugar en que estaban la taza para medir y las cucharas de madera, y después se dirigió a su oficina.

Alma estaba sentada en su silla de ruedas, frente a la mesa, gozando con el espectáculo de Bobby reuniendo los ingredientes sobre la encimera. A diferencia de Eva, para quien cocinar era una forma de fuga, no cabía duda de que Bobby lo consideraba un placer. Cantaba suavemente, con voz armoniosa, mientras medía las tazas de harina; en su cara se dibujaba una sonrisa mientras enmantecaba las asaderas; casi bailaba mientras preparaba todo y comenzaba a calentar el horno.

—¿Quiere ayudar? —preguntó Bobby.

—¿Qué demonios podría hacer?

—Mezcle esto —dijo Bobby, y depositó un cuenco en el regazo de Alma.

Utilizando el brazo izquierdo paralizado para sujetar el cuenco, Alma tomó la cuchara de madera con la mano derecha y revolvió la carne picada, inhalando el aroma del condimento con una mezcla de placer y diversión.

—Detesto cocinar —dijo, y comenzó a retroceder en el tiempo, llevada por esa actividad; recordó que solía arrodillarse sobre una silla frente a la mesa de la cocina y limpiaba con la lengua los recipientes en que se preparaba la mezcla, mientras su madre metía la empanada en el horno.

—Lo mismo le sucede a mi tía Helen —dijo Bobby, cubriendo el rodillo con harina—. Yo me ocupaba de casi todas las tareas de la cocina desde que tuve once años.

—Hábleme de su tía —propuso Alma.

—Es dura, pero es una buena persona —dijo Bobby—. Después de la muerte de mi abuela se quedó en casa, con el abuelo y conmigo. Es contadora —explicó—, y trabaja desde hace años para el concesionario Ford del pueblo.

—Tenía la impresión de que era una persona mayor.

Bobby se echó a reír.

—La tía Helen debe tener más o menos la edad de Eva.

—¿Y nunca se casó?

—Se comprometió una vez o dos, pero siempre cambió de idea y devolvió los anillos. Y usted, ¿por qué nunca se casó? —preguntó, y era evidente que se sentía tan cómoda en la cocina que sus inhibiciones usuales se habían debilitado provisionalmente.

—Cambiaba de idea y devolvía el anillo.

Bobby la miró enarcando el entrecejo.

—¿Eso es cierto?

—No del todo, pero bastante cierto.

—¿Deseaba casarse?

—Cuando era muy joven —dijo Alma—. Después superé esa etapa.

—Tal como usted lo dice, parece que fuera el sarampión o algo semejante —dijo Bobby, y después volvió los ojos hacia la masa que estaba preparando.

—En vista de su experiencia, ¿usted desearía casarse otra vez?

—Según me siento ahora, la respuesta es negativa —dijo Bobby, meneando firmemente la cabeza.

—¡Quíteme del regazo esta maldita cosa! Está irritándome.

Bobby se acercó y retiró el cuenco, y después lo sostuvo con las dos manos.

—Espero que usted no crea que soy entrometida —dijo Bobby.

—No creo eso —dijo Alma, esperando que Bobby la mirase en los ojos. Cuando Bobby lo hizo, Alma comentó—: Querida, es lógico sentir curiosidad. Después de todo, eso está en la naturaleza humana.

Apartándose para depositar el cuenco sobre la encimera, Bobby a continuación levantó la masa estirada con el rodillo y después la desenrolló depositándola en una de las asaderas.

—Ya no sé lo que está bien y lo que no lo está.

—Comprendo. Resolverá eso con el tiempo.

—¿Está satisfecha conmigo? —preguntó Bobby, sintiendo que en ese momento estaba muy cerca de la mujer.

—Sí, estoy satisfecha con usted —contestó Alma, conmovida por la permanente inseguridad de Bobby—. Continúe con su trabajo y no se preocupe tanto. Cuando no esté satisfecha, ya se enterará.

Dennis llegó cuando Bobby introducía en el horno el último de los pasteles. Bobby se acercó a la puerta y él sonrió al verla. Se inclinó apenas y la besó en la mejilla antes de que ella pudiese apartarse. El beso no le pareció tan inquietante ahora, aunque el corazón comenzó a latirle con cierta aprensión.

—Algo huele muy bien —dijo él, mientras cerraba la puerta.

—Estoy preparando pasteles para mañana. Alma me acompaña en la cocina —ella comenzó a caminar por el corredor, muy consciente de la presencia de Dennis a sus espaldas.

—Mi clienta favorita —dijo Dennis, y apoyó la mano sobre la cabeza de Alma.

Ella lo rechazó con la mano sana, pero de todos modos le dirigió una sonrisa.

—La llevaré arriba —dijo Dennis, empujando la silla de ruedas hacia la puerta.

—La hora del sufrimiento —masculló Alma.

—En realidad, a ella le encanta —se burló Dennis, mientras iban por el corredor.

Bobby enjuagó los cuencos y los utensilios sucios, los puso en el lavaplatos y después comenzó a calentar una cafetera con café. Cuando terminó, sirvió café con un poco de crema, y llevó la taza a la cochera y a la oficina de Eva.

Eva la invitó a pasar, y Bobby abrió la puerta y la vio sentada, no frente al escritorio, sino en el sillón que estaba junto a la ventana. Las piernas largas, enfundadas en los pantalones, estaban extendidas frente a ella y cruzadas en los tobillos; los codos descansaban sobre los brazos del sillón. Se la veía preocupada.

—Le he traído un poco de café —dijo Bobby, acercándose para depositar la taza sobre el alféizar de la ventana.

—Gracias —dijo Eva mirándola—. ¿Dennis está con mi tía?

—Así es.

—Acerque una silla y hable un momento conmigo —dijo Eva.

—Muy bien —desconcertada, Bobby tomó la vieja silla de madera que estaba contra la pared y se sentó.

—Deseo preguntarle algo —dijo Eva extendiendo la mano hacia la taza de café.

—Muy bien.

—Se refiere a su esposo.

—Muy bien.

Eva la miró, de nuevo impresionada por la vulnerabilidad infantil de Bobby.

—¿Por qué ha permitido que le sucediera eso? —preguntó, fascinada por la juventud de Bobby. Se hubiera dicho que no tenía más de veinte años; ni una sola arruga en la cara. Pero los ojos mostraban una expresión de perpetua cautela. Los ojos pertenecían a una cara mucho mayor.

—¿Qué es lo que he permitido?

—Los golpes.

—Yo no *permití* nada. Me lo hicieron —dijo Bobby sintiéndose de pronto colérica y humillada.

Bobby se preguntó quién era esa mujer. ¿Cómo era posible que dijese esas cosas?

—Discúlpeme si he construido mal la frase —se acercó y apoyó una mano sobre la rodilla de Bobby—. Lo que deseo comprender es por qué usted permaneció en la casa, por qué eso duró tanto tiempo.

—¿Por qué? —preguntó Bobby. No podía ver la cara de Eva y tampoco imaginaba qué era lo que esa mujer buscaba. Se sentía ofendida y quería alejarse.

—Es algo que he intentado comprender durante mucho tiempo —dijo Eva, recostándose en el respaldo del asiento y mirando por la ventana—. Tenía una amiga —dijo—. La golpeaban —guardó silencio un momento, y después preguntó—: ¿Qué *sentía* al sufrir el castigo?

—Yo no permitía que eso me sucediera —insistió Bobby, y la cólera era ahora un sentimiento nuevo y amenazador. Tenía la impresión de que estaba al borde de decir casi cualquier cosa—. Tengo pasteles en el horno —dijo, y se puso de pie, respirando agitada—. No quiero hablar de eso.

—¡Dios mío, no se ofenda! —pidió Eva, volviendo la taza al alféizar de la ventana y levantándose del sillón para apretar el brazo de Bobby delgado y pequeño como el de una niña de doce años. Bobby se estremeció, tratando de apartarse de ella, y Eva pensó: "¡Dios mío!" Estaba empeorándolo todo, pero deseaba rescatar la situación y aplicó el único método que conocía—. No quiero ofenderla. Solamente deseo entender. Es importante.

Bobby miró la mano de la mujer sobre su propio brazo y contuvo el miedo.

—Por favor, suélteme —dijo, jadeando—. No me agrada que la gente me sujete.

Eva la soltó enseguida.

—Usted cree que no me cae simpática —dijo—. Pero no es el caso. De ningún modo. Lamento si me he expresado mal. Si de algo le sirve, le diré que tengo más o menos el mismo problema con Melissa. Parece que no puedo hablar con la misma claridad que demuestro en mis escritos. Quizás es porque dispongo de mucho más tiempo cuando escribo, es decir tiempo para formular todo en frases exactas. Bobby, deseo entender. Quiero saber cómo sucede eso. Por favor, no crea que estoy intentando achacarle la culpa. Nada de eso. Veo que la irrito y no es eso lo que deseo.

—No puedo explicarle nada —dijo Bobby, tratando de calmarse—. *Ignoro* la razón de lo que sucedía. Se trata de que una tiene miedo y quiere hacerlo todo bien, pero nunca lo consigue, porque no hay un modo apropiado —las palabras ahora brotaban como una cascada de su boca. Aunque veía claramente que Eva era sincera en lo que decía, eso no calmaba el dolor y Bobby deseaba encontrar el modo de defenderse—. Nadie quiere que lo golpeen —dijo—. Uno no piensa que sucederá algo así cuando se casa con un hombre. Uno cree que todo se resolverá. Pero cierto día él se enfurece, uno ni siquiera sabe por qué, y comienza a golpear, y una cree que tiene la culpa, seguramente cometió un error grave, y por lo tanto merece que la castiguen. Y después, él se disculpa y una cree que nunca volverá a suceder; pero sucede. Y muy pronto comienza a repetirse, y no hay dónde esconderse, y nadie a quien pedir ayuda, y esa es la vida entera; recibir golpes y tratar de imaginar por qué —hizo una pausa y aspiró profundamente el aire—. Tengo que regresar —dijo, mirando hacia la puerta, y de nuevo a Eva, que tenía los ojos muy grandes, la boca entreabierta y parecía desconcertada—. Los pasteles se quemarán —explicó Bobby, que se sentía desnuda y asustada. Esa mujer y su tía no sabían *nada*, si no no preguntarían cómo ella había permitido que eso sucediera, como si Bobby hubiese mirado a Joe y le hubiera dicho: "Muy bien, puedes pegarme, yo lo aceptaré".

—¿Podemos sentarnos y hablar de esto? —preguntó Eva—. ¿Tal vez más adelante? Es *muy* importante.

—No me agrada hablar del asunto —dijo Bobby con voz temblorosa. Dio un paso hacia la puerta y después otro. Eva permaneció de pie en el mismo lugar, tratando de definir su pensamiento. Se la veía tan angustiada que de pronto Bobby sintió el deseo de ayudarla. Era como si las dos mujeres hablaran idiomas distintos. Bobby se detuvo y esperó, y pudo ver que Eva se debatía. Un momento después Bobby dijo—: Usted me asustó —y Eva alzó las manos y las dejó caer en un gesto de impotencia.

—Todo la asusta —dijo Eva—. Es infernal. Lo que menos deseaba era empeorar las cosas.

—Quiero que seamos amigas —dijo Bobby.

—También yo. *En efecto*, usted me agrada —dijo Eva. Era la verdad. Pensaba que en muchos aspectos Bobby era una persona mucho mejor que ella misma; una persona que sabía perdonar, que era más gentil, mucho más paciente.

—¿Qué sucedió con su amiga? —preguntó Bobby en voz baja.

Eva la miró y los ojos gris verdosos revelaron un antiguo dolor.

—Murió —dijo.

—¡Maldita sea! —Bobby se estremeció y apretó los brazos contra el pecho—. Lo siento mucho.

Eva asintió lentamente. Un momento después, Bobby se acercó a la puerta y salió.

—Preparé un par de tartas —dijo Bobby, y las puso, con un jarro de café, sobre la mesa, frente a Dennis. Aún estaba un poco nerviosa a causa de su roce con Eva.

—Muy amable de su parte —dijo Dennis, recogiendo las mangas del uniforme blanco, de modo que ella pudo ver el fino vello rojizo de los brazos—. Usted es sumamente amable.

—No, no es así —rechazó Bobby, pensando en lo que había dicho a Eva. En verdad, había demostrado mucha dureza.

—Usted no puede aceptar un cumplido —dijo Dennis.

—No creo en ellos. Casi siempre cuando la gente elogia es porque desea algo.

—¿Y qué cree usted que yo deseo?

—No lo sé —dijo Bobby.

—Usted me agrada —dijo Dennis—. ¿Yo no le agrado?

—Usted me agrada bastante —dijo Bobby—, pero no lo conozco.

—En eso estamos —dijo Dennis, en una actitud razonable—. Tratando de conocernos. Es lo que hace la gente cuando una persona simpatiza con otra. No es complicado.

—A mí me parece que lo es —bebió un sorbo de su café y vio cómo él devoraba de tres bocados una de las tartas de carne picada.

—Hum, excelente —dijo Dennis, y bebió un trago de café para bajar la tarta—. Bien, ¿saldremos el viernes por la tarde?

—Sí.

—Podríamos llevar con nosotros a Penny, si usted quiere, y salir un rato antes.

Eso agradó a Bobby, que sonrió.

—A Penny la complacerá mucho.

—Muy bien. Vendré a buscarlas a las seis y media. ¿Tiene inconveniente en que me lleve una de estas tartas?

—Ninguno. Se la envolveré —encontró un papel en uno de los cajones y envolvió con él la tarta.

Dennis se puso el abrigo y metió el envoltorio en el bolsillo. Ella se mantuvo apartada, no fuese que él intentara besarla otra vez. Pero Dennis no hizo nada por el estilo. Dijo:

—Que pase bien el día de Acción de Gracias. La veré el viernes —y se dirigió al escarabajo, estacionado en el sendero. Hizo sonar la bocina antes de alejarse y ella cerró la puerta, un poco aturdida. De pronto tuvo la sensación de que estaba sucediendo algo terrible.

Cuando volvió a la cocina, Eva estaba de pie a medio camino entre la mesa y el fregadero. Se la veía tan desgraciada, tan triste, dolorida y confusa, que Bobby desechó todas las palabras duras y los malentendidos y se acercó para darle un rápido abrazo.

—Está bien —le dijo Bobby—. Está bien.

20

Eva despertó antes de las seis la mañana del jueves y llevaba en la cocina casi una hora cuando llegó Penny.

—¿Qué estás haciendo? —Penny se acercó a Eva y elevándose sobre las puntas de los pies trató de ver qué había en el cuenco.

—Tu plato favorito —sonrió Eva.

—*Relleno para el pavo.*

—Sí. ¿Por qué te has levantado tan temprano?

Penny se encogió de hombros.

—Ya no tenía sueño —dijo, y agregó—: ¿Puedo ayudar?

—Ahora no, pero tal vez dentro de un rato podrías ayudarme a preparar la bandeja con el desayuno de Alma.

—Muy bien —dijo entusiasmada Penny—. Sé dónde está la bandeja. Puedo traerla.

—Es demasiado temprano —dijo Eva—. Espera un rato más.

—¡Oh! —Penny paseó la mirada por la cocina, buscando algo para hacer—. Mi mamá todavía duerme —dijo, balanceando el cuerpo adelante y atrás—. Sé cómo funciona la máquina de hacer café.

—¿De veras? —Eva la miró.

—Vi cómo mi mami lo hacía. ¿Quieres que te prepare café en la máquina?

—Está bien —divertida, Eva vio cómo Penny acercaba una silla a la encimera, trepaba sobre ella para retirar el recipiente vacío y después volvía a bajar. Dejó el recipiente junto al fregadero, acercó la silla, se encaramó en ella para llenar de agua el recipiente, usó las dos manos para acercar este a la encimera, movió de nuevo la silla, regresó con el recipiente, lo dejó sobre el extremo de la encimera, trepó de nuevo a la silla, alzó la tapa de la máquina y volcó el agua. Después se encaramó sobre la encimera, abrió el gabinete alto, encontró el paquete de filtros y la cafetera.

—¿Cuánto café? —preguntó Penny, que había regresado a la silla y mantenía en su lugar el filtro de café.

—Utiliza la cuchara que está ahí adentro y continúa sirviendo hasta que yo te diga que te detengas.

—Muy bien —mordiéndose el labio inferior, Penny comenzó a echar café, mirando de tanto en tanto a Eva—. ¿Esto es suficiente? —preguntó, sosteniendo el filtro para que Eva viese.

—Un poco más.

Penny agregó varias medidas más. Eva dijo:

—Está bien —y Penny repuso la tapa en la cafetera, aplicó el filtro, colocó el recipiente vacío en la base y después conectó la máquina, mientras decía—: ¡Ahí está! Ya te dije que podía hacerlo.

—Sí, ciertamente es así —Eva se lavó las manos y consultó el reloj. Eran casi las siete.

—¿Qué más puedo hacer? —preguntó Penny, sentada en el borde de la encimera, las piernas balanceándose sobre la silla.

—Puedes ayudarme a preparar la cama de Melissa.

—Muy bien —Penny pasó a la silla y de esta al suelo.

—Penny, pon la silla en su lugar.

—Estaba por hacerlo —dijo Penny, y cumplió la orden.

—Es necesario que tengamos mucho cuidado, pues no debemos despertar a la tía Alma.

—Muy bien —murmuró Penny, tomando la mano de Eva y subiendo con ella la escalera.

En el corredor de la planta alta, Eva se detuvo para retirar sábanas y toallas del armario y después llevó a Penny al dormitorio que estaba al lado de la habitación de Alma.

—¿Tu hijita vuelve a casa? —preguntó Penny, mientras Eva retiraba el cubrecama del lecho.

—Sí, hoy.

—¿Esta es su habitación? —Penny miró alrededor. No parecía el cuarto de una niña.

—Es la que usa cuando viene de visita. —Eva comenzó a poner fundas en las almohadas.

—¿Dónde están sus juguetes y todo lo demás?

—Melissa es una persona mayor. Ya no tiene juguetes.

—¿Qué pasó con ellos?

—Los regalamos antes de venir a vivir aquí.

—¿A quién?

—A la Sociedad de Beneficencia —Eva desdobló una sábana. Penny se dirigió al extremo opuesto de la cama y comenzó a extender la sábana sobre una esquina—. También sabes tender camas, ¿eh?

—Mi mamá me enseñó.

—¿Realmente?

—Sí. Tengo un diente flojo. ¿Quieres verlo?

Eva se echó a reír, acercó a Penny y se sentó sobre el borde de la cama con la niña en el regazo.

—Veamos eso —dijo.

Penny retrajo los labios y movió el diente.

—¡Mira! Mamá y la abuela dijeron que el hada de los dientes vendrá a visitarme cuando yo esté durmiendo y me traerá una gran sorpresa.

—Penny, ¿nunca extrañas a tu papá? —preguntó Eva, que abrigaba la esperanza de no estar cruzando un límite invisible.

Sin vacilar, Penny meneó la cabeza y dijo:

—No. El es malo. Nunca volveremos a verlo, y yo *me alegro*.

—¿Por qué?

—Porque siempre está lastimando a mi mamá. Es muy malo.

—¿También a ti te lastimó?

—Dos veces. Me pegó.

Eva abrazó con fuerza a la niña y se preguntó si Melissa alguna vez regresaría en sueños a la isla. Decía que no guardaba el menor recuerdo de ese verano, pero Eva creía que el recuerdo estaba sepultado en algún punto de su subconsciente y que un día podía reaparecer.

—Hueles bien —dijo Penny, rodeando el cuello de Eva con los brazos.

—Tú también —Eva depositó un beso en esa piel fragante y extrañamente suave, en el punto en que el cuello de Penny se unía con el hombro—. Terminemos aquí y vamos a preparar el desayuno. ¿De acuerdo?

—De acuerdo.

Eva dejó en el suelo a la niña, rápidamente alisó las mantas de la cama y después tomó de la mano a Penny y pasó con ella frente a la puerta de Alma. Penny le dirigió una sonrisa conspirativa y se llevó un dedo a los labios. Eva deseaba sentirse tan cómoda con Bobby como era el caso con esa niña.

Bobby despertó, vio vacía la cama de Pen y durante un momento se sintió aterrorizada.

Miró alrededor con los ojos extraviados, la garganta seca, el corazón que le golpeaba el pecho; después oyó pasos arriba y exhaló nerviosamente el aire. Pen estaba en la cocina, con Eva. Durante un momento pensó que quizá Joe las había encontrado y se había introducido en la casa y apoderado de Penny. Era el tipo de cosa que él podía hacer para castigarla, porque sabía que Pen era todo el universo de Bobby. Cada día, mientras esperaba el autobús escolar, temía que Penny no apareciese.

Sintiendo débiles las piernas, se puso de pie y fue al cuarto de baño. Cuando salió, se puso los vaqueros y una camiseta. En la cocina, Penny estaba usando una batidora para batir huevos en un cuenco y Eva freía el tocino.

—No tienes que estar aquí molestando a Eva —dijo Bobby a Pen, muy aliviada nada más verla. Miró a Eva, tratando de evaluar su humor.

—Estoy ayudando, ¿no es verdad, tía Eva?

—Es cierto. Beba un poco de café —invitó Eva—. Está recién hecho. Lo preparó Penny.

—¿Es cierto? —sonrió Bobby a su hija.

—Lo preparé yo sola —dijo orgullosamente Penny.

—Sí, así es —confirmó Eva—. Y después me ayudará a cocinar.

De modo que todo estaba bien, pensó Bobby, mientras se servía un poco de café, y dijo:

—Puedo darle una mano, si lo desea.

—Las pondré a trabajar a las dos —dijo Eva, y con unas pinzas dejó las lonchas de tocino frito sobre unas hojas de papel.

—¿A qué hora llegará su hija? —preguntó Bobby.

—Conociendo a Melissa, probablemente llegará cuando estemos a punto de sentarnos a comer. Su coche vendrá atestado de bolsos de ropa sucia y durante los dos días siguientes las máquinas funcionarán sin interrupción —Roció lavavajillas en el hervidor; le agregó un poco de agua y después deslizó cuatro rodajas de pan en la tostadora. Recibió de Penny un cuenco con huevos batidos, sonrió y dijo:

—Esto está perfecto, Pen. Un día serás una gran cocinera.

—Sí —sonrió Penny—. ¿Puedo beber yo también un poco de café?

—Un poquito —dijo Bobby—, si Eva acepta.

—Está bien —dijo Eva.

Bobby preparó una taza que era mitad leche y mitad café, agregó una pequeña cantidad de azúcar y dijo a Penny que se sentase a la mesa para beberla.

—El café es *bueno* —dijo apreciativamente Penny.

Eva terminó de batir los huevos y después preparó una bandeja para Alma.

—Sírvase el desayuno —dijo a Bobby, mientras levantaba la bandeja.

—¿Tienes apetito? —preguntó Bobby a Pen después que Eva salió.

—¿Puedo comer un poco de tocino?

234

—Por supuesto —Bobby tomó un plato, sirvió dos lonchas de tocino y una tostada y puso todo frente a Penny. Acababa de ocupar su asiento y estaba levantando el tazón de café, cuando sonó el timbre de la calle. Se sobresaltó y se le agrandaron los ojos.

—Alguien está en la puerta —dijo Pen, bajando de su silla—. Iré a ver —antes de que Bobby pudiese decir una palabra, ya corría por el vestíbulo.

La mente ocupada con la imagen de Joe, Bobby decidió seguir a su hija y estaba casi detrás de la niña cuando Penny abrió la puerta. Allí, en el umbral, había una joven que seguramente era la hija de Eva, con una inmensa mochila a la espalda y media docena de bolsos de paja y lona a los pies.

—No he podido encontrar la llave —dijo, como hablando sola. Y después—: ¡Hola! ¿Quién eres? —preguntó a Penny.

—Yo soy Penny Salton. Tengo seis años. ¿Y tú quién eres?

Con una sonrisa, la joven dijo:

—Yo soy Melissa Rule. Tengo veinte años. ¿Me permitirás pasar?

—¡Sí! ¿Quieres que te lleve algunas cosas?

—Eso sería magnífico —quitando de su espalda la pesada mochila, Melissa desvió los ojos y dijo—: Hola. Usted es la enfermera, ¿verdad?

—Así es. Soy Bobby.

Penny arrastró al vestíbulo uno de los bolsos y después volvió en busca de otro.

—Es una niña inteligente —dijo Melissa a Bobby, mientras se dirigía a la puerta para recoger más bolsos.

Bobby pensó que Melissa era una de las jóvenes más hermosas que ella había visto nunca; alta y bien formada, con espeso pelo castaño que le llegaba casi a la cintura, el cutis lechoso, los ojos redondos tan oscuros que eran casi negros, una nariz sólida, la sonrisa ancha y el mentón levemente hendido. Vestía como una *hippie*, con una larga falda india de algodón, una tricota blanca de cuello alto bajo una camisa negra y un chaleco centroamericano de vivos colores. Tenía los pies protegidos por gruesas medias de lana gris y calzaba un par de feas sandalias con cordones. En otra persona ese atuendo habría sido espantoso, pero en Melissa tenía buen aspecto.

—¿Dónde está mi madre? —preguntó a Bobby, mientras dejaba el último bolso en el vestíbulo principal.

—Arriba, sirviendo el desayuno a Alma. ¿Tiene apetito? Ya hay algo preparado.

—¡Fantástico! Podría devorarme una vaca entera.

—Puedes venir a comer conmigo —dijo Penny, tomando de la mano a Melissa y balanceándola adelante y atrás.

—¡Excelente! —Melissa permitió que Penny la remolcase hasta la cocina.

—Hay café recién hecho —dijo Bobby—, si desea probarlo.

—De acuerdo —Melissa se sirvió un tazón de café y agregó crema y varias cucharadas de azúcar y se sentó frente a la mesa, inclinando la cabeza para sonreír de cerca a Penny—. Eres una bonita niña, ¿verdad? ¿En qué grado estás?

—En primero —dijo Penny, mientras masticaba una loncha de tocino—. ¿Y tú?

—Estoy en segundo año de la universidad —Melissa bebió un poco de café—. Necesitaba esto —dijo a Bobby—. Estuve levantada casi hasta las tres de la madrugada trabajando en esa monografía y después me pareció inútil ir a acostarme por dos horas. De modo que cargué el coche y vine muy rápido. La carretera estaba desierta.

—Seguramente está fatigada —dijo Bobby.

—Completamente agotada —dijo Melissa—. Creo que dormiré una siesta antes de la comida. Mamá se enojará cuando baje y me encuentre aquí. Ella *odia* las sorpresas. Y le dará un ataque al ver la ropa sucia —sonrió, como si se refiriese a una niña difícil pero afectuosa—. ¿Cómo está la tía Alma?

—Oh, en realidad está bien —dijo Bobby, que pensó inmediatamente que Melissa era muy agradable.

—*Yo* preparé el café —anunció Penny, mientras con el dorso de la mano se limpiaba los restos de tostada de la cara.

—Pen, usa tu servilleta.

—¿Tú lo preparaste? —dijo Melissa—. Es excelente.

—Sí —dijo Penny—. Lo sé. Además, te preparé la cama.

—¡Vaya! —dijo Melissa—. Eres una persona muy trabajadora, ¿eh?

—Sí —sonrió Penny, satisfecha.

Eva bajó la escalera con la bandeja, vio los bolsos en el vestíbulo y se sintió inmediatamente irritada y satisfecha. Melissa estaba en casa.

Bobby tuvo una imagen completamente distinta de Eva cuando esta entró con la bandeja y vio a Melissa. La cara se le iluminó y sonrió con tanta fuerza que pareció que estaba al borde de las lágrimas. Dejó la bandeja. Melissa se puso de pie y dijo:

—Hola, mamá —Eva la abrazó y preguntó—: ¿Estuviste levantada toda la noche?

—Sí.

—Bien, a pesar de todo tienes buen aspecto.

—Gracias. Tu aspecto también es bueno. Subiré a saludar a la tía Alma.

Eva se apartó, pareciendo un poco desconcertada. Después se echó a reír, se pasó la mano por el pelo y dijo a Bobby:

—¿No le dije que traería una carga completa de ropa sucia? —sentía deseos de gritar. Además de todos los preparativos para la cena, estaría sepultada hasta las orejas en la ropa para lavar. ¿Por qué demonios Melissa hacía lo mismo todas las veces? No podía decir que carecía de facilidades para lavar en la escuela.

Bobby sonrió.

—Es muy simpática —dijo—. Se parece mucho a usted.

—Se parece al padre —dijo Eva, que comenzó a vaciar la bandeja y a poner vajilla en el fregadero. Se dijo que debía olvidar el asunto, pero esos bolsos en el vestíbulo del frente la irritaban.

—Seguramente él era un hombre... muy apuesto.

—Sí —contestó Eva—. Eso mismo.

Intuyendo que era hora de dejar el campo libre, Bobby dijo:

—Vamos, Pen. Puedes ver televisión mientras yo levanto y visto a Alma.

—La tía Eva dijo que yo podía ayudarla a cocinar.

—Después —contestó Bobby con firmeza.

—Melissa es una muchacha maravillosa, ¿verdad? —dijo, Alma mientras Bobby le cepillaba el pelo.

—Es hermosa —convino Bobby.

—Hermosa e inteligente y tiene un carácter extraordinario. Es la única que puede manejar a Eva. Sencillamente se ríe y se burla cuando Eva comienza a renegar por alguna cosa. Con su actitud la tranquiliza. Es difícil estar enfadado cuando alguien se planta frente a uno y comienza a reírse.

—Supongo que así es —dijo Bobby, mientras pasaba el cepillo entre los cabellos plateados.

—La universidad le abrió la mente —dijo Alma—. Ella en verdad ha florecido.

—A veces deseo haber realizado estudios universitarios —dijo Bobby, que imaginaba edificios cubiertos de enredaderas y estudiantes que caminaban de prisa por los corredores poblados de ecos.

—Podría atender algunos cursos nocturnos —dijo Alma—. Estudiar algo que le interese.

—No sé —dijo Bobby, que casi podía oír cómo Joe se burlaba de la idea de que ella asistiera a cursos, aprendiera cosas nuevas.

—Piense en eso —le aconsejó Alma—. Quizá la beneficie.

—Siempre quise aprender mecanografía.

—En ese caso, anótese en un curso —dijo Alma—. Vea, usted puede hacer lo que quiera, absolutamente lo que desee. Sólo es cuestión de decidirse e intentarlo.

—¿Qué podría hacer? —preguntó Bobby, imaginando que habría exámenes que era necesario aprobar antes de que le permitieran siquiera entrar por la puerta.

—Usted pide un catálogo y decide lo que le interesa; después se anota en el curso. Es muy sencillo.

—¿De veras? ¿No es necesario aprobar exámenes o algo por el estilo para ingresar?

—Usted se inscribe en un curso y asiste. Es muy simple. Le agrada la idea, ¿verdad? —Alma movió la cabeza para mirar a Bobby.

—Nunca supe que uno podía hacer eso —dijo Bobby, reuniendo en sus manos la masa de pelo plateado y formando una trenza—. Sí, será necesario que lo piense.

—Podría adquirir habilidades nuevas —dijo Alma—, llegar a ser más independiente. Después de todo —razonó—, no querrá pasar el resto de su vida cuidando a una anciana cascarrabias.

—No me opondría —dijo Bobby, mientras ordenaba los mechones de pelo—. Me agrada esta casa.

—Eso no es suficiente —dijo severamente Alma—. Usted podría hacer más. Es importante que aproveche todas sus posibilidades.

—Ya estoy haciéndolo.

—¡Eso no es cierto! —protestó Alma—. Usted debe considerar el futuro, y sobre todo el futuro de Penny. ¿Todavía no terminó?

—Sí, ya está.

—En ese caso, bajemos. Y piense en lo que le dije.

—Lo haré —prometió Bobby, imaginando que ella podía llegar a trabajar en una oficina, quizá ser la secretaria de un ejecutivo importante. Pero no le parecía muy verosímil. De todos modos, le agradaba la idea de aprender cosas nuevas.

Todos los bolsos estaban vacíos, y una pila inmensa de ropa sucia ocupaba un rincón, frente a la lavadora. Melissa puso detergente para la primera carga, cerró la tapa y puso en marcha la máquina. Se sirvió un poco más de café, se sentó a la mesa, y tomó la tostada que Penny había dejado; la pequeña tenía los ojos fijos en su madre mientras esta rellenaba el pavo.

Sabía que su madre de nuevo estaba irritada, probablemente porque ella había estado levantada toda la noche y había llegado a la casa con un cargamento de ropa sucia. Eso no tenía importancia, pero su madre permitía que cosas muy menudas la perturbasen. Se moría de ganas de fumar un cigarrillo, pero sabía que si lo encendía su madre estallaría. De modo que comió la tostada fría, bebió el café y miró a Eva, identificando cada uno de los signos que indicaban hasta dónde llegaba su enfado: el entrecejo fruncido, los labios apretados, el mentón saliente, la concentración total en la tarea inmediata, que era meter el relleno en el pavo.

—¿Qué sucede? —preguntó al fin, deseando que se aclarase el asunto, de modo que no se echara a perder toda su visita. Había ocasiones en que su madre podía enfadarse durante una semana entera. A veces los estados de ánimo de su madre la hacían meterse en la cama y dormir varios días seguidos. Sin duda, estaba de mejor humor desde que había empezado a salir con Charlie Willis, pero aún tenía esos estados de ánimo. En parte la causa era su trabajo, la permanencia cotidiana en esa oficina, donde apenas podía ver a nadie, donde vivía alimentándose exclusivamente de sus pensamientos. Pero el resto del asunto continuaba siendo un misterio. Era difícil conseguir que su madre hablase de las cosas que realmente la inquietaban.

—No sucede nada —dijo su madre, con esa expresión de inocencia que la delataba completamente.

—Vamos —la incitó Melissa, sonriendo—. ¿Qué pasa? ¿Te molesta la ropa sucia?

—Estaba esperando que vinieras con esa ropa —dijo su madre, mientras continuaba la tarea de rellenar el pavo.

—¿Entonces?

—Nada, Melissa.

—Nada, Melissa —la imitó Melissa—. Conozco esta rutina. Es el número en que representas el papel de la "madre infernal".

Eva suspiró y dijo:

—Pago el servicio de lavandería de la escuela. *¿Por qué* no lo usas?

—Oh, caramba —dijo Melissa—. De modo que *en efecto* tiene que ver con la ropa sucia. Me parece increíble. Estás irritada porque traje a casa mi ropa sucia.

—Es muy molesto. Y especialmente hoy.

—Tranquilízate, Eva —dijo Melissa, y le dirigió una ancha sonrisa—. Ahora lavaré un par de cargas y mañana termino el resto. No es un gran problema.

—Es muy desconsiderado de tu parte.

—Madre infernal asesina a su hija por la ropa sucia —dijo Melissa, como si estuviese leyendo un titular—. ¿Qué es lo que te molesta realmente?

—Detesto esa expresión.

—Muy bien. ¿Cuál es la causa de tu ceño, queridísima mami?

Eva se echó a reír y se acercó al fregadero para aclararse las manos. ¿Por qué siempre tenía que terminar así? Cada vez que Melissa volvía a casa, ella le descubría defectos. Se relacionaba con el exceso de cariño, con la necesidad de dejar a su hija en libertad, aunque Eva era incapaz de renunciar a los últimos hilos del control que ejercía como madre. También tenía que ver con la juventud y la libertad de Melissa, y Eva se despreciaba porque se sentía un poco celosa y resentida. Se secó las manos, miró a su hija y dijo:

—Lo siento. En realidad, no me importa en absoluto la ropa sucia. Olvida que te dije algo. Me alegro de verte.

Melissa pensó: "La tormenta pasa, y no hubo daños".

—Lo mismo digo —afirmó.

—Madre infernal —rió Eva, avergonzada ante el carácter tolerante de su hija.

—Voy a dormir un par de horas. ¿De acuerdo? —Melissa se puso de pie y llevó el jarro al fregadero.

—Excelente idea. Se te ve cansada.

—¿A qué hora se come?

—A las tres.

—No me mires los pies —dijo Melissa—. Sé que detestas mi calzado, pero es muy cómodo —se acercó más y dijo—: Dame un abrazo, Eva.

De nuevo Eva tuvo que reír y la abrazó, pasando la mano sobre el abundante pelo de Melissa. Siempre la impresionaban las proporciones y la estatura de su hija, su carácter adulto, su sorprendente capacidad de razonamiento.

—Ve a dormir tu siesta —dijo, facilitando la salida de Melissa y percibiendo el regocijo en sus ojos.

—Eva, realmente has aprendido a suavizar las cosas —dijo Melissa, enfilando hacia la escalera—. Despiértame en un par de horas, ¿de acuerdo?

—De acuerdo —dijo Eva, y la miró mientras se alejaba, furiosa consigo misma porque había provocado tantas dificultades a causa de la ropa sucia. ¿Qué *demonios* le sucedía?

21

Todos se reunieron en la sala para beber una copa antes de la comida, y Bobby pudo quedarse en una especie de segundo plano, saboreando una copa de vino tinto y observando. Alma había elegido un vino blanco espumoso, y Penny ofrecía a los presentes una fuente de cristal con trocitos de zanahoria, apio y olivas. Después la niña se instaló al lado de Melissa, en uno de los sillones. Melissa no se opuso y se sentó con un brazo rodeando el hombro de Penny y comenzó a formularle preguntas acerca de la escuela. Eva iba y venía entre la sala y la cocina, y de tanto en tanto hacía una pausa para descansar sobre el brazo del sillón de Charlie y beber un sorbo de su propio vino tinto. Bobby los estudiaba disimuladamente con bastante interés, fascinada por esa nueva imagen de Eva e intrigada al ver que Melissa observaba a su madre como si los roles se hubiesen invertido y Melissa fuese la madre complaciente.

Cuando pasaron al comedor, Bobby cortó la comida de Alma como lo hacía habitualmente; se habría ocupado después del plato de Pen, pero la niña insistió en que la ayudara Melissa. Melissa se echó a reír y aceptó el pedido. Era una joven de muy buen carácter, vivaz y divertida, un tanto exótica con sus bellos rasgos y el pelo largo y ondulado. Conseguía que cambiase la atmósfera y lograba que todo pareciese más divertido y luminoso. Pen estaba cautivada por ella y no permitía que Melissa se apartase de su campo visual. Con otra persona, Bobby se habría inquietado ante la posibilidad de que Pen molestara; pero era evidente que Melissa simpatizaba con la niña, de modo que no dijo una sola palabra.

Charlie, el amigo de Eva, era un hombre cordial, agradable y sereno. Era delgado y no muy alto y tenía un aspecto excelente con los pantalones grises y la camisa blanca, la corbata a rayas y la chaqueta azul con botones dorados. Poseía manos hermosas, inmaculadas, con dedos largos y afinados. Bobby simpatizó con él. Era una persona que escuchaba con los ojos, que aprobaba con toda su actitud. Imaginaba fácilmente la posibilidad de pedirle consejo médico. Estaba segura de que demostraría simpatía y comprensión. Al parecer, no le incomodaba en absoluto ser el único hombre presente en la cena; de hecho parecía complacerse con ello. Bromeaba con Alma, pero Bobby adivinaba que eso a ella no la molestaba. Y Eva se mostraba completamente distinta en presencia de Charlie y Melissa. El vino también la cambiaba. Se movía con más lentitud, reía a menudo y se sonrojaba cuando Melissa hablaba de su ropa sucia y de que su madre tenía ataques cada vez que ella volvía al hogar con otro cargamento.

A instancias de Alma, Bobby continuaba poniendo música y atendía el equipo de sonido en la sala. Penny devoró dos porciones de pavo relleno, pero sólo el relleno, a pesar de que Bobby le dijo al oído que comiese un poco de la carne que había pedido.

—No importa, Bobby —dijo Eva, y después, dirigiéndose a Penny—: El relleno es mucho más interesante que el pavo, ¿no es así?

—Me encanta el relleno —declaró Penny—. Es mejor que el helado —y volviéndose hacia Melissa explicó—: Dennis nos compró helado en el paseo.

—¿De veras? —Melissa sonrió a Bobby.

—Sí, después que nos llevó a ver los peces. Y vimos una gran película; todo pasaba a gran altura, en un lugar mucho más alto que esta casa.

—Fueron al Centro Marítimo, ¿verdad? —dijo Melissa.

—*Es cierto*, ¿lo conoces? Es muy bueno.

—No, nunca fui —dijo Melissa—, pero me agradaría conocerlo.

—Puedo ir contigo cuando quieras —dijo Penny, muy excitada.

—Quizá cuando regrese a casa, para Navidad.

—¡Muy bien! ¿Y sabes otra cosa? ¡Mañana Dennis nos comprará *tacos**! Me encantan los tacos. ¿Los probaste?

—Sí. Son magníficos —dijo Melissa.

Bobby mantuvo los ojos fijos en el plato, esperando que alguien formulase comentarios acerca de la salida que ella y Pen habían realizado con Dennis; pero nadie habló al respecto. Charlie preguntó a Alma si practicaba sus ejercicios, y Alma contestó:

—Esta máquina diminuta me obliga a trabajar todas las tardes.

—Eso es maravilloso —dijo Charlie, y Bobby lo miró y vio que él le sonreía.

---

* En castellano en el original inglés (*N. del T.*).

—Siempre discute —afirmó Bobby, y después miró para ver si Alma se enojaba. Pero parecía complacida ante el hecho de que Bobby aportara a la conversación.

—Por cierto que discuto —confirmó Alma—. Son una colosal pérdida de tiempo.

—Sucede únicamente que usted es haragana —la acusó afectuosamente Charlie.

Alma rezongó, con el tenedor clavó algunos guisantes y se los metió en la boca.

—Más tarde podrá moverse con un bastón —dijo Charlie—, si continúa con los ejercicios.

—Eso sería magnífico, tía Alma —comenzó a decir Melissa.

—No tengo interés en usar un bastón, gracias —la interrumpió Alma.

—No seas tonta —le dijo Melissa—. No estarías clavada siempre a esa silla. Podrías desplazarte por tu propia cuenta.

—El tema me aburre —dijo hoscamente Alma—. Melissa, espero que hayas traído tus trabajos, para leerlos.

—Los olvidé. Los traeré en Navidad. Dispondrás de tres semanas para analizarlos y discutir las calificaciones que los profesores me asignaron. Mi tía —explicó a Bobby y a Charlie— nunca coincide con mis calificaciones. Cree que mis profesores son todos retardados. Y mamá —continuó riendo— comienza a modificar el texto y marca mis oraciones mal construidas y los participios incorrectos. Ya es bastante ingrato asistir a la escuela, sin necesidad de volver a casa y soportar a los críticos residentes —meneó la cabeza y se sirvió otra porción de pastel, mientras decía—: Esto está muy bueno, mamá.

Bobby tragó un bocado del sabroso relleno y dijo:

—Me parece excelente —y se vio recompensada con una sonrisa de Eva. Se miraron un momento; después Bobby desvió los ojos y se preguntó dónde estaría Joe y qué haría. Probablemente estaría en la casa de su madre, y los dos comerían en silencio, odiándose uno al otro. Bobby agradecía intensamente el hecho de que no necesitara estar allí, ni tuviera que respirar la atmósfera cargada de presagios. A lo largo de ocho años había estado en las comidas del día de Acción de Gracias y de Navidad en compañía de Joe y su madre y realizado un esfuerzo tremendo por mostrarse amable, por fingir que todo estaba bien. Dos días de sufrimiento todos los años, además de las jornadas comunes de golpes y humillación. Todavía no había pasado ni un mes, pero ella sentía que había estado lejos de Joe por un período muy prolongado. Por primera vez en años no tenía cardenales en el cuerpo, ni lugares sensibles y doloridos que la despertaran cuando ella intentaba moverse en la cama durante el sueño. No necesitaba estar constantemente en guardia, temerosa de decir o hacer algo que desencadenase una explosión. Estaba con gente inteligente y cordial, que la trataba como a un miembro más de la familia. Bobby ansiaba demostrar su gratitud y tan pronto como concluyó la comida se puso de pie para recoger la vajilla.

Eva dijo:

—No se moleste —pero Melissa ya estaba de pie, diciendo—: Mamá, siéntate y descansa. Tú cocinaste. Bobby y yo lavaremos.

—Yo también —intervino Penny, trepándose a su silla e insistiendo en que Melissa le permitiese llevar algo.

Eva extendió la mano hacia el vino y observó cómo las dos mujeres y la niña atravesaban la puerta de vaivén en dirección a la cocina. La intrigaba la reacción de Melissa frente a Penny. Por la razón que fuese, no había previsto que su hija se sentiría tan atraída por la niña. Era un aspecto nuevo de Melissa, uno más en una serie interminable de revelaciones. Melissa ya no era una niña previsible; era una mujer independiente. Sus opiniones se habían ampliado, se habían profundizado a partir de la primera semana de asistencia a la universidad. El tiempo de la separación había sido muy provechoso para Melissa. Ahora poseía su propio conjunto de valores, había afinado sus percepciones y en cierto modo había invertido las posiciones; por lo tanto influía sobre su madre más que Eva sobre ella. Eva tenía que reconocer que Melissa también había desarrollado una habilidad impresionante para manejar a su progenitora y se preguntaba si todos los niños con el tiempo llegaban a conocer a sus padres mejor que los padres a ellos. Ciertamente durante su infancia cada iniciativa de Eva era previsible para Alma; Alma había manifestado una comprensión casi mística del funcionamiento íntimo de la mente de Eva. Y ahora Eva sentía muy a menudo que ella podía detallar los pensamientos de su tía sencillamente observando sus expresiones faciales. Por supuesto, a partir del ataque eso había llegado a ser más difícil, pues se podía percibir sólo lo que sucedía en la mitad de su cara. Esa capacidad se relacionaba con la familiaridad, pensaba Eva, y con una relación muy antigua con todas las actitudes de una persona. Y eso se daba únicamente en el marco de una familia. En todas las restantes situaciones, la gente representaba papeles en mayor o en menor medida; generalmente con la esperanza de congraciarse.

Bajo la mesa, la mano de Charlie acarició su rodilla, interrumpiendo el hilo del pensamiento, y Eva se volvió para mirarlo. Le encantaba su cara y durante un momento trató de evocar exactamente cuándo Charlie había llegado a ser tan importante para ella.

—Una comida deliciosa, querida.

—Gracias —dijo Eva, gozando con el peso de esa mano y su movimiento delicado. Se dijo que no había existido un momento específico. Poco a poco él había llegado a convertirse en una referencia emotiva, tan importante para ella, a su propio modo, como Melissa y Alma lo eran entre ellas. Era extraño y misterioso el modo en que las emociones de uno podían expandirse. Eran flexibles, adaptables, desconcertantes y a menudo ingobernables.

—De primera, Eva —dijo su tía, con ojos de conocedora, de modo que Eva tuvo que preguntarse si ella sabía lo que Charlie estaba haciendo.

—Bobby preparó el postre —dijo Eva, que se sentía lánguida a causa del vino. Se dijo que debía permitir que su tía gozara con esa emoción sustitutiva. En los tiempos que corrían ella tenía muy escasos placeres. Eva sintió deseos de saber qué podía decir o hacer para recuperar a aquella tía Alma que había sido su madre, a esa Alma bastante esplendorosa y siempre activa que necesitaba llevar la cuenta de sus compromisos en un abultado diario. La mujer que se sentaba ahora frente a ella, en el extremo opuesto de la mesa, tenía la inteligencia de Alma, pero nada de su energía o su sentido de la orientación. A Eva le dolía ser testigo de la frustración y la cólera constantes de su tía. El único alivio, en el curso de un año, había llegado a través de Penny y de Bobby. Eva veía que Bobby representaba el mismo tipo de desafío que encarnaban en otros tiempos los alumnos de Alma; y en cosas menudas esa mujer afrontaba el reto. Al cultivar lo que ella consideraba que era el potencial de Bobby, Alma encontraba un motivo para sobrevivir día tras día. Eva de pronto se sintió muy contenta con Bobby y se preguntó si no había bebido demasiado. Una copa o dos de una bebida alcohólica, y tendía a mostrarse muy emocional. Y también muy afectuosa. Deseaba hundir la cara en el cuello de Charlie y aspirar la tibia fragancia de su colonia.

—Entiendo que ella y Dennis están saliendo —dijo tranquilamente Charlie.

—No sé si sería posible decirlo así —afirmó Eva—. Ella tiene miedo de su propia sombra. Pero Dennis es inofensivo. Ya salieron un par de veces.

—Eso la beneficia —intervino Alma—. Bobby necesita aprender a confiar en la gente, y Dennis ciertamente merece confianza.

—La niña es adorable —dijo Charlie—. Muy inteligente. Y parece que Mel progresa en la universidad.

—Le encanta —dijo Eva—. Ya está hablando de la posibilidad de una especialización, aunque aún no tiene idea de lo que desea hacer.

—Recuerden mis palabras —dijo Alma—. Ella terminará dedicándose a la literatura.

Eva se echó a reír.

—Melissa cree que es una ocupación lamentable. Está convencida de que soy una persona socialmente retardada porque paso sola mis días de trabajo. Afirma que ella prefiere hacer cualquier otra cosa.

—Tú *eres* una persona socialmente retardada —dijo Alma—. Y ella acabará escribiendo. Conozco los signos. Posee un talento indiscutible.

—No lo digas frente a ella —le advirtió Eva—. La provocarías. Dedicaría una hora entera a hablar de mi optimismo insensato y mi constante decepción y recitaría de memoria todas las cosas negativas que siempre dije acerca de la profesión de escritor.

Penny se acercó brincando y preguntó:

—¿Qué más?

Eva le entregó una de las fuentes más pequeñas y dijo:

—Vamos, Pen, llévala.

Penny se volvió serenamente y caminó con paso lento hasta la puerta.

Charlie rió y pellizcó la rodilla de Eva. Esta le sonrió, sintiéndose agradablemente tibia y un poco excitada. Movió la pierna, para tocar la de Charlie. Sentía los miembros maravillosamente pesados y ahora miró la boca de Charlie y experimentó una punzada de sensualidad en el bajo vientre. Deseaba meterse bajo la mesa y arrastrar allí a su amigo. Al imaginar la escena, sonrió para sus adentros. Podía imaginarse ejecutando toda clase de gestos sensuales, pero en realidad era incapaz de hacer algo más que ejecutar algunas maniobras inocentes de contacto clandestino entre las rodillas. ¿Por qué había una dicotomía tal entre las fantasías de uno y sus cualidades reales?

Alma observó a Charlie y Eva y de pronto experimentó un terrible sentimiento de envidia, la sensación de todo lo que faltaba en su propia vida. Un año atrás ella había sido otra persona, activa y actuante, una mujer relacionada con hombres; incluso se había acostado con Bill Fitzgerald la semana anterior al ataque. No sentía ni aparentaba su edad y había creído que era un derecho otorgado por Dios que ella fuese una mujer integral, quizás hasta después de los ochenta años. Había visto a Bill más o menos regularmente durante casi dos años y le profesaba mucho afecto. Y de pronto se había despertado una mañana y era otra persona, una persona desmejorada e irreversiblemente cambiada. Había despertado pensando que no debía haber dormido sobre el brazo y entonces intentó levantarlo para restablecer la circulación. El horror la había dominado al pasar los minutos, con ese brazo que se negaba a obedecer sus órdenes. El asunto se había complicado a causa de su incapacidad para abandonar la cama, y se había duplicado una vez y otra vez más en todo lo que vino después. Pero el horror definitivo había sido la visión de su propia cara.

Bill había ido una vez a verla al hospital y jamás había regresado. Ella no se lo reprochaba; en realidad, era mejor así. El horror que él no había podido disimular del todo simplemente había confirmado los sentimientos de Alma. Se había convertido en un ser grotesco, un monstruo sobre ruedas. Ahora ella no veía qué sentido tenía la vida. Ella estaba sencillamente haciendo tiempo, pasando las horas hasta que otro ataque o el corazón acabaran con su persona. Deseaba tener el valor necesario para eliminar esa monstruosidad en la cual se había convertido. Pero no lo hizo. Algo —quizás un sentimiento de curiosidad, o una tenacidad intrínseca— determinaba que se aferrase a una existencia inútil. Y en ese momento sintió el deseo de gritar a Eva y a Charlie, el deseo de ordenarles que se comportasen con más decencia. Y sin embargo, después de todo, ¿qué hacían? Sencillamente tenían conciencia física el uno del otro. Pero ahora que la propia Alma era bastante menos que una mujer, se sentía irritada y un poco nauseada por la sexualidad todavía saludable de Eva. Le costaba cierto esfuerzo contener su desdén, redefinir el amor maternal que había sentido durante tanto tiempo por esa mujer, la misma que había sido para ella una hija. Y después, cuando al fin había conseguido dominarse, se sintió abrumada por la mezquindad de su espíritu. Eva todavía era joven. Merecía tener una persona a quien amar. Su vida no había sido fácil.

En la cocina, Bobby preparaba el café y organizaba la distribución del postre, mientras Melissa enjuagaba los platos y Penny los acercaba a la máquina lavaplatos.

—Usted es muy afectuosa con mi tía —dijo Melissa a Bobby—. Las otras enfermeras la trataban... por así decirlo, profesionalmente. Pero usted se muestra tan paciente y natural con ella. Es evidente que Alma simpatiza mucho con usted.

—Ella me agrada —repuso tranquilamente Bobby.

—Es evidente —dijo Melissa—. ¿Hace mucho que es enfermera?

—No soy enfermera diplomada.

—¡Caramba! Yo hubiera creído que lo era con más derecho que las restantes. Todas se comportaban como si atender a mi tía fuese demasiado trabajo. Una actividad que interfería en la vida de cada una.

—Eso fue lo que Dennis dijo.

—¿Y? —sonrió Melissa—. ¿Ustedes dos son una unidad, o algo parecido?

Desconcertada, Bobby dijo:

—Somos solamente amigos.

—Bien, eso está claro. Dennis es una buena persona —al advertir que el tema incomodaba a la mujer, Melissa dijo—: ¿Usted preparó los pasteles?

—Así es.

—Me pareció. Mi madre no sabe preparar las masas. Solía hacer quiche, pero tenía que poner la masa en la sartén y darle forma con las manos. El sabor estaba bien, pero la masa siempre parecía muy espesa y llena de grumos. Y bien, ¿cómo le va con ella?

—Oh, muy bien —dijo Bobby, con cautela.

—Puede ser una mujer dura —dijo objetivamente Melissa, tratando de ver a su madre con los ojos de Bobby—, pero no se deje asustar. La mitad del tiempo vive en una especie de nube, la atención concentrada en su último libro. Usted puede hablarle y parece que lo escucha, pero en realidad está lejos. Flota en el espacio y trata de resolver situaciones. A veces sucede como si la composición literaria le pareciese más real que nosotros mismos. Y de pronto vuelve y es una mujer completamente distinta. Uno puede percibir el momento exacto en que sucede eso. A decir verdad, es una buena mujer, y en esencia muy justa. Pero a veces puede parecer un poco esquizofrénica. Lo que sorprende en ella es que, si uno le pregunta algo, responde absolutamente la verdad, absolutamente, y no oculta nada. Mis amigas siempre venían a casa cuando vivíamos en la ciudad y se servían café y conversaban con mi madre, porque era una de las pocas que ofrecía respuestas sinceras a lo que cualquiera quisiera saber. Cuando yo tenía unos trece años, eso me avergonzaba muchísimo, pero ahora comprendo que en verdad era una persona muy inteligente. ¡Hola, Pen! Qué niña simpática. Ya hemos terminado —se inclinó, deslizó las manos bajo los brazos de Penny y la alzó. Penny rió feliz.

—Es difícil saber cómo cambia de un día para otro —dijo Bobby, al mismo tiempo que admiraba la desenvoltura de Melissa con Pen.

—¡Si lo sabré! —dijo Melissa, dejando a Penny en el suelo—. Nunca sé lo que le molesta. Se ha suavizado mucho desde que comenzó a ver a Charlie. ¿No es cierto que él es *buenísimo*? Daría cualquier cosa por conocer un tipo como él. La mayoría de los muchachos de la universidad son tan *jóvenes*. Con ellos me siento una mujer de edad madura.

Bobby se rió al oír esto.

—No, hablo en serio —dijo Melissa—. Hay algunos que son muy interesantes, pero la mayoría está formada por... *adolescentes*. No sé. Si las cosas continúan así, jamás me casaré.

—¿Desearía casarse?

—Sí. Y tener muchos hijos.

Bobby levantó la bandeja cargada de tazas y platillos y dijo:

—Estoy segura de que los tendrá.

—No lo sé —dijo Melissa, mientras entregaba la azucarera a Penny—. Quizá soy demasiado selectiva. Y las mujeres inteligentes asustan a los hombres. ¿Observó eso?

—No sé —dijo Bobby.

—Oh, tiene que saberlo —insistió Melissa—. Después de todo, usted es inteligente. ¿No ha observado que los hombres le escapan?

—No lo sé —repitió suavemente Bobby.

Melissa la miró un momento y comprendió que sin querer se había metido en un territorio vidrioso, de modo que abandonó el tema.

—Bien, sea como fuere —dijo, desplazándose conscientemente a un territorio más seguro—, me alegro de que mamá por lo menos tenga a alguien como Charlie, que no se asusta fácilmente —extendió la mano hacia la cafetera y dijo—: Volvamos allí y comamos un trozo de pastel. Tiene un aspecto fenomenal.

Cuando llegó el momento, Penny no quiso acostarse.

—Es una fiesta —dijo—. Quiero quedarme levantada.

—Pen, ya pasó la hora de acostarte —dijo suavemente Bobby.

—¡Tengo una idea! —dijo Melissa—. ¿Qué te parece si yo te llevo a la cama?

—¡Sí! —exclamó Penny—. Acuéstame.

—¿Está de acuerdo? —preguntó Melissa a Bobby.

—Por supuesto, si usted no se opone.

—Será una buena práctica —dijo Melissa, alzando en brazos a Penny y llevándola sobre el hombro.

—Tendrás que darme un baño —dijo Penny cuando ya estaban alejándose.

—Está realmente loca por Melissa —observó Alma, desviando la mirada de la partida de ajedrez que estaba jugando con Charlie.

—Así parece —confirmó Bobby.

—Creo que aquí me arrinconó —dijo Charlie, después de examinar varios minutos el tablero.

—Reconozca la derrota —dijo Alma con una sonrisa—. Ahora quiero ir a mi habitación. Estoy cansada.

—Hoy no has dormido la siesta —dijo Eva desde el hogar, donde estaba removiendo perezosamente las brasas.

—Lo sé muy bien —rezongó Alma.

—Me declaro vencido —dijo Charlie.

—Más vale así —dijo Alma—. Una movida en cualquier dirección y le daba jaque.

—¿Deseas algo antes de subir? —preguntó Eva, mientras Charlie comenzaba a volver las piezas a la caja.

—Nada —dijo Alma—. Ven a darme un beso.

Eva cruzó la habitación y abrazó a su tía, mientras murmuraba:

—Ya lo sabes, tú me amas.

—Sí, lo sé —reconoció Alma—. Sucede únicamente que estoy cansada.

Bobby había dejado a un lado su tejido y estaba de pie, preparada junto a la silla de ruedas, mientras Charlie agradecía la partida a Alma y se inclinaba para darle el beso de las buenas noches.

—Gracias por incluirme en la celebración de hoy.

—Siempre me complace verlo fuera de ese condenado consultorio —le dijo Alma; después indicó con un gesto a Bobby que estaba preparada para retirarse.

Cuando Bobby bajó, una media hora después, Melissa estaba sola en la sala, fumando un cigarrillo.

—Mamá y Charlie fueron a pasear —dijo—. Ojalá que usted no se ofenda. Le robé uno de sus Marlboros.

—No me importa. —Bobby dejó su tejido—. Gracias por acostar a Pen. ¿Le dio mucho trabajo?

—No. Me leyó un cuento —dijo Melissa, sonriendo—; después la arropé, y eso fue todo. Es preciosa. Terminaré mi cigarrillo e iré a acostarme. Estoy agotada.

—Yo haré lo mismo —dijo Bobby—. De nuevo gracias por atender a Pen.

En la cocina del apartamento, Bobby se sentó frente a la mesa encendió un cigarrillo y experimentó un desusado sentimiento de alegría. Había sido la mejor celebración del mejor día de Acción de Gracias desde su niñez.

22

Melissa soñó que de nuevo era pequeña y que ella y su madre venían de la ciudad para pasar un fin de semana con la tía Alma. Era primavera y la zona rural de Connecticut desbordaba de color —los cornejos florecidos con flores rosadas y blancas, las azaleas rosadas y anaranjadas y rojas, las visterias y las lilas, y los tulipanes. Melissa miraba absorta por los cristales del coche. Siempre olvidaba qué hermoso era fuera de la ciudad y cómo el aire olía mejor y la gente se mostraba más cordial.

Su madre tenía una pequeña máquina de escribir sobre el regazo, escribía con una mano y conducía con la otra. Melissa se preguntaba cómo podía hacer eso y durante unos momentos observó el movimiento de los dedos de su madre sobre el teclado. Su madre escribía libros y, a veces, cuando sus amigos venían a cenar, les leía algo que acababa de escribir; los amigos permanecían sentados en silencio y escuchaban. Melissa la oía desde su dormitorio y pensaba que era como encontrarse en la escuela con el maestro leyendo en voz alta a la clase. Pero los amigos de su madre se entusiasmaban y todos comenzaban a hablar apenas Eva terminaba la lectura.

Melissa pensaba que escribir libros era una actividad extraña, que no se asemejaba al trabajo que realizaban otros adultos; significaba sencillamente mecanografiar, pero su mamá lo hacía constantemente, incluso cuando iban a algún sitio en el coche.

—¿Por qué haces eso ahora? —preguntaba Melissa, irritada, y su madre la miraba y decía—: Debo terminar este trabajo —Melissa se volvía para mirar el paisaje y pensaba que escribir era una cosa tonta y aburrida. Ni siquiera se podía hablar con otra persona cuando se estaba en eso. Ya estaban cerca de la casa de la tía Alma; veía las casas, las calles a las que reconocía.

La tía estaba en el jardín del fondo cuando ellas llegaban y conversaba con un hombre que estaba construyendo una pared alta alrededor de la casa. Melissa corría hacia Alma para abrazarla y preguntaba:

—¿Por qué estás levantando una pared? —Y la tía contestaba—: Hay mucha luz.

—Pero no podremos ver la playa —decía Melissa, con mucho desagrado ante el espectáculo de los ladrillos y los sacos de cemento en el jardín.

—Habrá una puerta —contestaba la tía.

La madre de Melissa llegaba por el jardín, trayendo la máquina de escribir en una mano y un fajo de papeles en la otra. Miraba muy enfadada y decía:

—¿Dónde podré trabajar, si haces esto? —y la tía Alma decía—: La vida no es sólo escribir. ¿Jamás abandonas esa condenada máquina?

Se preparaban para discutir y Melissa no deseaba escuchar, de modo que entraba en la casa y veía todas esas muñecas sentadas a lo largo de la encimera. Entusiasmada, deseando que fuese una sorpresa destinada a ella, iba a recoger una. Detrás la tía rezongaba:

—¡No hagas eso! Están castigadas por mala conducta.

Melissa decía:

—Lo siento —y retrocedía, mirando las muñecas y tratando de imaginar qué pecado habían cometido.

Había oscurecido; ella tenía puesto el camisón y se acurrucaba en la cama con la tía Alma, como hacía siempre que ella y su madre venían de visita. La tía Alma se sentaba sobre las mantas, con camisón rojo escotado, y cuando Melissa le preguntaba adónde pensaba ir, la tía le contestaba:

—Tendrás que cuidar del niño mientras yo no esté.

Melissa se preguntaba: ¿Qué niño? Y la tía se inclinaba y dejaba una cesta sobre la mesa para mostrar el niño a Melissa.

—Pero ¿adónde irás? —le preguntaba Melissa—. ¿Y por qué mamá no puede cuidar al niño?

—Quiero que *tú* lo hagas. Sé que puedo confiar en ti.

—Pero también puedes confiar en mi mamá.

—Melissa, este es nuestro secreto. No quiero que tu mamá lo sepa.

Eso parecía lógico. Melissa se recostaba en la cama de su tía, con una mano sobre la cesta, y cerraba los ojos. Cuando los abría de nuevo, estaba de pie sobre el borde del nuevo y alto muro de ladrillo, al fondo de la casa, protegiéndose los ojos del sol mientras miraba hacia el estrecho. Había una escalera cerca, y usándola, ella bajaba hasta la arena. Llegaba al borde del agua y probaba la temperatura con el pie. Estaba tibia, se la veía muy limpia y el color era casi turquesa. Entraba en el agua y se deslizaba bajo la superficie; después emergía y flotaba de espaldas, mirando hacia la pared. La escalera había desaparecido, lo cual significaba que ella no po-

252

dría regresar. Pero comprendía que no necesitaba inquietarse. Sabía dónde estaba la puerta secreta.

Eva pensaba en esa tarde en que habían regresado a la plantación, después de la breve visita a Crescent Bay. En el coche, mientras regresaban, Eva había dicho:

—Debo ir a la ciudad. Necesito algunas cosas.

Deborah la había mirado por encima del hombro, y al fin dijo:

—Ian te llevará. Debo volver a casa con Derek y ponerle ropas secas —después, miró intencionadamente a Ian, hasta que los ojos del hombre encontraron la mirada de Eva en el espejo retrovisor; él le dirigió una de sus sonrisas burlonas y dijo—: Con mucho gusto.

Pero, antes de salir, Eva tuvo que esperar que Ian se cambiase de ropa. Deborah había prometido cuidar a los niños.

Permaneció de pie junto a la puerta principal abierta, preguntándose por qué Ian necesitaba tanto tiempo para todo. Nunca había conocido a nadie que mostrase una lentitud tan crónica como ese hombre. Nunca llegaba a tiempo. Excepto hoy, cuando había estado esperándolos en la playa. ¿Cómo había sabido que volverían enseguida? Sólo cabía suponer que era porque había sabido que, tan pronto Deborah descubriese que no se había pagado a los obreros y que estos no trabajarían hasta que recibiesen el dinero, no tendría más remedio que dar media vuelta y volver. Pero ¿por qué él había hecho algo que sería descubierto tan rápidamente? ¿No podía tratarse de un malentendido? Probablemente jamás lo sabría. Cuando los cinco subieron al coche, Ian y Deborah se hundieron en un profundo silencio.

Protegiéndose los ojos de la luz del sol, Eva miró alrededor. El tiempo había mejorado y todo resplandecía ahora con brillantes matices de verde. Al volverse, vio que Mellie y Derek jugaban en el terreno cubierto de hierba, arrojándose la pelota uno al otro y corriendo y gritando en círculos. Deborah estaba sentada sobre el borde de la pared de hormigón, con un cigarrillo, los brazos cruzados sobre las rodillas, la mirada siguiendo los movimientos de Mellie y Derek.

Si Eva hubiese sabido que Ian tardaría tanto, habría aprovechado la posibilidad de sentarse allí, con Deborah. Quizá, mientras los niños se dedicaban a jugar, ella podría conversar con su vieja amiga. Pero ya era demasiado tarde, y Eva estaba irritada porque había desaprovechado otra oportunidad de comunicación.

Ian llegó del dormitorio caminando con paso vivo; sin decir palabra se acercó a la puerta del coche y esperó a que Eva se acercara. Ella ocupó el asiento del pasajero y apenas tuvo tiempo de cerrar la puerta cuando él ya estaba dando marcha atrás con una maniobra muy brusca, para salir del sendero. Comenzó a bajar por la pendiente empinada, con una velocidad que alarmó y disgustó a Eva; apenas aminoró la marcha cuando hizo la curva que desembocaba en la carretera principal, al pie de la montaña. Habían recorrido alrededor de un kilómetro y medio cuando ella le preguntó si tenía inconveniente en disminuir la velocidad.

—Lo siento —agregó—, pero el movimiento del coche me enferma.

El no dijo nada, pero en efecto disminuyó un poco la velocidad. Nerviosa, ella acercó la cara a la ventanilla abierta y respiró hondo, concentrando la atención en la necesidad de recuperar la calma.

Cuando se aproximaban a las afueras de la ciudad, él dijo:

—Tengo que detenerme un momento, si no tiene inconveniente.

Eva dijo que no le importaba, y él se detuvo frente a una hilera de tiendas. Mientras ella miraba, vio que Ian entraba en la agencia de viajes, y al pensar que eso era extraño, se dedicó a ver qué pasaba. Mientras pasaban los minutos, Eva comenzó a observar el interior del coche y vio que algo asomaba bajo la alfombra que estaba del lado del conductor. Impulsada por la curiosidad se inclinó, levantó la alfombra y vio dos pasaportes. Miró hacia afuera para asegurarse de que Ian no se acercaba y abrió los pasaportes. Uno correspondía a Ian y el otro a Derek. Dejó caer la alfombra y enderezó el cuerpo, mientras se preguntaba qué significaba eso. Los pasaportes y una agencia de viajes. Estaba segura de que Deborah nada sabía del asunto. No había mencionado en absoluto la posibilidad de que ellos viajaran.

En la farmacia, Eva compró algodón, aspirinas, varios rollos de papel higiénico —había visto que faltaba en el cuarto de baño de los niños—, una caja de toallitas y un paquete de caramelos con sabor a fruta para Derek y Melissa. Después regresaron al coche, y Ian preguntó:

—¿Cuándo se publicará su libro?

—En octubre —contestó Eva, que en ese momento decidió que concedería un día más, que intentaría por última vez conversar con Deborah. Si no lo conseguía, se iría de la isla con Melissa.

—Hum —dijo Ian—. ¿La obra ha sido vendida fuera de Estados Unidos?

—En realidad, hemos vendido los derechos en Gran Bretaña, Francia, Alemania e Italia.

—Excelente —aprobó Ian, impresionado—. ¡Bien hecho! Siento mucho deseo de leer la obra.

—Les enviaré un ejemplar a ambos cuando se publique.

—Hum, magnífico.

Al examinar el perfil típicamente en el estilo de Punch, tratando de contener la antipatía que ese hombre le inspiraba pero sin lograrlo, de pronto comprendió con súbita e inexorable claridad que nada de lo que ella pudie-

254

ra decir o hacer originaría el menor efecto en él o en Deborah. Esos dos habían iniciado un extraño juego sujeto a reglas muy desagradables y, si su papel era el de testigo, a decir verdad ya no le interesaba representarlo. Cuando volvieran a la plantación ella telefonearía a la oficina de la línea aérea y conseguiría reservas.

Al regreso, Mellie la saludó como si Eva se hubiese ausentado varios días.

—¡Derek me pegó! —exclamó, buscando consuelo—. Tuvo que encerrarse en su cuarto, porque ha sido muy malo.

—Se irritan uno al otro —explicó Deborah—. ¿Has conseguido todo lo que necesitabas?

—Traje un poco de papel higiénico —dijo Eva, mostrando los rollos y sintiéndose un poco tonta. Allí estaba, preocupada por cosas como el papel higiénico, como deseando demostrar su consideración. Era patético.

Deborah dijo:

—Gracias, querida —y pareció divertida, como si considerase que la domesticidad de Eva era un rasgo afectuoso pero en esencia estúpido.

Eva pensó en la posibilidad de hablar a Deborah de los pasaportes y la visita de Ian a la agencia de viajes. La idea le infundía la sensación de que ella era una suerte de delatora. Pero Deborah merecía saber lo que estaba sucediendo. ¡Por Dios! Qué situación imposible.

—Dejaré mis cosas, y comenzaré a preparar la comida de los niños.

—Eso sería muy bueno —dijo distraídamente Deborah—. ¿Qué está haciendo él en la cochera? —preguntó en voz alta, y atravesó la cocina. Estaba descendiendo los peldaños cuando Eva fue con Melissa al dormitorio.

—Quiero volver a casa —dijo Melissa, sentada sobre el borde de la cama mientras Eva separaba sus compras. Dejaría el caramelo para más tarde.

—Nos vamos dentro de dos días —dijo Eva—. Ven aquí, te lavaré las manos y la cara.

¿Debía hablar? ¿O no? El interrogante la irritaba mientras alimentaba a los niños. Amigos de nuevo, Mellie y Derek fueron a montar en triciclo; Eva se sentó en la galería y contempló las posibles consecuencias de la revelación. Tal vez eso nada significara a los ojos de Deborah —como el asunto del arma—; también era posible que Deborah se irritase con Eva porque asignaba importancia al asunto. O tal vez fuese muy importante y se sintiera agradecida.

Deborah apareció con una taza de té y se sentó sobre la barandilla.

—Otro día desperdiciado —dijo, mirando a lo lejos.

—Oye —dijo Eva en voz muy baja—. Probablemente no signifique nada, pero creo que debo decírtelo... —rápidamente explicó a Deborah el descubrimiento de los pasaportes y la visita de Ian a la agencia de viajes. Deborah escuchó atentamente, sus ojos clavados en los de Eva.

—Canalla —dijo, con un murmullo irritado—. Gracias, querida —dejó el té en el suelo, atravesó descalza y a la carrera la cocina y bajó los peldaños hasta la cochera. Desapareció varios minutos. Cuando regresó, encendió un cigarrillo, recuperó su taza y murmuró—: Sé en qué anda. Pero primero tendrá que matarme.

Eva sintió la tensión del cuerpo y supo que no podía prolongar más ese estado de cosas. La ansiedad le provocaba punzadas en las entrañas. Abandonó la cama y permaneció de pie en la oscuridad, sudando, los huesos del cuello crujiendo cuando extendió la mano en busca de su bata.

En la cocina se acercó al refrigerador y se sirvió un vaso de zumo de naranja; después se quedó de pie, apoyada en la encimera, mientras lo bebía, los ojos fijos en la puerta del departamento, que permanecía abierta unos pocos centímetros. Podía percibir el olor del humo del cigarrillo y sabía que Bobby estaba sentada allí, en la oscuridad. Sentía la frescura del vaso en la mano y trató de pensar en cómo podía lograr que Bobby confiase en ella. Necesitaba mucho escuchar los detalles de la vida de Bobby como esposa maltratada.

Alma yacía en la oscuridad, pensando en Eva y en Charlie, sintiendo en los huesos que los dos estaban destinados a casarse. Solamente deseaba que Eva no permitiese que algunos aspectos intrascendentes se interpusieran en el camino de su felicidad. Eva tendía a extraviarse a causa de cuestiones que carecían de auténtica importancia en relación con el eje de una cuestión. Por ejemplo, irritarse porque Melissa traía a casa su ropa sucia, permitir que una irritación de carácter secundario arruinase el placer que sentía al ver de nuevo a su hija. Sería un error enorme permitir que Charlie se alejara. Y Alma de nuevo se preguntó si ella misma no había cometido el peor error de su vida cuando rechazó la propuesta matrimonial de Howard Kramer. El sólo pensar en él la hacía sonreír. Entre todos los hombres a quienes había conocido durante los años que siguieron al alejamiento de Randy Wheeler, Howard era con quien más simpatizaba.

Se habían conocido el día en que Howard llevó al colegio a sus hijas gemelas, para celebrar la entrevista previa al ingreso. Para ella fue evidente en el acto que ese hombre mantenía con sus hijas una relación extraordinariamente íntima y afectuosa. Se mantenía en segundo plano y permitía que las niñas hablasen por sí mismas, con la confianza serena de que podrían expresar lo que pensaban. Alma había comprobado que esa actitud constituía un grato contraste con la mayoría de los padres, que con demasiada frecuencia hablaban en nombre de sus hijas como si temiesen que las niñas cometiesen errores al hablar y reduciendo de ese modo sus posibilidades de aceptación.

No era esa la actitud de Howard. Era viudo, y con la ayuda de un ama de llaves había criado a las niñas desde la muerte de la madre, cuando ellas tenían cuatro años; en ese proceso había demostrado un desusado caudal de tolerancia y comprensión. Alma se había sentido muy atraída por las niñas y a su debido tiempo las había aceptado en el noveno grado. Durante los cuatro años de asistencia de las niñas a la escuela, Alma se había encontrado con Howard Kramer las noches dedicadas a los padres, y en muchas otras ocasiones. Y siempre la había impresionado su radiante orgullo y el profundo afecto que manifestaba a sus hijas. No tenía expectativas irrazonables en relación con ellas, nunca apelaba al soborno o las amenazas para obligarlas o obtener calificaciones más altas, y en cambio sostenía que, mientras hicieran todo lo posible, él no podía pedir más. Decía que deseaba que sus hijas fuesen felices, y lo decía en serio.

Una semana después que las gemelas se graduaron, Howard telefoneó a Alma y la invitó a salir. Sorprendida y complacida, Alma aceptó. Durante la cena, él reconoció que había contemplado la posibilidad de invitarla poco después del primer encuentro, pero también confesó con una sonrisa tímida que había imaginado que la ética profesional impedía a Alma sostener relaciones sociales con los padres de sus alumnas.

—Me pareció —le dijo— que equivalía a la situación del médico que invita a salir a una de sus pacientes.

Ella respondió que no se equivocaba del todo.

—Pero se trata de una ética personal, no necesariamente profesional. Siempre consideré sensato evitar que el trabajo y el placer se mezclaran.

—De modo que yo estaba en lo cierto —dijo Howard, satisfecho—. Y ahora que las niñas ya no están en el colegio, finalmente puedo conocerla.

A Alma le agradaba la integridad de Howard, su sentido del humor, su aspecto y su discreta elegancia. Howard era un hombre que había heredado una considerable fortuna al principio de los años veinte, junto con una mueblería que él había convertido en un éxito aún más considerable que el que habían alcanzado antes su padre y su abuelo. Por la época de la primera cita, él había aceptado desempeñar la función de principal gerente ejecutivo, dejando la administración cotidiana de la empresa a un sobrino, a quien había preparado para ejercer la presidencia.

—Ahora —dijo esa noche a Alma— dispongo del tiempo necesario para hacer las cosas que me agradan.

Quería viajar y jugar golf y tenis; deseaba leer todos los clásicos y asistir a los conciertos del Centro Lincoln; quería hacer un curso de cocina y aprender castellano; y deseaba compartir su vida con alguien cuyos intereses coincidieran con todo esto.

—No creo que tenga mucha dificultad para encontrar a alguien —le había dicho Alma, que imaginó que las mujeres harían fila para acercarse a ese hombre.

—Bien, en realidad —dijo Howard— tengo un problema, y sospecho que es el mismo que usted afronta. Sucede que no me complace acercarme a alguien que es nada más que un cuerpo. Deseo que el cuerpo tenga además un cerebro.

Ella tuvo que sonreír porque Howard no estaba muy lejos de la verdad. En ese momento Alma tenía cuarenta y dos años. Eva estaba en la universidad, y ella también había pensado en la posibilidad de viajar.

Alma siempre había creído que, si él se lo hubiera preguntado antes, era muy posible que ella le habría dado una respuesta afirmativa. Pero se habían conocido ocho años antes de que Howard abordase por primera vez el tema del matrimonio. Y al llegar a ese punto, aunque se sentía tentada, no podía evitar la sensación de que era demasiado tarde. Llegó a la conclusión de que era mejor que continuaran como estaban. ¿Por qué cambiar algo que consideraba casi perfecto? Pensó mucho en el asunto, pero en definitiva se limitó a decir:

—No me parece que valga la pena.

Cosa sorprendente, Howard pareció destrozado. Lo tomó como un rechazo personal. Ella se desconcertó ante la reacción del hombre. En lugar de darse por satisfecho con la posibilidad de continuar así, Howard asignó a su propuesta el carácter de un ultimátum. O se casaban, o cortaban relaciones. Fue el primer y único indicio, en ocho años, de ese ridículo vacío emocional que ella había llegado a considerar el orgullo masculino. Entristecida, al encontrarse en una situación que carecía de lógica, ella creyó que debía mantenerse firme. De veras, creía que no valía la pena. ¿Por qué, después de tantos años, de pronto él sentía la necesidad de casarse? ¿Y por qué estaba dispuesto a destruir una relación que era exitosa en todos los planos? Eso carecía de sentido para Alma, pero él se mostró inflexible. En su cara de rasgos regulares había ahora una expresión que ella nunca había visto antes. El mentón afilado, el entrecejo levemente fruncido, los ojos sin brillo a causa de la decepción, Howard reafirmó su posición. Ella trató de apartarlo de esa postura, señalándole que ambos perderían. A Howard le pareció que los intentos de conciliación de Alma eran un tanto insultantes. De pronto, después de ocho años de intercambio armonioso, ella no podía persuadirlo. Se había negado. Por lo tanto, el asunto estaba terminado. Howard se negó a contemplar siquiera la posibilidad de un terreno intermedio. Se separaron después que ella dijo que volverían a hablar cuando ambos hubieran tenido la oportunidad de pensarlo mejor. Sin embargo, cuando ella lo llamó, a la tarde siguiente, él se mostró frío y lejano. Alma lo había rechazado. Eso estaba terminado.

Ahora, al repasar esa última y absurda conversación, ella se preguntaba: ¿se había mostrado tan inflexible como él? Quizás. Aunque, en definitiva, probablemente ella había tenido razón. Ese maldito orgullo masculino se habría manifestado en otra etapa, y ella había considerado que era mucho más conveniente enfrentarlo entonces que después de un año o dos de matrimonio. No cabía duda de que a ella le habría parecido su manifestación en una etapa ulterior tan ridícula e inaceptable como en el momento dado, de modo que prefería desprenderse de todo el asunto antes y no después. Aun así, había sido espléndido mientras duró. Y, de tanto en tanto, ella lo añoraba. Pero nadie podía saber qué le parecía más irritante: si las mujeres tontas o los varones impulsados por el orgullo.

Penny le dijo que prefería quedarse en casa con Melissa.

—Pero Dennis se sentirá desilusionado —dijo Bobby, aunque la verdad era que ella misma se sentía más segura si tenía cerca a su hija. Miró a Melissa, para ver cómo reaccionaba frente a todo eso.

—Querida, tengo que estudiar —dijo Melissa—. Sal con tu mamá y con Dennis. Estaré aquí cuando regreses. Me voy mañana por la mañana.

—¿Me acostarás de nuevo? —le preguntó Penny.

—Vamos, Pen —le dijo Bobby—. No seas tan molesta.

—Por supuesto —dijo Melissa.

—¿Lo prometes?

—Lo prometo.

—Y también me bañarás —le recordó Penny.

Melissa rió y dijo:

—También te bañaré.

—Está bien —contestó Penny. Y volviéndose hacia su madre dijo—: Quiero ponerme mi ropa nueva.

—Está bien, pero tendrás que darte prisa. Dennis llegará en pocos minutos más.

—Me daré prisa —dijo Penny, y corrió hacia la puerta del apartamento—. ¡Vamos, mami!

Cuando Dennis llegó, Penny insistió en que él admirase sus ropas nuevas y describió un círculo para él.

—Fabuloso —dijo Dennis—. ¿Tienes apetito?

—Sí.

—¿Y la mamá? —dijo a Bobby—. ¿Dispuesta a probar platos diferentes?

Bobby estaba ayudando a Penny a ponerse el abrigo y sonrió a Dennis.

Mientras esperaban para cruzar la calle que separaba el aparcamiento del restaurante, Dennis dijo:

—Eh, olvidé saludar correctamente —y besó a Bobby en la mejilla. Avergonzada, Bobby miró a Penny, pero la niña al parecer no prestaba atención. Ahora estaba tensa y su inquietud se agravó cuando él la tomó del brazo para cruzar la calle. Dennis la soltó apenas terminaron de cruzar, y Bobby evitó mirar alrededor. Joe estaría a centenares de kilómetros. A nadie podía importarle su relación con Dennis. Imaginó que para los restantes transeúntes que pasaban por la calle ellos eran una pareja que paseaba con su pequeña hija y se dirigía a un restaurante mexicano. Joe había nunca había querido llevar a Penny a un restaurante, incluso cuando Bobby había dicho que ella pagaría.

—No quiero estar con una niña que arma escándalo en público —había dicho. De modo que Bobby había salido algunas veces con Penny, en las ocasiones en que estaba segura de que Joe no regresaría hasta tarde. Y a Penny eso le había encantado; se había comportado perfectamente.

Cuando estuvieron sentados y consultaron el menú, Dennis dijo:

—Pruebe una margarita. Aquí los preparan muy bien.

—¿Yo también puedo? —preguntó Penny.

—Son para las personas mayores. Pero para ti pediremos un Shirley Temple. ¿Qué te parece?

—Muy bien —Penny se acomodó mejor en el asiento y comenzó a leer el menú, pronunciando con mucho cuidado las palabras españolas—. Tor-ti-lla, en-chi-la-da, taco —Penny esperó un momento y después dijo—: Yo quiero tacos.

—¿Y yo? —preguntó Bobby a Dennis, y por primera vez se sintió cerca del joven. Aún no había mostrado una faceta sombría en su carácter, y se mostraba bondadoso y paciente con Pen.

—¿Qué le parece si me encargo de pedirle la comida? —propuso.

—Excelente —Bobby abrió el bolso para extraer un cigarrillo; Penny la miró con expresión muy seria y dijo—: Fumar es malo —con la mano trató de alejar el humo—. Y también huele mal.

—No fumo tanto —se defendió Bobby—. Solamente unos pocos cigarrillos diarios.

—Pen, no hables así a tu madre —dijo Dennis, con voz suave—. Eso no está bien.

Penny miró a Dennis, después a Bobby y otra vez a Dennis, tratando de decidir lo que contestaría. Finalmente dijo:

—Está bien. Pero no me eches encima el humo. Huele mal.

—A mí no me molesta —dijo Dennis, apoyando el brazo en el respaldo de la silla de Bobby—. En cambio, los puros tienen mucho olor —explicó a Pen—. ¿Alguna vez has olido el humo de un puro?

La niña negó con la cabeza.

—Créeme, los puros tienen olor muy fuerte.

Llegó la camarera, y Dennis pidió las bebidas y un plato de nachos; después se volvió hacia Bobby y dijo:

—Los nachos son mi debilidad, y la salsa caliente —señalando los dos recipientes depositados sobre la mesa, explicó—: Esa cosa verde puede disolverle la lengua, pero la roja no es tan mala. Sólo paraliza temporariamente las cuerdas vocales.

Bobby volvió a reír.

—¿De veras?

—Sin bromas —recogió con la cuchara un poco de la salsa verde y la ofreció a Bobby, diciendo—: Pruebe.

Un poco desconcertada ante la intimidad del gesto, pero decidida a comportarse frente a Pen como si todo fuese normal, Bobby acercó la lengua a la cuchara. En el acto la boca empezó a arderle, de modo que ella bebió de prisa un poco de agua.

—Usted no bromeaba —dijo—. Es terrible.

—Quédese con la salsa roja —dijo Dennis, mientras ofrecía a Penny un pedazo de tortilla de la cesta que estaba sobre la mesa.

Penny eligió una tortilla, la mordió y se volvió en el asiento para pasear la mirada por el restaurante. Una mujer sentada frente a una mesa, a poca distancia, le dirigió una sonrisa, y Penny la saludó con la mano; después volvió la mirada hacia Dennis y su madre:

—¿Por qué me sonrió esa señora?

—Porque eres muy simpática —dijo Dennis—, y porque se te ve muy elegante con tus ropas nuevas.

—Oh —complacida, Penny dio otro mordisco a su tortilla—. Este lugar me agrada.

—Me alegro que sea así —dijo Dennis—. ¿Y a usted, Bobby?

—Es muy simpático —dijo en voz baja Bobby, que aspiró de nuevo el humo del cigarrillo, mientras pensaba que las familias comunes hacían eso a cada momento. Iban con los hijos al restaurante; conversaban y reían. Era agradable. Tenía conciencia del brazo de Dennis sobre el respaldo de la silla, pero no le importaba.

—Puedo preparar bollos de chocolate —dijo Penny.

—¿De veras? ¿Harás algunos para mí? —preguntó Dennis.

—Sí. El domingo. ¿Vendrás el domingo?

—No sé. Tengo que preguntárselo a tu mamá.

Bobby dijo:

—Creo que estaría bien. Pero sólo un par de horas. Como sabes, tengo que trabajar —dijo, dirigiéndose a Penny.

—Tal vez vaya a beber una taza de café —dijo Dennis—. No quiero abusar de la bienvenida.

—Eso estará bien —dijo Bobby, adivinando que él deseaba visitarla. Estaba acostumbrándose a él, y Dennis trataba bien a Penny.

—Te diré una cosa, niña. Llevaré mí vídeo, y veremos una película. Tienes televisor, ¿verdad?

—Sí. ¿Qué traerás?

—¿Alguna vez viste *E.T.*?

Penny negó con la cabeza.

—Muy bien. Veremos *E.T.* Te agradará —y volviéndose hacia Bobby dijo—: Sé que es una tontería, pero esa película me encanta. ¿Usted la vio?

—Hace mucho que no voy al cine.

—Muy bien —dijo Dennis—. El domingo a las dos de la tarde. Bollos de chocolate y *E.T.* Magnífico.

Cuando regresaron a la casa, Penny abrazó con fuerza a Dennis y dijo:

—Ahora tengo que irme. Melissa me acostará —corrió hacia la puerta, llamando a gritos a Melissa antes siquiera de haber abierto.

Dennis se echó a reír.

—Parece que está realmente enamorada de Melissa.

—Por supuesto —coincidió Bobby—. Bien —dijo, de nuevo un poco torpe ahora que estaba sola con el joven—, gracias por la cena, ha sido magnífica.

El se acercó un poco y su sombra cubrió a Bobby. Era como ahogarse. De pronto Bobby sintió que no respiraba bien y que no tenía adónde ir.

—Me alegra que lo haya pasado bien —dijo Dennis, y puso la mano bajo el mentón de Bobby, obligándola a levantar la cara y a mirarlo—. Me agrada estar con ustedes dos.

—Penny se siente muy cómoda con usted —dijo Bobby, atrapada entre él y el coche.

El inclinó la cabeza —ella vio lo que sucedía como si fuese en cámara lenta— y la besó en la boca. Dennis tenía los labios muy suaves y no la presionó; la besó apenas y después le acarició el pelo con la mano. Ella no sabía qué hacer; abrigaba la esperanza de que él ahora se fuera. Sentía deseos de escapar.

—¿Te intereso aunque sea un poco? —preguntó él, tan cerca que Bobby podía oler el jabón que él usaba.

—Eres muy amable —dijo Bobby, sin saber qué era exactamente lo que Dennis esperaba que ella dijese.

—¿Sólo como amigo? —preguntó él—. ¿O quizás es algo más?

—¿Qué significa eso, algo más?

—Ya sabes —dijo—, las chispas que saltan entre dos personas. Esa química especial.

—¿Te refieres al sexo? —ella tenía la boca reseca.

—Por supuesto. Tú me pareces muy atractiva.

—Eso no me agrada mucho —dijo Bobby, deseosa de que él abandonara el tema y se alejase.

—Quizás has tenido malas experiencias, lo cual no significa que yo crea que conmigo pueda ser maravilloso —rió por lo bajo y de nuevo le acarició el pelo.

—Siempre me golpeaban y lastimaban —dijo Bobby—. Creo que esa es una experiencia negativa.

—Es terrible —dijo Dennis, dejando caer las manos a los costados y retrocediendo un paso, de manera que ella tuviese más espacio—. No comprendo cómo hay hombres que proceden así. Es enfermizo.

—Será mejor que ahora me vaya.

—Estás asustada —dijo Dennis—, pero yo no soy un hombre que pueda lastimarte.

—No, ya lo sé.

—¿Quieres que abandone todo esto? —preguntó Dennis—. Puedo hacerlo, aunque a decir verdad me agrada pasar el rato contigo y con Penny. Depende de ti —dijo—. Esta situación es nueva para mí, pero no deseo asustar a nadie.

Dennis estaba diciéndole que la dejaría en paz, que no continuaría invitándola a salir con Pen; y Bobby se preguntó si eso era lo que deseaba realmente. No parecía el caso. Sentía que echaría de menos a Dennis.

—Necesito conocerte —dijo—. Joe fue el único hombre a quien conocí, y en definitiva resultó muy desagradable. A él lo complacía... *hacer* ciertas cosas, ¿comprendes? Cosas que hacen daño. Cuchillos y pistolas, y tratarme como a un animal —se miró las manos y las rodillas y sintió que la vergüenza, espesa como cola, la bañaba entera—. Pero tú me agradas —reconoció, con una punzada en la garganta—. Sólo que todo esto es difícil para mí. ¿Entiendes?

—Creo que entiendo —dijo él en voz baja—. No te apremiaré para que hagas nada.

—No —dijo Bobby—. No puedes hacerlo. Me asusto. Nunca hablé de esto, no hablé con nadie, ni siquiera cuando fui con Pen al albergue. Estaba tan avergonzada... —quería bajar los ojos, pero con un esfuerzo continuaba mirando a Dennis. El parecía entristecido y apesadumbrado.

—Haremos las cosas poco a poco —dijo—. ¿De acuerdo? Y veremos qué sucede.

—Muy bien —dijo Bobby, temblando de alivio—. Y ahora de veras debo entrar en la casa.

—¿Mantenemos la cita del domingo?

—Si tú quieres —dijo Bobby.

El sonrió y dijo:

—En mi vida nunca concedí fácilmente absolutamente nada. Permite que te abrace —él esperó; como Bobby no se opuso, la rodeó con los brazos y, acercándole los labios a la oreja, dijo—: No te lastimaré. —Después la soltó, sonrió y caminó hasta el Escarabajo.

Bobby esperó en la puerta hasta que él se alejó y entró en la casa, un poco aturdida. El abrazo había sido muy reconfortante, una sensación imprevista. Había logrado que ella se sintiera protegida y considerada; algo que no había sentido desde la enfermedad de su abuelo. Mientras colgaba su abrigo, no pudo evitar el pensamiento de que las cosas saldrían mejor que lo que ella había previsto.

No queriendo todavía a faltar al trabajo —lo que menos necesitaba era que el maldito capataz se le echase encima—, había estado sentado noche tras noche vigilando la casa, esperando la oportunidad de entrar. Ya había verificado y descubierto una ventana del sótano que cedía cuando se presionaba con fuerza. Ahora quería que esa condenada Helen saliera, porque entonces él podría entrar y descubrir algo que le dijese dónde estaba Bobby. No dudaba ni por un momento de que encontraría algo. Se trataba únicamente de buscarlo.

Pero esa perra nunca iba a ninguna parte y a él se le congelaban las pelotas sentado en el coche, noche tras noche, vigilando y esperando. Cuanto más tiempo pasaba en eso, más decidido estaba a entrar en la casa. Y si ella no hacía muy pronto una salida, él tendría que entrar por la puerta y obligarla a hablar. Se limitaría a tocar el timbre y cuando ella atendiese le mostraría el arma; así terminaría de una vez toda esa tontería.

El día de Acción de Gracias debía ir a la casa de su condenada madre. No deseaba hacerlo, pero su propia vivienda era un lugar tan deprimente todos esos días que no deseaba sentarse allí a lo largo de toda la jornada y cenar una pizza medio cruda; de modo que, cuando su madre lo llamó al trabajo y quiso saber si él iría a verla, le dijo que acudiría a comer el pavo, como de costumbre.

—Podrías haber perdido cinco minutos para llamarme y avisarme —se había quejado la mujer—, en lugar de obligarme a llamar —el capataz estaba mirándolo, y él había sentido deseos de decir a los dos, al capataz y a su condenada madre, que se fuesen a la mierda, pero no lo hizo. Y ahora la vieja lo esperaba. ¿Por qué demonios nunca podía negarse con ella? Esa había sido siempre su intención, pero apenas oía su voz en el

teléfono preguntando si iría o no, o si cerraría las persianas o barrería la nieve que cubría la acera, decía que sí, que iría, como si esa vez, en efecto, ella hubiera podido agradecerle o decir algo más o menos amable. Lo cual lo convertía en un imbécil hecho y derecho, porque ella jamás le diría dos palabras afectuosas. De modo que tendría que pasar con ella el día de Acción de Gracias. Pero primero haría una pasada por la casa de Helen, aparcaría un rato para comprobar si al fin esa mujer salía de allí.

Llegó alrededor de las once de la mañana y se puso a esperar, limpiándose las uñas con la navaja y volviendo los ojos hacia la casa cada dos o tres minutos. La calle estaba muerta; no sucedía nada. Todo ese asunto comenzaba a enloquecerlo. Si no entraba hoy, tendría que hacerlo después del feriado, cuando la perra estuviese en su casa. Ya estaba harto del asunto, de la vigilancia nocturna. Estaba perdiendo la mitad de su vida con toda esa mierda.

Poco antes de la una el Escort de Helen salió por el sendero. ¡Ahí estaba! Entusiasmado, se inclinó en el asiento, de modo que ella no lo viese, y esperó hasta que el coche se perdió de vista. Eso era. Helen no iba al mercado o a otra tienda cualquiera, porque todo estaba cerrado. Seguramente iba a la casa de su jefe, como todos los años; eso significaba que estaría fuera varias horas. Ahí estaba su oportunidad.

Bajó del Firebird, miró la calle en ambas direcciones, cruzó, y caminó por el costado de la casa; se agachó, dio un buen empujón a la ventana del sótano y entró. Otra rápida mirada alrededor. Después se deslizó adentro y cayó de pie sobre el suelo de cemento; se tomó el tiempo necesario para cerrar bien la ventana. Estaba tan excitado que casi comenzó a reír. Había sido fácil. Había luz suficiente, de manera que él podía ver y ahora cruzó el sótano, subió por la escalera, se quedó de pie, en el rellano, al final, escuchando, el corazón latiéndole con tanta fuerza que casi podía oírlo, ni más ni menos que si hubiera sido ruido de pasos. Irritado consigo mismo —¿por qué estaba tan nervioso?—, escuchó un minuto, dos. Nada. Las manos sudorosas, giró el tirador y entró en la cocina. Ahí estaba. De nuevo sintió deseos de reír estrepitosamente.

Comenzó por el dormitorio; inspeccionó el cajón de la mesita de noche y la encimera de la mesa de tocador. Nada. Inspeccionó cada cajón, cuidando de dejar todo exactamente como lo había encontrado; después el armario. Deslizó la mano en los bolsillos, en los bolsos del estante; entretanto ese condenado ruido de pasos martilleaba en sus oídos. Si ella retornaba repentinamente, él se encontraría en una situación muy jodida, porque había dejado el arma en su casa. Lo cual había sido una actitud tan estúpida que casi le parecía increíble. Lo que menos le convenía era que ella apareciese y lo pescaran allí. Lograría que lo arrestasen nuevamente.

Moviéndose de prisa, examinó la sala y después la cocina, alrededor del teléfono, miró el calendario colgado de la pared, inspeccionó una pila de facturas, revisó la agenda, pasó las páginas del principio al final. Nada bajo el nombre de Bobby o de Salton. Sólo la vieja dirección y el antiguo número de teléfono. Abrió cada cajón de la cocina. Incluso miró sobre el refrigerador. Nada. Si había escrito algo, debía tenerlo encima, probablemente en el bolso. ¡Por Dios! Quizá Bobby se había ido sin decírselo a nadie. Pero Joe no lo creía. La conocía. De ningún modo podía desaparecer sin informar de su paradero a la condenada tía.

Salió por la puerta del fondo, se deslizó por el costado de la casa, regresó al coche y con los puños golpeó el volante, irritado. Puso en marcha el motor y permaneció sentado, mirando hostil hacia la casa, tentado de regresar y provocar un incendio en el sótano y reducir a cenizas todo el lugar. En cambio, se impuso salir lentamente de allí, para evitar que alguien lo observara —lo que menos necesitaba era que un vecino entrometido dijese a esa perra vieja que un tipo con un Firebird había estado merodeando cerca de la casa—, y mantuvo reducida la velocidad hasta que llegó a la avenida principal; allí apretó el acelerador y enfiló hacia su casa. Tenía que cambiarse para ir a comer con su madre. La idea de pasar varias horas con ella le revolvía el estómago. Tendría que haberle contestado que no lo molestase, que no iría; que no volvería jamás. A decir verdad, no le debía absolutamente nada.

Mientras se duchaba, trató de pensar qué otra cosa podía hacer. En realidad, nada. O descubría por Helen dónde estaba Bobby, o renunciaba. Deprimido por la inutilidad de la búsqueda en la casa, se dijo que era mejor renunciar al asunto, olvidarlo. Ahora que Bobby se había ido él tendría mucho más dinero; no necesitaría soportar más a esa estúpida hija de Bobby; podía hacer lo que se le antojara. En efecto, no la necesitaba. Esa mujer no hacía nada bien; ni siquiera era buena en la cama. Pero la fuga lo molestaba profundamente. No podía permitírselo.

Fue a la casa de su madre a eso de las cuatro y esperó que ella dijese algo, que se burlase de la huida de Bobby. Pero no hubo nada parecido. Ella permaneció sentada en la sala con olor a moho, la televisión encendida, y no dijo esta boca es mía. El la acompañó, deprimido, pensando que tenía que obligar a Helen a decirle lo que quería saber. Y después, cuando se lo hubiese dicho, la liquidaría. De lo contrario, lo denunciaría a la policía y además avisaría a Bobby que él estaba buscándola. Se dijo que no había otra salida. Encendió un cigarrillo para borrar de su nariz el olor a rancio de la casa. Tendría que acogotar a Helen. Cuanto más pensaba en ello, más lógico le parecía. Pero se tomaría su tiempo. Lo planearía hasta el último detalle. Que Bobby creyese que estaba saliéndose con la suya; la atraparía cuando ella menos lo esperase.

23

Todos se sintieron desconcertados ante la reacción de Penny frente a la partida de Melissa. La niña lloró, se aferró a la larga falda de Melissa, y le rogó que no se marchase. Melissa se arrodilló para abrazar a Penny y le dijo sonriendo:

—Querida, volveré en pocas semanas, para Navidad.

—¡No quiero que te vayas! —gimió Penny, apretando los puños contra los ojos, el cuerpo rígido.

—Tengo que hacerlo —dijo Melissa—. Pero no será por mucho tiempo. Ya verás. Regresaré antes de que te des cuenta.

—Vamos, Pen —dijo Bobby—. Ahora Melissa tiene que irse. El viaje hasta el colegio es muy largo. Vamos, querida.

Con mucha resistencia, el pecho todavía agitado por los sollozos, Penny permitió que su madre la alzara y apoyó la cabeza en el hombro de Bobby, negándose ahora a mirar a Melissa.

—Te veré muy pronto —dijo Melissa, dirigiendo una sonrisa de disculpa a Bobby, mientras palmeaba la espalda de Penny.

Penny mantuvo la cabeza inclinada, la cara ardiendo sobre el hombro de Bobby, mientras Melissa se despedía de su tía y su madre.

Alma, muy impresionada por el sufrimiento de Penny, miró en los ojos a su sobrina nieta con respeto cada vez más profundo por los instintos maternales de Melissa, le dio un beso de despedida y dijo:

—La has conquistado.

—Me siento muy mal —reconoció Melissa—. ¿Ella podrá arreglarse?

—Ciertamente —le aseguró Alma, intrigada por la angustia de Penny y por la ecuanimidad de Bobby. Esta no mostraba celos de Melissa ni le inquietaba la pasión de su hija por otra persona. Más bien se comportaba como si Pen tuviese derecho a establecer vínculos y en su condición de madre de la niña ella sólo pudiera tratar de consolarla. Era un aspecto nuevo y sugestivo de la personalidad de Bobby, y Alma lo aprobaba.

Preguntándose si quizá Penny se sentía abandonada, Eva caminó con Melissa hasta el Toyota y la miró mientras cargaba los últimos bolsos en el maletero. Dijo entonces:

—Conduce con cuidado y avísame que has llegado bien.

Como si estuviese complaciendo a una niña, Melissa dijo:

—Sí, mamá. Eso haré, mamá. No te preocupes, mamá —sonrió divertida a Eva.

Eva la abrazó y dijo:

—¿Qué le has hecho a esa niña? Está realmente seducida.

—No lo sé —dijo Melissa, algo dubitativa—. Su reacción ha sido un tanto extraña, ¿verdad?

—Imagino que vio muchas cosas desagradables en su corta vida —dijo Eva, y después, al advertir la confusión de Melissa, le dijo:

—Te lo explicaré cuando vuelvas por aquí. Penny estará bien. No te preocupes por ella. Conduce con cuidado —dijo de nuevo Eva.

—Anímate, Eva —dijo Melissa, con buen humor, se instaló frente al volante y abrochó el cinturón de seguridad—. Te llamaré esta noche —puso en marcha el motor y después dijo:

—¿Por qué no vas esta tarde con Penny a la piscina? Seguramente le agradará.

La reacción inmediata de Eva fue de fastidio. Con motivo de esas salidas de los sábados por la tarde tenía bastante que hacer; había que vestir y desvestir a la tía; llevarla a la piscina y traerla de vuelta, y no necesitaba la carga adicional representada por una niña de seis años. Por otra parte, pensándolo bien, se dijo que Melissa probablemente tenía razón. El paseo distraería a Penny. Temblando de frío, saludó hasta que el Toyota desapareció de la vista, regresó al interior y fue a preguntar a Bobby si aceptaba que ella llevase a Penny a la piscina.

Penny declaró inmediatamente:

—¡Quiero ir! —y pareció que su dolor ante la partida de Melissa estaba olvidado—. ¿Puedo ir, mamá?

—¿Está segura de que no será mucha molestia? —preguntó Bobby a Eva.

—Nos arreglaremos —dijo secamente Eva, ansiosa de resolver el asunto. Detestaba detallar las cosas, y Bobby parecía congénitamente incapaz de aceptar ciertas cosas por su valor aparente.

—Muy bien —dijo Bobby—, pero tendré que correr a comprarle un traje de baño. No me llevará mucho tiempo.

—Excelente —dijo Eva—. Adelante, cómprelo.

Tan entusiasmada ahora como se había sentido desvalida unos minutos antes, Penny ya corría a conseguir su abrigo y apremiaba a Bobby para que se diese prisa. Desconcertada como siempre por los aspectos contradictorios del carácter de Eva, Bobby fue a buscar su bolso, pero sin sentir mucha seguridad acerca de lo que Eva realmente deseaba hacer.

Cuando regresaron del centro comercial y Bobby se atrevió a preguntar de nuevo a Eva:

—¿Está segura de que acepta? —Eva le dijo bruscamente—: *Le he dicho* que no tenía inconveniente. Si no hubiese sido así, no lo habría sugerido.

—Si está todo bien —dijo en voz baja Bobby—, ¿por qué está tan enfadada?

—Cuando digo que haré algo —contestó Eva—, me desagrada mucho que me pregunten si estoy segura. No digo las cosas sencillamente por el gusto de oír el sonido de mi propia voz. De veras, usted debe aprender a aceptar mi palabra.

—Eso es difícil —dijo Bobby—, cuando se la ve tan irritada.

—No estoy irritada —declaró Eva, con firmeza pero sonriendo—. Deseo que usted acepte las cosas como son. No acostumbro, decir cosas si no las pienso. Y, a propósito, antes de que lo olvide, tengo una solicitud del seguro de salud, y usted debe rellenarla —retiró una carpeta que estaba sobre el refrigerador y la puso sobre la mesa—. Cuanto antes la rellene, antes estarán protegidas usted y Penny.

—Muy bien —dijo Bobby, los ojos fijos en la solicitud.

—Como le dije al principio, yo pagaré la mitad de las primas.

—Muy bien.

—*No* estoy irritada —insistió Eva, deseando que Bobby cesara de comportarse como un perro apaleado—. ¿No le parece que si lo estuviese se lo diría?

—No sé qué haría —dijo Bobby, mirando en los ojos a Eva.

—Pues sí, se lo diría —insistió Eva—. Sé que no me parezco a las personas que usted ha conocido, y también sé que a menudo dejo la sensación de que estoy enfadada aunque no se trate de eso. Pero creo que ahora usted ya lleva aquí bastante tiempo y sabe que cuando digo algo lo digo en serio. Penny necesita distraerse un poco, de modo que irá con nosotras esta tarde. Si creyese que eso provoca problemas muy graves, no lo habría sugerido. Dígame una cosa —continuó, después de recobrar aliento—, ¿usted siempre ha sido así?

—¿Cómo?

—¿Tan necesitada de seguridad?

—En general, lo soy con usted —reconoció Bobby—. Y un poco con Dennis. Pero eso es distinto.

—Seguramente —dijo Eva riendo, y en el acto lamentó su reacción—. No tome a mal lo que le digo —se apresuró a decir—. No tuve mala intención. Quise decir sólo que el trato con los hombres siempre es distinto. Vea, iré a mi oficina un par de horas. No olvide rellenar esa solicitud. ¿De acuerdo?

—De acuerdo.

—A propósito, ¿Penny sabe nadar?

—Sí.

—Bien, magnífico.

—Es muy amable de su parte llevarla —dijo Bobby.

—No es nada —replicó Eva, como de pasada—. Así usted tendrá un poco de tiempo para sus cosas. Todos necesitamos algo por el estilo.

—Imagino que es así —dijo Bobby.

Eva retiró del congelador una pechuga de gallina y la puso en una fuente, sobre la encimera, para descongelarla; después salió. Bobby se quedó de pie unos minutos, escuchando el silencio de la casa. Alma estaba en la sala, leyendo el *Times*. Penny estaba abajo, con su nuevo traje de baño, viendo dibujos animados por televisión. De pronto la casa pareció sin vida por la ausencia de Melissa. Parecía que Eva, a su propio modo, estaba tan afectada como Penny, con su propio estilo, por la salida de Melissa. Bobby pensó que era eso y bajó a su apartamento. Por esa razón Eva se había mostrado tan áspera.

Esa tarde, mientras Alma, Eva y Penny estaban fuera de la casa, Bobby fue al supermercado a comprar todo lo necesario para hacer los bollos de chocolate. Y entonces, cediendo a un impulso que no se detuvo a analizar, compró un ramillete de margaritas amarillas para Eva.

Mientras volvía a la casa, pensó en Eva y decidió que, en general, las cosas estaban funcionando entre ellas. Ya no se sentía tan abrumada por los cambios de humor de Eva; comenzaba a adivinar cierta lógica en esa mujer.

Eva sabía ahora que no volvería al libro; pero al mismo tiempo, no se decidía a dar el paso definitivo y borrar los archivos. Podía hacerlo en cinco minutos, y todo el asunto habría concluido. Permaneció de pie un momento, mirando fijamente el ordenador. Era suficiente encender la máquina, apretar un par de teclas, y ahí terminaba todo. Pero no podía decidirse a dar ese paso definitivo. Renunciando al esfuerzo, fue a instalarse en el sillón y a mirar por la ventana.

Alma detestaba salir de la casa. En público tenía la sensación de que todos la miraban, de que la compadecían por su incapacidad demasiado visible, y así, excepto por sus visitas a la consulta de Charlie, se negaba a salir. Pero la excursión semanal a la piscina era tolerable, porque durante una hora regresaba a un satisfactorio estado de reactivación de la movilidad y la independencia.

En el agua, podía desempeñarse sin ayuda. Eva estaba sentada a un costado de la piscina, vigilando; y Penny chapoteaba entusiastamente al lado. Por su parte, Alma se desplazaba de un extremo al otro de la larga piscina. En general, en el tiempo que necesitaba para hacer diez largos, permitía que su mente volase; pero hoy se desplazaba lentamente y observaba a Penny.

La niña chapoteaba y sonreía, tan feliz en el agua como la propia Alma. Sus miembros pequeños se movían bajo la superficie, y la niña no demostraba el menor temor. Cuando llegaron al extremo más profundo, Alma dijo:

—Descansaremos un poco y después regresamos.

Con una mano en el borde de la piscina, Penny permaneció a flote moviendo lentamente las piernas en una especie de tijera.

—Me *encanta* nadar. ¿Y a ti, abuela?

—Sí, a mí también —coincidió Alma—. Nadas muy bien.

—Sí —sonrió Penny—. Yo era la mejor de los renacuajos. Eso decía mi maestra. Mi mamá solía llevarme todos los domingos por la mañana. ¿Puedo venir siempre contigo?

—No veo por qué no —Alma flotó inmóvil, con una mano en el borde de la piscina.

—Puedo hacer tres largos completos —dijo orgullosamente Penny—. Tengo un distintivo, y era la más pequeña de toda la clase.

—Eso es maravilloso.

—Sí. Y puedo ser *guardavidas*, y todo eso.

Alma sonrió, encantada con el entusiasmo de la niña.

—¿Volvemos ahora al otro extremo?

—Sí —Penny comenzó a nadar y un momento después Alma la siguió.

Después de completar el tercer largo, Penny estaba cansada y dijo:

—Miraré un rato, ¿está bien?

Alma vio cómo la niña salía de la piscina y entonces dijo:

—¿Por qué no vas a hacer compañía a Eva?

Con el pecho agitado, Penny sonrió:

—Está bien —dijo, y se puso de pie.

Alma miró hasta que Penny estuvo sentada, sana y salva, al lado de Eva; y después se volvió sobre la espalda y comenzó a recorrer la extensión de la piscina.

Estaba cómoda en el agua y la complacía su capacidad de resistencia; elevó los ojos al techo y se complació, como hacía todas las semanas, en la fantasía de que se había recuperado y ya no era una persona cuya apariencia física impresionara a los extraños y los indujese a ofrecer una ayuda que no deseaba ni necesitaba. En esa piscina ella era de nuevo una mujer independiente. Podía desentenderse de las expresiones de simpatía de las mujeres del vestuario, que la veían cuando su sobrina la desnudaba y la vestía. Deseaba decirles: "No malgasten su compasión. Cuando estoy en esa maldita piscina, soy tan buena como cualquiera de ustedes, quizá mejor".

Al completar un tramo y empezar otro, se preguntó, como lo hacía todas las semanas, por qué la gente en general se asustaba tanto de las incapacidades visibles de otros; por qué tan a menudo reaccionaban como si la proximidad de la minusvalía pudiera ser contagiosa. Sólo los niños muy pequeños, y a veces las personas más mayores, le hablaban como si comprendiesen al ser humano que se escondía detrás de esa estructura dañada. Antaño ella también había sido culpable de esa actitud: ver primero la superficie deteriorada, y en segundo lugar la esencial humanidad. Pero al menos ella había identificado los denominadores comunes. Ahora era la destinataria de esas miradas curiosas y aprensivas y a cada momento deseaba gritar, como había hecho el Hombre Elefante, que no era un animal. Ante la posibilidad de sucumbir a la tentación, prefería mantenerse apartada.

Cuando terminó sus diez largos, se sintió agradablemente fatigada y agradecida por la ayuda de Eva al momento de abandonar la piscina.

—Abuela, eres una nadadora muy buena —dijo Penny, tomándola de la mano mientras se dirigían al vestuario—. Estuve mirándote.

Alma se preparó para la tarea ignominiosa de dejarse secar y vestir y llevar de regreso a su casa.

—La tía Eva dice que también puedo venir la semana próxima —le informó Penny.

—Muy bien —dijo Alma, y volvió los ojos hacia Eva para comprobar si de nuevo estaba irritada.

Penny fue a ducharse y, aliviada porque no tenía que vigilar a la niña además de a su tía, Eva procedió a darse una ducha y a duchar a Alma con movimientos rápidos y eficaces. Sabía que a su tía le desagradaba intensamente ese aspecto de la salida semanal y no perdió tiempo en completar la operación. Fue tan rápida y efectiva como pudo, pues sabía que la solicitud excesiva irritaba a Alma. Esta deseaba que se le prestase la menor atención posible cuando estaba a la vista de terceros.

Cuando ya volvían a la casa, Penny vio un McDonald's y preguntó:

—¿Puedo beber una leche batida?

—Me temo que no —dijo Eva.

—Tengo dinero —observó Penny, rebuscando en el bolsillo su bolso de plástico.

—A la tía Alma le agrada volver directamente a casa después de nadar —explicó Eva, mirando a su tía por el espejo retrovisor.

—Pero podemos pedir desde el coche —dijo Penny, tratando de ver entre los asientos a su abuela.

—Conseguiré sobrevivir a la experiencia —dijo Alma, para sorpresa de Eva—. Que Penny tenga su leche batida.

Como sabía muy bien que era mejor abstenerse de discutir, Eva aparcó el coche.

—Gracias, abuela —gorjeó Penny.

—Quizá yo también beberé un vaso —dijo Alma.

"Qué extraño", pensó Eva, pero guardó silencio. Penny de hecho había conseguido que Alma volviese a relacionarse con el público, aunque fuese fugazmente.

Después de volver de la piscina, Eva dejó las toallas y los trajes de baño mojados en la lavadora, mientras Bobby llevaba a Alma a su dormitorio. Mientras seleccionaba el programa de lavado, Eva se dijo que era hora de borrar los archivos. Ahora no hacía otra cosa que darle largas al asunto, postergando lo inevitable. A nadie podía importarle ese libro, y más valía que ella misma comenzara a adoptar las medidas indispensables.

Fue por el corredor hasta la habitación de su tía y llamó suavemente a la puerta. Como siempre, Alma estaba fatigada a causa del ejercicio realizado en la piscina. Eva se sentó sobre el borde de la cama y dijo:

—He decidido que no terminaré el libro.

—Felicitaciones. Ya era hora.

—Sé que opinas que esas obras eran basura; pero esos tres libros nos han traído una buena suma.

—Una suma que ante todo no necesitábamos —dijo Alma.

—Tuve miedo —reconoció Eva, no sin dificultad. Detestaba reconocer sentimientos como el miedo; parecían empequeñecerla, hasta hacerla sentir menos la persona que creía ser—. Sobre todo cuando el seguro dijo que no pagarían el costo de la enfermera o los honorarios de Dennis. Tuve la imagen de que lo perdíamos todo.

—Ahorré a lo largo de toda mi vida de trabajo —dijo Alma—. Hay más que suficiente, como bien sabes.

—Estaba asustada —repitió Eva, y, como le sucedía siempre que confesaba una falla, por mínima que fuese, le parecía que la repetición implicaba cierta catarsis.

—No había entonces ni hay ahora necesidad de temer nada.

—No, comienzo a entenderlo así —Eva miró hacia la puerta y después de nuevo hacia su tía—. Ahora te dejaré dormir. Solamente deseaba que lo supieras.

Alma la miró sonriente.

—Tu actitud es la más acertada —dijo, con voz somnolienta.

Eva salió y cerró silenciosamente la puerta a sus espaldas. Bajó con paso firme la escalera, atravesó la cocina para pasar a la cochera y subió los peldaños que llevaban a la oficina, donde encendió el ordenador y comenzó a borrar los archivos. Fueron necesarios unos pocos minutos y todo terminó. Pero ella temblaba y tuvo que sentarse en el sillón. Había destruido semanas de trabajo y sentía que su actitud era criminal, sobre todo cuando no tenía una visión muy clara de lo que deseaba escribir acerca de Deborah.

¿Hasta dónde debía llegar? ¿Debía comenzar por la isla y después seguir los acontecimientos en una secuencia? ¿O debía crear una narración cronológica e inventar las partes que no conocía y no podía conocer?

De una cosa estaba segura: no sólo deseaba escribir acerca de Deborah; tenía que hacerlo. Y quizá, después de empezar, podría volver a soñar en colores.

Penny continuaba un poco triste, y Bobby llegó a la conclusión de que podía reanimarse si hablaba con la tía Helen. Conversaron un minuto o dos y después Bobby dijo:

—¿Quieres saludar a Pen?

—Por supuesto —dijo riendo la tía—. Acércala al teléfono.

Penny se puso al teléfono y comenzó a relatar a Helen su relación con Melissa y su visita a la piscina.

—Nadé con mi abuela y la tía Eva —dijo—. Y la tía Eva me aseguró que volveré a ir la semana próxima.

Bobby permitió que Penny hablase un minuto más, aproximadamente, y después retomó la comunicación para decir a su tía, que la llamaría nuevamente en una semana.

—No te preocupes por nosotros —le dijo—. Estamos muy bien.

—Me alegro por ti, querida —le dijo su tía con voz grave—. Cuida a mi niña y cuídate tú misma.

—Eso haré. Te envío todo mi cariño.

—Y yo a ti, pequeña.

A la hora de la cena, mencionó el llamado telefónico y dijo a Eva:

—Si usted me informa cuál es mi parte cuando llegue la factura, se la pagaré.

—No se preocupe por eso —dijo Eva.

274

—Está bien —dijo Bobby, decidida a aceptar la palabra de la mujer, exactamente lo que ella pretendía.

—Dennis viene mañana —anunció Penny—. Yo prepararé bollos de chocolate y él nos hará ver una película.

—No hay inconveniente, ¿verdad? —preguntó Bobby, mirando primero a Alma y después a Eva.

—Por supuesto, ninguno —se apresuró a decir Alma, impidiendo que su sobrina formulase comentarios—. Después de todo, el apartamento es su vivienda.

—El vendrá mientras usted duerme la siesta —explicó Bobby, que no deseaba que las mujeres creyesen que ella se aprovechaba.

—No me agradan las setas —dijo Penny, esbozando un gesto de disgusto mientras las apartaba a un lado del plato.

—No seas difícil, Pen.

—Se le siente el sabor en el pollo.

—Entonces come las verduras.

Penny miró su plato con la nariz fruncida.

Alma lanzó una de sus risas roncas y dijo a Bobby:

—Querida, tú no comprendes. Las verduras han tocado la carne de pollo. ¿No es así, Penny?

—Así es —confirmó Penny.

—Bobby, trae otro plato a Penny, y le daremos una nueva porción de arroz y verdura —dijo Alma.

—Qué despilfarro —murmuró Eva por lo bajo.

—Eva, solías hacer lo mismo en tu infancia —dijo la tía, mientras Bobby retiraba el plato de Penny e iba a buscar otro limpio—. En realidad, eras peor —miró largamente a Eva y después dijo—: Realmente, estás sobre ascuas. ¿De qué se trata?

—Nada. Borré los archivos del libro.

—Bien, es lo que debías hacer.

—Nunca he destruido un original. Me parece extraño. Me siento culpable.

—Reaccionarás —dijo alegremente Alma.

—Sin duda —dijo Eva—. Pero podrías demostrar un poco más de simpatía.

—Me niego a fomentar tu autocompasión.

Eva la miró hostil, pero no dijo nada más.

Bobby regresó, sirvió un poco de comida en el plato de Penny y después, con una mirada de advertencia, le acercó el plato.

—Ahora, Pen, no más dificultades. Siéntate tranquilamente y come.

—Eva se dispone a trabajar en un libro nuevo —dijo Alma a Bobby—. Comenzará algo digno de sus cualidades.

—Excelente —dijo Bobby mirando a Eva—. Sus libros me agradan muchísimo.

Eva se disponía a hablar, pero llamó el teléfono y ella se puso de pie y dijo:

—Yo contestaré.

Era Charlie, que preguntaba:

—Preciosa, ¿qué haces esta noche?

—Iré a verte dentro de una hora —dijo ella, tan contenta a causa del llamado que hubiera podido echarse a llorar.

El sonrió y dijo:

—Te esperaré.

Regresó a la mesa y dijo:

—Saldré después de la cena.

—Charlie llama —dijo Alma, enarcando una ceja.

—Dígame, Bobby —preguntó Eva—. ¿Su tía se comporta como la mía?

Bobby se echó a reír y dijo:

—Solía hacerlo cuando yo vivía en su casa. Procedía así sólo cuando se preocupaba por mí.

—¡Ah! —dijo Eva—. ¿Es eso? Estuve preguntándomelo varios años seguidos. Bien, trataré de aclarar perfectamente el asunto —desvió los ojos hacia su tía—. Tú me tratas como una niña de diez años porque me aprecias.

—Te trato como a una niña de diez años —dijo Alma— porque a menudo te comportas como tal.

Divertida por la riña, Bobby continuó comiendo. La entusiasmaba la idea de que Eva comenzaría un libro nuevo y se preguntaba cuál sería el tema. Deseaba que ya estuviese escrito, para poder leerlo enseguida. Estaba terminando el segundo libro y ya había decidido cuál leería después.

—¿Sabe de qué tratará su próximo libro?

Eva pareció complacida por la pregunta.

—En realidad —dijo— lo sé. En este momento intento resolver los problemas de logística.

—Durante varias semanas se comportará como si estuviese envuelta en niebla —dijo Alma—, mientras sitúa las distintas partes en sus respectivos lugares. Permanecerá de pie en la cocina una hora, la mirada perdida en el vacío, y saldrá a hacer diligencias habiendo olvidado para qué salió.

Eva sonrió, como si ya estuviese sintiendo la expectativa.

Bobby sonrió también, conmovida por la perspectiva de estar allí en la casa, mientras Eva escribía otro libro maravilloso. Parecía que era un gran honor.

24

Eva estaba sentada, sosteniendo la mano de Charlie y escuchando un momento la música; le parecía conocida, pero no recordaba qué era. Algo de Bach. Cerró los ojos y de pronto evocó la imagen de un vaso lleno de margaritas amarillas sobre la encimera de la cocina.

—Dios mío —dijo—, Bobby me regaló flores.

—Muy amable de su parte —dijo Charlie, contento de seguir el hilo de los pensamientos de Eva. Lo fascinaban sus peregrinaciones mentales y siempre quería saber hacia dónde se encaminaban.

—Estaban en la cocina, y en realidad no les presté atención —dijo—. Seguramente piensa que soy una persona terrible.

—No sé por qué, pero lo dudo —dijo Charlie.

—Pero no se las he agradecido —explicó Eva, volviéndose para contemplar los ojos serenos de Charlie.

—Pues bien, lo harás cuando regreses a casa.

—Tu no entiendes —dijo Eva, pasando el pulgar sobre los nudillos de Charlie. La piel de las manos del médico siempre era sedosa y flexible; en cambio las manos de Eva a menudo eran ásperas y estaban descuidadas. Siempre se prometía usar la crema que estaba sobre la mesa de noche, pero rara vez se decidía a hacerlo.

—Explícate —propuso Charlie, con una leve sonrisa.

—Bobby y yo chocamos a cada momento —dijo Eva—. Nos reconciliamos; y una hora o un día después volvemos a chocar. Yo digo o hago algo. Ella me interpreta mal. Y entonces yo me esfuerzo tratando de corregir la situación.

—Le agradecerás cuando vuelvas a tu casa —repitió Charlie.

—No parecía ofendida —dijo Eva, y recordó la cena. Más aún, Bobby en cierto momento había reído. ¿En alguna ocasión anterior había escuchado reír a Bobby? No lo creía. Durante esas semanas, en la isla, Deborah jamás había reído; ni una sola vez.

Charlie observó que los ojos de Eva de nuevo se enturbiaban. Otra vez se había alejado y viajaba por el espacio. Esperó y se preguntó si todos los artistas se distraían de manera semejante, al mismo tiempo que deseó que fuera posible seguirla. Parecía encontrar lugares sorprendentes, los visitaba unos minutos y después seguía su camino. Charlie sabía que él mismo echaba firmes raíces en el presente, y que sólo de tanto en tanto incursionaba en el pasado; de modo que admiraba la flexibilidad mental de Eva. Nunca había conocido a nadie que ni remotamente se le pareciese; con ella nunca se hastiaba como le sucedía con tantos otros, varones y mujeres. Y le parecía un hecho totalmente fortuito que ella además tuviese atractivo físico.

—¿Por qué me miras de ese modo? —preguntó ella, clavando en él la mirada.

—¿De qué modo?

—Con un interés intenso —dijo ella riendo—, como si yo fuese una muestra de tejido humano.

—Bien, lo eres —dijo él—, en cierto sentido.

—Y ya que estamos, ¿qué te pareció Bobby?

—¿Qué me pareció? —Desvió la mirada, refinando su perspectiva—. Ante todo —dijo—, no esperaba que fuese tan bonita. Lo es, ¿no te parece?

—Muy bonita —dijo Eva.

—Y, en segundo lugar —continuó él—, recogí la impresión de que, a pesar de sus proporciones, es muy fuerte. No sólo físicamente —agregó—. Tiene cierto... yo lo llamaría estoicismo. Por supuesto, es casi patológicamente tímida. Pero eso me pareció conmovedor.

—Sí —dijo Eva, con aire reflexivo—, yo pensé lo mismo.

—En general —dijo Charlie—, me agradó. Me impresionó mucho el modo en que maneja a Alma. Nada de tonterías, y ninguna actitud que parezca servil. Simplemente cumple con su deber. No hace las cosas con el propósito de que le agradezcan. Sencillamente hace lo que hay que hacer. No hay mucha gente así.

—Estoy impresionada —dijo Eva, mirando en los ojos a Charlie.

—¿Por qué? ¿Porque soy un juez tan sagaz de la naturaleza humana? —sonrió.

—Charlie, eres bastante eficaz. Yo soy mejor comprendiendo a los personajes que yo misma creo que lidiando con las personas reales que aparecen en mi vida.

—Yo no diría eso —dijo Charlie—. Sucede que probablemente pasas más tiempo con tus personajes.

—He dedicado mucho tiempo a Bobby —dijo Eva, apartando los ojos de Charlie—. *Quiero* comprenderla. Lo necesito, para escribir el nuevo libro —miró de nuevo a Charlie y dijo—: Borré los archivos, tiré el original. Fue una de las cosas más inquietantes que he hecho nunca.

—Pero lo has hecho. Lo cual significa que comenzarás a trabajar en uno de tus propios libros.

—La idea ha sido tuya —dijo Eva—. Quiero decir que tú me has sugerido la posibilidad de escribir acerca de Deborah.

—¿Deborah? —la miró, desconcertado.

—La posibilidad de evocar viejas historias —aclaró Eva.

—¡Oh! ¿Y quién es Deborah?

—Era mi amiga. Nos conocimos en Inglaterra cuando yo tenía veintiún años. ¿Recuerdas que te dije que pasé un semestre en Londres? —él asintió, y Eva continuó hablando—: Eramos muy amigas. Después, Ken de nuevo fue trasladado a Nueva York, y no nos vimos durante cuatro años y medio. Entretanto, ella y su marido vendieron todo y regresaron a Montaverde, donde ella había nacido. Melissa y yo pasamos tres semanas con Deborah en la isla. Eso fue unos ocho meses después de la muerte de Ken. De todos modos, ella y el marido reñían horriblemente; eso fue así casi desde el momento mismo que llegamos al lugar. Yo deseaba marcharme, pero también quería quedarme allí y ayudar. Me sentía increíblemente estúpida, sentada esperando día tras día la ocasión que nunca llegaba. En cierto modo, siempre me culpé por lo que sucedió. Estaba convencida de que debía haber algo que yo podía hacer para detener eso.

—No tenía idea —dijo Charlie— de que tuvieses tanta retentiva anal.

Ella lo miró unos segundos y se echó a reír ruidosamente, se inclinó sobre él y lo besó con fuerza en los labios. Después volvió a sentarse y continuó riendo.

—¿Ha sido divertido? —preguntó Charlie, con una semisonrisa.

—Realmente —dijo Eva, desbordando afecto por él—. Te amo —le dijo—. Eres muy eficaz cuando se trata de devolverme a tierra firme.

—¿Eso es lo que hago? —dijo Charlie—. Y yo creía que era una verdadera inspiración.

—Todo me inspira —dijo Eva, y continuó pensando un poco más en el asunto—. No se trata de que quiera excitar tu orgullo masculino, o algo parecido, pero es la verdad. Extraigo ideas de todas las personas a quienes conozco, de cada conversación, incluso de las cosas que veo a través de los cristales del coche cuando voy por ahí. Más tarde o más temprano, utilizo todo —mientras hablaba, volvió gravemente a su introspección y se dijo que siempre había sabido que un día escribiría acerca de Deborah. Pero nunca había pensado que pasarían más de quince años antes de cumplir su palabra.

El se movió y apartó de Eva su mano, mientras esta preguntaba:

—¿Adónde vas?

—A poner otro disco —dijo Charlie—. No te inquietes. Regresaré.

—Pensé que quizá te había ofendido.

—No —dijo él alegremente—. No me ofendo con tanta facilidad.

—Gracias a Dios —dijo ella intensamente, y recordó con cuánta facilidad Bobby se sentía herida. ¿Eso era el resultado de la expectativa de sufrimiento? Si se trataba de eso, invalidaba todas sus teorías acerca de Deborah. Porque Deborah había llegado a endurecerse, era más resistente gracias precisamente a la expectativa. Se había convertido casi absolutamente en la contraparte de Ian, de modo que en definitiva estaba tan desequilibrada en su propio estilo como Ian lo estaba en el suyo.

De los altavoces comenzó a brotar una sinfonía de Beethoven, mientras Charlie regresaba y se sentaba al lado de Eva.

—Y bien, cuéntame —dijo él— qué sucedió en la isla.

Buscando su mano, Eva dijo:

—Oye, Charlie, realmente te amo.

—Lo sé, y ciertamente yo también te amo. Dime qué sucedió.

Con un suspiro, ella comenzó a contarle.

Bobby apartó su libro y fue al dormitorio, con el propósito de prepararse para ir a dormir; en cambio, descubrió que estaba observando el sueño de Penny, admirando su pelo desparramado sobre la almohada y los rasgos serenos en el descanso. Bobby se sentía siempre desconcertada ante el carácter apasionado de su hija y los vínculos que ella podía establecer con otras personas; por ejemplo, con Melissa.

Se había sentido tan triste por Penny esa mañana, cuando la niña se echó a llorar ante la partida de Melissa. Comprendía que, a los ojos de Penny, Melissa parecía un ser mágico, como la princesa de uno de sus libros de cuentos. Con su pelo largo y flotante y su larga falda, Melissa había incorporado a Penny a su propia belleza, la había acunado, bañado y arropado en la cama. Bobby sabía exactamente lo que Penny sentía; había sentido ella misma un poco de todo eso. En Melissa había algo, una bondad que era tremendamente irresistible. Y Bobby sabía que, desde ahora hasta la Navidad, Penny hablaría de Melissa, preguntaría a cada momento cuándo volvería a casa y planearía las aventuras imaginarias que las dos llegarían a protagonizar.

Sabía cómo era porque una vez ella había sido una niña pequeña muy parecida a Penny, una niña que tejía relatos alrededor de los visitantes que llegaban a la casa e imaginaba que su propia madre, la princesa encantada, un día vendría a reclamarla y la llevaría a vivir en un castillo mágico. Por supuesto, esas cosas jamás sucedían; nunca podían ser. Pero las niñas pequeñas soñaban con las posibilidades, y eso les sucedía sobre todo a las niñas como Penny y a la que había sido en otros tiempos la propia Bobby, con sus ojos y sus mentes absorbiendo las palabras leídas en las páginas de los libros, las niñas transportadas a lugares espléndidos y lejanos por los relatos que leían.

Bobby respetaba los vínculos que Penny establecía y esperaba a un lado para reconfortarla cuando los hechos imaginarios inspirados por la fantasía no se realizaran. Era justo que Penny soñara, que amase inmediata y profundamente a personas como Dennis y Melissa, como Alma y Eva. Penny se dedicaba a adoptar personas, y la mayoría de esas personas deseaban ser adoptadas. Pensó, por ejemplo, en el caso de Dennis, que arreglaba las mantas sobre la niña que dormía. Penny había convertido a Dennis en padre, había trepado de buena gana a sus rodillas y depositado su persona y su confianza en las manos del joven con un instinto casi infalible.

Pensó en la boca de Dennis tocándola y en su abrazo y deseó poseer la capacidad de confiar, de ponerse en las manos de un hombre, segura en la confianza de que no sufriría ningún daño. Pero ya no podía estar segura, ni siquiera cuando todo *parecía* estar bien. Era peligroso confiar en sus propias reacciones, y todavía más en los actos de un tercero. Dennis no se comportaba ni hablaba como un hombre que en secreto ansiara provocar sufrimiento; pero ella necesitaría tiempo para dejar de vigilar todos sus movimientos, esperando que él se desprendiese de su piel más superficial, como una serpiente, para revelar los impulsos peligrosos que yacían debajo.

Pero, cuando se acostó y estuvo en el borde del sueño, se imaginó desnuda con Dennis, y no había dolor. El la tocaba con manos respetuosas y el cuerpo de Bobby respondía de un modo que para ella era algo desconocido, con un tintineo y una alegría y una amplitud intencional. Su cuerpo sabía de sensaciones que ella nunca había vivido, y Bobby no sabía cómo era posible tal cosa. Se preguntaba si todos llegaban al mundo equipados con un conjunto de reacciones que estaban ocultas en el fuero íntimo, hasta que llegaba alguien o sucedía algo que las excitaba. Y, si eso era cierto, si todo aún estaba intacto en ella misma, quizá después de todo podría experimentar placer; quizá no todos los contactos fuesen brutales y dolorosos, algo que simplemente debía ser soportado.

Se dijo que era un concepto sugestivo y se volvió de costado mientras comenzaba a dormirse. Quizás había una parte de su ser que nunca había sido tocada, que nunca había sido violada. Y tal vez Dennis la llevase a esa región insospechada de su propia naturaleza femenina. Si es que ella lograba aprender a confiar en ese hombre.

Eva estaba repasando esa última velada en la isla, enumerando todos los detalles que había omitido relatar a Charlie. Yacía acurrucada, las manos apretadas sobre el pecho, las rodillas recogidas y tensas, dispuesta a afrontar el cuadro completo.

Era la noche del día en que Eva había descubierto e informado de los pasaportes a Deborah. Hacia la hora de la cena Derek tenía ahogos e insistía en que le permitiesen dormir con los padres. Deborah lo apartó con un gesto impaciente y le ordenó que se preparase para ir a dormir; y Eva dijo a Melissa:

—Esta noche dormirás conmigo. Trasladaremos tu catre a mi habitación. ¿De acuerdo?

—De acuerdo —dijo Melissa, y preguntó de nuevo—: ¿Cuándo volvemos a casa?

—Mañana por la tarde —contestó Eva, que antes de la cena había telefoneado a la empresa aérea y reservado dos plazas—. Pasaremos un par de noches en Antigua y después volveremos a casa.

—Quiero ver a la tía Alma —dijo Melissa, como si previese una discusión.

—También yo —coincidió Eva, ansiosa de volver a la cordura y la seguridad representadas por su tía.

Puso el catre en su dormitorio, después desvistió a Melissa y la llevó a la ducha. Hacia las ocho, los dos niños dormían, y Eva estaba sentada en la galería, observando la falda de la montaña teñida de gris a medida que caía la noche. Ian había ido a cierto lugar con el coche —otra de sus misteriosas diligencias— y Deborah estaba sentada en la cocina, preparándose una taza de té. Eva aún no le había dicho que se marchaba. En cierto modo, sentía que su actitud era cobarde —se iba y abandonaba a su vieja amiga—, pero las cosas se habían deteriorado a tal extremo que el aire parecía cargado de electricidad. Ciertamente los niños lo sentían. Después de regresar de Crescent Bay habían reñido casi constantemente. En cierto momento, Derek había descargado el puño sobre el pecho de Melissa. Eva había deseado poner al niño sobre sus rodillas para explicarle algunas cosas —era lo que necesitaba con urgencia— pero no se atrevió. Sólo pudo reprenderlo discretamente, mientras él la miraba parpadeando —exquisitamente hermoso incluso en su desafío— y después él se había vuelto y se había alejado para montar su triciclo.

Deborah salió y se sentó en la baranda, con su taza de té y un cigarrillo, y Eva comprendió que al fin había llegado el momento de que hablasen.

—Nos marchamos mañana por la tarde —dijo—. Lo lamento, pero de veras creo que es mejor que nos vayamos.

Deborah suspiró y sin mirarla dijo:

—Supongo que así es. Hablaré con Ian y él las llevará al aeropuerto.

—No te preocupes —dijo Eva—. Ya he pedido un taxi.

Al oír esto, Deborah se volvió para mirarla.

—No te culpo —dijo—. Ian es un conductor lamentable, terrible. ¿Recuerdas el primer día, cuando casi nos despeñó desde el risco? —mencionó el hecho como si estuviese evocando afectuosamente las hazañas de un niño perverso pero digno de amor.

Incapaz de comprender ese afecto tan extraño, Eva dijo:

—Lo recuerdo.

Deborah se volvió de nuevo, los ojos en el horizonte.

—Me temo que para ti no ha sido una situación muy agradable. En general, es un desastre —habló con voz carente de inflexiones, como si estuviese tan cansada que no pudiera subrayar sus propias palabras—. Hemos malgastado miles de libras, y lo único que tenemos es un cimiento. No sé cómo lo terminaremos.

—Deborah —dijo Eva, inclinándose sobre sus propias rodillas—, ¿por qué no vienes a Londres con Derek?

—No puedo. No tengo acceso al dinero que aún queda en la cuenta.

—Pero es tu dinero. ¿Cómo pudo suceder eso?

—Es muy complicado —suspiró Deborah, bebió un sorbo de té y después aspiró el humo de su cigarrillo—. A decir verdad, ni siquiera sabía qué estaba sucediendo. Y cuando lo supe, era demasiado tarde. El regreso aquí fue idea de Ian. Yo me sentía satisfecha con las cosas como estaban. Pero él quería representar el papel del propietario de una plantación, o algo por el estilo —dejó el cigarrillo en el cenicero de cristal, grande y cascado, y después depositó el cenicero en el suelo.

—Te prestaré el dinero para el viaje —dijo Eva.

—Es muy amable de tu parte, querida —dijo Deborah—, pero ¿a dónde podríamos ir? Ya no tenemos nada.

—Podrías volver, vivir con amigos hasta que empezaras a trabajar.

—Me temo que no —dijo Deborah, con voz sorda, buscando el paquete de cigarrillos en el bolsillo de la camisa—. Pero gracias por ofrecerlo. Siempre fuiste muy generosa.

—Podría dejarte lo suficiente de modo que tu hijo y tú regresarais a Inglaterra y pudierais vivir unas pocas semanas. Seguramente no querrás estar aquí, en vista del estado de las cosas.

Un poco sorprendida, Deborah dijo:

—Las cosas están como siempre estuvieron. Lamento que eso te haya desagradado —mostró su perfil a Eva—. Esperaba que la construcción de la casa estuviese más avanzada. No imaginé que nos encontraríamos... tan amontonados.

—No se trata sólo de eso... se trata de Ian, y las peleas...

—Querida, en realidad eso no te concierne —Deborah la interrumpió en seco.

Herida, Eva dijo:

—Me agradaría ayudarte.

—En realidad, para decir la verdad absoluta, será una ayuda que te marches —Deborah aspiró con fuerza el humo del cigarrillo, los ojos clavados en el cielo que se oscurecía.

Ofendida, Eva no supo qué decir.

Ian regresó un minuto o dos después y, derrotada, Eva dijo que iría a dormir. Sintiéndose excluida y lastimada, dejó a esos dos sentados en la galería. Melissa dormía profundamente. Eva se lavó, se puso el pantalón corto y la camiseta con los cuales dormía y después se acostó en la cama para leer. Las voces de Deborah y Ian se deslizaban por la casa como el zumbido grave de los insectos. Eva trató de ignorarlas, de ignorar la tensión que le apretaba los músculos del cuello y el hombro. Al día siguiente ella y Melissa se alejarían de ese lugar desolado. Ya no habría más excursiones peligrosas en barca en aguas infestadas de barracudas, ni más necesidad de esperar una conversación franca que ni siquiera se realizaría. Ella y Melissa pasarían dos noches en la bahía de la Media Luna, en Antigua, consumiendo comidas que prepararían para ellas, viendo paisajes, gozando de las bellezas de la isla, mientras Eva intentaba olvidar esas tres semanas terribles.

La despertaron los alaridos de Derek. Irrumpió al estado de vigilia consciente con el corazón que le tamborileaba y supo que estaba sucediendo algo terrible. En la oscuridad, anduvo de prisa por el corredor y escuchó un momento frente a la puerta del dormitorio principal. Adentro, Ian decía:

—Quiero que te quedes en ese cuarto de baño, hasta que papá te diga que puedes salir. Ahora nada de discusiones. *¡No muevas un maldito músculo!* —era evidente que esta última frase estaba dirigida a Deborah, que gritó sollozando—: ¡Déjanos en paz!

¿Qué hacer? Jadeando, Eva alzó la mano para llamar a la puerta y en ese mismo instante la voz de Ian se convirtió en un grito. Ahora Eva alcanzó a oír que los dos que estaban allí adentro luchaban cuerpo a cuerpo. Nada podía hacer; si intentaba intervenir quizá se convirtiese en una de las víctimas de Ian. Dominada por el pánico, regresó a su habitación, convencida de que ella y Melissa debían salir de allí. Con los gritos de Deborah y Ian entremezclados con los alaridos sofocados de Derek, encerrado en el cuarto de baño, Eva comenzó a abrir las cortinas de la ventana que estaba al fondo de la habitación.

Melissa se despertó y preguntó:

—¿Qué sucede? —Eva la obligó a callar y murmuró—: ¡Vístete a toda prisa! ¡Rápido!

—¿Qué haces?

—*¡Vístete!* —Eva consiguió retirar una de las tablas que cubría la ventana, la dejó sobre el suelo y abrió por completo la ventana. Se desprendió hacia afuera y cayó sobre los arbustos cuando sonaron los disparos. Uno. Dos. Eva se quedó de pie, rígida un momento, escuchando los ecos de los disparos que cabalgaban en la brisa nocturna, segura ahora de que Ian vendría a buscarlas. No podía dejar testigos. Eva examinó la profundidad del armario y volvió los ojos hacia la ventana. Se decidió en un instante. Alzó en brazos a Melissa, tomó su propio bolso, donde estaban los pasaportes y el dinero, y se metió en el rincón más profundo del armario, dejando abierta la puerta corrediza. Después de advertir a Melissa que no hiciera el menor ruido, apiló el equipaje formando una especie de barricada que las ocultaba y se acurrucó en el suelo, con Melissa en los brazos, una mano sobre la boca de su hija.

Apenas dos minutos después, oyó los pasos de Ian en el corredor de cemento. Se abrió bruscamente la puerta. Hubo unos momentos de silencio mientras Ian paseaba la mirada por el cuarto vacío. Se encendió la luz del techo. Eva se acurrucó todavía más, la mano apretada con fuerza sobre la boca de Melissa. Los pasos de Ian se acercaron a la ventana.

—¡Maldita sea! —murmuró, y salió bruscamente del cuarto. Eva lo oyó avanzar por el corredor y después abrirse paso entre los arbustos del fondo de la casa, en una y otra dirección. Unos minutos más, y los pasos regresaron. Derek comenzó a aullar de nuevo. Ian corrió hacia el dormitorio principal. Los gritos de Derek se calmaron instantáneamente.

Melissa se estremeció en los brazos de Eva, pero esta continuó sosteniéndola con fuerza y manteniendo su mano sobre la boca de Melissa. Con los labios pegados a la oreja de Melissa, murmuró:

—No debemos hacer el menor ruido. Está sucediendo algo muy malo —Melissa asintió y pareció tranquilizarse un poco; su cuerpo se apoyó pesadamente en el pecho de Eva.

Eva alcanzaba a oír la voz de Ian; lo oía hablando con su hijo, sentía su urgencia a medida que pasaban los minutos. La transpiración corría por los costados del cuerpo de Eva, que a su vez protegía a Melissa. Y después, de pronto, oyó el golpe de la puerta del coche al cerrarse. El motor rugió, el coche hizo marcha atrás con mucho chillido de los neumáticos y salió disparado por la ladera de la montaña. Eva no se movió. Pasaron los minutos y ella continuó agazapada en el fondo del armario. Ahora Melissa dormía en sus brazos. Eva contempló la esfera luminosa de su reloj. Las diez y diez. ¿A dónde había ido ese hombre? ¿Algún vuelo partía de la isla a esa hora de la noche? ¿Qué le había hecho a Deborah?

Esperó quince minutos más y después, acompañada por la protesta de sus músculos, se puso de pie con Melissa, apartó las maletas y salió del armario. Le temblaba todo el cuerpo, las caderas y los muslos le dolían. La puerta continuaba abierta. La luz del techo aún estaba encendida. Los insectos revoloteaban alrededor de la bombilla. Le dolían los brazos; quería dejar a Melissa en el suelo, pero no se atrevía. Se acercó a la puerta y miró hacia afuera. La puerta del dormitorio principal estaba abierta de par en par. Cubriendo con la mano la cabeza de Melissa, caminó por el corredor, casi sin atreverse a respirar por miedo a lo que podía ver.

Al aproximarse al umbral del dormitorio principal, sintió tanto miedo que temió vomitar. Le dolía el estómago. Respiró hondo, dio otro paso y examinó la habitación. Una ojeada y se apartó bruscamente, aún más temerosa que antes. Las lágrimas descendían por sus mejillas; llevó a Melissa al dormitorio y la dejó sobre la cama, mientras ella misma se ponía unos vaqueros, una camisa, medias y zapatos. Después vistió a la dormida Melissa. Finalmente sacó su bolso del armario, pasó la correa sobre el hombro, alzó a Melissa apartándola de la cama y caminó en puntas de pie hasta el teléfono. Ian había cortado el cable. El miedo le provocó deseos de gritar. No podía quedarse allí.

Retiró la linterna en la cocina y echó a andar por el camino largo y estrecho. Melissa le pesaba enormemente en los brazos mientras ella se mantenía a un costado, segura de que Ian regresaría de un momento a otro para terminar lo que había comenzado. Sentía los brazos como si estuvieran arrancándolos de las articulaciones; siguió la dirección del haz de luz de la linterna mientras recorría los tres kilómetros que llevaban a la plantación, rogando siempre que un vehículo pasara por la carretera principal.

Ansiaba depositar sobre el suelo a Melissa, pero no podía. Al llegar a la intersección de la pista con la carretera, se detuvo y miró en ambas direcciones; sus labios se movieron mientras rezaba rogando que apareciese un coche. Permaneció de pie, sintiendo frío ahora que el aire nocturno le helaba el sudor en el cuerpo; miró primero en una dirección y después en la otra, esperando y esforzándose por oír el sonido de un vehículo que se aproximaba, aterrorizada ante la posibilidad de que fuera el mismo Ian, pero ¿qué alternativa tenía? No podía continuar caminando con Melissa, y la casa más próxima estaba a casi dos kilómetros.

Finalmente aparecieron los faros. Eva encendió la linterna y la movió a un lado y a otro. Y el coche, donde viajaban dos varones nativos de Montaverde, detuvo la marcha. Sollozando ahora, corrió hacia el vehículo gritando:

—Tenemos que ir a la policía. Han matado a mi amiga.

Cuando estuvo en la parte trasera del coche, que aceleraba en busca del teléfono más próximo, ella pudo soltar a Melissa. Las lágrimas comenzaban a secarse, y ella sostenía las manos temblorosas sobre el regazo, incapaz de responder a las preguntas de los hombres, incapaz de hablar, los ojos clavados en la imagen inerte y contorsionada de Deborah, la sangre —tanta sangre— manchando la pared, el suelo, la ropa de cama...

Con el rostro surcado por las lágrimas, Eva se sentó sobre el borde de la cama y se secó los ojos con la manga del camisón. Un rato después se puso de pie y bajó a la cocina. Mientras se calentaba el agua, se sentó frente a la mesa y miró la puerta entreabierta del apartamento. De nuevo alcanzó a oler el humo del cigarrillo y supo que también Bobby estaba despierta. ¿Por qué no era capaz ella de decidirse a decir o hacer algo, a establecer cierto contacto durante esas incursiones de la mañana temprano?

25

—No le he agradecido las flores —dijo Eva, y sus palabras parecían una disculpa.

—Oh, está bien —respondió Bobby, esbozando un movimiento con la mano.

—A decir verdad, no le presté atención. Por supuesto, si las hubiera visto ya le habría dicho algo.

—Entiendo —dijo Bobby, sonriendo—. Sé que usted tiene muchas cosas en las que pensar.

—¿Por qué lo hizo? —preguntó Eva, que sentía una constante curiosidad por esa mujer y buscaba establecer los vínculos entre ella y Deborah. Hasta ahora, no había encontrado ninguno. Era imposible concebir dos mujeres tan diferentes. Lo único que tenían en común es que ambas se habían casado con individuos agresivos y prepotentes.

—Deseaba agradecerle un día tan especial y su invitación. —Deseosa de pasar a otro tema, dijo—: Su Melissa es una joven hermosa, y muy simpática.

Eva se inclinó sobre la mesa y dijo:

—En efecto, es hermosa, ¿verdad? Siempre que la miro veo al padre. Tiene su buen carácter, su sentido del humor y esa desenvoltura extraordinaria con la gente. Y —agregó con una sonrisa que expresaba cierta humildad— mi obstinación.

—¿Usted es obstinada? —preguntó Bobby, que encontraba muy accesible a Eva esa mañana.

—No me diga que no lo ha observado —dijo juguetonamente Eva.

—He visto en usted muchos estados de ánimo —dijo Bobby—. Pero no que fuese obstinada.

—Si permanece cerca de mí un tiempo —respondió riendo Eva—, lo verá. —Con una expresión más seria, agregó—: Me levanto en mitad de la noche y vengo aquí, bebo un poco de zumo o una taza de té y me siento un rato, hasta que puedo volver a dormir sin riesgo.

—Lo sé —dijo Bobby, en voz baja—. Oigo el ruido de sus pasos.

—Deberíamos hacernos compañía —dijo Eva—. Me parece ridículo que ambas estemos despiertas, sentadas en lugares diferentes.

—Yo he pensado lo mismo —dijo Bobby, deseando desviar la mirada, ver sus manos, o clavar su mirada en el suelo, pero manteniéndola de todos modos a la altura de la de Eva—. Generalmente fumo un cigarrillo —dijo con aire de disculpa, como si eso implicase infringir la etiqueta de la casa.

—La próxima vez, venga a fumar su cigarrillo conmigo —la invitó Eva—. Tal vez podamos comentar nuestros sueños —hablaba en un tono de voz alegre, pero en realidad su intención era seria. Deseaba intensamente conocer las experiencias de Bobby, comprenderlas con el fin de que su libro acerca de Deborah fuese más verosímil.

Bobby imaginó la escena: ella y Eva sentadas a la mesa, en medio de la noche; tuvo que sonreír al pensar que intercambiarían los relatos correspondientes a las respectivas pesadillas. Recordó cómo ella y Lor solían analizar todo lo que sucedía en la escuela. Invariablemente terminaban riéndose de sus propias conjeturas.

—¿La idea le parece cómica? —preguntó Eva, un tanto desalentada.

—En cierto modo —dijo Bobby—. Pero será un cambio agradable hablar de las cosas con las cuales sueño.

Dudaba de que jamás pudiera relatar sus sueños a alguien, porque eso implicaba confesar las cosas que Joe le había hecho. Pero tal vez lo lograra, y quizás eso la llevara a sentirse mejor.

—¿Usted sueña en colores? —preguntó Eva.

—Creo que sí. A decir verdad, nunca pensé en eso. ¿Y usted?

—Los últimos tiempos, no —dijo Eva, y se apartó de la encimera para continuar preparando el desayuno de Alma. Se preguntó de nuevo, como había hecho antes muchas veces, dónde estaba ahora Ian. Como lo supo después, esa noche habían partido varios vuelos de la isla; uno a Saint Kitts y Nevis, otro a Barbuda y otro a Antigua. De Antigua podía haber viajado hacia otro lugar cualquiera. Cuando la policía de Montaverde comenzó a investigar, hacía mucho que él y Derek se habían marchado.

Invariablemente los imaginaba en Londres. Quizá Derek ahora era estudiante universitario, como Melissa; un joven que conservaba los recuerdos más nebulosos de su madre; o posiblemente estaba torturado por las pesadillas relacionadas con su muerte. Pero tal vez Ian lo había asesinado también a él y en algún matorral de la isla había un pequeño esqueleto oculto. Prefería pensar que Derek estaba vivo. Como todavía tenía cierta dificultad para asimilar los hechos de la muerte de Deborah, sencillamente se negaba a creer que también Derek podía estar muerto. Quizás Ian se había casado con otra mujer, que de buena gana habría representado el papel de madre del niño, mientras Ian lenta y seguramente le aplicaba la estructura mental que él prefería. O tal vez había encontrado a alguien que no aceptara que lo golpeasen y pasaba sus veladas escuchando las quejas de la mujer, mientras él permanecía sentado, manipulando incansablemente su encendedor Dunhill de plata.

Bobby sintió que Eva se alejaba mentalmente y en una actitud respetuosa la dejó librada a ella misma; regresó abajo con los bollos que había ido a buscar. Mientras peinaba el pelo de Penny en un par de trenzas, trató de recordar si soñaba en colores. Tenía la impresión de que la respuesta era afirmativa, pero no estaba segura.

Se imaginó subiendo la escalera hasta la cocina, para fumar su cigarrillo y hacer compañía a Eva en mitad de la noche. La idea la atraía; pensó que quizás aceptaría. La compañía de otra persona podía lograr que las noches fueran menos impresionantes. En cierto modo, era probable que sucediesen cosas horribles durante la noche. El temor parecía un sentimiento propio de las sombras, algo que anidaba en los rincones más profundos y se alimentaba de la oscuridad.

Después que Alma se instaló en la sala con los periódicos dominicales y un concierto para violín de Mozart, Bobby salió para ayudar a Penny a preparar los bollos de chocolate.

Después que terminaron con esa tarea y los pusieron sobre la encimera para enfriar, ella y Penny regresaron a la sala. Penny fue inmediatamente a sentarse sobre el brazo de la silla de ruedas de Alma y preguntó:

—Abuela, ¿cuándo regresa Melissa?

—Dentro de dieciocho días —contestó Alma, que cada día se sentía más atraída por la niña. Jamás lo reconocería, pero en el fondo se sentía complacida cada vez que Penny la llamaba abuela. Durante unos momentos, aquí y allá, podía reconstruir la historia, y se veía a sí misma como una mujer que había compartido su vida y que en consecuencia dejaría detrás una herencia viva. Ultimamente cada vez más tendía a considerar estrecha y estéril la vida que ella había llevado. Pese a la existencia de varios amantes, no había ofrecido nada significativo de su propia persona; excepto, por supuesto, a Eva. Sabía que eso era ridículo, pero no podía dejar de pensar que si hubiese usado su cuerpo para algo diferente del placer tal vez este no la hubiera traicionado de un modo tan terrible.

—Puedes señalar los días en el calendario de la cocina, si quieres.

—Podría hacer eso —dijo Penny, como afrontando un desafío.

—De ese modo —explicó Alma—, sabrás exactamente cuántos días más tienes que esperar.

—Lo haré —repitió Penny, en actitud decidida—. Preparamos los bollos. Mami dice que te traiga algunos cuando se enfríen.

—Me encantará —dijo Alma, que no pudo contener una sonrisa—. ¿Te agrada *El jardín secreto?*

—¡Me *encanta!* Es el mejor libro que leí en mi vida.

Un momento después, la niña preguntó a Alma:

—Abuela, ¿por qué a menudo corriges lo que yo digo?

—Porque intento enseñarte a hablar bien. Tienes que conocer gramática.

—¿Qué es la gramática?

—El modo correcto de hablar y escribir.

—¡Oh! Creí que eso era solamente en la escuela.

—No —dijo Alma—. No es sólo en la escuela, sino el día entero, en tu vida y en la escuela. Cuando seas más grande y salgas al mundo, comprobarás que la gente tiende a juzgarte por la forma de hablar. Si hablas bien, tendrán mejor opinión de ti... sobre todo cuando tengas que comenzar a trabajar.

—Cuando sea grande trabajaré llevando un autobús escolar —dijo Penny—, llevaré a los niños a la escuela. Me sentaré adelante y ordenaré a todos que se sienten, porque de lo contrario no les permitiré viajar en el autobús. Y no permitiré que haya riñas en mi autobús o que arrojen papeles sucios al suelo.

—Admirable —dijo Alma—. Estoy segura de que conducirás el mejor autobús escolar.

—Sí, así será —dijo Penny, extendiendo la mano para tocar con el dedo la mano izquierda de Alma. Preguntó: —¿Sientes cuando te toco?

—En realidad, no.

Después Penny tocó con el dedo el costado inmóvil de la cara de Alma y preguntó:

—¿Y ahora sientes?

—Pen, basta ya —dijo Bobby, con voz tranquila pero firme—. Eso no está bien.

—¿Te pareció mal? —preguntó Penny, mirando primero a Alma y después a su madre.

—Sí, está mal —dijo Bobby.

—No —dijo Alma—. No me molesta —dijo a Bobby. Era cierto. De alguna manera, la naturalidad con la que Penny mencionaba la incapacidad física de Alma la despojaba de gran parte de su horror. Eso se relacionaba a su vez con la pureza de las motivaciones de la niña, con el hecho de que las preguntas expresaran únicamente una sencilla curiosidad. Penny aceptaba a la abuela como ella era, y eso superaba lo que la propia Alma era capaz de hacer. Alma permanecería el resto de su vida en un estado de negación, porque sus recuerdos y su imagen de sí misma chocaban con la realidad del momento. Sólo con Penny podía olvidar hasta cierto punto que ya no era una persona íntegra. Con todos los demás, era como un barco paralizado por una serie de desperfectos, un barco que debía ser remolcado de un lugar a otro, condenado a no llegar jamás a su verdadero destino. En cada momento de su vida de vigilia, sabía que se había convertido en una persona muy torpe. Penny le permitía olvidar todo eso durante largos minutos, le permitía vivir de acuerdo con su antigua y superada imagen de ella misma. Con Penny, todavía era la Alma Ogilvie que a veces asistía a reuniones sociales calzada con tacones y vestida con prendas elegantes; la Alma que rehusaba someterse a su edad, que aún era un ser humano integral. Y por eso, así como por todos los restantes atributos de Penny, comenzaba a amar a la niña.

—No me importa que preguntes —dijo a Penny—. Quiero que te sientas en libertad de decir lo que piensas.

Decidió que al día siguiente llamaría a su abogado e incluiría en su testamento una cláusula favorable a Penny. Era lo menos que podía hacer para compensar los valiosos momentos de alegría que Penny le aportaba.

—¡Mira, mamá! —dijo Penny—. La abuela dice que está bien.

Bobby se limitó a sonreír.

Dennis llegó mientras Bobby continuaba arriba, preparando a Alma para dormir la siesta. Al oír el timbre de la puerta de calle, Penny llegó corriendo desde el apartamento; estaba detrás de Eva cuando esta abrió la puerta.

Canturreando *¡Dennis!* Penny abrió los brazos y Dennis la alzó y la abrazó sonriendo.

—¿Cómo estás, Pen?

—¿Trajiste la máquina de cine?

—Por supuesto —dijo Dennis—. Está en el coche —rodeó a Penny, saludó a Eva y le preguntó cómo estaba.

—Muy bien, gracias. Bobby continúa arriba, con Alma. Venga a la cocina. Tengo café preparado.

—Te preparé bollos —dijo Penny, mientras él la dejaba en el suelo y comenzaba a quitarse la chaqueta.

—Me lo imaginé. Después de todo, lo habías prometido.

Tomándolo de la mano, Penny lo condujo a la cocina mientras decía:

—La abuela me permite marcar los días en el calendario hasta el regreso de Melissa. Te mostraré —soltó la mano de Dennis, atravesó la cocina y señaló la gran X con la cual había marcado la fecha.

—¿Cuántos días faltan todavía? —preguntó Dennis, sentándose cuando Eva lo invitó a ocupar una silla frente a la mesa.

—Diecisiete, sin contar hoy —Penny se acercó y dijo que deseaba que él la pusiera sobre sus rodillas.

Al mirar, conmovida por la naturalidad que él mostraba frente a Penny, Eva se preguntó qué esperaba obtener de Bobby. Se lo veía muy tranquilo; Eva lo miró largamente y llegó a la conclusión de que era un hombre atractivo. Vestido con vaqueros y un jersey de cuello alto sobre una camisa blanca, con calcetines blancos deportivos y zapatos de suela gruesa, parecía muy juvenil y muy despierto, el cutis rozagante con los pómulos salientes y cubiertos de pecas. En muchos aspectos, Eva se dijo que era un individuo perfecto para Bobby. Un hombre gentil, bien educado, sin complicaciones y sin exigencias.

—¿Café? —preguntó ella, y llegó en un instante a la conclusión de que aprobaba a Dennis; un momento después se preguntó por qué ella se comprometía, aunque fuese de un modo abstracto, en la vida de Bobby. No era nada que le concerniera.

—Sería maravilloso —dijo Dennis—. ¿Cómo va esa literatura?

¿Por qué la gente siempre preguntaba lo mismo? Era una de las dos preguntas que le formulaban constantemente. La otra era: "¿Siempre escribe?" La pregunta parecía sugerir que la composición literaria era una frivolidad, algo que ella hacía en lugar de trabajar realmente. Pero contestó cortésmente, como hacía siempre, diciendo:

—Me preparo para iniciar un nuevo libro —y se atareó sirviendo el café. Estaba poniéndolo sobre la mesa cuando entró Bobby, y Eva se sintió intrigada al ver cómo se animaba el rostro de la joven y cómo sonreía al verlo con Penny sobre las rodillas.

Eva experimentó súbitamente un sentimiento protector frente a Bobby y descubrió que estaba pensando: si usted la lastima, lo mataré. Sorprendida ante la intensidad de esos sentimientos, sirvió café a Bobby, mientras Penny se apartaba para traer los bollos que habían preparado.

Casi todos los días Eva leía en los periódicos algún artículo acerca de un marido demente que perseguía con un arma a la esposa que lo había dejado, que la mataba, a menudo en presencia de testigos, y que después con la misma arma se suicidaba. La psicología de esos hombres la desconcertaba, del mismo modo que Ian, incluso después de tantos años, continuaba pareciéndole incomprensible. Ese Joe Salton de quien Bobby hablaba no le parecía real. Con los ojos fijos en Bobby, se preguntó cuál era la causa de su propia reacción. Sin duda, el individuo era real. Bobby había aparecido en la puerta de calle ostentando las pruebas físicas de la realidad de Joe Salton.

—Eva, ¿usted vio *E.T.*? —le preguntó Dennis y ella respondió afirmativamente y pensó que en verdad le convenía pasar un par de horas en la oficina, preparando el esquema del relato. Pero no lo deseaba; no le parecía necesario. Probablemente continuaría preocupada por el misterio de Deborah y Ian y Derek durante una semana o dos o tres; una mañana el relato comenzaría a desgranarse con tanta prisa que ella pasaría hasta diez horas diarias tratando de afrontar la avalancha. Cuando eso sucedía era sugestivo. Eva podía sentarse y seguir, fascinada, la evolución del relato, utilizando sus habilidades para conferirle forma e impulso, pero tan intrigada por conocer el final como podía sucederle a cualquier lector.

—¿Por qué no la ve con nosotros? —preguntó Dennis.

—Quizá lo haga —dijo Eva, tratando de comprobar si Bobby tenía objeciones. Era evidente que no. Sonrió aprobando, y Eva dijo:

—¿Por qué no usan el vídeo de la sala?

—Muy bien, así lo haremos —dijo Dennis, mientras Penny presentaba el plato con los bollos—. Me ahorrará el trabajo de instalar el mío.

—Debemos guardar un poco para la abuela —advirtió Penny a todos.

Bobby dirigió miradas subrepticias a Dennis y se dijo que él, como Charlie el día de Acción de Gracias, al parecer no se sentía molesto si estaba rodeado por mujeres. Se comportaba como si estuviese en su casa; dejó que Penny se instalara sobre sus rodillas cuando ella terminó de distribuir los bollos y la sostuvo como si fuera algo que hacía todos los días y que hacía que él se sintiera bien.

Se sentía un tanto impresionada cada vez que lo miraba y volvía a preguntarse por qué interesaba a ese joven. Hubiera podido tener toda clase de mujeres, pero seguía cerca de ella. Eso en cierto modo la honraba, aunque suponía que en poco tiempo más se sentiría desilusionado y renunciaría al esfuerzo. Y, sin embargo, parecía alegrarse y continuaba cultivando la relación, a diferencia de Joe, que siempre insistía en que todo tenía que ser distinto de lo que era. Durante los ocho años con Joe él había insistido en que Bobby fuese distinta, en que se convirtiese en una persona diferente de la que era. Exigía que tuviese los cabellos rubios, que caminase desnuda de un lado a otro, cuando la idea misma la mortificaba; quería que fuese exactamente lo contrario de lo que ella era. Dennis ni una vez se había comportado como si estuviera exigiendo algo; parecía sentirse satisfecho con ella tal como la veía. Pero no podía no estarlo. ¿O sí?

Penny se sentó sobre las rodillas de Dennis y lanzó exclamaciones, absorta en las desventuras de E. T., y muy satisfecha con el final.

—¡Es la *mejor* película que he visto jamás! —declaró cuando terminó la obra; tenía la cara sonrojada, los párpados irritados, las mejillas manchadas de lágrimas.

—Es una de mis películas favoritas —dijo Dennis, y la abrazó—. Sabía que te agradaría. ¿Y a ti, Bobby?

Bobby temía hablar, no fuese que de nuevo comenzara a llorar. Convencida por Joe de que el llanto era un signo de debilidad, le desagradaba que la gente la viese lagrimear. Se limitó a asentir y dirigió a Dennis una sonrisa insegura.

El le retribuyó la sonrisa y dijo:

—Ya lo sé. A mí me impresiona del mismo modo.

—Ojalá la abuela pudiera verla también —dijo Penny, mirando hacia la puerta.

—Quizás otra vez —dijo Eva, que consultó la hora en su reloj antes de ponerse de pie—. Tengo que hacer un par de cosas antes de empezar a preparar la cena —hizo una pausa y miró a los tres que ocupaban el sofá—. ¿Quiere quedarse a cenar, Dennis?

—Oh, se lo agradezco mucho —dijo él—, pero tengo que ir a casa de mis padres.

—Bien —dijo Eva—. Estaré en la oficina —y se retiró.

En la oficina pasó la mirada sobre los lomos de sus libros descansando en el estante; se sintió orgullosa de sus logros y al mismo tiempo un tanto desconcertada. Su ambición era conseguir que cada libro fuese mejor que el anterior; siempre que se disponía a iniciar algo nuevo debía soportar un período de preocupación, porque temía que ya no le quedara nada que valiese la pena relatar. Se acercó al sillón que estaba junto a la ventana, se sentó y miró hacia el estrecho, temiendo la posibilidad de que no supiera lo suficiente acerca de Montaverde y Deborah. Sí, tenía los hechos, pero ¿comprendía la situación? Creía que lo conseguiría si lograba convencer a Bobby de que confiase en ella. Pues, en ese caso, sabría de primera mano cómo era soportar los golpes y los insultos.

Penny se despidió de Dennis con un beso y después subió para hablar a Alma de la película.

Bobby lo acompañó hasta la puerta; ahora al fin pudo decir cuánto le había agradado *E.T.*, y agradecerle que la hubiese traído.

—¿Qué te parece el viernes? —preguntó Dennis, mientras se ponía la chaqueta—. Podríamos comer algo e ir al cine.

—Está bien —dijo ella—. Pero esta vez yo invito.

—Muy bien. Aceptado —dijo Dennis.

La besó con un beso suave y rápido en los labios; después se fue a su coche mientras decía:

—Te veré el jueves.

El aire estaba frío y terso; el cielo ya comenzaba a oscurecerse. Ella permaneció en el umbral con los brazos cruzados y vio cómo Dennis subía a su Escarabajo. Después que él se alejó, Bobby se volvió y miró hacia la escalera, mientras oía la voz excitada de Penny que explicaba a Alma el argumento de *E. T.* Se sentía extrañamente plena, como si acabase de comer un plato delicioso. Sonriendo, comenzó a subir la escalera.

26

Eva recordaba cierta tarde, al principio de su estancia en la isla. Se había sentado en la arena, en el centro mismo de Crescent Bay, con los niños al lado. El sol brillaba enceguecedor allá arriba, y los tres observaban a unos quince nativos de Montaverde, que estaban al borde del agua, preparándose para recoger la inmensa red que habían arrojado al agua con la ayuda de una embarcación. Los nativos formaban dos filas, cada una aferrando un extremo de la red, y, lentamente, mano sobre mano, la traían hacia la costa.

En el interior de la red se agitaban centenares de peces, tiñendo de plata el agua. El aire estaba cargado con el olor de los peces que se acercaban cada vez más traídos por la red. En la arena, los nativos de Montaverde cantaban —Eva no alcanzaba a entender su lengua— y arrastraban la red, con la que formaban pliegues húmedos sobre la arena.

Cuanto más cerca de la costa estaba la red, más intenso el olor a pescado y a sangre. Los peces se agitaban, tratando de liberarse, pero la red continuaba achicando el espacio e impidiéndoles la fuga. Por encima del canto de los nativos se elevaba el sonido cruel de los peces, que removían el agua y con sus aletas cortaban la superficie como cuchillos.

Eva abrazó a los niños, y la escena le pareció alarmante. Melissa y Derek estaban sentados, con la boca abierta y apenas parpadeaban.

A medida que la red se apretaba más y más, la sangre enturbiaba la superficie del agua; apareció otra media docena de nativos, entró en el agua y comenzó a arrojar peces a la costa; allí los peces saltaban y se estremecían, y sus escamas reflejaban la luz del sol; el ruido era más intenso y se creó un estrépito horrible. Eva nunca había presenciado nada ni siquiera remotamente parecido a esto. La escena era primitiva y terrible. Los peces saltaban sobre la arena. Los hombres provistos de mazas los golpeaban, los mataban, derramaban más sangre; las escamas llenaban la playa como si hubieran sido centenares de fragmentos de espejo.

Finalmente la red fue una masa hinchada y pulsante arrastrada lentamente a la arena. Y cuando los peces estuvieron en tierra firme, golpeados, los nativos comenzaron a distribuirlos, llevándolos en cubos o levantándolos por las agallas con los dedos; varios llenaron sus canoas. De pronto, todo lo que quedó fue la pesada red y un amplio sector de arena removida y ensangrentada. El pesado olor a pescado y sangre continuó flotando en el aire. A Eva se le removió el estómago. Respiraba por la boca, tratando de rechazar las náuseas. Los niños parecían aturdidos. Ambos estaban sentados, inmóviles, como si se encontraran en estado de shock.

Eva regresó al presente, se apartó los cabellos húmedos de la nuca y apoyó la cabeza sobre las rodillas dobladas. Después de un rato, más tranquila, se puso de pie y bajó.

Bobby iba al armario de la sala, abría la puerta y allí estaba Joe. Sonriendo, con una escopeta en las manos. Alzaba la escopeta y apuntaba directamente a Bobby. Aterrorizada, con el corazón golpeándole el pecho, ella se volvía para huir, pero él extendía la mano y tomaba un pliegue del camisón. Bobby quería gritar, abría la boca, pero solamente podía emitir un murmullo:

—No.

La sonrisa de Joe la asustaba tanto como el arma. Si por lo menos ella pudiera gritar, Eva y Alma la oirían y conseguirían ayuda. Pero, si gritaba, Penny despertaría, y Bobby no deseaba recordar a Joe la existencia de Penny.

¿Por qué no podía emitir el menor sonido? La frustración la animaba a luchar, pese a que sabía muy bien que siempre era peor cuando ella se resistía. Parecía que eso incitaba a Joe a cometer los peores actos de sadismo y bestialidad.

Comenzaba a decirse que todo eso era un sueño y que podría despertar. Pero sus ojos estaban paralizados por el sueño, contemplando las imágenes, las imágenes de la persona que dormía.

Con un gigantesco esfuerzo se abría paso hacia la superficie, sintiendo la opresión en los pulmones, el cuerpo húmedo de sudor, los ojos y la nariz mojados. Se sentó, confiando en que no habría hecho ruido en el sueño, en que no habría hecho nada que asustara a Penny. Se volvió para mirar la otra cama. Penny dormía pacíficamente.

Un minuto o dos después abandonó el lecho y se puso el chaquetón que utilizaba a manera de bata. Por lo que sabía, su bata continuaba colgada detrás de la puerta del cuarto de baño, en la casa de Jamestown.

Buscó su paquete de cigarrillos y después se volvió para mirar la escalera, por la puerta apenas entreabierta hacia la cocina. Siempre dejaba abierta unos centímetros la puerta; no podía soportar la idea de cerrarla, y mucho menos echarle llave. Si lo hacía, habría sentido que estaba como atrapada. No había luz arriba, pero Bobby sabía que Eva nunca se molestaba en encenderla.

Sin detenerse a pensar en ello, subió la escalera. Pudo ver a Eva sentada frente a la mesa. Pasándose la manga del jersey sobre los ojos, Bobby entró descalza en la habitación.

Eva dijo:

—Traje un cenicero para usted, por si decidía venir.

Bobby ocupó la silla que estaba enfrente y con manos temblorosas encendió un Marlboro. En esa luz lechosa, cubrió con la mano el cenicero y lo acercó; de pronto, sintió ocho años de experiencias condensadas en un conjunto de palabras que era imperiosamente necesario pronunciar. Todo lo que necesitaba era un mínimo de aliento, y entonces comenzaría a hablar.

—¿Qué ha soñado? —preguntó Eva.

—Casi todas las noches sueño que él me hace daño otra vez —murmuró Bobby.

—Debe de ser terrible.

—Sí. Tenía tantos modos de lastimarme. Al final, en cierto modo, yo esperaba que él terminase y de una vez por todas me asesinara. Y entonces sentía verdadero miedo, porque sabía que si no conseguía escapar terminaría muerta. Era como si todos esos años él hubiese estado ejercitándose, practicando, por así decirlo.

Miró a Eva, pero no pudo interpretar su expresión. No importaba. Eso era lo bueno de la noche: uno no se preocupaba tanto como de día, porque la oscuridad ocultaba muchas cosas.

Eva estaba inmóvil. Bobby sentía que ella escuchaba. Era un momento extraordinario, sinigual en su experiencia... esa oportunidad de hablar francamente mientras la oscuridad la envolvía con un manto de seguridad. Eva era sencillamente una presencia que absorbía los detalles.

—Usted seguramente tenía mucho miedo —dijo Eva, tratando de alentar a Bobby de manera que continuase.

—Al principio —dijo Bobby— él siempre se arrepentía. Me golpeaba un poco y al día siguiente era el hombre más bueno del mundo. Pero eso fue sólo al comienzo, quizá los primeros seis meses. Después ni se molestó en continuar fingiendo que lo lamentaba. Porque no lo sentía. Le *agradaba*. Se sentía feliz cuando me hacía daño. Siempre se reía. Cada vez que yo veía esa sonrisa experimentaba una náusea en la boca del estómago, porque sabía cuánto lo complacía la posibilidad de romperme los huesos, de hacerme sangre. Y mientras sucedía eso, una parte de mi ser se mantenía de pie, observaba y preguntaba cómo había llegado a casarme con ese hombre. Nunca supe exactamente qué era lo que yo decía o hacía que lo enfurecía tanto; pero de todos modos siempre estaba esperando, siempre me sentía nerviosa por cada palabra que brotaba de mis labios, por cada paso que daba.

Eva escuchó y se sintió levemente asqueada. Eva había instigado eso. Ahora comenzaba a lamentarlo. No había previsto que Bobby se mostraría tan franca, o tan gráfica; había imaginado que ella haría fluir la información en un proceso lento y paulatino.

Bobby aspiró por última vez el humo del Marlboro, apagó la colilla y continuó; ahora las palabras brotaban de prisa.

—Cuando quedé embarazada, quiso que perdiese al bebé. Yo no acepté, y de hecho él me dejó sola hasta después del nacimiento de Pen. Pero yo había regresado del hospital tres días antes, con la niña, cuando él empezó. En ese momento las cosas se agravaron realmente, y él comenzó a castigarme de veras en serio. Lo que había sucedido antes no era nada comparado con las cosas que hizo después que tuve a Pen. Quise huir, pero ahora tenía una niña y no había adónde acudir. Mi amiga Lor y mi tía lo lamentaban, pero no podían aceptarme porque Joe les provocaba muchas dificultades. De modo que yo guardaba silencio, trataba de preparar buenas comidas todos los días y fingía que me agradaban sus agresiones en la cama. Emitía la clase de gemidos que él deseaba escuchar y no le decía que me estaba lastimando, pese a que él sabía lo que estaba haciendo.

Eva sintió deseos de cerrar los ojos, de borrar el relato. Le estaban diciendo mucho más que lo que nunca había querido saber y ahora no había modo de detener el torrente. Su maldita curiosidad había abierto las compuertas.

—El siempre dijo que yo era la persona más estúpida del mundo —continuó Bobby—, y tenía razón, porque si yo hubiese poseído un mínimo de inteligencia jamás me habría casado con él. Tenía razón. Era estúpida y merecía que me aplastaran la nariz y me fracturaran las costillas. Merecía que me quemasen los pechos con cigarrillos, o que él me arrancase mechones enteros de pelo; merecía que me retorciese el índice, hasta quebrarme el hueso, y que me violase con una tenacilla de ondular que todavía estaba caliente, o con la escopeta, mientras acercaba el cuchillo a mi cuello y me decía que no gritase porque me degollaba. Merecía todo lo que siempre me hacía. Porque yo era *tan estúpida* —ahora lloraba de nuevo. El llanto afectaba su respiración y su capacidad para hablar. Manipuló el paquete de cigarrillos, encendió otro y trató de tranquilizarse.

Eva guardó silencio, avergonzada por la actitud de esa mujer, y abrumada por la forma de vampirismo que la había inducido a alentar a Bobby a revelar tanto. Ella no reunía las condiciones necesarias para manejar lo que ahora escuchaba; no era capaz de decir una sola palabra que pudiera aliviar el sufrimiento de Bobby. Solamente había estado pensando en el nuevo libro, en la posibilidad de tener información suficiente para escribirlo con conocimiento de causa. Pero esa historia de horror conseguía que Eva sintiese desagrado por su propia persona.

—Me convenció de que todo lo que me había sucedido era culpa mía —continuó diciendo Bobby—. Yo nada podía hacer bien, aunque lo intentase. Se suponía que en la cama debía moverme de cierto modo, emitir ciertos sonidos, pero lo único que podía hacer era tratar de copiar las cosas que él hacía, porque ignoraba lo que él *deseaba*. Estaban todas esas cosas que lograban que él se sintiese complacido y que yo me creyese una verdadera basura... me tiraba del pelo, me obligaba a abrir la boca y se reía cuando yo tenía náuseas; lograba que mi ano sangrara...

Eva pensó: "¡Dios mío! ¡Que no me diga más! No quiero saber". Sintió deseos de taparse los oídos con las manos. Pero no podía hacer nada. Debía permanecer allí, sentada, asimilando la información que antes había creído necesitar.

—Mientras él me hacía esas cosas, yo pensaba en la posibilidad de ir a otro lugar y vivir sola con Pen, vivir sola allí donde nadie lograse que yo me sintiera un ser miserable sólo por mi condición de mujer. Y además de odiar a Joe, me odiaba a mí misma, odiaba mi *condición* femenina, porque los hombres hacían cosas repugnantes a las mujeres, las obligaban a ponerse boca abajo sobre manos y rodillas, y a fingir que les agradaba *el dolor*, a fingir que les encantaba sangrar por el culo —con un gesto de impaciencia, Bobby se pasó el dorso de la mano por los ojos y vio en su mente, una tras otra, las escenas intensamente iluminadas—. Continuaba tomando las píldoras anticonceptivas, porque sabía que si volvía a quedar embarazada él me patearía, me quemaría y me golpearía hasta matarme —emitió una risa jadeante, de mala gana, aspiró de nuevo el humo del cigarrillo y después dijo—: Cuando fui a la consulta médica, hace seis meses, pedí otra receta al médico y él me preguntó para qué la quería. No tenía sentido que continuase tomando las píldoras, porque no podría tener más hijos. Según dijo, había demasiado daño interno. Tengo veintisiete años y estoy arruinada por dentro. Pero no me compadezco. Ha sido mi propia culpa.

—No, no ha sido su culpa —dijo al fin Eva, consciente de que debía hablar, de que ese era el precio que debía pagar por haber solicitado los horribles detalles íntimos de la vida de Bobby—. No ha sido su culpa.

—Sí, lo ha sido —dijo Bobby; se sentía somnolienta ahora, después de revelar tantas cosas que había mantenido en silencio durante tanto tiempo—. Es cómico —dijo con un suspiro, y la fatiga logró que sus párpados cayesen pesadamente—. Pensé que cuando me alejase de Joe, si en definitiva llegaba eso, todo terminaría, pero no es cierto. Continúa repitiéndose en mi cabeza y en mis sueños.

—Con el tiempo todo eso mejorará.

—¿Cómo lo sabe? —preguntó Bobby, con aire desafiante.

—Porque será así —dijo Eva, que carecía absolutamente de base para formular esa declaración. Sencillamente deseaba dar por terminada esa conversación que ella había provocado tan absurdamente. Tenía la cabeza colmada de feas imágenes, de visiones pornográficas. Detestaba sentir lo que sentía, e incluso estaba irritada con Bobby por su capitulación.

—¿Cómo lo *sabe*? —preguntó de nuevo Bobby.

—Porque durante meses, después del asesinato de Deborah, todas las noches, cuando me acostaba a dormir, veía su cuerpo y la sangre que lo manchaba todo, y de nuevo me sentía aterrorizada.

—¿Era su amiga?

—En efecto —dijo Eva—. Yo estaba en la casa cuando el marido la mató.

—¡Dios mío! ¡Qué terrible!

—Ahora pasaron quince años, y todavía es horrible, pero no es lo mismo. Eso *pertenece al pasado*. ¿Me comprende? —¿era posible que ella ejerciese una influencia positiva sobre esa situación? Así lo esperaba. De ese modo contribuiría mucho a aliviar el acerbo sentimiento de culpa que ahora experimentaba.

—Más o menos. Creo que sí, que entiendo. Pero nunca olvidaré lo que Joe hizo.

—No —convino Eva—. Nunca lo olvidará. Pero todo mejorará. Y nadie volverá a lastimarla —¡qué cosa más absurda estaba diciendo! No podía garantizar eso. Esta conversación había llegado a ser más odiosa que la peor de sus pesadillas. Estaba diciendo vulgaridades, afirmando lo primero que le venía a la mente con el fin de dar por terminada la charla.

—No hay que decir que nunca sucederá —afirmó Bobby, que a causa de su carácter supersticioso creía que si uno volcaba en palabras sus pensamientos podía conseguir que se realizaran.

—Usted ya ha terminado de representar el papel de víctima —dijo Eva, tratando desesperadamente de reaccionar—. Usted ha comenzado una vida nueva con Pen. Y ahí está Dennis.

—Al pensar en lo que Dennis puede reclamar, me invade un miedo espantoso —confesó Bobby—. Ignoro por qué él insiste en verme. Le dije un poco de lo que le confesé a usted y su reacción fue realmente positiva.

Quiero decir que se comportó como si deseara comprender. Pero eso no impide que yo sienta miedo.

—Comprendo —dijo Eva, tratando de demostrar simpatía—. Pero rechace el miedo. Dennis no es un hombre peligroso.

—Todos son peligrosos —dijo Bobby.

—No todos —la corrigió Eva—. Charlie no lo es, y tampoco Dennis.

—Son peligrosos —explicó Bobby— porque desean cosas que algunas no podemos darles.

—Lo siento —dijo Eva, que ya no sabía cómo reaccionar y estaba prometiéndose que jamás, mientras viviese, animaría a nadie a hacerle ese género de confidencias.

—¿Por qué lo siente? —preguntó Bobby, perpleja.

—Lamento que le hayan sucedido cosas tan terribles. Usted no merecía nada parecido. Nadie merece que se lo trate como usted fue tratada —eso era cierto, y Eva podía afirmarlo con un sentimiento de convicción. Pero, por otra parte, también sentía que era una terrible hipócrita.

Los ojos de Bobby de nuevo se llenaron de lágrimas, y estas comenzaron a descender por sus mejillas. Durante un rato no pudo hablar y otra vez volvió a fumar su cigarrillo, esforzándose por recuperar el control. Finalmente la garganta se le alivió un poco y dijo:

—Usted es una buena persona.

—Soy muchas cosas —dijo Eva, ansiosa de mantener las cuentas claras—, pero la bondad no es una de mis virtudes. Soy intolerante y poco paciente. Me muestro temperamental, y a veces me apresuro a juzgar. Pero, en efecto, trato de ser justa —dijo con espíritu crítico—. Sé que para usted es muy difícil hablar de... las cosas que sucedieron —deseaba reconocer qué terrible había sido escuchar eso. Y no sabía qué haría si Bobby decidía revelar otras cosas.

—¿Piensa usar todo esto en un libro? —preguntó Bobby.

Eva calló y se sintió paralizada. No era una pregunta impertinente, ni siquiera ingenua. Bobby había conseguido recoger una verdad fundamental acerca de Eva: a saber, que de un modo u otro todo lo que ella veía y oía era material aprovechable. Había ocasiones, por ejemplo ahora, en que Eva sentía un intenso desagrado frente a esa parte de su ser que reclamaba información. Su curiosidad era una entidad codiciosa y enérgica que a menudo se imponía a sus instintos con una suerte de apetito voraz.

—No, no haré una utilización específica —fue su contestación sincera—, pero utilizaré la comprensión que usted me ha facilitado. Eso sí lo usaré.

—Incluya un final feliz —dijo Bobby, con expresión enérgica.

—Pero esto no ha terminado felizmente —dijo Eva irritada. ¿Cómo era posible que alguien se atreviese a decirle lo que debía escribir?

—Encuentre el modo —insistió Bobby, que sentía que ella sabía algo que Eva desconocía; que, a su manera, ella tenía una visión de la realidad más clara que la que Eva jamás tendría. Sí, era una realidad distinta, no demasiado grata; pero correspondía a una enorme cantidad de mujeres—. Es una de las mejores cosas de sus libros: la gente que los lee llega a la última página y se siente bien. Y eso es importante. La gente necesita un final que le permita sentirse mejor, que le dé un poco de esperanza.

Ahora tocó el turno a Eva de sentarse en silencio varios momentos, reflexionando.

—Tiene cierta razón —dijo, y se preguntó si la vanidad no le había impedido ver muchas cosas. Tenía la sensación de que ahora su ventaja sobre esta mujer era muy inferior a lo que había sido antes—. Lo pensaré.

Bobby apagó su cigarrillo y dijo:

—Ahora voy a acostarme. Estoy realmente fatigada.

—Yo también —mintió Eva. Tenía el cerebro excitado, y las ideas se entremezclaban desordenadamente. Lo más probable era que permaneciese despierta la mayor parte de la noche.

Bobby se puso de pie, sosteniendo en su mano los cigarrillos y los fósforos.

—Nunca expliqué estas cosas a nadie —observó, con un gesto significativo.

—Lo sé —dijo Eva, poniéndose de pie—. Entiendo —conocía la verdad cuando la oía. El problema era que no la había complacido oírla.

—Me sentía tan avergonzada. ¿Me comprende?

—La comprendo —repitió Eva, mirando en la oscuridad el cuerpo diminuto de Bobby—. Que duerma bien —dijo con un gesto de impotencia y sintiendo que había defraudado a esa mujercita.

—Tal vez usted no lo crea —dijo Bobby, y echó a andar hacia la puerta—, pero usted es realmente una buena persona. Buenas noches.

—Buenas noches —dijo Eva, y extendió la mano hacia el vaso medio lleno con zumo de naranja sobre la mesa.

Bobby dejó abierta la puerta unos pocos centímetros, y Eva continuó de pie allí, sintiéndose un monstruo. Ella había crecido guiada por Alma; y Alma no promovía la mera bondad. Esa clase de bondad era un absurdo código de conducta que servía a los deshonestos para ocultarse. Uno era bondadoso en lugar de sincero; eso parecía más amable. Alma siempre había afirmado que prefería la sinceridad; insistía en saber dónde se encontraba en su relación con las personas y desconfiaba de los que eran bondadosos.

—La bondad —murmuró Eva para ella misma, muy avergonzada. Pensó que era cualquier cosa menos eso; bebió un trago de zumo. Se sentía como una estafadora psicológica que acababa de ejecutar una gran maniobra. Por mucho que lo intentase, no podía rechazar la repugnancia que sentía ante la idea de una violación con una pinza de ondular caliente; y tampoco podía borrar la imagen mental de Bobby apoyada en manos y rodillas, mientras se la sodomizaba. Completamente conmovida, regresó al piso alto, deseando fervientemente haber mantenido la distancia, haber manifestado más respeto por la intimidad de Bobby.

Soñaba que de nuevo era un niño y que estaba enfermo. Tenía fiebre, de modo que no había ido a la escuela y se quedaba en casa, y pasaba casi todo el día durmiendo. No tenía apetito, y no comía el bocadillo de manteca de cacahuete y jalea que su madre le había traído por la tarde. Ella parecía enfadada, pero no decía nada, y se limitaba a volver los ojos hacia su comedia musical.

Cuando su padre volvió a casa se sentaba en el borde de la cama unos minutos, con el dorso de la mano tocaba la frente de Joe y decía:

—Hijo, tienes una fiebre bastante alta. Lo mejor es que duermas —su padre se retiraba.

Dormía, y volvía a despertar cuando su madre le traía una aspirina aplastada en una cuchara y un vaso de leche. Probaba la leche y decía:

—Tiene un gusto extraño, no pienso beberla —el olor le provocaba náuseas.

Su madre decía:

—Es por la aspirina. Bebe esta condenada leche.

Tenía que beber todo el vaso, porque su madre estaba allí, de pie, esperando. Tragaba la leche, pero enseguida, antes de que su madre se hubiese alejado un par de metros, ya estaba vomitando, y la leche le brotaba de la boca.

Ella iba a la cocina, regresaba con un trapo y un cubo y decía:

—¡Limpia toda tu porquería!

El se inclinaba, apoyándose en las manos y las rodillas, y cumplía la orden. Estaba tan aturdido que sentía deseos de acurrucarse en el suelo y dormir. Pero conseguía terminar el trabajo y volver a la cama.

Después, estaba en el patio del fondo con su papá, jugando a la pelota. Extendía las manos hacia una pelota que pasaba sobre su cabeza, y en ese momento parecía que su papá se alzaba en el aire, después caía al suelo y la cabeza golpeaba el camino de cemento; golpeaba con mucha fuerza. Joe alcanzaba a oír el sonido hueco y se asustaba. Corría sobre la hierba, se arrodillaba y con la mano sostenía la cabeza de su papá y decía:

—Papá, está bien, no te muevas.

Los ojos de su padre estaban cerrados, y Joe gritaba a su madre que

307

llamase a una ambulancia, pero ella continuaba allí, de pie. Joe le gritaba y finalmente ella entraba. Joe acariciaba la mano de su papá, más asustado de lo que había estado jamás. Veía la sangre que comenzaba a brotar de la cabeza y comprendía que se había fracturado el cráneo, pero aún no podía entender por qué su papá había caído.

—Está bien, te curarás —repetía, deseando que alguien viniese a ayudar, pero sabiendo que nadie llegaría. La sangre se extendía, espesa y muy oscura, y su papá seguía inmóvil. Joe sentía que su madre estaba de pie en el umbral de la puerta del fondo, mirando hacia afuera. Estaba asustado porque ella no había llamado a nadie, asustado porque su papá moriría.

Despertó sintiendo una cólera asesina. Encendió un cigarrillo y entró en la cocina a prepararse una taza de café soluble; le agregó un poco más de polvo, porque lo deseaba fuerte. Lo bebió sentado frente a la mesa de la cocina, la cabeza apoyada en una mano.

La casa estaba fría, pero Joe no activó el termostato. No deseaba gastar su dinero calentando esa pocilga. Sentado allí, sorbiendo el café, decidió que había llegado el momento decisivo. Esa noche, después del trabajo, iría a la casa de Helen para descubrir dónde estaba Bobby.

Puso el rifle y el revólver y un par de cajas de proyectiles en el coche. Después, mientras esperaba que el Firebird se calentase, retornó otra vez al sueño de su padre. ¿Así habían sido realmente las cosas? No atinaba a recordarlo. Pero ciertamente tenía la sensación de que todo había sido como él pensaba.

27

Penny bajó del autobús escolar y corrió al encuentro de su madre retrayendo los labios para mostrar el hueco entre los dientes.

—¡Se me cayó el diente! —gorjeó—. Y el hada de los dientes vendrá esta noche.

Bobby dijo:

—Magnífico, Pen —pero durante unos segundos se sintió conmovida, pues sintió que su hija ya había avanzado otro paso y era menos niña que esa mañana.

—Sí —dijo Penny, enormemente satisfecha—. Es algo muy bueno. Se lo diré a la abuela.

Dejó caer su mochila, se quitó el abrigo y subió de prisa la escalera.

Bobby llevó la mochila al apartamento; se dijo que debía poner una pequeña sorpresa bajo la almohada de Pen. Recordaba haber hallado un par de monedas de veinticinco centavos bajo su almohada, muchos años antes y cómo la había complacido ese descubrimiento. Esas cosas significaban mucho para los niños pequeños.

Se sentó un momento, pues deseaba conceder a Pen un poco de tiempo en compañía de Alma, diciéndose que era un día importante para ella. Era probable que fuese una jornada especial para mucha gente, pero para ella tenía un alto significado. Ahora Pen perdería todos sus dientes de leche. Y día tras día cambiaría, en detalles pequeños pero importantes. Y en poco tiempo más Pen sería una adolescente, hablaría largo rato por teléfono y saldría con sus amigos. ¿Y dónde estarían entonces las dos?

Paseó la mirada por la habitación. Se dijo que probablemente no estarían allí y sintió cierta tristeza. Quería quedarse en la casa; imaginaba que podía seguir cursos y asimilar nuevos conocimientos, aplicándolos allí mismo, en la casa, con esta gente. Deseaba continuar leyendo los libros de Eva y ordenando el pelo de Alma de distintos modos; quería mantener las rutinas que ya habían creado. Pero no podía evitar la sensación de que las cosas cambiarían. Nada se mantenía siempre igual, por mucho que uno lo deseara.

Eva estaba sentada en el sillón de la oficina, mirando por la ventana y preguntándose cómo abordar lo que había sido una tragedia para darle un final feliz. Si quería llegar a eso, necesitaba convertir la historia de Deborah en un tema secundario, desplazando el eje. Lo que inicialmente le había parecido una buena idea se había convertido, a causa de la sugerencia de Bobby, en un enfoque muy complicado.

La narración lineal que había estado contemplando era sencilla y directa. El traspaso de Deborah a un rol menor implicaría un argumento mucho más amplio, sin hablar de la presentación de personajes suplementarios. Y todo para lograr un final feliz. ¿Por qué permitía que Bobby la manipulase? Sentimiento de culpa, pensó fatigada. Estaba entreteniéndose en la sugerencia de Bobby para evitar el tema más general de su propia culpabilidad.

Sabía que para Bobby la noche anterior había sido un acontecimiento tremendo. Le había confiado los detalles, mantenidos en secreto mucho tiempo, de ocho años de horror. Eva deseaba que Bobby se sintiera segura, que se convenciera de que no había confiado insensatamente. Decir lo que había dicho era una gran demostración de confianza de parte de Bobby, y Eva sentía la obligación de honrar esa actitud. Pero detestaba saber de esa mujer tanto como sabía ahora, odiaba las imágenes demasiado gráficas que asomaban a su mente. De modo que, con el fin de tranquilizar su conciencia culpable, de hecho intentaba apaciguar a Bobby, planeando un final reconfortante para la obra. El esfuerzo estaba agravando tanto el rechazo que sentía por ella misma como su profundo desagrado por lo que había sabido de la vida de Bobby. De pronto descubrió que deseaba que esa mujer preparase sus maletas y se marchara. La idea de continuar viéndola todos los días desesperaba a Eva. Estaba furiosa consigo misma por haber alentado caprichosa e intencionadamente a Bobby a confiar, y furiosa con Bobby porque le había dicho demasiado. Por primera vez en su vida, sentía auténtico desagrado por sí misma.

Esa noche, después que Pen se acostó, Alma y Eva entregaron cada una cinco dólares a Bobby para ponerlos bajo la almohada de la niña.

—Los usaremos para comprar un libro nuevo. Le agradará —dijo Bobby. Conmovida por la generosidad de las dos mujeres, Bobby se acercó a cada una y la besó. Eva se mostró un tanto torpe, sin la calidez y la desenvoltura que había manifestado en la cocina a oscuras la noche anterior; Bobby pensó que probablemente se sentía un tanto incómoda a causa de sus propios sentimientos de simpatía. A semejanza de Bobby, Eva quizás era capaz de hacer en la oscuridad cosas que eran difíciles o incluso imposibles a la luz.

Alma dijo:

—Usted se muestra demasiado sentimental —apartó a Bobby y dijo—: Vaya a buscar el segundo concierto para piano de Rachmaninoff y póngalo en el aparato.

Bobby fue a cumplir la orden, previendo el entusiasmo de Pen cuando se despertase por la mañana y encontrara tanto dinero bajo la almohada. Después de ajustar el volumen del equipo, se sentó con su tejido y vio que Eva parecía inquieta. Cuando sonó el teléfono, Eva se apresuró a contestar; por la sonrisa que vio en la cara de la mujer, Bobby comprendió que había estado esperando y deseando la llamada de Charlie.

Y en efecto, Eva anunció:

—Saldré una hora o dos.

—Caramba, qué sorpresa —dijo Alma, mientras hojeaba el *Advocate*—. Estoy segura de que nuestra visita a su consultorio esta tarde no hizo más que abrirte el apetito.

Eva rió y dijo con suave sarcasmo:

—Se trata exactamente de eso —cruzó la habitación, apoyó una mano en cada brazo del sillón y se inclinó hasta que su nariz tocó la de su tía; dijo—: Estás convirtiéndote en una auténtica bruja —besó la punta de la nariz de Alma, deslizó la mano sobre el pelo de su tía y se enderezó al mismo tiempo que decía—: Las veré más tarde —y fue a buscar su abrigo. Se sentía tan aliviada ante la perspectiva de escapar de allí que en efecto pudo sonreír a Bobby mientras se dirigía a la puerta—. Hipócrita —murmuró para sí misma mientras abría el armario del vestíbulo.

Cuando se cerró tras ella la puerta de calle, Alma dijo:

—Esos dos hacen buena pareja.

—Creo que se llevan bastante bien —sonrió Bobby mirando a Alma; después concentró de nuevo la atención en su tejido.

—Se casarán —dijo Alma, con voz firme—. Ya es hora.

—Quizás están bien así.

Alma resopló y después de doblar el periódico lo dejó sobre las rodillas.

—Hablando de matrimonio, ¿qué piensa hacer con su marido?

—¿En qué sentido?

—Supongo que querrá librarse de él —dijo Alma—. Tal vez quiera consultar con un abogado.

—En cierto modo eso me asusta. Quiero decir que, si empiezo a firmar documentos, Joe descubrirá dónde estoy.

El temor la afectó de nuevo; en ese momento Bobby se preguntó si Eva había cerrado la puerta de calle al salir; también deseaba bajar de prisa la escalera y ver cómo estaba Penny.

Alma vio cómo cambiaba la expresión de la cara de Bobby, percibió el estado de temerosa vigilancia que ensombrecía su mirada y trató de imaginar lo que significaba sentir tanto miedo. Para ella, ese era un territorio misterioso. Jamás había temido a nadie; se preguntaba si esa situación no la convertía en una persona demasiado afortunada.

—Más tarde o más temprano tendrá que dar pasos legales para desembarazarse de él —dijo, pero en ese momento deseó no haber abordado un tema que para Bobby sin duda era tan inquietante.

—Un abogado que me asesoró dijo que podía obtener una orden de no innovar —dijo Bobby—, pero no vi qué sentido tenía molestarme, porque un pedazo de papel jamás detendrá a Joe. Nada puede detenerlo.

Se le habían humedecido las manos, y la lana no corría bien entre sus dedos. Dejó a un lado el tejido y se preguntó si las últimas semanas no habrían sido más que una ilusión, una suerte de sueño prolongado. Porque lo que había dicho era cierto: nada detendría jamás a Joe. Ella podía esconderse, pero él la encontraría. Un día, de un modo u otro, él la encontraría.

—¿Y Dennis? —preguntó Alma.

—¿Qué hay con él? —respondió Bobby, que ahora pensó que era culpable de haber arrastrado a todos a esa situación tremendamente complicada. Estaba impregnada con el veneno de Joe y lo difundía como si hubiese sido un virus—. No somos más que amigos. No me interesa llegar a un compromiso serio.

—Barbara, no sea deshonesta —dijo Alma, con su tono de maestra de escuela—. Es evidente que Dennis le agrada. ¿No desea ser libre?

—Usted no entiende —dijo en voz baja Bobby—. Incluso si acudo al tribunal y mañana consigo el divorcio, eso no le importará a Joe. Por lo que a él se refiere, soy su propiedad.

—Quizás encuentre a otra persona.

—¡Ojalá! —dijo con energía Bobby—. Pero él no quiere a otra persona. Necesita tenerme a mí, quiere que sea su esposa perfecta o algo parecido, a pesar de que asegura que no hago nada bien.

—Quizá —sugirió astutamente Alma— usted es su víctima perfecta.

La observación pareció verdadera a Bobby, y ella asintió lentamente y dijo:

—Quizá sea así. Tal vez se trate de eso. Nunca lo pensé de ese modo.

—Pero ese papel a usted no le agrada. Por eso ha huido. Usted ya no quiere seguir representando el papel de víctima.

—No, no lo deseo —dijo Bobby.

—Entonces es hora de que dé los pasos legales para convalidar su emancipación. Acepto que no es más que un pedazo de papel. Pero también es una declaración en el sentido de que usted rechaza representar el papel que él le asignó.

—Supongo que eso es cierto —dijo Bobby, que se sintió fortalecida por la obstinada insistencia de la mujer mayor en mostrarle y ratificarle la verdad.

—Esta mañana he hablado del asunto con mi abogado —dijo Alma—. El acepta comentar con usted la situación cuando le parezca bien.

—¿Habló de mí con su abogado?

—Sobre todo hablamos de Penny —explicó Alma—. Estoy contemplando la posibilidad de asignar recursos a su educación.

—¿Usted haría eso por ella? —el temor se vio reemplazado por el sentimiento de gratitud. No importaba lo que le sucediera a Bobby, el futuro de Penny era seguro.

—Lo haré por ella —afirmó Alma—, porque lo merece. Es una niña inteligente. Quiero que se le ofrezca la oportunidad de desarrollar todas sus posibilidades.

Durante un momento Bobby no supo qué decir. Sólo pudo mirar fijamente a la mujer sentada en el sillón y maravillarse por los caprichos del destino que las había reunido a todas.

—Usted conseguirá que yo crea en Dios —dijo finalmente.

—Por favor, no convierta estos asuntos en un tema de religión —dijo impaciente Alma—. Creo que debo hacer lo que es justo, por lo menos en lo que está a mi alcance. Y, por supuesto, la educación de Penny tiene que interesarme. Recuerde que yo fui maestra.

—Lo recuerdo —dijo humildemente Bobby.

—Bien, eso es todo —dijo Alma, con expresión decidida—. Fin de la discusión.

Recogió el periódico y fingió que leía, ansiosa de evitar más demostraciones de gratitud de Bobby. Asegurar el futuro de Penny era simplemente una demostración de espíritu práctico. No le interesaba la gratitud, no la quería ni la necesitaba. Su satisfacción provenía de la realización de sus propios deseos.

Bobby se puso de pie y pasó del sofá al sillón que estaba al lado de Alma. Pensó en lo que deseaba decir, examinando distintas formas y desechándolas una tras otra. A decir verdad, había un solo modo de explicar lo que deseaba, y sin embargo las palabras le parecían guijarros amontonados en su boca, tan desacostumbrada estaba a expresar sus verdaderos sentimientos.

Observó a Alma y pudo imaginar muy claramente a la mujer alta y apuesta que había sido no mucho tiempo atrás; pudo sentir el poder que Alma manifestaba entonces y ahora e imaginó a docenas de alumnas asustadas e intimidadas por la estatura y la autoridad de esa mujer; también pudo sentir la cólera profunda que plasmaba gran parte de lo que Alma tenía que decir ahora.

—Pen la ama —dijo Bobby, y ahora su voz sonó más ronca que de costumbre.

Alma miró a Bobby.

Bobby quiso agregar "yo también la amo", pero comprendió que ese no era el momento apropiado. Decidida a evitar las lágrimas, porque también sabía que Alma se enfadaría si lloraba, miró directamente en los ojos azules y límpidos de la anciana y esperó.

Alma miró a Bobby durante lo que pareció un momento muy prolongado. Bobby sonrió y dijo:

—Usted me odió por decir eso, ¿verdad?

—Ya le *dije* —afirmó Alma, tratando de parecer irritada, pero sin lograrlo—. Usted es demasiado sentimental —después sonrió, y para Bobby fue como ese momento, en mitad de la noche anterior, cuando había revelado sus secretos a Eva. Las dos mujeres se habían comunicado de un modo importante—. Continúe con su tejido —dijo hoscamente Alma, golpeando el periódico sobre su regazo para pasar a otra página.

Bobby asintió y volvió a su labor.

—Y bien, preciosa, ¿cómo va eso?

—Progresa —dijo Eva, apoyando los pies sobre la mesa de café—. Estoy reorganizando mi esquema original, ampliándolo, porque Bobby dijo que el libro debía tener un final feliz —deseaba decir la verdad a Charlie, pero no podía. Si lo hacía, sería tan culpable como Bobby por haber hablado demasiado.

—Soy partidario de los finales felices —dijo Charlie, un brazo extendido sobre los hombros de Eva.

—Cuando ella lo dijo, me sentí muy ofendida —reconoció Eva, que pensó que ese ámbito era bastante seguro.

—¿Por qué?

—Me pareció que su actitud era muy presuntuosa. Después de todo, ¿qué sabe ella de literatura? ¿Quién es para decirme lo que debo escribir? Por otra parte, cuando lo pensé mejor, llegué a la conclusión de que quizás ella sabía algo. Se trata de lograr que la gente se sienta mejor con respecto a la condición humana, y en eso estaba acertada; por mucho que yo deteste admitirlo.

—Ya te dije que apoyo los finales felices —dijo él, con una sonrisa.

Ella le golpeó suavemente el brazo.

—Charlie, no adoptes actitudes de superioridad conmigo.

Ella se encontraba en un estado mental extraordinario; nunca se había sentido así, tan angustiada mentalmente, tan nerviosa físicamente. Deseaba desesperadamente hacer el amor, comprometerse en una prolongada escaramuza sexual que atrapase todos sus sentidos y aliviase parte de la presión de su cerebro.

—Nunca —dijo Charlie, fingiendo que el brazo golpeado le dolía mucho—. Hablo en serio. Generalmente llego al fin de tus libros y suspiro satisfecho, muy complacido con el modo en que has resuelto todo. Entiendo que te proponías describir algo un tanto trágico.

—Bien, me pareció que era lo que debía hacer. En efecto, Deborah murió.

—Es cierto. Pero no estás escribiendo una biografía, ¿verdad?

—No. Y esa es la razón por la cual ya no me siento ofendida —era cierto. La sugerencia de Bobby ya no le molestaba. Ahora sólo se sentía irritada por Bobby—. Para ser sincera, creo que la idea me irritó porque yo me inclinaba por la solución fácil. Es infinitamente más sencillo escribir un libro con tres personajes que hacerlo... por ejemplo, con ocho. La verdad, Charlie, es que en esencia soy una persona perezosa. —Pensó: "También soy una mentirosa", y experimentó otra punzada de culpa. ¿Por qué no había dejado en paz las cosas? Había manipulado a Bobby, la había inducido a revelar su pasado y después había sentido algo parecido a la repulsión porque se la había obligado a contemplar escenas que le repugnaban. De nuevo recreó la imagen de Bobby boca abajo sobre el piso, apoyada en manos y rodillas.

—¿Tú, querida? —esa fingida sorpresa apareció acompañada por el entrecejo fruncido y los ojos muy grandes.

—No te burles de mí —advirtió Eva, que parecía afectada por cierta inestabilidad emocional. Un pequeño empujón y quizá revelase los ingratos detalles de lo que había hecho. Y lamentaría presenciar cómo disminuía el aprecio de Charlie.

—No me burlo —dijo Charlie, mirándola con expresión serena—. A decir verdad, creo que todos somos básicamente perezosos. Siempre nos tienta el camino más fácil. Pero los que tenemos conciencia preferimos seguir el curso más complicado, porque sabemos que será imposible convivir con nosotros mismos si hacemos otra cosa. Es como recetar medicamentos para los síntomas superficiales, en vez se profundizar para hallar la verdadera fuente del problema. Profundizar lleva más tiempo, obliga a pensar más, a preocuparse más. Es el modo responsable de actuar, pero eso no significa que no se manifieste el instinto que nos lleva a esquivar la responsabilidad. Muchísimos médicos proceden así. Personalmente yo no puedo. Y tampoco puedes tú misma. Por eso eres una buena escritora.

—Me sorprendes —dijo Eva, mirándolo en los ojos—. De modo que en verdad comprendes de qué hablo —¿quizás ella esperaba demasiado de sí misma? ¿Cómo debía reaccionar la gente frente a las historias de horror? ¿Por qué en ella existía la idea de que debía ser capaz de asimilar las cosas que Bobby había dicho sin experimentar la menor repugnancia?

—Por supuesto —dijo Charlie encogiéndose de hombros—. Todo eso es parte de la antigua ética laboral. Tú y yo la compartimos, y esa es una de las razones por las cuales tú me agradas. Eres laboriosa, lo mismo que yo.

—Me imagino que ese es un modo de decirlo —afirmó Eva, sin apartar los ojos de Charlie. Alma cada día se sentía más cerca de Bobby y Penny. No era probable que se separaran en un futuro próximo. ¿Cómo haría Eva para resolver el problema? Y, de todos modos, ¿qué clase de persona era? Tenía cuarenta y tres años y creía conocerse bien. Pero ahora, no estaba segura de que en verdad supiera quién era ella misma.

—Está bien —se rectificó Charlie—. ¿Qué te parece si hablamos de una persona diligente?

—Está mejor —dijo Eva—. Parece más agradable que el otro término. La imagen mental de un ser laborioso tiene demasiado que ver con la idea de cruzar el camino con una luz amarilla —¡Dios santo! Ahora estaba representando realmente el papel de Eva Rule, con la esperanza de ser tan eficaz que Charlie no advirtiese el examen a que ella lo estaba sometiendo esa noche. Era terrible.

El rió y la abrazó con más fuerza.

—Eva, realmente no es propio de ti. Aparte de todo el resto, ni siquiera tienes unos pocos gramos de exceso de peso.

—¿Quién dijo que terminaríamos nuestras bebidas en el dormitorio? —preguntó, inclinándose para besar la comisura de los labios de Charlie. Ella comenzó a desvestirse y permitió que el cuerpo de Charlie desplazara las restantes preocupaciones que se agitaban en su cerebro. Por lo menos su carne todavía era sincera.

—Esta es una de las cosas que me agradan de ti —dijo Charlie, tomándola de la mano.

—¿Cómo es eso? —preguntó Eva, mientras abandonaban el sofá—. ¿Tienes una lista o algo por el estilo?

—O algo por el estilo —dijo Charlie, con una sonrisa—. Es lo que tienden a hacer los individuos diligentes.

—Charlie, ¿de veras me amas? —preguntó Eva, que trató por primera vez de imaginar cómo la veía él. En realidad, Eva comenzaba a perder la confianza en ella misma. ¿Sería ese el castigo por lo que le había hecho a Bobby? Pero, ¿qué le había hecho, *en efecto*, a esa mujer? En realidad, nada. Todo estaba en su cabeza. En su cabeza, de la cual desalojaba al pensamiento racional.

—Ajá.

Eva pensó que era una mujer muy afortunada, mientras aspiraba el seductor perfume que él se había puesto. Charlie no parecía dispuesto a juzgarla con la misma dureza que ella había demostrado para juzgar a Bobby. Si tenía suerte, quizá Charlie nunca llegase a eso. Y quizás en un día o dos más ella lograse desechar esas turbadoras imágenes mentales.

—Yo también te amo —dijo, lo rodeó con sus brazos y se dijo que ella no era una mala persona. Pero tampoco era una persona buena. No, de ningún modo era buena.

28

Había oscurecido por completo cuando Helen Chandler se acercó a su automóvil, aparcado a un costado de la agencia Ford. Hacía mucho frío, pero el cielo estaba limpio, si bien se pronosticaba nieve. Pensaba en Bobby y Pen mientras salía al tránsito, en camino al supermercado. Trató de decidir qué les compraría como regalos navideños. Los dos años precedentes había comprado libros a Pen, pero ya no estaba al tanto de lo que Pen leía y detestaba la idea de repetir algo que quizá la niña ya tenía. Si Bobby le hubiese dado un número de teléfono, habría llamado para preguntar. Pero lo único que tenía era la dirección. Antes del último llamado de Bobby, había intentado conseguir el número en información y le habían dicho que no estaba en lista. Y después había olvidado pedírselo, tanto la complacía escuchar de nuevo la voz de Pen. Cuando Bobby volviera a llamar, Helen conseguiría el número de teléfono. Deseaba comunicarse de tanto en tanto, sin necesidad de esperar que Bobby decidiera hablarle.

Decidió comprar un hermoso vestido para Pen y quizás algunos cuadernos para colorear y los correspondientes lápices. Había un jersey que ella había visto en la tienda, una prenda rosada con un hermoso cuello de encaje, que le sentaría bien a Bobby; el rosado siempre había sido un color apropiado para ella. Cuando Bobby era adolescente, Helen siempre le había comprado la ropa, y eso le había agradado; a veces incluso había fingido que Bobby era su hija, y no la de Susan. Quedar embarazada y dejar a la niña en otras manos era típico de Susan. Helen solamente se sentía sorprendida porque Susan no había aparecido con alguna otra niña, para pedirle que la criase. Pero fuera de una postal despachada desde Arizona, que había llegado cuando Bobby tenía unos seis meses, jamás habían vuelto a oír hablar de Susan. Por lo que todos sabían, bien podía estar muerta. Lo cual, por lo que se refería al bienestar de la pequeña Bobby, probablemente era lo mejor. Susan siempre había sido demasiado egoísta, y no podía esperarse que llegase a ser una madre ni siquiera medianamente decente. De todos modos, de tanto en tanto Helen se preguntaba qué había sido de su hermana mayor.

Hizo una rápida visita al mercado, eligió un paquete de costillas de cerdo, compró patatas, algunas verduras congeladas y un queso adornado con cerezas. Haría una compra mayor el fin de semana, pero en ese momento lo único que deseaba era regresar a casa después de un largo día de trabajo, comer algo y acurrucarse en el sofá, frente al televisor.

Las patatas estaban en el fuego, la verdura en un recipiente y las costillas se hacían en una sartén, regadas con zumo de naranja. El aroma de las costillas y el calor del horno le suministraron la misma sensación de grato bienestar que sentía todas las noches, mientras se preparaba para descansar algunas horas. Nunca le había interesado mucho la cocina, pero se había prometido que jamás sería una de esas personas que se alimentaban con la comida de lata o iban a los restaurantes. De modo que todas las noches de la semana se preparaba una cena decente. Consideraba que ese rato era su recompensa por las ocho horas que pasaba en la agencia de lunes a viernes y las cuatro horas el sábado. No era el mejor de los empleos que ella había tenido, pero estaba lejos de ser el peor. Y además todos los años recibía gratis un coche nuevo, y con el mantenimiento sin cargo.

Estaba preparando la mesa en la cocina cuando se abrió bruscamente la puerta del sótano y apareció Joe, con un arma en la mano y una sonrisa helada en la cara.

Todo sucedió con tanta prisa que ella no tuvo tiempo de reaccionar. Se sintió tan violentada —el corazón le latía frenéticamente a causa del ruido y la sorpresa— que durante unos pocos y preciosos segundos permaneció inmóvil, tratando de comprender de qué modo ese hombre había conseguido entrar en la casa. ¿Había estado oculto en el sótano varias horas, esperando que ella llegase? La puerta principal había quedado bien cerrada. Pero ella no había verificado la puerta del fondo y ahora sentía el estúpido deseo de volverse y comprobar si había usado el cerrojo. ¿Cómo había entrado? Era la pregunta que ella se repetía, asustada pero decidida a evitar que el intruso lo advirtiese.

Helen se volvió automáticamente y extendió una mano hacia el teléfono, pero él atravesó la habitación, dio un tirón a su jersey y le acercó la pistola al cuello, al tiempo que ordenaba:

—Dígame dónde está.

—¡Sáqueme las manos de encima! —exigió Helen, tratando de librarse—. No sé dónde está, y, aunque lo supiera, usted sería la última persona a quien se lo diría —incluso mientras hablaba, intentaba imaginar cómo había conseguido él entrar en la casa. ¿Quizás había dejado abierta la puerta del fondo? No lo creía. En realidad, ahora recordaba que esa mañana había retirado la basura y había comprobado que la puerta estaba cerrada con llave cuando volvió a entrar. Lo cual significaba que él había encontrado otro modo de entrar, quizás a través de una de las ventanas del sótano—. ¿Cómo llegó aquí? —preguntó, sabiendo incluso en el instante mismo en que pronunciaba las palabras que su actitud era estúpida. Ya no importaba de qué modo había entrado. Estaba allí y le apuntaba al cuello con una pistola.

El presionó la espalda de Helen entre los omóplatos, mientras decía:

—No se resista. No estoy de humor para tolerarlo. ¡Dígame dónde está!

—¡No lo sé! ¡Y quiero que salga ahora mismo de mi casa! —dijo Helen, pero la voz sonó débil en sus propios oídos. La autoridad que poseía había desaparecido. Diferentes órdenes se cruzaban en su cabeza, pero todo lo que intentaba decirle parecía a lo sumo un murmullo.

—Exactamente lo que imaginé que diría —ladró Joe, y con la mano libre le golpeó el pecho—. Me dirá dónde está —insistió, los ojos relucientes de furia—. Me lo *dirá*.

Ella miró la olla con las patatas y pensó que si se acercaba bastante podía arrojárselas al intruso, pero él la empujó hacia el refrigerador, le acercó la cara y sonrió:

—Me lo dirá —repitió, y ahora estaba tan cerca que ella podía ver las manchas de tabaco en sus dientes y oler la grasa y cierta clase de solvente en sus ropas sucias del trabajo. El cerró una mano sobre la garganta de Helen y la mantuvo contra el refrigerador, mientras decía—: He soñado con usted, tía Helen —consiguió que las palabras "tía Helen" sonaran burlonas—. Soñé que le ataba las manos a la espalda. Después conseguía una aguja grande y un poco de hilo y le cosía los malditos labios —él hizo un movimiento de pellizcar con el pulgar y el índice, y Helen se encogió, ansiosa de apartarse, pero no había ningún lugar adonde ir. La tenía apretada contra el refrigerador, y él mismo estaba encima de ella—. Después —continuó, y sin duda su propio discurso lo complacía— le cosía los párpados —de nuevo esbozó el gesto del pellizco, esta vez directamente frente a los ojos de la mujer—. Más tarde —sonrió— la atravesaba así con la aguja —acercó la pistola a la nariz de Helen— y le cerraba completamente las fosas nasales —se le ensanchó la sonrisa—. ¿Y sabe lo que hacía después? —esperó, como si deseara que ella respondiese. Como Helen no habló, le tocó bajo el mentón con la pistola y dijo—: Después, tía Helen, me sentaba y fumaba mientras usted se asfixiaba. Reconozco que luchaba bastante —dijo, como si describiese algo que hubiese sucedido realmente—. Lo admito —dijo—. Luchaba como una verdadera canalla. Me encantaba verlo. Me sentaba allí y esperaba mientras usted agonizaba, y la polla se me ponía terriblemente dura. —se rió al ver la expresión de disgusto en la cara de Helen—. Quizá lo haga, nada más que por divertirme, si no me dice dónde está ella —amartilló el arma, bajó la mano y apretó el cañón contra el muslo de Helen—. Déme la dirección —dijo— o la primera bala se la meto ahí.

Ella le creyó. Ese hombre estaba loco. Siempre lo había sabido, pero nunca había logrado convencer a Bobby. Durante los meses en que Bobby salía con él, después de la muerte del pobre papá, Helen había intentado convencerla de que estaba cometiendo un error terrible. Pero Bobby estaba desconcertada y también aturdida y todavía muy dolida por su abuelo. Necesitaba cuidar de alguien y creyó que Joe era esa persona. Nada de lo que Helen pudo decir logró persuadir a Bobby de que era demasiado joven y demasiado inexperta para casarse, y mucho menos con un hombre tan perturbado como Joe Salton. Helen de ningún modo estaba satisfecha ante la comprobación de que había tenido razón. Bobby, después de dar su palabra y comprometerse en esa boda, no podía o no quería reconocer que se había equivocado. "El me necesita" había dicho docenas de veces, pero con una expresión que indicaba que intentaba convencerse a sí misma y no tanto convencer a Helen. Había llegado a la casa con toda clase de heridas; los ojos amoratados, los labios partidos e hinchados, la nariz golpeada, costillas fracturadas, dedos fracturados, cortes y lastimaduras, incluso una concusión; Helen le había rogado que abandonase a ese hombre, pero Bobby acababa retornando siempre a Joe. El canalla había conseguido convencer a la pobre Bobby de que ella era demasiado inútil, demasiado tonta para arreglarse sola.

Había tardado demasiado, pero Bobby al fin había huido, y ahora ese rufián demente quería ir a buscarla. Helen no veía el modo de desembarazarse de él o de ganar unos pocos segundos para llamar a la policía. Solamente pensaba en la posibilidad de demorarlo.

—La dirección está en mi bolso —dijo—. En el dormitorio —consideró que quizá podía distraerlo, llegar al supletorio que estaba arriba y llamar al 911.

—Muy bien —dijo Joe—. En marcha —cerró la mano sobre el brazo de Helen y la obligó a caminar por el corredor y a subir la escalera hasta el dormitorio—. ¿Dónde está? —preguntó, mirando alrededor—. ¿Está entreteniéndome, tía Helen?

—Lo olvidé —dijo ella, fijando la mirada en el aparato telefónico sobre la mesita de noche y sabiendo que no tenía modo de usarlo. Se sentía tonta, incompetente, incapaz de superar a ese individuo, a pesar de que ella poseía una inteligencia más lúcida. Se dijo que eso era consecuencia de su propia falta de instintos criminales; porque, con excepción de ese canalla despreciable, todas las personas a quienes ella conocía eran individuos decentes y respetuosos de la ley. Nadie estaba en condiciones de lidiar con una criatura como Joe. Ese hombre era una aberración, una abominación, la condensación de todo lo que ella detestaba.

—¿Se *olvidó*? —repitió él, los ojos entrecerrados—. ¡No se burle de mí, perra! —y le descargó en la cara una bofetada muy fuerte.

Ella deseó matarlo. La asustaba sentir tanto odio. Fue como un chorro de bilis que le subió hasta la garganta. La cosa se agravaba por el sentimiento de ofensa provocado por su propia impotencia. No tenía modo de defenderse. Jamás había concebido una situación remotamente parecida a esta; nunca había comprendido hasta ahora lo que era verse en condiciones de absoluta indefensión. Y de pronto supo lo que había sentido Bobby al estar casada con ese individuo. La sensación abrumadora de que ella carecía por completo de importancia, de que no tenía valor o significado, de que era menos que nada.

—¿Usted cree que estoy aquí jugando un *juego* de mierda? —renegó Joe, dándole un fuerte tirón, de modo que las lágrimas asomaron en los ojos de Helen—. Esto no es un jodido JUEGO —le golpeó el tobillo con el pie enfundado en los botines que usaba en la fábrica.

El dolor le subió por la pierna y se le contrajo el estómago. En un gesto instintivo, se inclinó para frotarse el tobillo lastimado, pero él gritó:

—¡No se mueva! ¡Si hace un solo gesto, traeré una aguja de mierda y un poco de hilo y comenzaré a coserle la cara! Vamos, ¿dónde está el bolso? —aplicó otro tirón al pelo de Helen.

—En la cocina —murmuró Helen, tratando de luchar contra las náuseas. Eso era lo que él le había hecho a Bobby. ¿Cómo había podido sobrevivir ocho años así? La pobre, la tonta Bobby de diecinueve años, que creía que ese animal necesitaba de alguien.

—Si no está —advirtió Joe—, comenzaré a dispararle. Primero una bala aquí —de nuevo le clavó la pistola en el muslo—, y la siguiente aquí —un golpe con el cañón de la pistola en el brazo. Otra llamarada de dolor irradió desde el hombro hasta los dedos de la mano.

—Está allí —murmuró Helen, odiándose a causa de su propio miedo, odiándose porque estaba a merced de ese hombre. Era degradante y vergonzoso. El conseguía que Helen se sintiera defectuosa porque era más pequeña y más débil. Pero estaba loco. ¿Cómo se protegía uno de alguien que estaba loco?

El la empujó con el arma y la obligó a bajar la escalera.

—Más vale que esté allí —advirtió, presionándola varias veces con el arma. Sobresaltos menores de temor suplementario, un dolor localizado.

—Está allí —Helen llamaría a la policía apenas él saliera. Les diría que advirtiesen a Bobby en Connecticut, conseguiría que protegiesen a la madre y a Pen. A Joe lo encerrarían; jamás le permitirían salir. Helen deseaba que lo encerraran definitivamente.

En la cocina él dijo:

—¡Déme *ahora* esa dirección de mierda! —y la golpeó entre los omóplatos—. ¡AHORA!

Derrotada, aterrorizada y colérica, ella retiró su bolso del estante, abrió la billetera y extrajo el papel plegado donde había escrito la dirección de Bobby.

—¡Ahí tiene! —dijo, abrumada por la sensación enfermiza de que estaba traicionando a la sobrina a quien tan a menudo había considerado su propia hija—. Tome esto y váyase. —Comprendió que ella jamás había odiado a nadie. La animosidad que había sentido a veces frente a una vendedora que la había tratado groseramente o a uno de los empleados de la agencia de autos que había acudido a la oficina y había insistido en que ella había calculado mal los descuentos era nada comparada con el íntimo espasmo de odio que sentía frente a ese monstruo que se las había arreglado para entrar en su casa. Miró el arma y quiso quitársela. Si lo lograba, mataría sin vacilar a Joe. Deseaba verlo muerto.

El le arrancó el papel y, mientras lo examinaba, Helen aprovechó esos pocos segundos en que la atención del intruso estaba en otra cosa para atravesar de un salto la habitación y abalanzarse sobre el teléfono colgado de la pared. Se oyó un estampido tremendo que rebotó en los muros y el techo de la pequeña cocina y un dolor candente cuando una bala la penetró en la pierna, la obligó a girar sobre sí misma y la arrojó sobre la encimera. La pierna ya no pudo sostenerla, y Helen se deslizó hacia el suelo con un sentimiento de incredulidad; su torso acabó descansando sobre el gabinete que estaba debajo del fregadero.

Mientras miraba a Joe, pensó que eso era lo que se sentía al recibir un balazo. Sabía que no podía hacer nada para detenerlo. El estaba decidido a matarla, y ella no podía hacer nada para impedirlo. Lo único que podía hacer era rogar que uno de los vecinos había oído el disparo y que en ese momento estuviese descolgando el teléfono para llamar a la policía. Santo Dios, ella moriría, y no debía ser de ese modo. Tendría que haber vivido treinta o incluso cuarenta años antes de la hora de su muerte. Tenía sólo cuarenta y cuatro años. En el curso de su existencia nunca había tenido una enfermedad más grave que una gripe, y ahora moriría. No podía ser este el modo de acabar la vida. No podía ser. No deseaba creerlo. Pero era lo que estaba sucediendo. Ese loco le iba a arrebatar la vida.

—Tía Helen, usted es historia —dijo, alzando el arma y apuntando—. Siempre quise hacer esto —volvió a sonreír. Otro estallido de dolor. Esta vez en el hombro. No alcanzaba a oír nada, y todo el costado izquierdo del cuerpo estaba insensible. No podía apartar los ojos de Joe, aunque con la visión periférica alcanzaba a distinguir la sangre en su propio jersey. Continuó mirándolo, convencida arbitrariamente de que ahora él se detendría, porque ella podía verlo, y él sabía que ella lo veía. Se miraron uno al otro. Pero lo que vio al parecer lo excitó todavía más. En esos ojos no quedaba ni el menor atisbo de nada que fuese humano. El arma disparó de nuevo, y después otra vez. El dolor se posesionó de toda Helen. Ella continuó mirándolo y viendo cómo guardaba el pedazo de papel en el bolsillo y la miraba sonriente. A decir verdad, parecía complacido. Helen no sabía qué pensar. ¿Por qué estaba tan feliz? Lo miró, buscando signos de remordimiento, un leve indicio de que era humano, de que le importaban aunque fuese mínimamente las consecuencias de sus actos. Pero él continuó sonriendo, como si estuviese gozando del mejor momento de su vida. Lo único que ella pudo pensar era que ese hombre representaba la encarnación misma del mal. Helen nunca había creído en las representaciones absolutas del bien y el mal, de tal naturaleza que Dios expresaba todo lo bueno y el demonio era todo lo malo. Pero ahora estaba viéndolo, allí mismo, en la cocina de la casa en que había vivido su vida entera, y el diablo no era un demonio de atuendo rojo con cuernos y cola. Era un hombre de aspecto vulgar, de tamaño y peso medianos, con los cabellos oscuros, los ojos enloquecidos y una sonrisa escalofriante que revelaba los dientes manchados de tabaco.

—Muchas gracias, tía Helen —le envió un beso, después se volvió y caminó por el corredor en dirección a la puerta. No miró atrás. Salió y cerró la puerta.

Ella volvió los ojos hacia el teléfono colgado de la pared y se dijo que ahora debía llamar a la policía; pero el teléfono estaba demasiado lejos, y ella se sentía demasiado soñolienta. Lo único que deseaba era cerrar los ojos y dormir. De un modo u otro necesitaba advertir a Bobby y ordenar a su cuerpo que se moviese. Pero no podía hacerlo. Al parecer, ese cuerpo ya no le pertenecía, no deseaba responder a sus órdenes. Ella sentía una extraña resonancia en los oídos, como oleadas sonoras que la asaltaban y después se retiraban. Y el aire hedía a pólvora, de modo que era difícil respirar. Bien, cerraría un minuto los ojos. Después iría a hablar por teléfono.

Sentía la cabeza horriblemente pesada, de modo que aceptó cerrar los ojos. Hacía mucho frío, y Helen sabía que al despertar el dolor en el cuello sería muy intenso. Si deseaba dormir una siesta, lo mejor era cubrirse con una manta, la que estaba sobre el sofá de la sala. También estaba tan cansada que ni siquiera deseaba pensar en la posibilidad de moverse. Dormiría unos minutos y después iría a hablar por teléfono. Sí, seguramente lo haría. Apenas despertase.

El estaba tan excitado que sentía deseos de cantar a pleno pulmón. No alcanzaba a oír nada, pero se sentía maravillosamente bien cuando ascendió al Firebird. Bobby estaba en Connecticut, y él iría a buscarla. Pero primero tenía que hacer algunas cosas. Volvería a su casa para higienizarse y después se acercaría al local de Garvey para comer algo.

Cuando salió vio que algunas personas asomaban la cabeza por la puerta; pero eso no le importó en absoluto. Había liquidado a esa condenada Helen. Ese había sido el momento más placentero de su vida. No estaba muy seguro de poder hacerlo, y el primer disparo le había costado bastante. Pero lo había hecho, y ella había salido volando por la habitación, como si una mano enorme e invisible la hubiese transportado. Sí, transportado. Sintió deseos de reír. Era perfecto. Sangre por todas partes. Y esa expresión en la mierdosa cara, como si no pudiese creerlo. Maravilloso. Había pensado que era su madre y que con ese disparo le pagaba todas las porquerías que le había hecho, y también a su padre. Le había frotado la cara en la mierda, lo había encerrado varias horas seguidas en el armario, lo golpeaba aunque él no hiciera nada, lo arrastraba de aquí para allá tirándole de los pelos. Había permitido que su padre muriese allí, sobre el sendero de cemento y se había tomado todo el tiempo del mundo para llamar a la ambulancia. Todas esas condenadas cenas del día de Acción de Gracias y de Navidad, en que ella decía:

—Sí, gracias —por los regalos que él se había tomado la molestia de comprarle, aunque lo que en realidad deseaba era que esa mujer se muriese allí, en el acto, sin pérdida de tiempo. Te he vengado un poco, papá, pensó, y sintió el placer de conducir el coche, de la potencia que emanaba de su pie clavado sobre el acelerador.

La pistola tenía un olor maravilloso; le encantaba ese olor y se frotó el arma sobre la mejilla y los labios, incluso olfateó el cañón, respirando hondo mientras pudo. Se puso el arma entre los muslos e instantáneamente tuvo una erección. Nunca se había excitado con tanta rapidez, con tanta fuerza. Apretó los músculos de los muslos y le agradó el dolor en la ingle.

También sus manos olían. Acercó primero una mano y después la otra a la nariz e inhaló el olor de la pólvora. Era el rey del universo de mierda; podía hacerlo *todo*. Sintió el pecho como si se le hubiese agrandado enormemente. Como el condenado Hulk. ¡Fantástico! Y de pronto sintió tanto apetito que hubiera podido comerse un caballo. Pediría una hamburguesa doble con un plato de patatas fritas bien hechas. Diría a Garvey que se asegurase de que las patatas fritas estuviesen *doradas*. Casi podía saborearlas. Se le hacía agua la boca, y la pistola estaba caliente allí, entre las piernas. Podía olerse las manos; después se lamió los dedos y saboreó el residuo amargo y metálico sobre la piel.

No veía el momento de ponerse a comer. Le dolía el estómago. Por Dios, le había encantado. Casi se sintió tentado de ir a buscar a Bobby allí mismo, omitir la visita a su casa, abandonar la idea de la comida, simplemente apretar el acelerador y salir a la autopista. Llegar a Connecticut, encontrar a la perra y poseerla centímetro por centímetro, de aquí hasta el domingo; después un balazo en cada brazo, y después las piernas, y ver cómo trastabillaba un rato antes de meterle una bala en el pecho. Pero disponía de mucho tiempo y de la ventaja de la sorpresa. Se atendría a su plan. Iría a su casa y se daría una buena ducha caliente. Después se pondría ropas limpias, metería algunas cosas en el coche e iría al local de Garvey. Después improvisaría. Disponía de todo el tiempo del mundo; pensaba gozar de esto, prolongar la excitación, mantenerse así hasta el último momento.

29

Penny soñó que el hada de los dientes venía y se sentaba al costado de la cama. Se parecía a Melissa, pero tenía un maravilloso vestido blanco y llevaba una varita mágica con una estrella en el extremo. Penny pensaba que era hermosa, y, por otra parte, el hada no se molestaba cuando Penny le tocaba el vestido centelleante.

—Cuando pierdes el primer diente tienes que formular un deseo —decía el hada con aspecto de Melissa—. Lo que tú más quieras en el mundo entero.

—¿Cualquier cosa?

—En efecto —decía el hada/Melissa—. Lo que quieras.

—No sé qué puedo desear —decía Penny, y se sentaba mirando el diente liso y blanco depositado sobre la palma de la mano. Se pasaba la lengua por el hueco entre los dientes, después miraba de nuevo al hada de los dientes y decía—: Te pareces a mi amiga. ¿Eres Melissa?

El hada sonreía y decía:

—No, no soy Melissa, pero siempre elegimos la forma humana que más nos agrada.

—¿Quieres decir que puedes parecerte a quien desees?

—En efecto.

—Ojalá yo pudiera hacer lo mismo —decía Penny, y pensaba con una risita que ella podría ser una Tortuga Ninja o uno de los Jetson o incluso una jirafa. Felizmente no necesitaba elegir, porque no hubiera podido decidir qué prefería ser.

—Tienes que pensar un deseo —decía muy amablemente la Melissa/hada.

—¿Ahora mismo?

—Ahora mismo.

—Pero no sé qué desear —decía Penny, inquieta—. Tengo que pensarlo.

—Oh, querida —decía la Melissa/hada—, debías haberlo pensado de antemano.

—Pero no lo sabía. Nadie me lo dijo.

La Melissa/hada consultaba su reloj pulsera mágico y meneaba apenas la cabeza. —Penny, creo que se te acaba el tiempo. Tienes que decir ahora tu deseo o lo perderás todo.

—Muy bien —decía Penny con expresión ansiosa, tratando de pensar cuál podía ser el deseo—. Espera un momento, estoy tratando de ver qué quiero.

—Solamente un minuto más —decía la Melissa/hada—. Esta noche tengo que visitar a otros niños.

—Muy bien —decía Penny, que trataba de concentrar la atención en el asunto—. Un segundo más —¿quizá deseaba ser la niña más rica de todo el mundo? Eso significaba mostrarse codiciosa, y su madre decía que estaba mal ser codiciosa. Pero quizás era apropiado pedir un poco de dinero, que ella entregaría a su mamá—. Yo deseo... —un momento, ¿cuánto tenía que pedir? Los segundos pasaban, marcados por el reloj pulsera mágico—. Deseo ocho... no, un momento, deseo 2.000 dólares.

La Melissa/hada movía la varita mágica y el diente desaparecía de la mano de Penny. En cambio había una pila de dinero. Penny contaba los billetes. Eran veinte. Cuando levantaba la mirada, concluido el recuento, la Melissa/hada había desaparecido, y Penny se sentía mal por haber pedido dinero. Hubiera debido usar el deseo para ayudar a otros niños, o para salvar la selva lluviosa, lo que la señora Corey les había explicado en la escuela.

Bajaba de la cama, evitando molestar a su mamá, e iba a dejar el dinero sobre la mesa de noche, al lado de la cama de Bobby. Cuando despertara, su mamá se sentiría sorprendida y feliz y diría que ahora podían arreglar el Honda, o quizá viajar a Disneylandia. Eso sería muy agradable. Su mamá se alegraría, pensaba Pen mientras volvía a la cama. ¡Y ya verían cuando les dijese a la abuelita y a la tía Eva que Melissa era el hada de los dientes! Se sorprenderían.

Bobby exclamó:

—¡No! —con un esfuerzo consiguió despertar y extendió una mano temblorosa para encender la luz. Paseó la mirada por el cuarto, expulsando mentalmente a Joe hacia las sombras y rechazando el sueño. Con los movimientos de su cuerpo Penny había apartado las mantas. Bobby se levantó y volvió a cubrir a la niña; después se quedó un rato mirando cómo dormía.

Después de un minuto o dos apagó la luz y fue a la cocina a encender un cigarrillo. Aspiró hondo y volvió los ojos hacia la escalera. Habría sido agradable sentarse y conversar, pero Eva no estaba. Había telefoneado alrededor de las diez para decir que volvería a la casa por la mañana. Pasaría la noche con Charlie. Había hablado bruscamente, pero Bobby llegó a la conclusión de que se sentía avergonzada por la necesidad de telefonear a su casa como si hubiera sido una adolescente. Bobby pensó con simpatía que para ella, una mujer adulta, debía ser difícil verse obligada a informar a su tía dónde estaba en cada minuto del día. Bobby se sentó y trató de pensar cosas hermosas. Al principio, su mente, como un niño díscolo, insistía en volver a la pesadilla. Pero poco a poco pudo concentrar la atención en un jardín espléndido, con canteros floridos cuidadosamente dibujados y senderos sinuosos que descendían hacia el océano.

Penny arrojó a un costado la almohada, vio los tres billetes de cinco dólares y gritó excitada. Tomó el dinero y dijo:

—¡Se los mostraré a la abuela! —y subió de prisa la escalera, antes de que Bobby pudiese decir una sola palabra.

Penny llamó a la puerta, entró como un vendaval y trepó a la cama, exclamando:

—¡Abuela, mira lo que el hada me trajo!

—Caramba, eres afortunada —dijo Alma, complacida con el entusiasmo de Penny. Lo que amaba en los niños era el carácter integral de sus reacciones emotivas. Todavía no estaban marcados por la influencia del mundo más general y por lo tanto exhibían sus alegrías y sus inquietudes sin la menor inhibición, sin retener nada. Tenían miradas y pensamientos claros y reían o gemían sin limitarse. Amaba sinceramente a los niños, y sobre toda a esa niña. Penny le recordaba siempre los sencillos placeres de su propia niñez, de los muchos momentos buenos que ella había vivido en el curso de su vida. Penny era un don inesperado. Ahora Alma no podía estar horas enteras entregada a sueños siniestros, porque a intervalos regulares Penny entraba a la carrera para verla y le traía la abundancia de su entusiasmo.

—¿Qué harás con todo ese dinero?

Penny se sentó con las piernas cruzadas sobre las mantas de la cama de Alma y miró los billetes que tenía sobre el regazo.

—Quizá —dijo después de pensar un momento— compraré algo hermoso para mi mamá.

—Eso sería muy generoso de tu parte —dijo Alma—, pero creo que el hada desea que compres algo para ti misma. Y creo que quizá tu madre comparte la idea.

—¿Te parece? —Penny miró a Alma con los ojos muy abiertos.

—Oh, creo que esa es su intención.

—Bien —dijo Penny—, tal vez compre algunos libros, varios lápices y algunas muñecas. O quizá compraré una nueva chaqueta de invierno para el señor Oso. No sé. Es mucho dinero, creo que más que lo que tuve nunca.

—Tienes que pensarlo —sonrió Alma, realmente complacida por lo que decía esa niña tan parecida a un duende. Ahora, experimentaba la misma emoción que había sentido cuando se había visto obligada a explicar a Eva, con sus seis años, que debería permanecer en esa casa, porque la madre y el padre habían dicho que así lo deseaban. La primera vez que se lo dijo, Eva no había tenido una reacción muy intensa, y Alma se había sentido profundamente aliviada, pues imaginaba una terrible escena emocional. Pasaron varias semanas, y de pronto una noche la niña había anunciado que ahora deseaba volver a su casa; Alma se había derrumbado por dentro ante la perspectiva de tener que explicar, de nuevo y con más claridad que Cora y Willard Chaney jamás regresarían; había tenido que traducir la muerte a términos prosaicos que una niña pudiese entender. Había sido uno de los peores momentos de su vida. Ella misma había perdido a una hermana a la cual amaba más que lo que nunca había llegado a comprender, y el dolor —como un ácido— le había consumido las entrañas, mientras sujetaba con fuerza a la niña y la iniciaba en los hechos de la muerte. En el curso de los años, había padecido la misma sensación de que estaba disolviéndose por dentro siempre que una de las niñas demasiado dinámicas que asistían a la escuela llegaba a su escritorio para ser castigada por su mala conducta. Nunca había tenido un hijo propio —excepto en esos sueños extrañamente reales que la asaltaban de tanto en tanto, cuando ella yacía desnuda sobre una mesa, en una habitación esterilizada, y de su cuerpo hinchado emergía una criatura— pero había sido la madre de docenas, incluso centenares de niñas, y había apreciado profundamente ciertos momentos —ejemplos de una revelación menor— en los que había visto que los ojos de una niña se iluminaban con un destello de comprensión, de alivio o de respuesta a una manifestación de afecto —Será mejor que ahora te des prisa y te vistas, porque de lo contrario perderás el autobús escolar.

—Está bien —Penny se acercó encima de las mantas para besar ruidosamente en la mejilla a Alma antes de bajar de la cama; recogió el dinero y salió de prisa—. Abuela, te veré después de la escuela —canturreó, cerrando con cuidado la puerta antes de alejarse a la carrera en busca de la salida.

Alma se acomodó mejor en las almohadas, pensando en Eva y en el tiempo que pasaría antes de que ella anunciara su intención de casarse con Charlie. Le pareció que no mucho. Ahora que Bobby había demostrado que era capaz de ocuparse de todo, Eva era una mujer esencialmente libre. Un mes o dos, y seguiría su propio camino. Estaba bien. Era hora. El don más grande que una mujer daba a su hijo era la libertad. Alma deseaba que Eva recuperase la suya.

Después de llegar a su casa, Eva fue directamente a la cocina para comenzar a preparar el desayuno destinado a su tía. Estaba poniendo pan en la tostadora cuando entró corriendo Penny, que prácticamente bailoteaba a causa del entusiasmo.

—Mira todo el dinero que el hada me regaló —dijo, mostrando los billetes a Eva.

—Es maravilloso —dijo Eva, y se inclinó para alzar a Penny, sonriendo mientras giraba con ella en círculos—. De modo que el hada vino a visitarte —sosteniendo a la niña, experimentó una tristeza súbita pero agobiante, al mismo tiempo que se agravaba su sentimiento de culpa. ¿Cómo podía desear que Bobby preparara su equipaje y se marchase cuando eso significaba alejar de la casa a Penny? Amaba a esa niña. Lo que era más importante, también Alma la amaba.

—¡Sí! —sonrió Penny y después frunció el entrecejo, en un intento por recordar. Había una cosa relacionada con el hada, y ella había deseado decírselo a la abuela y a la tía Eva, pero ahora no recordaba qué era—. La abuela dijo que debo darme prisa y vestirme.

Eva la dejó en el suelo, y Penny dijo:

—Oh, lo olvidaba —y fue a aplicar otra X sobre la fecha del día en el calendario. Después corrió hacia la puerta del apartamento, se detuvo y miró a Eva—: ¿Por qué estás usando las mismas ropas que llevabas ayer?

Desconcertada por la tremenda capacidad de observación de la niña, Eva dijo:

—Dormí en la casa de una amiga —había olvidado el modo en que los niños pequeños parecían observar las cosas que uno creía que debían pasarles inadvertidas; en cambio se mostraban bastante indiferentes frente a las cosas que uno imaginaba que debían ver. Penny conseguía que Eva se sintiera transparente, como le había sucedido antaño con Melissa, y en medida considerable como aún le sucedía.

—¡Oh! —asintió Penny—. Quizá yo duerma en casa de Emma o vaya el sábado si mi mamá dice que puedo.

—Será divertido.

—Sí —dijo Penny sonriendo, y bajó de prisa la escalera.

Eva meneó la cabeza y fue a servirse un poco de café. Penny le recordaba constantemente los años en que ella dedicaba todo su tiempo al cuidado de su propia hija. Durante unos pocos instantes, apoyada en la encimera y bebiendo su café, imaginó lo que sería tener otro hijo y quedar embarazada a los cuarenta y tres años. Una de sus antiguas editoras había tenido su primer hijo a los cuarenta y dos años. Las mujeres esperaban cada vez más para comenzar a tener familia. La edad ya no era el factor de disuasión que había sido antes. Eva pensó en los esforzados episodios de amor de la víspera y sintió un tirón en los músculos de los muslos. Unos pocos meses sin la píldora y fácilmente podría quedar embarazada. Pero sabía que no recomenzaría todo el proceso con otro niño. Le agradaba su libertad —o por lo menos le había agradado, antes del ataque sufrido por Alma—, incluso si padecía arranques ocasionales y añoraba a Melissa. Le había encantado ser la madre de Mel; por supuesto, eso aún la complacía, pero la situación ahora era muy distinta. Ella se había convertido en una especie de consejera y confidente. Como madre de una hija adulta, podía preocuparse sobre todo de la abundancia de desventuras que podían recaer sobre Melissa. Así, Eva se inquietaba —tanto despierta como dormida— por los accidentes en la carretera, las violaciones, las acerbas crueldades infligidas por los condiscípulos, o los locos que abrían fuego en locales atestados; por los incendios, los accidentes en la natación y la navegación, en resumen, todas las cosas que podían ser temibles. Pero evitaba conscientemente descargar sus miedos sobre Melissa, del mismo modo que Alma reservaba sus propios temores durante los años que había representado el papel de madre para Eva.

A través de la puerta abierta del apartamento, alcanzó a oír a Penny diciendo a su madre que se diese prisa, y después el murmullo grave y ronco de la voz de Bobby. Eva untó con mantequilla la tostada de su tía y pensó en las cosas que Bobby le había dicho y en su propio y abrumador disgusto al escucharlas. En circunstancias imposibles, Bobby había conseguido cuidar bien a Penny. Como había dicho Charlie, era una cuidadora de primera clase: era discreta, concienzuda, generosa y amable. Apremiada por Eva, había expresado los detalles alarmantes de su matrimonio, y ahora Eva apenas podía soportar la presencia de esa mujer. La vulnerabilidad anterior y la actual de Bobby la irritaba, la oprimía y determinaba que sintiese deseos de gritar. Pero estaba mal sentir lo que ella sentía. Había solicitado y aceptado la confianza de la mujer, y ahora se dedicaba a soslayar el tema. ¡Dios santo, cómo deseaba que Bobby se alejase! La ansiedad era como una especie de papel de lija muy grueso, que desbastaba todas las superficies. Los sentimientos contradictorios la inducían a avanzar primero en una dirección y después en otra. Se había sentado frente a esa mesa y había dicho a Bobby que no merecía que la hubieran tratado de ese modo. Pero una parte de su ser no creía tal cosa. Del mismo modo que una parte de Eva insistía en que Deborah, mejor o peor, había contribuido a su propia desgracia. Su sentido común y su compasión argüían que nada de todo eso era cierto. Nadie merecía que lo golpeasen, nadie merecía morir porque tenía un marido completamente descontrolado. Lo que ella había dicho a Bobby había sido la verdad. Entonces, ¿por qué no omitía sus propios melindres y sencillamente otorgaba a Bobby el respeto que merecía?

Mientras subía la escalera con la bandeja de Alma, Eva trató de examinar racionalmente sus sentimientos negativos. Había comenzado considerando a Bobby un recurso humano, alguien que la ayudaría a comprender lo que había sucedido en la isla, que quizá le aportaría conceptos que vendrían a fortalecer la historia que ella proyectaba escribir. Bien, Bobby estaba suministrándole toda clase de conceptos, muchos de ellos casi insoportables, y al mismo tiempo estaba demostrando un tipo de sabiduría natural pero aguda. Eva tenía que reconocer que la impresionaba el hecho de que, a pesar de lo horrible de sus experiencias, Bobby era capaz de demostrar afectividad. En esencia, era más profunda que lo que Eva había creído que podía ser. Eva comprendió de pronto que lo que le molestaba era la disposición de Bobby a mostrarle confianza. Hubiera debido mostrarse más cautelosa, hubiera sido mejor que no se apresurase tanto a revelar una parte tan grande de sus secretos. Pues si las posiciones de las dos mujeres se hubiesen invertido, Eva ciertamente jamás habría capitulado de un modo tan fácil y tan completo como lo había hecho Bobby.

De pronto Eva llegó a la raíz de su inquietud. ¡Sí, de eso se trataba! Estaba enfadada con Bobby porque no se comportaba como ella, Eva, lo habría hecho en las mismas circunstancias. Lo cual era absurdo, absolutamente absurdo. Uno no andaba por ahí condenando a la gente porque no se le asemejaba. ¿Cómo demonios podía resolver eso? Fue el interrogante que se formuló mientras extendía la mano para abrir la puerta de la habitación de su tía.

—Quiero que esta tarde me lleves al estudio de Len Morgan —dijo Alma, mientras Eva dejaba la bandeja sobre su regazo—. Tengo una cita a la una y media.

—¿Para qué?

—Debo firmar algunos papeles —dijo Alma como al pasar, mientras tomaba un trozo de tostada.

—¿Qué papeles? —preguntó Eva, sentándose en la silla que estaba junto a la ventana, con su café.

—Unos papeles —repitió tercamente Alma—. No me llevará mucho tiempo.

—¿Qué te propones hacer? —preguntó Eva, levemente suspicaz.

—Si tienes que saberlo, ordené a Len que prepare un codicilo con el fin de contemplar el futuro de Penny —miró con dureza a Eva, como si previese una discusión.

—Tu actitud es maravillosa —dijo en voz baja Eva, y sintió deseos de llorar. Pensó que era muy típico de su tía manifestar su afecto de un modo tan práctico. Con esa actitud lograba que los sentimientos que ahora Eva tenía con respecto a Bobby pareciesen aún más criticables. Su vergüenza se profundizaba con cada minuto que pasaba. Bobby no saldría de esa casa en el futuro inmediato. De un modo o de otro, Eva tendría que reconciliarse con ese hecho. Durante un momento ansió decirlo todo a su tía, confesar lo que había hecho y reconocer su terrible ambivalencia. Pero, así como temía decir algo que disminuyese la estima de Charlie, también temía parecer mezquina y dura a los ojos de su tía.

—Es sólo una cuestión de sentido común —gruñó Alma—. Penny merece tener una oportunidad.

Eva se puso de pie y cruzó la habitación para besar en la frente a su tía.

—Eres una vieja muy bondadosa. ¿Lo sabías?

—¡Ve a sentarte y déjame desayunar! —dijo Alma, y después no tuvo más remedio que sonreír porque se sentía especialmente bien. Siempre la había complacido muchísimo ver que se completaba una acción.

Eva se sentó de nuevo y extendió la mano hacia su café; pensó que esa primera tarde había estado muy cerca de rechazar a Bobby, cuando esta se presentó ante la puerta de la casa. No lo había hecho porque no había tenido corazón para aumentar el evidente sufrimiento de Bobby. Nunca había sido capaz de ignorar el dolor, nunca había sido capaz de pasar frente a los desamparados fingiendo que no los veía. De modo que había abierto la puerta y permitido la entrada de Bobby. Y ahora no tenía idea del modo en que viviría con las consecuencias de sus propios actos. Nunca se había sentido tan avergonzada.

30

Al día siguiente del ataque a Helen, Joe se levantó como de costumbre, se duchó y se vistió, subió al coche y fue a trabajar. Ya estaba atravesando la puerta de la fábrica cuando recordó que no había planeado volver allí. Pero, como ya estaba en el lugar, se dijo que no importaba y marcó su tarjeta. Un día más en ese inmundo trabajo no lo mataría y así tendría un poco más de tiempo para planear sus movimientos.

Pasó el día trabajando como si hubiese conectado el piloto automático; ejecutó su tarea sin pensar en ella. Lo inquietaba la necesidad de planear los diferentes pasos; así trabajó las ocho horas sin advertir el correr del tiempo. Hacia el fin de su turno decidió que partiría a la mañana siguiente. Su plan era recorrer más o menos la mitad de la distancia y después entrar en un motel para descansar, dormir hasta tarde para variar, y salir en dirección a Connecticut el jueves por la tarde, o el viernes por la mañana. No tenía prisa. Se tomaría su tiempo. Conseguiría una habitación de motel en la zona y después verificaría la dirección que le había arrancado a Helen. Finalmente recorrería el lugar, se formaría una idea del ambiente y modificaría su plan si era necesario. Quería que eso fuese perfecto.

Vio el patrullero estacionado frente a la casa apenas entró en su calle y no pudo creer que ya estuvieran buscándolo. Pero así era; tenía que ser por eso. ¿Acaso tenían otro motivo para acercarse a su domicilio? Experimentó esa punzada desagradable en el pecho e inmediatamente empezó a sudar; tenía la boca seca y las manos húmedas. Murmuró por lo bajo: "¡Hijos de puta!" ¡No podía creerlo! Se dijo que debía mantener la calma. Nada de ponerse nervioso. ¡Pensar!

Podía entrar en la casa, aparcar y representar el papel de inocente; hablar con la policía. No podían probar nada. Aunque quizá sí podían. Tal vez él había dejado algo personal. Alguna huella. ¿Pero qué? Realizó un rápido repaso mental de todo lo que había hecho la víspera y no pudo encontrar nada. Pero eso no les importaba a estos cretinos. Lo llevarían detenido, quizá lo incluyesen en una hilera de sospechosos y lo obligaran a perder el tiempo que no tenía. Intuía que se le presentaría una sola oportunidad de llegar a Bobby y quería aprovecharla. Nada podría detenerlo. Si lo detenían, era posible que no lo soltasen, y a él nunca se le ofrecería otra oportunidad de terminar la faena empezada. Tenía que terminarla. Por ahora era lo único que deseaba, lo único en lo cual podía pensar. Todo el resto no le importaba en absoluto. Era como si su vida entera estuviese consagrada a este asunto, de modo que le parecía imposible hacer absolutamente nada más.

Sólo le quedaba una opción inteligente. Seguir de largo. Mientras pasaba frente a la casa, manteniendo una velocidad moderada en ese vecindario esencialmente residencial, echó una rápida ojeada y vio que un policía se acercaba a la puerta de calle y otro pasaba al fondo para inspeccionar la puerta de la cocina. Joe pasó de largo; ahora su mente era un torbellino.

Era evidente que tendría que marcharse enseguida y abrigar la esperanza de que todos los policías del estado no estuvieran buscándolo. La nueva situación lo irritaba muchísimo, porque deseaba darse una ducha, ponerse ropa limpia, preparar algunas cosas, repasar el plan en su mente y marchar por la mañana, después de dormir bien toda la noche. Ahora no podría hacer nada de eso. Felizmente sus municiones estaban en el baúl del automóvil, si no lo habrían jodido. Muy bien. Así estaban las cosas. Magnífico. En adelante no tendría más remedio que improvisar, se dijo, y salir del pueblo. Tenía las axilas húmedas, la camisa olía a sudor y su maldita boca estaba seca como estopa.

Pasó frente a un centro comercial, entró en el aparcamiento, detuvo el Firebird y caminó hasta la tienda. Había cobrado su salario el viernes, de modo que tenía suficiente dinero. Utilizó una parte de su paga para comprar unos vaqueros, un par de camisas, calcetines y ropa interior, un paquete de máquinas de afeitar descartables, un tubo de crema de afeitar y un cepillo de dientes. Si necesitaba algo más, lo recogería en el camino. Después de todo, el asunto saldría bien.

Después de poner sus compras en el maletero, se acomodó detrás del volante y enfiló hacia la Nacional 17. Lo irritaba tener que preocuparse por la policía, pero mantuvo la velocidad por debajo de cien kilómetros por hora. No deseaba que lo detuviesen por exceso de velocidad, porque en ese caso un policía podía verificar su matrícula y descubrir que lo buscaban. De modo que mantuvo una velocidad moderada, a pesar de que la maldita pierna le temblaba; ahora que al fin estaba en la carretera y poniendo cierta distancia entre su persona y la policía local, se sentía absolutamente furioso por la evolución que seguían las cosas. En lugar de partir tranquilo y renovado tenía que estar metido en esas malolientes ropas de trabajo; todo su cuerpo apestaba y estaba agotado después de haber trabajado el día entero. Podía olerse y odiaba el olor. Le recordaba la vez en que su maldita madre le había refregado la cara en la mierda. No podía apartar de su mente la escena y sentía que hervía y que la rabia y el pánico le oprimían los pulmones.

Bajó unos centímetros el cristal, encendió un cigarrillo y se dijo que era necesario calmarse. Nadie sabía dónde estaba. Y lo que era incluso más hermoso, nadie —excepto quizás esa condenada Lor— sabía dónde estaba Bobby. Lor era el naipe peligroso, la única persona que podía advertir a Bobby que Joe estaba en camino. Pero él se sintió dispuesto a correr ese riesgo. Se ocuparía de Bobby y después desaparecería. Sí. La idea le encantaba y en ese momento concibió el pensamiento de que él era el hombre invisible, que se desvanecía como una bocanada de humo. Necesitaba placas nuevas para el coche; con ellas podría ir adonde quisiera, quizás incluso bordear la costa este hacia el norte, o incluso pasar a Canadá. Lo único que necesitaba era mantener la velocidad en los límites legales, tomarse su tiempo, estudiar sus propios movimientos... y quizá todo saliese bien.

—Calma, hermano —se dijo, mientras manipulaba la perilla de la radio—. Mantén la calma —pensó en la fantástica excitación que había experimentado la noche de la víspera y movió los dedos buscando el olor de la cordita. Pero lo único que pudo oler fue esa condenada porquería que usaba para limpiarse las manos en el taller. Se frotó cada mano sobre una pierna del pantalón y después aspiró otra bocanada de humo. Entonces se sintió más sereno. Imaginó la expresión en la cara de Bobby cuando la pescara, sonrió y se sintió incluso mejor. Era como si toda su vida hubiese estado esperando este momento. Se sentía bien. Absolutamente bien.

—Esos ejercicios están haciéndole bien —dijo Dennis—. Está mucho más fuerte, sobre todo la pierna izquierda.

—Y ya no se resiste tanto como antes —dijo Bobby, que no deseaba que se le atribuyese todo el mérito de los esfuerzos de Alma.

Dennis bebió un poco de su café y sonrió a Bobby.

—Realmente no te agrada aceptar cumplidos —dijo—, ni siquiera indirectos.

—Lo sé —reconoció Bobby, un poco más tranquila en compañía de Dennis a medida que pasaba el tiempo—. No solía ser así. Mi abuelo siempre me recomendaba: "Agradece, y da por terminado el asunto", y durante un tiempo lo hice bastante bien, aunque me parecía que implicaba agradecer a las personas porque habían advertido que uno tenía un bonito jersey u ojos azules o algo por el estilo. Pero, si uno agradecía, la gente intentaba llegar más lejos, y pasaba a otras cosas. Y esa era la situación.

—De todos modos, no te agrada aceptar los cumplidos —insistió Dennis, con una expresión amablemente divertida.

—Creo que no —dijo Bobby, que ahora veía que ella y ese hombre eran amigos. Era la primera vez en su vida que realizaba esa experiencia: la amistad con un hombre—. De todos modos, después de estar tanto tiempo con Joe, llegué a creer que en mí no había nada que *mereciese* ser elogiado. ¿Entiendes? —lo miró para comprobar cómo reaccionaba, pues no quería que él creyese que usaba a Joe como excusa para explicar los menudos detalles de su vida. Podía recordar a todos los condiscípulos del colegio secundario y las diferentes excusas que utilizaba para explicar su falta de prestigio. Eran demasiado obesos o tenían la piel enferma o tenían un color incorrecto. Nada de todo eso había sido cierto. A veces las personas no simpatizaban unas con otras sin el menor motivo. Y ese era precisamente el modo en que Eva había comenzado a comportarse los últimos días, como si hubiese cesado de simpatizar con Bobby sin verdadera razón. Las cosas casi habían retornado al estado en que se encontraban al comienzo, cuando Bobby había llegado por primera vez y no podía imaginar la causa de la actitud negativa.

—Comprendo —dijo Dennis, mirándola a los ojos; después miró su reloj.

—Tienes que irte.

—Así es.

—El cliente de Norwalk —dijo Bobby, en cierto modo aliviada porque él debía marcharse. Necesitaba estar sola para pensar en la situación que se había creado con Eva y en lo que había hecho ella —en el supuesto de que hubiera hecho algo para irritarla—. Tengo que ir al supermercado. Esta noche preparo la cena.

—¿De veras? ¿Y qué harás?

—Solamente espaghetti. Nada especial.

—Eso depende. ¿Eres buena cocinera?

Recordó a Joe arrojando contra la pared el plato de espaghetti. Parpadeando rechazó la imagen y dijo:

—No soy mala. Uno de estos días cocinaré para ti.

—Será muy agradable.

—Te complace lo que haces, ¿verdad, Dennis? —preguntó, cediendo a la curiosidad que él le inspiraba. Se preguntó durante unos segundos si quizás él podría explicar lo que estaba sucediendo con Eva. Pero eso era tonto. Incluso si ella le relataba los detalles, a lo sumo él podría formular conjeturas con respecto a los motivos.

—Mucho —confirmó Dennis—. Soy mi propio patrón y consigo resultados casi siempre. En ocasiones se necesita un poco de tiempo, pero es emocionante ver los progresos de cada uno de mis pacientes. Me lleva a pensar que en efecto estoy logrando algo, y esa es una sensación muy placentera.

—No son muchas las personas a quienes complace su propio trabajo —dijo Bobby, y se puso de pie para acompañar a Dennis hasta la puerta—. Joe solía quejarse todos los días por su empleo. Lo odiaba y odiaba a todos los compañeros de su fábrica —era rara la noche en que no volviera a casa rabiando y en que no manifestara el deseo de matar al hijo de una tal por cual, y en que no explicara a gritos cómo daría a ese hijo de puta una lección que jamás olvidaría.

—Tú y yo pertenecemos al grupo de los afortunados.

—Es cierto —dijo Bobby, mientras pensaba que tal vez ella y Pen no permanecerían allí mucho más tiempo si Eva tenía algo que decir al respecto. Bobby deseaba saber lo que estaba mal. Vaciló un momento e imaginó que estaba cargando sus cosas en el Honda y que se encaminaba hacia Dios sabía dónde. Esa idea le provocaba cierta opresión en el pecho. Deseaba con todas sus fuerzas quedarse allí—. Espero que no te importe que yo hable de Joe.

—No me importa. Después de todo, solía ser parte de tu vida.

Bobby pensó: "Solía ser parte". Imaginó que hablaba por teléfono, y al otro extremo de la línea alguien le decía que Joe ya no existía, que sencillamente había dejado de vivir. ¡Qué maravilloso habría sido!

—Mañana vendré a buscarte a las siete y media de la tarde. ¿De acuerdo?

—Excelente.

El se puso el abrigo, después tomó la mano de Bobby y se inclinó para darle un rápido beso en los labios. Sin detenerse a pensar en su propia actitud, Bobby lo abrazó, pues sentía la necesidad de confortamiento. Después comprendió que el gesto podía ser mal interpretado, y se apartó de Dennis y sintió que se ruborizaba. Lo que acababa de hacer era peligroso. Estaba acostumbrándose a ese hombre, estaba bajando la guardia y entonces era cuando las cosas comenzaban a ir mal.

—Creo que tú misma estás sorprendida, ¿verdad? —dijo Dennis, sonriendo con simpatía, como si realmente comprendiese la situación.

—No querría que pensaras... —Bobby se interrumpió, no muy segura de lo que deseaba decir.

—No te preocupes. No creo nada. Mañana te veré —dijo Dennis, y abrió la puerta.

—Te esperaré —dijo Bobby.

El hizo sonar la bocina antes de alejarse, como hacía siempre, y ella cerró la puerta y se preguntó por qué durante ocho largos años había creído que merecía el trato que Joe le había dispensado. ¿Por qué había pensado semejante cosa? ¿Por qué había permitido que la convenciera? En algún momento del proceso las cosas se habían invertido totalmente, y ella había aceptado la versión de los hechos dada por Joe. ¿Por qué? Y ahora Eva se comportaba de un modo extraño. Se mostraba cortés y sonreía, pero ya no miraba a los ojos a Bobby. Eva no quería decirle en qué se había equivocado Bobby, y por eso con ella se sentía ahora exactamente como antes con Joe.

Regresó a la cocina y volvió a sentarse frente a la mesa; con un gesto mecánico extendió la mano hacia su jarro. Bebió el café sin saborearlo y pensó en las innumerables veces en las que Joe se había reído malignamente de algo que ella decía, las veces en las que él había afirmado que Bobby era "sólo una condenada mujer", como si las mujeres fuesen inferiores en todos los aspectos. Ella le había creído. ¿Por qué? Bien, de una cosa estaba segura: lo que él decía no era cierto. De ningún modo. Y no importaba lo que sucediese, nadie volvería a decirle jamás que ella era una inútil y una estúpida sólo por su condición de mujer. Y eso incluía también a Eva. De un modo u otro, descubriría lo que estaba mal y trataría de corregirlo.

Después de llegar a esta conclusión y sentirse un poco mejor, se puso el abrigo y salió en busca del coche.

Eva sentía un hormigueo bajo la piel, y a cada rato experimentaba una suerte de vibración eléctrica atenuada que afectaba su cerebro. Era la excitación que sentía siempre que se preparaba para comenzar un libro nuevo; eso se acentuaba día tras día, hora tras hora, hasta el momento en que se sentaba y, en realidad, comenzaba a escribir. Esa excitación era precisamente lo que le había faltado desde hacía un tiempo.

Ahora se repetía la sensación, y le encantaba. Ni siquiera hacer el amor le deparaba el mismo tipo de vertiginosa expectativa. El único problema era que sus sentimientos contradictorios con respecto a Bobby envolvían constantemente la excitación. Eva no podía mantener ese estado de ánimo positivo y creador. La presión aumentaba, y ella sentía que podía estallar de un momento a otro. Continuaba pensando en los nativos de Montaverde que retiraban la red llena de peces y sentía que estaba tan atrapada y enredada como esas criaturas frenéticas que se agitaban desesperadamente.

Mientras observaba a Bobby preparando la salsa para los espaghetti, su mente se desenvolvía en dos planos diferenciados. En uno ella observaba y advertía la economía de gestos de la mujer de cuerpo menudo y aprobaba objetivamente el estilo organizado en el que Bobby abordaba su actividad culinaria. En el otro plano se sentía apremiada por el sentimiento de ansiedad y deseaba que Bobby se marchase. Si esa mujer se marchaba, todo estaría bien. Era desconcertante, pero apenas podía tolerar la presencia de Bobby en la cocina. Se preguntó: "¿Qué demonios te pasa?" Y detestó su propia mezquindad espiritual, su falta de compasión. Nunca se había mostrado muy propensa a ocultar sus sentimientos. Ken siempre había podido adivinar lo que pensaba. Melissa también. Y Charlie. Y Alma tenía ese misterioso radar propio de un padre o una madre. En pocas horas o pocos días Alma exigiría una explicación de su conducta, de su trato poco cordial frente a Bobby. ¿Y qué podía decirle? No se atrevía a reconocer que estaba sufriendo los efectos de un contacto excesivo con los detalles de la vida de Bobby, que continuaba viendo a Bobby desnuda, sobre el suelo, boca abajo, apoyada sobre manos y rodillas. Por Dios, eso era ridículo. Ella misma tenía un sólido apetito sexual y había hecho el amor de muchos modos diferentes, en distintas ocasiones, y el recuerdo jamás la molestaba. Pero, por supuesto, nadie la había obligado; la experiencia no implicaba sufrimiento; y ciertamente nunca la habían sodomizado. En el caso de Bobby, el sexo era simplemente otra forma de abuso. Por eso las imágenes eran tan impresionantes. Ese sexo nada tenía que ver con el amor y sí mucho con la bestialidad.

—Prepararé la ensalada —anunció, y se acercó inmediatamente al refrigerador para retirar el cajón de la verdura.

—No tengo inconveniente en ocuparme de eso —dijo Bobby, mientras dejaba caer varias hojas de laurel en el recipiente en el que hervía la salsa.

—Yo lo haré —respondió Eva, sin poder evitar que su voz sonase áspera.

—¿Todo está bien? —preguntó cautelosamente Bobby, decidida a limpiar la atmósfera, si tal cosa era posible.

—Todo está bien —Eva examinó un tomate y dijo—: ¿Recuerda cuando los tomates tenían sabor? Ahora parecen espuma de caucho teñida de rojo.

Bobby se echó a reír; Eva la miró de nuevo y otra vez se dijo que Bobby reía en raras ocasiones.

—¿Se siente feliz, verdad? —preguntó Eva, mientras observaba el perfil de la bonita joven. No deseaba lastimarla; lo que menos deseaba era destruir la felicidad de nadie, y aún menos la de esa pobre y perseguida mujer. ¿Cómo resolvería el problema?

Bobby pensó que la pregunta era peligrosa. Si reconocía que se sentía feliz, quizás Eva le contestaría: "Qué lástima, porque tendrá que marcharse". *¿Por qué* Eva no decía lo que le molestaba? Bobby pensó: "Si me hablase, podríamos aclarar las cosas".

—Esta casa me agrada —reconoció prudentemente, temerosa de perder la primera situación segura que había conocido en muchos años.

—Sí —dijo distraídamente Eva, siempre con el tomate en la mano—, comprendo.

Bobby esperó para oír qué más podía decir Eva, pero esta guardó silencio. Dejó el tomate sobre la tabla de cortar y buscó un cuchillo.

Tal vez todo estaba bien, pensó Bobby mientras exhalaba lentamente el aire. Las cosas se mantendrían como hasta ahora. Ella y Pen no tendrían que preparar las maletas y alejarse. Era uno de los estados de ánimo de Eva. Eso era todo. Nada más que uno de sus estados de ánimo.

31

—Pen, puedes leer hasta las siete y media; después apagaremos la luz. ¿De acuerdo?

—¿Puedo leer arriba, en la sala, con la abuela y la tía Eva?

—Creo que sí, que puedes hacerlo —Bobby sonrió, alzó en brazos a Pen y la abrazó con fuerza.

Penny rodeó el cuerpo de su madre con brazos y piernas. Bobby la retuvo un momento más, después la bajó y dijo:

—No molestes demasiado. Siéntate en silencio y lee tu libro; después baja y acuéstate. Yo saldré a comer con Dennis, y no regresaré tarde.

—Yo también quisiera ir. Dennis me agrada.

—Lo sé. La próxima vez. ¿De acuerdo?

—Sí, de acuerdo.

En la cocina, Eva dijo a Bobby:

—No se preocupe. Yo la acostaré.

—Ya está preparada. Ya se bañó y se lavó los dientes.

—Está bien —dijo Eva, con voz más firme, decidida a comportarse bien, porque de pronto no se sintió muy segura de su propio deseo de alejar a Bobby. Sus propias vacilaciones la desconcertaban. Solamente sabía que, en último análisis, la opinión que Alma tenía de ella le importaba más que cualquier otra cosa, de modo que no estaba dispuesta a decir o hacer nada que la afectase.

—Muy bien —dijo Bobby, consciente de que Eva había cambiado de actitud. La miraba a los ojos por primera vez en varios días, y ese borde filoso había desaparecido de su voz—. Gracias.

Penny llegó corriendo y fue a saludar a Dennis, que esperaba con

Alma en la sala. Después de abrazarlo y besarlo, se instaló en el extremo del sofá, cerca de Alma, que ocupaba su lugar de costumbre a un costado del hogar. Bobby cruzó la habitación y se inclinó para murmurar:

—Compórtate bien, Pen, y no te quedes demasiado tiempo. Dame un beso —murmuró—; te veré por la mañana.

Dennis esperaba. Bobby fue a buscar su abrigo y de pronto experimentó un temor intenso. Deseó no salir de la casa. Sin saber muy bien por qué, se dijo que era mejor que se dedicara a preparar sus cosas y a salir de allí con Pen. No sabía por qué reaccionaba de ese modo. La mitad de su ser estaba convencida de que había encontrado un buen hogar; la otra mitad quería salir inmediatamente de allí. En parte eso se relacionaba con los cambios de humor de Eva. Pero había algo más; era como si una campana de alarma hubiese comenzado a sonar y ella fuese la única que alcanzaba a escucharla.

Desechó el súbito y terrible sentimiento de aprensión, se esforzó por sonreír a Dennis mientras se abotonaba el abrigo y al salir de la casa exclamó casi sin querer:

—Realmente hace frío —paseó la mirada por la calle, buscando como siempre el Firebird. No vio indicios del vehículo.

—Se nos viene encima el invierno —observó Dennis, manteniendo abierta para ella la puerta del coche. Mientras se instalaba detrás del volante, Dennis dijo—: Pensé que esta noche podríamos ir a un restaurante italiano. ¿Qué te parece?

—Muy bien —respondió mecánicamente Bobby, tratando, sin lograrlo, de encontrar una razón concreta que justificara su nerviosismo.

—En Westport hay un lugar que creo que te agradará —dijo Dennis, mientras se ajustaba el cinturón.

—Muy bien —dijo Bobby, y se preparó para partir. Ya lograría dominar esa sensación. No significaba nada. Sonrió de nuevo a Dennis.

A las siete y cuarenta sonó el teléfono. Eva creyó que podía ser Charlie y cruzó la cocina para atender. No era Charlie, sino una mujer que preguntaba por Bobby.

—Lo lamento, pero esta noche salió. ¿Desea dejar un mensaje?

—Habla su amiga Lor, de Jamestown.

—Sí. ¿Quiere dejarme su número?

—¿Todavía no sabe nada? —la voz de la mujer era aguda y revelaba su nerviosismo.

—¿Si sabe qué?

—¡Caramba! Me lo temía.

—¿Temía qué? —preguntó Eva, con impaciencia.

—Lo supe sólo cuando lo leí en el periódico, hace menos de una hora. ¡Me impresionó! Todavía estoy temblando.

—¿Qué es lo que supo? —las rodillas de Eva temblaban.

—Su tía Helen —dijo Lor—. Le han disparado. Ha muerto.

—¡Dios mío!

—De acuerdo con el periódico, la mataron hace un par de días. El diario dice que están buscando a Joe, porque quieren interrogarlo. Me parece increíble. Mis hijos y yo acabamos de regresar después de pasar unos días con mis padres en Buffalo; de lo contrario la habría llamado inmediatamente. Vea, olvidé suspender la distribución del periódico, de modo que todos estaban en el porche, y el artículo con la noticia de lo que le sucedió a su tía apareció en la primera página. Dicen que retienen el cuerpo a la espera de que se notifique al pariente más próximo; y ese pariente es Bobby. Llamé a la policía y les dije que es ella; les he dado ese número. Dijeron que se comunicarían.

—Le informaré —dijo Eva, horrorizada.

—Dígale que lo siento muchísimo. ¿De acuerdo? Creo que tendrá que regresar y hacerse cargo de las cosas. ¿Quiere decirle que ella y Pen pueden alojarse aquí? Dios mío, es una impresión terrible. No puedo creerlo. Siempre supe que Joe era malo, pero nunca pensé que podía llegar a asesinar a alguien.

De pronto, Eva sintió un frío muy intenso.

—Le diré que la llame apenas vuelva —dijo, y sintió un nudo en la garganta.

—Muy bien. Y dígale que me llame si desea que haga algo.

—Se lo diré. Gracias por llamar.

Eva cortó la comunicación y se quedó de pie, mirando fijamente la pared. Unos instantes después regresó a la sala.

—¿Qué sucede? —preguntó Alma.

—Hablaremos después —dijo Eva, mirando a Penny.

Alma comprendió y asintió; intentó imaginar qué sucedía, en vista de la intensa palidez de la cara de Eva.

Eva se sentó en el sillón, junto al hogar, y miró a Penny. La niña estaba sentada con las piernas cruzadas sobre el sofá, el libro abierto sobre el regazo, y contemplaba la página, la boca apenas abierta. Estaba tan concentrada que Eva no deseaba molestarla. Pero ya eran las ocho menos veinte, y Eva consideró que era especialmente importante mantener el horario regular de la niña. También deseaba que Pen fuese a su habitación, porque necesitaba informar a Alma acerca de la llamada.

—Hora de acostarse, Pen —dijo Eva, y vio que la niña apartaba dificultosamente los ojos de la imagen.

—Cinco minutos más, ¿eh? —dijo Penny, y sus ojos apenas se cruzaron con los de Eva antes de volver al libro tan atractivo.

—Ahora, Pen —dijo suavemente Eva, evitando manifestar su temor porque no deseaba asustar a la niña—. Ya pasaron diez minutos de tu hora.

—Muy bien —suspiró Penny; de mala gana cerró el libro y después se puso de pie para acercarse a Alma—. Abuela, hora de darte las buenas noches —esperó que Alma se inclinase para besarla en la mejilla.

Alma sostuvo un momento el mentón de Penny; le encantó la visión de la cara de la pequeña.

—Que duermas bien —dijo, y dejó en libertad a Penny.

Mientras Eva la tomaba de la mano y ambas cruzaban el vestíbulo en dirección a la cocina, Penny preguntó: —¿Estás enfadada conmigo?

—De ningún modo. ¿Te parece que estoy enfadada? —Eva nunca estaba bien preparada para lidiar con la sagacidad de Penny.

—Yo diría que un poco.

—Te aseguro que no lo estoy. Y ahora acuéstate. —Eva retiró las mantas y Penny se metió en la cama; durante un momento estuvo arrodillada sobre el colchón, mientras dejaba su libro sobre la mesa de noche. Después extendió expectante los brazos.

Mientras Eva se despedía con un beso, de pronto comprendió que Bobby y Penny debían continuar en esa casa. Las dos tenían que estar con Alma. Arropó a Penny en la cama y se preparó para salir. No sabía muy bien cómo resolverían las cosas, pero tenía plena conciencia de que era necesario encontrar una solución. Tenían que lograrlo, por el bien de Alma y por el bien de Penny.

—No olvides dejar encendida la luz del cuarto de baño —le recordó Penny.

Eva se desvió para encender la luz y después regresó arriba.

—La tía de Bobby ha muerto —dijo Eva a Alma—. La policía quiere interrogar al marido de Bobby. Están buscándolo. Por lo que me dicen, desapareció, y creo que viene para aquí.

—¿Quién llamó y qué te dijo exactamente?

En la mente de Eva se agolpaban los pensamientos. Habían asesinado a la tía de Bobby. El marido muy bien podía aparecer allí. ¿Quizá la historia se repetía? El pensamiento la aterrorizaba. Pero seguramente no había motivo para preocuparse. ¿O sí?

—Era Lor, una amiga de Bobby. Según dijo, sucedió hace varios días, pero ella se había ausentado hasta hoy. La noticia apareció en todos los periódicos locales. La mujer fue baleada. Esta Lor llamó a la policía local y les dio nuestro número. Según dijo, la policía quiere hablar con

Bobby. Tal vez deberíamos trasladar a un motel a Bobby y a Pen, por lo menos unos días, por las dudas.

—Antes de que comencemos a tomar decisiones en nombre de Bobby y Pen, creo que debemos contemplar todas las posibilidades... —sonó el teléfono—. Más vale que atiendas —dijo Alma a su sobrina—. Probablemente es Charlie. Si es él, me temo que tendrás que renunciar por esta noche al placer de su compañía.

—No tengo muchas ganas de salir de paseo en un momento como este —replicó Eva, y se acercó al teléfono.

—¡Eva!

—Disculpa —dijo Eva a su tía.

Alma la miró irritada.

No era Charlie. Era un hombre que se identificó como el sargento Tim Connelly, del departamento de policía de Jamestown, que quería hablar con Barbara Salton.

—En este momento no está —le dijo Eva, y sintió que el corazón le latía aceleradamente—. Si usted me da un número, le diré que lo llame apenas regrese. Supongo que volverá en unas dos horas.

El sargento le comunicó el número, y con un garabato desordenado Eva lo anotó.

—Eso —dijo Eva a su tía— era una llamada de la policía de Jamestown —se sentía tan nerviosa que tuvo que sentarse.

Alma dijo fríamente:

—Es evidente que Bobby tendrá que volver por unos días a su casa. Creo que para todos los interesados sería mejor que Penny permaneciera aquí.

Eva asintió con una expresión neutra en el rostro, el corazón todavía sobresaltado.

—Después que Bobby pueda hablar con la policía, sabremos mejor a qué atenernos.

Eva asintió nuevamente.

—No me vendría mal un poco de café —dijo Alma.

Agradecida ante la perspectiva de hacer algo, Eva dijo:

—Lo prepararé —y fue con paso rápido hasta la cocina.

—¿Alguna vez saliste con alguien, aparte de Joe? —preguntó Dennis, mientras se servía una porción de la fuente de fiambres y encurtidos puesta sobre la mesa, entre él y Bobby—. Prueba un poco de esto —recomendó—. Es sabroso.

—En realidad, no —contestó Bobby, mientras se servía una porción—. Fui amiga de algunos muchachos en el colegio secundario —sonrió—. Ya sabes cómo son las cosas. Yo y mi mejor amiga, Lor, y un par de muchachas salíamos juntas. Y teníamos nuestros amigos. Ibamos a los mismos lugares, nos divertíamos. Pero, a decir verdad, no tenía una relación estable con nadie. ¿Y tú? —ahora que se detenía a pensarlo, apenas sabía nada de Dennis. Había dedicado una parte tan considerable del tiempo en que estaba con él a temer lo que Dennis podía decir o hacer que nunca había pensado preguntarle acerca de su vida. Y ahora que comenzaba a sentirse cómoda con él, descubría que le interesaba saber algo más.

—Hubo alguien —dijo Dennis con voz tranquila, hablando ahora con una inesperada calma, casi podía decirse que con cierto dolor, de modo que Bobby lo observó atentamente y se preguntó al mismo tiempo si todos los seres humanos podían contar sus propias historias de dolor y sufrimiento—. Compartimos muchos momentos en la universidad. Yo siempre supuse que nos casaríamos, pero inmediatamente después de graduarnos Leslie llegó a la conclusión de que era mejor que durante un tiempo nos distanciáramos un poco. Dijo que necesitaba descubrir quién era cuando yo no estaba; necesitaba comprobar si ella era distinta cuando yo no estaba cerca —miró a Bobby unos pocos segundos; era evidente que la vieja herida aún no había cerrado del todo—. Dije que lo entendía, pero no era cierto. Me pareció que estaba cortando su vínculo conmigo sin motivos serios. Pero yo tenía que continuar viviendo. Quiero decir que las protestas y los reniegos no habrían servido de nada, de modo que pensé que más valía tomarse las cosas con calma. Lo malo es que sufrí demasiado —meneó la cabeza, dirigió una sonrisa a Bobby y pareció que todavía estaba confundido por esa vieja experiencia—. En cierto plano, en realidad, yo lo entendía. Sabía que ella deseaba comprobar si se comportaba de un modo conmigo y de otro con otras personas. Pero en otro nivel yo sabía que estaba separándose definitivamente de mí, al margen de las explicaciones que diese; y, sin embargo, no podía lograr que ella lo comprendiera así.

—¿Y qué sucedió? —preguntó Bobby.

Dennis se encogió de hombros.

—Nunca volvimos a reunirnos. Yo sabía que jamás lo haríamos. Las cosas jamás volvieron a ser iguales entre nosotros. Yo aún la amaba y ella todavía me amaba, pero no podíamos retornar al punto en que habíamos estado. Yo no podía pasar de un estado de compromiso total a la condición de meros amigos. Y hasta hoy no sé si ella se sentía distinta consigo misma. A mi juicio, no *parecía* diferente. De todos modos, los primeros tiempos continuamos viéndonos con bastante regularidad. Después comenzamos a vernos una vez por semana, y más tarde semana por medio. Con el tiempo perdimos el contacto. Parecía que toda la relación se extinguía. A mí me fatigaba la necesidad de fingir; en definitiva fue un alivio dejar de verla. Después salí con otras mujeres, pero no era nada serio.

—¿Te asustaste?

Se le agrandaron los ojos y contestó:

—Quizá sí. Nunca lo pensé en esos mismos términos, pero quizá me asusté.

—Como me sucedió a mí con Joe —dijo Bobby, mientras probaba un bocado de fiambre. Estaban manteniendo una conversación seria, y ella no intentaba sacar a relucir temas que suponía que él deseaba escuchar. Sencillamente estaba diciendo la verdad, y se sentía muy bien.

Dennis asintió, y con movimientos cuidadosos cortó en cuatro triángulos una rodaja de salame.

—Todos tememos algo —dijo—. Detesto la idea de verme rechazado otra vez. Y a ti te asusta la posibilidad de que te castiguen. Qué vida tan ingrata, ¿verdad?

—Es como si todos tuviésemos pensamientos secretos que son desconocidos para el resto de la gente.

—En cierto modo las cosas son así —coincidió Dennis—. Pero uno llega al punto en que tiene una razonable certeza acerca del modo en que funciona la mente de otra persona. Quiero decir que uno sabe dónde el otro pone el límite, las cosas que él quiere o no quiere hacer. Por mi parte, creo que ya te conozco bastante bien—. Sonrió de nuevo y ella vio el afecto en los ojos de Dennis. Bobby se preguntó lo que Dennis veía en ella y si sabía que ella comenzaba a sentirse cómoda en su compañía.

—Soy una persona a quien en realidad le agrada que la comprendan —dijo Dennis—. Esa es una de las razones por las cuales me agradaba estar con Leslie. Ella nunca *dijo* que tenía un problema de identidad. Si lo hubiese tenido, yo habría intentado ayudarla a resolverlo.

—Un problema de identidad —repitió Bobby, examinando la frase en su mente y pensando que sonaba bien—. Quizás eso es lo que me afecta.

—No lo creo —discrepó Dennis—. Tengo la impresión de que sabes bastante bien quién eres. Sucede simplemente que no puedes comprender por qué te han sucedido cosas tan ingratas.

—Es cierto —dijo Bobby—. A veces no puedo dejar de preguntarme si las desgracias acabarán de una vez o si tendré que pasar el resto de mi vida sintiéndome segura por poco tiempo y después asustándome de nuevo.

—No será de ese modo —le aseguró Dennis.

—Tú no puedes saberlo —lo reprendió Bobby amablemente—. Dennis, es difícil superar el miedo. Es como oler humo cuando nadie más lo hace —intentó explicar, deseando que él comprendiese—. Casi puedo adivinar que en alguna parte hay un incendio, mientras todos los demás continúan con sus asuntos y no lo huelen; quizá creen que estoy loca porque digo esas cosas.

—Seguramente es terrible —dijo Dennis, con simpatía—. Sería un mentiroso si me sentase aquí y te dijera que entiendo, porque probablemente nunca llegaré a comprenderlo. Jamás he pasado por las cosas que tú has pasado. Pero ciertamente entiendo que una situación así tiene que provocarte temor. Se diría que sobre todo estás condicionada previamente. Y eso puede cambiar. Has empezado una nueva vida y te llevará un tiempo acostumbrarte a eso, pero lo harás, porque es lo que deseas.

—Ciertamente, es lo que deseo —dijo Bobby, con una sonrisa, complacida por el progreso que al parecer estaba realizando. En efecto, estaban convirtiéndose en amigos.

—Entonces así serán las cosas. Ninguna ley impide que la gente se asuste de tanto en tanto. Todos lo hacen. Quizá no por las mismas razones, pero el miedo es el miedo. ¿Verdad?

—Imagino que sí —coincidió Bobby, reconfortada por la lógica de Dennis.

Llegaron a un callejón sin salida. Alma rechazó de plano la posibilidad de que el marido abandonado por Bobby viniese a buscarla.

—Nunca vi que saltaras así a conclusiones sin fundamento —dijo a su sobrina.

—Es nada más que lógica —repuso Eva—. Basada en todo lo que Bobby nos dijo acerca de este hombre, parece natural que él venga a buscarla.

—Incluso si lo hace, podemos llamar por teléfono a la policía. Una llamada y vendrán los agentes y se llevarán a ese individuo. Estás permitiendo que tu imaginación se desboque.

—Tienes razón —reconoció Eva—. Así es. Pero no lo hago sin motivo. Ese hombre es un asesino.

—Estás suponiendo.

Eva emitió una risa sin alegría.

—Hablas como un abogado.

—Hablas como una histérica.

—En mi caso no es histeria, sino sencilla y razonablemente la inquietud que siento.

—Eso no resuelve nada. Cuando Bobby vuelva, determinará exactamente cuál es la situación, y procederemos en concordancia.

Eva no podía oponerse a ese argumento. Se puso de pie, decidida a llevar a la cocina las tazas de café, cuando sonó el timbre. Volvió automáticamente los ojos al reloj y comenzó a acercarse a la puerta. Eran las ocho y treinta y cinco.

—¿Quién puede ser? —preguntó en voz alta Alma.

—No tengo idea —dijo a la pasada Eva, que ya salía de la habitación. Espió a través de la mirilla y vio un mandadero, que sostenía en la mano un gran ramo de flores. Supuso automáticamente que Charlie le había enviado flores y sonrió al abrir la puerta.

—Flores para Bobby Salton —dijo el repartidor.

—Yo las recibiré —Eva extendió las dos manos. Probablemente las había enviado Dennis. Pero, un momento ¿por qué enviar flores cuando él podía traerlas personalmente? Vaciló, los ojos fijos en las flores.

—Muy bien —dijo el hombre, y dejó el ramo en las manos de Eva—. Ahora apártese y déjeme entrar.

Eva miró. El hombre le apuntaba con una pistola. Comprendió enseguida quién era y pensó que ella y Alma habían sido un par de estúpidas. Habrían debido llamar inmediatamente a la policía local y relacionar a sus agentes con el policía de Jamestown. En cambio, habían perdido un tiempo precioso discutiendo la posibilidad de que ese hombre apareciese en la puerta.

—Adentro —ordenó el visitante, y dirigió a Eva una sonrisa que le puso la piel de gallina. Con un movimiento de la pistola indicó que ella debía continuar apartándose; en efecto se movió a través del vestíbulo, tratando de pensar lo que debía hacer. Este era el marido de Bobby, el hombre que antes no tenía cara y que se inclinaba sobre Bobby en esa nauseabunda confesión de la víspera. Los ojos muertos y una sonrisa fantasmal.

—¿Qué quiere? —preguntó Eva, sabiendo muy bien lo que el otro quería. Había venido en busca de Bobby, había llegado para matarla. Se sintió increíblemente estúpida por haber abierto la puerta. Pero sabía que poco habría importado que no abriese. El individuo habría encontrado otro modo de entrar. Durante un momento la agobió una sensación profunda de *déjà vu*. Todo eso había sucedido antes en otro tiempo y en otro lugar. Había una enfermiza semejanza en todos los movimientos, incluso en lo que ella sentía. Deseaba hacer algo para impedir el desastre, para prevenir lo que sabía que estaba sucediendo. También experimentaba la desesperada necesidad de proteger a Penny. No permitiría que la niña sufriese el menor daño. Eso lo tenía perfectamente claro.

Llegaron al arco que separaba el vestíbulo de la sala, y Alma los miró, al principio incapaz de creer lo que estaba viendo. Un hombre con una gorra de visera apuntando con un arma a Eva, que sostenía un ramo de flores y tenía el aire de una persona completamente aturdida. Pasó un momento, y entonces comprendió. Ella no hubiera debido mostrarse tan desaprensiva, hubiera debido tomar más en serio a Eva. Decidió en el acto fingir que no tenía idea de la identidad de ese hombre.

—¡Tome lo que quiera y váyase! —dijo—. Eva, dale el efectivo que tenemos.

—No está aquí por eso —dijo Eva, impresionada por el ingenio de su tía, pero sin saber cómo afrontar la situación. No podía apartar la mirada del marido de Bobby, inmovilizada por sus ojos relucientes y la mueca malévola. Parecía que él estaba dominado por un descontrolado frenesí y que de su cuerpo la energía irradiaba en ondas casi visibles. Sin moverse realmente, parecía que estaba bailoteando dentro de sus ropas.

—En eso tiene razón —dijo Joe, mientras miraba a Alma, en su silla de ruedas.

—¿De qué se trata? —preguntó Alma a su sobrina, manteniendo la ficción. Se dijo que Bobby había tenido razón en temer a ese hombre. Era evidentemente maligno; de él emanaba la amenaza.

—Vine a buscar a Bobby —dijo él, mirando alrededor, como orientándose, pero manteniendo el arma apuntada sobre Eva.

—No está aquí —dijo Eva.

—¿Dónde está?

—Se fue por unos días.

Joe rió y con el cañón del arma tocó la punta de la nariz de Eva. Sacudida por la pequeña punzada de dolor, Eva se llevó una mano a la cara.

—Perra, no insulte mi inteligencia. Salió con ese idiota con quien se encama y está en ese restaurante italiano que se encuentra a unos tres kilómetros del cruce de caminos. ¿Cree que soy estúpido? —dijo a Eva, golpeándole el labio superior con la pistola—. ¡Deje allí esas flores de mierda y venga aquí!

Ella obedeció, dejó el ramo de flores sobre una de las mesas y se acercó a la silla de ruedas de Alma; su mano se apoyó mecánicamente, en un gesto protector, sobre el hombro de su tía. Estaba dispuesta a matar a ese hombre antes de permitirle que hiriese a ninguno de los habitantes de la casa.

Joe ocupó el centro de la habitación, y ahora la pistola apuntaba a las dos mujeres; echó otra ojeada alrededor y dijo:

—Ahora nos sentaremos y esperaremos el regreso de Bobby. Jódanme, y las mato a las dos —vio las tazas de café vacías y dijo—: Tráigame un poco de ese café.

—Tendré que prepararlo —dijo Eva, que pensó que Joe no podría vigilarlas a las dos. Dispondría de un momento de soledad, suficiente para llamar a la policía.

—Y bien, hágalo —dijo Joe, los ojos fijos en la extensión telefónica sobre la mesa, cerca de Alma—. ¡Vamos!

Eva caminó lentamente hacia la puerta, temerosa de apartar los ojos del hombre, pero decidida a llegar al teléfono de la cocina.

Joe desconectó la extensión, dejando el cable conectado al enchufe de la pared y arrojando el teléfono detrás del sofá. Al acercarse a la silla de ruedas, tocó con la pistola el brazo izquierdo de Alma, después extendió la mano, alzó la de la anciana y riendo vio que al soltarla caía inerte sobre el regazo de la mujer. Humillada, Alma sintió deseos de aniquilar al intruso.

Al mirar desde la puerta, Eva cerró los puños pero guardó silencio.

Joe sonrió a Alma y dijo:

—Creo que usted no irá a ninguna parte —y fue a buscar a Eva a la cocina, donde lo primero que hizo fue desconectar el teléfono pegado a la pared. Abrió el refrigerador y depositó el teléfono en uno de los cajones del congelador.

Tenía la voz estridente. Eva rogaba a Dios que Penny no despertase. También deseaba que no viese la puerta de comunicación con el apartamento, que estaba entreabierta. Decidida a mantener la calma, llenó de agua fría la jarra y vertió el agua en el depósito de la cafetera. Oyó que él acercaba una de las sillas y se sentaba frente a la mesa. Podía oler el cuerpo de ese hombre. De él se desprendía un olor intenso de humo de cigarrillo y sudor que le obligaban a respirar por la boca. La irritaba la idea de que ella misma podía reaccionar en esas circunstancias. Pero podía hacerlo. Sus manos se dedicaron automáticamente a la tarea de la preparación del café.

—Bobby no irá con usted —se volvió para mirar al hombre después de poner en funcionamiento la máquina.

—Bobby no irá a ninguna parte con nadie —dijo él, mirándola pausadamente de arriba a abajo, de modo que Eva se sintió desnuda. Joe usaba sus ojos para convertirla en una de esas perversas imágenes mentales que ella había estado concibiendo días enteros. Ahora comprendía por qué Bobby reaccionaba de ese modo. Ella se sentía incluso peor en vista de su propia actitud ante las cosas que Bobby le había relatado. Su conducta había sido errónea, una conducta cargada de severidad y error. Y hubiera debido saber a qué atenerse. Hubiera debido recordar la virtud del proverbio según el cual uno no sabía cómo llegaría a comportarse en una situación dada hasta que la viviese. Ella, más que la mayoría de la gente, lo sabía por experiencia. Sin embargo, había fracasado consecuentemente a la hora de considerar verosímiles las cosas que Bobby le había relatado con respecto a ese hombre. Había insistido en considerar a Bobby desde el elevado punto de mira de una mujer que tiene alternativas; sólo ahora alcanzaba a ver que a veces, con absoluta inocencia, algunas mujeres se veían obligadas a renunciar al derecho de elegir.

—Primero —continuó diciendo Joe— reventaré a ese cretino con quien ella ha estado encamándose. Después le romperé el culo de una vez para siempre. Y, si usted me trae problemas mientras espero, castigaré a su madre. No tengo el menor problema en hacerlo.

Eva paseó la mirada sobre la hilera de cuchillos que estaba sobre la mesada. Sintió fugazmente el impulso de apuñalar al hombre. Sabía que se sentiría bien. ¡Dios mío! Era asombroso con cuánta rapidez uno podía despojarse de todos los conceptos de comportamiento civilizado.

El se echó a reír.

—Adelante. Inténtelo —dijo—, y le destrozaré la mano de un tiro. ¿Cree que me importará?

Lo decía en serio; no le importaba. Y Eva comprendió que, a menos que alguien o algo interviniese, se proponía matarlos a todos. Dominada por el miedo, también estaba convencida arbitrariamente de que podía ser más astuta que él. Habría una oportunidad. Lo único que debía hacer era permanecer alerta y aprovechar el momento cuando se presentase.

32

Bobby encendió un cigarrillo y bebió un sorbo de café mientras Dennis devoraba una porción de pastel de chocolate.

—¿Estás segura de que no quieres un poco? —preguntó Dennis, dispuesto a cederle una parte de su postre.

—A decir verdad, no puedo —dijo ella—. De todos modos, muchas gracias.

—Por eso tú te mantienes delgada, y yo tengo que hacer gimnasia un par de veces por semana para bajar de peso —dijo Dennis, con una sonrisa.

—Adelgacé mucho al casarme con Joe —confió Bobby, que descubría que cada vez era más fácil hablar de sus experiencias con ese hombre—. Me sentía demasiado nerviosa para comer. Cada vez que nos sentábamos a la mesa, esperaba que él se enfadase, pegase un salto y empezara a gritar.

De un modo imprevisto, relatar a Dennis esos episodios hacía que de pronto se renovasen en su memoria, que cobrasen nueva vida, como si todo hubiera sucedido pocas horas antes.

Dennis ya no comía y miraba a Bobby en los ojos.

—Te has asustado nada más que de contármelo, ¿verdad? Comienzo a adivinar cuándo estás asustada. Lo veo en tus ojos.

Ella asintió, impresionada.

—¿Cuál es la edad que sientes en tu cuerpo? —preguntó Bobby.

—¿La edad que siento? Una pregunta interesante —tomó otro bocado de pastel, masticó y tragó —. Depende de la situación. Mis padres pueden conseguir que me sienta como un niño de ocho años —sonrió y meneó la cabeza. Pero casi siempre siento la edad que tengo.

357

—Yo siento que tengo muchos años —dijo Bobby—. A veces miro a Pen y veo que aún es pequeña; eso me recuerda que en realidad yo no soy anciana. Lo mismo me sucede cuando veo mi propia imagen en un espejo. Me impresiona de veras ver que todavía soy joven, porque en ciertas ocasiones tengo la impresión de que ya he cumplido mil años. No son muchas las cosas que no he visto u oído —dijo, tratando oblicuamente de ofrecer a Dennis un indicio de las cosas que Joe le había hecho. Aspiró con fuerza el humo de su cigarrillo, los ojos clavados en los de Dennis—. Dennis, creo que será mejor que no te hagas muchas ilusiones conmigo. Yo he sido... usada en formas muy feas. No sé si alguna vez lograré superar eso. En ocasiones tengo la sensación de que podré avanzar, y otras veces pienso que todo lo que sucedió es como una montaña que debo trepar, a pesar de que estoy tan cansada que no puedo dar un paso más.

—Todavía no debes renunciar a nuestro futuro —dijo Dennis, como si temiese que ella quisiera abandonarlo ahí mismo.

—El hecho es que no quiero que sufras porque no podría ser como tú lo deseas.

—Me agradas exactamente como eres. No tengo el propósito de cambiarte.

Dennis parecía un individuo demasiado bueno para ser real, y Bobby se preguntaba si ella siempre tendría una actitud suspicaz frente a las cosas que los hombres decían o hacían.

—¿Cómo puede agradarte mi modo de ser? A mí no me complace.

Dennis rió y le palmeó el brazo.

—Toma las cosas con calma. Uno de estos días comenzarás a creer que en ti hay muchas cosas agradables.

—¿Sabes lo que más me atemoriza?

—¿Qué?

—Que Joe pueda venir a buscarme. De un modo u otro nos encontrará. No puedes imaginar cómo es. Alma dice que puedo obtener documentos legales que lo mantengan alejado; pero no puedo pasarme toda la vida atemorizada. Además, sé que ningún papel sobre la tierra lo mantendrá a distancia.

—Escucha —dijo Dennis, tomando la mano de Bobby—, realmente me intereso por ti y por Pen. Y lo mismo puede decirse de Alma y Eva. ¿Crees que permitiremos que te suceda algo? Bobby, no estás sola. Aquí tienes amigos.

Ella inhaló por última vez el humo del cigarrillo antes de apagarlo.

—Ultimamente sueño despierta —dijo en voz baja, preguntándose si acaso podía ser perjudicial que él lo supiera. Se habían mostrado tan sinceros el uno con el otro, y él decía que Bobby le agradaba, que ella y Pen le interesaban. Era justo que reconociera que también ella estaba interesada, a su modo—. Imagino que los tres, es decir, tú, yo y Pen estamos juntos, y eso me complace. Dennis, contigo he pasado los mejores momentos de mi vida. Siento que eres un verdadero amigo.

—Eso que sueñas despierta me complace —le dijo Dennis, y apretó suavemente la mano de Bobby—. Yo también tengo mi propio sueño, y se parece mucho al tuyo.

Ella miró las manos de los dos, unidas sobre la mesa, después fijó los ojos en él y dijo:

—Nunca apreté las manos de nadie, excepto a mi abuelo y a mi tía Helen —se sonrojó, bajó los ojos y rió con una risa casi inaudible—. Hablo como una estúpida.

—Hablas perfectamente. Y me agrada tu risa. Estás progresando, Bobby. Lo noto cada vez que nos encontramos.

—Espero que no te equivoques —dijo ella—. Por mi parte, hago lo posible.

—Sé que lo intentas, y en ti todo está mejorando.

Eva y Alma estaban sentadas, viendo cómo el intruso bebía dos tazas de café entre furiosas caladas del cigarrillo. Cada pocos minutos se ponía de pie, se acercaba a la ventana y miraba hacia afuera; después consultaba el reloj antes de sentarse otra vez, el arma siempre en la mano. Cada vez que se movía, las mujeres olían el olor a sudor y tabaco que se desprendía de su cuerpo. Y con el paso de los minutos, el olor era cada vez más intenso. Alma pensó que si el demonio tenía un olor peculiar, ese era.

Eva deseaba con todo su corazón hacer algo, pero no podía esbozar ni siquiera un movimiento, y la frustración cada vez más intensa era como un peso que gravitaba sobre su espalda. No había modo de advertir a Bobby, ni de conseguir que ese hombre saliera de la casa. Cada vez que se acercaba a la ventana contemplaba la posibilidad de abalanzarse sobre la puerta. Pero no podía abandonar a Alma. No dudaba de que ese hombre mataría a la tía como represalia por lo que Eva pudiera hacer, y Eva quería que todos sobreviviesen a este episodio. Cada vez que sus ojos encontraban los de su tía, Alma esbozaba un movimiento casi imperceptible con la cabeza, para indicar que Eva no debía hacer nada. De modo que continuaban sentadas y esperaban.

Y mientras esperaban —el reloj sobre la repisa del hogar marcaba un tictac audible, irritante— Eva vacilaba más que nunca; en cierto momento experimentó un deseo intenso y violento... nunca tendría que haber permitido que Bobby entrara en esa casa; un instante después se sentía profundamente avergonzada de sí misma por alimentar esa clase de pensamientos. Nada de lo que estaba sucediendo era culpa de Bobby; ella no era la responsable de esa situación. Pero, por Dios, si nunca hubiese respondido al anuncio publicado en el periódico, no habría sucedido nada de esto. Eva tenía que concentrar la atención en el esfuerzo por mantener una apariencia de serenidad. Si quería ser completamente sincera consigo misma, tenía que reconocer que Bobby y su precoz hija habían infundido más vida a la casa, habían devuelto a Alma cierto grado de su anterior deseo de vivir. La vida de ambas se había enriquecido gracias al contacto con la bondad y el afecto tan sencillos de Bobby. Sí, quizás ella había dicho más que lo que Eva deseaba oír. Pero Eva era la única responsable de esa situación; de hecho, había rogado a Bobby que confiase en ella. Uno no podía hacer todo lo posible para ver las fotos de una persona, y después quejarse por la calidad de las instantáneas. Eso no era justo ni propio. Bobby había desnudado su alma, buscando sólo un poco de comprensión, y Eva se la había negado. Eva nunca se había comportado tan mal con una persona que de ningún modo lo merecía. Ansiaba desesperadamente disculparse y corregirse. ¿Pero cómo? ¿Y cuándo? Ese loco esperaba el momento de matar a Bobby. Seguramente había algo que ella podía hacer... *algo*.

—¿Cómo la encontró? —le preguntó Alma, cuando él se acercó nuevamente a mirar por la ventana. Era una pregunta meramente teórica. Alma estaba bastante segura de que él habría asesinado para obtener la información. Alma intentaba dialogar racionalmente con un asesino. Lo cual era asombroso y desconcertante. Durante un año los pensamientos de Alma se habían referido casi exclusivamente a la muerte. Ahora, con la personificación de la muerte instalada en su sala, Alma sabía categóricamente que no deseaba morir.

Joe volvió a sonreír, con esa mueca ancha y animal que lo llevaba a mostrar los dientes.

—Más vale que no lo sepa —dijo, con aire de autosatisfacción, mientras se instalaba de nuevo en el sillón—. Abuela, lo que no sabe no le hace daño.

La mano derecha de Alma se cerró en un puño, y la anciana resistió la tentación de enredarse en una esgrima verbal. Con eso sólo conseguiría agravar la situación.

Joe dirigió a Eva otra de esas miradas que la aturdían, que originaban el deseo de arrojarle la lámpara que estaba sobre la mesa. Ese hombre violaba con los ojos, y Eva temía hacer algo que lo animara a convertir sus fantasías en realidad.

Joe aplastó el cigarrillo, y de nuevo encendió otro; a través del humo miró a Alma.

—Abuela, ¿esta es su casa? —preguntó.

—¿Qué importancia tiene eso? —dijo Alma, en un tono de voz neutro y mirando a los ojos al intruso.

Joe necesitó unos segundos para entender el sentido de la observación. Después, frunciendo el entrecejo, se inclinó hacia adelante sobre el borde de la silla y dijo:

—Amiga, le he hecho una pregunta. ¿De quién es esta jodida casa?

—Es mía —mintió Eva, con la esperanza de desviar la atención de su tía.

Joe se volvió hacia ella y le clavó la mirada en el pecho; después elevó lentamente los ojos hasta la cara de Eva.

—¿Sí? —empezó a sonreír—. Tiene un esposo rico, ¿eh?

—Así es —dijo Eva, y miró con intención su reloj—. En cualquier momento volverá de la ciudad.

Joe se echó a reír e inhaló otra bocanada de humo del cigarrillo.

—Es lo que usted querría, nena —dijo—. No sé dónde está su marido, pero no llegará muy pronto. ¿Cree que soy idiota? Estudié esta maldita casa durante un día y medio. No vi a ningún marido rico que entrara o saliese.

—Está en viaje de negocios —dijo fríamente Eva.

Joe pareció dudar, y sus ojos se desviaron hacia la ventana; después volvieron a fijarse en Eva.

—Bien —dijo—. Si aparece, puede unirse a la fiesta —consultó de nuevo su reloj, se puso de pie y comenzó a pasearse de un lado a otro de la habitación, mirando a las dos mujeres—. Y ya que estamos, ¿quién es ese tipo?

—¿Qué tipo? —preguntó Eva, deseando apoderarse de uno de los atizadores del hogar.

—El *tipo* —dijo Joe, deteniéndose frente a Eva— que se monta a mi mujer. Ese tipo.

—Nadie está montándose a su mujer —dijo Alma, pronunciando con mucho cuidado cada palabra—. Dennis es mi fisioterapeuta.

Joe se echó a reír y se detuvo frente a la silla de ruedas.

—Mucho bien le está haciendo, abuela —dijo, presionando con la pistola el brazo izquierdo de la anciana.

En una reacción instintiva, Alma descargó la mano derecha sobre la cara de Joe.

El no vaciló y tomando impulso con la mano golpeó a la anciana con tanta fuerza que ella se ladeó a un costado y casi cayó al suelo con su silla de ruedas.

Eva aprovechó la oportunidad para tomar del cuello la lámpara que estaba sobre la mesa y descargarla sobre Joe, que se volvió, detuvo el golpe con el brazo alzado, apretó la muñeca de Eva y se la retorció tras la espalda. El dolor fue inmediato y agudo y se le llenaron los ojos de lágrimas.

—No me joda, perra —dijo en voz baja y estremecedora—, porque le arrancaré de cuajo ese brazo de mierda —la empujó, tirándola al suelo; arrojó la lámpara detrás del sofá y al golpear contra el suelo aquella se partió en mil pedazos. Para asegurarse de que Eva entendía, le descargó un puntapié en el muslo y dijo—: Intente otra cosa y la mato. Ahora ponga el culo en ese sofá y quédese quieta. Y usted, abuela —se volvió hacia Alma, que se tocaba la cara con mano temblorosa—, tenga cuidado con sus modales. No se dedique a pegar a la gente —dijo, acercando su cara a la de Alma, de modo que ella pudo ver las manchas de tabaco en los dientes y oler el aliento con cierto aroma de ajo—. Eso no está bien —agregó; después se enderezó y sonrió de nuevo.

—Estuve pensando que el domingo próximo podríamos ir con Pen al circo —dijo Dennis, mientras llevaba el Volkswagen hacia la salida 17.

—Oh, eso le encantaría. Si Alma no se opone —dijo Bobby, en el mismo momento en que el pequeño vehículo se balanceó, al cruzarse con un enorme camión que circulaba por el carril interior.

—Tú sabes que Alma no se opondrá —Dennis la miró sonriente.

—En efecto, lo mismo creo, pero nunca se sabe. Sí, sería muy agradable para Pen. Nunca ha ido a un circo.

—¿Y tú?

—Una vez. El abuelo y la tía Helen me llevaron cuando yo tenía la edad de Pen. Mira, fue muy extraño. Recuerdo que estaba confundida porque había muchas cosas para mirar. Y los payasos me arrancaron lágrimas. Pensé que estaban tristes. Tenían esas lágrimas pintadas sobre las mejillas, y las sonrisas torcidas. Incluso después de la explicación de la tía Helen, no podía reírme de lo que hacían. Es tonto, pero eso es lo que recuerdo.

—Los niños tienen algunas ideas extrañas —dijo amablemente Dennis—. Nunca pude observar a los artistas del trapecio, porque estaba convencido de que se caerían. Y odiaba a los domadores de los leones salvajes. Deseaba que los leones y los tigres se los comiesen.

Bobby rompió a reír.

—No bromeo —dijo Dennis—. Esos tipos que se meten en las jaulas, agitan los látigos y mueven las sillas. No me parecía justo.

Se apartó a un costado del camino, puso el automóvil en punto muerto y extrajo la billetera.

—Aquí está mi tarjeta —dijo—. Tenía la intención de darte mi número, pero siempre lo olvido. Tengo un contestador automático, de modo que siempre puedes dejar un mensaje.

—Gracias —con una sonrisa pícara, Bobby dijo—: Tal vez te llame una noche para charlar por teléfono.

—Esa es la idea —dijo juguetonamente Dennis, buscando la mano de Bobby.

A Eva le dolía el hombro y le latía el muslo a causa de la cruel patada que él le había dado. Pero lo que le dolía más era su dignidad. Se sentía desvalorizada, minimizada por lo que estaba sucediendo allí. Nadie, ni siquiera en juegos, la había golpeado jamás. Su mente se encogía ante el hecho de que ese hombre la hubiese tratado con tanta brutalidad.

Tenía la sensación de que los tres llevaban varios días sentados en la habitación. Parecía que Joe había elegido un lugar permanente junto a las ventanas; con frecuencia se volvía para mirar hacia afuera, la pistola en la mano colgando al costado. Eva lo despreciaba, deseaba que se fuera de su casa, de sus vidas; deseaba verlo muerto. ¿Cómo era posible que Bobby hubiese convivido ocho años con esa criatura? ¿Cómo había sobrevivido a tantas semanas y meses de tortura? Nada más que una hora en compañía de ese hombre originaba en Eva pensamientos asesinos y la sensación de que ella estaba horriblemente sucia. ¡Y pensar que ella había creído que Bobby hasta cierto punto podía ser la causa de los abusos que ella misma describía! Miró a su tía, recordando el modo en que Joe la había golpeado, y todos los músculos de su cuerpo se endurecieron a causa de la cólera.

Sospechaba que la vida de la familia nunca volvería a ser la misma a causa de este hombre, de la invasión del hogar, y se enfurecía íntimamente ante esta violación de su intimidad y sus personas. Había leído acerca de la existencia de personas como él, pero nunca había imaginado que conocería a una. Ian en nada se parecía a Joe. Pero quizás ella estaba equivocada. Tal vez, en las circunstancias apropiadas, era exactamente igual: un matón descontrolado, un hombre pequeño cuyo único poder residía en su capacidad para aterrorizar a las mujeres. ¿Por qué pensaba ahora en Ian? Eso no le servía.

Alma miró a Eva y comprendió que estaba debatiéndose con su rabia. Alma pensó que la situación era irónica. Ese demente que las tenía prisioneras era en muchos aspectos la expresión misma del ataque que ella había sufrido. El ataque la había convertido en cautiva; este hombre ahora las retenía. Era como un coágulo sangriento que cubría las vidas de todas, reduciendo drásticamente su movilidad, limitando su libertad. Y eso apenas había comenzado. El había venido para atacarlas y herir, y no se iría hasta que hubiese satisfecho esa ansia. Alma se sentía dominada por el miedo e irritada por su propia impotencia.

—¡Aquí vienen! —declaró Joe, espiando por un espacio entre las cortinas. Se apartó de la ventana y miró primero a Alma y después a Eva. Dijo a Eva—: Usted abrirá la puerta y les dirá que entren —Eva abrió la boca para protestar, y Joe dijo—: Esperaré aquí, con la abuela —se acercó a la silla de ruedas y acercó el arma al costado de la cabeza de Alma—. Diga o haga algo que no me agrade, y la mato. ¡Y ahora dígales que entren!

Sintiendo el cuerpo horriblemente pesado, Eva caminó hacia la puerta. No deseaba hacer eso. Quería abrir bruscamente la puerta y gritar a Bobby y a Dennis que corriesen en busca de auxilio. Pero no se atrevía. Estaba en juego la vida de Alma. Sabía que ese hombre despreciable no vacilaría en matarla. Temblando de miedo y cólera, retiró la llave de la puerta y la abrió bruscamente. Dennis estaba abriendo la puerta del coche del lado de Bobby. Eva tuvo la impresión de que no conseguía articular una sola palabra. Detrás, desde el extremo de la sala, Joe Salton murmuró con dureza—: *¡Que entren! ¡Hágalo, o mato a su madre!*

¡Dios santo! Eva se humedeció los labios. Bobby la miraba con expresión inquisitiva.

—¿Quieren entrar un momento? —dijo Eva, y pareció que el corazón se le hundía en el pecho. Sentía que la estaba traicionando.

—¿Qué pasa? —preguntó Bobby, cruzando de prisa el espacio que la separaba de la puerta y creyendo en el acto que le sucedía algo a Penny.

Dennis la siguió y al ver la expresión angustiada de Eva supuso que Alma posiblemente había sufrido otro ataque.

Eva se apartó de la puerta y caminó hasta la sala, donde con su visión periférica distinguió la figura de Joe, parado directamente frente a Alma, el arma en la mano. ¡Dios santo! No podía soportar eso, deseaba que todo fuese un sueño, que se tratara de otra pesadilla que ella podía rechazar con su mera voluntad.

—¿Qué pasa? ¿Qué sucedió? —preguntó Bobby mientras atravesaba la puerta, seguida de cerca por Dennis.

—¡Sorpresa, sorpresa! —exclamó Joe Salton con una sonrisa feliz, las dos manos sosteniendo con fuerza el arma, en la postura clásica del tirador, las rodillas levemente dobladas, los codos juntos.

Eva rogó en silencio que aquello no fuese cierto, mientras las cuatro personas observaban al hombre armado que retiraba el seguro con un chasquido audible.

33

Alma movilizó toda su energía y con un enorme esfuerzo se desprendió de su silla y se arrojó sobre Joe Salton, desviándolo a un costado en el mismo momento en que la pistola disparaba con un tremendo estampido. Alguien gritó. Casi sorda y habiendo perdido por completo el equilibrio, Alma ya estaba cayendo cuando Joe se volvió, descargó sobre ella un fuerte puntapié y se volvió de nuevo. Su arma apuntó a los que todavía estaban enfrente, y el hombre gritó:

—¡Mierda! ¡Qué nadie se mueva!

Un fuerte ruido despertó a Penny. Fue tan alto que el corazón comenzó a latirle aceleradamente. Bajó de la cama y corrió descalza hasta el final de la escalera, donde se quedó un segundo escuchando. Después subió la escalera y se asomó a la cocina. Allí no había nadie. Pudo oír a un hombre que gritaba en la sala. Conocía esa voz, y la asustó. Conteniendo la respiración, atravesó en puntas de pie la cocina y se apoyó en el marco de la puerta para mirar hacia el vestíbulo. Una ojeada rápida. Se sobresaltó; ahora estaba todavía más asustada que antes. Se volvió y corrió de prisa, atravesando la cocina en dirección a la puerta del apartamento.

Deseaba cerrar con llave la puerta, pero si lo hacía su mamá no podría entrar, de modo que acercó la hoja de madera al marco y después descendió a tientas los peldaños hasta el lugar en que todo estaba oscuro, pues la única luz llegaba de la puerta abierta del cuarto de baño. En un gesto mecánico se llevó el pulgar a la boca y volvió los ojos hacia la escalera, tratando de pensar qué podía hacer; el corazón le latía cada vez más rápido; ella estaba preocupada por su mamá, por la abuela y por la tía Eva. También por Dennis.

Miró alrededor y vio el teléfono; recordó lo que la abuela le había enseñado. Se acercó al aparato, descolgó el receptor, marcó los números. Cuando la señora contestó, Pen murmuró:

—Mi papá está aquí y está haciendo daño a todo el mundo. No sé qué hacer —las palabras brotaron de sus labios con inaudita velocidad y sintió que el corazón le latía con tanta fuerza que ella apenas podía recobrar el aliento.

—Cálmate y dilo de nuevo.

Penny repitió lo que había dicho, los ojos clavados en la escalera, temerosa de que la puerta se abriese bruscamente y su papá subiera de prisa los peldaños para atraparla. El la golpearía, como había hecho la última vez en que a causa del escándalo y el ruido Penny se había despertado y cuando fue a ver él se enfadó tanto que de un solo golpe la envió de un extremo al otro de la habitación.

—Querida, ¿cómo te llamas?

—Penny Salton.

—¿Y qué edad tienes?

—Seis años. El está *arriba* y tiene una *pistola*. Ha hecho daño a Dennis y a mi abuela. Quiere hacerle cosas malas a mi mamá. No pueden *permitirlo*.

—¿Tiene una pistola?

—Sí. Está disparando. Y tengo *miedo*.

—Sé que tienes miedo. Continúa hablándome, ¿quieres? ¿Conoces tu dirección? ¿Puedes decírmela?

—Sí. —Penny la repitió, apoyándose primero en un pie y después en el otro—. ¿Enviarán policías?

—Sí, eso haremos. Sigue hablando conmigo, ¿quieres?

—Sí.

—¿Dónde estás, Penny?

—En la planta baja.

—¿Y todos los demás?

—En la sala. Dennis y la abuela están tirados en el piso. Mi papá los *lastimó*. ¡Envíen policías para que lo *detengan*!

—¿Quién más está allí, Penny?

—Mi mamá y mi tía Eva. —Penny tuvo la sensación de que corría peligro de sufrir un accidente y necesitaba mantener muy juntas las rodillas. Sus ojos estaban fijos en la escalera y apretaba el auricular con las dos manos—. ¡No quiero que suceda nada malo!

—Está bien, querida. Lo sé. No cortes. ¿De acuerdo? Enviaremos auxilio. ¿Sí?

—Sí. ¡Pero dense prisa!

Bobby sabía que debería haberse sentido aterrorizada, pero por cierta razón no era ese el caso. Había sobrepasado holgadamente el límite del terror e ingresado en una región de entumecida aceptación. Desde el momento en que había huido con Penny de la casa de Jamestown, había sabido que sucedería algo como esto. Sería sólo cuestión de tiempo hasta que Joe la encontrase. Siempre había creído que él lo lograría. Ella no podía encontrar un refugio donde ese hombre no la descubriese. El le había advertido muchas veces que si intentaba escapar la mataría. Había sido una tonta al creer, siquiera durante un momento, que él no cumpliría la amenaza, había sido una tonta al abrigar la esperanza de que ella y Penny podían tener una vida decente en un lugar distinto, sin la presencia de Joe. Pero lamentaba sobre todo que él hubiese provocado esa situación en esta casa, con esta gente. Dennis estaba caído sobre el piso, baleado. Tenía la mano manchada de sangre. La imagen de esa mano ensangrentada llenaba de dolor y vergüenza a Bobby. No deseaba que él muriese, y sobre todo que muriese por ella. Bobby no creía que ella mereciese la muerte de nadie.

Eva intentó ayudar a Alma, pero Joe, sin apartar la mirada de Bobby, rugió:

—¡Quieta, perra! ¡Esa vieja puede quedarse ahí!

—Joe, no hieras a nadie más —dijo Bobby, los oídos vibrando a causa del estampido, la voz resonando como si viniese desde muy lejos—. No tienen nada que ver con nosotros.

—¡No me vengas con eso! ¿Crees que no sé lo que estuviste haciendo con este cretino? ¿Cuántas veces has estado follando con este idiota a mis espaldas?

—No es más que un amigo —dijo Bobby, sabiendo que de todos modos él no creería nada de lo que pudiera decirle. Lo único que ella debía conseguir era que Joe saliese de la casa antes de que hiriera a otras personas. De todos modos, su intención era matarla. Pero quizás ella lograse persuadirlo de que saliera de allí. Si ella tenía que morir, por lo menos podía tratar de ahorrar el espectáculo a esa buena gente. Miró con ansiedad a Dennis y formuló en su fuero íntimo el deseo de que no estuviese muy gravemente herido. Ella era la culpable de todo; deseaba intensamente decir a Alma, a Eva y a Dennis cuánto lo sentía; no había sido su intención crearles una situación semejante.

—¿Qué mierda creen que están haciendo, atacándome de ese

modo? —rabió Joe, tratando de mantener vigilados a todos. La vieja bruja estaba gimiendo y rezongando detrás. Por lo que él sabía, quizás intentara otra maniobra—. Usted —dijo a Eva— ponga a su podrida madre en esa silla de ruedas —se apartó unos metros hacia la derecha, para mantener vigilados a todos. Demasiada gente a la cual vigilar. No había contado con esto.

—Está gritando cada vez más —murmuró Penny al receptor, deslizándose en el estrecho espacio que mediaba entre el sofá y la pared, para ocultarse de modo que nadie pudiese hallarla—. ¿Cuándo vendrá alguien? Usted dijo que la policía ya estaba en camino.

—Pronto, querida. Están acercándose. Estás comportándote muy bien. Trata de mantener la calma. Sé que tienes miedo, pero estás haciéndolo muy bien. Ahora sigue hablando conmigo, ¿sí?

—Sí, pero dígales que se den *prisa*. No quiero que él lastime a nadie más.

—Ya llegan. Te aseguro que estarán de un momento a otro.

—Es *malo* —dijo apasionadamente Penny—, muy malo. Por eso nos escapamos de él.

—¿Escaparon? ¿De dónde?

—De Jamestown, donde vivíamos.

—¿Jamestown, Nueva York?

—Sí. ¿Cuándo vienen?

—Pronto. No te preocupes. ¿En qué grado estás, Penny?

—En primer grado. Mi maestra es la señora Corey. ¡Oh! —gritó, sobresaltada—. ¡Otra vez está levantando la voz! ¡Quiero que se calle!

—¿El sabe dónde estás?

—No. Estoy escondida.

—Muy bien. Quédate allí. Ya llega el auxilio. Ahora, Penny, explícame cómo es la casa. ¿Puedes describírmela?

—Creo que sí.

—Magnífico. Te estás desempeñando muy bien. Ahora, dime dónde están las puertas, ¿quieres?

Alma ya no tenía fuerzas. El puntapié del hombre le había alcanzado de pleno en el pecho y la había dejado sin aliento. Ahora le dolía de sólo respirar. Eva se esforzaba en el intento de volverla a la silla de ruedas. Alma quería ayudar, lo intentaba, pero no podía; Eva no conseguía moverla. La cara de Eva aparecía ensombrecida y deformada. Los ojos le echaban chispas de cólera.

—Necesito ayuda —dijo irritada Eva—. No puedo hacerlo sola.

Habría deseado arrojarse sobre ese hijo de puta y destrozarlo. Para dominar su furia necesitaba realizar un esfuerzo gigantesco. Pero ahora no se atrevía a correr riesgos. Lo único que podía hacer era tratar de ayudar a su tía y abrigar la esperanza de que Dennis no estuviera demasiado herido.

—Ayúdala —ordenó Joe a Bobby, señalando con la pistola.

—Lo siento —murmuró Bobby, y se inclinó para ayudar a Eva a reponer a Alma en la silla de ruedas—. Lo siento realmente —alisó el pelo de Alma con una mano fría y temblorosa.

—Usted no tiene la culpa —jadeó Alma.

A Bobby se le llenaron los ojos de lágrimas. Había llevado el horror a esa casa tan hermosa. Ahora todo estaba arruinado.

—¡Cállense la boca y vengan aquí! —ordenó Joe.

Bobby se apartó de la silla de ruedas pero se mantuvo a cierta distancia de Joe, mirando fijamente a Dennis, que tenía los ojos entrecerrados, la mano ahora oculta bajo la chaqueta.

—Dennis necesita una ambulancia —dijo Bobby.

—¿Y eso a quién le importa? De no haber sido por esa vieja de mierda, el imbécil ya estaría muerto. ¡Dije que vengan aquí!

Bobby se preguntó si entretanto Penny continuaba durmiendo. Por favor, que no se despertara y tratase de venir a averiguar a qué respondía tanto escándalo. Si permanecía en el apartamento, estaría a salvo. Joe ni siquiera la recordaría. Jamás pensaba en Penny. Por lo que a él se refería, Penny no existía. Bobby rogó: "Pen, continúa durmiendo, por favor continúa durmiendo".

—¿Me *han oído*? —rugió Joe—. ¡He dicho que vengan aquí! ¡*Ahora!* O de lo contrario mato a tu amiguito —de nuevo apuntó con el arma a Dennis.

Resignada, la cabeza inclinada, Bobby se le acercó. Quizá Dennis no estaba gravemente herido. Tal vez todo saldría bien si ella lograba que Joe abandonase la casa.

Joe dio un salto hacia adelante y abofeteó a Bobby.

—¡*Déjela en paz!* —gritó Eva. Estaba perdiendo el control; sentía que estaba al borde de cometer una temeridad. Se clavó las uñas en las palmas de las manos. Los brazos le temblaban a causa de la tensión. Tenía que encontrar el modo de modificar la situación. No podía permanecer inmóvil, indiferente, mientras otro amigo moría.

—¡Ocúpese de sus condenados asuntos! —advirtió Joe, mientras le daba a Bobby un tirón de pelo.

Con su cabeza tironeada dolorosamente a un lado, Bobby dijo en voz baja:

—Iré contigo. Deja tranquila a esta gente. No tienen nada que ver con nosotros.

—¡No me *digas* lo que debo *hacer*! —renegó Joe, hundiendo más profundamente los dedos en los cabellos de Bobby, tirando con más fuerza, arrastrándola con más prisa. En el breve silencio se oyó de pronto un llamado fuerte y autoritario en la puerta de calle. Durante un momento Joe pareció paralizado. ¡Mierda! Uno de los vecinos seguramente había oído el disparo y llamado a la policía. ¿Cómo demonios habían llegado tan rápido? De pronto comprendió que se le acababa el tiempo y que no podía resolver la situación en que se encontraba. Podía llevarse a Bobby en ese mismo instante, apoyarle el arma a la cabeza y hacerlo. Apuntó a la cabeza de Bobby, el dedo transpirado sobre el gatillo. Había previsto que la escena duraría más tiempo, de modo que pudiera prolongar todo el asunto. Deseaba gozar de la sensación de poder. Más llamados a la puerta principal, esta vez con más intensidad.

—Ya llegan —dijo la señora del 911—. Ahora ya están en la calle.

—Alguien llama a la puerta.

—Pronto terminará todo.

—Pero él continúa gritando.

—No te preocupes, querida. Ahora todo se arreglará.

Penny no estaba convencida. La policía había llegado antes, cuando vivían en la vieja casa, y a veces se llevaban a papá, pero él siempre regresaba y volvía a pegar a Bobby.

—Penny, ¿estás allí?

—Así es.

—Magnífico. Sigue hablando conmigo. ¿De acuerdo?

—De acuerdo.

En la puerta una voz gritó:

—Policía. ¡Abran!

—¡*Atrás*! —gritó Joe—. ¡*Atrás o los mato a todos*!

—Vamos, hombre —dijo la voz a través de la puerta—. ¡Cálmese y hable con nosotros!

—¡A LA MIERDA! —gritó Joe, moviendo la pistola en dirección a Alma, después a Eva, mientras sujetaba con fuerza los cabellos de Bobby.

De nuevo los golpes en la puerta.

—Vamos. ¡Abra!

Joe apuntó la pistola sobre la ventana e hizo un disparo.

Vidrios rotos. El ruido de pies a la carrera. Silencio. Ahora solamente podían escuchar el parloteo de la radio policial.

—¡Están disparando de nuevo! —exclamó Penny.

—Los oigo desde aquí. Penny, quédate donde estás, ¿eh? Enviamos gente del equipo especial para ayudar. Ya están llegando. Los verás de un momento a otro.

—¿Qué gente especial es esa? —el corazón de Penny latía de nuevo aceleradamente, y ella en efecto temía la posibilidad de un accidente. Necesitaba ir cuanto antes al cuarto de baño.

—Un equipo SWAT. Ya están en camino.

—¿Qué es un SWAT?

La mujer del 911 comenzó a explicar. Penny empezaba a sentir dolor en la oreja; la ansiedad hacía que apretara con demasiada fuerza el auricular.

Alma comenzaba a recuperar el aliento. Todavía le dolía al respirar, pero por lo menos podía hacerlo.

—¿Por qué no se entrega? —dijo calmosamente en la pausa que siguió.

Joe se volvió para mirarla.

—No podrá escapar —dijo Alma, en actitud razonable—. Entréguese ahora antes de que el daño sea mayor.

Joe pareció asombrado, como si una estatua hubiese cobrado vida y comenzado a hablar.

—Abuela, se trata *precisamente* de hacer daño —dijo, medio sonriente, mientras tiraba otra vez del pelo de Bobby. Bobby no se quejó. Comenzaron a brotarle las lágrimas.

—Suelte el pelo de su esposa —dijo Alma, hablando siempre en voz baja, en una actitud razonable—. Usted no demuestra nada si lastima a alguien que es más pequeño y débil que usted.

La sonrisa de Joe desapareció.

—Cierre esa boca de mierda —dijo, pero ahora su energía era bastante menor que antes; estaba reaccionando por instinto a la autoridad natural de Alma. Esa vieja inmunda tenía fibra. Le recordaba a la señorita Hastings, su maestra de segundo grado.

Alguien usaba afuera un altavoz.

—¡ARROJE SU ARMA Y SALGA DE LA CASA!

Joe volvió la cabeza. Soltó a Bobby, la empujó y se acercó a las ventanas; espió tras las cortinas para ver qué sucedía afuera.

—Penny, ¿puedes hacerme un favor?

—No sé. ¿De qué se trata?

—¿Crees que puedes ir a la cocina y abrir la puerta del fondo para permitir que entren los hombres?

Penny lo pensó y decidió que tenía que hacerlo a pesar del miedo, de modo que contestó:

—Sí.

—Muy bien, querida. Ahora ten mucho cuidado. ¿De acuerdo?

—De acuerdo.

Penny dejó el auricular y abandonó la protección del sofá. Vaciló un momento al pie de la escalera, escuchando. Le pareció que oía la voz de la abuela. Comenzó a subir la escalera, moviéndose en el mayor silencio posible; llegó a la puerta de la cocina y con mucho cuidado la abrió. Miró hacia la sala, después hacia la puerta del fondo y de nuevo a la sala. La señora del 911 había dicho que debía hacerlo, de modo que eso estaba bien. Caminó en puntas de pie hasta la puerta, trató de abrirla, pero tenía la cadena puesta y ella no la alcanzaba. Con la boca abierta, jadeando, corrió e intentó acercar una de las sillas. Trató de darse prisa, pero la silla era muy pesada y no pudo levantarla; de modo que tuvo que empujarla hasta la puerta. Después trepó a la silla y retiró la cadena.

Alguien abrió la puerta y otro alguien la alzó y murmuró:

—Eres una buena chica. Ahora estarás bien —y salió de prisa con ella. Hacía frío, y Penny sintió que le castañeteaban los dientes. El hombre que la llevaba tenía la piel muy oscura, y Penny preguntó—: ¿Usted es policía? —y él contestó—: Así es, querida —y continuó corriendo con ella, hasta la calle, donde abrió la puerta del patrullero y dejó a la niña en el asiento trasero. Otro policía la cubrió con una manta y dijo—: Quédate sentada aquí, querida. ¿Entendido?

—¿Traerán a mi mamá? —preguntó Penny, mirando por la ventanilla mientras un grupo de hombres de caras oscuras corrían hacia la casa.

—No te preocupes. La traeremos. Se sentirá muy orgullosa de ti. Has hecho un gran trabajo.

Penny se llevó el pulgar a la boca y miró ansiosa por la ventanilla del coche.

Joe estaba muy activo frente a la ventana y gritaba a los policías que se encontraban afuera; la mano que empuñaba la pistola iba y venía mientras él recorría la habitación con la mirada cada pocos segundos, tratando de mantener el dominio de la situación, pero cada vez más desconcertado porque ya no lo controlaba todo. Bobby esperó hasta que él se volvió de nuevo hacia la ventana, después corrió hacia Dennis, se arrodilló a su lado y le preguntó en un murmullo:

—¿Estás bien?

El asintió.

—Aparento que es una herida grave. Es sólo un rasguño —murmuró, la mirada fija en Joe—. Mejor regresa allí.

—Lo siento, Dennis.

—Calla. Todo está bien.

—¿Que mierda estás *haciendo*? —le gritó Joe—. ¡Ven inmediatamente aquí!

Bobby se puso de pie, calculando la distancia entre ella y Joe y entre ella y la puerta de calle. Eso tenía que terminar. Como si no pudiese evitarlo, la cabeza de Joe se volvió de nuevo hacia la ventana, y la pistola describió otro arco inseguro en el aire. Bobby miró a Eva, y con los labios formó las palabras "lo siento". Eva levantó la mano, como si deseara silenciar a Bobby.

De todos modos él la mataría; lo haría más tarde o más temprano. El destino era que la cosa terminara así; ella lo había sabido siempre.

—Saldré por esa puerta, Joe —dijo Bobby, en voz alta y clara, después se volvió y pasó al lado de Dennis, convencida de que él le dispararía en la espalda, pero tenía que hacer todo lo que estuviera a su alcance para conseguir que Joe saliera de esa casa. Y sabía que él la seguiría. A Joe no le interesaba ninguna de las restantes personas; solamente ansiaba ver muerta a Bobby. Alguien se ocuparía de Penny; Alma se lo había dicho. Eran personas excelentes; la niña viviría bien en esa casa, mejor de lo que la propia Bobby había vivido jamás.

Llegó a la puerta, apoyó la mano sobre el tirador, lo movió, con el corazón en la boca, sintiendo un zumbido en los oídos. Ruido de pasos detrás. No se volvió, no quería ni podía volverse. Abrió la puerta. Un rugido de Joe; un rugido incoherente de Joe. Bobby pensó: "te amo, Pen", y trató de tragar saliva, pero el miedo no se lo permitió. Después, una tras otra, dos detonaciones estruendosas; ella se estremeció, esperando el dolor, despidiéndose de Pen. "Te amo, te amo." Nada.

Se volvió sin entender. Vio trastabillar a Joe y a un hombre con un arma en la puerta de la cocina y a Joe todavía apuntándole con la pistola, todavía acercándose a ella. Otro disparo. Joe saltó hacia atrás, chocó contra la pared, y la mano con la pistola comenzó a caer; su cuerpo se deslizó contra la pared, dejando manchas de sangre en la pintura; ahora, los ojos de Joe revelaban su asombro. Permanecieron así, incluso cuando cesó de moverse. Bobby se mantuvo con el cuerpo rígido, esperando que él le dirigiese una de sus sonrisas perversas, esperando que él se incorporase para salir a perseguirla entre las sombras de la noche.

Dennis se puso lentamente de pie, la mano todavía bajo la chaqueta, mientras los policías entraban en la casa, seguidos por enfermeros y otros miembros del equipo SWAT. Inmóvil en su lugar, Bobby no podía apartar los ojos de Joe. De pronto recordó a Penny y con un súbito gesto de pánico corrió hacia la cocina, en busca del apartamento. Pero uno de los miembros del equipo SWAT la detuvo cerrando una mano sobre el brazo de la joven; ella se volvió para mirarlo. El hombre hablaba, pero ella apenas podía escucharlo. Sacudió la cabeza para oír mejor, los ojos fijos en los labios del policía, tratando de aclarar lo que él decía y al mismo tiempo tratando de liberarse del apretón, porque necesitaba llegar a donde estaba Penny.

—Está afuera, en un patrullero —repitió el policía, esta vez con voz más pausada y más alta.

Bobby parpadeó rápidamente, porque deseaba tener la certeza de lo que había escuchado; sus ojos se desviaron de la boca del oficial y se volvieron hacia la sala, donde la gente se agrupaba alrededor de Alma y Eva. Los enfermeros de la ambulancia salían de la casa con Dennis. Bobby miró de nuevo a Joe. Alguien le había cubierto el cuerpo con una manta, borrando su mirada de estupefacción. Bobby sintió que le tiraban del brazo y comprendió al fin que el policía deseaba que ella lo acompañase. Loca de miedo por Penny, decidida a llegar a su hija apenas el policía hubiese terminado con ella, salió de la casa y caminó por el sendero, hasta el lugar donde esperaban varios vehículos policiales.

El policía abrió la puerta trasera de uno de los patrulleros, indicando a Bobby que se acercase. Ella se inclinó y miró hacia adentro. Penny, envuelta en una manta, la miró sonriente y exclamó:

—Mami —y le echó los brazos al cuello, mientras la manta caía al suelo.

Bobby extendió los brazos, rodeó el cuerpo de la pequeña, cerró los ojos y apretó a Penny contra su pecho. Todo había terminado. Definitivamente. Un sollozo la sacudió y Bobby sostuvo a Penny con más fuerza todavía.

Después

Penny estaba arriba, con Melissa, en su dormitorio, las dos absortas en los libros para colorear, los lápices de colores que Bobby había traído de Jamestown para Penny; estaban pintando y escuchando las cintas de Melissa. Alma dormía su siesta vespertina. Eva había salido a pasear con Charlie y Bobby estaba sentada en la cocina, frente a Dennis, cada uno con su jarro de café humeante. Bobby encendió un Marlboro, tratando de imaginar por dónde podía empezar. Llegó a la conclusión de que la verdad era siempre lo mejor.

—Pensé que quizá jamás volvería a tener noticias tuyas. Me dije que tal vez no querrías saber nada conmigo.

—Pero le expliqué a Eva que el suplente era sólo por un tiempo —dijo Dennis—, hasta que yo pudiera retomar el trabajo. Y no pude llamarte a Jamestown, porque has olvidado dejarme un número donde pudiera encontrarte. Eva me dijo que regresarías, de modo que esperé, con la esperanza de que volvieses a llamarme.

—En cierto modo, me alegro de haberme comunicado sólo con tu contestador automático —reconoció Bobby—. A decir verdad, no sabía qué era lo que deseaba decirte. No estaba segura de lo que pensabas.

—Bobby, nadie te culpa por lo que sucedió.

—Siento que deberían acusarme —dijo Bobby, la mirada fija en el vapor que se desprendía del café—. Trato de evitar ese pensamiento, sobre todo porque todos se han mostrado tan bondadosos conmigo, pero... —se encogió de hombros, y pensó que quizá debía consultar al psiquiatra mencionado por Charlie. Necesitaba que un profesional, alguien que en cierto modo fuese *oficial*, le dijese que no había hecho nada malo. Después podría empezar a creerlo realmente. Pero por el momento la situación era difícil. Aún tropezaba con muchas dificultades para aceptar que la tía Helen había muerto y que jamás volvería a verla. Agradecía a Dios la muerte de Joe; le parecía casi perverso sentir tanto agradecimiento porque al fin Joe había desaparecido.

—Escucha —dijo Dennis, apoyando la mano sobre el brazo de Bobby—. Creo que todos sienten lo mismo que yo: que no sufrimos consecuencias demasiado graves. Eva recibió un golpe o dos, y Alma tiene un par de costillas fracturadas y está recuperándose. Yo recibí una herida leve, y Pen terminó como una heroína, con su foto en los periódicos. Podría haber sido muchísimo peor.

—Lo sé —dijo Bobby, con voz más ronca que de costumbre. Pen les había salvado la vida. Era increíble.

—¿Qué te propones hacer con respecto al regreso a Jamestown? —preguntó Dennis—. Supongo que proyectas permanecer aquí.

Ella miró hacia la puerta, como si esperase ver allí a Alma y a Eva, y en su voz había un acento de sorpresa cuando dijo:

—Estaba segura de que querrían que nos marchásemos.

—No sé por qué has pensado eso —dijo Dennis, mostrando a Bobby una sonrisa seductora—. Ya te lo *he dicho*. Nadie te culpa. Entonces ¿qué sentido tendría cambiar el actual estado de cosas? Aquí tienes un arreglo que parece que funciona.

Bobby movió el brazo, y él pensó que ella quería poner un poco de distancia entre ambos. Pero la mano de Bobby, apenas más grande que la de Penny, se refugió en la de Dennis. Y en ese momento él supo que a su debido tiempo todo se arreglaría.

Ella dio otra calada al Marlboro y dijo:

—El abogado de la tía Helen está ocupándose de todo. Arregló que el Ejército de Salvación retire todas las cosas de mi antigua casa. Como sabes, alquilábamos el lugar. No era nuestro. Ha buscado personal que limpie todo, de modo que el propietario pueda volver a alquilarlo. Era un desorden y una suciedad terribles —meneó la cabeza, al recordar el pánico que había sentido al entrar por la puerta de calle, una semana antes. Estar en la casa la había asustado tanto que no veía el momento de salir. Había estado allí el tiempo indispensable para llenar una caja con los libros y los juguetes de Pen. Y había dejado todo el resto. Prefería prescindir de esas cosas, en lugar de conservar recordatorios de su antigua vida—. La otra casa —continuó un rato después—, la casa en la que yo me he criado... pensé mucho lo que deseaba hacer. Mira, mi tía tenía un par de pólizas de seguro. Yo no lo sabía. Pero el dinero vendrá a mis manos, y la gente de la agencia me entregó el coche de la tía Helen; dijeron que yo debía conservarlo. Todos se mostraron muy amables.

—Lo vi afuera —dijo Dennis, apoyando suavemente su mano sobre la de Bobby—. Me preguntaba de quién era.

—No estaban obligados a hacerlo —dijo Bobby, sacudiendo la ceniza del cigarrillo y paseando la mirada alrededor sin ver a Dennis—. Pero dijeron que era lo justo. Todos vinieron al funeral —tuvo que callar un momento y bebió un trago de café para suavizar la voz—. Vino tanta gente. Ella tenía muchos amigos. —Bobby tosió, volvió a fumar su cigarrillo y al fin enfrentó la mirada de Dennis—. He decidido donar la casa a la organización de los albergues, de modo que la utilicen para las mujeres maltratadas por su marido. El abogado dijo que yo estaba loca, pero si era eso lo que yo deseaba haría los arreglos necesarios. ¿Te parece que mi actitud es absurda?

—No —dijo Dennis, mirándola en los ojos—. De ningún modo.

—Quiero creer que otra mujer y su pequeño hijo podrán sentirse seguros en mi casa, quizás incluso dormir en mi antiguo cuarto. Cuando pienso así me siento mejor. Y reembolsaré a Eva el gasto por todos los daños en la casa de Alma. Se muestra muy impaciente. Tú ya la conoces. —sonrió por primera vez desde que Dennis había llegado—. Empezó a decir que eso era absolutamente innecesario. Pero intervino Alma: "Déjala hacer" —Bobby imitó el rezongo hosco de Alma, y se le ensanchó la sonrisa—. Eva dijo que estaba bien. Pero que de todos modos creía que eso era ridículo. Y así yo también me sentí un poco mejor —bajó los ojos, y su sonrisa se diluyó; después volvió a mirar a Dennis—. Me alegré tanto con tu llamada. Pensé que quizá... bien, creo que ya te lo dije.

—Yo deseaba darte cierto tiempo de modo que te instalases aquí. Y, en todo caso, tenía que evitar los movimientos bruscos durante un tiempo, hasta que me quitaron los puntos. Ahora estoy perfectamente. ¿Quieres ver? —preguntó, esbozando el ademán de recogerse el jersey.

Ella se sonrojó, sonrió de nuevo y dijo:

—¡No! —miró hacia la puerta y de nuevo a Dennis—. Dennis, en todo esto te has portado... muy bien.

—No, nada de eso. Sencillamente me muestro realista, como todos. Nada justifica que se te achaque la responsabilidad de lo que hizo Joe. Aunque debo decir una cosa, y es la siguiente: yo no aceptaba del todo la imagen de su persona que tú nos ofrecías. En el fondo de mi mente pensaba que no podía ser tan malo como tú lo pintabas. Pero era incluso peor. Me siento un poco culpable porque no te creí totalmente. Quizás es una de esas características "masculinas" que tendré que superar. ¿Sabes lo que sucedió? Sencillamente no podía creerlo.

—Te dije una vez que había que conocerlo para creerlo —dijo tranquilamente Bobby.

—Y tenías razón. Lo siento. En adelante nunca dudaré de lo que me digas. Palabra de honor. Bien, escucha —dijo Dennis.

—¿Qué?

—Mi familia organiza una gran cena la Noche Vieja, y me preguntaba si tú y Pen desearían venir.

—No creo que pueda —dijo Bobby—. Eva saldrá con Charlie. Melissa se reunirá con algunos amigos, y alguien tiene que acompañar a Alma. Si no fuera por eso, iría encantada. Ultimamente te he echado muchísimo de menos.

—Bien, entonces está todo arreglado —dijo Dennis, con expresión complacida—. Porque ya he convencido a Alma para que nos acompañe. Mi familia dice que, cuantas más personas, tanto mejor; de modo que las llevaré a las tres.

—¿Alma aceptó? —preguntó sorprendida Bobby.

—Sí. Dijo que ella y Pen podían encontrar un rinconcito y dormir un rato, si se hacía demasiado tarde. Y Eva dijo que esa noche podíamos usar la furgoneta.

—Supongo que entonces todo está bien —dijo Bobby, preguntándose al mismo tiempo cómo se las había arreglado Dennis para convencer a Alma. Aunque seguramente no había sido demasiado difícil. Había mostrado una actitud diferente desde la noche de la visita de Joe a la casa. Había comenzado a reencontrarse con algunos amigos, y noches atrás un par de ellos había llegado de visita. Alma se había quedado levantada después de la hora en la que solía acostarse y se había dedicado a conversar y a reír. Apenas Bobby regresó de Jamestown, Alma empezó a insistir sobre la conveniencia de que se inscribiera en algunos cursos nocturnos. Bobby había dicho que lo haría. Ahora la perspectiva la entusiasmaba bastante y esperaba ansiosa el momento de aprender cosas nuevas—. Muy bien —repitió, y apretó la mano de Dennis—. Me alegro tanto de verte —él había llamado precisamente cuando Bobby creía que era probable que jamás volviera a verlo.

—Bobby, tendrás que aprender a tener un poco más de confianza en la gente.

Bobby pensó que, en efecto, debía hacerlo. Era uno de los temas que había abordado con ese psicólogo amigo de Charlie, el día en que fue a verlo. Bobby tenía una lista de cosas de las cuales deseaba hablar. Pero ya comenzaba a sentirse mucho mejor. Alma le había dicho claramente que continuaría en la casa, y que ella y Pen podían permanecer definitivamente si así lo deseaban. Y Eva, cuando no se desplazaba de un lado para el otro con lo que Alma denominaba su "expresión de zombi" —esa mirada perdida que decía que su mente estaba en el libro que componía en su cabeza—, se mostraba tan simpática como era posible. Y lo sorprendente del caso era que pese a sus expectativas, no había sufrido una sola pesadilla después de la muerte de Joe. Ni una sola.

Esta edición se terminó de imprimir en
VERLAP S.A. Comandante Spurr 653
Avellaneda - Prov. de Buenos Aires, Argentina,
en el mes de mayo de 1996.